MOLIÈRE

ENES CHOISIES

PUBLIÉES AVEC

Une Introduction, un Appendice,

Notices, des Analyses et des Notes

PAR

ALBERT CAHEN

PROFESSEUR DE RHÉTORIQUE AU LYCÉE LOUIS-LE-GRAND

PARIS

LIBRAIRIE CH. DELAGRAVE

15, RUE SOUFFLOT, 15

et de Pierre-Corneille, nouvelle édition
Inspecteur de l'Académie

MOLIÈRE

—

SCÈNES CHOISIES

COULOMMIERS

Imprimerie Paul BRODARD.

MOLIÈRE

SCÈNES CHOISIES

PUBLIÉES AVEC

Une Introduction, un Appendice,
des Notices, des Analyses et des Notes

PAR

ALBERT CAHEN

PROFESSEUR DE RHÉTORIQUE AU LYCÉE LOUIS-LE-GRAND

PARIS
LIBRAIRIE CH. DELAGRAVE
15, RUE SOUFFLOT, 15

1897

AVERTISSEMENT

Ce recueil de *Scènes choisies* de Molière n'est pas un abrégé, un extrait d'une édition de ses comédies préparée pour le grand public ou les élèves de nos classes supérieures. C'est aux enfants des classes de cinquième et de quatrième qu'il est destiné : nous n'avons jamais perdu de vue ni leur âge ni le programme de leurs études.

On ne trouvera donc ici que des scènes qui puissent être aisément comprises par des écoliers de douze à quatorze ans [1]. Elles sont d'ailleurs variées comme les comédies mêmes auxquelles elles sont empruntées : il appartiendra au maître, suivant les circonstances ou la force de ses élèves, de choisir de préférence, pour la leur faire lire, telle scène ou du *Médecin malgré lui* ou du *Misanthrope*.

Nous avons eu soin de relier les scènes empruntées à une même pièce par de courtes analyses, et chaque pièce est l'objet d'une notice particulière.

Celle que nous avons consacrée à Molière lui-même, au début du volume, est assez étendue pour dispenser nos jeunes lecteurs de recourir à d'autres ouvrages s'ils veulent se former une idée à peu près juste de ce que fut l'écrivain dont ils doivent expliquer les œuvres. Elle prétend d'ailleurs à l'exactitude plus qu'à l'originalité : nous en avons, de parti

---

1. Nous n'avons pas cru pouvoir ne pas donner place cependant, même dans ce livre élémentaire, à ces fragments célèbres de *la Critique de l'École des femmes* et de *l'Impromptu de Versailles* dans lesquels Molière expose, pour ainsi dire, lui-même la théorie de son art. Mais nous ne les avons cités que dans l'*Appendice* (voir page 455 et suivantes).

pris, écarté toutes les anecdotes qui ne s'appuient
que sur le témoignage de Grimarest ou de biographes et d'écrivains postérieurs ; nous n'avons retenu
de la vie de Molière que les événements attestés par
les documents contemporains.

Nous espérons n'avoir laissé passer dans le texte
aucune difficulté sans avoir cherché à l'éclaircir
dans notre commentaire. Nous avions d'abord
pensé à grouper à la fin du volume les notes relatives au vocabulaire et à la syntaxe, et à les présenter sous la forme d'une grammaire élémentaire
de la langue de Molière. Mais il est à craindre que
des élèves encore très jeunes ne recourent pas
volontiers à un répertoire de ce genre ; ils jettent
au contraire instinctivement les yeux sur la note
qui est au bas de la page et se présente à eux
comme d'elle-même. Du moins avons-nous, dans
ces notes, multiplié les rapprochements instructifs
et tenté le plus possible d'expliquer Molière par
Molière même ou par ses contemporains.

Nous avons reproduit exactement le texte de
l'édition des *Grands Écrivains de la France*, n'en
modifiant, en un très petit nombre d'endroits [1], que
la ponctuation et certaines formes orthographiques.
— Plus rarement encore nous avons cru devoir sup-
primer çà et là, dans les scènes que nous citons,
quelques mots ou quelques lignes. Mais nous avons
toujours, en ce cas, signalé la lacune par des points.

---

1. Toutefois nous avons partout *était, pourrait, pourraient,* etc., à *étoit,*
substitué, dans les verbes, les formes *pourroit, pourroient,* etc.

INTRODUCTION

NOTICE SUR MOLIÈRE [1]

1. L'acte de baptême de Molière, qui nous a été conservé, nous apprend qu'il a été baptisé le 15 janvier 1622, dans l'église Saint-Eustache à Paris. Il était sans doute né le jour même. Il s'appelait de son vrai nom Jean-Baptiste Poquelin. Son père était marchand tapissier et habitait rue Saint-Honoré, non loin des Halles [2]. Il avait épousé l'année

---

1. Il n'est pas d'écrivain français qui ait été l'objet de plus de recherches et de plus d'études que Molière. On trouvera la liste de tous les travaux qui lui ont été consacrés jusqu'en 1893 dans l'excellente *Notice bibliographique* de M. Arthur Desfeuilles, qui forme le tome XI de l'édition des *Œuvres de Molière* dans la collection des *Grands Écrivains de la France*. Le tome X de la même édition est rempli par une *Notice biographique* très exacte et très complète, dans laquelle M. Paul Mesnard a fait entrer tous les renseignements qui

ont pu, jusqu'en 1889, être recueillis sur la vie de Molière.

2. La maison qui fait le coin de la rue Saint-Honoré et de la rue Sauval (autrefois rue des Vieilles-Étuves) a été construite sur l'emplacement d'une maison que Poquelin père habitait certainement en 1637 ; mais en dépit de l'inscription qu'elle porte aujourd'hui, il n'est pas tout à fait sûr qu'il y demeurât lors de la naissance de son fils aîné. En tout cas, il ne semble pas s'être jamais éloigné du quartier des Halles.

précédente, la fille d'un de ses confrères, Marie Cressé, qui lui donna encore cinq autres enfants, dont deux moururent en bas âge. Marie Cressé elle-même mourut en 1632.

Poquelin le père se remaria l'année suivante avec une autre fille de marchand, Catherine Fleurette, qui lui donna deux filles et mourut trois ans après, en mettant au monde la seconde.

Il est difficile de dire dans quelle mesure ces événements purent assombrir l'enfance de Molière. Mais il n'est pas inutile de remarquer que les *pères* qui paraissent dans son théâtre sont le plus souvent durs, égoïstes et peu dignes d'affection; les *mères* y tiennent peu de place [1]. On n'oubliera donc pas que l'enfance de Molière fut trop tôt privée des soins et de l'amour d'une mère, et l'on pensera sans doute que le tapissier Poquelin, si empressé à se remarier après la mort de sa première femme, ne fut peut-être pas lui-même, à l'égard des enfants de son premier mariage, un père très tendre.

2. Cependant Poquelin ne dut pas marchander à son fils les bienfaits d'une forte éducation. De 1636 à 1640 environ, il l'envoya, pour y faire ses études, au célèbre collège de Clermont [2], dirigé par les Jésuites.

Entre temps, il s'était occupé d'assurer autrement encore l'avenir de l'enfant. Un de ses frères, Nicolas, s'était, en 1631, démis en sa faveur d'une charge de tapissier ordinaire de la maison du roi. A ce titre était joint dès lors ou fut joint depuis celui de valet de chambre. Cet office de tapissier-valet de chambre, qui était assez avantageux et très honorable, s'achetait, se transmettait soit par vente, soit par hérédité. En 1637, Jean Poquelin eut soin d'en assurer la survivance à son fils aîné.

Ses études de Clermont finies, le jeune homme eut, à ce qu'on peut croire, l'heureuse chance de suivre, au cours de l'année 1641, les leçons d'un maître illustre, le célèbre philosophe Gassendi (1592-1655). Celui-ci demeurait alors chez le père d'un condisciple de Molière, qui resta son ami, Chapelle (1626-1686). Molière dut être admis aux leçons que

---

1. Molière a mis sur la scène trois caractères de *mères*, l'Aristione des *Amants magnifiques*; Mme Jourdain (voir pages 307 et suiv.) et Philaminte (voir pages 371 et suiv.), et un caractère de *belle-mère*, l'odieuse Béline (voir pages 420 et suiv.).

2. Devenu en 1674 le collège Louis-le-Grand.

Gassendi donnait au fils de son hôte, et c'est peut-être alors qu'il entreprit une traduction partielle du *De natura rerum* de Lucrèce, que le philosophe français admirait beaucoup : quoi qu'il en soit, cette traduction, à laquelle certains contemporains ont fait allusion, ne s'est pas retrouvée après la mort de Molière [1].

3. En 1642, le jeune Poquelin commença l'étude du droit; mais il ne tarda pas à l'abandonner. Car, sans parler d'un voyage à Narbonne qu'il fit peut-être, cette année-là, à la suite de Louis XIII, en qualité de valet de chambre-tapissier, au mois de juin de l'année suivante il s'associait avec plusieurs comédiens et comédiennes pour fonder un théâtre à Paris. — Dès le mois de janvier, il avait averti son père qu'il renonçait formellement à la survivance de la charge qu'il lui avait assurée.

Avant d'ouvrir leur théâtre, et tandis qu'on en aménageait la salle, Molière et ses camarades allèrent, vers la fin du mois d'octobre, donner quelques représentations à Rouen.

Au début de janvier 1644, ils s'installèrent dans la salle du Jeu de Paume des Métayers, situé près de la Porte de Nesle [2].

Les représentations de l'*Illustre théâtre* (c'était le nom emphatique que les nouveaux comédiens donnèrent à leur entreprise) ne devaient pas être sans intérêt : le talent de la directrice de la troupe, Madeleine Béjart, fut remarqué des connaisseurs; au nombre des pièces qui furent données par Molière et ses compagnons figurent une tragédie de Du Ryer (1605-1658), et deux de Tristan l'Hermite (1601-1655), et l'on sait que ces deux poètes avaient alors de la réputation. Quoi qu'il en soit, la tentative ne réussit pas. L'Illustre Théâtre se transporta, au mois de décembre, de la porte de Nesle au port Saint-Paul [3]. Ce fut en vain : la fortune des pauvres comédiens ne se releva pas; deux fois arrêté pour dettes, Molière fut deux fois remis en liberté sous caution. Ce fut la fin de l'Illustre Théâtre. Molière et la plupart de ses compagnons partirent pour la province (derniers mois de 1645 ou début de 1646).

1. On croit pouvoir en reconnaître un fragment dans quelques vers du *Misanthrope* (acte II, sc. v).

2. Sur la rive gauche de la Seine, à l'entrée de la rue Mazarine et de la rue de Seine.

3. Sur la rive droite de la Seine, un peu en amont de l'Hôtel-de-Ville.

4. Ils y restèrent près de treize ans, attachés d'abord au duc d'Épernon, gouverneur de Guyenne, puis au prince de Conti [1], que Molière avait pu voir suivre à la même époque que lui les cours du collège de Clermont. La protection que leur assuraient ces seigneurs n'empêchait pas d'ailleurs qu'ils pussent jouer çà et là, quand leur protecteur ne les mandait pas pour son service particulier ou à propos de quelque cérémonie publique.

On peut, grâce à des documents certains, établir, de leurs pérégrinations, un tableau, que des découvertes nouvelles compléteront sans doute encore dans l'avenir.

En 1646, la troupe ne dut pas s'éloigner des résidences du gouverneur de Guyenne, au service duquel elle venait d'entrer : toutefois on ne voit pas qu'à Bordeaux même elle ait donné aucune représentation.

En 1647, on la trouve à Toulon, à Albi, à Carcassonne; — en 1648, à Nantes; — en 1649, elle va à Toulouse, peut-être à Montpellier, puis, en décembre, à Narbonne.

En février 1650, elle est à Agen; en décembre, à Pézenas, à l'occasion de la tenue des États de Languedoc [2].

En avril 1651, Molière fait un voyage à Paris pour le règlement d'affaires personnelles, puis il va retrouver ses camarades à Vienne, ou peut-être d'abord à Lyon.

La troupe redescend ensuite à Carcassonne, où les États se tiennent du 31 juillet 1651 au 10 janvier 1652.

A la fin de l'année 1652 et au début de l'année suivante, elle est à Lyon, et c'est peut-être alors que Molière y fait représenter sa première comédie, l'Étourdi, en cinq actes et en vers [3]. Mais peut-être aussi faut-il reculer de deux ans la date de cette représentation.

Cependant, depuis le 25 juillet 1650, le duc d'Épernon avait dû renoncer à ce gouvernement de la Guyenne, dans lequel, au milieu de l'effervescence de la Fronde provinciale,

1. Frère du prince de Condé, qui prit part comme lui aux troubles de la Fronde, mais fit sa soumission dès 1653.
2. Les *États* étaient des assemblées provinciales formées de députés des trois ordres, et qui délibéraient, une fois par an, sur les affaires et les intérêts de la province. La session, comme on va le voir, pouvait durer plusieurs mois. — Ces assemblées ne se réunissaient d'ailleurs que dans les provinces qui les avaient possédées antérieurement à leur réunion à la couronne de France : on appelait ces provinces *pays d'États*.
3. Voir page 1.

il s'était rendu tout à fait impopulaire, et les comédiens
depuis lors avaient cessé de lui appartenir. Ils entrent en
septembre 1653 au service du prince de Conti et demeurent
pendant deux mois à son château de la Grange des Prés,
près de Pézenas.

Ils passent les premiers mois de 1654 et de 1655 à Montpellier, où se trouvaient les États. Dans l'intervalle, ils vont
probablement à Lyon, où, quoi qu'il en soit, on les trouve
en avril 1655. Ils redescendent ensuite sur Avignon, et se
rendent de nouveau à Pézenas en novembre, mandés par
Conti pour la tenue des États.

En février 1656, ils sont à Narbonne, en août à Bordeaux,
en novembre à Béziers, où Molière fait représenter, le
1er juin de l'année suivante, sa seconde comédie, *le Dépit
amoureux* [1].

À cette époque, le prince de Conti avait changé de sentiments à leur égard. A la suite d'une grave maladie, il s'était
converti aux pratiques d'une vie vraiment chrétienne et était
devenu l'un des adversaires déclarés de ces plaisirs du théâtre
qu'il avait auparavant si avidement goûtés. Il devait un peu
plus tard écrire un *Traité de la comédie et des spectacles* [2]
très sévère à l'égard du théâtre en général et de celui de
Molière en particulier. En attendant, se trouvant à Lyon en
mars 1657, en même temps que ses comédiens, il leur fit
savoir qu'ils n'eussent plus à se prévaloir de sa protection.

Le coup, il est vrai, était peut-être à ce moment moins
rude qu'il n'eût été plus tôt. Les représentations données
çà et là par la troupe avaient dû lui assurer en beaucoup
d'endroits une certaine notoriété. Molière lui-même n'était
plus un simple comédien, un simple directeur de troupe :
auteur de plusieurs farces [3] et de deux grandes comédies,

1. Voir page 6.
2. Publié en 1667, un an après la mort de l'auteur.
3. Pendant son séjour en province et les premières années qu'il passa à Paris, Molière donna souvent sur son théâtre, pour accompagner quelque œuvre plus longue et plus importante, certaines petites comédies ou *farces* en un acte. Dans quelle mesure en rédigeait-il le texte ? C'est ce qu'il est difficile de déterminer. Il est possible qu'il se bornât à établir un canevas, sur lequel il laissait aux acteurs le soin de broder, à la représentation, suivant leur fantaisie. Quoi qu'il en soit, nous connaissons le titre de neuf de ces comédies, et il en est deux dont le texte est parvenu jusqu'à nous : *la Jalousie du Barbouillé* et *le Médecin volant*. A ce texte on sent bien que les acteurs ne devaient pas être parfois sans ajouter quelque chose ; mais, tel qu'il est, c'est plus qu'un canevas, et certaines scènes y ont assurément tout leur développe-

il avait fait l'essai de son génie et de sa véritable force ; ses succès avaient sans doute affermi son autorité parmi ses camarades. Aussi dut-il, quand il connut les sentiments nouveaux du prince de Conti, moins songer à trouver en province quelque autre protecteur qu'à se rapprocher de Paris, et sans doute à y rentrer.

Quoi qu'il en soit, il remonte en juin vers Dijon, où il revoit le duc d'Épernon, nommé, depuis 1651, gouverneur de Bourgogne, et revient une dernière fois, vers la fin de l'année, à Pézenas, pour la tenue des États. A la fin de décembre, il est à Avignon ; au mois de février 1658, à Grenoble. Enfin, au mois de mai, il est à Rouen, d'où il fait seul plusieurs voyages à Paris, afin d'y assurer sans doute à la troupe un séjour et une protection. Au mois d'octobre tous nos comédiens étaient à Paris avec le titre de *Troupe de Monsieur, frère unique du roi.*

5. Ce « frère unique du roi » avait alors dix-huit ans. Louis XIV lui-même en avait vingt. Quoique majeur, il n'avait pas encore commencé à gouverner vraiment par lui-même. Le cardinal Mazarin était premier ministre ; mais il touchait au terme de sa carrière et les fruits de sa prudente politique se faisaient enfin sentir.

Depuis dix ans, les traités de Westphalie, si avantageux pour la France, étaient signés. Les troubles de la Fronde avaient pris fin depuis cinq ans. Les Espagnols n'avaient pas déposé les armes et Condé, rebelle au roi de France, n'avait pas cessé de commander leurs armées. Mais il avait été vaincu successivement devant Arras (1654) et à la bataille des Dunes (1658), et le moment était proche où il allait, avec l'Espagne elle-même, faire sa soumission. Le traité des Pyrénées (1659), en assurant à la France une paix glorieuse, dont le mariage de Louis XIV avec l'infante d'Espagne était le premier gage, allait inaugurer pour elle une période d'un éclat extraordinaire.

---

ment. On sait d'ailleurs que Molière a plus tard repris le sujet de ces deux farces pour le développer dans des comédies plus amples : *la Jalousie du Barbouillé* est comme le premier dessein de la comédie de *Georges Dandin*, que nous n'aurons pas l'occasion de citer dans ce volume, et *le Médecin volant* a fourni quelques traits de deux comédies dont on trouvera plus loin des fragments, *l'Amour médecin* et *le Médecin malgré lui*. Nous avons donc cru qu'il y aurait quelque intérêt à offrir à nos jeunes lecteurs au moins une scène de l'une de ces petites pièces ; on la trouvera à l'*Appendice*, page 446.

C'est le moment aussi où l'esprit français, qui a rompu, depuis le commencement du siècle, avec l'humeur capricieuse ou grossière des générations précédentes, mais qu'ont failli gâter tour à tour le précieux et le burlesque, va s'affermir dans cet amour du naturel qui restera comme sa marque caractéristique.

De 1656 à 1657 ont paru ces *Lettres provinciales* de Pascal, dont Voltaire a appelé le recueil « le premier livre de génie qu'on vit en prose » au xviie siècle. — En 1659 Bossuet viendra se fixer à Paris, pour y prononcer bientôt ces sermons du Carême des Minimes (1660), du Carême des Carmélites (1661), du Carême du Louvre (1662), à partir desquels on peut dire que son éloquence n'a plus de progrès à faire.

Parmi les poètes, Corneille est toujours le plus admiré, le plus respecté. Mais il touche à la vieillesse. Depuis 1652 même, il s'est retiré du théâtre, où il ne reparaîtra qu'en 1659, mais sans retrouver ni l'heureuse inspiration, ni les succès d'autrefois. Le public, tout en continuant à applaudir ses chefs-d'œuvre, a pris le goût d'un art moins héroïque, plus rapproché de la nature, accordant davantage à la peinture des passions, des faiblesses du cœur humain.

L'homme de génie qui, un peu plus tard, après les auteurs de transition, doit, dans la tragédie, satisfaire entièrement à cet esprit nouveau, Racine a dix-neuf ans et commence à naître à la vie littéraire. — Boileau, un peu plus âgé, est encore inconnu; mais déjà la sûreté de son goût lui a fait prendre parti contre les livres en faveur, romans précieux ou poèmes burlesques, et sa première satire date, à très peu près, du moment où Molière commence à se faire connaître à Paris. — La Fontaine, quoique âgé de trente-sept ans, n'a, lui aussi, publié encore que peu de chose; mais il est apprécié déjà dans un petit cercle d'amis et de protecteurs, en attendant qu'il révèle au public la grâce aisée et souple d'un génie épris surtout de naturel.

La date de l'arrivée de Molière à Paris coïncide donc avec la fin d'une époque et avec une sorte de renouvellement du goût et de l'esprit français. Molière vient à son heure pour unir ses efforts à ceux des trois grands poètes que nous venons de nommer, et qui, comme lui, ne se proposeront qu'un but : peindre la nature telle qu'elle est, et jusque dans ses nuances les plus délicates, sans l'embellir, l'affadir ou la défigurer [1].

6. Arrivés à Paris dans le courant du mois d'octobre 1658, Molière et ses compagnons n'attendirent pas longtemps l'occasion de se produire avec éclat. Le 24 de ce mois, ils furent admis à donner une représentation au Louvre devant le roi. Ils jouèrent le *Nicomède* de Corneille avec une des farces qu'ils avaient coutume de représenter en province et dont Molière était sans doute l'auteur, *le Docteur amoureux*. En récompense le roi leur accorda l'autorisation de s'établir dans une salle toute voisine du Louvre et communiquant avec le palais, la salle du Petit-Bourbon. Une troupe de comédiens italiens y donnait déjà des représentations; mais cette troupe quitta Paris au mois de juillet 1659 : celle de Molière demeura seule dès lors à jouir de cette salle.

C'est là que fut représentée, le 18 novembre 1659, la petite comédie des *Précieuses ridicules* [2] : dans le cadre d'une simple farce, et sans rien emprunter aux complications fantaisistes de la comédie d'intrigue, Molière s'y essaie pour la première fois à peindre les ridicules contemporains [3].

La seconde œuvre qu'il composa à Paris, *Sganarelle*, en un acte et en vers (28 mai 1660), est encore une farce, mais de moindre portée ; elle eut cependant, elle aussi, un grand succès.

Le roi, qui s'était fait donner des représentations de *l'Étourdi*, du *Dépit amoureux*, des *Précieuses ridicules*, voulut aussi voir *Sganarelle*, marquant assez par cet empressement quelle estime il faisait déjà des pièces de Molière et de son talent, ainsi que de celui de sa troupe.

Il ne tarda pas à en fournir une preuve plus manifeste encore : la salle du Petit-Bourbon ayant dû être démolie, le

---

1. Il va de soi que Molière n'applique rigoureusement ce principe que dans ses comédies proprement dites. La farce admet certains grossissements qui provoquent le rire : l'important, c'est que, sous la caricature, elle nous permette de retrouver les traits essentiels de l'original : c'est à quoi les farces de Molière ne manquent guère, et c'est sans doute là ce qui faisait dire à Boileau, au rapport d'un de ses biographes, qu'il y a toujours « quelque chose de saillant et d'instructif dans les moindres ouvrages » de ce grand comique.

2. Quelques-uns cependant ont avancé, non sans fondement, que les *Précieuses* avaient peut-être été représentées en province, avant que Molière fût revenu à Paris.

3. Voir page 10.

roi donna à Molière la salle de théâtre construite jadis
par Richelieu dans ce Palais-Cardinal qui, sous la régence,
était devenu le Palais-Royal.

Il est bon d'ailleurs, quand on parle de la faveur que
Louis XIV témoigna à Molière, de ne pas oublier que le
poète faisait partie de sa maison. Nous l'avons vu renoncer
en 1643 à la survivance de la charge de tapissier-valet de
chambre du roi qu'exerçait son père. Celui-ci l'avait alors
fait passer à son fils Nicolas. Mais Nicolas Poquelin étant
mort le 6 avril 1660, Molière reprit cette survivance, et
quoiqu'il ait évidemment conquis la bienveillance du roi surtout par son génie ou, si l'on veut, par son empressement
et son habileté à le satisfaire et à l'amuser, Louis XIV devait,
dans tous les cas, croire sa gloire intéressée à défendre
contre toute attaque un homme qui, à un titre quelconque,
lui appartenait.

Aussi bien le goût du roi pour la troupe de Monsieur et
pour Molière était-il dès lors assez connu : car lorsqu'au
mois d'août 1661 le surintendant Fouquet reçut Louis XIV
dans son château de Vaux et lui donna cette fête somptueuse
qui devait décider de sa perte [1], c'est à Molière qu'il commanda la comédie-ballet dont il voulait offrir le régal à son
hôte auguste. Celui-ci d'ailleurs prit évidemment un très vif
plaisir à cette comédie des *Fâcheux* : car nous savons qu'il
daigna lui-même, après la représentation, fournir à Molière,
pour compléter son œuvre, l'idée d'une scène à laquelle le
poète n'avait pas songé [2].

Quelques mois avant les *Fâcheux*, Molière avait donné
deux œuvres importantes. La première est une comédie
héroïque, *Don Garcie de Navarre* (4 février 1661) qui ne
réussit pas [3]; la seconde, une comédie très ingénieuse et d'un
sens profond, *l'École des maris* [4]. C'est une pièce en trois
actes et en vers, et qui semble ainsi tenir le milieu entre une
esquisse comme *les Précieuses* et les grandes comédies de
caractères en cinq actes, que Molière ne s'est pas hasardé de
composer avant que sa réputation fût bien assurée à Paris et
à la cour.

1. La fête avait eu lieu le 17 août;
le 5 septembre Fouquet était empri-
sonné.
2. Voir page 49, note 1.

3. Il en a transporté certains vers
dans ses comédies ultérieures, et notamment dans *le Misanthrope*.
4. Voir page 34.

7. Cette forme de composition nouvelle et définitive, il se risque enfin à l'aborder à la fin de 1662, et son coup d'essai dans ce genre est un chef-d'œuvre, qui ne le cède qu'au *Misanthrope* et au *Tartuffe* : *l'École des femmes* (26 décembre).

Le succès fut éclatant; mais en même temps la comédie souleva contre Molière les plus vives critiques.

Les adversaires du poète taxèrent l'œuvre nouvelle de grossièreté dans les plaisanteries, d'irrégularité dans la construction, et, ce qui est plus grave, d'immoralité et d'impiété. A un certain endroit de la pièce, l'un des personnages adresse à l'héroïne une longue exhortation morale dans laquelle il est question des peines de l'enfer; puis il lui fait lire une série de maximes, qui, par leur forme, ressemblent à celles qu'on peut trouver dans certains manuels de piété. On conçoit que des âmes sincèrement touchées des vérités de la religion aient pu être quelque peu choquées de cette hardiesse de la comédie.

Molière sentit bien que, de tous les reproches qu'on lui adressait, celui-là était le plus grave, celui dont ses ennemis pouvaient le plus aisément abuser contre lui; et c'est précisément pour cela qu'il voulut d'abord n'y répondre qu'indirectement.

Le 1ᵉʳ juin 1663, il fit représenter une petite comédie en un acte, *la Critique de l'École des femmes*, dans laquelle il réfute abondamment ceux qui accusaient sa pièce de grossièreté et d'irrégularité. A ceux qui l'accusaient d'irréligion, il ne fait qu'une brève allusion. Mais il dédia sa pièce, lorsqu'il la publia quelques mois après, à la reine mère Anne d'Autriche, qui passait pour être, à la cour, le principal appui du parti de la dévotion et de l'austérité : « Je me réjouis, disait-il dans la dédicace, de pouvoir encore obtenir l'honneur de divertir Votre Majesté; Elle, madame, qui prouve si bien que la véritable dévotion n'est point contraire aux honnêtes divertissements; qui, de ses hautes pensées et de ses importantes occupations descend si humainement dans le plaisir de nos spectacles et ne dédaigne pas de rire de cette même bouche dont Elle prie si bien Dieu. »

Il faut s'arrêter un instant sur cette dédicace. Certes Molière n'a pu songer à l'adresser à Anne d'Autriche sans être sûr d'avance que celle-ci l'accepterait; et il est bien peu probable que la reine mère eût donné cette preuve de bienveillance à un comédien, et à un comédien suspect d'impiété, si elle n'eût cru par là complaire au goût et peut-être à la volonté du roi son fils. Aussi l'on peut sans doute considérer la dédicace de *la Critique de l'École des femmes* non seulement comme une réponse discrète à ceux qui accusaient Molière d'irréligion, mais encore comme une preuve de la faveur de plus en plus manifeste que Louis XIV lui témoignait.

Déjà au début de l'année 1663, dans la liste des pensions qui furent, par son ordre, attribuées à ceux « qui excellaient en quelques sciences », Molière, « excellent poète comique », figure pour 1000 livres [1].

Aussi bien n'était-ce pas trop de cette puissante protection pour que Molière pût s'assurer contre tous ses ennemis. — Faisons-en le dénombrement.

Il lui faut compter d'abord avec les hommes de lettres, ses confrères, jaloux de ses succès, avec un De Visé [2], avec un Boursault [3], et, ce qui est plus fâcheux et vraiment regrettable, avec Corneille lui-même, impatient de toutes les nouveautés qui lui semblaient menaçantes pour sa vieille renommée. — Puis viennent les comédiens des deux troupes rivales qui étaient en possession de la faveur publique quand Molière arriva à Paris, celle du Théâtre du Marais et celle de l'Hôtel de Bourgogne. Celle-ci surtout était redoutable : c'était la troupe des « grands comédiens », la *Troupe royale*, et le crédit de Molière à la cour pouvait légitimement l'inquiéter au plus haut point : aussi est-ce sur son théâtre que furent jouées les pièces dirigées à cette époque contre notre poète. — Il faut mentionner en troisième lieu ces susceptibilités d'un grand nombre d'âmes pieuses dont nous avons déjà parlé. Il n'est pas inutile, pour faire comprendre la force de leur grief, de rappeler que la question de savoir si le théâtre est un plaisir permis ou défendu est une de celles qui ont été le plus souvent agitées au xviie siècle par les théologiens moralistes. On sait d'ailleurs que le métier de comé-

1. Voir page 451, le *Remerciment au roi* qu'il composa à cette occasion.
2. De Visé, après avoir attaqué Molière dans plusieurs ouvrages, et notamment dans ses deux petites comédies de *Zélinde* et de *la Vengeance des marquis* (1662-1663), se réconcilia plus tard avec lui : il est l'auteur d'une *lettre sur le Misanthrope* qui est une apologie de cette comédie.
3. Sur Boursault, voir page 464, note 1.

dien était alors regardé comme peu honorable par les gens
du monde et jugé avec la dernière sévérité par l'Église.
D'autre part Louis XIV était jeune, avide de plaisirs, et
ceux qui, à la cour ou dans l'Église, eussent souhaité le
ramener à des sentiments plus austères ne pouvaient accueillir
avec beaucoup de satisfaction ce Molière, ce poète-comédien
si habile et si prompt à offrir au roi l'espèce de divertissement qu'il goûtait le plus. — Enfin par sa dernière pièce
même, par sa *Critique de l'École des femmes*, Molière, en
faisant d'un *marquis*, c'est-à-dire d'un petit-maître, d'un de
ceux qui passaient à la cour pour donner le ton de l'élégance, le personnage le plus ridicule de la comédie, s'alié-
nait encore un grand nombre de jeunes seigneurs.

Certes, pour se soucier si peu de voir ainsi s'accroître le
nombre de ses adversaires, il fallait qu'il fût dès lors bien
sûr de l'appui du roi. Cette assurance, il lui plut de la
manifester de manière à ne laisser, à ce sujet, aucun doute
dans l'esprit du public.

Les comédiens de l'Hôtel de Bourgogne ayant répondu à
la Critique de l'École des femmes par une petite comédie de
Boursault, *le Portrait du peintre ou la Contre-critique de
l'École des femmes*, Molière réplique par *l'Impromptu de
Versailles*. Dans cette pièce, qui n'a pour ainsi dire pas de
sujet — d'où ce titre de *l'Impromptu*. — Molière se représente
lui-même avec tous les acteurs de sa troupe en train de
répéter à Versailles, dans le palais de Louis XIV, une pièce
que le roi lui a commandée, dit-il, sur le sujet de la querelle
relative à *l'École des femmes*. Dans ce cadre ingénieux se
trouvent enfermées, avec une peinture plaisante de la troupe
de Molière, l'exposition de certaines de ses théories sur son
art et de quelques-uns de ses projets, — une critique très
vive et très mordante du jeu emphatique des comédiens de
l'Hôtel de Bourgogne; — enfin une déclaration très nette
par laquelle l'auteur proteste qu'en abandonnant à ses
adversaires son talent et de poète et de comédien, il ne
saurait leur permettre de toucher à sa vie privée et à
ses sentiments intimes. Puis, cette déclaration achevée,
comme la pièce est près de finir, l'auteur revient par
trois fois, et de la manière la plus piquante, sur cette
idée, déjà exprimée, qu'elle a été faite pour le roi et par
son ordre. Ainsi ceux qui attaqueront désormais Molière

sauront bien — c'est ce que notre auteur du moins veut faire entendre — qu'ils s'attaquent à un homme que le roi aime et protège [1].

L'*Impromptu de Versailles* fut représenté pour la première fois dans les appartements du roi entre le 16 et le 21 octobre 1663. — Vers le même temps Montfleury, l'un des acteurs principaux de l'Hôtel de Bourgogne, ayant présenté à Louis XIV une requête calomnieuse contre Molière, le roi n'y fit point de réponse. Quelques mois plus tard, il accepta d'être le parrain du premier enfant de Molière [2].

8. Au reste cette faveur était achetée par l'empressement que Molière mettait à satisfaire au goût du roi pour les comédies à spectacle, ces comédies-ballets dans lesquelles plus d'une fois Louis XIV se réserva pour lui-même un rôle de danseur.

Le 29 janvier 1664, il donnait ainsi à la cour sa petite comédie du *Mariage forcé* [3], et, le 8 mai suivant, une comédie en cinq actes, *la Princesse d'Élide* [4].

Cependant il travaillait, tout en contribuant aux divertissements de la cour, à une œuvre plus digne de son génie et pour laquelle il savait bien sans doute que l'appui du souverain lui serait indispensable. Nous n'avons pas à raconter ici l'histoire du *Tartuffe* : nous y insisterons plus loin [5]; qu'il nous suffise de rappeler que, cette fois, le roi même ne crut pas pouvoir aller jusqu'à autoriser, au moins immédiatement, la représentation publique d'une œuvre qui, en attaquant les faux dévots, paraissait cependant pouvoir inquiéter ou choquer la piété la plus sincère. Il paraît seulement avoir défendu l'auteur contre les attaques furieuses d'un curé de Paris, Pierre Roullé, qui, dans son *Roi glorieux au monde*, réclamait presque pour Molière le supplice du feu.

Ce dernier put d'ailleurs faire çà et là des lectures ou donner des représentations de sa pièce, — des trois premiers actes, le 25 septembre 1664, à Villers-Cotterets chez Monsieur; puis de l'œuvre tout entière, par deux fois, en 1665,

---

1. Voir pages 456-465, à l'*Appendice*, des fragments de *la Critique de l'École des femmes* et de l'*Impromptu de Versailles*, qui nous ont paru trop difficiles pour être expliqués dans les classes de cinquième et de quatrième.

2. Sur le mariage et les enfants de Molière, voir pages XXVII.
3. Voir page 63.
4. Voir page 76.
5. Voir page 257.

chez la princesse Palatine, devant le grand Condé; mais il dut attendre pour la faire paraître devant le public.

9. Cependant il donne sur son théâtre la comédie de *Don Juan ou le Festin de Pierre* (15 février 1665), création profonde et hardie, qui ne fut pas assez comprise et qui valut à Molière un redoublement d'attaques semblables à celles que *le Tartuffe* avait provoquées [1]. — En revanche Molière eut, au mois d'août de la même année, la satisfaction de voir le roi réclamer pour lui-même la troupe qui jusque-là avait appartenu à son frère, et qui abandonne alors le nom de *Troupe de Monsieur*, pour prendre celui de *Troupe du roi*, avec une pension de six mille livres.

Dès le mois suivant, le roi mettait à contribution le chef de sa troupe en lui commandant une comédie-ballet, qu'il fallut composer, apprendre et représenter, en cinq jours : la pièce que Molière écrivit à cette occasion est une œuvre charmante, *l'Amour médecin*.

La mort d'Anne d'Autriche, qui survint le 20 janvier 1666, en suspendant pour un temps les divertissements de la cour, laissa à Molière le loisir de s'occuper d'une tâche plus digne de lui, et, le 4 juin 1666, il donna sur son théâtre cette comédie du *Misanthrope*, œuvre austère et forte, qu'on peut regarder, en dépit du médiocre succès qui semble l'avoir accueillie d'abord, comme le chef-d'œuvre de la haute comédie dans notre pays [2]. Et, le mois suivant, par un effort charmant de son génie si riche et si divers, il fait représenter une comédie toute différente, une farce, et la plus joyeuse et la plus agréable de toutes celles qu'il a composées, *le Médecin malgré lui* [3].

10. Puis les divertissements de la cour le reprennent. Du 1er décembre 1666 au 20 février 1667, Molière et sa troupe sont à Saint-Germain, et Molière y compose, pour prendre place dans une série de divertissements appelée le *Ballet des Muses*, *Mélicerte*, pastorale héroïque, qu'il n'a pas le temps d'achever, puis une *Pastorale comique*, et enfin une aimable

---

1. Ces accusations prirent corps dans une brochure d'un style sobre et sérieux : *Observations sur une comédie de Molière intitulée* le Festin de Pierre, par le sieur de Rochemont. On ne sait quel est l'écrivain qui se cache sous ce pseudonyme. — Sur *Don Juan*, voir page 81.

2. Voir page 120.

3. Voir page 165.

comédie en un acte, mêlée de chants et de danses, *le Sicilien ou l'Amour peintre*.

Cette production si rapide, si aisée, pouvait faire bien augurer de l'année 1667, qui commençait : ce fut en réalité l'année la moins féconde de toute la carrière littéraire de Molière. Il fut d'abord gravement malade (à vrai dire, il l'avait été déjà plus d'une fois : il souffrait de la poitrine, et sa santé, à Paris, au milieu des fatigues de la vie de théâtre, fut toujours chancelante). Rétabli, il se donna tout entier à la préparation des représentations de son *Tartuffe*, remanié sous le nom de *l'Imposteur* : un mot de Louis XIV, avant son départ pour l'armée de Flandre, au commencement du mois de mai, lui avait laissé croire que la pièce pouvait désormais paraître en public sans opposition.

La première représentation eut lieu le 5 août : il n'y en eut pas de seconde. Car le lendemain *l'Imposteur* était interdit par le premier président du parlement de Paris, qui, en l'absence du roi, avait la charge de la police de la ville ; la semaine suivante, l'archevêque de Paris faisait défense à tous les fidèles « de représenter, lire ou entendre réciter ladite comédie, soit publiquement, soit en particulier, sous peine d'excommunication ».

A vrai dire, le prince de Condé lui-même, assuré sans doute de ne pas déplaire au roi, donna par deux fois, en 1668, l'exemple de la désobéissance à l'autorité ecclésiastique en faisant représenter *Tartuffe* chez lui. Mais, dans le premier moment de dépit, Molière perdit courage et ferma son théâtre.

Il le rouvrit cependant au bout de six semaines, le 25 septembre, et prépara sa jolie comédie d'*Amphitryon*, qui fut représentée le 13 janvier 1668. La même année vit encore paraître, comme si Molière voulait rattraper le temps qu'il avait perdu l'année précédente, deux œuvres importantes : *Georges Dandin*, en trois actes ; *l'Avare* [1], en cinq actes.

Enfin le 5 février 1669, le *Tartuffe* reparaissait sur la scène, cette fois avec l'autorisation expresse du roi. Le succès fut considérable et dura assez longtemps pour que Molière n'ait eu ni le besoin ni sans doute le loisir de songer à une œuvre nouvelle. Au mois d'octobre seulement, il composa,

1. Voir page 224.

pour les divertissements du château de Chambord, où était
le roi, la comédie-ballet de *M. de Pourceaugnac* [1].

L'année suivante, il ne travailla encore que pour le roi, et
écrivit deux comédies-ballets : *les Amants magnifiques* [2],
représentés à Saint-Germain au mois de février, et *le Bourgeois gentilhomme* [3], représenté à Chambord au mois d'octobre.

11. C'est sans doute pendant ces représentations que le roi
commanda à Molière une pièce héroïque comportant, avec
des divertissements, un grand déploiement de spectacle, sur
le sujet de *Psyché*. Mais pour cette pièce, si différente de
celles qu'il avait coutume de composer, Molière demanda au
grand Corneille de collaborer avec lui. Nous dirons plus
loin [4] quelle part revient dans l'œuvre commune à chacun
des deux poètes. Mais il importe ici de raconter comment ces
deux grands hommes, d'abord assez hostiles l'un à l'autre,
en vinrent à se rapprocher.

Vers 1667, Racine n'était encore qu'un débutant, il préparait sa tragédie de *la Thébaïde* et comptait la faire représenter sur le théâtre de l'Hôtel de Bourgogne, dont les
acteurs étaient renommés surtout dans la tragédie. Mais
peut-être ceux-ci ne firent-ils pas au jeune auteur un accueil
assez empressé : Molière, au contraire, lui ouvrant son
théâtre, c'est au Palais-Royal que *la Thébaïde* fut donnée.

Molière avait d'ailleurs d'autant plus de raisons de soutenir à ce moment le génie naissant de Racine, qu'il n'était
guère disposé à complaire à Corneille. Nous savons déjà
que, dans la querelle de *l'École des femmes*, le vieux poète
avait pris parti contre Molière, qui, de son côté, avait, dans
la Critique, prononcé quelques paroles assez dures, sinon
contre Corneille lui-même, du moins contre le genre tragique tel que Corneille l'entendait [5].

Lorsque Racine donna sa seconde tragédie, *Alexandre*,
c'est encore sur le théâtre de Molière qu'elle fut représentée, le 4 décembre 1665. — Or le 18 du même mois, sans
que Molière et ses acteurs eussent été prévenus, la pièce
était jouée sur le théâtre de l'Hôtel de Bourgogne.

Que s'était-il passé? Il est probable que les comédiens de
l'Hôtel de Bourgogne comprenant, à voir le succès et les

1. Voir page 274.
2. Voir page 284.
3. Voir page 287.
4. Voir page 331.
5. Voir page 460 note 6.

appuis qu'obtenait déjà Racine parmi les grands, qu'ils avaient eu tort de le dédaigner d'abord, lui avaient fait cette fois des ouvertures. Racine dut y répondre en les autorisant à apprendre sa pièce ; car, dès le 14 décembre, ils en donnaient une représentation particulière devant le duc et la duchesse d'Orléans : ils se trouvèrent alors tout prêts à la jouer sur leur propre théâtre.

C'était, de la part de Racine, à l'égard de Molière, un fort méchant procédé. Un an et demi plus tard, il le renouvelait en décidant l'une des meilleures actrices de la troupe du Palais-Royal à passer à l'Hôtel de Bourgogne pour y jouer *Andromaque*. Molière s'en vengea en accueillant sur son théâtre (1668) une pièce, d'ailleurs assez médiocre, *la Folle querelle*, qu'un certain Subligny avait composée contre l'œuvre nouvelle de Racine.

La mésintelligence de Racine et de Molière avait eu tout naturellement pour effet de rapprocher de ce dernier le vieux Corneille, qui n'avait pu voir sans ennui le succès d'*Alexandre*. Le 4 mars 1667, c'est au Palais-Royal qu'il porta sa tragédie d'*Attila*. — En 1670, c'est encore la troupe de Molière qui représenta sa comédie héroïque de *Tite et Bérénice*, tandis que l'Hôtel de Bourgogne donnait la *Bérénice* de Racine.

Psyché fut représentée le 17 janvier de l'année suivante.

12. Le 24 mai Molière donne sur son théâtre la farce des *Fourberies de Sapin* [1].

Au début de décembre, il intercale dans un divertissement donné devant la cour, à Saint-Germain, la petite comédie de *la Comtesse d'Escarbagnas*.

C'est vers cette époque qu'il dut commencer à sentir qu'il n'était plus le premier dans la faveur du roi. Quelqu'un le supplantait, et, dans l'organisation des divertissements de la cour, réussissait mieux encore qu'il n'avait fait à satisfaire aux goûts du souverain, plus épris de danse que de littérature : cet heureux rival, c'était le musicien qui avait écrit la musique de ses précédentes comédies-ballets, l'habile Lulli.

Est-ce cette diminution de la faveur royale qui laissa à ce moment plus de loisirs à Molière ? Toujours est-il qu'il

1. Voir page 338.

revint alors à la grande comédie avec *les Femmes savantes* [1], qui furent représentées sur son théâtre le 11 mars 1672.

Dans le même mois Lulli obtenait, pour son Académie royale de musique, le privilège exclusif de représenter les pièces accompagnées de danses et de musique. — Le coup dut être rude pour Molière, dont la santé, en même temps, devenait de plus en plus précaire.

Au mois de septembre il lui naquit un fils : moins d'un mois après, l'enfant mourut.

Ainsi, de toutes les façons, sa vie s'assombrit à cette époque, et c'est par là sans doute qu'on peut expliquer ce que la nouvelle satire qu'il dirige contre les médecins, *le Malade imaginaire*, encore que très bouffonne par endroits, semble avoir aussi de particulièrement amer [2].

Cette pièce elle-même a d'ailleurs été pour lui probablement l'occasion d'un nouvel ennui. Elle a la forme ordinaire des comédies-ballets et comporte des intermèdes de musique et de danse. Nul doute par conséquent qu'elle ne fût destinée à la cour : elle n'y fut cependant pas donnée, sans que nous sachions exactement quelles circonstances ou quelles intrigues en empêchèrent la représentation. C'est sur le théâtre du Palais-Royal qu'elle parut pour la première fois, le 10 février 1673.

13. Le vendredi 17, jour de la quatrième représentation, Molière joua comme d'habitude le rôle d'Argan, quoiqu'il fût « fort incommodé, dit un témoin [3], d'un rhume et fluxion sur la poitrine, qui lui causait une grande toux ». Rentré chez lui après le spectacle [4] (il demeurait alors rue Richelieu [5], non loin de son théâtre), il continua à tousser, et « dans les grands efforts qu'il fit pour cracher, se rompit une veine dans le corps ».

Il était alors environ neuf heures du soir. Molière dut sentir immédiatement la gravité de son état : il demanda à témoigner du repentir qu'il ressentait de ses fautes et à recevoir les sacrements. Par deux fois on alla mander un

1. Voir page 366.
2. Voir page 407.
3. L'acteur La Grange (1639-1692), auteur d'un *Registre* dans lequel il a consigné, au jour le jour, tous les événements qui se sont produits dans la troupe de Molière du 28 avril 1659 au 31 août 1685.
4. La représentation avait commencé à quatre heures.
5. Sur l'emplacement des maisons portant aujourd'hui les numéros 38 et 40.

prêtre de Saint-Eustache, mais sans succès ; une troisième démarche fut plus heureuse ; mais « comme toutes ces allées et venues tardèrent plus d'une heure et demie [1] », quand le prêtre arriva, Molière était mort, — mort sans confession, sans avoir abjuré les erreurs de sa vie de comédien, et « dans un temps où il venait de représenter la comédie ».

Le curé de Saint-Eustache, s'en tenant aux termes du *Rituel* de Paris, refusa la sépulture chrétienne. C'est alors que la veuve de Molière fit écrire en son nom par son beau-frère à l'archevêque pour lui rapporter les circonstances de la mort de son mari et notamment cette particularité touchante, qu'il était mort en présence de deux religieuses, qui demeuraient dans sa maison : ces deux religieuses étaient, semble-t-il, des sœurs quêteuses de passage à Paris et que Molière logeait chez lui par charité.

En même temps d'ailleurs qu'elle adressait sa requête à l'archevêque, la veuve de Molière allait trouver le roi, ou envoyait quelqu'un vers lui, et obtenait de Louis XIV la promesse que l'interdiction du curé de Saint-Eustache ne serait pas maintenue. En effet, par un acte du 20 février, l'archevêque autorisait le curé à « donner la sépulture ecclésiastique au corps du défunt Molière dans le cimetière de la paroisse, à condition néanmoins que ce sera sans aucune pompe et avec deux prêtres seulement, et hors des heures du jour, et qu'il ne se fera aucun service solennel pour lui ni dans ladite paroisse Saint-Eustache, ni ailleurs ».

Conformément à cette ordonnance l'enterrement eut lieu le lendemain à neuf heures du soir. Du moins les parents et les amis de Molière durent-ils faire en sorte que, par la pompe extérieure, ses obsèques fussent celles d'un bourgeois riche et considéré : au lieu des « deux prêtres » concédés par l'archevêque, un témoin oculaire mentionne la présence de trois ecclésiastiques, outre quatre prêtres portant la bière, qui était recouverte du poêle de la corporation des tapissiers ; six enfants des établissements hospitaliers portaient des cierges dans des chandeliers d'argent ; des laquais tenaient des flambeaux de cire blanche. Au départ ou sur le parcours, se trouva une foule de plus de quatre mille pauvres,

---

1. Ce sont les termes mêmes de la *Requête à l'archevêque de Paris* qui sera mentionnée plus loin.

à chacun desquels la veuve de Molière fit donner cinq sous, peut-être afin d'apaiser par là des dispositions qu'on jugeait menaçantes : il se peut en effet que la foule ait considéré l'autorisation donnée par l'archevêque comme une faveur injustifiée et qu'elle ait été tentée d'en manifester son mécontentement. — Le corps fut inhumé au cimetière Saint-Joseph, tout près de la rue Montmartre.

14. Molière était de taille et de corpulence moyennes ; un témoignage contemporain le dépeint avec la physionomie mobile, mais l'air très sérieux, le nez gros, la bouche grande, les lèvres épaisses, le teint brun, les sourcils noirs et forts. Ajoutons encore deux traits caractéristiques : le cou assez court et les yeux très écartés [1].

Il paraît avoir été d'un naturel plutôt mélancolique que gai, et toujours moins disposé à se répandre en conversations qu'à observer autour de lui les caractères et les attitudes.

Sa vie n'est pas exempte de certaines erreurs, de certaines défaillances morales, qu'expliquent, sans les excuser assez, les habitudes ordinaires de la vie des comédiens à son époque ; mais il semble avoir porté dans ses relations avec les hommes les vertus d'une âme droite et généreuse.

Les bénéfices qu'il retira de ses pièces et de l'administration de son théâtre lui permirent de mener une vie assez large : c'est ce que prouve notamment l'inventaire qui fut fait de son mobilier après sa mort [2].

Au nombre des amis de Molière, on peut citer le poète Chapelle, le physicien Rohault, le voyageur Bernier, le peintre Mignard, un médecin du nom de Mauvillain, La Fontaine et Boileau. Ces deux derniers ont laissé des témoignages immortels de leur admiration pour son génie.

---

1. Le portrait le plus connu de Molière est un tableau qui a été attribué à Mignard et qui, après avoir figuré au Louvre, se trouve aujourd'hui au musée de Versailles. Plus intéressants sont les deux tableaux qui se trouvent l'un au foyer des artistes de la Comédie française, l'autre, au château de Chantilly : le premier, attribué à Mignard, représente Molière, jeune encore, jouant le rôle de César dans le *Pompée* de Corneille ; l'autre, attribué également à Mignard, le représente tel qu'il était dans la vie privée, avec une expression de mélancolie profonde et touchante. On trouvera la reproduction de ces trois portraits dans l'*album* qui est joint aux *Œuvres de Molière* dans la collection des *Grands écrivains de la France*.

2. Dans cet inventaire figure une liste des livres de sa bibliothèque, liste sans doute incomplète, mais sur laquelle il n'est pas sans intérêt de relever la mention suivante : *Comédies françaises, italiennes et espagnoles, deux cent quarante volumes*.

15. Molière avait épousé en 1662 une actrice de sa troupe, Armande Béjart, sœur ou peut-être fille de cette Madeleine Béjart (1618-1672), dont nous avons parlé plus haut[1], et qui était comme la doyenne de cette troupe. Cette union ne fut pas heureuse : de vingt ans moins âgée que son mari, la jeune femme était trop frivole sans doute pour s'accommoder aisément à l'humeur sérieuse de l'homme de génie qu'elle avait épousé; il ne semble pas cependant qu'on ait des raisons suffisantes d'ajouter foi aux accusations plus graves dont elle a été l'objet de la part de ses ennemis. — Elle se remaria en 1677 avec le comédien Guérin d'Estriché.

Elle avait donné à Molière trois enfants : deux fils, qui moururent dans leur première année, et une fille, Esprit-Madeleine, qui épousa, à quarante ans, un gentilhomme de petite fortune, M. de Montalant, et mourut sans postérité en 1723, à cinquante-huit ans.

16. Quant à la troupe de Molière, à qui le roi, peu de temps après la mort de son chef, reprit la salle du Palais-Royal pour la donner à Lulli, elle s'établit au mois de juin suivant dans une salle qu'on appela l'Hôtel Guénégaud, parce qu'elle était proche de la rue de ce nom. L'ordonnance qui autorisait son établissement faisait en même temps défense de continuer ses représentations à la troupe du Marais, dont le meilleur acteur venait de passer à la troupe de Molière.

En 1679, ce fut au tour de la plus célèbre actrice de l'Hôtel de Bourgogne, Mlle Champmeslé, de passer à l'Hôtel Guénégaud. — L'année suivante, la mort de l'acteur La Thorilière, qui, après la mort de Molière, avait abandonné sa troupe pour entrer à l'Hôtel de Bourgogne, détermina les comédiens de ce dernier théâtre à se joindre à leurs rivaux.

Le 18 août 1680, le roi ordonna que les deux troupes se confondraient en conservant ce nom de Troupe du roi qu'il avait jadis accordé à la troupe de Molière : ce fut l'origine de la *Comédie française*.

17. Non plus que La Fontaine ou que Racine, ce n'est dans l'invention du sujet que Molière a placé le mérite essentiel de son art. De presque toutes ses pièces, d'un grand nombre de ses scènes les plus fameuses, il a emprunté l'idée à quelqu'un de ses devanciers, conteur ou auteur dramatique,

1. Voir page IX.

ancien ou moderne, français ou étranger. « Je prends, aurait-il
dit un jour, mon bien où je le trouve. » Authentique ou non,
ce mot exprime bien du moins cette double vérité, proclamée
à la fois par tous les grands classiques; qu'un sujet, dans sa
donnée grossière, appartient à tout le monde, et que le grand
poète le fait sien le jour où il s'en empare pour le façonner
et y mettre la marque de son génie.

Celui de Molière se fait reconnaître d'abord dans la peinture des caractères. Nul (combien de fois l'a-t-on dit?) n'a
enfoncé plus avant dans l'étude des ridicules des hommes et
des mœurs de la société. Mieux qu'aucun autre auteur dramatique il a compris la complexité de l'âme humaine, et il l'a
rendue avec tant d'exactitude, unissant souvent, dans un
même personnage, par respect de la vérité, des traits en
apparence contradictoires, que plus d'une fois sa pensée
véritable a été méconnue et que des juges superficiels ou
prévenus se sont trompés sur le vrai caractère de certains
de ses héros, le vrai sens de certaines de ses comédies.

18. C'est par un malentendu de ce genre qu'il faut expliquer d'abord le sentiment de ceux qui ont parfois accusé le
théâtre de Molière d'immoralité : il n'y a donc guère à s'y
arrêter. — Mais on peut, avec plus de justesse, remarquer que
la morale de Molière ne se réclame d'aucun motif supérieur
au bon sens, à la raison humaine elle-même. Elle se fonde
sur une certaine conception moyenne des forces de la nature
de l'homme, et, de même qu'elle bafoue ceux qui s'abandon-
nent lâchement à leurs instincts égoïstes et brutaux, elle
ridiculise ceux qui prétendent s'élever jusqu'à l'idéal surhu-
main d'une vie purement spirituelle.

On a montré à loisir, et non sans raison, ce que cette
morale avait d'insuffisant ; et l'on peut ajouter que le
fondement même en est peu sûr : car qui se vantera de
déterminer exactement ces forces de la nature humaine?
les limites en apparaîtront toujours différentes à des tem-
péraments différents. — N'oublions pas toutefois que Molière
écrit des comédies et que, suivant le mot de Voltaire[1], s'il
peut appartenir à la tragédie de se faire l'« école de
la grandeur d'âme », le rôle de la comédie est plus

1. Lettre du 20 juin 1733, à un premier commis.

modeste; elle ne se propose que d'être l'école « de la
vie civile ». Ainsi la morale de Molière s'explique sans
doute par les tendances naturelles de son esprit; mais
les lois mêmes du genre qu'il traite ne lui permettaient
guère de s'éloigner des limites qu'il n'a pas dépassées.
— Au reste ce serait se faire de cette morale du bon sens
une idée des plus fausses que de penser qu'elle n'est
capable ni de gravité, ni de délicatesse : l'Ariste de *l'École
des maris*, le Cléante du *Tartuffe*, le Don Louis de *Don
Juan*, les deux héros du *Misanthrope*, Alceste et Philinte,
le Clitandre des *Femmes savantes*, sont, avec leurs traits
si divers, des modèles excellents, sinon tous également
achevés, de l'honnête homme, dans tous les sens qu'on voudra
donner à ce mot.

19. Avec la profondeur, il faut encore reconnaître au génie
de Molière l'abondance et la diversité. Ceux-là ont bien dit,
qui, répondant au seul reproche que Boileau ait adressé à
Molière, se sont félicités justement qu'il soit resté capable
d'écrire *le Médecin malgré lui*, voire *Scapin* ou *Pourceaugnac*, ayant écrit *le Tartuffe* ou *le Misanthrope*. En un certain
sens, *l'Étourdi*, par lequel il débute, ne lui fait pas moins
d'honneur que *les Femmes savantes*, par lesquelles, ou peu
s'en faut, sa carrière s'achève.

Comme il a la verve et la fantaisie avec la profondeur et
l'exactitude, il a la grâce et le charme avec la force et la
solidité de la raison. On l'a nié. Il a semblé qu'il y avait
toujours de l'amertume dans son rire et comme de la dureté
dans sa joie, et l'on a pensé que ce défenseur impitoyable
de la saine raison ne pouvait être un assez bon peintre des
âmes aimantes et gracieuses.

Il est vrai qu'en effet de tels caractères ne peuvent nécessairement occuper qu'une place secondaire dans la comédie
telle que Molière, et, avec lui, les plus grands peintres de
mœurs, l'ont en général comprise. Mais pour ne pas même
parler des jolis épisodes qu'il a semés çà et là dans tant
de *divertissements*, il y aurait une singulière injustice à
méconnaître la grâce ou mutine, ou fière, ou douloureuse,
de quelques-unes des jeunes femmes ou des jeunes fille de
son théâtre, la Lucile du *Dépit amoureux*, l'Eriphile des
Amants magnifiques, la Marianne de *Tartuffe* et l'Henriette

2.

des *Femmes savantes*, l'Elvire de *Don Juan* et l'Angélique
du *Malade imaginaire*.

20. Le style de Molière n'est pas exempt de négligences.
Elles s'expliquent, on l'a dit souvent, par la rapidité avec
laquelle il était obligé de travailler. De cette rapidité, les
preuves matérielles abondent dans le texte de ses pièces [1],
nous montrant par surcroît combien Molière, si soucieux de
l'effet que ses comédies pouvaient produire sur la scène,
s'occupait peu de les revoir et de les corriger pour l'impression [2]. On peut croire toutefois qu'il eût procédé à quelque
revision de son théâtre, s'il eût eu le loisir de donner lui-
même, comme a fait Corneille par exemple, un recueil de
ses comédies. Mais la première édition de ses œuvres com-
plètes ne fut donnée qu'en 1682, neuf ans après sa mort [3].

Quoi qu'il en soit, ces négligences ne justifient pas la critique que certains juges, trop délicats peut-être, Fénelon et
La Bruyère entre autres, ont faite du style de Molière. A
vrai dire, elles sont assez nombreuses, mais isolées, et il
semble manifeste qu'il eût été partout facile de les faire disparaître, de corriger la phrase ou le vers qu'elles déparent.
Elles font donc tache çà et là dans le style de Molière; elles
n'en compromettent pas la solidité. — Varié comme les personnages mêmes de ses comédies, tour à tour délicat et
savoureux, ce style s'assujettit, conquiert, du premier coup,
l'esprit de l'auditeur et du lecteur lui-même par la plénitude
aisée, naturelle, du rythme et du sens.

A ne le considérer, dans la signification étroite du terme,
que comme un écrivain, et sans tenir compte des autres
mérites auxquels il doit sa gloire et sa popularité vraiment
unique, on ne peut sérieusement contester à Molière la place
qu'il occupe parmi les plus grands poètes et les plus grands
prosateurs de notre XVIIᵉ siècle.

---

1. Voir par exemple la lacune probable signalée page 104, note 1, et qui
est peut-être imputable à Molière lui-
même plutôt qu'à ses éditeurs. — Voir
encore page 234, note 1 et page 336,
note 3.
2. Voir page 73, note 3; page 246,
note 2; page 360, note 3.
3. Préparée avec un soin pieux par
Lagrange (voir la note 3 de la page XXIV)
et un certain Vinot, qui n'est pas autrement connu, elle contenait, outre toutes
les comédies de Molière déjà publiées,
celles qu'il n'avait pas voulu ou qu'il
n'avait pas pu faire imprimer : *Don
Garcie de Navarre, l'Impromptu de Versailles, Don Juan, Mélicerte, les Amants
magnifiques, la comtesse d'Escarbagnas, le
Malade imaginaire.*

MOLIÈRE

SCÈNES CHOISIES

L'ÉTOURDI

ou

LES CONTRETEMPS

COMÉDIE EN CINQ ACTES ET EN VERS

(1653 ou 1655)

Cette comédie a été représentée d'abord à Lyon pendant le séjour que Molière fit dans cette ville en 1653 et en 1655; à partir de 1658 elle fut jouée plusieurs fois à Paris, et y obtint un grand succès.

L'Étourdi n'est pas encore une de ces comédies de caractères dans lesquelles se décèlera plus tard la profonde originalité de Molière. Imitée d'une comédie publiée en 1629 par l'auteur-acteur italien Beltrame, elle roule tout entière sur un sujet de pure fantaisie : un valet, qui s'intitule lui-même le roi des fourbes, Mascarille, met ses ruses au service de son jeune maître Lélie. Mais celui-ci, qui, sans trop de scrupule, ne demande qu'à profiter des stratagèmes ourdis par le drôle, vient à chaque instant les faire échouer par ses étourderies.

L'Étourdi est donc moins une comédie fortement composée qu'une succession d'aventures, de contretemps divertissants. Mais du moins la verve qu'y déploie Molière est incomparable et si entraînante que, de nos jours encore, en dépit de la médiocrité du sujet, cette pièce est représentée assez fréquemment, et toujours avec succès.

LE FANTOME

Le jeune Lélie a besoin d'argent. Son valet Mascarille se charge de lui en procurer par une ruse bien ourdie, sinon fort honnête. Il a persuadé au père de Lélie, Pandolfe, que des ouvriers occupés à construire pour lui une maison à la campagne avaient, en travaillant aux fondations, trouvé un trésor. Pandolfe part précipitamment, et Mascarille profite de son absence pour aller trouver un ami du vieillard, Anselme. Il lui raconte que Pandolfe vient de mourir subitement, et il le prie de prêter à Lélie l'argent nécessaire pour l'enterrement. Si invraisemblable que soit ce récit, Anselme finit par y croire, d'autant plus qu'on lui montre dans la maison quelque chose qu'il prend pour le corps de Pandolfe déjà enveloppé du linceul, et donne à Mascarille ce qu'il lui demande. Mais à peine Mascarille est-il sorti qu'Anselme voit venir vers lui Pandolfe en personne et, plein de terreur, il le prend pour un fantôme.

PANDOLFE. ANSELME

ANSELME.

Ah ! bons Dieux je frémi [1] !
Pandolfe qui revient ! Fût-il bien endormi [2] !
Comme depuis sa mort sa face est amaigrie [3] !
Las [4] ! ne m'approchez pas de plus près, je vous prie !
J'ai trop de répugnance à coudoyer un mort.

PANDOLFE.

D'où peut donc provenir ce bizarre transport [5] ?

---

1. *Frémi.* La première personne des verbes latins ne prenant point d's, la première personne des verbes français n'en prenait pas non plus dans l'ancienne langue. On a écrit jusqu'aux premières années du xviie siècle : *je frémi, je voi, je croi,* etc. Quand cette orthographe fut tombée en désuétude, la poésie continua cependant à l'employer. — Citons ces exemples de Corneille (*le Menteur,* V, iii) :
Croyez-vous qu'il suffit d'être sorti de moi ?
— Avec toute la France aisément je le croi.

... Dans la lâcheté du vice où je te voi.
Tu n'es plus gentilhomme étant sorti de moi
et celui-ci de Boileau (*Épîtres,* v, 1) :

Tantôt cherchant la fin d'un vers que je construi.
Je trouve au coin d'un bois le mot qui m'avait fui.

2. Plût au Dieux qu'il fût bien endormi (dans son tombeau).

3. On reconnaît ici les effets ordinaires de la prévention.

4. *Las,* interjection qui a le même sens que son composé *hélas,* et qui n'est autre chose que l'adjectif *las* (de *lassus,* fatigué), pris comme mot invariable exprimant la pitié pour la fatigue, le malheur.

5. *Transport,* accès de terreur ou de folie qui met l'esprit *hors de lui-même.*

ANSELME.

Dites-moi de bien loin quel sujet vous amène.
Si pour me dire adieu vous prenez tant de peine,
C'est trop de courtoisie, et véritablement
Je me serais passé de votre compliment.
Si votre âme est en peine et cherche des prières [1]
Las! je vous en promets, et ne m'effrayez guères [2]!
Foi d'homme épouvanté, je vais faire à l'instant
Prier tant Dieu pour vous que vous serez content.
　　　Disparaissez donc, je vous prie;
　　　Et que le ciel, par sa bonté,
　　　Comble de joie et de santé
　　　Votre défunte seigneurie! [3]

PANDOLFE, *riant.*

Malgré tout mon dépit, il m'y faut prendre part [4].

ANSELME.

Las! pour un trépassé vous êtes bien gaillard [5]!

PANDOLFE.

Est-ce jeu, dites-nous, ou bien si c'est folie [6],
Qui traite de défunt une personne en vie?

ANSELME.

Hélas! vous êtes mort, et je viens de vous voir [7].

---

1. Allusion à une croyance populaire, suivant laquelle les âmes en peine, c'est-à-dire en souffrance dans l'enfer ou dans le purgatoire, apparaissaient parfois pour demander à ceux qu'elles avaient connus pendant la vie des prières en leur faveur.

2. *Ne m'effrayez guères* : veuillez bien ne pas m'effrayer beaucoup.

3. Ces quatre vers sont une espèce de formule toute faite qu'Anselme connaît sans doute depuis son enfance, comme propre à éloigner les fantômes : c'est pourquoi ils sont d'une autre mesure que les vers du dialogue dans lequel ils s'intercalent.

4. *Y*, à cela, à la scène plaisante; il faut que je m'en amuse, je ne puis m'en empêcher.

5. *Gaillard*, joyeux : l'origine du mot est douteuse.

6. *Ou si, ou bien si* avec le sens de *ou bien est-ce que* est une forme interrogative très employée au XVIIe siècle. Ainsi Corneille écrit (*Heraclius*, IV, III) :

Tombé-je dans l'erreur ou si j'en vais sortir?

7. *De vous voir mort.* Nous avons dit que Mascarille avait fait entrer Anselme dans la maison et lui avait montré quelque objet que le vieillard avait pris pour le corps de Pandolfe.

PANDOLFE.

Quoi! j'aurais trépassé sans m'en apercevoir?

ANSELME.

Sitôt que Mascarille en a dit la nouvelle,
J'en ai senti dans l'âme une douleur mortelle.

PANDOLFE.

Mais enfin, dormez-vous? Êtes-vous éveillé?
Me connaissez-vous pas [1]?

ANSELME.

Vous êtes habillé
D'un corps aérien [2] qui contrefait le vôtre,
Mais qui dans un moment peut devenir tout autre.
Je crains fort de vous voir comme un géant grandir,
Et tout votre visage affreusement laidir [3].
Pour Dieu! ne prenez point de vilaine figure;
J'ai prou [4] de ma frayeur en cette conjoncture.

PANDOLFE.

En une autre saison, cette naïveté [5]
Dont vous accompagnez votre crédulité,
Anselme, me serait un charmant badinage,
Et j'en prolongerais le plaisir davantage :
Mais, avec cette mort, un trésor supposé,

---

1. *Me connaissez-vous pas?* Cette
ellipse de *ne* dans les phrases interro-
gatives est fréquente au XVII⁰ siècle.
On connaît, par exemple, le vers de
La Fontaine (*Fables*, III, XI) :

Fit-il pas mieux que de se plaindre?

Quant à *connaître*, on l'employait
souvent avec le sens de *reconnaître* (voir
page 174, note 4).
2. *Aérien*, fait d'air subtil, non
résistant.
3. *Laidir* : rendre laid. Le mot a

disparu de la langue. — Construisez
la phrase : je crains de vous voir grandir comme un géant et de vous voir
rendre votre visage affreusement laid.
4. *Prou* : beaucoup. Entendez : j'ai
déjà beaucoup de ma frayeur, n'y
ajoutez rien. Le mot ne s'emploie plus
guère que dans la locution *peu ou
prou*.
5. *Naïveté*, naturel, sincérité. —
(*Naïf*, d'où vient *naïveté*, vient lui-même
de *nativus*, et son vrai sens est celui de
naturel, qui n'est pas feint).

Dont parmi les chemins on m'a désabusé[1],
Fomente dans mon âme un soupçon légitime.
Mascarille est un fourbe, et fourbe fourbissime [2],
Sur qui ne peuvent rien la crainte et le remords,
Et qui pour ses desseins a d'étranges ressorts.

ANSELME.

M'aurait-on joué pièce [3] et fait supercherie?
Ah! vraiment, ma raison, vous seriez fort jolie!
Touchons un peu pour voir [4] : en effet, c'est bien lui.
Malepeste [5] du sot que je suis aujourd'hui!
De grâce, n'allez pas divulguer un tel conte;
On en ferait jouer quelque farce [6] à ma honte :
Mais, Pandolfe, aidez-moi vous-même à retirer
L'argent que j'ai donné pour vous faire enterrer.

PANDOLFE.

De l'argent, dites-vous? Ah! c'est donc l'enclouûre [7]!
Voilà le nœud secret de toute l'aventure!
A votre dam [8]. Pour moi, sans m'en mettre en souci,
Je vais faire informer [9] de cette affaire-ici [10]

---

1. *Parmi les chemins*, pendant la route, tandis que je cheminais, que je me rendais à la campagne. *Parmi* est pris ici dans son sens propre et tout à fait étymologique (*per medium*). — Dans cette phrase, comme il arrive assez souvent dans la poésie du xviiᵉ siècle (voir page 127, note 3), le participe passé remplace un terme abstrait : *un trésor supposé* = le fait qu'on ait supposé un trésor, qu'on m'ait fait croire à l'existence d'un trésor (voir l'analyse de la page 2). Entendez donc : le fait qu'on ait imaginé cette histoire d'un trésor, à propos duquel j'ai été détrompé en chemin, entretient dans mon âme un soupçon bien justifié.

2. Inutile de dire que ce mot n'est pas français : c'est un plaisant barbarisme forgé sur le modèle des superlatifs latins.

3. *M'aurait-on joué pièce?* aurait-on joué, pour me duper, une pièce de comédie?

4. Tâtons Pandolfe pour voir s'il est vivant.

5. *Malepeste du sot* = que la mauvaise peste soit du sot.

6. *Farce* : quelque pièce de comédie où je serais ridiculisé.

7. *Enclouûre* : blessure faite au sabot d'un cheval par un clou qu'on lui enfonce maladroitement en voulant le ferrer. — De là on passe au sens d'embarras, de nœud d'une difficulté.

8. *Dam* : préjudice (*damnum*). — *A votre dam* = tant pis pour vous.

9. *Informer*, faire une enquête (mot de style judiciaire).

10. *Ici* se trouve, dans l'ancienne langue et encore au xviiᵉ siècle, joint aux subtantifs aussi bien que *ci*, que nous employons seul dans ce cas aujourd'hui.

1.

Contre ce Mascarille, et si l'on peut le prendre,
Quoi qu'il puisse coûter, je le veux faire pendre.

(Acte II, sc. IV.)

LE DÉPIT AMOUREUX

COMÉDIE EN CINQ ACTES ET EN VERS

(1656)

Représenté en 1656 à Béziers, *le Dépit amoureux* est encore une comédie d'intrigue, comme *l'Étourdi*; mais le sujet en est à la fois très compliqué et médiocrement intéressant. Par bonheur, elle contient quelques scènes qui tiennent assez peu au fond même de la pièce pour pouvoir s'en détacher aisément et qui sont tout à fait charmantes : ce sont celles qui nous montrent la brouille, puis le raccommodement d'Éraste et de sa fiancée Lucile, — et, par contre-coup, du valet Gros René et de la suivante Marinette. Dans le courant du XVIIIᵉ siècle, des comédiens eurent l'idée d'extraire de la comédie en cinq actes ces scènes, d'où lui vient précisément son titre et qui en forment la partie la plus attachante. *Le Dépit amoureux* s'est ainsi trouvé réduit à deux actes, et c'est sous cette forme qu'on le représente encore de nos jours.

LES RAISONNEMENTS DE GROS-RENÉ [1]

Éraste, ayant légèrement offensé Lucile, sa fiancée, dont il croyait avoir à se plaindre, lui a envoyé son valet Gros-René pour lui présenter ses excuses. Mais Lucile a refusé de le recevoir, et Marinette, suivante de Lucile, et fiancée de Gros-René, ne s'est pas montrée plus aimable. — Gros-René vient rendre compte de son ambassade à son maître.

---

1. *Gros-René.* Ce nom était le sobriquet de l'acteur qui était chargé de ce rôle, le comédien Du Parc (de son vrai nom René Berthelot), — qu'il ait d'ailleurs été ainsi surnommé avant ou depuis son entrée dans la troupe de Molière.

ÉRASTE, GROS-RENÉ

ÉRASTE.

Encore rebuté?

GROS-RENÉ.

Jamais ambassadeur ne fut moins écouté.
A peine ai-je voulu lui porter la nouvelle
Du moment d'entretien que vous souhaitez d'elle,
Qu'elle m'a répondu, tenant son quant-à-moi [1] :
« Va, va, je fais état [2] de lui comme de toi;|
Dis-lui qu'il se promène [3]; » et, sur ce beau langage,
Pour suivre son chemin, m'a tourné le visage,
Et Marinette [4] aussi, d'un dédaigneux museau,
Lâchant un : « Laisse-nous, beau valet de carreau [5] »,
M'a planté là comme elle; et mon sort et le vôtre
N'ont rien à se pouvoir reprocher l'un à l'autre.

ÉRASTE.

L'ingrate! recevoir avec tant de fierté
Le prompt retour d'un cœur justement emporté!...
Mais puisque l'on témoigne une froideur extrême
A conserver les gens, je veux faire de même.

GROS-RENÉ.

Et moi de même aussi. Soyons tous deux fâchés,
Et mettons notre amour au rang des vieux péchés [6] :
Il faut apprendre à vivre à ce sexe volage,
Et lui faire sentir que l'on a du courage.....
Car, voyez-vous, la femme est, comme on dit, mon maître,

---

1. *Tenir son quant-à-moi*, affecter un air hautain et réservé.

2. *Faire état de*, faire cas de, estimer.

3. *Qu'il se promène*, ou, comme nous disons plutôt, *qu'il aille se promener* : formule de mépris.

4. *Marinette* est la suivante de Lucile; et comme son maître comptait épouser Lucile, Gros-René devait se marier avec Marinette.

5. *Le valet de carreau* est un des quatre valets du jeu de cartes. Appeler Gros-René *valet de carreau*, c'est à peu près l'appeler « valet pour rire ».

6. *Au rang des vieux péchés*, c'est-à-dire considérons-le comme une de ces erreurs, dont, une fois qu'on les a commises, reconnues et regrettées, on ne s'occupe plus.

Un certain animal [1] difficile à connaître,
Et de qui la nature est fort encline au mal :
Et comme un animal est toujours animal,
Et ne sera jamais qu'animal, quand sa vie
Durerait cent mille ans; aussi, sans repartie [2],
La femme est toujours femme, et jamais ne sera
Que femme, tant qu'entier le monde durera.
D'où vient qu'un certain Grec dit que sa tête passe
Pour un sable mouvant; car (goûtez bien, de grâce,
Ce raisonnement-ci, lequel est des plus forts);
Ainsi que la tête est comme le chef [3] du corps,
Et que le corps sans chef est pire qu'une bête;
Si le chef n'est pas bien d'accord avec la tête,
Que tout ne soit pas bien réglé par le compas,
Nous voyons arriver de certains embarras;
La partie brutale [4] alors veut prendre empire
Dessus [5] la sensitive [6], et l'on voit que l'un tire
A dia, l'autre à hurhaut [7]; l'un demande du mou,
L'autre du dur; enfin tout va sans savoir où,
Pour montrer [8] qu'ici-bas, ainsi qu'on l'interprète, [9]

1. *Animal*, être animé : c'est le sens latin du mot.
2. *Sans repartie*, sans réplique, sans contestation possible.
3. Le mot *chef* vient précisément du latin *caput*, et nous disons encore un *couvre-chef* pour désigner un chapeau.
4. Il faut scander : *la par-ti-e brutale*; l'*e* muet, à la fin du mot *partie*, compte pour une syllabe, contrairement à une règle établie par Malherbe et qui a été généralement suivie depuis. Un mot terminé par un *e* muet ne peut, depuis Malherbe, se placer qu'à la fin du vers ou devant un mot commençant par une voyelle, et cet *e*, ni dans l'un ni dans l'autre cas, ne compte pour une syllabe. Mais comme Molière pouvait très facilement faire un vers correct en écrivant (ce qui n'eût point changé le sens) : *La par-ti(e) a-ni-male*, on peut croire qu'il a fait son vers ainsi à dessein : comme Gros-René s'embarrasse dans son raisonnement et a une certaine peine à le poursuivre, il ne parle pas toujours très vite et traîne quelque peu sur les mots, comme quand on cherche péniblement la pensée ou l'expression. Il prononce donc ainsi : *La par-ti-e....* puis il cherche son mot et finit par trouver celui de *brutale*.
5. *Dessus*. Le xviie siècle n'avait point établi la différence que nous faisons aujourd'hui entre les adverbes *dessus, dessous, dedans* et les prépositions *sur, sous, dans*.
6. *La partie brutale* : le corps, ce qu'il y a en nous de matière; — *la partie sensitive*, l'âme, l'esprit.
7. *A dia*, à gauche; — *à hurhaut* (ou *huhaut*), à droite. — Cris qu'emploient les charretiers pour diriger leurs chevaux.
8. *Pour montrer* : je dis tout cela pour montrer....
9. *Ainsi qu'on l'interprète*, comme on le comprend généralement.

La tête d'une femme est comme la girouette
Au haut d'une maison, qui tourne au premier vent.
C'est pourquoi le cousin [1] Aristote [2] souvent
La compare à la mer; d'où vient qu'on dit qu'au monde
On ne peut rien trouver de si stable que l'onde [3].
Or, par comparaison (car la comparaison
Nous fait distinctement comprendre une raison,
Et nous aimons bien mieux, nous autres gens d'étude,
Une comparaison qu'une similitude) [4] ;
Par comparaison donc, mon maître, s'il vous plaît,
Comme on voit que la mer, quand l'orage s'accroît, [5]
Vient à se courroucer, le vent souffle et ravage,
Les flots contre les flots font un remû-ménage [6]
Horrible; et le vaisseau, malgré le nautonnier [7],
Va tantôt à la cave et tantôt au grenier,
Ainsi, quand une femme a sa tête fantasque,
On voit une tempête en forme de bourrasque,
Qui veut compétiter [8] par de certains.... propos,
Et lors un.... certain vent, qui par.... de certains flots,
De.... certaine façon, ainsi qu'un banc de sable....
Quand.... les femmes enfin ne valent pas le diable.

(Acte IV, sc. II.)

---

1. *Le cousin*, appellation comique, à laquelle il n'y a pas lieu de chercher de sens précis.
2. *Aristote* : voir la note 1 de la page 68.
3. C'est évidemment le contraire que veut dire Gros-René : il n'est rien de *moins* stable que l'onde. Mais comme il y a déjà longtemps que son raisonnement ne se suit plus, une bévue de plus ou de moins dans son discours ne tire plus à conséquence.
4. Gros-René, quoique se mettant au nombre des *gens d'étude*, fait preuve d'ignorance : une *similitude* est exactement la même chose qu'une *comparaison*.
5. On employait encore les formes *craitre* et *accraitre*, qui sont tombées en désuétude; nous ne disons plus que *croître* et *accroître*.
6. On ne peut plus écrire aujourd'hui que *remue-ménage*.
7. *Nautonnier*, pilote.
8. *Compétiter*, si ce mot était français, voudrait dire sans doute « rechercher avec ardeur. » — Ici Gros-René ne sait plus du tout ce qu'il dit.

LES PRÉCIEUSES RIDICULES

COMÉDIE EN UN ACTE ET EN PROSE

(1659)

Dans les premières années du règne de Louis XIII, Catherine de Vivonne, femme de Charles d'Angennes, marquis de Rambouillet, avait pris l'habitude de recevoir dans son hôtel, construit sur ses propres plans et, dans certaines de ses parties, aménagé précisément en vue de cette sorte de réceptions, des gens du monde, hommes et femmes, et des écrivains, qui trouvaient là ce qu'ils n'avaient pu trouver dans la société un peu rude et grossière de la cour d'Henri IV : le plaisir exquis d'une conversation délicate. Ces réunions de l'hôtel de Rambouillet tiennent une grande place non seulement dans l'histoire de la vie mondaine, qui, à vrai dire, ne commença guère qu'avec elles dans notre pays, mais encore dans l'histoire de l'esprit français lui-même et de la langue française, à la pureté et à l'exactitude de laquelle les habitués de l'hôtel de Rambouillet s'intéressèrent peut-être plus qu'à toute autre chose. Aussi est-ce pour faire honneur à la marquise et à ses hôtes que l'on employa d'abord, en parlant d'eux, ces mots de *précieux* et de *précieuses*, qui, pris à la lettre, désignent des hommes et des femmes *d'un grand prix*.

Mais cette recherche constante de la délicatesse dans les sentiments et dans le langage peut devenir périlleuse et ressembler bientôt à de l'affectation. C'est ce qui apparut de plus en plus à mesure qu'on s'éloigna des circonstances qui avaient fait naître au début l'idée des réunions de l'hôtel de Rambouillet.

L'influence de l'hôtel de Rambouillet s'était fait surtout sentir, et heureusement sentir, dans le second quart du xviiᵉ siècle, jusque vers l'époque du début de la Fronde (1648). Mais les mêmes habitudes de langage qu'on avait dès l'abord regardées comme une marque de distinction devinrent au bout de quelques années affaire de mode. Certains romans, dans lesquels, sous des noms antiques, étaient peints des personnages contemporains ou des portraits idéalisés qu'on donnait pour les modèles de ce que devaient être des hommes et des femmes d'une vertu et d'un mérite accomplis, et surtout l'*Artamène ou le Grand Cyrus* (1649-1653) de Mlle de Scudéry (1607-1701), contribuèrent à répandre même parmi la bourgeoisie le désir d'imiter les *grandes précieuses*. C'est alors qu'on vit paraître ces « mauvais singes », suivant l'expression même de Molière [1], qu'il a voulu peindre dans sa comédie des *Précieuses ridicules*.

De tous les travers humains en effet il n'en est pas un qui ait jamais paru à Molière plus insupportable que l'affectation. Son aversion pour tout ce qui est contraire au bon sens et à la nature est même si forte qu'on a pu prétendre non sans raison que, tout en se bornant à attaquer les précieuses *ridicules*, Molière devait goûter fort peu la délicatesse, à son gré, sans doute, excessive, des vraies précieuses elle-mêmes.

Quoi qu'il en soit, la petite comédie des *Précieuses ridicules*, la première œuvre qu'il ait composée à Paris [2], est aussi la première dont le sujet soit tiré non plus de la fantaisie de l'auteur, comme celui de *l'Étourdi* ou du *Dépit amoureux*, mais de l'observation directe de la réalité et des mœurs contemporaines. Le succès de cette tentative fut éclatant [3], et, quoiqu'il n'ait pas dès lors renoncé absolument à la comédie romanesque, on peut dire que Molière a désormais trouvé sa véritable voie.

I

LES PRÉTENDANTS ÉCONDUITS

Gorgibus, bourgeois de Paris, a une fille, Madelon, et une nièce, Cathos [4]. Il prétend les marier à deux fort honnêtes gens, La Grange et Du Croisy. Mais les deux jeunes filles, à qui les romans de Mlle de Scudéry [5] ont tourné la tête, ne trouvent pas ces messieurs assez distingués et d'esprit assez fin. Elles leur ont donc fait froide mine, et les deux prétendants sortent de la maison de Gorgibus fort mal satisfaits.

1. Dans la préface des *Précieuses ridicules*.
2. Voir cependant page x, note 2.
3. La première représentation est du 18 novembre 1659.

4. *Cathos* ou *Catau* (les deux formes se prononcent de la même manière), abréviation familière dans l'ancienne France du nom de Catherine.
5. Voir la notice ci-dessus.

LA GRANGE, DU CROISY [1]

DU CROISY. — Seigneur La Grange....

LA GRANGE. — Quoi?

DU CROISY. — Regardez-moi un peu sans rire.

LA GRANGE. — Hé bien?

DU CROISY. — Que dites-vous de notre visite? En êtes-vous fort satisfait?

LA GRANGE. — A votre avis, avons-nous sujet de l'être tous deux?

DU CROISY. — Pas tout à fait, à dire vrai.

LA GRANGE. — Pour moi, je vous avoue que j'en suis tout scandalisé. A-t-on jamais vu, dites-moi, deux pecques [2] provinciales faire plus les renchéries [3] que celles-là, et deux hommes traités avec plus de mépris que nous? A peine ont-elles pu se résoudre à nous faire donner des sièges. Je n'ai jamais vu tant parler à l'oreille qu'elles ont fait entre elles, tant bâiller, tant se frotter les yeux, et demander tant de fois : Quelle heure est-il? Ont-elles répondu que [4] oui et non à tout ce que nous avons pu leur dire? Et ne m'avouerez-vous pas enfin que, quand nous aurions été les dernières personnes du monde, on ne pouvait nous faire pis qu'elles ont fait?

DU CROISY. — Il me semble que vous prenez la chose fort à cœur.

LA GRANGE. — Sans doute, je l'y prends, et de telle façon que je veux me venger de cette impertinence.

---

1. *La Grange, Du Croisy.* Les noms de ces deux personnages sont les noms réels des comédiens qui les jouaient. — La Grange particulièrement a été, après Molière lui-même, le principal acteur de la troupe; il a tenu un registre très exact de ses représentations; enfin c'est à lui que nous devons la première édition complète (1682) des œuvres du grand comique.

2. *Pecque*, sotte, bête : le mot se rattache par l'étymologie au latin *pecus*.

3. *Renchéries* : littéralement : qui sont devenues d'un prix plus élevé; — au figuré : hautaines, dédaigneuses.

4. *Que*, dans le sens de *si ce n'est*, est ici employé par suite d'une ellipse : ont-elles répondu [autre chose] que oui et non? C'est par la même ellipse que s'explique la locution *ne.... que*, qui, dans le sens de *seulement*, est d'un usage si fréquent : « Elles n'ont répondu que oui et non » veut dire : « Elles n'ont répondu [autre chose] que oui et non ».

Je connais [1] ce qui nous a fait mépriser. L'air précieux n'a pas seulement infecté Paris, il s'est aussi répandu dans les provinces [2] et nos donzelles [3] ridicules en ont humé leur bonne part. En un mot, c'est un ambigu [4] de précieuse et de coquette [5] que leur personne. Je vois ce qu'il faut être pour en [6] être bien reçu et, si vous m'en croyez, nous leur jouerons tous deux une pièce [7] qui leur fera voir leur sottise, et pourra leur apprendre à connaître un peu mieux leur monde.

DU CROISY. — Et comment encore?

LA GRANGE. — J'ai un certain valet, nommé Mascarille [8], qui passe, au sentiment de beaucoup de gens, pour une manière [9] de bel esprit; car il n'y a rien à meilleur marché que le bel esprit maintenant. C'est un extravagant qui s'est mis dans la tête de vouloir faire l'homme de condition [10]. Il se pique ordinairement de galanterie [11] et de vers, et dédaigne les autres valets, jusqu'à les appeler brutaux.

DU CROISY. — Hé bien! qu'en prétendez-vous faire?

1. *Je connais*, je sais bien. Nous avons une tendance à ne plus employer le verbe *connaître* qu'avec un substantif ou un pronom personnel pour régime direct. On voit que le xvii° siècle l'employait très bien dans les cas où nous nous servons plus volontiers du verbe *savoir*.

2. Voir la notice.

3. *Donzelle* se rattache, à travers le provençal ou l'italien, au latin *dominicella*, qui a lui-même donné en français *damoiselle*. — Le sens primitif de *donzelle* est donc celui de jeune fille de naissance noble. Puis il est devenu ironique et s'est pris comme un terme de mépris.

4. *Ambigu*, mélange de deux éléments contradictoires en apparence.

5. La *préciosité* a quelque affinité avec la *pruderie*, c'est-à-dire avec une affectation excessive de sagesse et de réserve; — la coquetterie, au contraire, est un manque de réserve qui fait qu'on recherche les compliments et les hommages avec trop d'empressement.

6. *En*, pronom personnel, ne s'em-

ploie plus guère que pour remplacer un nom de choses, et non un nom de personne : il paraîtrait aujourd'hui plus correct de dire : « pour être bien reçu d'elles. »

7. *Jouer une pièce*, jouer un tour. — Expression très fréquente; on dit aussi dans le même sens *faire une pièce, faire pièce* à quelqu'un. — Voir encore page 5, note 3.

8. *Mascarille*, nom venu de l'espagnol et qui signifie *petit masque*, peut-être parce que l'acteur chargé de ce rôle avait la moitié du visage cachée par un masque, comme certains personnages de la comédie italienne; Molière avait déjà employé ce nom de valet dans *l'Étourdi* et dans *le Dépit amoureux*. Il ne l'employa plus après *les Précieuses*.

9. *Manière*, espèce. Très fréquent en ce sens au xvii° siècle.

10. *Homme de condition*, homme de naissance noble.

11. *Galanterie*, manières élégantes de l'homme du monde, de l'homme d'honneur, de l'homme d'esprit (voir la note 5 de la page 447).

LA GRANGE. — Ce que j'en prétends faire? Il faut.... Mais sortons d'ici auparavant.

GORGIBUS, DU CROISY, LA GRANGE

GORGIBUS. — Hé bien! vous avez vu ma nièce et ma fille? Les affaires iront-elles bien? Quel est le résultat de cette visite?

LA GRANGE. — C'est une chose que vous pourrez mieux apprendre d'elles que de nous. Tout ce que nous pouvons vous dire, c'est que nous vous rendons grâce de la faveur que vous nous avez faite, et demeurons vos très humbles serviteurs.

DU CROISY. — Vos très humbles serviteurs.

GORGIBUS [1]. — Ouais [2]! il semble qu'ils sortent mal satisfaits d'ici. D'où pourrait venir leur mécontentement? Il faut savoir un peu ce que c'est. Holà!

MAROTTE [3], GORGIBUS

MAROTTE. — Que désirez-vous, monsieur?

GORGIBUS. — Où sont vos maîtresses?

MAROTTE. — Dans leur cabinet [4].

GORGIBUS. — Que font-elles?

MAROTTE. — De la pommade pour les lèvres.

GORGIBUS. — C'est trop pommadé : dites-leur qu'elles descendent. Ces pendardes-là, avec leur pommade, ont, je pense, envie de me ruiner. Je ne vois partout que blancs d'œufs, lait virginal [5] et mille autres brimborions [6] que je ne connais point. Elles ont usé, depuis que nous

---

1. Gorgibus parle après que La Grange et Du Croisy sont sortis.
2. Interjection qui marque l'étonnement et qui est d'un usage fréquent dans Molière.
3. *Marotte*, diminutif de Marie, qui était usité dans certaines provinces. Marotte est la servante de Cathos et de Madelon.

4. *Cabinet*, pièce réservée au travail ou à la toilette, et dans laquelle on ne reçoit pas les visiteurs.
5. *Lait virginal*, préparation aromatique dans laquelle entrent plusieurs substances odoriférantes.
6. *Brimborions* : voir page 381, note 5.

sommes ici, le lard d'une douzaine de cochons, pour le moins, et quatre valets vivraient tous les jours des pieds de mouton qu'elles emploient [1].

(Scènes I-III).

II

LE MARQUIS DE MASCARILLE

Gorgibus a adressé, comme il se le proposait, de vives remontrances à sa fille et à sa nièce. Les deux précieuses l'ont écouté; mais elles ne sont pas revenues pour cela à des sentiments plus raisonnables, et elles sont en train de se féliciter entre elles de la délicatesse de leur esprit, quand Marotte vient leur annoncer une visite.

MAROTTE, CATHOS, MADELON

MAROTTE. — Voilà un laquais qui demande si vous êtes au logis, et dit que son maître vous veut venir voir.

MADELON. — Apprenez, sotte, à vous énoncer moins vulgairement. Dites : Voilà un nécessaire qui demande si vous êtes en commodité d'être visibles.

MAROTTE. — Dame! je n'entends point le latin, et je n'ai pas appris, comme vous, la filofie dans *le Grand Cyre* [2].

MADELON. — L'impertinente! Le moyen de souffrir cela! Et qui est-il, le maître de ce laquais?

MAROTTE. — Il me l'a nommé le marquis de Mascarille [3].

MADELON. — Ah! ma chère! un marquis [4]. Oui,

1. Pour fabriquer de la pommade.
2. Elle veut dire : la philosophie dans le *Grand Cyrus*. (Voir la notice, page 11).
3. Nous savons qui est ce prétendu marquis (voir page 13, note 8).
4. C'est ici la première attaque de Molière contre les *marquis* : on verra que cette guerre s'est continuée et qu'il n'a cessé de les représenter comme des fats élégants et vains. Un certain discrédit, dont nous avons plus d'une preuve, semble d'ailleurs s'être généralement attaché, vers cette époque, à ce titre qu'on n'employait plus guère que dans une intention défavorable.

3.

allez dire qu'on nous peut voir. C'est sans doute un bel esprit qui aura ouï [1] parler de nous.

CATHOS. — Assurément, ma chère.

MADELON. — Il faut le recevoir dans cette salle basse [2], plutôt qu'en notre chambre. Ajustons un peu nos cheveux au moins, et soutenons notre réputation. Vite, venez nous tendre ici dedans le conseiller des grâces.

MAROTTE. — Par ma foi! je ne sais point quelle bête c'est là; il faut parler chrétien [3], si vous voulez que je vous entende [4].

CATHOS. — Apportez-nous le miroir, ignorante que vous êtes, et gardez-vous bien d'en salir la glace par la communication de votre image.

MASCARILLE, DEUX PORTEURS [5]

MASCARILLE. — Holà! porteurs, holà! Là, là, là, là, là, là. Je pense que ces marauds-là [6] ont dessein de me briser à force de heurter contre les murailles et les pavés.

PREMIER PORTEUR. — Dame [7]! c'est que la porte est étroite [8]. Vous avez voulu aussi que nous soyons entrés jusqu'ici [9].

1. *Ouï*, entendu. *Ouïr* vient de *audire*.
2. La *salle basse* était, dans les maisons bourgeoises, à peu près ce que nous appelons le salon : c'était une salle située au rez-de-chaussée et destinée à recevoir les visiteurs, tandis que les chambres d'habitation étaient aux étages. Mais c'est dans leur chambre, dans leur *ruelle*, que les grandes précieuses avaient reçu les beaux esprits. Il est probable que la chambre de Cathos et de Madelon n'est pas assez spacieuse ni assez élégante pour permettre à ces petites bourgeoises d'imiter en cela leurs illustres modèles; force leur est donc bien de faire comme tous les gens de leur monde et de recevoir dans leur salle basse.
3. *Parler chrétien*, parler comme tout le monde.

4. *Entendre* : très fréquent dans le sens de *comprendre*.
5. *Porteurs*. Mascarille arrive porté dans une chaise. La *chaise* est une espèce de caisse de voiture placée sur deux longs bâtons et qui repose ainsi sur les épaules de deux porteurs. L'usage des *chaises à porteurs* était alors très répandu dans Paris : les uns avaient leur chaise particulière; les autres louaient celles qu'un entrepreneur avait le privilège de faire circuler dans la ville.
6. Voir page 94, note 3.
7. *Dame!* interjection qui veut dire : par le Seigneur! (*Domine*).
8. La porte de la maison de Gorgibus ne ressemble pas à celle des somptueux hôtels, demeures des grandes et vraies précieuses.
9. Il faudrait correctement aujour-

MASCARILLE. — Je le crois bien. Voudriez-vous, faquins [1], que j'exposasse l'embonpoint de mes plumes aux inclémences de la saison pluvieuse, et que j'allasse imprimer mes souliers en boue? Allez, ôtez votre chaise d'ici.

DEUXIÈME PORTEUR. — Payez-nous donc, s'il vous plaît, monsieur.

MASCARILLE. — Hem [2]?

DEUXIÈME PORTEUR. — Je dis, monsieur, que vous nous donniez de l'argent, s'il vous plaît.

MASCARILLE, *lui donnant un soufflet.* — Comment, coquin! demander de l'argent à une personne de ma qualité [3]!

DEUXIÈME PORTEUR. — Est-ce ainsi qu'on paye les pauvres gens? Et votre qualité nous donne-t-elle à dîner?

MASCARILLE. — Ah! ah! ah! je vous apprendrai à vous connaître! Ces canailles-là [4] s'osent jouer à moi!

PREMIER PORTEUR, *prenant un des bâtons [5] de sa chaise.* — Çà, payez-nous vitement.

MASCARILLE. — Quoi?

PREMIER PORTEUR. — Je dis que je veux avoir de l'argent tout à l'heure [6].

MASCARILLE. — Il est raisonnable.

---

d'hui (sauf l'horrible lourdeur du mot, qui obligerait sans doute à changer la phrase) : Vous avez voulu que nous entrassions. Mais les exemples sont fréquents, au xviie siècle, de phrases dans lesquelles le verbe de la proposition principale étant à un temps passé de l'indicatif, celui de la proposition subordonnée est, non à l'imparfait, mais au passé du subjonctif. On cite souvent, par exemple cette phrase de Mme de Sévigné (2 mars 1689) : « Le roi n'a point voulu que la reine soit allée à Passy, » et l'on pourrait mentionner encore, particulièrement dans Mme de Sévigné, beaucoup d'autres emplois de la même construction : c'est qu'en réalité les règles de la concordance des temps n'étaient pas encore fixées au xviie siècle.

1. *Faquin,* littéralement *porte-faix;* mais le mot n'a plus du tout ce sens et ne se trouve guère, dès le xviie siècle, qu'avec le sens d'homme de rien, homme méprisable.

2. *Hem* : la même chose que *hein?*

3. *Qualité* : noblesse, haute naissance.

4. *Canaille* : littéralement, troupe, ramassis de *chiens.* Le mot s'est quelquefois, comme ici, employé au pluriel.

5. *Un des bâtons* transversaux sur lesquels repose la chaise.

6. *Tout à l'heure,* dans ce moment même, immédiatement.

PREMIER PORTEUR. — Vite donc.

MASCARILLE. — Oui-da [1]. Tu parles comme il faut, toi; mais l'autre est un coquin qui ne sait ce qu'il dit. Tiens, es-tu content?

PREMIER PORTEUR. — Non, je ne suis pas content; vous avez donné un soufflet à mon camarade, et [2]....

MASCARILLE. — Doucement. Tiens, voilà pour le soufflet. On obtient tout de moi quand on s'y prend de la bonne façon. Allez, venez me reprendre tantôt pour aller au Louvre, au petit coucher [3].

MAROTTE, MASCARILLE

MAROTTE. — Monsieur, voilà mes maîtresses qui vont venir tout à l'heure.

MASCARILLE. — Qu'elles ne se pressent point; je suis ici posté [4] commodément pour attendre.

MAROTTE. — Les voici.

MADELON, CATHOS, MASCARILLE, ALMANZOR [5]

MASCARILLE, *après avoir salué.* — Mesdames, vous serez surprises, sans doute, de l'audace de ma visite; mais votre réputation vous attire cette méchante affaire, et le mérite a pour moi des charmes si puissants, que je cours partout après lui.

MADELON. — Si vous poursuivez le mérite, ce n'est pas sur nos terres que vous devez chasser [6].

1. *Da,* particule qui se joint à *oui* et à *non* et qu'on trouve fréquemment dans l'ancienne langue sous la forme *dea,* sans qu'il soit bien facile d'en fixer l'étymologie.

2. En disant ces mots, il lève son bâton sur Mascarille.

3. *Au Louvre,* où demeurait le roi. — « On appelle, dit Furetière (1619-1688) dans son *Dictionnnaire,* petit coucher l'intervalle de temps qui est entre le bonsoir que le roi donne à tout le monde étranger et celui où il se couche effectivement, pendant lequel il demeure avec les officiers les plus nécessaires de sa chambre ou avec ceux qui ont un privilège particulier pour y rester. »

4. *Posté,* expression empruntée au style militaire et qui fait une sorte de métaphore : Mascarille l'emploie par emphase à la place du terme propre *placé.*

5. *Almanzor,* nom oriental et héroïque, que les précieuses ont emprunté à quelque roman ou à quelque pièce romanesque pour en affubler leur laquais.

6. On saisit ici un des traits de l'esprit précieux, qui est non seule-

CATHOS. — Pour voir chez nous le mérite, il a fallu que vous l'y ayez amené [1].

MASCARILLE. — Ah! je m'inscris en faux contre vos paroles [2]. La renommée accuse juste [3] en contant ce que vous valez; et vous allez faire pic, repic et capot [4] tout ce qu'il y a de galant dans Paris [5].

MADELON. — Votre complaisance pousse un peu trop avant la libéralité de ses louanges; et nous n'avons garde, ma cousine et moi, de donner de notre sérieux dans le doux de votre flatterie [6].

CATHOS. — Ma chère, il faudrait donner des sièges.

MADELON. — Holà! Almanzor.

ALMANZOR. — Madame.

MADELON. — Vite, voiturez-nous ici les commodités de la conversation [7]....

CATHOS. — De grâce, monsieur, ne soyez pas inexorable à ce fauteuil qui vous tend les bras il y a un quart d'heure; contentez un peu l'envie qu'il a de vous embrasser.

MASCARILLE, *après s'être peigné et avoir ajusté ses canons* [8]. — Eh bien! mesdames, que dites-vous de Paris?

MADELON. — Hélas! qu'en pourrions-nous dire? Il faudrait être l'antipode de la raison, pour ne pas con-

ment de parler par métaphores, mais de suivre, de continuer avec une rigueur excessive une métaphore une fois indiquée. Mascarille « court après » le mérite, comme le chasseur « court après » le gibier; Madelon saisit au vol la métaphore et la développe dans sa réponse.

1. Sur cette construction, voir plus haut la note 9 de la page 16.

2. *S'inscrire en faux contre* est une expression empruntée à la langue du droit.

3. *Accuse juste*, est véridique.

4. *Faire pic, repic et capot*, expressions du jeu de piquet qui signifient réduire à l'impuissance celui avec qui l'on joue, et, par conséquent, se montrer supérieur à lui.

5. *Galant* : distingué, au courant de la mode et des belles manières : voir encore la note 5 de la page 447.

6. Expression du langage précieux : accueillir sérieusement les paroles aimables par lesquelles vous voulez nous flatter.

7. C'est-à-dire en langage ordinaire : des chaises et des fauteuils. Almanzor apporte ce qu'on lui demande et sort.

8. *Canons.* On appelait ainsi des espèces de tuyaux en étoffe garnie de dentelle, dans lesquels on passait le bas de la jambe et qui s'attachaient au-dessous du genou. Les canons n'étaient portés que par les élégants; car Du Croisy et La Grange étaient venus voir Cathos et Madelon « avec une jambe toute unie », c'est-à-dire sans canons.

fesser que Paris est le grand bureau des merveilles, le centre du bon goût, du bel esprit et de la galanterie [1].

MASCARILLE. — Pour moi, je tiens que hors de Paris il n'y a point de salut pour les honnêtes gens [2].

CATHOS. — C'est une vérité incontestable.

MASCARILLE. — Il y fait un peu crotté; mais nous avons la chaise.

MADELON. — Il est vrai que la chaise est un retranchement merveilleux contre les insultes de la boue et du mauvais temps [3].

MASCARILLE. — Vous recevez beaucoup de visites? Quel bel esprit est des vôtres?

MADELON. — Hélas! nous ne sommes pas encore connues; mais nous sommes en passe de l'être [4] et nous avons une amie particulière [5] qui nous a promis d'amener ici tous ces messieurs du *Recueil des pièces choisies* [6].

CATHOS. — Et certains autres qu'on nous a nommés

---

1. Toutes ces métaphores (*antipode, bureau, centre*), qui, en somme, ont passé dans la langue, devaient être considérées alors comme autant de marques de l'affectation des précieuses.

2. *Les honnêtes gens* : cette expression, au xviie siècle, désigne les gens du monde accomplis, ceux qui s'intéressent à toutes les choses de l'esprit, sans faire eux-mêmes profession d'aucune science particulière. C'est ainsi que Pascal écrit : « Il faut qu'on ne puisse dire ni : il est mathématicien, ni prédicateur, ni éloquent: mais : il est honnête homme. » Et La Rochefoucauld : « L'honnête homme est celui qui ne se pique de rien. »

3. Nouvelles métaphores : *retranchement* est emprunté à la langue militaire; — le mot *insulte* marque en général une intention morale et ne peut par conséquent se dire que d'une personne; la métaphore est donc ici du même genre que celle qu'employait plus haut Mascarille quand il parlait des *inclémences* de la saison pluvieuse, et que l'expression toute voisine et encore usitée : « la clémence de la température ».

4. *Être en passe de* est une métaphore empruntée aux différents jeux (le jeu du mail au xviie siècle et celui que, de nos jours, nous appelons le *croquet*) dans lesquels une boule peut se trouver placée sous un arceau, sous une *passe* qu'elle n'a plus dès lors qu'à franchir. Il est difficile de dire si cette métaphore qui est restée dans la langue appartenait ou non au langage des précieuses. Constatons seulement que Molière la met encore dans la bouche d'un des marquis du *Misanthrope* :

Il est fort peu d'emplois dont je ne sois en
[passe.

5. *Particulière*, intime.

6. Recueil en cinq petits volumes qui avait commencé à paraître en 1653, et dont le succès avait sans doute été assez grand, puisqu'il en fut donné encore une édition (la troisième) l'année d'après les *Précieuses ridicules*. Ce recueil qu'on appelle quelquefois *Recueil de Sercy*, du nom de l'éditeur, contenait des poésies d'auteurs à la mode, dont les principaux sont Corneille, Benserade, Scudéry, Boisrobert, Desmarets de Saint-Sorlin, Maleville.

aussi pour être les arbitres souverains des belles choses.

MASCARILLE. — C'est moi qui ferai votre affaire mieux que personne; ils me rendent tous visite; et je puis dire que je ne me lève jamais sans une demi-douzaine de beaux esprits.

MADELON. — Eh! mon Dieu! nous vous serons obligées de la dernière obligation, si vous nous faites cette amitié; car enfin il faut avoir la connaissance de tous ces messieurs-là, si l'on veut être du beau monde. Ce sont eux qui donnent le branle [1] à la réputation dans Paris, et vous savez qu'il y en a tel dont il ne faut que la seule fréquentation pour vous donner bruit [2] de con-naisseuse, quand il n'y aurait rien autre chose que cela. Mais, pour moi, ce que je considère particulièrement, c'est que, par le moyen de ces visites spirituelles [3], on est instruite de cent choses qu'il faut savoir de nécessité, et qui sont de l'essence d'un bel esprit... On sait à point nommé : un tel a composé la plus jolie pièce du monde sur un tel sujet; une telle a fait des paroles sur un tel air;... un tel auteur a fait un tel dessein, [4] celui-là en est à la troisième partie de son roman; cet autre met ses ouvrages sous la presse [5]. C'est là ce qui vous fait valoir dans les compagnies; et si l'on ignore ces choses, je ne donnerais pas un clou de tout l'esprit qu'on peut avoir.

CATHOS. — En effet, je trouve que c'est renchérir sur le ridicule, qu'une personne se pique d'esprit, et ne sache pas jusqu'au moindre petit quatrain qui se fait chaque jour, et pour moi, j'aurais toutes les hontes du monde, s'il fallait qu'on vînt à me demander si j'aurais vu quelque chose de nouveau que je n'aurais pas vu.

---

1. *Donner le branle à*, mettre en mouvement, éveiller, faire naître.

2. *Bruit*, réputation.

3. *Visites spirituelles*, visites qui n'in-téressent, qui ne mettent en communi-cation que les esprits, où rien de maté-riel, rien de ce qui regarde le corps ne devient un sujet de conversation.

4. *Dessein*, plan d'un ouvrage. — On sait que *dessein* et *dessin* sont, en réa-lité, le même mot, dont l'usage a dis-tingué deux acceptions par une ortho-graphe différente (comme il a fait pour *fond* et *fonds*); l'étymologie de *dessiner*, d'où viennent *dessin* et *dessein* est *designare*.

5. C'est-à-dire : commence à les faire imprimer.

MASCARILLE. — Il est vrai qu'il est honteux de n'avoir pas des premiers tout ce qui se fait; mais ne vous mettez pas en peine : je veux établir chez vous une académie de beaux esprits [1], et je vous promets qu'il ne se fera pas un bout de vers dans Paris, que vous ne sachiez par cœur avant tous les autres. Pour moi, tel que vous me voyez, je m'en escrime [2] un peu quand je veux; et vous verrez courir de ma façon, dans les belles ruelles [3] de Paris, deux cents chansons, autant de sonnets, quatre cents épigrammes et plus de mille madrigaux [4], sans compter les énigmes [5] et les portraits [6].

MADELON. — Je vous avoue que je suis furieusement [7] pour les portraits; je ne vois rien de si galant que cela.

MASCARILLE. — Les portraits sont difficiles, et demandent un esprit profond [8], vous en verrez de ma manière qui ne vous déplairont pas.

CATHOS. — Pour moi, j'aime terriblement les énigmes.

---

1. Plusieurs des grandes précieuses tenaient chez elles, à jour fixe, des réunions littéraires, des *académies*.

2. *S'escrimer de*, avec le sens de *s'appliquer à, s'occuper de*, n'est pas resté dans la langue.

3. La *ruelle* est l'espace libre entre le lit et la muraille. Or c'est dans leur chambre, assises sur leur lit, que les précieuses recevaient leurs visites. De là le nom de *ruelle* donnée à la chambre elle-même.

4. On sait ce qu'est une *chanson*; sur le *sonnet*, voir page 135, note 1; une *épigramme* est une pièce très courte et qui contient le plus souvent une attaque contre quelqu'un; un *madrigal*, une pièce courte qui contient un compliment : toutes ces petites pièces devaient, pour être dans les règles, se terminer par un trait d'esprit bien amené. Le difficile, en pareil cas, c'est de montrer à la fois de l'esprit et du naturel; et c'est de naturel que sont surtout dépourvus les nombreux sonnets, épigrammes et madrigaux

qui nous restent du temps des précieuses.

5. *Énigme*, petite pièce de vers qui définissait un objet d'une manière ingénieuse et compliquée sans le nommer : c'était une manière de jeu dans les salons que de s'exercer à trouver le nom de cet objet, le *mot de l'énigme*; nous avons encore un *Recueil des énigmes de ce temps*, publié en 1658.

6. On s'est beaucoup exercé dans les salons du XVIIᵉ siècle à tracer des *portraits* : c'est ainsi par exemple que nous avons un portrait du cardinal de Retz par La Rochefoucauld, et un de La Rochefoucauld par le cardinal de Retz; c'est ainsi qu'on verra une héroïne de Molière, Célimène, s'amuser dans son salon à faire le portrait de plusieurs de ses amis (voir page 145).

7. *Furieusement* et, un peu plus bas, *terriblement*, adverbes emphatiques très souvent employés par les gens à la mode, au XVIIᵉ siècle, avec le sens de *fort, très, beaucoup*.

8. *Un esprit profond*, c'est évidem-

MASCARILLE. — Cela exerce l'esprit, et j'en ai fait quatre encore ce matin, que je vous donnerai à deviner.

MADELON. — Les madrigaux sont agréables, quand ils sont bien tournés.

MASCARILLE. — C'est mon talent particulier, et je travaille à mettre en madrigaux toute l'histoire romaine [1].

MADELON. — Ah! certes, cela sera du dernier beau; j'en retiens un exemplaire, au moins, si vous le faites imprimer.

MASCARILLE. — Je vous en promets à chacune un, et des mieux reliés. Cela [2] est au-dessous de ma condition; mais je le fais seulement pour donner à gagner aux libraires qui me persécutent.

MADELON. — Je m'imagine que le plaisir est grand de se voir imprimé!

MASCARILLE. — Sans doute. Mais, à propos, il faut que je vous die [3] un impromptu [4] que je fis hier chez une duchesse de nos amies que je fus [5] visiter, car je suis diablement fort sur les impromptus.

CATHOS. — L'impromptu est justement la pierre de touche de l'esprit [6].

MASCARILLE. — Écoutez donc.

MADELON. — Nous y sommes de toutes nos oreilles.

MASCARILLE.

Oh! oh! je n'y prenais pas garde :
Tandis que, sans songer à mal, je vous regarde,

ment trop dire : mais il est vrai du moins qu'ils demandent un esprit qui sache observer délicatement les nuances des caractères et les rendre avec précision.

1. Le projet paraît extravagant, et il l'est en effet; mais Molière veut sans doute ridiculiser par là certains romans, la *Clélie* de Mlle de Scudéry par exemple, dans laquelle les rudes héros des premiers temps de Rome sont représentés sous les traits de personnages galants et maniérés qui s'expriment comme les habitués des salons des précieuses.

2. *Cela* : faire imprimer ses ouvrages.

3. *Die*, forme du subjonctif, qui vient naturellement de *dicam* et qui, au xviie siècle, a subsisté concurremment avec la forme plus moderne *dise*, laquelle a fini par demeurer seule.

4. *Impromptu*, petite pièce de vers qu'on improvise, que l'on compose sur-le-champ, comme si on l'avait sous la main, à sa disposition (*in promptu*).

5. Sur cet emploi du verbe *être*, voir page 49, note 3.

6. *Pierre de touche*, pierre d'une nature spéciale contre laquelle on frotte les objets d'or et d'argent pour en

Votre œil en tapinois me dérobe mon cœur.
Au voleur! au voleur! au voleur! au voleur!

CATHOS. — Ah! mon Dieu! voilà qui est poussé dans le dernier galant [1].

MASCARILLE. — Tout ce que je fais a l'air cavalier [2]; cela ne sent point le pédant.

MADELON. — Il [3] en est éloigné de plus de deux mille lieues.

MASCARILLE. — Avez-vous remarqué ce commencement? *oh! oh!* voilà qui est extraordinaire, *oh! oh!* comme un homme qui s'avise tout d'un coup, *oh! oh!* la surprise, *oh! oh!*

MADELON. — Oui, je trouve ce *oh! oh!* admirable.

MASCARILLE. — Il semble que cela ne soit rien.

CATHOS. — Ah! mon Dieu! que dites-vous? Ce sont là de ces sortes de choses qui ne se peuvent payer.

MADELON. — Sans doute; et j'aimerais mieux avoir fait ce *oh! oh!* qu'un poème épique.

MASCARILLE. — Tudieu! vous avez le goût bon.

MADELON. — Hé! je ne l'ai pas tout à fait mauvais.

MASCARILLE. — Mais n'admirez-vous pas aussi *je n'y prenais pas garde? Je n'y prenais pas garde,* je ne m'apercevais pas de cela; façon de parler naturelle, *je n'y prenais pas garde. Tandis que, sans songer à mal,* tandis qu'innocemment, sans malice, comme un pauvre mouton, *je vous regarde,* c'est-à-dire, je m'amuse à vous considérer, je vous observe, je vous contemple; *votre*

reconnaître la qualité; au figuré, l'expression désigne tout ce qui sert à faire reconnaître une qualité ou la vraie nature de quoi que ce soit.

1. Nous avons vu plus haut déjà *le dernier beau,* obligé de la dernière *obligation;* — quant à *pousser,* c'est aussi un des mots dont les précieuses semblent avoir le plus abusé.

2. *L'air cavalier.* l'air mondain, l'air dégagé qui montre que ce qu'il fait est l'œuvre d'un *honnête homme* (voir la note 2 de la page 20) et non d'un écrivain de profession, d'un pédant.

3. *Il* : emploi remarquable, et fréquent au XVIIe siècle, de ce pronom employé comme un neutre.

œil en tapinois.... Que vous semble de ce mot *tapinois* [1]? N'est-il pas bien choisi?

CATHOS. — Tout à fait bien.

MASCARILLE. — *Tapinois*, en cachette; il semble que ce soit un chat qui vienne de prendre une souris, *tapinois*.

MADELON. — Il ne se peut rien de mieux.

MASCARILLE. — *Me dérobe mon cœur*, me l'emporte, me le ravit, *Au voleur! au voleur! au voleur! au voleur!* Ne diriez-vous pas que c'est un homme qui crie et court après un voleur pour le faire arrêter? *Au voleur! au voleur! au voleur! au voleur!*

MADELON. — Il faut avouer que cela a un tour spirituel et galant.

MASCARILLE. — Je veux vous dire l'air que j'ai fait dessus.

CATHOS. — Vous avez appris la musique?

MASCARILLE. Moi? Point du tout.

CATHOS. — Et comment donc cela se peut-il?

MASCARILLE. — Les gens de qualité savent tout sans avoir jamais rien appris.

MADELON. — Assurément, ma chère.

MASCARILLE. — Écoutez si vous trouverez l'air à votre goût : *hem, hem, la, la, la, la, la.* La brutalité de la saison a furieusement outragé la délicatesse de ma voix [2]; mais il n'importe, c'est à la cavalière [3]. (*Il chante.*)

Oh! oh! je n'y prenais pas....

CATHOS. — Ah! que voilà un air qui est passionné! Est-ce qu'on n'en meurt point [4]?

1. L'adjectif *tapinois* (qui agit sourdement, en cachette) est tombé en désuétude; mais la locution *en tapinois* est encore usitée. L'étymologie du mot (on a proposé le radical qui se retrouve dans *taupe* et dans *tapir* ou celui du grec ταπεινός, humble) est douteuse.

2. Phrase du même genre que celles que nous avons relevées dans la note 3 de la page 20.

3. *A la cavalière*, c'est-à-dire : sans prétendre s'astreindre aux règles de l'art, en homme du monde, non en chanteur de profession.

4. *Est-ce qu'on n'en meurt point?* C'est-à-dire : c'est à en mourir [de plaisir].

MADELON. — Il y a de la chromatique là dedans [1].

MASCARILLE. — Ne trouvez-vous pas la pensée bien exprimée dans le chant? *Au voleur!...* Et puis, comme si l'on criait bien fort, *au, au, au, au, au voleur!* Et tout d'un coup, comme une personne essoufflée, *au voleur!*

MADELON. — C'est là savoir le fin des choses, le grand fin, le fin du fin. Tout est merveilleux, je vous assure; je suis enthousiasmée de l'air et des paroles.

CATHOS. — Je n'ai encore rien vu de cette force-là.

MASCARILLE. — Tout ce que je fais me vient naturellement, c'est sans étude.

MADELON. — La nature vous a traité en vrai mère passionnée, et vous en êtes l'enfant gâté.

MASCARILLE. — A quoi donc passez-vous le temps?

CATHOS. — A rien du tout.

MADELON. — Nous avons été jusqu'ici dans un jeûne effroyable de divertissements [2].

MASCARILLE. — Je m'offre à vous mener l'un de ces jours à la comédie [3], si vous voulez; aussi bien on en doit jouer une nouvelle que je serai bien aise que nous voyions ensemble.

MADELON. Cela n'est pas de refus.

MASCARILLE. — Mais je vous demande d'applaudir comme il faut, quand nous serons là; car je me suis engagé de [4] faire valoir la pièce, et l'auteur m'en est venu prier encore ce matin. C'est la coutume ici, qu'à nous autres gens de condition les auteurs viennent lire leurs pièces nouvelles, pour nous engager à les trouver belles, et leur donner de la réputation : et je vous laisse à penser si, quand nous disons quelque chose, le parterre ose nous contredire [5]. Pour moi, j'y suis fort exact;

---

1. *De la chromatique* : genre de musique, qui, procédant par demi-tons, affecte davantage la sensibilité, paraît plus passionné.

2. Toujours le même langage par métaphores.

3. *A la comédie* : à une pièce de théâtre. Sens fréquent du mot au XVIIᵉ siècle.

4. *Engager à*, qu'on trouvera plus bas, est aujourd'hui plus employé qu'*engager de*, qui était d'un usage aussi habituel au XVIIᵉ siècle.

5. Molière a plusieurs fois fait allu-

et quand j'ai promis à quelque poète, je crie toujours : « Voilà qui est beau ! » devant [1] que les chandelles soient allumées.

MADELON. — Ne m'en parlez point : c'est un admirable lieu que Paris ; il s'y passe cent choses tous les jours qu'on ignore dans les provinces, quelque spirituelle [2] qu'on puisse être.

CATHOS. — C'est assez : puisque nous sommes instruites, nous ferons notre devoir de nous écrier sur tout ce qu'on dira....

MASCARILLE. — Que vous semble de ma petite-oie [3] ? La trouvez-vous congruante [4] à l'habit ?

CATHOS. — Tout à fait.

MASCARILLE. — Le ruban est bien choisi.

MADELON. — Furieusement bien. C'est Perdrigeon tout pur [5].

MASCARILLE. — Que dites-vous de mes canons ?

MADELON. — Ils ont tout à fait bon air.

MASCARILLE. — Je puis me vanter au moins qu'ils ont un grand quartier [6] plus que tous ceux qu'on fait.

MADELON. — Il faut avouer que je n'ai jamais vu porter si haut l'élégance de l'ajustement.

MASCARILLE. — Attachez un peu sur ces gants la réflexion de votre odorat.

MADELON. — Ils sentent terriblement bon.

CATHOS. — Je n'ai jamais respiré une odeur mieux conditionnée.

---

sion à une certaine opposition entre le goût du parterre et celui des personnages de qualité assis dans les loges ou sur le théâtre même.

1. *Devant*, avant (fréquent en ce sens au xviie siècle).

2. *Spirituelle* : occupée des choses de l'esprit. — Le mot n'a plus ce sens.

3. *Petite-oie*. Nom collectif donné à l'ensemble des parties accessoires de l'habillement, rubans, bas, chapeau, etc.; par comparaison avec les parties accessoires de la volaille qu'on en détache :

nous les appelons aujourd'hui *abatis* ; on les nommait alors *petite-oie*.

4. *Congruante à*, s'accordant avec. Ce mot, qui n'est qu'un mot latin francisé, ne se rencontre que dans ce passage : du moins Littré n'en cite que cet exemple, et l'Académie ne l'a jamais admis.

5. *Perdrigeon*. Nom d'un mercier à la mode.

6. *Quartier* : quart de l'aune. L'aune de Paris équivalait à 1 mètre 19.

MASCARILLE. — Et celle-là[1]?

MADELON. — Elle est tout à fait de qualité[2], le sublime[3] en est touché délicieusement.

MASCARILLE. — Vous ne me dites rien de mes plumes! Comment les trouvez-vous?

CATHOS. — Effroyablement belles.

MASCARILLE. — Savez-vous que le brin me coûte un louis d'or? Pour moi, j'ai cette manie de vouloir donner généralement sur[4] tout ce qu'il y a de plus beau.

MADELON. — Je vous assure que nous sympathisons vous et moi. J'ai une délicatesse furieuse pour tout ce que je porte; et, jusqu'à mes chaussettes[5], je ne puis rien souffrir qui ne soit de la bonne ouvrière....

MAROTTE, MASCARILLE, CATHOS, MADELON

MAROTTE. — Madame, on demande à vous voir.

MADELON. — Qui?

MAROTTE. — Le vicomte de Jodelet[6].

MASCARILLE. — Le vicomte de Jodelet?

MAROTTE. — Oui, monsieur.

CATHOS. — Le connaissez-vous?

MASCARILLE. — C'est mon meilleur ami,

MADELON. — Faites entrer vitement[7].

MASCARILLE. — Il y a quelque temps que nous ne nous sommes vus, et je suis ravi de cette aventure.

CATHOS. — Le voici.

---

1. Il parle de l'odeur de la poudre qui couvre les cheveux de sa perruque.

2. *De qualité.* L'expression, dans le langage ordinaire, ne s'employait qu'appliquée aux hommes (un homme de qualité = un homme de noble naissance); c'est par une affectation de précieuse que Madelon l'applique ici à une chose.

3. *Le sublime*, le cerveau, dans le langage des précieuses.

4. Donner sur, expression du langage des précieux, pour : me diriger vers, faire porter mon choix sur.

5. *Chaussette* : c'était une espèce de bas de toile sans pied, qu'on mettait par-dessous le bas de soie.

6. *Jodelet*, nom de valet, qui était devenu le surnom usuel de l'acteur Julien Bedeau (1590-1660), qui avait créé ce personnage dans la pièce de Scarron *Jodelet ou le Maître-valet* (1645). Cet acteur était entré dans la troupe de Molière, et c'est lui qui, dans les *Précieuses*, jouait le rôle du prétendu vicomte, lequel n'est en réalité que le valet de Du Croisy.

7. *Vitement*, vite. Ce mot tend à disparaître.

JODELET, MASCARILLE, CATHOS, MADELON,
MAROTTE.

MASCARILLE. — Ah! vicomte!

JODELET, *s'embrassant l'un l'autre* [1]. — Ah! marquis!

MASCARILLE. — Que je suis aise de te rencontrer!

JODELET. — Que j'ai de joie de te voir ici!

MASCARILLE. — Baise-moi donc encore un peu, je te prie.

MADELON. — Ma toute bonne [2], nous commençons d'être connues; voilà le beau monde qui prend le chemin de nous venir voir.

MASCARILLE. — Mesdames, agréez que je vous présente ce gentilhomme-ci : sur ma parole, il est digne d'être connu de vous [3].

(Scènes VI XI.)

III

LA CONFUSION DES PRÉCIEUSES

La conversation reprend de plus belle, maintenant qu'au marquis de Mascarille est venu se joindre le vicomte de Jodelet. Afin de finir agréablement la journée, on est allé chercher violons et voisines pour danser. Mais à peine le bal a-t-il commencé que Du Croisy et La Grange font irruption et forcent à changer de ton le prétendu marquis et le prétendu vicomte.

DU CROISY, LA GRANGE, CATHOS, MADELON,
JODELET, MASCARILLE,

VOISINES, VIOLONS

LA GRANGE. — Ah! ah! coquins! que faites-

---

1. Suivant la coutume des gens de qualité de cette époque, lorsqu'ils se rencontraient.
2. Elle s'adresse à Cathos.

3. Mots à double entente, que Madelon et Cathos accueillent comme un compliment, mais qui sont, en réalité, dits ironiquement.

vous ici? Il y a trois heures que nous vous cherchons.

MASCARILLE, *se sentant battre.* — Ahi! ahi! ahi! vous ne m'aviez pas dit que les coups en seraient aussi.

JODELET. — Ahi! ahi! ahi!

LA GRANGE. — C'est bien à vous, infâme que vous êtes, à vouloir faire l'homme d'importance.

DU CROISY. — Voilà qui vous apprendra à vous connaître. (*Ils sortent.*)

MASCARILLE, JODELET, CATHOS, MADELON,
VOISINES, VIOLONS

MADELON. — Que veut donc dire ceci?

JODELET. — C'est une gageure.

CATHOS. — Quoi! vous laisser battre de la sorte!

MASCARILLE. — Mon Dieu! je n'ai pas voulu faire semblant de rien [1]; car je suis violent, et je me serais emporté.

MADELON. — Endurer un affront comme celui-là, en notre présence!

MASCARILLE. — Ce n'est rien; ne laissons pas [2] d'achever. Nous nous connaissons il y a longtemps; et entre amis, on ne va pas se piquer pour si peu de chose.

DU CROISY, LA GRANGE,
MASCARILLE, JODELET, MADELON, CATHOS,
VOISINES, VIOLONS

LA GRANGE. — Ma foi! marauds [3], vous ne vous rirez

---

1. *Rien* a ici son sens archaïque de quelque chose (*rem*), *quoi que ce soit* : c'est ainsi que la double négation (*ne pas*) peut s'expliquer dans cette phrase, où nous ne l'admettrions plus aujourd'hui.

2. *Ne laissons pas*, ne négligeons pas.

3. Voir page 94, note 3.

pas de nous, je vous promets. Entrez, vous autres [1].

MADELON. — Quelle est donc cette audace, de venir nous troubler de la sorte dans notre maison?

DU CROISY. — Comment! mesdames, nous endurerons que nos laquais soient mieux reçus que nous et vous donnent le bal?

MADELON. — Vos laquais?

LA GRANGE. — Oui, nos laquais. Mais ils n'auront pas l'avantage de se servir de nos habits pour vous donner dans la vue [2], et si vous les voulez aimer, ce sera, ma foi! pour leurs beaux yeux. Vite, qu'on les dépouille [3] sur-le-champ.

JODELET. — Adieu notre braverie [4].

MASCARILLE. — Voilà le marquisat et la vicomté à bas.

DU CROISY. — Ah! ah! coquins! vous avez l'audace d'aller sur nos brisées [5]! Vous irez chercher autre part de quoi vous rendre agréables aux yeux de vos belles, je vous en assure.

LA GRANGE. — C'est trop que de nous supplanter, et de nous supplanter avec nos propres habits.

MASCARILLE. — O fortune! quelle est ton inconstance!

DU CROISY. — Vite, qu'on leur ôte jusqu'à la moindre chose.

LA GRANGE. — Qu'on emporte toutes ces hardes [6], dépêchez. Maintenant, mesdames, en l'état qu'ils sont [7],

---

1. En disant ces mots, il fait signe à quelques hommes armés qu'il a amenés avec lui.

2. *Vous donner dans la vue*, s'attirer vos regards, vous plaire.

3. *Qu'on les dépouille*, qu'on leur ôte leurs riches ajustements.

4. *Braverie* : parure. — Le mot est tombé en désuétude, comme d'ailleurs l'adjectif *brave* lui-même au sens de *bien paré*.

5. *Brisées*, littéralement : branches que le veneur (celui qui est chargé de la direction de la meute) *brise* et jette à terre pour reconnaître par où a passé la bête qu'on poursuit. — Au figuré, *aller sur les brisées* de quelqu'un, c'est entreprendre une affaire pour rivaliser avec quelqu'un qui a commencé précédemment de l'entreprendre.

6. *Hardes*, vêtements. L'étymologie du mot est douteuse.

7. *Que* pour *où, dans lequel* « Au moment que j'ouvre la bouche pour célébrer la gloire immortelle du prince de Louis de Bourbon.... » dit Bossuet au début de *l'oraison funèbre du prince de Condé*.

vous pouvez continuer vos amours avec eux tant qu'il
vous plaira; nous vous laissons toute sorte de liberté
pour cela, et nous vous protestons, monsieur et moi, que
nous n'en serons aucunement jaloux [1].

CATHOS. — Ah! quelle confusion!

MADELON. — Je crève [2] de dépit.

VIOLONS, *au marquis.* — Qu'est-ce donc que ceci?
Qui nous payera, nous autres?

MASCARILLE. — Demandez à monsieur le vicomte.

VIOLONS, *au vicomte.* — Qui est-ce qui nous donnera
de l'argent?

JODELET. — Demandez à monsieur le marquis.

GORGIBUS, MADELON, CATHOS,
JODELET, MASCARILLE,
VIOLONS.

GORGIBUS. — Ah! coquines que vous êtes, vous
nous mettez dans de beaux draps blancs [3], à ce que je
vois; et je viens d'apprendre de belles affaires, vraiment,
de ces messieurs qui sortent.

MADELON. — Ah! mon père, c'est une pièce sanglante qu'ils nous ont faite [4]!

GORGIBUS. — Oui, c'est une pièce sanglante, mais
qui est un effet de votre impertinence, infâmes! Ils se
sont ressentis du traitement que vous leur avez fait; et
cependant [5], malheureux que je suis, il faut que je boive
l'affront.

MADELON. — Ah! je jure que nous en serons
vengées ou que je mourrai en la peine. Et vous,

---

1. La Grange et Du Croisy sortent
sur ces mots.
2. *Je crève,* j'éclate.
3. Façon de parler proverbiale qui,
littéralement, voudrait dire assurer un
bon traitement à quelqu'un, mais qui
est toujours employée ironiquement.

4. Voir la note 7 de la page 13.
5. *Cependant.* Entendez : c'est vous
qui leur avez fait subir ce traitement,
et cependant, c'est moi qui suis puni qui,
supporte la honte de l'affront par lequel
ils se sont vengés.

marauds, osez-vous vous tenir [1] ici après votre insolence?

MASCARILLE. — Traiter comme cela un marquis!
Voilà ce que c'est que du monde [2], la moindre disgrâce
nous fait mépriser de ceux qui nous chérissaient. Allons,
camarade, allons chercher fortune autre part; je vois
bien qu'on n'aime ici que la vaine apparence, et qu'on n'y
considère point la vertu toute nue. (*Ils sortent tous deux.*)

GORGIBUS, MADELON, CATHOS,
VIOLONS

VIOLONS. — Monsieur, nous entendons que vous
nous contentiez [3] à leur défaut, pour ce que nous avons
joué ici.

GORGIBUS, *les battant.* — Oui, oui, je vous vais contenter, et voici la monnaie dont je vous veux payer. Et
vous, pendardes, je ne sais qui me tient [4] que je ne vous
en fasse autant; nous allons servir de fable et de risée à
tout le monde, et voilà ce que vous vous êtes attiré par
vos extravagances. Allez vous cacher, vilaines; allez
vous cacher pour jamais. Et vous, qui êtes cause de
leur folie, sottes billevesées, pernicieux amusements
des esprits oisifs, romans, vers, chansons, sonnets et
sonnettes [5], puissiez-vous être à tous les diables!

(Scènes XIII-XVII.)

1. *Tenir* (intransitif) : continuer à
rester, à demeurer.
2. *Voilà ce que c'est que du monde.*
Tour d'un emploi constant et qui peut
s'expliquer ainsi : voilà ce qui est touchant le monde; — voilà ce que c'est
que ce qui est relatif au monde.
3. *Contentiez* : donniez satisfaction (en
payant).
4. *Qui me tient,* ce qui me retient.
On notera cet emploi de *qui* sans antécédent, au sens neutre, équivalant au
quod latin. Il n'est pas sans exemple au
XVIIᵉ siècle. On le trouve même, dans
une phrase analogue à celle-ci, non plus
dans le sens de *ce qui,* mais dans le

sens de *ce que.* On lit dans une des premières comédies de Corneille, *l'Illusion
comique* (1636) :

Je ne sais qui je dois admirer davantage
Ou de ce grand amour, ou de ce grand courage.

5. Le mot *sonnettes* n'ajoute absolument aucun sens à la phrase. Mais il
est appelé tout naturellement dans l'esprit de Gorgibus par celui de *sonnets,*
dont il a l'air d'être le féminin, et cela
d'autant plus que ce très honnête bourgeois, qui ne se pique nullement de
littérature, doit savoir ce que c'est qu'une
sonnette beaucoup mieux que ce que
c'est qu'un sonnet (voir page 135,
note 1).

L'ÉCOLE DES MARIS

COMÉDIE EN TROIS ACTES ET EN VERS

(Juin 1661)

Après avoir donné une farce en un acte et en vers, *Sganarelle* (1660), et une comédie héroïque, *Don Garcie de Navarre*, en cinq actes et en vers (février 1661), qui ne réussit pas, quoiqu'elle ne soit nullement indigne d'estime, Molière revint à la peinture des mœurs et des caractères avec *l'École des maris*. — Cette comédie est imitée en partie d'une comédie latine de Térence, *les Adelphes*, imitée elle-même d'une comédie grecque de Ménandre, qui portait le même titre et que nous n'avons plus. Avant Molière, un écrivain français, Pierre de Larivey (vers 1540-après 1611) avait, dans sa comédie des *Esprits*, emprunté, lui aussi, à Térence l'idée d'opposer deux frères, d'âge mûr l'un et l'autre, et qui professent sur toute chose, et notamment sur la question de l'éducation des jeunes gens, les principes les plus opposés, l'un se montrant partisan de la modération et de l'indulgence, l'autre prétendant user avec rigueur des droits que confère le titre de père ou celui de tuteur.

Toutefois dans la pièce de Térence et dans celle de Larivey il s'agit de l'éducation de deux adolescents. — Molière a supposé que le père de deux jeunes filles avait, en mourant, confié la tutelle de ces orphelines à deux de ses amis, Ariste et Sganarelle, qui sont frères : quand elles seront devenues grandes, les deux hommes devront ou les marier ou les épouser eux-mêmes. Ariste et Sganarelle souhaitent l'un et l'autre épouser leurs pupilles; mais tandis qu'Ariste a fait preuve de beaucoup de bonne humeur et de condescendance dans l'éducation de celle qui lui est confiée, Sganarelle a prétendu élever la seconde avec beaucoup de rigueur. Aussi n'est-il arrivé qu'à s'en faire haïr : quand la jeune fille est en âge de se marier, elle refuse de l'épouser; au contraire, la pupille d'Ariste l'accepte volontiers pour époux.

On voit par la conclusion de cette pièce que Molière s'y montre, comme partout, partisan du bon sens et de la mesure et ennemi des exagérations qui choquent la nature.

C'est ce qu'il montre d'ailleurs avec évidence dès la première scène de la pièce, que nous citons ci-après.

LES DEUX FRÈRES

SGANARELLE, ARISTE

SGANARELLE[1].

Mon frère, s'il vous plaît, ne discourons point tant,
Et que chacun de nous vive comme il l'entend.
Bien que sur moi des ans vous ayez l'avantage
Et soyez assez vieux pour devoir être sage,
Je vous dirai pourtant que mes intentions
Sont de ne prendre point de vos corrections[2];
Que j'ai pour tout conseil ma fantaisie à suivre,
Et me trouve fort bien de ma façon de vivre.

ARISTE.

Mais chacun la condamne.

SGANARELLE.

                 Oui, des fous comme vous,
Mon frère.

ARISTE.

Grand merci, le compliment est doux!

SGANARELLE.

Je voudrais bien savoir, puisqu'il faut tout entendre,
Ce que ces beaux censeurs en moi peuvent reprendre.

ARISTE.

Cette farouche humeur, dont la sévérité
Fuit toutes les douceurs de la société,

---

1. *Sganarelle*, nom dont l'origine est incertaine et que Molière a donné plusieurs fois dans ses comédies à un personnage comique dont il remplissait lui-même le rôle.

2. *Ne prendre point de vos corrections*, ne point en user, comme on dit au propre : « Je ne prendrai pas de vos remèdes ».

A tous vos procédés inspire un air bizarre,
Et, jusques à l'habit, vous rend chez vous barbare [1].

SGANARELLE.

Il est vrai qu'à la mode il faut m'assujettir,
Et ce n'est pas pour moi que je me dois vêtir !
Ne voudriez-vous point, par vos belles sornettes [2],
Monsieur mon frère aîné (car, Dieu merci, vous l'êtes
D'une vingtaine d'ans, à ne vous rien celer,
Et cela ne vaut point la peine d'en parler),
Ne voudriez-vous point, dis-je, sur ces matières,
De vos jeunes muguets [3] m'inspirer les manières ?
M'obliger à porter de ces petits chapeaux [4]
Qui laissent éventer leurs débiles cerveaux ;
Et de ces blonds cheveux, de qui la vaste enflure
Des visages humains offusque la figure [5] ?
De ces petits pourpoints [6] sous les bras se perdants [7],
Et de ces grands collets jusqu'au nombril pendants [8] ?
De ces manches qu'à table on voit tâter les sauces [9] ?
Et de ces cotillons appelés hauts-de-chausses [10] ?

1. C'est-à-dire sans doute : vous donne, par vos habits même, un air barbare, étrange, jusque dans votre propre maison.

2. *Sornettes*, bagatelles, choses de peu d'importance (diminutif du vieux mot *sorne*, qui avait le même sens).

3. *Muguet*. On appela de ce nom, dès le xvie siècle, les jeunes élégants, sans doute à cause de l'essence de *muguet* dont ils se parfumaient.

4. Les chapeaux avaient affecté, sous Louis XIII, bien des formes diverses : sous Louis XIV les chapeaux de petite dimension furent généralement adoptés.

5. *Offusque la figure*, masque, empêche de voir la forme, le dessin — Les jeunes gens qui avaient des cheveux naturellement abondants et bouclés les laissaient flotter sur leurs épaules. — C'est aussi vers l'époque de *l'École des maris* (1661) que l'on commença à porter ces vastes perruques qui devaient quelques années plus tard être tout à fait à la mode.

6. Le *pourpoint* (du vieux mot *pourpoindre*, piquer, coudre de part en part)

était un vêtement par-dessus lequel on portait un manteau et qui devait couvrir le corps du cou à la ceinture. Mais les dimensions s'en étaient rapetissées. Les manches surtout finissaient au-dessus des coudes, pour laisser sortir les amples manches de la chemise

7. *Se perdants*. Le xviie siècle n'avait pas encore établi la distinction que nous faisons aujourd'hui entre le participe présent et l'adjectif verbal.

8. On verra, dans *Don Juan*, Pierrot décrire ainsi ce *grand collet* : « En guise de rabat (*ils ont*) un grand mouchoir de cou à rézieu avec quatre grosses houppes de linge qui leu pendent sur l'estomaque. »

9. Les manches de la chemise débordant du pourpoint (voir, plus haut, la note 6).

10. C'est-à-dire de ces hauts-de-chausses larges comme des jupes de femme. — Le haut-de-chausses était la partie du vêtement des hommes qui couvrait le corps, de la ceinture aux genoux. Le haut-de-chausses très large

De ces souliers mignons, de rubans revêtus,
Qui vous font ressembler à des pigeons pattus [1]?
Et de ces grands canons [2] où, comme en des entraves,
On met tous les matins ses deux jambes esclaves,
Et par qui nous voyons ces messieurs les galans
Marcher écarquillés ainsi que des volans [3]?
Je vous plairais, sans doute, équipé [4] de la sorte;
Et je vous vois porter les sottises qu'on porte.

ARISTE.

Toujours au plus grand nombre on doit s'accommoder,
Et jamais il ne faut se faire regarder.
L'un et l'autre excès choque, et tout homme bien sage
Doit faire des habits ainsi que du langage,
N'y rien trop affecter, et, sans empressement,
Suivre ce que l'usage y fait de changement.
Mon sentiment n'est pas qu'on prenne la méthode
De ceux qu'on voit toujours renchérir sur la mode,
Et qui, dans ses excès dont ils sont amoureux,
Seraient fâchés qu'un autre eût été plus loin qu'eux;
Mais je tiens qu'il est mal, sur quoi que l'on se fonde [5],
De fuir obstinément ce que suit tout le monde,
Et qu'il vaut mieux souffrir d'être au nombre des fous,
Que du sage parti se voir seul contre tous.

SGANARELLE.

Cela sent son vieillard, qui, pour en faire accroire,
Cache ses cheveux blancs d'une perruque noire.

dont parle Sganarelle s'appelait *rhin-grave* : la mode en avait été introduite par un prince allemand ou *rheingraf* (comte du Rhin), que l'on croit être Frédéric, seigneur de Neuviller, gouverneur de Maestricht pour la Hollande : car ce personnage, qui mourut en 1673, séjourna à plusieurs reprises longuement à Paris et on l'appelait particulièrement monsieur le *Rheingrave*.

1. *Pattus*, qui ont des plumes jusque sur les pattes.

2. *Canons*. Voir la note 8 de la page 19.

3. *Volants*, ailes des moulins à vent. D'autres entendent les *volants* que les enfants lancent, pour s'amuser, avec des raquettes, et qui ont une forme très évasée.

4. *Équipé*. Le mot, qui veut dire pourvu, habillé, s'est dit d'abord d'un *esquif* qu'on pourvoit des choses nécessaires : voir page 158, note 1.

5. Quel que soit le motif par lequel on se justifie.

ARISTE.

C'est un étrange fait du soin que vous prenez [1]
A me venir toujours jeter mon âge au nez ;
Et qu'il faille qu'en moi sans cesse je vous voie
Blâmer l'ajustement, aussi bien que la joie :
Comme si, condamnée à ne plus rien chérir,
La vieillesse devait ne songer qu'à mourir,
Et d'assez de laideur n'est pas accompagnée,
Sans se tenir encor malpropre [2] et rechignée.

SGANARELLE.

Quoi qu'il en soit, je suis attaché fortement
A ne démordre point de mon habillement.
Je veux une coiffure, en dépit de la mode,
Sous qui toute ma tête ait un abri commode ;
Un bon pourpoint bien long, et fermé comme il faut,
Qui, pour bien digérer, tienne l'estomac chaud ;
Un haut-de-chausses fait justement pour ma cuisse ;
Des souliers où mes pieds ne soient point au supplice,
Ainsi qu'en ont usé sagement nos aïeux :
Et qui me trouve mal, n'a qu'à fermer les yeux.

(Acte I, sc. I.)

LES FACHEUX

COMÉDIE EN TROIS ACTES ET EN VERS

(Août 1661)

La comédie des *Facheux* est formée d'une suite de scènes
sans lien essentiel entre elles et rattachées seulement par

---

1. Entendez : Le fait du soin que vous prenez pour me jeter toujours mon âge au nez, est un fait étrange.

2. *Propre, malpropre,* fréquents au XVIIe siècle avec le sens d'élégant et de dépourvu d'élégance dans la mise.

le fil très léger d'une action qui n'occupe qu'à peine l'esprit du spectateur.

Eraste doit aller retrouver Orphise qu'il aime et dont il espère obtenir la main, quoique le tuteur de cette jeune fille se soit jusqu'alors opposé à leur mariage. Mais chaque fois qu'il veut sortir de chez lui, il est arrêté par un *fâcheux*, c'est-à-dire par un importun, qui le retarde : Molière trouve dans ces contretemps successifs autant d'occasions de nous peindre quelque ridicule.

Les Fâcheux ont été composés pour la grande fête que le surintendant des finances Fouquet, qui devait être disgracié et arrêté quelques jours plus tard, donna en l'honneur du roi dans son château de Vaux, près de Melun (17 août 1661) : La semaine suivante, la pièce fut représentée deux fois devant la cour, à Fontainebleau. Enfin le 4 novembre, Molière la donna pour la première fois sur son propre théâtre.

C'est à propos de la représentation des *Fâcheux* à Vaux que La Fontaine, rendant compte dans une lettre à son ami Maucroix de la fête donnée par Fouquet, écrivit sur Molière ces vers célèbres :

> C'est un ouvrage de Molière :
> Cet écrivain par sa manière
> Charme à présent toute la cour.
> De la façon que son nom court,
> Il doit être par delà Rome [1] :
> J'en suis ravi, car c'est mon homme.
> Te souvient-il bien qu'autrefois
> Nous avons conclu d'une voix [2]
> Qu'il allait ramener en France
> Le bon goût et l'air de Térence [3] ?
> Plaute n'est plus qu'un plat bouffon,
> Et jamais il ne fit si bon
> Se trouver à la comédie.
> Car ne pense pas qu'on y rie
> De maint trait jadis admiré,
> Et bon in *illo tempore ;*

---

1. Maucroix était alors à Rome.
2. *D'une* [seule] *voix*, d'un commun accord.
3. Plaute (254-184) et Térence (185-159) sont deux illustres poètes comiques latins ; le premier est surtout célèbre par sa verve un peu grossière ; le second l'emporte par le naturel, l'élégance et la délicatesse.

Nous avons changé de méthode :
Jodelet [1] n'est plus à la mode,
Et maintenant il ne faut pas
Quitter la nature d'un pas.

On voit que La Fontaine avait très bien compris la révolution que Molière avait introduite sur le théâtre, par des pièces comme *les Fâcheux*, et, auparavant, comme *l'École des maris*, en substituant à la comédie bouffonne ou romanesque la peinture des mœurs et des caractères.

I

L'HOMME IMPORTANT

ÉRASTE, LA MONTAGNE [2]

ÉRASTE.

Sous quel astre, bon Dieu, faut-il que je sois né,
Pour être de fâcheux toujours assassiné !
Il semble que partout le sort me les adresse,
Et j'en vois chaque jour quelque nouvelle espèce ;
Mais il n'est rien d'égal au fâcheux d'aujourd'hui ;
J'ai cru n'être jamais débarrassé de lui,
Et cent fois j'ai maudit cette innocente envie
Qui m'a pris à dîné [3] de voir la comédie,
Où, pensant m'égayer, j'ai misérablement
Trouvé de mes péchés le rude châtiment.
Il faut que je te fasse un récit de l'affaire,
Car je m'en sens encor tout ému de colère.
J'étais sur le théâtre [4], en humeur d'écouter

---

1. *Jodelet.* Voir page 28, note 6.
2. *Éraste* est un jeune gentilhomme ; *La Montagne* est son valet ; les autres personnages qui paraissent dans les scènes suivantes sont tous des *fâcheux*.
3. *Le dîné* ou *dîner* (la seconde orthographe est plus employée) était le repas de midi. Les théâtres donnaient leurs représentations dans l'après-midi.
4. *Sur le théâtre.* Depuis le milieu du XVIIe siècle jusqu'en 1759, il y eut sur la scène même des sièges réservés aux hommes de qualité ; ces sièges étaient à droite et à gauche des acteurs ; mais

La pièce, qu'à plusieurs j'avais ouï vanter ;
Les acteurs commençaient, chacun prêtait silence,
Lorsque, d'un air bruyant et plein d'extravagance,
Un homme à grands canons [1] est entré brusquement,
En criant : « Holà ! ho ! un siège promptement ! »
Et, de son grand fracas surprenant l'assemblée,
Dans le plus bel endroit a la pièce troublée [2].
Hé ! mon Dieu ! nos Français, si souvent redressés,
Ne prendront-ils jamais un air de gens sensés,
Ai-je dit, et faut-il sur nos défauts extrêmes
Qu'en théâtre public nous nous jouions nous-mêmes,
Et confirmions ainsi par des éclats de fous
Ce que chez nos voisins on dit partout de nous ?
Tandis que là-dessus je haussais les épaules,
Les acteurs ont voulu continuer leurs rôles ;
Mais l'homme pour s'asseoir a fait nouveau fracas,
Et traversant encor le théâtre à grands pas,
Bien que dans les côtés il pût être à son aise,
Au milieu du devant il a planté sa chaise,
Et de son large dos morguant [3] les spectateurs,
Aux trois quarts du parterre a caché les acteurs.
Un bruit s'est élevé, dont un autre eût eu honte ;
Mais lui, ferme et constant, n'en a fait aucun compte,
Et se serait tenu comme il s'était posé,
Si, pour mon infortune, il ne m'eût avisé.
« Ha ! marquis, m'a-t-il dit, prenant près de moi place,
Comment te portes-tu ? Souffre que je t'embrasse [4]. »
Au visage sur l'heure un rouge m'est monté

il pouvait prendre fantaisie à un fat de déplacer sa chaise et de se poster de manière à gêner et les acteurs et les spectateurs du parterre.

1. *Canons.* Voir la note 8 de la page 19.

2. *A la pièce troublée.* Cette construction usuelle au XVI⁰ siècle et dans la première partie du XVII⁰, se trouve encore dans La Fontaine et dans Molière.

3. *Morguer* quelqu'un, c'est lui mon-trer de la *morgue*, c'est-à-dire un certain air de suffisance hautaine. L'origine du mot est inconnue.

4. *Que je t'embrasse.* Les gens à la mode s'embrassaient volontiers en se rencontrant. Molière s'est plus d'une fois moqué de ces démonstrations exa-gérées d'une affection qui n'était pas toujours sincère. Voir encore la note 1 de la page 29 et la note 6 de la page 44.

Que l'on me vît connu d'un pareil éventé [1].
Je l'étais peu pourtant ; mais on en voit paraître,
De ces gens qui de rien [2] veulent fort vous connaître,
Dont il faut au salut [3] les baisers essuyer,
Et qui sont familiers jusqu'à vous tutoyer.
Il m'a fait à l'abord cent questions frivoles,
Plus haut que les acteurs élevant ses paroles.
Chacun le maudissait ; et moi, pour l'arrêter :
« Je serais, ai-je dit, bien aise d'écouter.
— Tu n'as point vu ceci, marquis ? Ah ! Dieu me damne [4],
Je le trouve assez drôle, et je n'y suis pas âne ;
Je sais par quelles lois [5] un ouvrage est parfait,
Et Corneille [6] me vient lire tout ce qu'il fait. »
Là-dessus de la pièce il m'a fait un sommaire,
Scène à scène averti de ce qui s'allait faire ;
Et jusques à des vers qu'il en savait par cœur,
Il me les récitait [7] tout haut avant l'acteur.
J'avais beau m'en défendre, il a poussé sa chance [8],
Et s'est devers [9] la fin levé longtemps d'avance ;
Car les gens du bel air, pour agir galamment,
Se gardent bien surtout d'ouïr le dénouement.
Je rendais grâce au Ciel, et croyais de justice [10]
Qu'avec la comédie eût fini mon supplice ;

1. *Éventé*, étourdi, homme sans consistance, dont la tête est à l'évent, c'est-à-dire capable de tourner en tous sens comme une girouette exposée au vent.
2. *De rien* : en raison de circonstances, de relations accidentelles, qu'on peut considérer comme n'étant rien.
3. *Au salut*, en échangeant avec eux un salut.
4. *Dieu me damne*. C'était une mode assez répandue parmi les élégants que de soutenir une affirmation par un juron (*parbleu*!) ou une formule de serment ; celle qu'on trouve employée ici était particulièrement en faveur.
5. *Par quelles lois un ouvrage est parfait*, quelles règles de l'art un ouvrage doit suivre pour être parfait.

6. Pierre Corneille, en 1661, avait cinquante-cinq ans ; la période de ses grands chefs-d'œuvre était passée ; mais son génie n'en était pas moins l'objet de l'admiration et du respect universels. D'ailleurs l'année même des *Fâcheux*, il avait donné une sorte de tragédie lyrique à grand spectacle, *La Toison d'Or*, dont le succès était très vif.
7. *Jusques à des vers... il me les récitait*. Il y a ici une anacoluthe ou rupture de la construction, ainsi qu'il arrive souvent dans la conversation.
8. *Poussé sa chance* : tenu bon, persévéré.
9. *Devers*, vers.
10. *Croyais de justice*, croyais qu'il était juste, qu'il était de toute justice.

Mais, comme si c'en eût été trop bon marché [1],
Sur nouveaux frais [2] mon homme à moi s'est attaché,
M'a conté ses exploits, ses vertus non communes,
Parlé de ses chevaux, de ses bonnes fortunes,
Et de ce qu'à la cour il avait de faveur,
Disant qu'à m'y servir il s'offrait de grand cœur.
Je le remerciais doucement de la tête,
Minutant [3] à tous coups quelque retraite honnête;
Mais lui, pour le quitter me voyant ébranlé :
« Sortons, ce m'a-t-il dit [4], le monde est écoulé; »
Et sortis [5] de ce lieu, me la donnant plus sèche [6]:
« Marquis, allons au Cours [7] faire voir ma galèche [8];
Elle est bien entendue, et plus d'un duc et pair [9]
En fait à mon faiseur faire une du même air. »
Moi de lui rendre grâce, et, pour mieux m'en défendre,
De dire que j'avais certain repas à rendre.
« Ah! parbleu! j'en veux être, étant de tes amis,
Et manque au maréchal, à qui j'avais promis.
— De la chère [10], ai-je fait [11], la dose est trop peu forte,

1. *Trop bon marché*: si le marché eût été ainsi trop avantageux pour moi, si je me fusse tiré ainsi trop avantageusement de cette conjoncture.
2. *Sur nouveaux frais*, de nouveau, comme un homme qui, considérant l'argent déjà dépensé comme nul ou insuffisant, ferait encore de nouveaux frais.
3. *Minuter*, c'est dresser la *minute* ou le brouillon (littéralement : pièce écrite en caractères *menus*) d'un acte, d'un contrat; au figuré, c'est former un plan, un dessein dans son esprit, projeter.
4. *Ce m'a-t-il dit*, tournure archaïque : il m'a dit cela.
5. *Sortis* ne se rapporte à aucun mot exprimé dans la phrase; ici encore il y a analocuthe (voir page 42, note 7).
6. *La donner sèche* est une expression proverbiale, dont il est difficile d'indiquer l'origine et l'exacte valeur ; le sens est à peu près : annoncer une nouvelle désagréable sans préparation, sans adoucissement.
7. *Au Cours*, au Cours-la-Reine, promenade qui longe la rive droite de la Seine, à l'ouest de Paris; ou au Cours Saint-Antoine, alors situé à

l'est de Paris, du coté de l'Arsenal.
8. *Galèche*. L'orthographe *calèche*, déjà en usage à l'époque de Molière, est la seule qui ait subsisté. L'emploi de la calèche, souvent attelée à six chevaux, était une mode encore assez nouvelle, semble-t-il, en 1661, et les élégants aimaient à montrer celle qu'ils possédaient dans les promenades fréquentées.
9. *Duc et pair*, titre d'un duc dont la terre avait été érigée en *pairie*, et qui, par là, avait le droit de siéger au Parlement de Paris. — Primitivement et à l'époque de la féodalité, les pairs (*pares*) étaient les principaux vassaux d'un seigneur, ceux qui avaient tous également le droit de juger avec lui; les pairs du royaume étaient les grands vassaux du roi.
10. *Chère*. Ce mot vient du bas-latin *cara*, visage. *Faire bonne chère* à quelqu'un, c'était lui faire bon visage, bon accueil, par conséquent lui offrir un bon repas : c'est ainsi que le mot *chère* lui-même a fini par signifier repas, mets.
11. *Ai-je fait*. Faire, dans le sens de

Pour oser y prier des gens de votre sorte[1].
— Non, m'a-t-il répondu, je suis sans compliment[2],
Et j'y vais pour causer avec toi seulement ;
Je suis des grands repas fatigué, je te jure.
— Mais si l'on vous attend, ai-je dit, c'est injure....
— Tu te moques, marquis : nous nous connaissons tous,
Et je trouve avec toi des passe-temps plus doux. »
Je pestais contre moi, l'âme triste et confuse
Du funeste succès[3] qu'avait eu mon excuse,
Et ne savais à quoi je devais recourir
Pour sortir d'une peine à me faire mourir,
Lorsqu'un carrosse fait de superbe manière,
Et comblé de laquais et devant et derrière,
S'est avec un grand bruit devant nous arrêté,
D'où sautant un jeune homme amplement ajusté[4],
Mon importun et lui courant à l'embrassade
Ont surpris les passants de leur brusque incartade[5] ;
Et tandis que tous deux étaient précipités
Dans les convulsions de leurs civilités[6],
Je me suis doucement esquivé sans rien dire,
Non sans avoir longtemps gémi d'un tel martyre,
Et maudit le fâcheux, dont le zèle obstiné
M'ôtait au rendez-vous qui m'est ici donné.

LA MONTAGNE.

Ce sont chagrins mêlés aux plaisirs de la vie.

dire, répliquer, n'est d'usage que dans les locutions fis-je, fit-il, fait-il, etc. et ne s'emploie que dans le style familier.

1. *Sorte*, rang, qualité.

2. *Sans compliment*, ennemi des compliments, des cérémonies.

3. *Succès*, résultat. C'est le sens du latin *successus*. Aujourd'hui le sens de *succès*, a une tendance à se restreindre : *succès* est presque toujours pris comme l'équivalent de *résultat heureux*.

4. Construction très remarquable : 1° le substantif qui s'accorde avec le participe présent ne joue aucun rôle dans la phrase, n'est ni sujet, ni régime : c'est donc ici exactement l'équivalent de l'ablatif absolu des latins ; —

2° le relatif (*d'où* — *duquel*) est suivi, non d'un verbe à un mode personnel, mais d'un participe, construction très commode, très rapide, usuelle en latin et en grec, mais tout à fait exceptionnelle en français.

5. *Incartade*, acte d'extravagance. Le mot vient d'un mot espagnol qui marque l'action de prendre une mauvaise carte..

6. *Les convulsions de leurs civilités.* L'expression est aussi énergique que plaisante. On en peut rapprocher les vers que Molière met dans la bouche d'Alceste (voir page 122).

De protestations, d'offres et de serments
Vous chargez *la fureur de vos embrasse-*
    ments.

Tout ne va pas, monsieur, au gré de notre envie.
Le ciel veut qu'ici-bas chacun ait ses fâcheux,
Et les hommes seraient sans cela trop heureux.

ÉRASTE.

Mais de tous mes fâcheux le plus fâcheux encore
C'est Damis, le tuteur de celle que j'adore,
Qui rompt ce qu'à mes vœux elle donne d'espoir,
Et fait qu'en sa présence elle n'ose me voir....
Mais songeons à trouver une beauté si rare.

LA MONTAGNE.

Monsieur, votre rabat par-devant se sépare [1].

ÉRASTE.

N'importe.

LA MONTAGNE.

Laissez-moi l'ajuster, s'il vous plaît.

ÉRASTE.

Ouf! tu m'étrangles; fat, laisse-le comme il est.

LA MONTAGNE.

Souffrez qu'on peigne un peu....

ÉRASTE.

Sottise sans pareille!
Tu m'as d'un coup de dent presque emporté l'oreille.

LA MONTAGNE.

Vos canons [2]....

ÉRASTE.

Laisse-les, tu prends trop de souci.

LA MONTAGNE.

Ils sont tout chiffonnés.

---

1. *Rabat,* col rabattu de toile ou de   2. Voir la note 8 de la page 19.
dentelle. — *Se sépare* : se détache.

ÉRASTE.

Je veux qu'ils soient ainsi.

LA MONTAGNE.

Accordez-moi du moins, pour grâce singulière,
De frotter ce chapeau, qu'on voit plein de poussière.

ÉRASTE.

Frotte donc, puisqu'il faut que j'en passe par là.

LA MONTAGNE.

Le voulez-vous porter fait comme le voilà?

ÉRASTE.

Mon Dieu! dépêche-toi.

LA MONTAGNE.

Ce serait conscience.

ÉRASTE, *après avoir attendu.*

C'est assez.

LA MONTAGNE.

Donnez-vous un peu de patience.

ÉRASTE.

Il me tue.

LA MONTAGNE.

En quel lieu vous êtes-vous fourré?

ÉRASTE.

T'es-tu de ce chapeau pour toujours emparé?

LA MONTAGNE.

C'est fait.

ÉRASTE.

Donne-moi donc.

LA MONTAGNE, *laissant tomber le chapeau.*

Hai!

ÉRASTE.

Le voilà par terre!
Je suis fort avancé. Que la fièvre te serre!

LA MONTAGNE.

Permettez qu'en deux coups j'ôte....

ÉRASTE.

Il ne me plaît pas.
Au diantre [1] tout valet qui vous est sur les bras,
Qui fatigue son maître, et ne fait que déplaire
A force de vouloir trancher du [2] nécessaire!

(Acte I, sc. i.)

II

LE DUELLISTE.

ALCANDRE, ÉRASTE.

ALCANDRE.

Avec peine, marquis, je te fais la prière [3];
Mais un homme vient là de me rompre en visière [4],
Et je souhaite fort, pour ne rien reculer, [5]
Qu'à l'heure, de ma part, tu l'ailles appeler [6].

---

1. *Diantre*, forme à peu près semblable à *diable*, et qu'on employait de préférence, en manière de juron, pour éviter de nommer le mauvais esprit.
2. *Trancher du*, se donner des airs de...
3. *La prière* qui va suivre.
4. *Rompre en visière*, c'était, dans la langue de la chevalerie, frapper d'un coup de lance la visière du casque de son adversaire (la visière était une ouverture ménagée dans le casque pour qu'on pût voir au travers). Au figuré, *rompre en visière*, c'est attaquer quelqu'un en face, se déclarer son ennemi. Voir encore page 126, note 1.
5. *Reculer*, retarder.
6. *Appeler*, provoquer en duel. — *A l'heure*, immédiatement.

Tu sais qu'en pareil cas ce serait avec joie
Que je te le rendrais en la même monnoie [1].

    ÉRASTE, *après avoir un peu demeuré sans parler.*

Je ne veux point ici faire le capitan [2];
Mais on m'a vu soldat avant que courtisan [3] :
J'ai servi quatorze ans, et je crois être en passe [4]
De pouvoir d'un tel pas me tirer avec grâce,
Et de ne craindre point qu'à quelque lâcheté
Le refus de mon bras [5] me puisse être imputé.
Un duel met les gens en mauvaise posture [6];
Et notre roi n'est pas un monarque en peinture.
Il sait faire obéir les plus grands de l'État,
Et je trouve qu'il fait en digne potentat.
Quand il faut le servir, j'ai du cœur pour le faire ;
Mais je ne m'en sens point quand il faut lui déplaire
Je me fais de son ordre une suprême loi ;
Pour lui désobéir, cherche un autre que moi.
Je te parle, vicomte, avec franchise entière,
Et suis ton serviteur en toute autre matière.

                           (Acte I, sc.v.)

III

LE CHASSEUR

DORANTE, ÉRASTE.

DORANTE.

Ha ! marquis ! que l'on voit de fâcheux tous les jours

---

1. On prononçait au XVIIᵉ siècle *joué* et *monnoue*. On retrouvera la même rime dans le *Misanthrope.* Voir page 123, note 2.
2. *Capitan.* C'est l'italien *capitano* francisé. Ce mot italien veut dire *capitaine.* Mais comme c'est le titre qui, dans certaines comédies bouffonnes, imitées de l'italien, était donné à un fanfaron, c'est avec ce dernier sens que le mot est resté dans la langue.
3. *Avant que* [l'on me vit] *courtisan.*

— *Courtisan* n'enferme ici aucune acception méprisante ; il signifie seulement : homme qui vit à la cour.
4. Voir page 20, note 4.
5. Les amis qui accompagnaient les duellistes, leurs *seconds,* comme on disait, n'étaient pas seulement, ainsi qu'aujourd'hui, *témoins* du combat : mais ils se battaient l'un contre l'autre, comme les duellistes eux-mêmes.
6. Les mesures les plus sévères avaient été prises sous Henri IV, sous

Venir de nos plaisirs interrompre le cours!
Tu me vois enragé d'une assez belle chasse
Qu'un fat.... C'est un récit qu'il faut que je te fasse [1].

ÉRASTE.

Je cherche ici quelqu'un, et ne puis m'arrêter.

DORANTE, *le retenant.*

Parbleu! chemin faisant, je te le veux conter.
Nous étions une troupe assez bien assortie,
Qui, pour courir un cerf, avions hier fait partie [2];
Et nous fûmes [3] coucher sur le pays exprès,
C'est-à-dire, mon cher, en fin fond de forêts.
Comme cet exercice est mon plaisir suprême,
Je voulus, pour bien faire, aller au bois moi-même [4],
Et nous conclûmes tous d'attacher nos efforts
Sur un cerf, qu'un chacun nous disait cerf dix-cors [5];
Mais, moi, mon jugement, sans qu'aux marques j'arrête [6],
Fut qu'il n'était que cerf à sa seconde tête [6].
Nous avions, comme il faut, séparé nos relais [7],
Et déjeunions en hâte, avec quelques œufs frais,
Lorsqu'un franc campagnard, avec longue rapière [8],

Louis XIII et sous Louis XIV lui-même pour la répression des duels. Il faut se rappeler d'ailleurs, pour comprendre l'effet que cette tirade devait produire, que la pièce a été représentée pour la première fois devant le roi.

1. L'idée de la scène qu'on va lire fut fournie à Molière par le roi lui-même, qui désigna au poète comme un original digne d'être mis en scène un grand seigneur passionné pour la chasse, M. de Soyecourt. M. de Soyecourt fut, quelques années plus tard, nommé grand-veneur.

2. *Faire partie,* se concerter, s'associer pour un divertissement.

3. Le verbe *être* s'emploie souvent aux divers temps du passé pour marquer un séjour dans un lieu : nous fûmes à Lyon; j'ai été à Rome. De ce sens, on est passé abusivement au sens d'*aller* et les temps passés du verbe *être* se sont employés, comme on le voit

ici, avec la même signification que le verbe *aller.*

4. En général, on envoyait quelque valet de chasse pour reconnaître le pays; mais Dorante a voulu, pour plus de sûreté, prendre ce soin lui-même.

5. Les *cors,* ou andouillers, ce sont les branches qui poussent sur les deux cornes principales du cerf. Un cerf *dix-cors* n'a pas toujours en réalité dix andouillers : c'est simplement un cerf âgé d'au moins six ans.

6. *Seconde tête,* moment où les cors commencent à pousser sur les cornes : le cerf a alors trois ans.

7. Placé les chiens de distance en distance.

8. *Rapière,* épée longue et affilée, dont la garde est formé d'une coquille hémisphérique percée de trous, dans lesquels l'épée de l'adversaire peut s'en-

Montant superbement sa jument poulinière [1],
Qu'il honorait du nom de sa bonne jument,
S'en est venu nous faire un mauvais compliment,
Nous présentant aussi, pour surcroît de colère,
Un grand benêt de fils aussi sot que son père.
Il s'est dit grand chasseur, et nous a priés tous
Qu'il pût avoir le bien [2] de courir avec nous.
Dieu préserve, en chassant, toute sage personne
D'un porteur de huchet [3], qui mal à propos sonne ;
De ces gens qui, suivis de dix hourets [4] galeux,
Disent « ma meute », et font les chasseurs merveilleux !
Sa demande reçue, et ses vertus prisées [5],
Nous avons été tous frapper à nos brisées [6].
A trois longueurs de trait [7], tayaut [8]! voilà d'abord
Le cerf donné aux chiens [9]. J'appuie [10], et sonne fort.
Mon cerf débuche, et passe une assez longue plaine [11],
Et mes chiens après lui, mais si bien en haleine,
Qu'on les aurait couverts tous d'un seul justaucorps [12].

gager. Cette espèce d'arme, fort en usage au XVIᵉ siècle, n'était plus à la mode au XVIIᵉ.

1. *Jument poulinière*, jument qui a mis bas ou qui doit mettre bas des poulains ; ce n'est pas une jument de ce genre que monterait quelqu'un dont l'écurie compterait un assez grand nombre de bêtes.

2. *Le bien*, l'avantage, l'honneur.

3. *Huchet*, cornet de chasse. Ce mot est vieilli, ainsi que le verbe *hucher*, qui voulait dire sonner du cor pour appeler les chiens.

4. *Houret*, mauvais chien de chasse. On ne cite guère d'autre exemple de l'emploi de ce mot.

5. Une fois que nous eûmes *prisé*, apprécié ses mérites. Ce qui peut s'entendre de deux manières, soit : « Après que nous eûmes en nous-mêmes apprécié son peu de mérite à sa juste valeur ; » soit : « Après que nous eûmes, tout haut et par politesse, vanté ses mérites. »

6. Les *brisées*, ce sont des branches que l'on brise et que l'on dispose de place en place pour reconnaître le chemin que la bête a suivi. — *Frapper aux*

brisées, c'est, une fois arrivés aux brisées, lâcher les chiens.

7. A une distance équivalente au triple de la longueur du *trait*, c'est-à-dire de la laisse à laquelle le chien est attaché avant d'être lâché. Cette laisse était d'une longueur de trois à quatre pieds, c'est-à-dire, en mesure moderne, d'environ un mètre.

8. *Tayaut*, exclamation que pousse le chasseur, à la chasse du cerf, du daim ou du chevreuil, quand il voit la bête.

9. C'est-à-dire les chiens lancés à la poursuite du cerf. — On remarquera qu'il y a dans ce vers un *hiatus (donné aux)* ; mais l'expression étant consacrée, Molière a dû la garder telle quelle.

10. *Appuyer*, exciter les chiens de la voix ou en sonnant du cor.

11. *Débuche*, sort d'un bois pour se diriger vers un autre, à travers la plaine. — *Passe*, traverse.

12. Tant ils étaient serrés les uns contre les autres ; et, par conséquent, tant leur vitesse était égale. — *Justaucorps*, vêtement à manches serré à la taille, et couvrant le corps des épaules au genou.

Il vient à la forêt. Nous lui donnons alors
La vieille meute [1], et moi, je prends en diligence
Mon cheval alezan [2]. Tu l'as vu?

ÉRASTE.

Non, je pense.

DORANTE.

Comment! C'est un cheval aussi bon qu'il est beau,
Et que, ces jours passés, j'achetai de Gaveau [3].
Je te laisse à penser si, sur cette matière,
Il voudrait me tromper, lui qui me considère [4] :
Aussi je m'en contente; et jamais, en effet,
Il n'a vendu cheval ni meilleur, ni mieux fait.
Une tête de barbe, avec l'étoile nette [5],
L'encolure d'un cygne, effilée et bien droite [6],
Point d'épaules non plus qu'un lièvre, court-jointé [7],
Et qui fait, dans son port, voir sa vivacité;
Des pieds, morbleu! des pieds! le rein double [8] : (à vrai
J'ai trouvé le moyen, moi seul, de le réduire [9];   [dire,
Et sur lui, quoique aux yeux il montrât beau semblant [10],
Petit-Jean de Gaveau [11] ne montait qu'en tremblant),
Une croupe, en largeur à nulle autre pareille,
Et des gigots [12], Dieu sait! Bref, c'est une merveille;

1. *La vieille meute*. On arrête la première meute; et celle qu'on met maintenant à la poursuite du cerf et qui formait le second *relais* (voir la note 7 de la page 49) est composée de chiens plus vieux, moins vigoureux : car le cerf lui-même est déjà fatigué; il n'est plus besoin de le poursuivre avec la même vitesse.

2. *Alezan*, brun (ne se dit qu'en parlant des chevaux).

3. *Gaveau*, marchand de chevaux alors célèbre.

4. *Me considère*, a pour moi de la considération, du respect.

5. *Barbe*, cheval arabe (littéralement : cheval de *Barbarie*). — *Étoile*, marque blanche sur le front d'un cheval.

6. *Droite* : on prononçait *droette*.

7. *Court-jointé*, dont le paturon est court, comme il doit l'être aux chevaux barbes. — Le *paturon* est la partie de la jambe du cheval qui est immédiatement au-dessus de la *couronne*, qui elle-même est immédiatement au-dessus du sabot.

8. C'est-à-dire les reins bien séparés par l'épine dorsale, dont la netteté et l'épaisseur sont en effet des signes de vigueur chez le cheval.

9. *Réduire*, dompter.

10. Il montrât un visage qui avait un air d'assurance.

11. Petit-Jean (valet) de Gaveau. — C'était sans doute celui qui était chargé de monter et de dresser les bêtes difficiles.

12. *Croupe*, partie postérieure de l'animal; — *gigot*, cuisse.

5.

Et j'en ai refusé cent pistoles [1], crois-moi,
Au retour d'un cheval amené pour le roi [2].
Je monte donc dessus, et ma joie était pleine,
De voir filer de loin les coupeurs [3] dans la plaine ;
Je pousse [4], et je me trouve en un fort [5] à l'écart,
A la queue de nos chiens [6], moi seul avec Drécar [7].
Une heure là dedans notre cerf se fait battre.
J'appuie alors mes chiens, et fais le diable à quatre ;
Enfin jamais chasseur ne se vit plus joyeux.
Je le relance [8] seul, et tout allait des mieux,
Lorsque d'un jeune cerf s'accompagne le nôtre [9] ;
Une part de mes chiens se sépare de l'autre ;
Et je les vois, marquis, comme tu peux penser,
Chasser tous avec crainte, et Finaut balancer [10].
Il se rabat [11] soudain, dont [12] j'eus l'âme ravie ;
Il empaume la voie [13], et moi, je sonne et crie :
« A Finaut ! à Finaut ! » J'en revois [14] à plaisir
Sur une taupinière, et re-sonne à loisir.
Quelques chiens revenaient à moi, quand, pour disgrâce,
Le jeune cerf, marquis, à mon campagnard passe.
Mon étourdi se met à sonner comme il faut,
Et crie à pleine voix : « Tayaut ! tayaut ! tayaut ! »
Mes chiens me quittent tous, et vont à ma pécore [15] ;

1. Voir la note 2 de la page 244.
2. *Au retour de...* données en sur-plus, et pour compenser l'infériorité de la bête (le cheval amené pour le roi, qu'on lui offrait en échange de son cheval.
3. *Coupeurs*, chiens qui se séparent de la meute et *coupent*, passent par un chemin de traverse pour gagner le cerf de vitesse.
4. *Je pousse* mon cheval.
5. *Fort*, endroit le plus épais d'une forêt.
6. Vers peu correct : le mot *queue* devrait être suivi d'un mot commençant par une voyelle sur laquelle l'*e* muet s'éliderait.
7. *Drécar*, piqueur fameux à cette époque.
8. *Relancer*, poursuivre de nouveau le cerf, après que les chiens l'ont forcé à se relever d'un endroit où il s'était arrêté et reposé.
9. Un jeune cerf vient se joindre au nôtre et court avec lui.
10. *Chasser avec crainte, balancer*, expressions consacrées dans la langue de la vénérie, pour marquer l'hésitation des chiens.
11. *Se rabat*, retrouve la piste.
12. *Dont*, archaïsme pour *ce dont*.
13. *Empaumer la voie*, s'élancer dans le bon chemin.
14. *En revoir*, voir sur la terre les empreintes du pied de la bête. — *On en revoit à plaisir*, lorsque la terre est molle ; — autrement *il fait mauvais revoir*.
15. *A ma pécore*, à mon imbécile.

J'y pousse[1], et j'en revois dans le chemin encore;
Mais à terre, mon cher, je n'eus pas jeté l'œil,
Que je connus le change[2] et sentis un grand deuil.
J'ai beau lui faire voir toutes les différences
Des pinces de mon cerf et de ses connaissances[3],
Il me soutient toujours, en chasseur ignorant,
Que c'est le cerf de meute[4]; et, par ce différend,
Il donne temps aux chiens d'aller loin. J'en enrage,
Et, pestant de bon cœur contre le personnage,
Je pousse mon cheval et par haut et par bas[5],
Qui pliait des gaulis[6] aussi gros que les bras :
Je ramène les chiens à ma première voie[7],
Qui vont, en me donnant une excessive joie,
Requérir[8] notre cerf, comme s'ils l'eussent vu.
Ils le relancent; mais ce coup est-il prévu?
A te dire le vrai, cher marquis, il m'assomme;
Notre cerf relancé va passer à notre homme,
Qui, croyant faire un trait de chasseur fort vanté,
D'un pistolet d'arçon[9] qu'il avait apporté,
Lui donne justement au milieu de la tête[10],
Et de fort loin me crie : « Ah! j'ai mis bas la bête! »
A-t-on jamais parlé de pistolets, bon Dieu!
Pour courre un cerf[11]? Pour moi, venant dessus le lieu,

1. Je pousse mon cheval dans cette direction, parce que cet appel du campagnard m'a trompé moi-même.
2. *Change*, terme consacré pour désigner l'erreur des chiens qui quittent la bonne piste, pour suivre celle d'une autre bête.
3. *Pinces*, pointes des ongles de la bête. — *Connaissances*, marque particulière par laquelle une bête fait reconnaître son passage. On nommait notamment *connaissance* une *pince* plus longue que les autres.
4. *Le cerf de meute*, le premier cerf, celui sur lequel on a lancé les chiens de meute.
5. C'est-à-dire à travers les haies ou les ravins.
6. *Pliait*, sautait par-dessus et cassait sous son poids. — *Gaulis*, grandes branches d'un taillis.
7. *Ma première voie*, la piste que j'avais suivie d'abord.
8. *Requérir*, chercher de nouveau.
9. *Pistolet d'arçon*, pistolet placé à l'arçon de devant : les arçons sont les deux pièces de bois cintrées qui forment le corps de la selle.
10. *Donner d'une arme*, c'est frapper avec une arme.
11. Le cerf doit se tuer d'un coup de couteau. — *Courre*. Cet infinitif, qui n'est plus usité que dans le langage de la vénerie, est le seul mot qui soit formé naturellement de *currere*. Le verbe *courir*, qui seul a subsisté, vient d'une forme de la basse latinité *currire*.

J'ai trouvé l'action tellement hors d'usage,
Que j'ai donné des deux[1] à mon cheval, de rage,
Et m'en suis revenu chez moi toujours courant,
Sans vouloir dire un mot à ce sot ignorant.

ÉRASTE.

Tu ne pouvais mieux faire, et ta prudence est rare :
C'est ainsi des fâcheux qu'il faut qu'on se sépare.
Adieu.

DORANTE.

Quand tu voudras nous irons quelque part,
Où nous ne craindrons point de chasseur campagnard.

ÉRASTE, seul.

Fort bien. Je crois qu'enfin je perdrai patience[2].
Cherchons à m'excuser[3] avecque[4] diligence.

(Acte II, sc. vi.)

IV

LE SAVANT.

CARITIDÈS, ÉRASTE.

CARITIDÈS.

Monsieur, le temps répugne à l'honneur de vous voir[5],
Le matin est plus propre à rendre un tel devoir;
Mais de vous rencontrer il n'est pas bien facile,
Car vous dormez toujours, ou vous êtes en ville :

1. *Donner des deux*, piquer avec les deux éperons.
2. A force d'être arrêté par des fâcheux.
3. *M'excuser*, auprès d'Orphise (voir l'analyse, page 39).
4. *Avecque* : voir page 134, note 8.
5. *Le temps répugne à l'honneur de vous voir*, le moment n'est pas bien choisi pour quelqu'un qui veut avoir l'honneur de vous voir. — *Répugner à*, signifiant *ne pas convenir*, était un terme d'école; par l'emploi de ce mot Caritidès fait donc voir dès le début de la scène qu'il est un pédant.

Au moins, messieurs vos gens[1] me l'assurent ainsi ;
Et j'ai, pour vous trouver, pris l'heure que voici.
Encore est-ce un grand heur[2] dont le destin m'honore,
Car, deux momens plus tard, je vous manquais encore.

ÉRASTE.

Monsieur, souhaitez-vous quelque chose de moi ?

CARITIDÈS.

Je m'acquitte, monsieur, de ce que je vous doi[3] ;
Et vous viens.... Excusez l'audace qui m'inspire,
Si....

ÉRASTE.

Sans tant de façons, qu'avez-vous à me dire ?

CARITIDÈS.

Comme le rang, l'esprit, la générosité,
Que chacun vante en vous....

ÉRASTE.

Oui, je suis fort vanté.
Passons, monsieur.

CARITIDÈS.

Monsieur, c'est une peine extrême
Lorsqu'il faut à quelqu'un se produire[4] soi-même ;
Et toujours près des grands on doit être introduit
Par des gens qui de nous[5] fassent un peu de bruit,
Dont la bouche écoutée avecque[6] poids débite
Ce qui peut faire voir notre petit mérite.
Enfin, j'aurais voulu que des gens bien instruits
Vous eussent pu, monsieur, dire ce que je suis.

---

1. *Vos gens*, vos serviteurs.
2. *Heur*, bonheur. Le mot a vieilli. Il vient du latin *augurium*.
3. *De ce que je vous doi*, d'un devoir de politesse envers vous. — Sur la forme *doi*, voir la note 1 de la page 2.

4. *Se produire*, se présenter. — Produire (*producere*), c'est amener à la lumière.
5. *De nous*, sur nous.
6. Voir la note 8 de la page 134.

ÉRASTE.

Je vois assez, monsieur, ce que vous pouvez être,
Et votre seul abord le peut faire connaître [1].

CARITIDÈS.

Oui, je suis un savant charmé de vos vertus,
Non pas de ces savans dont le nom n'est qu'en *us*,
Il n'est rien si commun qu'un nom à la latine :
Ceux qu'on habille en grec ont bien meilleure mine ;
Et, pour en avoir un qui se termine en *ès*,
Je me fais appeler monsieur Caritidès [2].

ÉRASTE.

Monsieur Caritidès soit. Qu'avez-vous à dire ?

CARITIDÈS.

C'est un placet [3], monsieur, que je voudrais vous lire,
Et que, dans la posture où vous met votre emploi,
J'ose vous conjurer de présenter au roi.

ÉRASTE.

Hé! monsieur, vous pouvez le présenter vous-même.

CARITIDÈS.

Il est vrai que le roi fait cette grâce extrême ;
Mais par ce même excès de ses rares bontés
Tant de méchans placets, monsieur, sont présentés,
Qu'ils étouffent les bons ; et l'espoir où je fonde [4],
Est qu'on donne le mien quand le prince est sans monde.

ÉRASTE.

Hé bien! vous le pouvez, et prendre votre temps.

---

1. Le mot est à double entente : Caritidès comprend qu'en voyant son costume, Éraste a reconnu qu'il était un savant ; — Éraste veut dire qu'il l'a reconnu, dès ses premiers mots, pour un pédant obséquieux et prétentieux.

2. *Caritidès* (ou plutôt *Charitidès*), est un nom patronymique comme Ἀτρείδης, Πηλείδης, et veut dire *fils des Grâces*.

3. *Placet*, demande écrite par laquelle on réclame une place, une faveur, etc.

4. *Où* est fréquemment employé au xviie siècle pour le pronom relatif précédé d'une préposition ; il équivaut ici à *sur lequel*. Mais l'emploi de *fonder* ainsi pris absolument, dans le sens de *faire fond* sur quelque chose, est très rare.

CARITIDÈS.

Ah! monsieur, les huissiers sont de terribles gens!
Ils traitent les savans de faquins à nasardes [1],
Et je n'en puis venir qu'à la salle des gardes [2].
Les mauvais traitemens qu'il me faut endurer
Pour jamais de la cour me feraient retirer,
Si je n'avais conçu l'espérance certaine
Qu'auprès de notre roi vous serez mon Mécène [3].
Oui, votre crédit m'est un moyen assuré...

ÉRASTE.

Hé bien! donnez-moi donc, je le présenterai.

CARITIDÈS.

Le voici. Mais au moins oyez-en [4] la lecture.

ÉRASTE.

Non....

CARITIDÈS.

C'est pour être instruit, monsieur, je vous conjure.

AU ROI.

SIRE,

Votre très-humble, très-obéissant, très-fidèle et très-savant sujet et serviteur, Caritidès, Français de nation, Grec [5] de profession, ayant considéré les grands et notables abus qui se commettent aux [6] inscriptions des ensei-

---

1. *Faquins* (voir la note 1 de la page 17) *à nasardes*, hommes de rien à qui l'on peut donner des chiquenaudes sur le nez.
2. Qui précédait les appartements du roi.
3. C. Cilnius Mecænas (mort l'an 8 av. J.-C.), favori d'Auguste, est célèbre surtout par la protection qu'il accorda aux gens de lettres, et son nom est devenu un nom commun, qui désigne tout protecteur des lettres et des arts.
4. *Oyez*, impératif de *ouïr*, dont l'or-

thographe ancienne et vraiment étymologique est *oir* (*audire*).
5. *Grec*, se disait, au XVIIe siècle, pour : « savant en grec », et même pour « savant en quoi que ce soit ». — Au XVIIIe siècle Beaumarchais fait encore dire à son Figaro : « Qu'il s'avise de parler latin : j'y suis grec ; je l'extermine. » (*Mariage de Figaro*, III, xv.)
6. *Aux* remplace ici l'ancien article *ès* tombé en désuétude, et veut dire *dans les*.

gnes des maisons, boutiques, cabarets, jeux de boule, et autres lieux de votre bonne ville de Paris, en ce que certains ignorans, compositeurs desdites inscriptions, renversent, par une barbare, pernicieuse et détestable orthographe, toute sorte de sens et raison, sans aucun égard d'étymologie, analogie, énergie, ni allégorie quelconque, au grand scandale de la république des lettres, et de la nation française, qui se décrie et déshonore par lesdits abus et fautes grossières envers les étrangers, et notamment envers les Allemands, curieux lecteurs et inspectateurs[1] desdites inscriptions,...

ÉRASTE.

Ce placet est fort long, et pourrait bien fâcher....

CARITIDÈS.

Ah! monsieur, pas un mot ne s'en peut retrancher.

ÉRASTE.

Achevez promptement[2].

CARITIDÈS continue.

... supplie humblement VOTRE MAJESTÉ de créer, pour le bien de son État et la gloire de son empire, une charge de contrôleur, intendant, correcteur, réviseur, et restaurateur général desdites inscriptions, et d'icelle[3] honorer le suppliant, tant en considération de son rare et éminent savoir, que des grands et signalés services qu'il a rendus à l'État et à VOTRE MAJESTÉ, en faisant l'anagramme[4]

1. *Inspectateur*, mot forgé par Caritidès, qui, en sa qualité de savant, sait quelle est la valeur des *frequentatifs* latins et crée, sur le modèle du latin, un *frequentatif* français : *inspecteur* veut dire : celui qui examine; *inspectateur* voudra dire : celui qui a coutume d'examiner.
2. Il est arrivé plusieurs fois à Molière d'intercaler une petite phrase au milieu d'une lecture en prose insérée dans une scène en vers, et en général, il donne, comme instinctivement, à cette phrase une allure mesurée. On voit qu'ici la phrase d'Éraste forme exactement un demi-vers.
3. *Icelui, icelle, iceux* (*ecce illum, illam, illos*), forme vieillie du pronom démonstratif, qui, au XVIIe siècle déjà, ne s'employait plus que dans le style juridique. — Il en est de même des formes *ledit, dudit, votre dite*, etc.
4. *L'anagramme* consiste dans la transposition des lettres d'un nom, qu'on déplace pour en former d'autres mots. On cite par exemple cette anagramme de *Louis quatorzieme, roi de France et de*

de VOTRE DITE MAJESTÉ, *en français, latin, grec, hébreu,*
syriaque. chaldéen, arabe....

ÉRASTE, *l'interrompant.*

Fort bien. Donnez-le vite, et faites la retraite [1].
Il sera vu du roi; c'est une affaire faite.

CARITIDÈS.

Hélas! monsieur, c'est tout que montrer mon placet.
Si le roi le peut voir, je suis sûr de mon fait;
Car, comme sa justice en toute chose est grande,
Il ne pourra jamais refuser ma demande.
Au reste, pour porter au ciel votre renom,
Donnez-moi par écrit votre nom et surnom;
J'en veux faire un poème en forme d'acrostiche
Dans les deux bouts du vers et dans chaque hémistiche [2].

ÉRASTE.

Oui, vous l'aurez demain, monsieur Caritidès. [3]
Ma foi! de tels savans sont des ânes bien faits.
J'aurais dans d'autres temps bien ri de sa sottise.

(Acte III, sc. II.)

Navarre. « Va, Dieu confondra l'armée qui osera te résister. »

1. On dit plutôt aujourd'hui *faire retraite*. Mais *faire la retraite* se trouve encore dans une pièce célèbre de Racan :

Tircis, il faut penser à faire la retraite.

2. *Acrostiche* mot emprunté d'un mot grec qui lui-même est formé d'ἄκρος et de στίχος (littéralement : bout du vers, *versus extremus*). L'acrostiche est une pièce formée d'autant de vers qu'il y a de lettres dans le nom de la personne sur laquelle il est composé; le premier vers commence par la première lettre de ce nom, le second par la seconde, et ainsi de suite. Quelquefois on doublait, ou même on triplait la difficulté de ce jeu puéril : on voit par exemple que Caritidès se propose de faire des vers tels que chaque lettre du nom d'Éraste se trouve successivement trois fois dans chaque vers : au début du vers, au début du second hémistiche et à la fin du vers. Par exemple la pièce pourrait commencer ainsi :

Eraste aimait Orphise : épris de sa beauté...,

Mais si l'on fait de même pour les autres vers, ces vers ne rimeront certainement pas. C'est sans doute une difficulté à laquelle Caritidès n'a pas songé; — à moins qu'il ne se propose de composer son acrostiche dans une autre langue que le français.

3. Caritidès sort sur ces mots.

V

L'HOMME A PROJETS.

ORMIN, ÉRASTE.

ORMIN.

Bien qu'une grande affaire en ce lieu me conduise,
J'ai voulu qu'il [1] sortît avant que vous parler.

ÉRASTE.

Fort bien. Mais dépêchons; car je veux m'en aller.

ORMIN.

Je me doute à peu près que l'homme qui vous quitte
Vous a fort ennuyé, monsieur, par sa visite.
C'est un vieux importun, qui n'a pas l'esprit sain,
Et pour qui j'ai toujours quelque défaite en main [2].
Au Mail, à Luxembourg [3] et dans les Tuileries,
Il fatigue le monde avec ses rêveries;
Et des gens comme vous doivent fuir l'entretien
De tous ces savantas [4] qui ne sont bons à rien.
Pour moi, je ne crains pas que je vous importune,
Puisque je viens, monsieur, faire votre fortune.

ÉRASTE.

Voici quelque souffleur [5], de ces gens qui n'ont rien,

---

1. *Il.* Caritidès. Cette scène succède immédiatement à celle qu'on vient de lire.
2. *En main*, toute prête (*in promptu*).
3. Le *Mail* était une promenade située près des remparts à l'est de Paris. — Le Luxembourg est un palais construit en 1615-1620 pour la reine mère Marie de Médicis sur l'emplacement d'un hôtel qui avait appartenu à la famille de *Luxembourg*. Sous Louis XIV ce palais appartenait à Mlle de Montpensier, petite-fille de Marie de Médicis et cousine du roi. Mais les jardins en étaient ouverts au public et servaient de promenade. On sait que le jardin du Luxembourg est encore aujourd'hui l'une des plus belles promenades de Paris; quant au palais, il est le siège du Sénat. Remarquons qu'au XVIIe siècle on disait plus souvent : *Luxembourg, aller à Luxembourg* que *le Luxembourg, au Luxembourg*.
4. *Savantas* ou *savantasse* : personnage qui se donne pour savant, mais dont le savoir est vain et confus.
5. *Souffleurs*, nom par lequel on désignait vulgairement les *alchimistes*, parce qu'ils soufflaient sur leurs fourneaux en faisant fondre les métaux, pour les changer en or ou pour produire la fameuse *pierre philosophale* à l'aide de laquelle tous les métaux devaient se changer en or.

Et vous viennent toujours promettre tant de bien.
Vous avez fait, monsieur, cette bénite pierre [1],
Qui peut seule enrichir tous les rois de la terre?

ORMIN.

La plaisante pensée, hélas! où vous voilà!
Dieu me garde, monsieur, d'être de ces fous-là!
Je ne me repais point de visions frivoles,
Et je vous porte ici les solides paroles
D'un avis que par vous [2] je veux donner au roi,
Et que tout cacheté je conserve sur moi :
Non de ces sots projets, de ces chimères vaines,
Dont les surintendants [3] ont les oreilles pleines :
Non de ces gueux d'avis [4], dont les prétentions
Ne parlent que de vingt ou trente millions;
Mais un qui, tous les ans, à si peu qu'on le monte,
En peut donner au roi quatre cents de bon compte,
Avec facilité, sans risque, ni soupçon [5],
Et sans fouler le peuple en aucune façon;
Enfin c'est un avis d'un gain inconcevable,
Et que du premier mot on trouvera faisable.
Oui, pourvu que par vous je puisse être poussé....

ÉRASTE.

Soit; nous en parlerons. Je suis un peu pressé.

ORMIN.

Si vous me promettiez de garder le silence,
Je vous découvrirais cet avis d'importance.

ÉRASTE.

Non, non, je ne veux point savoir votre secret.

ORMIN.

Monsieur, pour le trahir, je vous crois trop discret,

---

1. La pierre philosophale.
2. La première édition donne *pour vous*, sans doute par erreur.
3. *Surintendant* (*des finances*) : c'était le titre même de Fouquet, chez qui se donnait la pièce (voir la notice), et qui

en effet devait avoir été plus d'une fois importuné par les « faiseurs de projets » et les inventeurs de toute sorte.
4. *Gueux d'avis*, pauvres avis, avis misérables.
5. Il faut entendre sans doute : sans

Et veux, avec franchise, en deux mots vous l'apprendre.
Il faut voir si quelqu'un ne peut point nous entendre [1].
Cet avis merveilleux dont je suis l'inventeur,
Est que....

ÉRASTE.

D'un peu plus loin, et pour cause [2], monsieur [3].

ORMIN.

Vous voyez le grand gain, sans qu'il faille le dire,
Que de ses ports de mer le roi tous les ans tire.
Or l'avis, dont encor nul ne s'est avisé,
Est qu'il faut de la France, et c'est un coup aisé,
En fameux ports de mer mettre toutes les côtes.
Ce serait pour monter à des sommes très-hautes,
Et si....

ÉRASTE.

L'avis est bon, et plaira fort au roi.
Adieu. Nous nous verrons.

ORMIN.

               Au moins, appuyez-moi
Pour en avoir ouvert les premières paroles [4].

ÉRASTE.

Oui, oui.

ORMIN.

        Si vous vouliez me prêter deux pistoles
Que vous reprendriez sur le droit de l'avis [5],
Monsieur....

---

risque réel, ni soupçon de risque.

1. En disant ces mots Ormin va regarder si personne n'écoute ; puis il s'approche de l'oreille d'Éraste.

2. Sans doute parce qu'Ormin est un peu crasseux et ne sent pas très bon.

3. *Monsieur* rime ici avec *inventeur*, ce qui tendrait à faire croire qu'on faisait, dans la bonne société, sonner l'*r* de *Monsieur*; au contraire Molière écrit *monsieu* quand il fait parler des paysans (voir par exemple page 92, note 5).

4. C'est-à-dire : appuyez-moi en disant que c'est moi qui ai parlé de cette affaire le premier.

5. *Pistoles* (voir page 244, note 2). — *Le droit de l'avis* : la somme à laquelle j'aurais droit, une fois mon projet adopté, pour en avoir été l'auteur. — Le poète latin Ennius écrivait déjà des

ÉRASTE.

Oui, volontiers[1]. Plût à Dieu qu'à ce prix
De tous les importuns je pusse me voir quitte !
Voyez quel contre-temps prend ici leur visite[2] !
Je pense qu'à la fin je pourrai bien sortir.
Viendra-t-il point quelqu'un encor me divertir[3] ?

(Acte III, sc. III).

Éraste est enfin quitte de tous les fâcheux et il va pouvoir se
rendre où il est attendu, quand il aperçoit tout d'un coup Damis,
l'oncle et le tuteur de celle qu'il aime, aux prises avec quelques
spadassins qui viennent de l'attaquer. Éraste, qui sait combien
Damis lui est hostile, n'écoute cependant que la voix de l'honneur, se précipite à son secours et est assez heureux pour faire
fuir les assaillants. Pénétré de reconnaissance pour ce grand
service, Damis accorde enfin la main de sa nièce à Éraste.

LE MARIAGE FORCÉ

COMÉDIE EN UN ACTE ET EN PROSE

(Janvier 1664)

Le 26 décembre 1662 Molière avait donné la première
représentation d'une comédie en cinq actes et en vers, l'École
des femmes, dont le succès fut très grand et tout à fait justifié. Mais ce succès même devait commencer à soulever
contre Molière les attaques des envieux. Molière y répondit
par deux petites pièces, la Critique de l'École des femmes et
l'Impromptu de Versailles, dont nous citons quelques frag-

---

discurs de bonne aventure : « Ils vous
promettent des trésors et vous demandent eux-mêmes une drachme. »

*Quibus divitias pollicentur, ab eis drach-
mam ipsi petunt.*

C'est précisément ce que fait aussi
Ormin, l'homme à projets.

1. Sur ces mots Éraste donne de

l'argent à Ormin, qui le remercie d'un
geste et sort.

2. On dit *prendre bien* ou *mal son
temps*; c'est d'après cela que Molière
croit pouvoir écrire : « quel contre-
temps *prend* leur visite. » Mais le tour
n'est pas à imiter.

3. *Divertir*, détourner (*di-vertere*) de
ce que j'ai à faire.

ments à l'*Appendice* [1]. — Cependant le roi témoignait à notre poète une faveur de plus en plus marquée, et c'est pour lui que Molière composa sa petite comédie du *Mariage forcé* qui, représentée d'abord à la cour (29 janvier 1664), était accompagnée primitivement de danses et de musique. — Le sujet en est des plus simples : Sganarelle est sur le point de se marier ; il a déjà donné sa parole ; puis il hésite, consulte, tergiverse, jusqu'à ce que le frère de la jeune fille, en lui proposant un duel qu'il n'a garde d'accepter, puis en le menaçant de le rouer de coups de bâton, le force à tenir ses engagements.

LES DEUX PHILOSOPHES

Sganarelle, ne sachant s'il doit ou non se marier, se résout à demander conseil à deux philosophes, ses voisins, qui appartiennent à deux écoles différentes : l'un, Pancrace, suit la doctrine d'Aristote, que l'on regardait alors comme le grand maître de la logique et de la discussion ; l'autre, celle de Pyrrhon, qui enseignait qu'il n'y a rien de certain [2].

PANCRACE, SGANARELLE

PANCRACE. — Allez [3], vous êtes un impertinent [4], mon ami, un homme bannissable de la république des lettres [5].

SGANARELLE [6]. — Ah ! bon. En voici un [7] fort à propos.

PANCRACE. — Oui, je te soutiendrai par vives rai-

1. Voir page 456.
2. Aristote et Pyrrhon ont vécu l'un et l'autre au ive siècle avant l'ère chrétienne (époque d'Alexandre le Grand).
3. Pancrace parle sans voir Sganarelle : il s'adresse à quelqu'un qu'il vient de quitter et se retourne sans cesse vers le côté par où il est entré.
4. *Impertinent* se dit littéralement de ce qui ne tend pas bien vers un but (*in* privatif et *pertinens*), de ce qui n'est pas convenable, ni à propos. Appliqué à un homme, le mot désigne celui qui fait ou dit des choses qui ne conviennent pas.
5. *La république des lettres*, expression un peu emphatique par laquelle on désignait volontiers autrefois l'ensemble des écrivains et des savants, comme s'ils formaient, à eux tous, une sorte d'État particulier. On sait que le premier sens du mot de république (*res publica*) est celui d'*État*.
6. Sur ce nom, voir la note 1 de la page 39.
7. Un des deux philosophes qu'il s'est proposé de consulter.

sons, que tu es un ignorant, ignorantissime, ignoran-
tifiant et ignorantifié [1], par tous les cas et modes imaginables [2].

SGANARELLE. — Il a pris querelle contre quelqu'un.
Seigneur....

PANCRACE [3]. — Tu veux te mêler de raisonner, et
tu ne sais pas seulement les éléments de la raison.

SGANARELLE. — La colère l'empêche de me voir.
Seigneur....

PANCRACE. — C'est une proposition condamnable
dans toutes les terres de la philosophie.

SGANARELLE. — Il faut qu'on l'ait fort irrité. Je....

PANCRACE. — *Toto cælo, tota via aberras* [4].

SGANARELLE. — Je baise les mains à monsieur le
docteur.

PANCRACE. — Serviteur [5].

SGANARELLE. — Peut-on?...

PANCRACE. — Sais-tu bien ce que tu as fait? Un syllogisme [6] *in balordo* [7].

SCANARELLE. — Je vous....

PANCRACE. — La majeure en est inepte, la mineure
impertinente, et la conclusion ridicule [8].

SGANARELLE. — Je....

PANCRACE. — Je crèverais plutôt que d'avouer ce

1. Ces deux derniers mots ne sont
pas français : ils équivalent à *ignarus
fiens* (en train de devenir ignorant) et
ignarus factus (devenu ignorant). —
Quant à *ignorantissime*, on voit que ce
mot — qui n'est pas français davantage — est formé à la manière des superlatifs latins.

2. *Par tous les cas et modes imaginables*,
par toutes les démonstrations possibles.
— *Cas* et *modes*, termes de logique.

3. Pancrace continue à ne pas voir
Sganarelle.

4. Vous vous éloignez de la vérité
de toute la largeur du ciel, de toute la
mesure du chemin qu'il faut suivre.

5. *Serviteur*. Forme elliptique, pour :
je suis votre serviteur (c'est-à-dire :

je vous salue). Pancrace a enfin vu
Sganarelle. Mais immédiatement après,
sa pensée le ramène à l'adversaire
contre lequel il a disputé.

6. *Syllogisme*, raisonnement composé
de trois propositions. Ex. : Tout homme
est mortel ; — or Pierre est homme ; —
donc Pierre est mortel.

7. *In balordo*, en balordo : *balordo* est
un terme conventionnel, qui, en logique,
désigne une certaine forme de syllogisme.

8. *Majeure, mineure, conclusion* : noms
des trois propositions du syllogisme.
Exemple : Tout homme est mortel
(*majeure*) ; — or Pierre est homme
(*mineure*) ; — donc Pierre est mortel
(*conclusion*).

que tu dis; et je soutiendrai mon opinion jusqu'à la dernière goutte de mon encre.

SGANARELLE. — Puis-je?...

PANCRACE. — Oui, je défendrai cette proposition, *pugnis et calcibus, unguibus et rostro* [1].

SGANARELLE. — Seigneur Aristote [2], peut-on savoir ce qui vous met si fort en colère?

PANCRACE. — Un sujet le plus juste du monde.

SGANARELLE. — Et quoi, encore?

PANCRACE. — Un ignorant m'a voulu soutenir une proposition erronée, une proposition épouvantable, effroyable, exécrable.

SGANARELLE. — Puis-je demander ce que c'est?

PANCRACE. — Ah! seigneur Sganarelle, tout est renversé aujourd'hui, et le monde est tombé dans une corruption générale. Une licence épouvantable règne partout; et les magistrats, qui sont établis pour maintenir l'ordre dans cet État, devraient rougir de honte, en souffrant un scandale aussi intolérable que celui dont je veux parler.

SGANARELLE. — Quoi donc?

PANCRACE. — N'est-ce pas une chose horrible, une chose qui crie vengeance au ciel, que d'endurer qu'on dise publiquement la forme d'un chapeau?

SGANARELLE. — Comment?

PANCRACE. — Je soutiens qu'il faut dire la figure d'un chapeau, et non pas la forme; d'autant qu'il y a cette différence entre la forme et la figure, que la forme est la disposition extérieure des corps qui sont animés, et la figure, la disposition extérieure des corps qui sont inanimés : et puisque le chapeau est un corps inanimé, il faut dire la figure d'un chapeau, et non pas la forme [3].

---

1. A coups de poing et à coups de pied, à coups d'ongles et à coups de bec.

2. Sganarelle appelle ainsi, pour le flatter, ce disciple d'Aristote.

3. Inutile de dire que cette distinction n'est rien qu'une subtilité ridicule. — En réalité les deux termes sont à peu près synonymes; mais si l'on veut les distinguer, on dira que la *forme*

Oui [1], ignorant que vous êtes, c'est comme il faut parler ; et ce sont les termes exprès d'Aristote dans le chapitre *de la qualité* [2].

SGANARELLE. — Je pensais que tout fût perdu [3]. Seigneur docteur, ne songez plus à tout cela. Je...

PANCRACE. — Je suis dans une colère, que [4] je ne me sens pas.

SGANARELLE. — Laissez la forme et le chapeau en paix. J'ai quelque chose à vous communiquer. Je....

PANCRACE. — Impertinent fieffé [5] !

SGANARELLE. — De grâce, remettez-vous. Je....

PANCRACE. — Ignorant !

SCANARELLE. — Eh ! mon Dieu ! Je....

PANCRACE. — Me vouloir soutenir une proposition de la sorte !

SGANARELLE. — Il a tort. Je....

PANCRACE. — Une proposition condamnée par Aristote !

SGANARELLE. — Cela est vrai. Je....

PANCRACE. — En termes exprès.

SGANARELLE. — Vous avez raison. Oui [6], vous êtes un sot et un impudent, de vouloir disputer contre un docteur [7] qui sait lire et écrire. Voilà qui est fait : je vous prie de m'écouter. Je viens vous consulter sur une affaire qui m'embarrasse....

PANCRACE. — Plutôt que d'accorder qu'il faille dire la forme d'un chapeau, j'accorderais que *datur vacuum in rerum naturâ* [8], et que je ne suis qu'une bête.

---

est l'apparence extérieure d'un corps, et la *figure* l'ensemble des lignes qui le dessinent.

1. En prononçant ce mot, Pancrace se retourne de nouveau vers le côté par lequel il est entré.

2. *La qualité* d'une chose, c'est le fait qu'elle soit telle ou telle.

3. Ces derniers mots sont dits *à part* par Sganarelle, qui, ensuite, s'adresse à Pancrace.

4. *Que* : telle que. — Ellipse fré-

quente dans la conversation très familière. Voir page 236, note 4.

5. *Impertinent fieffé* : qui a, pour ainsi dire, reçu l'impertinence en *fief*, comme un domaine qui lui appartient.

6. Il prononce cette phrase en se retournant, lui aussi, vers le côté par où Pancrace est entré.

7. *Docteur* : voir la note 2 de la page 146.

8. Il y a du vide dans la nature. — L'ancienne physique soutenait que « la

SGANARELLE. — La peste soit de l'homme [1]! Eh! monsieur le docteur, écoutez un peu les gens. On vous parle une heure durant, et vous ne répondez point à ce qu'on vous dit.

PANCRACE. — Je vous demande pardon. Une juste colère m'occupe l'esprit.

SGANARELLE. — Eh! laissez tout cela, et prenez la peine de m'écouter.

PANCRACE. — Soit. Que voulez-vous me dire?

SGANARELLE. — Je veux vous parler de quelque chose.

PANCRACE. — Et de quelle langue voulez-vous vous servir avec moi?

SGANARELLE. — De quelle langue?

PANCRACE. — Oui.

SGANARELLE. — Parbleu! de la langue que j'ai dans la bouche. Je crois que je n'irai pas emprunter celle de mon voisin.

PANCRACE. — Je vous dis : de quel idiome, de quel langage?

SGANARELLE. — Ah! c'est une autre affaire.

PANCRACE. — Voulez-vous me parler italien?

SGANARELLE. — Non.

PANCRACE. — Espagnol?

SGANARELLE. — Non.

PANCRACE. — Allemand?

SGANARELLE. — Non.

PANCRACE. — Anglais?

SGANARELLE. — Non.

PANCRACE. — Latin?

SGANARELLE. — Non.

PANCRACE. — Grec?

SGANARELLE. — Non.

nature a horreur du vide. » C'est une opinion dont, dès le xviie siècle, beaucoup de bons esprits ont montré la pué- rilité : mais on voit que Pancrace y est attaché.

1. Ces mots sont dits *à part*.

PANCRACE. — Hébreu?

SGANARELLE. — Non.

PANCRACE. — Syriaque?

SGANARELLE. — Non.

PANCRACE. — Turc?

SGANARELLE. — Non.

PANCRACE. — Arabe?

SGANARELLE. — Non, non, français.

PANCRACE. — Ah! français.

SGANARELLE. — Fort bien.

PANCRACE. — Passez donc de l'autre côté; car cette oreille-ci est destinée pour les langues scientifiques et étrangères, et l'autre est pour la maternelle.

SGANARELLE. — Il faut bien des cérémonies avec ces sortes de gens-ci [1].

PANCRACE. — Que voulez-vous?

SGANARELLE. — Vous consulter sur une petite difficulté.

PANCRACE. — Sur une difficulté de philosophie, sans doute?

SGANARELLE. — Pardonnez-moi. Je...

PANCRACE. — Vous voulez peut-être savoir si la substance et l'accident sont termes synonymes ou équivoques à l'égard de l'être [2]?

SGANARELLE. — Point du tout. Je....

PANCRACE. — Si la logique est un art ou une science [3]?

SGANARELLE. — Ce n'est pas cela. Je....

1. Ceci encore est dit *à part*.

2. Les philosophes entendent par *accidents* ce qu'on peut appeler les attributs d'un objet, qui pourraient raisonnablement être autres qu'ils ne sont; la *substance* serait l'objet lui-même considéré indépendamment de ses accidents; par exemple soit la cire : la *blancheur* en est un accident. Pancrace demande à Sganarelle s'il prétend l'interroger sur cette question : « Étant donnée l'idée générale d'*Être*, le mot *substance* et celui d'*accidents* désignent-ils, à l'égard de cette idée, des choses semblables ou des choses différentes? »

3. *Science*, ensemble de connaissances sur une certaine matière; — *art*, ensemble de procédés pratiques. — La logique est à la fois une *science*, puisqu'elle nous apprend comment l'esprit raisonne; et un *art*, puisqu'elle nous donne les règles du raisonnement.

PANCRACE. — Si elle a pour objet les trois opérations de l'esprit, ou la troisième seulement [1]?

SGANARELLE. — Non. Je....

PANCRACE. — S'il y a dix catégories [2], ou s'il n'y
en a qu'une.

SGANARELLE. — Point. Je....

PANCRACE. — Si la conclusion est de l'essence du
syllogisme [3]?

SGANARELLE. — Nenni. Je....

PANCRACE. — Si l'essence du bien est mise dans
l'appétibilité ou dans la convenance [4]?

SGANARELLE. — Non je....

PANCRACE. — Si le bien se réciproque avec la fin [5]?

SGANARELLE. — Eh! non. Je....

PANCRACE. — Si la fin nous peut émouvoir par son
être réel, ou par son être intentionnel [6]?

SGANARELLE. — Non, non, non, non, non, de par
tous les diables, non.

PANCRACE. — Expliquez donc votre pensée, car je
ne puis pas la deviner.

SGANARELLE. — Je vous la veux expliquer aussi;
mais il faut m'écouter.

SGANARELLE (*en même temps que le docteur*). — L'affaire que j'ai à vous dire, c'est que j'ai envie de me
marier;... mais, comme j'appréhende.... [7]

---

1. *Les trois opérations de l'esprit* :
concevoir, juger, raisonner.

2. *Catégories* : idées générales sous
lesquelles se groupent les idées particulières, par exemple l'idée de qualité
ou celle de quantité.

3. *Est de l'essence de.....*, s'il est
naturellement compris dans....., ou s'il
est en dehors.

4. *Appétibilité*, faculté de désirer. —
Ces termes pédantesques veulent dire :
« si une chose est bonne parce qu'elle
satisfait notre désir, ou parce qu'elle
est vraiment d'accord avec les besoins
de notre nature. »

5. « Si on peut dire qu'un but, une

fin que nous cherchons à atteindre est,
à nos yeux, un bien, de même que ce
que nous regardons comme un bien
devient aussitôt un but, une *fin* vers
laquelle nous tendons. »

6. « Si nous sommes excités à viser
un certain but, à poursuivre une certaine fin par ce que cette fin a en soi
de réellement bon, ou par ce qu'elle
nous paraît avoir de bon. »

7. Suivant un jeu de scène traditionnel Sganarelle, à partir de ce moment, ferme la bouche du docteur avec
sa main. Dès qu'il ôte la main, le docteur reprend, et ainsi de suite.

PANCRACE *en même temps que Sganarelle).* — La parole a été donnée à l'homme pour expliquer sa pensée; et tout ainsi que les pensées sont les portraits des choses, de même nos paroles sont-elles les portraits de nos pensées; mais ces portraits diffèrent des autres portraits en ce que les autres portraits sont distingués partout de leurs originaux, et que la parole enferme en soi son original, puisqu'elle n'est autre chose que la pensée expliquée par un signe extérieur[1] : d'où vient que ceux qui pensent bien, sont aussi ceux qui parlent le mieux. Expliquez-moi donc votre pensée par la parole, qui est le plus intelligible de tous les signes.

SGANARELLE. *(Il repousse le docteur dans sa maison, et tire la porte pour l'empêcher de sortir.)* — Peste de l'homme !

PANCRACE, *au dedans de la maison.* — Oui, la parole est *animi index et speculum* [2]. C'est le truchement du cœur, c'est l'image de l'âme. *(Pancrace monte à la fenêtre et continue et Sganarelle quitte la porte.)* C'est un miroir qui nous représente naïvement [3] les secrets les plus arcanes [4] de nos individus; et, puisque vous avez la faculté de ratiociner et de parler tout ensemble, à quoi tient-il que vous ne vous serviez de la parole pour me faire entendre votre pensée ?

SGANARELLE. — C'est ce que je veux faire; mais vous ne voulez pas m'écouter.

PANCRACE. — Je vous écoute, parlez.

---

1. Le portrait d'un homme reste toujours distinct de cet homme lui-même et la destruction du portrait n'empêcherait pas qu'on ne continuât à voir cet homme et à le reconnaître. Au contraire, si la parole est supprimée, la pensée qu'elle devait exprimer ne peut plus être connue : en un certain sens on peut donc dire que la parole n'est pas quelque chose qui soit différent de la pensée, mais qu'elle est la pensée même « expliquée par un signe extérieur. » Mais, si juste que puisse être cette théorie, le moment que choisit Pancrace pour l'exposer n'est guère opportun.

2. Le signe et le miroir de la pensée.

3. *Naïvement*, tels qu'ils sont, d'une manière conforme à la nature. Voir la note 4 de la page 4.

4. *Arcanse*, mystérieux. C'est par pédantisme que Pancrace emploie cet adjectif, qu'il tire du latin *arcanus*. En réalité ce mot ne s'emploie en français — et cet emploi d'ailleurs est rare — que comme substantif et avec le sens de remèdes secrets, d'opérations secrètes.

6.

SGANARELLE. — Je dis donc, monsieur le docteur, que....

PANCRACE. — Mais, surtout, soyez bref.

SGANARELLE. — Je le serai.

PANCRACE. — Évitez la prolixité.

SGANARELLE. — Hé! monsi....

PANCRACE. — Tranchez-moi votre discours d'un apophthegme à la laconienne [1].

SGANARELLE. — Je vous....

PANCRACE. — Point d'ambages, de circonlocution [2].

(Sganarelle, de dépit de ne pouvoir parler, ramasse des pierres pour en casser la tête du docteur.)

Hé quoi! Vous vous emportez au lieu de vous expliquer? Allez, vous êtes plus impertinent que celui qui m'a voulu soutenir qu'il faut dire la forme d'un chapeau; et je vous prouverai, en toute rencontre, par raisons démonstratives et convaincantes, et par arguments *in barbara* [3], que vous n'êtes et ne serez jamais qu'une pécore [4], et que je suis et serai toujours, *in utroque jure* [5], le docteur Pancrace. *(Le docteur sort de la maison.)*

SGANARELLE. — Quel diable de babillard!

PANCRACE. — Homme de lettres, homme d'érudition.

SGANARELLE. — Encore?

PANCRACE. — Homme de suffisance, homme de capacité, *(s'en allant)* homme consommé dans toutes les sciences, naturelles, morales et politiques, *(revenant)* homme savant, savantissime *per omnes modos et casus* [6], *(s'en allant)* homme qui possède *superlative* [7] fables,

---

1. Abrégez votre discours, résumez-le dans un trait rapide et concis. — *A la laconienne* : les habitants de la Laconie, partie du Péloponnèse qui avait Sparte pour capitale, étaient célèbres pour la brièveté, pour le *laconisme* de leurs discours.

2. *Ambages*, détours; — *circonlocution*, manière de parler qui consiste, pour ainsi dire, à tourner autour de l'objet, sans le nommer expressément.

3. *In barbara* : *barbara* est une cer-

taine forme de syllogisme, comme *balordo*.

4. *Pécore*, animal.

5. *In utroque jure*, en droit civil (celui qui règle les rapports des personnes dans un Etat) et en droit canon (droit ecclésiastique.)

6. « Par tous les cas et modes imaginables », comme Pancrace lui-même l'avait dit plus haut.

7. *Superlative*, superlativement.

mythologies et histoires, (*revenant*) grammaire, poésie, rhétorique [1], dialectique et sophistique, (*s'en allant*) mathématique, arithmétique, optique, onirocritique [2], physique et métaphysique, (*revenant*) cosmométrie [3], géométrie, architecture, spéculoire et spéculatoire [4], (*en s'en allant*) médecine, astronomie, astrologie, physionomie [5], métoposcopie, chiromancie, géomancie [6], etc.

SGANARELLE [7]. — Au diable les savants qui ne veulent point écouter les gens ! On me l'avait bien dit, que son maître Aristote n'était rien qu'un bavard. Il faut que j'aille trouver l'autre ; il est plus posé, et plus raisonnable. Holà !

MARPHURIUS, SGANARELLE

MARPHURIUS. — Que voulez-vous de moi, seigneur Sganarelle ?

SGANARELLE. — Seigneur docteur, j'aurais besoin de votre conseil sur une petite affaire dont il s'agit, et je suis venu ici pour cela. Ah ! voilà qui va bien : il écoute le monde celui-ci [8].

MARPHURIUS. — Seigneur Sganarelle, changez, s'il vous plaît, cette façon de parler. Notre philosophie ordonne de ne point énoncer de proposition décisive, de parler de tout avec incertitude, de suspendre toujours

---

1. *Rhétorique*, art de parler ; *dialectique*, art de raisonner ; *sophistique*, art de réfuter les *sophismes* ou mauvais raisonnements.

2. Onirocritique (ὄναρ, songe : κρίνω, je juge), art d'interpréter les songes.

3. *Cosmométrie* : si le mot était français, ce serait la science de mesurer les dimensions ou les distances des différents corps qui constituent l'univers organisé (κόσμος, ου, monde organisé, univers ; μέτρον, mesure). — Les premières éditions donnent *cosmimométrie*, qui, n'ayant aucun sens, doit avoir été imprimé d'abord par une erreur qu'on a ensuite négligé de corriger.

4. *Spéculoire et spéculatoire* : ces mots, qui ne sont pas français, désignent l'art de deviner l'avenir en regardant dans un miroir, et celui d'observer, pour les interpréter, comme les astrologues, les phénomènes célestes.

5. *Physionomie* a, sans doute, ici le sens de *physiognomonie*, art de deviner le caractère d'après les traits du visage. — *Métoposcopie* (μέτωπον, visage ; σκοπῶ, j'examine), a le même sens.

6. Chiromancie, géomancie (χείρ, main ; γῆ, terre ; μαντεία, divination), art de deviner l'avenir d'après les lignes de la main ; et d'après les dessins formés par une poignée de terre qui retombe après avoir été jetée en l'air.

7. Pancrace est définitivement parti.

8. Cette phrase est dite *à part*.

son jugement; et par cette raison, vous ne devez pas dire : Je suis venu; mais : Il me semble que je suis venu.

SGANARELLE. — Il me semble?

MARPHURIUS. — Oui.

SGANARELLE. — Parbleu ! il faut bien qu'il me le semble, puisque cela est.

MARPHURIUS. — Ce n'est pas une conséquence; et il peut vous sembler, sans que la chose soit véritable.

SGANARELLE. — Comment! il n'est pas vrai que je suis venu?

MARPHURIUS. — Cela est incertain, et nous devons douter de tout.

SGANARELLE. -- Quoi ! je ne suis pas ici, et vous ne me parlez pas?

MARPHURIUS. — Il m'apparaît que vous êtes là, et il me semble que je vous parle ; mais il n'est pas assuré que cela soit.

SGANARELLE. — Eh! que diable! vous vous moquez. Me voilà, et vous voilà bien nettement, et il n'y a point de *me semble* à tout cela. Laissons ces subtilités, je vous prie, et parlons de mon affaire. Je viens vous dire que j'ai envie de me marier.

MARPHURIUS. — Je n'en sais rien.

SGANARELLE. — Je vous le dis.

MARPHURIUS. — Il se peut faire.

SGANARELLE. — Celle que je veux prendre est fort jeune et fort belle.

MARPHURIUS. — Il n'est pas impossible.

SGANARELLE. — Ferai-je bien ou mal de l'épouser?

MARPHURIUS. — L'un ou l'autre.

SGANARELLE. — Ah! ah! voici une autre musique. Je vous demande si je ferai bien d'épouser celle dont je vous parle.

MARPHURIUS. — Selon la rencontre.

SGANARELLE. — Ferai-je mal?

MARPHURIUS. — Par aventure.

SGANARELLE. — De grâce, répondez-moi comme il faut.

MARPHURIUS. — C'est mon dessein....

SGANARELLE. — Que feriez-vous si vous étiez en ma place ?

MARPHURIUS. — Je ne sais.

SGANARELLE. — Que me conseillez-vous de faire ?

MARPHURIUS. — Ce qui vous plaira.

SGANARELLE. — J'enrage.

MARPHURIUS. — Je m'en lave les mains.

SGANARELLE. — Au diable soit le vieux rêveur !

MARPHURIUS. — Il en sera ce qui pourra.

SGANARELLE. — La peste du bourreau ! Je te ferai changer de note, chien de philosophe enragé [1].

MARPHURIUS. — Ah ! ah ! ah !

SGANARELLE. — Te voilà payé de ton galimatias, et me voilà content.

MARPHURIUS. — Comment ! Quelle insolence ! M'outrager de la sorte ! Avoir eu l'audace de battre un philosophe comme moi !

SGANARELLE. — Corrigez, s'il vous plaît, cette manière de parler. Il faut douter de toutes choses, et vous ne devez pas dire que je vous ai battu, mais qu'il vous semble que je vous ai battu.

MARPHURIUS. — Ah ! je m'en vais faire ma plainte au commissaire du quartier, des coups que j'ai reçus.

SGANARELLE. — Je m'en lave les mains.

MARPHURIUS. — J'en ai les marques sur ma personne.

SGANARELLE. — Il se peut faire.

MARPHURIUS. — C'est toi qui m'as traité ainsi.

SGANARELLE. — Il n'y a pas d'impossibilité.

MARPHURIUS. — J'aurai un décret [2] contre toi.

SGANARELLE. — Je n'en sais rien.

MARPHURIUS. — Et tu seras condamné en justice.

---

1. En disant cela, il donne des coups de bâton à Marphurius.   2. *Un décret*, un ordre d'arrestation.

SGANARELLE. — Il en sera ce qui pourra.

MARPHURIUS. — Laisse-moi faire [1].

SGANARELLE. — Comment! on ne saurait tirer une parole positive de ce chien d'homme-là, et l'on est aussi savant à la fin qu'au commencement. Que dois-je faire?... Jamais homme ne fut plus embarrassé que je suis.

(Scènes IV-V.)

LA PRINCESSE D'ÉLIDE

COMÉDIE EN CINQ ACTES

(Mai 1664)

Cette comédie fut composée pour prendre place dans une série de divertissements que le roi offrit à sa cour, à Versailles, du 7 au 13 mai 1664. En voici le sujet : la princesse d'Élide est recherchée en mariage par trois prétendants : le prince de Messène, celui de Pyle et celui d'Ithaque. Mais ce dernier, informé du caractère très fier de la princesse, affecte, quoiqu'il l'aime, de la dédaigner et de ne lui accorder aucune attention. Pleine d'abord de dépit, la princesse ne tarde pas à concevoir elle-même de l'amour pour ce prince qui paraît si peu se soucier d'elle, et elle obéit volontiers à son père qui souhaitait le lui faire épouser.

Le premier acte de cette comédie est écrit en vers, ainsi que la première moitié de la première scène du second. Mais le roi ayant commandé à Molière de se hâter, il dut « achever tout le reste en prose et passer légèrement sur plusieurs scènes qu'il aurait étendues davantage s'il avait eu plus de loisir [2]. » On comprend donc aisément que la *Princesse d'Élide*, que firent valoir à la représentation la musique de Lulli, les danses et la splendeur de la mise en scène, soit en définitive une des moindres œuvres de Molière.

---

1. Marphurius sort sur ces paroles, avis inséré vers le milieu de la scène I.
2. Ce sont les termes mêmes d'un de l'acte II.

LE SANGLIER

Le roi d'Elide a invité à la chasse les princes qui prétendent à la main de sa fille. L'un d'entre eux, Euryale, s'est retiré à l'écart avec son gouverneur Arbate, lorsqu'ils voient accourir, plein d'épouvante, Moron, bouffon de la cour, qui croit être poursuivi par un sanglier.

EURYALE, ARBATE, *puis* MORON.

EURYALE [1].

Moron! malgré l'emploi qu'il exerce aujourd'hui,
Il a plus de bon sens que tel qui rit de lui.
La princesse se plaît à ses bouffonneries;
Il s'en est fait aimer par cent plaisanteries,
Et peut, dans cet accès [2], dire et persuader
Ce que d'autres que lui n'oseraient hasarder;
Quelque argent mis en main pour soutenir son zèle [3]....

MORON, *sans être vu.*

Au secours! sauvez-moi de la bête cruelle.

EURYALE.

Je pense ouïr sa voix.

MORON, *sans être vu.*

A moi! de grâce, à moi!

EURYALE.

C'est lui-même. Où court-il avec un tel effroi?

MORON.

Où pourrai-je éviter ce sanglier [4] redoutable [5]?
Grands dieux! préservez-moi de sa dent effroyable!
Je vous promets, pourvu qu'il ne m'attrape pas,

1. Au début de la scène Euryale et Arbate sont seuls et devisent ensemble.
2. *Accès*, faculté qu'il a d'accéder auprès de la princesse.
3. « Aurait pour effet de le gagner à ma cause. » C'est ce qu'Euryale ajou- terait, s'il n'était tout à coup inter- rompu par les cris de Moron.
4. On scandait *sang-lier* en deux syl- labes.
5. Moron entre en scène en pronon- çant ce vers.

Quatre livres d'encens, et deux veaux des plus gras.
Ha [1] ! je suis mort.

EURYALE.

Qu'as-tu?

MORON.

Je vous croyais la bête
Dont à me diffamer [2] j'ai vu la gueule prête,
Seigneur, et je ne puis revenir de ma peur.

EURYALE.

Qu'est-ce?

MORON.

Oh ! que la princesse est d'une étrange humeur,
Et qu'à suivre la chasse et ses extravagances,
Il nous faut essuyer de sottes complaisances [3] !
Quel diable de plaisir trouvent tous les chasseurs
De se voir exposés à mille et mille peurs?
Encore si c'était qu'on ne fût qu'à la chasse
Des lièvres, des lapins, et des jeunes daims, passe :
Ce sont des animaux d'un naturel fort doux,
Et qui prennent toujours la fuite devant nous.
Mais aller attaquer de ces bêtes vilaines
Qui n'ont aucun respect pour les faces humaines,
Et qui courent les gens qui les veulent courir,
C'est un sot passe-temps que je ne puis souffrir.

EURYALE.

Dis-nous donc ce que c'est.

MORON, en se tournant.

Le pénible exercice
Où [4] de notre princesse a volé le caprice!
J'en aurais bien juré qu'elle aurait fait le tour;

1. Moron pousse ce cri au moment où il arrive devant Euryade, que, dans sa frayeur, il prend pour le sanglier.

2. *Me diffamer.* Il faut entendre sans doute « me faire perdre ma réputation (de beauté) ».

3. Entendez : il nous faut subir l'obligation de lui complaire sottement.

4. *Où,* vers lequel (voir page 56, note 4).

Et, la course des chars se faisant en ce jour,
Il fallait affecter ce contre-temps de chasse
Pour mépriser ces jeux avec meilleure grâce [1],
Et faire voir.... Mais chut. Achevons mon récit,
Et reprenons le fil de ce que j'avais dit.
Qu'ai-je dit?

EURYALE.

Tu parlais d'exercice pénible.

MORON.

Ah! oui. Succombant donc à ce travail horrible
(Car en chasseur fameux j'étais enharnaché,
Et dès le point du jour je m'étais découché) [2],
Je me suis écarté de tous en galant homme,
Et, trouvant un lieu propre à dormir d'un bon somme,
J'essayais ma posture, et, m'ajustant bientôt,
Prenais déjà mon ton pour ronfler comme il faut,
Lorsqu'un murmure affreux m'a fait lever la vue,
Et j'ai, d'un vieux buisson de la forêt touffue,
Vu sortir un sanglier d'une énorme grandeur
Pour [3]....

EURYALE.

Qu'est-ce?

MORON.

Ce n'est rien. N'ayez point de frayeur
Mais laissez-moi passer entre vous deux, pour cause:
Je serai mieux en main [4] pour vous conter la chose.
J'ai donc vu ce sanglier, qui, par nos gens [5] chassé,

---

1. Voici le sens de ces quatre vers : « J'aurais bien juré qu'elle nous aurait joué ce tour; comme la course des chars se faisait en ce jour, j'étais sûr qu'elle prétexterait un contre-temps, une chasse arrêtée à l'avance, afin d'avoir une excuse pour ne pas prendre part à cette course, jeu trop aisé et qu'elle méprise. »

2. Se découcher, terme vieilli pour : se lever de sa couche.

3. Ici Moron hésite et s'arrête, comme s'il entendait de nouveau le sanglier et s'il était pris de peur.

4. Être bien en main se dit littéralement d'un instrument, d'un outil qui s'adapte bien à la main, qui est bien placé. De même Moron se sent mieux placé, quand il est entre Euryale et Arbate.

5. Nos gens, nos chasseurs.

Avait d'un air affreux tout son poil hérissé;
Ses deux yeux flamboyants ne lançaient que menace,
Et sa gueule faisait une laide grimace,
Qui, parmi [1] de l'écume, à qui l'osait presser,
Montrait de certains crocs.... je vous laisse à penser!
A ce terrible aspect j'ai ramassé mes armes;
Mais le faux [2] animal, sans en prendre d'alarmes,
Est venu droit à moi, qui ne lui disais mot.

ARBATE.

Et tu l'as de pied ferme attendu?

MORON.

Quelque sot [3].
J'ai jeté tout par terre et couru comme quatre.

ARBATE.

Fuir devant un sanglier, ayant de quoi l'abattre!
Ce trait, Moron, n'est pas généreux [4]....

MORON.

J'y consens;
Il n'est pas généreux, mais il est de bon sens.

ARBATE.

Mais, par quelques exploits si l'on ne s'éternise....

MORON.

Je suis votre valet, et j'aime mieux qu'on dise :
« C'est ici qu'en fuyant, sans se faire prier,
Moron sauva ses jours des fureurs d'un sanglier, »
Que si l'on y [5] disait : « Voilà l'illustre place
Où le brave Moron, d'une héroïque audace,
Affrontant d'un sanglier l'impétueux effort,
Par un coup de ses dents vit terminer son sort. »

1. *Parmi*; Voir la note 4 de la page 277.
2. *Faux*, déloyal.
3. *Quelque sot*. Réplique fréquente dans Molière, et qui veut dire sans doute : « Quelque sot l'eût fait à ma place; mais non pas moi. »
4. *Généreux*, digne d'un homme de bonne race (sens latin du mot).
5. *Y*, ici, à cette place.

EURYALE.

Fort bien.

MORON.

Oui. J'aime mieux, n'en déplaise à la gloire,
Vivre au monde deux jours, que mille ans dans l'histoire.

(Acte I, sc. II.

DON JUAN

OU

LE FESTIN DE PIERRE

COMÉDIE EN CINQ ACTES ET EN PROSE

(Février 1665)

Une légende espagnole racontait qu'un certain Don Juan
Tenorio avait, après une vie de crimes et d'impiété, été
entraîné en enfer par la statue d'un commandeur de l'ordre
de Calatrava, qu'il avait tué en duel. Cette légende fournit à
un écrivain espagnol, Tirso de Molina († 1648) le sujet d'un
drame à la fois vigoureux, émouvant et édifiant[1]. On cite
également des comédies italiennes qui, traitant le même sujet,
furent sans doute les modèles de deux comédies françaises qui
précédèrent de six ans le *Don Juan* de Molière : l'une est d'un
comédien nommé Dorimond, l'autre d'un comédien du nom
de De Villiers. Il est certain en effet que l'histoire fantastique du héros espagnol attirait le public et l'amusait.

Mais Molière ne pouvait se contenter de faire la même chose
que ses devanciers, et, en conservant les principaux incidents
de la pièce, il a fait de Don Juan lui-même un personnage
entièrement original, type de ces hommes brillants, mais
pervers, qui, à force de froide scélératesse, d'égoïsme,
d'impiété, sont d'autant plus dangereux qu'ils sont plus
séduisants.

Malheureusement Molière était à cette époque en proie à

---

1. Le sous-titre de la pièce espagnole est *le Convive de Pierre*, et non *le Festin de Pierre*, comme l'ont cru les premiers imitateurs de Tirso, par un contre-sens que les éditeurs postérieurs n'ont pas corrigé.

de violentes attaques [1] ; ses ennemis affectèrent de voir une pièce irréligieuse dans cette comédie, qui était au contraire une longue protestation contre l'athéisme, et, quoique la pièce eût obtenu à son apparition [2] un grand succès, il fallut bientôt en suspendre les représentations [3].

I

LES REMONTRANCES DE SGANARELLE [4]

1.

Sganarelle n'est qu'un valet, et il n'ose pas dire trop haut combien il est indigné de la criminelle conduite et de l'impiété de son maître Don Juan : il essaye cependant, de temps en temps, de lui faire entendre la vérité.

DON JUAN, SGANARELLE

SGANARELLE. — Je ne sais que dire; car vous tournez les choses d'une manière qu'il semble que vous avez raison; et cependant il est vrai que vous ne l'avez pas. J'avais les plus belles pensées du monde, et vos discours m'ont brouillé tout cela. Laissez faire; une autre fois je mettrai mes raisonnements par écrit, pour disputer avec vous.

DON JUAN. — Tu feras bien.

SGANARELLE. — Mais, monsieur, cela serait-il de la permission que vous m'avez donnée, si je vous disais que je suis tant soit peu scandalisé de la vie que vous menez ?....

DON JUAN. — Va, va, c'est une affaire entre le ciel et moi, et nous la démêlerons bien ensemble, sans que tu t'en mettes en peine.

SGANARELLE. — Ma foi, monsieur, j'ai toujours ouï

1. Voir la Notice sur Molière, pages vii et suiv.

2. La première représentation est du 15 février 1665.

3. Les personnages qui figurent dans les extraits cités ci-après sont, outre Don Juan, Don Louis, son père; Sganarelle (voir page 35, note 1), son valet ; La Violette, un de ses laquais ; M. Dimanche, un de ses créanciers ; un paysan et une paysanne, Pierrot et Charlotte ; enfin un personnage fantastique, la Statue du commandeur, le convive de pierre.

4. La scène est dans la maison de don Juan.

dire que c'est une méchante raillerie, que de se railler du ciel, et que les libertins [1] ne font jamais une bonne fin.

DON JUAN. — Holà! maître sot, vous savez que je vous ai dit que je n'aime pas les faiseurs de remontrances.

SGANARELLE. — Je ne parle pas aussi à vous, Dieu m'en garde. Vous savez ce que vous faites, vous; et, si vous ne croyez rien, vous avez vos raisons : mais il y a de certains petits impertinents dans le monde, qui sont libertins sans savoir pourquoi, qui font les esprits forts [2], parce qu'ils croient que cela leur sied bien; et, si j'avais un maître comme cela, je lui dirais fort nettement, le regardant en face : « Osez-vous bien ainsi vous jouer au ciel, et ne tremblez-vous point de vous moquer comme vous faites des choses les plus saintes? C'est bien à vous, petit ver de terre, petit myrmidon [3] que vous êtes (je parle au maître que j'ai dit), c'est bien à vous à vouloir vous mêler de tourner en raillerie ce que tous les hommes révèrent? Pensez-vous que, pour être de qualité [4], pour avoir une perruque blonde et bien frisée, des plumes à votre chapeau, un habit bien doré, et des rubans couleur de feu (ce n'est pas à vous que je parle, c'est à l'autre) [5], pensez-vous, dis-je, que vous en soyez plus habile homme, que tout vous soit permis, et qu'on n'ose vous dire vos vérités? Apprenez de moi, qui suis votre valet, que le ciel punit tôt ou tard les impies, qu'une méchante vie amène une méchante mort, et que....

DON JUAN. — Paix.

(Acte I, sc. II.)

1. *Les libertins.* On entendait par ce mot, au XVIIe siècle, ceux qui pensaient *librement* sur les choses de la religion, et, par là même, s'affranchissaient des règles de la morale religieuse.

2. *Esprits forts* : on appelle ainsi, par ironie, ceux qui affectent de ne pas croire aux enseignements de la religion.

3. Les *Myrmidons* étaient un peuple de l'ancienne Thessalie; suivant la légende ils descendirent de fourmis (μύρμηξ) changées en hommes. C'est sans doute à cause de cette fable qu'on appelle familièrement *myrmidon* un jeune homme de peu de force, de petite taille ou de peu de valeur.

4. *De qualité,* de naissance noble.

5. On comprend que Sganarelle, quoiqu'il affirme ne pas parler à Don Juan, passe en revue tous les détails de son ajustement.

2.

Don Juan a imposé silence à Sganarelle; mais un peu plus tard celui-ci retrouve une nouvelle occasion d'avertir son maître, et, quoiqu'il ne soit qu'un pauvre diable, duquel Don Juan se moque sans pitié, on va voir que ses raisonnements ne manquent en réalité ni de vigueur ni de bon sens.

SGANARELLE. — Il faut avouer qu'il se met d'étranges folies dans la tête des hommes, et que, pour avoir bien étudié, on en est bien moins sage le plus souvent [1]. Pour moi, monsieur, je n'ai point étudié comme vous, Dieu merci [2], et personne ne saurait se vanter de m'avoir jamais rien appris; mais avec mon petit sens, mon petit jugement, je vois les choses mieux que tous les livres, et je comprends fort bien que ce monde que nous voyons n'est pas un champignon qui soit venu tout seul en une nuit. Je voudrais bien vous demander qui a fait ces arbres-là, ces rochers, cette terre, et ce ciel que voilà là-haut, et si tout cela s'est bâti de lui-même?... Pouvez-vous voir toutes les inventions dont la machine [3] de l'homme est composée, sans admirer de quelle façon cela est agencé l'un dans l'autre? ces nerfs, ces os, ces veines, ces artères, ces.... ce poumon, ce cœur, ce foie, et tous ces autres ingrédiens [4] qui sont là et qui.... Oh! dame, interrompez-moi donc, si vous voulez. Je ne saurais disputer, si l'on ne m'interrompt. Vous vous taisez exprès, et me laissez parler par belle malice.

DON JUAN. — J'attends que ton raisonnement soit fini.

1. C'est ici un point essentiel de ce qu'on peut appeler la *philosophie* de Molière. En toutes choses, Molière prétend qu'on suive le bon sens : toute science ou toute vertu qui choque le bon sens est pour lui une fausse science et une vertu d'apparence. Voilà comment les gens du peuple, Sganarelle par exemple, ont parfois des pensées beaucoup plus justes que certains esprits cultivés, mais que la science a déformés et rendus prétentieux plutôt qu'elle ne les a instruits. Molière dira plus tard dans les *Femmes savantes* : Un sot savant est sot plus qu'un sot ignorant.

2. *Dieu merci.* Sganarelle remercie Dieu de ne pas avoir étudié, en pensant à son maître et à certains autres sur l'esprit desquels une science ou incomplète ou mal comprise a produit de si fâcheux résultats.

3. *La machine de l'homme* : le mécanisme (*machina*) du corps humain.

4. Le mot est employé ici par plaisanterie : car il ne se dit guère que des éléments qui entrent dans la composition des mets, des boissons, des médicaments.

SGANARELLE. — Mon raisonnement est qu'il y a quelque chose d'admirable dans l'homme, quoi que vous puissiez dire, que tous les savants ne sauraient expliquer. Cela n'est-il pas merveilleux que me voilà ici, et que j'aie quelque chose dans la tête qui pense cent choses différentes en un moment, et fait de mon corps tout ce qu'elle [1] veut? Je veux frapper des mains, hausser le bras, lever les yeux au ciel, baisser la tête, remuer les pieds, aller à droit [2], à gauche, en avant, en arrière, tourner....

(*Il se laisse tomber en tournant.*)

DON JUAN. — Bon! voilà ton raisonnement qui a le nez cassé [3].

SGANARELLE. — Morbleu! je suis bien sot de m'amuser à raisonner avec vous; croyez ce que vous voudrez : il m'importe bien que vous soyez damné!

(Acte III, sc. I.)

II

LES PAYSANS [4]

Don Juan, en barque sur la mer, a été surpris par un coup de vent. Il a failli se noyer, ainsi que nous allons l'apprendre par le récit du paysan qui l'a sauvé.

CHARLOTTE, PIERROT

CHARLOTTE. — Notre dinse [5], Piarrot, tu t'es trouvé là bien à point.

1. La locution *quelque chose* est aujourd'hui considérée comme un nom composé du masculin; on voit qu'il n'en était pas de même au XVIIe siècle, et que le substantif *chose* y gardait sa valeur grammaticale.
2. *A droit* (c'est-à-dire : vers [le côté] droit) : tout à fait usuel au XVIIe siècle.
3. Sganarelle s'est cassé le nez, parce que la pièce est une comédie et que, tout en ayant souvent du bon sens, les valets de comédie sont chargés de faire rire le public : mais quoi qu'en pense Don Juan, son raisonnement est très bon; et plus la condition de Sganarelle est humble, plus éclate la supériorité du simple bon sens sur un esprit cultivé, mais dépravé.
4. La scène est dans une campagne au bord de la mer.
5. *Notre dinse.* Charlotte veut dire *Notre-Dame*, soit que, dans son patois, elle altère la dernière syllabe de cette expression, soit plutôt que *dinse* ne signifie rien et soit placé là comme la syllabe *bleu* dans *parbleu*, *morbleu*, etc.

PIERROT. — Parquienne, il ne s'en est pas fallu l'épaisseur d'une éplinque, qu'ils ne se sayant nayés [1] tous deux.

CHARLOTTE. — C'est donc le coup de vent da matin qui les avait renvarsés dans la mar ?

PIERROT. — Aga, guien [2], Charlotte, je m'en vas te conter tout fin drait [3] comme cela est venu; car, comme dit l'autre, je les ai le premier avisés, avisés le premier je les ai [4]. Enfin donc j'étions sur le bord de la mar, moi et le gros Lucas, et je nous amusions à batifoler [5] avec des mottes de tarre que je nous jesquions à la tête; car, comme tu sais bian, le gros Lucas aime à batifoler, et moi par fouas je batifole itou [6]. En batifolant donc, pisque batifoler y a, j'ai aparçu de tout loin queuque chose qui grouillait [7] dans gliau [8], et qui venait comme envars nous par secousse. Je voyais cela fixiblement [9], et pis tout d'un coup je voyais que je ne voyais plus rien. « Eh! Lucas, ç'ai-je fait [10], je pense que vlà des hommes qui nageant [11] là-bas. — Voire [12], ce m'a-t-il fait,

De même qu'on a dit *parbleu* au lieu de *pardieu* (par Dieu), *morbleu* au lieu de *mordieu* (mort de Dieu), pour éviter de prononcer d'une manière peu respectueuse et à propos de choses insignifiantes le nom du Seigneur, de même on a pu dire *Notre dinse* pour *Notre-Dame*.

1. *Sayant.* Jusque dans la première moitié du XVIIᵉ siècle on prononça le subjonctif *soient* comme s'il eût été écrit *saient*. C'est là encore la prononciation du paysan de Molière, qui, de plus, change la syllabe muette *ent* en syllabe sonore. — Le changement de *noyés* en *nayés* est du même genre que celui de *soient* en *saient*. — De même *drait* pour *droit*.

2. *Aga, guien* : regarde, tiens. — *Aga* est sans doute l'abréviation de *agarde*, populaire pour *regarde*.

3. *Tout fin drait* (voir ci-dessus la note 1) : tout à fait exactement.

4. On cite dans Molière même une répétition du même genre, mise dans la bouche d'une personne qui parle, elle aussi, le langage du peuple, Mᵐᵉ Jourdain (*le Bourgeois gentilhomme*, III. v) : « Oui, vraiment nous avons fort envie de rire, fort envie de rire nous avons. »

5. *Batifoler*, jouer. Le verbe vient d'un mot italien qui veut dire *boulevard*, parce que le *boulevard*, le rempart était souvent, dans les villes anciennes, un lieu de promenade, où s'organisaient des jeux.

6. *Itou*, aussi, de même (mot tout à fait populaire et que la langue correcte n'a pas admis).

7. *Grouiller*, s'agiter confusément. Mot tout à fait populaire, dont l'origine est incertaine.

8. *Gliau* : prononcez *l'iau* (pour *l'eau*).

9. *Fixiblement*, barbarisme pour : fixement.

10. *Ç'ai-je fait.* Sur *faire* dans le sens de *dire*, voir la note 11 de la page 43. Quant à l'emploi du pronom *ce*, il était fréquent au XVIᵉ siècle dans les propositions de ce genre : on trouve souvent chez les auteurs de ce temps *ce dit-il* pour dit-il.

11. *Nageant* : nagent; la seconde syllabe qui est sourde, est transformée par Pierrot en syllabe sonore (voir ci-dessus la note 1).

12. *Voire*, vraiment (*vere*).

t'as été au trépassement d'un chat [1], t'as la vue trouble.
— Palsanquienne [2], ç'ai-je fait, je n'ai point la vue
trouble : ce sont des hommes. — Point du tout, ce m'a-t-
il fait, t'as la barlue [3]. — Veux-tu gager, ç'ai-je fait, que
je n'ai point la barlue, ç'ai-je fait, et que sont deux
hommes, ç'ai-je fait, qui nageant droit ici? ç'ai-je fait.
— Morquenne, ce m'a-t-il fait, je gage que non. — Oh!
ça, ç'ai-je fait, veux-tu gager dix sols que si? — Je le
veux bian, ce m'a-t-il fait; et pour te montrer, vlà argent
su jeu, [4] » ce m'a-t-il fait. — Moi, je n'ai point été ni
fou, ni étourdi; j'ai bravement bouté [5] à tarre quatre
pièces tapées, et cinq sols en doubles [6], jergniguenne [7],
aussi hardiment que si j'avais avalé un varre de vin; car
je ses [8] hazardeux, moi, et je vas à la débandade [9]. Je
savais bian ce que je faisais pourtant [10]. Queuque gniais [11]!
Enfin donc, je n'avons pas putôt eu gagé, que j'avons vu
les deux hommes tout à plain, qui nous faisiant signe de
les aller querir; et moi de tirer [12] auparavant les enjeux.
« Allons, Lucas, ç'ai-je dit, tu vois bian qu'ils nous

1. On cite au XVIIᵉ siècle, un autre exemple de cette expression proverbiale. Mais il est difficile de dire exactement à quelle superstition populaire elle fait allusion.

2. Dans *palsanguienne* (que Pierrot prononce *palsanquienne*) et les expressions du même genre, *guienne* n'a pas plus de signification que *bleu* dans *palsambleu*. Cette dernière syllabe, dans l'un et l'autre cas, prend la place du nom vénéré de Dieu, qu'on ne veut pas prononcer. *Palsanguienne* équivaut donc à : par le sang de Dieu. De même, plus bas, *morquenne* équivaut à : *par la mort de Dieu*.

3. *Barlue*, prononciation vicieuse du *berlue*, mauvaise vue, dont l'étymologie est très douteuse.

4. Voilà l'argent sur le jeu; je dépose l'argent convenu comme enjeu.

5. *Bouter*, mettre. Mot populaire, qui a vieilli. L'étymologie est douteuse; mais le sens primitif est celui de *pousser vers*, de frapper. Au reste, le verbe *buter* n'est qu'une autre forme du même verbe; de ces deux formes viennent les deux substantifs *bout* et *but*.

6. *Quatre pièces tapées*, quatre sous parisis (de Paris), *marqués* d'une fleur de lis, et valant cinq sous ordinaires ou tournois (de Tours). — Quant au *double*, il valait deux deniers et le denier est la douzième partie du sou : il fallait donc trente doubles pour faire cinq sous.

7. *Jergniguenne* (ou, comme on prononce Pierrot, *jergniguenne*), formé de la syllabe *guienne* sur laquelle nous nous sommes expliqués et d'une corruption de *je renie : je renie Dieu si...* était une formule de serment assez usitée.

8. *Je ses*, je suis.

9. *A la débandade*, sans ordre, sans régularité, et, par conséquent, au hasard, sans raisonner.

10. Très jolie restriction : Pierrot est hasardeux; toutefois quand il s'agit de gagner dix sous ou de les perdre, il ne hasarde rien que lorsqu'il est sûr de son fait.

11. *Queuque gniais*, quelque niais. Nous avons déjà vu (page 80, note 3) cette formule qui signifie : quelque niais le ferait peut-être; mais non pas moi.

12. *Tirer*, retirer : emploi fréquent du mot au XVIIᵉ siècle (voir page 162, note 2).

appelont ; allons vite à leu secours. — Non, ce m'a-t-il dit, ils m'ont fait pardre. » Oh ! donc, tanquia qu'à la parfin, pour le faire court [1], je l'ai tant sarmonné, que je nous sommes boutés dans une barque, et pis j'avons tant fait cahin-caha [2], que je les avons tirés de gliau, et pis je les avons menés cheux nous auprès du feu, et pis ils se sant dépouillés tout nus pour se sécher, et pis il y en est venu encore deux de la même bande, qui s'équiant sauvés tout seuls.... Vlà justement, Charlotte, comme tout ça s'est fait.

CHARLOTTE. — Ne m'as-tu pas dit, Piarrot, qu'il y en a un qu'est bien pu mieux fait que les autres ?

PIERROT. — Oui, c'est le maître. Il faut que ce soit queuque gros, gros monsieur, car il a du dor [3] à son habit tout depis le haut jusqu'en bas ; et ceux qui le servont sont des monsieux [4] eux-mêmes ; et stapandant, tout gros monsieur qu'il est, il serait, par ma fique [5], nayé, si je n'aviomme été là.

CHARLOTTE. — Ardez [6] un peu.

PIERROT. — Oh ! parquenne, sans nous, il en avait pour sa maine de fèves [7].

CHARLOTTE. — Est-il encore cheux toi tout nu, Piarrot ?

PIERROT. — Nannain [8] : ils l'avont rhabillé tout devant nous. Mon quieu, je n'en avais jamais vu s'habil-

---

1. Tant il y a qu'à la fin (c'est-à-dire : pour abréger mon récit...)
2. *Faire cahin-caha*, avancer par efforts, par coups de rame inégaux, donnés tant bien que mal.
3. Dans le *Misanthrope* (II, v). Basque, valet de Célimène, fait la même faute : « Il porte, dit-il en parlant d'un garde de la maréchaussée,

.... une jaquette à grand'basques plissées
Avec du *d*or dessus.

4. Sur l'orthographe *monsieux*, voir la note 3 de la page 62. — Lorsque dans cette scène, et dans cette phrase même, le mot *monsieur* est écrit comme il doit l'être, c'est que Molière veut sans doute que le personnage qui parle fasse son-

ner, par emphase, l'r de la fin ; — ou peut-être est-ce seulement une négligence d'impression.
5. *Ma fique*, allongement de *ma fi*, prononciation vicieuse de *ma foi*.
6. *Ardez*, abréviation populaire de *regardez*, qu'on trouve encore dans la bouche de la Marinette du *Dépit amoureux* : « Ardez le beau museau ! ».
7. Comme nous disons : il en avait pour son argent ; c'est-à-dire : il en avait assez, il avait plus que son compte. — *Maine*, prononciation vicieuse de *mine*. La mine était la moitié du *setier*, mesure usitée pour les grains et qui équivalait à 156 litres.
8. *Nannain*, nenni, non.

ler. Que d'histoires et d'engigorniaux [1] boutont ces messieux-là les courtisans [2] ! Je me pardrais là dedans, pour moi, et j'étais tout ébaubi [3] de voir ça. Quien, Charlotte, ils avont des cheveux qui ne tenont point à leu tête ; et ils boutont ça après tout [4], comme un gros bonnet de filace. Ils ant des chemises qui ant des manches où j'entrerions tout brandis [5] toi et moi. En glieu d'haut-de-chausses [6], ils portont un garde-robe [7] aussi large que d'ici à Pâques ; en glieu de pourpoint [8], de petites brassières, qui ne leu venont pas usqu'au brichet [9], et, en glieu de rabats [10] un grand mouchoir de cou à réziau [11], aveuc quatre grosses houppes de linge qui leu pendont sur l'estomaque [12]. Ils avont itou d'autres petits rabats au bout des bras [13], et de grands entonnois [14] de passement [15] aux jambes, et, parmi tout ça, tant de rubans, tant de rubans, que c'est une vraie piquié. Ignia pas jusqu'aux souliers qui n'en soient farcis [16] tout depis un bout jusqu'à l'autre ; et ils sont faits d'eune façon que je me romprais le cou aveuc.

CHARLOTTE. — Par ma fi, Piarrot, il faut que j'aille voir un peu ça.

---

1. *Engigorniaux*, mot forgé, qui paraît rappeler, comme le disent les éditeurs de la collection des *Grands écrivains de la France*, l'idée d'*engin*, c'est-à-dire de machine compliquée, et dont la terminaison bizarre ajoute à cette idée une nuance de ridicule.

2. Voir page 48, note 3.

3. *Ébaubi*, littéralement : que la surprise a rendu bègue (*balbum*).

4. *Après tout* le reste, en dernier lieu. — Sur la perruque, voir page 40, note 4.

5. *Tout brandis*, expression qui paraît signifier : tels que nous sommes, d'une seule pièce ; et dont on ne peut établir avec assurance l'étymologie.

6. Voir la note 10 de la page 36.

7. *Une garde-robe*, c'est ou l'armoire dans laquelle sont enfermés les vêtements d'une personne, ou l'ensemble de ces vêtements eux-mêmes : est-ce là ce que Pierrot veut dire, en faisant d'ailleurs, par incorrection, le mot du masculin, pour marquer l'ampleur du haut-de-chausses des courtisans ?

8. Voir la note 6 de la page 36.

9. *Brichet*, prononciation alors répandue du mot que nous écrivons *bréchet* et qui désigne la crête longitudinale et en saillie du sternum des oiseaux. Pierrot veut donc dire : qui ne leur viennent pas jusqu'au milieu de la poitrine.

10. Voir la note 1 de la page 45.

11. *A réziau*, à réseau. — Pierrot veut désigner ici un col en dentelle, avec nœuds flottants.

12. *Estomac* est parfois pris, dans le langage populaire, avec le sens de *poitrine*.

13. Ce sont des manchettes de dentelle.

14. *Entonnois*, entonnoirs : ce sont les *canons* (voir la note 8 de la page 19) qu'il appelle ainsi.

15. *Passement*, espèce de dentelle.

16. *Farcis*, remplis (*farcitos*).

PIERROT. — Oh! acoute un peu auparavant, Charlotte : j'ai queuque autre chose à te dire, moi.

CHARLOTTE. — Eh bian! dis, qu'est-ce que c'est?

PIERROT. — Vois-tu, Charlotte! il faut, comme dit l'autre, que je débonde [1] mon cœur. Je t'aime, tu le sais bian, et je sommes pour être mariés ensemble; mais marquenne [2], je ne suis point satisfait de toi.

CHARLOTTE. — Quement? qu'est-ce que c'est donc qu'iglia?

PIERROT. — Iglia que tu me chagraignes l'esprit, franchement.

CHARLOTTE. — Et quement donc?

PIERROT. — Tétiguienne, tu ne m'aimes point.

CHARLOTTE. — Ah! ah! n'est que ça?

PIERROT. — Oui, ce n'est que ça, et c'est bian assez.

CHARLOTTE. — Mon quieu, Piarrot, tu me viens toujou dire la même chose.

PIERROT. — Je te dis toujou la même chose, parce que c'est toujou la même chose; et, si ce n'était pas toujou la même chose, je ne te dirais pas toujou la même chose.

CHARLOTTE. — Mais qu'es-ce qu'il te faut? Que veux-tu?

PIERROT. — Jerniquenne! je veux que tu m'aimes.

CHARLOTTE. — Est-ce que je ne t'aime pas?

PIERROT. — Non, tu ne m'aimes pas; et si [3], je fais tout ce que je pis pour ça : je t'achète, sans reproche, des rubans à tous les marciers [4] qui passont; je me romps le cou à t'aller dénicher des marles; je fais jouer pour toi les vielleux [5] quand ce vient ta fête; et tout ça comme

1. *Débonder*, littéralement ôter la bonde qui bouche un tonneau, pour le vider.

2. *Marquenne*, morguienne, mordieu (voir la note 2 de la page 87).

3. *Si*, pourtant. — Ce *si* adverbe n'a qu'un rapport fortuit avec *si* conjonction : celui-ci vient du latin *si*; l'autre du latin *sic*. *Si* adverbe, d'un usage très fréquent dans l'ancienne langue, se rencontre encore au XVIIe siècle : voir par exemple la note 3 de la page 318.

4. *Mercier*, marchand : sens ancien du mot, qui, depuis, s'est particularisé.

5. Le vrai mot est *vielleur* (voir page 318, note 1). La *vielle* est un instrument qui se joue au moyen de quelques touches et d'une manivelle qu'on fait tourner.

si je me frappais la tête contre un mur. Vois-tu, ça n'est ni biau ni honnête de n'aimer pas les gens qui nous aimont.

CHARLOTTE. — Mais, mon guieu, je t'aime aussi.

PIERROT. — Oui, tu m'aimes d'une belle dégaine [1] !

CHARLOTTE. — Quement veux-tu donc qu'on fasse?

PIERROT. — Je veux que l'en [2] fasse comme l'en fait, quand l'en aime comme il faut.

CHARLOTTE. — Ne t'aimé-je pas aussi comme il faut?

PIERROT. — Non : quand ça est, ça se voit, et l'en fait mille petites singeries aux parsonnes quand on les aime du bon du cœur [3]. Regarde la grosse Thomasse, comme elle est assotée [4] du jeune Robain; alle est toujou autour de li à l'agacer, et ne le laisse jamais en repos; toujou al li fait queuque niche, ou li baille [5] quelque taloche en passant; et l'autre jour qu'il était assis sur un escabiau, al fut le tirer de dessous li, et le fit choir tout de son long par tarre. Jarni! vlà où l'en voit les gens qui aimont; mais toi, tu ne me dis jamais mot, t'es toujou là comme eune vraie souche de bois; et je passerais vingt fois devant toi, que tu ne te grouillerais pas pour me bailler le moindre coup, ou me dire la moindre chose. Ventrequenne! ça n'est pas bian, après tout; et t'es trop froide pour les gens.

CHARLOTTE. — Que veux-tu que j'y fasse? C'est mon humeur, et je ne me pis refondre.

PIERROT. — Ignia himeur qui quienne. Quand en a de l'amiquié pour les personnes, l'en en baille toujou queuque petite signifiance [6].

CHARLOTTE. — Enfin je t'aime tout autant que je pis,

---

1. *Dégaine*, littéralement : action ou manière de dégainer l'épée ; — puis : manière de se tenir; de se comporter.

2. *En* prononciation trainarde et atténuée de *on*.

3. *Du bon du cœur*. Expression que Molière emploie encore dans le *Misanthrope* (II, 1).

Et du bon de mon cœur à cela je m'engage.

4. *Assotée*, éprise jusqu'à en devenir sotte.

5. *Bailler*, donner.

6. *Signifiance*, barbarisme, pour : signe.

et si tu n'es pas content de ça, tu n'as qu'à en aimer queuque autre.

PIERROT. — Eh bien! vlà pas mon compte. Tétigué, si tu m'aimais, me dirais-tu ça?

CHARLOTTE. — Pourquoi me viens-tu aussi tarabuster l'esprit?

PIERROT. — Morqué! queu mal te fais-je? Je ne te demande qu'un peu d'amiquié.

CHARLOTTE. — Eh bian! laisse faire aussi, et ne me presse point tant. Peut-être que ça viendra tout d'un coup sans y songer.

PIERROT. — Touche donc là, Charlotte.

CHARLOTTE. — Eh bien! quien.

PIERROT. — Promets-moi donc que tu tâcheras de m'aimer davantage.

CHARLOTTE. — J'y ferai tout ce que je pourrai; mais il faut que ça vienne de lui-même. Piarrot, est-ce là ce monsieur?

PIERROT. — Oui, le vlà.

CHARLOTTE. — Ah! mon quieu, qu'il est gentil, et que ç'aurait été dommage qu'il eût été nayé!

PIERROT. — Je revians tout à l'heure; je m'en vas boire chopaine,[1] pour me rebouter [2] tant soit peu de la fatigue que j'ais eue.

(Acte II, sc. 1.)

III

LA STATUE DU COMMANDEUR[3].

Pendant une promenade, don Juan arrive avec Sganarelle auprès d'un tombeau somptueux.

---

1. *Chopaine*, chopine, ancienne mesure pour les liquides, équivalant à 0 lit. 465.

2. *Rebouter*, remettre. Voir la note 5 de la page 87.

3. La scène est à la campagne, dans un lieu boisé.

DON JUAN, SGANARELLE

DON JUAN. — Quel est le superbe édifice que je vois entre ces arbres?

SGANARELLE. — Vous ne le savez pas?

DON JUAN. — Non, vraiment.

SGANARELLE. — Bon; c'est le tombeau que le Commandeur [1] faisait faire lorsque vous le tuâtes.

DON JUAN. — Ah! tu as raison. Je ne savais pas que c'était de ce côté-ci qu'il était. Tout le monde m'a dit des merveilles de cet ouvrage, aussi bien que de la statue du Commandeur; et j'ai envie de l'aller voir.

SGANARELLE. — Monsieur, n'allez point là.

DON JUAN. — Pourquoi?

SGANARELLE. — Cela n'est pas civil [2], d'aller voir un homme que vous avez tué.

DON JUAN. — Au contraire, c'est une visite dont je lui veux faire civilité, et qu'il doit recevoir de bonne grâce, s'il est galant homme. Allons, entrons là-dedans. (*Le tombeau s'ouvre, où l'on voit un superbe mausolée et la statue du Commandeur.*)

SGANARELLE. — Ah! que cela est beau! Les belles statues! le beau marbre! les beaux piliers! Ah! que cela est beau! Qu'en dites-vous, monsieur?

DON JUAN. — Qu'on ne peut voir aller plus loin l'ambition d'un homme mort; et ce que je trouve admirable, c'est qu'un homme qui s'est passé, durant sa vie, d'une assez simple demeure [3], en veuille avoir une si magnifique, pour quand il n'en a plus que faire.

SGANARELLE. — Voici la statue du Commandeur.

DON JUAN. — Parbleu! le voilà bon, avec son habit d'empereur romain!

SGANARELLE. — Ma foi, monsieur, voilà qui est bien fait. Il semble qu'il est en vie, et qu'il s'en va parler. Il

---

1. *Commandeur*, dignitaire d'un ordre de chevalerie.
2. *Civil*, poli, courtois.

3. *Se passer de* : se contenter de. — Le mot se trouve encore dans ce sens à la fin du XVIIe siècle.

jette des regards sur nous qui me feraient peur si j'étais tout seul, et je pense qu'il ne prend pas plaisir de nous voir.

DON JUAN. — Il aurait tort; et ce serait mal recevoir l'honneur que je lui fais. Demande-lui s'il veut venir souper avec moi.

SGANARELLE. — C'est une chose dont il n'a pas besoin, je crois.

DON JUAN. — Demande-lui, te dis-je.

SGANARELLE. — Vous moquez-vous? Ce serait être fou, que d'aller parler à une statue.

DON JUAN. — Fais ce que je te dis.

SGANARELLE. — Quelle bizarrerie! Seigneur Commandeur.... Je ris de ma sottise, mais c'est mon maître qui me la fait faire [1]. Seigneur Commandeur, mon maître don Juan vous demande si vous voulez lui faire l'honneur de venir souper avec lui. (*La statue baisse la tête.*) Ha!

DON JUAN. — Qu'est-ce? Qu'as-tu? Dis donc, veux-tu parler?

SGANARELLE, *fait le même signe que lui a fait la statue et baisse la tête.* — La statue....

DON JUAN. — Eh bien! que veux-tu dire, traître?

SGANARELLE. — Je vous dis que la statue....

DON JUAN. — Eh bien! la statue? Je t'assomme, si tu ne parles?

SGANARELLE. — La statue m'a fait signe.

DON JUAN. — La peste le coquin [2]!

SGANARELLE. — Elle m'a fait signe, vous dis-je; il n'est rien de plus vrai. Allez-vous-en lui parler vous-même pour voir. Peut-être....

DON JUAN. — Viens, maraud [3], viens. Je te veux bien faire toucher au doigt ta poltronnerie. Prends garde. Le seigneur Commandeur voudrait-il venir souper avec moi?

(*La statue baisse encore la tête.*)

---

1. Cette phrase est dite *à part.*
2. Voir la note 5 de la page 293.
3. *Maraud*, terme de mépris sou-vent en usage dans la comédie, et dont il est difficile de fixer l'étymologie.

SGANARELLE. — Je ne voudrais pas en tenir dix
pistoles [1]. Eh bien! monsieur?

DON JUAN. — Allons, sortons d'ici.

SGANARELLE, — Voilà de mes esprits forts [2], qui ne
veulent rien croire.

(Acte III, sc. v.)

IV

DON JUAN CHEZ LUI.

Don Juan est revenu chez lui après la promenade qu'on vient
de voir s'achever si étrangement.

DON JUAN, SGANARELLE,

DON JUAN. — Quoi qu'il en soit, laissons cela : c'est
une bagatelle, et nous pouvons avoir été trompés par
un faux jour, ou surpris de quelque vapeur [3] qui nous ait
troublé la vue.

SGANARELLE. — Eh! monsieur, ne cherchez point
à démentir ce que nous avons vu des yeux que voilà.
Il n'est rien de plus véritable que ce signe de tête; et
je ne doute point que le ciel, scandalisé de votre vie,
n'ait produit ce miracle pour vous convaincre, et pour
vous retirer de....

DON JUAN. — Ecoute, si tu m'importunes davantage
de tes sottes moralités, si tu me dis encore le moindre
mot là-dessus, je vais appeler quelqu'un, demander un
nerf de bœuf [4], te faire tenir par trois ou quatre, et te
rouer de mille coups. M'entends-tu bien?

SGANARELLE. — Fort bien, monsieur, le mieux du

---

1. Entendez : je ne voudrais pas,
pour cela, au lieu de cela, tenir, avoir
en mains, recevoir dix pistoles ; — je
suis plus satisfait d'avoir vu ce qui
vient de se passer que si j'avais reçu
dix pistoles. — Sur la pistole, voir
page 244, note 2.

2. Esprit fort : voir la note 2 de la
page 8J.
3. Vapeur, brouillard, nuage.
4. Nerf de bœuf : on s'en servait
pour frapper, comme on eût fait d'un
bâton.

monde. Vous vous expliquez clairement; c'est ce qu'il **y** a de bon en vous, que vous n'allez point chercher **de** détours : vous dites les choses avec une netteté admirable.

DON JUAN. — Allons, qu'on me fasse souper le plus tôt qu'on pourra. Une chaise, petit garçon [1].

DON JUAN, LA VIOLETTE, SGANARELLE

LA VIOLETTE. — Monsieur, voilà votre marchand, monsieur Dimanche, qui demande à vous parler.

SGANARELLE. — Bon. Voilà ce qu'il nous faut, qu'un compliment de créancier. De quoi s'avise-t-il de nous venir demander de l'argent? et que ne lui disais-tu que Monsieur n'y est pas?

LA VIOLETTE. — Il y a trois quarts d'heure que je le lui dis; mais il ne veut pas le croire, et s'est assis là-dedans pour attendre.

SGANARELLE. — Qu'il attende tant qu'il voudra.

DON JUAN. — Non, au contraire, faites-le entrer. C'est une fort mauvaise politique que de se faire celer [2] aux créanciers. Il est bon de les payer de quelque chose; et j'ai le secret de les renvoyer satisfaits sans leur donner un double [3].

DON JUAN, MONSIEUR DIMANCHE, SGANARELLE, Suite [4].

DON JUAN, *faisant de grandes civilités.* — Ah! monsieur Dimanche, approchez. Que je suis ravi de vous voir, et que je veux de mal à mes gens de ne vous pas faire entrer d'abord [5]! J'avais donné ordre qu'on ne me

---

1. Il s'adresse à un petit laquais qui se tient au fond de la chambre.
2. *Celer*, cacher (*celare*).
3. *Double*, pièce de cuivre qui valait deux deniers, c'est-à-dire le sixième d'un sou.
4. *Suite :* les laquais de Don Juan
5. *D'abord*, dès l'abord, tout de suite.

It parler personne[1]; mais cet ordre n'est pas pour
ous, et vous êtes en droit de ne trouver jamais de
orte fermée chez moi.

MONSIEUR DIMANCHE. — Monsieur, je vous suis
ort obligé.

DON JUAN, *parlant à ses laquais.* — Parbleu! coquins,
e vous apprendrai à laisser monsieur Dimanche dans
ine antichambre, et je vous ferai connaître les gens.

MONSIEUR DIMANCHE. — Monsieur, cela n'est rien.

DON JUAN. — Comment! vous dire que je n'y suis
pas, à monsieur Dimanche, au meilleur de mes amis!

MONSIEUR DIMANCHE. — Monsieur, je suis votre
serviteur. J'étais venu....

DON JUAN. — Allons vite, un siège pour monsieur
Dimanche.

MONSIEUR DIMANCHE. — Monsieur, je suis bien
comme cela.

DON JUAN. — Point, point, je veux que vous soyez
assis contre moi [2].

MONSIEUR DIMANCHE. — Cela n'est point nécessaire.

DON JUAN. — Otez ce pliant, et apportez un fauteuil.

MONSIEUR DIMANCHE. — Monsieur, vous vous
moquez et....

DON JUAN. — Non, non, je sais ce que je vous dois;
et je ne veux point qu'on mette de différence entre nous
deux.

MONSIEUR DIMANCHE. — Monsieur....

DON JUAN. — Allons, asseyez-vous.

MONSIEUR DIMANCHE. — Il n'est pas besoin, monsieur, et je n'ai qu'un mot à vous dire. J'étais....

DON JUAN. — Mettez-vous là, vous dis-je.

MONSIEUR DIMANCHE. — Non, monsieur, je suis
bien. Je viens pour....

1. *Qu'on ne me fit parler personne* (me en sorte que personne ne me parlât.
est complément indirect) : qu'on fit. — 2. *Contre*, tout à côté de.

DON JUAN. — Non, je ne vous écoute point, si vous n'êtes assis.

MONSIEUR DIMANCHE. — Monsieur, je fais ce que vous voulez. Je....

DON JUAN. — Parbleu! monsieur Dimanche, vous vous portez bien!

MONSIEUR DIMANCHE. — Oui, monsieur, pour vous rendre service. Je suis venu....

DON JUAN. — Vous avez un fonds de santé admirable, des lèvres fraîches, un teint vermeil, et des yeux vifs.

MONSIEUR DIMANCHE. — Je voudrais bien....

DON JUAN. — Comment se porte madame Dimanche, votre épouse?

MONSIEUR DIMANCHE. — Fort bien, monsieur, Dieu merci.

DON JUAN. — C'est une brave femme.

MONSIEUR DIMANCHE. — Elle est votre servante, monsieur. Je venais....

DON JUAN. — Et votre petite fille Claudine, comment se porte-t-elle?

MONSIEUR DIMANCHE. — Le mieux du monde.

DON JUAN. — La jolie petite fille que c'est! Je l'aime de tout mon cœur.

MONSIEUR DIMANCHE. — C'est trop d'honneur que vous lui faites, monsieur. Je vous....

DON JUAN. — Et le petit Colin, fait-il toujours bien du bruit avec son tambour?

MONSIEUR DIMANCHE. — Toujours de même, monsieur. Je....

DON JUAN. — Et votre petit chien Brusquet, gronde-t-il toujours aussi fort, et mord-il toujours bien aux jambes les gens qui vont chez vous?

MONSIEUR DIMANCHE. — Plus que jamais, monsieur, et nous ne saurions en chevir [1].

---

1. *Chevir*, archaïsme, qui, du temps même de Molière, n'était plus du bel usage. Il signifie *venir à bout*; littéralement *venir a chef* (ad caput), achever.

DON JUAN. — Ne vous étonnez pas si je m'informe
.es nouvelles de toute la famille, car j'y prends beaucoup
l'intérêt.

MONSIEUR DIMANCHE. — Nous vous sommes, mon-
ieur, infiniment obligés. Je....

DON JUAN, *lui tendant la main*. — Touchez donc là,
nonsieur Dimanche. Êtes-vous bien de mes amis?

MONSIEUR DIMANCHE. — Monsieur, je suis votre
lerviteur.

DON JUAN. — Parbleu! je suis à vous de tout mon
:œur.

MONSIEUR DIMANCHE. — Vous m'honorez trop.
le....

DON JUAN. — Il n'y a rien que je ne fisse pour vous.

MONSIEUR DIMANCHE. — Monsieur, vous avez trop
de bonté pour moi.

DON JUAN. — Et cela sans intérêt, je vous prie de
le croire.

MONSIEUR DIMANCHE. — Je n'ai point mérité cette
grâce assurément. Mais, monsieur....

DON JUAN. — Oh ça, monsieur Dimanche, sans façon,
voulez-vous rester souper avec moi?

MONSIEUR DIMANCHE. — Non, monsieur, il faut
que je m'en retourne tout à l'heure [1]. Je....

DON JUAN, *se levant*. — Allons, vite un flambeau pour
conduire monsieur Dimanche, et que quatre ou cinq de
mes gens prennent des mousquetons [2] pour l'escorter [3].

MONSIEUR DIMANCHE, *se levant de même*. — Mon-

---

1. *Tout à l'heure*, immédiatement, à
l'heure même.

2. *Mousqueton*, petit mousquet,
.arme du même genre que le fusil et
que ce dernier a remplacée.

3. Les rues n'étaient pas très sûres
le soir : on ne commença à les éclairer à
Paris qu'en 1667 : *Don Juan* est de
1665. Il est vrai que l'action est
censée se passer en Sicile (la Sicile
appartenait alors à l'Espagne, et Don
Juan est un Espagnol); mais Molière

songe beaucoup plus à peindre les
mœurs de ses concitoyens que celles
de l'Espagne : la malhonnêteté de certains grands seigneurs à l'égard de
leurs créanciers a été souvent en
France, au XVIIᵉ siècle, l'objet de vives
attaques de la part des écrivains et
des prédicateurs, et c'est évidemment
à dessein qu'en dépit du nom espagnol de son héros, Molière introduit
dans sa pièce un marchand au nom
bien français, M. Dimanche. On peut

sieur, il n'est pas nécessaire, et je m'en irai bien tout
seul. Mais....

(Sganarelle ôte les sièges promptement.)

DON JUAN. — Comment? Je veux qu'on vous escorte,
et je m'intéresse trop à votre personne. Je suis votre
serviteur, et, de plus, votre débiteur.

MONSIEUR DIMANCHE. — Ah! monsieur....

DON JUAN. — C'est une chose que je ne cache pas,
et je le dis à tout le monde.

MONSIEUR DIMANCHE. — Si....

DON JUAN. — Voulez-vous que je vous reconduise ?

MONSIEUR DIMANCHE. — Ah! monsieur, vous vous
moquez! Monsieur....

DON JUAN. — Embrassez-moi donc [1], s'il vous plaît.
Je vous prie encore une fois d'être persuadé que je suis
tout à vous, et qu'il n'y a rien au monde que je ne fisse
pour votre service. *(Il sort.)*

SGANARELLE. — Il faut avouer que vous avez en
monsieur un homme qui vous aime bien.

MONSIEUR DIMANCHE. — Il est vrai; il me fait tant
de civilités et tant de compliments, que je ne saurais
jamais lui demander de l'argent.

SGANARELLE. — Je vous assure que toute sa maison
périrait pour vous; et je voudrais qu'il vous arrivât
quelque chose, que quelqu'un s'avisât de vous donner
des coups de bâton, vous verriez de quelle manière [2]....

MONSIEUR DIMANCHE. — Je le crois; mais, Sga-

---

donc croire que, dans tous les détails
de cette scène, Molière songe à Paris
et non à quelque ville étrangère.

1. Les gens du bel air s'embrassaient en se rencontrant (voir page 29,
note 1, et page 41, note 4) : Don Juan
affecte de traiter M. Dimanche comme
son égal, comme un homme de son
monde.

2. La phrase de Sganarelle fait
rire : mais il est très vrai qu'un bourgeois pouvait être exposé à recevoir des

coups de bâton d'un grand seigneur
vindicatif, et il n'avait guère d'autre
moyen d'éviter cet indigne traitement
ou de s'en venger que de demander à
quelque autre grand seigneur de le
prendre sous sa protection. Un Boileau,
un Racine furent menacés, à l'époque
des représentations de la tragédie de
Phèdre, d'être bâtonnés; et ils l'eussent
été peut-être si le prince de Condé ne
s'était déclaré leur protecteur.

narelle, je vous prie de lui dire un petit mot de mon argent.

SGANARELLE. — Oh! ne vous mettez pas en peine; il vous payera le mieux du monde.

MONSIEUR DIMANCHE. — Mais vous, Sganarelle, vous me devez quelque chose en votre particulier[1].

SGANARELLE. — Fi! ne parlez pas de cela.

MONSIEUR DIMANCHE. — Comment? Je....

SGANARELLE. — Ne sais-je pas bien que je vous dois?

MONSIEUR DIMANCHE. — Oui. Mais....

SGANARELLE. — Allons, monsieur Dimanche, je vais vous éclairer.

MONSIEUR DIMANCHE. — Mais, mon argent....

SGANARELLE, *prenant M. Dimanche par le bras.* — Vous moquez-vous?

MONSIEUR DIMANCHE. — Je veux....

SGANARELLE, *le tirant.* — Eh!

MONSIEUR DIMANCHE. — J'entends....

SGANARELLE, *le poussant.* — Bagatelles.

MONSIEUR DIMANCHE. — Mais....

SGANARELLE, *le poussant.* — Fi!

MONSIEUR DIMANCHE. — Je....

SGANARELLE, *le poussant tout à fait hors du théâtre.* — Fi! vous dis-je.

DON LOUIS, DON JUAN, LA VIOLETTE, SGANARELLE

LA VIOLETTE. — Monsieur[2], voilà monsieur votre père.

DON JUAN. — Ah! me voici bien! Il me fallait cette visite pour me faire enrager.

1. Tel maître, tel valet; et si Sganarelle pèche gravement en ne payant pas ses dettes, Don Juan, qui lui a donné le mauvais exemple, est en quelque sorte responsable de sa faute.
2. *Monsieur.* La Violette s'adresse à Don Juan, qui est rentré dans la chambre après la sortie de M. Dimanche.

DON LOUIS. — Je vois bien que je vous embarrasse, et que vous vous passeriez fort aisément de ma venue. A dire vrai, nous nous accommodons étrangement l'un et l'autre; et, si vous êtes las de me voir, je suis bien las aussi de vos déportements [1]. Hélas! que nous savons peu ce que nous faisons, quand nous ne laissons pas au ciel le soin des choses qu'il nous faut, quand nous voulons être plus avisés que lui, et que nous venons à l'importuner par nos souhaits aveugles et nos demandes inconsidérées! J'ai souhaité un fils avec des ardeurs nonpareilles; je l'ai demandé sans relâche avec des transports incroyables; et ce fils, que j'obtiens en fatiguant le ciel de vœux, est le chagrin et le supplice de cette vie même dont je croyais qu'il devait être la joie et la consolation. De quel œil, à votre avis, pensez-vous que je puisse voir cet amas d'actions indignes, dont on a peine, aux yeux du monde, d'adoucir le mauvais visage [2], cette suite continuelle de méchantes affaires, qui nous réduisent à toutes heures à lasser les bontés du souverain, et qui ont épuisé auprès de lui le mérite de mes services et le crédit de mes amis? Ah! quelle bassesse est la vôtre! Ne rougissez-vous point de mériter si peu votre naissance? Êtes-vous en droit, dites-moi, d'en tirer quelque vanité? Et qu'avez-vous fait dans le monde pour être gentilhomme? Croyez-vous qu'il suffise d'en porter le nom et les armes [3], et que ce nous soit une gloire d'être sortis d'un sang noble, lorsque nous vivons en infâmes? Non, non, la naissance n'est rien où la vertu n'est pas [4]. Aussi

1. *Déportement*, manière de se comporter (d'un emploi rare); au pluriel, mœurs, actions, et particulièrement mauvaises mœurs, mauvaises actions.
2. *Visage*, apparence.
3. *Les armes*, les armoiries.
4. Cette phrase forme exactement un alexandrin.
La naissance n'est rien où la vertu n'est pas.

La prose de Molière est si fortement rythmée qu'elle se trouve ainsi assez souvent et tout naturellement parsemée de vers sans rime. Ici plus que jamais la pensée de l'auteur devait s'exprimer sous une forme très rythmée en raison même de sa force et de son élévation. Au reste, Molière en écrivant cette scène ne pouvait pas ne pas songer aux beaux vers de Corneille dans sa comédie du *Menteur* (acte V, sc. III), antérieure de vingt-deux ans à *Don Juan*.

Êtes-vous gentilhomme? — Ah! rencontre fâcheuse!

nous n'avons part à la gloire de nos ancêtres qu'autant que nous nous efforçons de leur ressembler ; et cet éclat de leurs actions qu'ils répandent sur nous, nous impose un engagement de leur faire le même honneur, de suivre les pas qu'ils nous tracent et de ne point dégénérer de leurs vertus, si nous voulons être estimés leurs véritables descendants. Ainsi vous descendez en vain des aïeux dont vous êtes né : ils vous désavouent pour leur sang [1], et tout ce qu'ils ont fait d'illustre ne vous donne aucun avantage ; au contraire, l'éclat n'en rejaillit sur vous qu'à votre déshonneur [2], et leur gloire est un flambeau qui éclaire aux yeux d'un chacun la honte de vos actions [3]. Apprenez enfin qu'un gentilhomme qui vit mal est un monstre [4] dans la nature, que la vertu est le premier titre de noblesse, que je regarde bien moins au nom qu'on signe, qu'aux actions qu'on fait, et que je ferais plus d'état [5] du fils d'un crocheteur qui serait honnête homme, que du fils d'un monarque qui vivrait comme vous.

DON JUAN. — Monsieur, si vous étiez assis, vous en seriez mieux pour parler.

DON LOUIS. — Non, insolent, je ne veux point m'as-

Étant sorti de vous, la chose est peu douteuse.
— Croyez-vous qu'il suffit d'être sorti de moi ?
— Avec toute la France aisément je le crois
— Et ne savez-vous pas, avec toute la France,
D'où ce titre d'honneur a tiré sa naissance,
Et que la vertu seule a mis en ce haut rang
Ceux qui l'ont jusqu'à moi fait passer dans leur
⌊sang ?

On trouvera la suite de la scène dans les *Scènes choisies* de Corneille publiées par M. Hémon.

1. *Ils vous désavouent pour leur sang* : ils refusent de vous reconnaître pour un homme de leur sang.

2. *A votre déshonneur*, de manière à vous déshonorer.

3. Deux auteurs latins avaient déjà exprimé la même idée en un beau langage : « La gloire des ancêtres, dit Salluste (*Jugurtha*, LXXXV), est pour leurs descendants comme une lumière qui ne laisse dans l'ombre ni leur bonne ni leur mauvaise conduite :

Majorum gloria posteris quasi lumen est, neque bona, neque mala eorum in occulto patitur ». — « Voici, dit, de son côté, Juvénal dans sa satire VIII, voici que se dresse contre toi la noblesse même de tes pères portant un flambeau pour éclairer ta honte :

Incipit ipsorum contra te stare parentum
Nobilitas claramque facem praeferre pudendis».

4. *Un monstre*, un être dont la constitution a quelque chose d'exceptionnel et d'illogique. Comme la raison est inhérente à l'homme et la faculté de courir au cheval, il semble que la vertu doit être inhérente au gentilhomme : un gentilhomme sans vertu est donc un monstre comme le serait un animal à forme d'homme, mais dépourvu de raison, ou à forme de cheval, mais n'ayant que deux jambes.

5. *État*, estime.

seoir, ni parler davantage, et je vois bien que toutes
mes paroles ne font rien sur ton âme; mais sache, fils
indigne, que la tendresse paternelle est poussée à bout
par tes actions; que je saurai, plus tôt que tu ne penses,
mettre une borne à tes déréglements, prévenir sur toi le
courroux du ciel, et laver, par ta punition, la honte de
t'avoir fait naître. (*Il sort.*)

DON JUAN, SGANARELLE

DON JUAN. — Eh! mourez le plus tôt que vous
pourrez, c'est le mieux que vous puissiez faire [1]. Il faut
que chacun ait son tour, et j'enrage de voir des pères
qui vivent autant que leurs fils.

(*Il se met dans son fauteuil.*)

SGANARELLE. — Ah! monsieur, vous avez tort.

DON JUAN. — J'ai tort?

SGANARELLE. — Monsieur....

DON JUAN *se lève de son siège*. — J'ai tort?

SGANARELLE. — Oui, monsieur, vous avez tort
d'avoir souffert ce qu'il vous a dit, et vous le deviez
mettre dehors par les épaules. A-t-on jamais rien vu de
plus impertinent? Un père venir faire des remontrances
à son fils, et lui dire de corriger ses actions, de se ressouvenir de {sa naissance, de mener une vie d'honnête
homme, et cent autres sottises de pareille nature! Cela
se peut-il souffrir à un homme comme vous, qui savez
comme il faut vivre? J'admire votre patience; et si j'avais
été en votre place, je l'aurais envoyé promener. O complaisance maudite! à quoi me réduis-tu [2]!

(Acte IV, sc. I-V.)

---

1. La phrase de Don Juan est
atroce et convient à son caractère;
mais elle ne paraît guère se rapporter
aux derniers mots de Don Louis, qui
ne parlait pas de mourir, mais de
punir son fils. — La pièce n'ayant été
imprimée que neuf ans après la mort
de Molière, il se peut que quelques
lignes aient été omises par les éditeurs
entre les deux scènes; peut-être aussi
Molière avait-il lui-même négligé
d'écrire la phrase de transition qui
devait les relier l'une à l'autre (voir
page xxx, note 1).

2. Cette dernière phrase est dite *à
part.*

V

LE SOUPER[1]

DON JUAN, SGANARELLE, Suite.

DON JUAN. — Vite à souper.... (*Se mettant à table.*) Sganarelle, il faut songer à s'amender, pourtant.

SGANARELLE. — Oui-da!

DON JUAN. — Oui, ma foi, il faut s'amender. Encore vingt ou trente ans de cette vie-ci, et puis nous songerons à nous.

SGANARELLE. — Oh!

DON JUAN. — Qu'en dis-tu?

SGANARELLE. — Rien. Voilà le souper. (*Il prend un morceau d'un des plats qu'on apporte, et le met dans sa bouche.*)

DON JUAN. — Il me semble que tu as la joue enflée; qu'est-ce que c'est? Parle donc. Qu'as-tu là?

SGANARELLE. — Rien.

DON JUAN. — Montre un peu. Parbleu! c'est une fluxion qui lui est tombée sur la joue. Vite une lancette pour percer cela. Le pauvre garçon n'en peut plus, et cet abcès le pourrait étouffer. Attends : voyez comme il était mûr [2]. Ah! coquin que vous êtes!

SGANARELLE. — Ma foi, monsieur, je voulais voir si votre cuisinier n'avait point mis trop de sel ou trop de poivre.

DON JUAN. — Allons, mets-toi là, et mange. J'ai affaire de toi, quand j'aurai soupé. Tu as faim, à ce que je vois.

SGANARELLE *se met à table*. — Je le crois bien, monsieur, je n'ai point mangé depuis ce matin. Tâtez de cela, voilà qui est le meilleur du monde.

---

1. La scène est dans la maison de Don Juan.

2. Don Juan dit ces mots tandis que Sganarelle retire de sa bouche le morceau qu'il y avait introduit.

(*Un laquais ôte les assiettes de Sganarelle d'abord* [1] *qu'il y a dessus à manger.*)

Mon assiette, mon assiette. Tout doux, s'il vous plaît. Vertubleu! [2] petit compère, que vous êtes habile à donner des assiettes nettes [3]! Et vous, petit La Violette, que vous savez présenter à boire à propos [4]!

(*Pendant qu'un laquais donne à boire à Sganarelle, l'autre laquais ôte encore son assiette.*)

DON JUAN. — Qui peut frapper de cette sorte?

SGANARELLE. — Qui diable nous vient troubler dans notre repas?

DON JUAN. — Je veux souper en repos au moins, et qu'on ne laisse entrer personne.

SGANARELLE. — Laissez-moi faire, je m'y en vais moi-même [5].

DON JUAN. — Qu'est-ce donc? Qu'y a-t-il?

SGANARELLE, *baissant la tête comme a fait la statue.* — Le.... qui est là!

DON JUAN. — Allons voir, et montrons que rien ne me saurait ébranler.

SGANARELLE. — Ah! pauvre Sganarelle, où te cacheras-tu?

DON JUAN. LA STATUE DU COMMANDEUR,
qui vient se mettre à table, SGANARELLE, SUITE.

DON JUAN. — Une chaise et un couvert, vite donc. (*A Sganarelle.*) Allons, mets-toi à table.

SGANARELLE. — Monsieur, je n'ai plus de faim.

1. *D'abord que,* dès que.
2. *Vertubleu* est formé comme *parbleu, morbleu,* etc. Dans tous ces mots, la syllabe *bleu,* qui est dépourvue de sens, remplace le mot *Dieu,* qui aurait constitué un blasphème, puisqu'il est dit dans l'Écriture : « Tu ne prendras pas en vain le nom du Seigneur ton Dieu. » — Le vrai sens de ces mots serait donc : par la vertu de Dieu, par Dieu, par la mort de Dieu, etc.

3. *Nettes,* propres. *Donner des assiettes nettes* — changer les assiettes.
4. Cette dernière phrase est dite pendant le jeu de scène indiqué immédiatement après. — Ces plaisanteries un peu grosses étaient traditionnelles dans les comédies que jouaient à Paris les bouffons italiens; Molière se borne ici à les imiter.
5. Sur ces mots Sganarelle va vers la porte, puis il revient tout effrayé.

DON JUAN. — Mets-toi là, te dis-je. A boire. A la santé du commandeur. Je te la porte [1], Sganarelle. Qu'on lui donne du vin.

SGANARELLE. — Monsieur, je n'ai pas soif.

DON JUAN. — Bois, et chante ta chanson, pour régaler le commandeur.

SGANARELLE. — Je suis enrhumé, monsieur.

DON JUAN. — Il n'importe. Allons. Vous autres, venez, accompagnez sa voix.

LA STATUE. — Don Juan, c'est assez. Je vous invite à venir demain souper avec moi. En aurez-vous le courage?

DON JUAN. — Oui, j'irai, accompagné du seul Sganarelle.

SGANARELLE. — Je vous rends grâce, il est demain jeûne pour moi.

DON JUAN, *à Sganarelle.* — Prends ce flambeau.

LA STATUE. — On n'a pas besoin de lumière quand on est conduit par le ciel.

(Acte IV, sc. VII-VIII.)

VI

LA MORT DE DON JUAN[2]

LA STATUE, DON JUAN, SGANARELLE

LA STATUE. — Arrêtez, don Juan, vous m'avez hier donné parole de venir manger avec moi.

DON JUAN. — Oui. Où faut-il aller?

LA STATUE. — Donnez-moi la main.

DON JUAN. — La voilà.

---

1. *Je te la porte*, je la porte en t'invitant à boire avec moi pour répondre à mon toast.

2. La scène est dans la campagne, non loin du tombeau du Commandeur.

LA STATUE. — Don Juan, l'endurcissement au péché traîne [1] une mort funeste; et les grâces du ciel que l'on renvoie [2] ouvrent un chemin à sa foudre.

DON JUAN. — O ciel! que sens-je? Un feu invisible me brûle, je n'en puis plus, et tout mon corps devient un brasier ardent. Ah!

(*Le tonnerre tombe avec un grand bruit et de grands éclairs sur don Juan. La terre s'ouvre et l'abîme; et il sort de grands feux de l'endroit où il est tombé.*)

SGANARELLE. — *Ah! mes gages! mes gages!* Voilà, par sa mort, un chacun satisfait. Ciel offensé, lois violées,... parents outragés [3],... tout le monde est content; il n'y a que moi seul de malheureux.... *Mes gages, mes gages, mes gages* [4]!

(Acte V, sc. VI.)

L'AMOUR MÉDECIN

COMÉDIE EN TROIS ACTES ET EN PROSE

(*Septembre 1665*)

Cette comédie fut commandée par le roi à Molière, pour être représentée à la cour avec des accompagnements de musique et de danse. L'auteur nous dit lui-même qu'elle a été écrite, apprise et représentée en cinq jours. — En voici le sujet : la fille de Sganarelle, Lucinde, veut épouser Clitandre, et, comme son père refuse de la marier, elle tombe dans une telle mélancolie que Sganarelle prend peur et consulte des médecins. Peine inutile : elle ne pourra guérir que lorsque la cause même de son chagrin aura disparu; et elle est guérie en effet dès que son mariage avec Clitandre est assuré.

1. *Traîne*, entraîne.
2. *Renvoie*, repousse.
3 *Parents outragés*, allusion à la scène de Don Louis et de Don Juan.
4. Les mots en italique ne figurent pas dans la première édition de *Don Juan*. Mais nous savons par des témoignages contemporains qu'ils étaient prononcés à la représentation et les éditions postérieures les ont rétablis.

Cette petite pièce fournit à Molière l'occasion de diriger contre les médecins les traits de satire les plus vifs qu'il eût encore lancés contre eux. On sait que la médecine, au temps de Molière, était encore une science fort peu sûre, et ce n'est pas sans raison qu'il accuse souvent les médecins de son temps ou de charlatanisme ou d'aveugle obstination.

I

DONNEURS DE CONSEILS

SGANARELLE, AMINTE, LUCRÈCE, M. GUILLAUME, M. JOSSE

SGANARELLE [1]. — Ah! l'étrange chose que la vie! et que je puis bien dire avec ce grand philosophe de l'antiquité, que qui terre a, guerre a, et qu'un malheur ne vient jamais sans l'autre [2]! Je n'avais qu'une seule femme, qui est morte.

MONSIEUR GUILLAUME. — Et combien donc en voulez-vous avoir?

SGANARELLE. — Elle est morte, monsieur mon ami. Cette perte m'est très sensible, et je ne puis m'en ressouvenir sans pleurer. Je n'étais pas fort satisfait de sa conduite, et nous avions le plus souvent dispute ensemble; mais enfin, la mort rajuste toutes choses. Elle est morte; je la pleure. Si elle était en vie, nous nous querellerions. De tous les enfants que le ciel m'avait donnés, il ne m'a laissé qu'une fille, et cette fille est toute ma peine. Car enfin, je la vois dans une mélancolie [3] la plus sombre du

---

1. Voir la note 1 de la page 35. — Sganarelle est ici un bourgeois. Sur les autres personnages, voir les lignes 4 et 5 de la page suivante.

2. Sganarelle, qui n'est pas fort instruit, prend pour les pensées d'un philosophe ancien deux proverbes populaires. Le premier, comme beaucoup de proverbes, est formé de deux propositions qui se répondent par le rythme et le son des mots. — Le sens de ce proverbe est qu'il n'est aucun de nos biens, aucune de nos affections qui ne devienne, à quelque moment, pour nous un sujet de peine.

3. *Mélancolie*, littéralement, *humeur noire* (voir page 125, note 4), disposition maladive, dont la conséquence est une grande tristesse.

monde, dans une tristesse épouvantable, dont il n'y a pas moyen de la retirer et dont je ne saurais même apprendre la cause. Pour moi, j'en perds l'esprit, et j'aurais besoin d'un bon conseil sur cette matière. Vous [1] êtes ma nièce; vous [2], ma voisine; et vous [3], mes compères [4] et mes amis; je vous prie de me conseiller tous ce que je dois faire.

MONSIEUR JOSSE. — Pour moi, je tiens que la braverie [5] et l'ajustement est la chose qui réjouit le plus les filles; et, si j'étais que de vous [6], je lui achèterais, dès aujourd'hui, une belle garniture de diamants, ou de rubis, ou d'émeraudes.

MONSIEUR GUILLAUME. — Et moi, si j'étais en votre place [7], j'achèterais une belle tenture de tapisserie de verdure, ou à personnages [8], que je ferais mettre à sa chambre, pour lui réjouir l'esprit et la vue.

AMINTE. — Pour moi, je ne ferais point tant de façon; et je la marierais fort bien, et le plus tôt que je pourrais, avec cette personne qui vous la fit, dit-on, demander il y a quelque temps.

LUCRÈCE. — Et moi, je tiens que votre fille n'est point du tout propre pour le mariage.... Le monde n'est point du tout son fait [9]; et je vous conseille de la mettre dans un couvent, où elle trouvera des divertissements [10] qui seront mieux de son humeur.

SGANARELLE. — Tous ces conseils sont admirables,

---

1. *Vous* : Lucrèce.
2. *Vous* : Aminte.
3. *Vous* : M. Guillaume et M. Josse.
4. *Compère*, littéralement le *parrain* (par rapport à la *marraine*, qui, de son côté, est dite la *commère* du parrain). — Puis, titre familier que les bourgeois se donnaient entre eux.
5. *Braverie*, voir la note 4 de la page 31.
6. Façon de parler usuelle qu'il faut expliquer ainsi : si j'étais ce qui est à propos de vous (*quod est de te*), c'est-à-dire : si j'étais ce que vous êtes.
7. *En votre place* (*in loco tuo*) : on dit plutôt aujourd'hui *à votre place*.
8. Tapisserie représentant des arbres avec leur feuillage ou des scènes avec personnages.
9. *N'est point son fait*, ne lui convient pas.
10. *Divertissements*. Le mot est pris ici dans son sens vraiment étymologique et n'est pas le synonyme de *jeu*, de *plaisir*, mais désigne toute occupation qui détourne (*di-vertere*) d'une pensée, d'un chagrin, etc. — C'est ainsi qu'un des plus grands écrivains du XVII° siècle, Pascal, dans ses *Pensées*, a longuement parlé du *divertissement*, entendant par ce mot l'ensemble des occupations qui *détournent* l'esprit de l'homme de la pensée de la mort et de la faiblesse de sa nature.

assurément; mais je les tiens [1] un peu intéressés, et trouve que vous me conseillez fort bien pour vous. Vous êtes orfèvre, monsieur Josse [2], et votre conseil sent son homme qui a envie de se défaire de sa marchandise. Vous vendez des tapisseries, monsieur Guillaume, et vous avez la mine d'avoir quelque tenture qui vous incommode. Celui que vous aimez, ma voisine, a, dit-on, quelque inclination pour ma fille; et vous ne seriez pas fâchée de la voir la femme d'un autre. Et quant à vous, ma chère nièce, ce n'est pas mon dessein, comme on sait, de marier ma fille avec qui que ce soit, et j'ai mes raisons pour cela; mais le conseil que vous me donnez de la faire religieuse est d'une femme qui pourrait bien souhaiter charitablement d'être mon héritière universelle. Ainsi, messieurs et mesdames, quoique tous vos conseils soient les meilleurs du monde, vous trouverez bon, s'il vous plaît, que je n'en suive aucun [3]. Voilà de mes donneurs de conseils à la mode.

(Acte I, sc. I.)

II

LES MÉDECINS

Sganarelle, pour consulter sur la maladie de sa fille, s'est décidé à faire appeler quatre célèbres médecins. Au moment où commence la scène suivante, ces médecins sont auprès de la prétendue malade. Ils vont bientôt ressortir de la chambre.

SGANARELLE, LISETTE [4]

LISETTE. — Que voulez-vous donc faire, monsieur,

1. *Tenir*, regarder comme. Voir encore page 271, note 1.
2. Le mot est devenu proverbe. Quand nous voulons faire entendre à quelqu'un qu'il parle dans son propre intérêt, nous lui disons encore : « Vous êtes orfèvre, monsieur Josse. »
3. Sur ces mots, tous sortent, excepté Sganarelle.
4. Lisette est la suivante de la fille de Sganarelle.

de quatre médecins? N'est-ce pas assez d'un pour tuer une personne?

SGANARELLE. — Taisez-vous. Quatre conseils valent mieux qu'un.

LISETTE. — Est-ce que votre fille ne peut pas bien mourir sans le secours de ces messieurs-là?

SGANARELLE. — Est-ce que les médecins font mourir?

LISETTE. — Sans doute, et j'ai connu un homme qui prouvait, par bonnes raisons, qu'il ne faut jamais dire : « Une telle personne est morte d'une fièvre et d'une fluxion sur la poitrine [1]; » mais : « Elle est morte de quatre médecins et de deux apothicaires. »

SGANARELLE. — Chut! N'offensez pas ces messieurs-là.

LISETTE. — Ma foi, monsieur, notre chat est réchappé depuis peu d'un saut qu'il fit du haut de la maison dans la rue; et il fut trois jours sans manger, et sans pouvoir remuer ni pied ni patte; mais il est bien heureux de ce qu'il n'y a point de chats médecins, car ses affaires étaient faites, et ils n'auraient pas manqué de le purger et de le saigner.

SGANARELLE. — Voulez-vous vous taire? vous dis-je. Mais voyez quelle impertinence! Les voici.

LISETTE. — Prenez garde, vous allez être bien édifié : ils vous diront en latin que votre fille est malade.

MM. TOMÈS, DES FONANDRÈS, MACROTON ET BAHYS [2], *médecins*, SGANARELLE, LISETTE

SGANARELLE. — Hé bien! messieurs?

---

1. *Fluxion sur la poitrine*, ou, comme nous disons plutôt aujourd'hui, *fluxion de poitrine* : nom vulgaire de la pleurésie ou de la pneumonie.
2. Les noms de ces quatre médecins sont tirés du grec : Macroton, de μαχρός, long, et τόνος, ton, intonation, parce que ce médecin parle très lentement; Bahys, de βαύζω, j'aboie, parce qu'il bredouille; Tomès se rattache à la racine *tom* ..., qui indique l'action

M. TOMÈS. — Nous avons vu suffisamment la malade.... Nous allons consulter ensemble.

SGANARELLE. — Allons, faites donner des sièges.

LISETTE. — Ah! monsieur, vous [1] en êtes!

SGANARELLE. — De quoi [2] donc connaissez-vous monsieur?

LISETTE. — De l'avoir vu l'autre jour chez la bonne amie de madame votre nièce.

M. TOMÈS. — Comment se porte son cocher?

LISETTE. — Fort bien : il est mort.

M. TOMÈS. — Mort?

LISETTE. — Oui.

M. TOMÈS. — Cela ne se peut.

LISETTE. — Je ne sais pas si cela se peut; mais je sais bien que cela est.

M. TOMÈS. — Il ne peut pas être mort, vous dis-je.

LISETTE. — Et moi je vous dis qu'il est mort et enterré.

M. TOMÈS. — Vous vous trompez.

LISETTE. — Je l'ai vu.

M. TOMÈS. — Cela est impossible. Hippocrate dit que ces sortes de maladies ne se terminent qu'au quatorze ou au vingt-un [3]; et il n'y a que six jours qu'il est tombé malade.

LISETTE. — Hippocrate dira ce qu'il lui plaira; mais le cocher est mort.

---

de couper, de trancher, de tailler ; Des Fonandrès, aux racines φον..., qui indique l'idée de meurtre, et ἀνδρ..., radical du mot qui veut dire homme. Ces quatre noms équivalent donc aux suivants : MM. Lent-Débit, Aboyant, Tranchant et de l'Homicide. — Les contemporains ont pensé que Molière, qui, à plusieurs reprises, a ridiculisé les médecins, qu'il accusait de professer une science sans fondement et sans effet, avait voulu jouer, sous ces noms grecs, trois médecins de la cour, Daquin, Guénaut, Esprit, et un certain Des Fougerais qui avait aussi beaucoup de réputation.

1. *Vous* : M. Tomès.

2. *De quoi*, en raison de quoi, par suite de quoi. C'est suivant la même tournure, encore usitée aujourd'hui, que Lisette répond : « [Je le connais] *de l'avoir vu....* »

3. *Au quatorze ou au vingt-un*, au quatorzième ou au vingt et unième jour de la maladie. Il est à peine besoin de dire que cette citation de l'illustre médecin grec Hippocrate (ve siècle av. J.-C.) est purement fantaisiste.

SGANARELLE. — Paix! discoureuse; allons, sortons [1] d'ici. Messieurs, je vous supplie de consulter de la bonne manière. Quoique ce ne soit pas la coutume de payer auparavant, toutefois, de peur que je l'oublie [2], et afin que ce soit une affaire faite, voici....

(Il les paye, et chacun, en recevant l'argent, fait un geste différent.)

MM. DES FONANDRÈS, TOMÈS, MACROTON ET BAHYS

(Ils s'asseyent et toussent.)

M. DES FONANDRÈS. — Paris est étrangement grand, et il faut faire de longs trajets quand la pratique donne un peu.

M. TOMÈS. — Il faut avouer que j'ai une mule admirable pour cela, et qu'on a peine à croire le chemin que je lui fais faire tous les jours.

M. DES FONANDRÈS. — J'ai un cheval merveilleux [3], et c'est un animal infatigable.

M. TOMÈS. — Savez-vous le chemin que ma mule a fait aujourd'hui? J'ai été premièrement tout contre l'Arsenal; de l'Arsenal, au bout du faubourg Saint-Germain; du faubourg Saint-Germain, au fond du Marais; du fond du Marais, à la porte Saint-Honoré; de la porte Saint-Honoré, au faubourg Saint-Jacques; du faubourg Saint-Jacques, à la porte de Richelieu; de la porte de Richelieu, ici; et d'ici, je dois aller encore à la place Royale [4].

---

1. *Sortons.* En employant ce pluriel, Sganarelle ne veut parler que de lui-même et de Lisette.

2. Il serait plus correct d'écrire *de peur que je ne l'oublie.*

3. *Un cheval merveilleux.* Il était d'usage que les médecins montassent une mule. C'est Guénaud (voir la seconde partie de la note 2 de la page 112) qui le premier s'avisa de rendre ses visites à cheval. Dans sa satire VI, composée en

1660, cinq ans avant *l'Amour médecin,* Boileau écrivait :

Guénaud *sur son cheval* en passant m'écla-
[bousse.

On voit donc que Tomès est pour les anciens usages; Des Fonandrès suit plus volontiers les modes nouvelles.

4. La porte Saint-Honoré séparait la rue, du faubourg de ce nom; la porte de Richelieu était située au haut de la

M. DES FONANDRÈS. — Mon cheval a fait tout cela aujourd'hui; et de plus j'ai été à Ruel [1] voir un malade.

M. TOMÈS. — Mais à propos, quel parti prenez-vous dans la querelle des deux médecins Théophraste et Artémius [2]? car c'est une affaire qui partage tout notre corps.

M. DES FONANDRÈS. — Moi, je suis pour Artémius.

M. TOMÈS. — Et moi aussi. Ce n'est pas que son avis, comme on a vu, n'ait tué le malade, et que celui de Théophraste ne fût beaucoup meilleur assurément; mais enfin il a tort dans les circonstances, et il ne devait pas être d'un autre avis que son ancien. Qu'en dites-vous?

M. DES FONANDRÈS. — Sans doute. Il faut toujours garder les formalités, quoi qu'il puisse arriver.

M. TOMÈS. — Pour moi, j'y [3] suis sévère en diable [4], à moins que ce soit [5] entre amis; et l'on nous assembla un jour, trois de nous autres, avec un médecin de dehors [6], pour une consultation, où j'arrêtai toute l'affaire, et ne voulus point endurer qu'on opinât, si les choses n'allaient dans l'ordre. Les gens de la maison faisaient ce qu'ils pouvaient et la maladie pressait, mais je n'en voulus point démordre, et la malade mourut bravement pendant cette contestation.

M. DES FONANDRÈS. — C'est fort bien fait d'apprendre aux gens à vivre, et de leur montrer leur bec jaune [7].

rue Richelieu; les quartiers de l'Arsenal, du Marais, de la place Royale sont situés sur la rive droite de la Seine, non loin de la Bastille; ceux du faubourg Saint-Jacques et du faubourg Saint-Germain sont sur la rive gauche.

1. *Ruel* ou *Rueil*, se trouvant à trois lieues de Paris, sur la route de Saint-Germain, résidence royale, était alors un village très fréquenté.

2. *Théophraste*, *Artémius*, noms imaginaires.

3. *Y*, en cela.

4. *En diable*, expression consacrée qui signifie très, fort, extrêmement (à la manière d'un diable, avec la vigueur d'un diable).

5. *A moins que ce soit*. Il serait plus correct de dire : *à moins que ce ne soit*; mais l'exemple des meilleurs auteurs prouve que les règles relatives à l'emploi de *ne* dans les propositions relatives sont, en somme, assez larges (voir encore page 114, note 2).

6. *De dehors*, qui n'était pas de la Faculté de Paris.

7. *Bec jaune* ou *béjaune*, inexpérience; par allusion aux jeunes oiseaux de proie, qui ont le bec encore jaune et non recouvert de plumes.

M. TOMÈS. — Un homme mort n'est qu'un homme mort, et ne fait point de conséquence; mais une formalité négligée porte un notable préjudice à tout le corps des médecins.

SGANARELLE, MM. TOMÈS, DES FONANDRÈS MACROTON ET BAHYS

SGANARELLE [1]. — Messieurs, l'oppression de ma fille augmente; je vous prie de me dire vite ce que vous avez résolu.

M. TOMÈS. — Allons, monsieur.

M. DES FONANDRÈS. — Non, monsieur, parlez, s'il vous plaît [2].

M. TOMÈS. — Vous vous moquez.

M. DES FONANDRÈS. — Je ne parlerai pas le premier.

M. TOMÈS. — Monsieur....

M. DES FONANDRÈS. — Monsieur....

SGANARELLE. — Hé! de grâce, messieurs, laissez toutes ces cérémonies et songez que les choses pressent.

(Ils parlent tous quatre ensemble.)

M. TOMÈS. — La maladie de votre fille....

M. DES FONANDRÈS. — L'avis de tous ces messieurs tous ensemble....

M. MACROTON. — Après avoir bien consulté....

M. BAYS. — Pour raisonner....

SGANARELLE. — Hé! messieurs, parlez l'un après l'autre, de grâce.

M. TOMÈS. — Monsieur, nous avons raisonné sur la maladie de votre fille, et mon avis, à moi, est que cela procède d'une grande chaleur de sang : ainsi je conclus à la saigner le plus tôt que vous pourrez.

M. DES FONANDRÈS. — Et moi, je dis que sa maladie

---

1. Il rentre, croyant que les médecins ont sérieusement consulté, pour savoir ce qu'ils ont décidé.

2. Des Fonandrès se récuse, parce que Tomès est plus ancien que lui (voir la fin de la note 3 de la page 114).

est une pourriture d'humeurs [1], causée par une trop grande réplétion [2] : ainsi je conclus à lui donner de l'émétique.

M. TOMÈS. — Je soutiens que l'émétique [3] la tuera.

M. DES FONANDRÈS. — Et moi, que la saignée la fera mourir.

M. TOMÈS. — C'est bien à vous de faire l'habile homme.

M. DES FONANDRÈS. — Oui, c'est à moi ; et je vous prêterai le collet [4] en tout genre d'érudition.

M. TOMÈS. — Souvenez-vous de l'homme que vous fîtes crever ces jours passés.

M. DES FONANDRÈS. — Souvenez-vous de la dame que vous avez envoyée en l'autre monde, il y a trois jours.

M. TOMÈS. — Je vous ai dit mon avis.

M. DES FONANDRÈS. — Je vous ai dit ma pensée.

M. TOMÈS. — Si vous ne faites saigner tout à l'heure [5] votre fille, c'est une personne morte.

M. DES FONANDRÈS. — Si vous la faites saigner, elle ne sera pas en vie dans un quart d'heure.

SGANARELLE, MM. MACROTON ET BAHYS,
médecins.

SGANARELLE. — A qui croire des deux ? et quelle résolution prendre sur des avis si opposés ? Messieurs, je vous conjure de déterminer mon esprit, et de me dire, sans passion [6], ce que vous croyez le plus propre à soulager ma fille.

---

1. *Humeurs.* Les médecins croyaient alors à l'existence dans le corps de quatre humeurs, le sang, le phlegme, la bile et la bile noire, dont l'équilibre constituait la santé.

2. *Réplétion*, abondance.

3. *Emétique*, vomitif, ἐμετικός, de ἐμῶ je vomis).

4. *Prêter le collet*, offrir le cou, comme un lutteur qui accepte le combat contre un adversaire.

5. *Tout à l'heure*, à l'instant même, immédiatement.

6. *Sans passion*, sans colère et d'une manière impartiale.

MONSIEUR MACROTON. (*Il parle en allongeant ses mots.*) — Mon-si-eur. dans. ces. ma-ti-è-res-là. il. faut. pro-cé-der. a-vec-que. cir-conspection. et. ne. ri-en. fai-re. com-me. on. dit. à. la. vo-lé-e. d'au-tant. que. les. fau-tes. qu'on. peut. y. fai-re. sont. se-lon. no-tre. maî-tre. Hip-po-cra-te [1]. d'u-ne. dan-ge-reu-se. con-sé-quen-ce.

MONSIEUR BAHYS. (*Celui-ci parle toujours en bredouillant.*) — Il est vrai, il faut bien prendre garde à ce qu'on fait; car ce ne sont pas ici des jeux d'enfant; et, quand on a failli, il n'est pas aisé de réparer le manquement, et de rétablir ce qu'on a gâté : *experimentum periculosum* [2]. C'est pourquoi il s'agit de raisonner auparavant comme il faut, de peser mûrement les choses, de regarder le tempérament des gens, d'examiner les causes de la maladie, et de voir les remèdes qu'on y doit apporter.

SGANARELLE. — L'un va en tortue, et l'autre court la poste.

MONSIEUR MACROTON. — Or. mon-si-eur. pour. ve-nir. au. fait. je. trou-ve. que. vo-tre. fil-le. a. u-ne. ma-la-die. chro-ni-que [3]. et. qu'el-le. peut. pé-ri-cli-ter. si. on. ne. lui. don-ne. du. se-cours. d'au-tant. que. les. symp-tô-mes. qu'el-le. a. sont. in-di-ca-tifs. d'u-ne. va-peur. fu-li-gi-neu-se. et. mor-di-can-te [4]. qui. lui. pi-co-te. les. mem-bra-nes. du. cer-veau. Or. cet-te. va-peur. que. nous. nom-mons. en. grec. *at-mos* [5]. est. cau-sé-e. par. des. hu-meurs. pu-tri-des. te-na-ces. et. con-glu-ti-neu-ses [6]. qui. sont. con-te-nues. dans. le. bas. ven-tre.

MONSIEUR BAHYS. — Et comme ces humeurs ont été là engendrées par une longue succession de temps, elles

---

1. Voir la note 3 de la page 113.
2. L'épreuve est périlleuse.
3. *Chronique*, qui ne consiste pas en un accès passager, mais qui peut durer longtemps, et même pendant toute la vie du malade.

4. *Fuligineux* : de la couleur de la suie (*fuligo*, suie). — *Mordicant* : qui cause des picotements.
5. 'Ατμός veut dire en effet *vapeur*.
6. *Conglutineuses* (le mot n'est pas français) : visqueuses, collantes.

s'y sont recuites[1], et ont acquis cette malignité qui fume vers la région du cerveau.

MONSIEUR MACROTON. — Si. bi-en. donc. que. pour. ti-rer. ar-ra-cher. ex-pul-ser. les-di-tes. hu-meurs. il. fau-dra. u-ne. pur-ga-ti-on. vi-gou-reu-se. Mais. au. pré-a-la-ble. je. trou-ve. à. pro-pos. et. il. n'y. a. pas. d'in-con-vé-nient. d'u-ser. de. pe-tits. re-mè-des. a-no-dins [2]. c'est-à-di-re. de. pe-tits. la-ve-ments. ré-mol-li-ents. et. dé-ter-sifs [3]. de. ju-leps [4]. et. de. si-rops. ra-fraî-chis-sants. qu'on. mê-le-ra. dans. sa. ti-sa-ne.

MONSIEUR BAHYS. — Après, nous en viendrons à la purgation, et à la saignée, que nous réitérerons, s'il en est besoin.

MONSIEUR MACROTON. — Ce. n'est. pas. qu'a-vec. tout. ce-la. vo-tre. fil-le. ne. puis-se. mou-rir. mais. au. moins. vous. au-rez. fait. quel-que. cho-se et. vous. au-rez. la. con-so-la-tion. qu'el-le. sera. mor-te. dans. les. for-mes.

MONSIEUR BAHYS. — Il vaut mieux mourir selon les règles, que de réchapper contre les règles.

MONSIEUR MACROTON. — Nous. vous. di-sons. sin-cè-re-ment. no-tre. pen-sé-e.

MONSIEUR BAHYS. — Et vous avons parlé comme nous parlerions à notre propre frère.

SGANARELLE, à M. Macroton. — Je. vous. rends. très-hum-bles. grâces. (A M. Bahys.) Et vous suis infi-niment obligé de la peine que vous avez prise.

SGANARELLE

Me voilà justement un peu plus incertain que je n'étais auparavant.

(Acte II, sc. I-VI.)

---

1. *Recuites*, échauffées.
2. *Anodins*, inoffensifs (ά privatif et ὠδύνη, souffrance).
3. *Rémollients*, qui amollissent; —
détersifs, propres à nettoyer, à balayer.
4. *Julep*, potion calmante composée d'eau et de sirop.

LE MISANTHROPE

COMÉDIE EN CINQ ACTES ET EN VERS
(Juin 1666)

Alceste est le plus vertueux des hommes; mais il manque, dans ses jugements, de modération et d'indulgence. Rien ne lui est plus odieux que la duplicité, et les compliments mêmes que les hommes échangent dans le monde, par pure politesse, sans que leurs sentiments répondent toujours à leurs paroles, l'indignent; — sévérité excessive sans doute : car les hommes ne peuvent vivre qu'en société et la société ne peut se maintenir que grâce à cette politesse, par laquelle les amours-propres se ménagent réciproquement. Si les hommes étaient parfaits, ils pourraient n'user, dans leurs rapports, que de sincérité et de franchise; mais ils ne le sont pas, et il est d'un sage de compter avec cette imperfection inhérente à notre nature. C'est le tort d'Alceste, comme le lui dit son ami Philinte, de « vouloir aux mortels trop de perfection ».

C'est la peinture de ce caractère, à la fois héroïque dans ses vertus et ridicule par ses excès, en même temps que celle de toutes les faiblesses, de toutes les duplicités, de toutes les hypocrisies qui provoquent la mauvaise humeur d'Alceste, qui remplit toute cette comédie. Nulle part Molière ne s'est montré plus vigoureux et plus profond : le Misanthrope [1] n'est pas, de toutes ses pièces, celle qui a jamais obtenu le succès le plus vif et le plus populaire; mais c'est incontestablement son chef-d'œuvre, et, on peut le dire, le chef-d'œuvre de la haute comédie dans notre pays [2].

---

1. *Misanthrope*, qui hait les hommes : du grec μισάνθρωπος (de μισῶ, je hais, et ἄνθρωπος, homme).

2. Les personnages de la pièce appartiennent tous à la haute société du temps : ce sont, outre Alceste, le misanthrope, son ami Philinte; le bel-esprit Oronte; les marquis Acaste et Clitandre; le valet d'Alceste, Dubois; un laquais, Basque; un garde de la maréchaussée; Célimène, jeune femme d'un esprit aiguisé, mais frivole et peu bienveillant; Éliante, sa cousine, caractère droit et sincère; enfin une amie de Célimène, Arsinoé; mais ce dernier personnage ne paraît pas dans les fragments qui suivent. — La scène est à Paris, dans la maison de Célimène.

I

LE MISANTHROPE

Alceste vient rendre visite à Célimène, qui d'ailleurs n'est pas chez elle à ce moment. Il entre l'air fort mécontent, et son ami Philinte le suit.

PHILINTE, ALCESTE

PHILINTE.

Qu'est-ce donc ? Qu'avez-vous [1] ?

ALCESTE.

Laissez-moi, je vous prie.

PHILINTE.

Mais encore, dites-moi quelle bizarrerie [2]....

ALCESTE.

Laissez-moi là, vous dis-je, et courez vous cacher.

PHILINTE.

Mais on entend les gens au moins sans se fâcher.

ALCESTE.

Moi je veux me fâcher, et ne veux point entendre.

---

1. Tout le monde a remarqué la vivacité de ce début. — Nos jeunes lecteurs savent ce que c'est que l'*exposition* dans une œuvre dramatique : c'est toute la partie du début de la pièce dans laquelle l'auteur *expose*, par des moyens qui peuvent varier, cherche à faire connaître aux spectateurs la situation dans laquelle se trouvent les personnages au moment où commence l'action. Or rien n'est plus difficile que de faire une exposition à la fois naturelle, vive et claire; dans un grand nombre de comédies ou de tragédies, qui peuvent contenir d'ailleurs de belles parties, l'exposition est gauche et traînante, dépourvue de vraisemblance et de netteté. C'est au contraire un des grands mérites de Molière que, dans le plus grand nombre de ses pièces, l'exposition est aussi vivante, aussi dramatique qu'aucune autre partie de la comédie : dès le début, il semble que nous soyons transportés en pleine action, *in medias res*, suivant le mot du poëte latin Horace. C'est ce qu'on peut voir notamment par cette exposition du *Misanthrope* comme par celle de *Tartuffe* (page 260).

2. *Bizarrerie*, substantif formé de l'adjectif *bizarre*, qui lui-même vient d'un mot espagnol ayant un tout autre sens, celui de *brave*, *vaillant* : c'est d'ailleurs le sens qu'avait aussi l'adjectif français au xvıe siècle. Il est assez difficile de dire comment on est passé de ce sens à celui qu'il a pris depuis.

PHILINTE.

Dans vos brusques chagrins [1] je ne puis vous comprendre,
Et, quoique amis enfin, je suis [2] tout des premiers....

ALCESTE.

Moi, votre ami? Rayez cela de vos papiers [3] :
J'ai fait jusques ici profession [4] de l'être ;
Mais, après ce qu'en vous je viens de voir paraître,
Je vous déclare net que je ne le suis plus,
Et ne veux nulle place en des cœurs corrompus.

PHILINTE.

Je suis donc bien coupable, Alceste, à votre compte ?

ALCESTE.

Allez, vous devriez mourir de pure honte ;
Une telle action ne saurait s'excuser,
Et tout homme d'honneur s'en doit scandaliser.
Je vous vois accabler un homme de caresses,
Et témoigner pour lui les dernières tendresses ;
De protestations, d'offres et de serments,
Vous chargez la fureur de vos embrassements [5] ;
Et, quand je vous demande après quel est cet homme,
A peine pouvez-vous dire comme il se nomme [6] ;
Votre chaleur pour lui tombe en vous séparant,
Et vous me le traitez, à moi, d'indifférent.
Morbleu ! c'est une chose indigne, lâche, infâme,

1. Le mot *chagrin* désigne ordinairement une peine que l'on ressent : « cette mort me cause un vif chagrin. » Ici *chagrin* désigne un accès d'humeur qui dispose à ressentir de la peine ; et, plus loin (dernier vers de la page 125) on le trouvera désignant cette disposition elle-même.

2. *Quoique amis, je suis...* La grammaire de nos jours, plus scrupuleuse que celle du XVIIe siècle, n'autorise plus cette construction, dans laquelle le mot *amis* ne se rapporte à aucun autre mot exprimé dans la phrase. Il faudrait dire de nos jours : « quoique nous soyons amis, je suis... »

3. *Rayer cela de ses papiers*, expression proverbiale, que Molière n'invente pas, et qui est restée dans la langue.

4. *Faire profession*, déclarer hautement, *profiteri*.

5. Entendez : vous ne vous contentez pas d'embrasser avec une espèce de fureur (il était de mode, à ce moment, entre hommes du grand monde, de s'embrasser quand on se rencontrait) : outre cela vous protestez de votre amitié, vous l'attestez par serment, vous offrez de rendre service (voir la note 4 de la page 11 et la note 6 de la page 44.)

6. Voir page 268, note 1.

De s'abaisser ainsi jusqu'à trahir son âme ;
Et si, par un malheur [1], j'en avais fait autant,
Je m'irais, de regret, pendre tout à l'instant.

PHILINTE.

Je ne vois pas pour moi, que le cas soit pendable;
Et je vous supplierai d'avoir pour agréable
Que je me fasse un peu grâce sur votre arrêt,
Et ne me pende pas pour cela, s'il vous plaît.

ALCESTE.

Que la plaisanterie est de mauvaise grâce!

PHILINTE.

Mais, sérieusement, que voulez-vous qu'on fasse?

ALCESTE.

Je veux qu'on soit sincère, et qu'en homme d'honneur
On ne lâche aucun mot qui ne parte du cœur.

PHILINTE.

Lorsqu'un homme vous vient embrasser avec joie,
Il faut bien le payer de la même monnoie [2],
Répondre, comme on peut, à ses empressemens,
Et rendre offre pour offre, et sermens pour sermens.

ALCESTE.

Non, je ne puis souffrir cette lâche méthode
Qu'affectent la plupart de vos gens à la mode;
Et je ne hais rien tant que les contorsions
De tous ces grands faiseurs de protestations,
Ces affables donneurs d'embrassades frivoles,
Ces obligeants diseurs d'inutiles paroles,
Qui de civilités avec tous font combat [3],
Et traitent du même air l'honnête homme et le fat [4].
Quel avantage a-t-on qu'un homme vous caresse,
Vous jure amitié, foi, zèle, estime, tendresse,

1. Voir page 440, note 4.   3. Luttent à qui sera le plus civil,
2. *Monnoie, joie* se prononçaient le plus poli.
monnoué et *joué* (voir page 48, note 1).   4. *Honnête homme* : voir page 20, note 2.

Et vous fasse de vous un éloge éclatant,
Lorsqu'au premier faquin [1] il court en faire autant?
Non, non, il n'est point d'âme un peu bien située,
Qui veuille d'une estime ainsi prostituée [2],
Et la plus glorieuse a des régals peu chers [3],
Dès qu'on voit qu'on nous mêle avec tout l'univers [4].
Sur quelque préférence une estime se fonde,
Et c'est n'estimer rien qu'estimer tout le monde [5].
Puisque vous y donnez [6], dans ces vices du temps,
Morbleu! vous n'êtes pas pour être de mes gens [7];
Je refuse d'un cœur la vaste complaisance
Qui ne fait de mérite aucune différence;
Je veux qu'on me distingue, et, pour le trancher net,
L'ami du genre humain n'est point du tout mon fait.

PHILINTE.

Mais, quand on est du monde, il faut bien que l'on rende
Quelques dehors civils que l'usage demande.

ALCESTE.

Non, vous dis-je, on devrait châtier sans pitié
Ce commerce honteux de semblants d'amitié.
Je veux que l'on soit homme, et qu'en toute rencontre,
Le fond de notre cœur dans nos discours se montre,
Que ce soit lui qui parle, et que nos sentiments
Ne se masquent jamais sous de vains compliments.

---

1. *Faquin*, voir page 17, note 1.
2. *Prostituée*, avilie.
3. Ce vers peu clair a été expliqué de diverses façons. En voici, croyons-nous, le vrai sens : *et l'âme la plus avide de gloire* (sens fréquent du mot *glorieux* au XVII⁰ siècle) *éprouve des plaisirs qui n'ont pas beaucoup de prix*.
4. *Dès qu'on voit qu'on nous mêle* équivaut à : dès que *nous* voyons que *les hommes* nous mêlent. Les deux on ne désignent donc pas les mêmes personnes : et c'est une négligence fréquente chez Molière (voir la note 2 de la page 139).
5. Entendez : « En effet, quand on estime quelqu'un, c'est qu'on a quelque raison de le préférer aux autres :: estimer *également* tout le monde, c'est donc en réalité n'estimer personne.
6. On connaît l'expression usuelle : *donner un coup*. Mais souvent l'idée de coup est sous-entendue dans des expressions comme « *donner* de la tête contre le mur »; — « *donner* du pied dans un filet tendu ». De là on passe aisément à l'expression « *donner* dans un travers, dans un vice » employée avec le sens de « se jeter dans un vice » et par conséquent s'y adonner.
7. *Être pour* (suivi d'un infinitif) est fréquent dans le sens de : être capable de, être de nature à. — *De mes gens*, au nombre des gens que j'aime.

PHILINTE.

Il est bien des endroits [1] où la pleine franchise
Deviendrait ridicule, et serait peu permise;
Et parfois, n'en déplaise à votre austère honneur,
Il est bon de cacher ce qu'on a dans le cœur.
Serait-il à propos, et de la bienséance,
De dire à mille gens tout ce que d'eux on pense?
Et, quand on a quelqu'un qu'on hait ou qui déplaît,
Lui doit-on déclarer la chose comme elle est?

ALCESTE.

Oui.

PHILINTE.

Quoi! vous iriez dire à la vieille Émilie
Qu'à son âge il sied mal de faire la jolie,
Et que le blanc [2] qu'elle a scandalise chacun?

ALCESTE.

Sans doute.

PHILINTE.

A Dorilas, qu'il est trop importun,
Et qu'il n'est, à la cour, oreille qu'il ne lasse
A conter [3] sa bravoure et l'éclat de sa race?

ALCESTE.

Fort bien.

PHILINTE.

Vous vous moquez.

ALCESTE.

Je ne me moque point.
Et je vais n'épargner personne sur ce point.
Mes yeux sont trop blessés, et la cour et la ville
Ne m'offrent rien qu'objets à m'échauffer la bile;
J'entre en une humeur noire [4], en un chagrin profond,

1. *Endroits*, moments, circonstances.
2. *Le blanc*, la poudre ou la pâte blanche avec laquelle elle cherche à donner une certaine pâleur à son teint.
3. *A conter*, en contant : emploi fréquent de la proposition *à*.
4. *Humeur noire*, traduction exacte du grec μελαγχολία.

Quand je vois vivre entre eux les hommes comme ils font.
Je ne trouve partout que lâche flatterie,
Qu'injustice, intérêt, trahison, fourberie;
Je n'y puis plus tenir, j'enrage; et mon dessein
Est de rompre en visière [1] à tout le genre humain.

PHILINTE.

Ce chagrin philosophe [2] est un peu trop sauvage.
Je ris des noirs accès où je vous envisage,
Et crois voir en nous deux, sous mêmes soins nourris [3],
Ces deux frères que peint *l'École des Maris* [4],
Dont....

ALCESTE.

Mon Dieu! laissons là vos comparaisons fades.

PHILINTE.

Non : tout de bon, quittez toutes ces incartades [5].
Le monde par vos soins ne se changera pas :
Et, puisque la franchise a pour vous tant d'appas [6],
Je vous dirai tout franc que cette maladie,
Partout où vous allez, donne la comédie [7],
Et qu'un si grand courroux contre les mœurs du temps
Vous tourne en ridicule auprès de bien des gens.

ALCESTE.

Tant mieux, morbleu! tant mieux, c'est ce que je demande;
Ce m'est un fort bon signe, et ma joie en est grande.
Tous les hommes me sont à tel point odieux,
Que je serais fâché d'être sage à leurs yeux.

1. Voir la note 4 de la page 47.
2. On peut citer plusieurs exemples (voir page 405, note 4) de ce mot *philosophe* ainsi employé comme adjectif au xviie siècle, et avec le sens de : conforme à la sagesse, ou qui se prétend tel.
3. *Nourris*, élevés. — *Sous mêmes soins* paraît dit ici par analogie avec es expressions : sous une règle, sous une loi, sous une direction, etc.; mais la locution n'est pas à imiter.

4. Voir page 34.
5. *Incartade* : voir page 44, note 5.
6. *Appas* est le même mot qu'*appâts*, pluriel d'*appât* (du mot latin populaire *appastum*, qui se rattache au verbe *pascere*, paître, et qui veut dire *aliment*). L'appât c'est l'aliment que le pêcheur met au bout de sa ligne pour attirer les poissons; de là on passe au sens d'*attrait*, de *séduction*.
7. *Donne la comédie*, fait rire.

PHILINTE.

Vous voulez un grand mal à la nature humaine.

ALCESTE.

Oui, j'ai conçu pour elle une effroyable haine.

PHILINTE.

Tous les pauvres mortels, sans nulle exception,
Seront enveloppés dans cette aversion?
Encore en est-il bien, dans le siècle où nous sommes....

ALCESTE.

Non : elle est générale, et je hais tous les hommes,
Les uns parce qu'ils sont méchants et malfaisants,
Et les autres pour être aux méchants complaisants,
Et n'avoir pas pour eux ces haines vigoureuses
Que doit donner le vice aux âmes vertueuses.
De cette complaisance on voit l'injuste excès
Pour le franc scélérat avec qui j'ai procès.
Au travers de son masque on voit à plein le traître;
Partout il est connu pour tout ce qu'il peut être;
Et ses roulements d'yeux et son ton radouci
N'imposent [1] qu'à des gens qui ne sont point d'ici.
On sait que ce pied-plat [2], digne qu'on le confonde,
Par de sales emplois s'est poussé dans le monde,
Et que par eux son sort, de splendeur revêtu,
Fait gronder le mérite [3] et rougir la vertu;
Quelques titres honteux qu'en tous lieux on lui donne,
Son misérable honneur ne voit pour lui personne [4] :
Nommez-le fourbe, infâme, et scélérat maudit,
Tout le monde en convient, et nul n'y contredit;

1. *Imposer* (intransitif en ce sens) : tromper. On dit également dans le même sens : *en imposer*.
2. *Pied-plat* : homme vil et d'un caractère méprisable : la locution paraît avoir été employée d'abord pour désigner un paysan, un rustre, portant, non pas comme les gens à la mode, des souliers à talon, mais des souliers plats;
du sens de *rustre* on serait passé aisément au sens dans lequel Molière prend le mot ici et qui seul est resté usuel.
3. Entendez : le fait que son sort ait été revêtu de splendeur par ces sales emplois (voir une tournure analogue, page 5, note 1).
4. *Ne voit pour lui personne* ; ne voit personne prendre son parti.

Cependant sa grimace est partout bien venue;
On l'accueille, on lui rit, partout il s'insinue;
Et, s'il est, par la brigue [1], un rang à disputer,
Sur le plus honnête homme on le voit l'emporter.
Têtebleu! ce me sont de mortelles blessures,
De voir qu'avec le vice on garde des mesures;
Et parfois il me prend des mouvements soudains
De fuir dans un désert l'approche des humains.

PHILINTE.

[peine,
Mon Dieu! des mœurs du temps mettons-nous moins en
Et faisons un peu grâce à la nature humaine;
Ne l'examinons point dans la grande rigueur,
Et voyons ses défauts avec quelque douceur.
Il faut, parmi le monde, une vertu traitable;
A force de sagesse, on peut être blâmable;
La parfaite raison fuit toute extrémité,
Et veut que l'on soit sage avec sobriété [2].
Cette grande raideur des vertus des vieux âges
Heurte trop notre siècle et les communs usages;
Elle veut aux mortels [3] trop de perfection :
Il faut fléchir au temps [4] sans obstination;
Et c'est une folie à nulle autre seconde [5],
De vouloir se mêler de corriger le monde.
J'observe, comme vous, cent choses tous les jours,
Qui pourraient mieux aller, prenant un autre cours;
Mais, quoi qu'à chaque pas je puisse voir paraître,

---

1. *Brigue*, manœuvres, intrigues par lesquelles on s'efforce de l'emporter sur des compétiteurs.

2. On peut rapprocher ce vers du mot célèbre de saint Paul (*Ep. aux Rom.*, XII, 3) : *Sapere ad sobrietatem.*

3. *Mortels* : ce mot n'est pas ici un synonyme poétique du mot *homme*. L'imperfection naturelle, essentielle, de l'homme tient à ce qu'il est une créature qui a commencé et qui doit finir, un *mortel* : l'être éternel seul est par-

fait. Le mot *mortel* est donc ici le terme le plus précis et le plus exact.

4. *Fléchir au temps*, céder aux circonstances, tenir compte des mœurs de nos contemporains.

5. Expression très souvent employée au XVIIᵉ siècle et qui veut dire *inférieure à nulle autre*, c'est-à-dire *aussi grande que possible*. — Toutefois l'emploi de cette même expression au masculin (*à nul autre second*) est très rare.

En courroux, comme vous, on ne me voit point être ;
Je prends tout doucement les hommes comme ils sont,
J'accoutume mon âme à souffrir ce qu'ils font ;
Et je crois qu'à la cour, de même qu'à la ville,
Mon flegme [1] est philosophe autant que votre bile.

ALCESTE.

Mais ce flegme, monsieur, qui raisonne si bien,
Ce flegme pourra-t-il ne s'échauffer de rien ?
Et, s'il faut, par hasard, qu'un ami vous trahisse,
Que, pour avoir vos biens, on dresse un artifice,
Ou qu'on tâche à semer [2] de méchants bruits de vous,
Verrez-vous tout cela sans vous mettre en courroux ?

PHILINTE.

Oui, je vois ces défauts dont votre âme murmure
Comme vices unis à l'humaine nature ;
Et mon esprit enfin n'est pas plus offensé
De voir un homme fourbe, injuste, intéressé,
Que de voir des vautours affamés de carnage,
Des singes malfaisants, et des loups pleins de rage [3].

ALCESTE.

Je me verrai trahir, mettre en pièces, voler,

1. *Flegme*, du latin *phlegma* (φλέγμα en grec), nom que les médecins anciens donnaient à un élément spécial humide et froid dont ils croyaient constater la présence dans le corps ; de là on est passé au sens de : caractère froid, toujours maître de lui-même.
2. *Tâcher à* a été plus employé, et l'est aujourd'hui moins que *tâcher de* : *tâcher à* est cependant plus expressif et, conformément au sens de la préposition latine *ad*, marque mieux l'effort pour tendre vers un but.
3. Voilà justement où Philinte à son tour montre bien le faible de sa théorie : l'indulgence qu'il professe à l'égard des hommes recouvre beaucoup de mépris. L'homme est un être doué de raison et de liberté : quand il fait le mal, il sait qu'il le fait, et il sent qu'il pourrait ne pas le faire, s'il le voulait. Aussi ses mauvaises actions sont-elles des crimes dont on a raison de le rendre responsable. Au contraire un loup et un vautour déchirent leur proie parce que l'instinct les y pousse ; ils ne peuvent faire autrement, ils ne conçoivent pas l'idée de *bien* et de *mal* : aussi ne vient-il à l'esprit de personne de leur reprocher leur cruauté. Montrer pour les hommes la même indulgence que pour le loup et le vautour, c'est donc en réalité affecter à leur égard beaucoup de mépris ; car c'est nier ce qui fait leur noblesse, c'est les ravaler au rang des autres animaux. En réalité, quoiqu'on l'appelle *misanthrope*, Alceste se fait de l'homme une conception bien plus élevée que Philinte, et qui témoigne de beaucoup plus d'estime pour l'humanité.

Sans que je sois.... Morbleu! je ne veux point parler,
Tant ce raisonnement est plein d'impertinence!

PHILINTE.

Ma foi! vous ferez bien de garder le silence.
Contre votre partie [1] éclatez un peu moins,
Et donnez au procès une part de vos soins.

ALCESTE.

Je n'en donnerai point, c'est une chose dite.

PHILINTE.

Mais qui voulez-vous donc qui pour vous sollicite [2]?

ALCESTE.

Qui je veux? La raison, mon bon droit, l'équité.

PHILINTE.

Aucun juge par vous ne sera visité [3]?

ALCESTE.

Non. Est-ce que ma cause est injuste ou douteuse?

PHILINTE.

J'en demeure d'accord; mais la brigue est fâcheuse
Et....

ALCESTE.

Non. J'ai résolu de n'en pas faire un pas.
J'ai tort, ou j'ai raison.

PHILINTE.

Ne vous y fiez pas.

1. *Partie,* adversaire dans un combat ou dans un procès (le mot n'est plus guère usité dans ce sens).
2. Forme d'interrogation très correcte et tout à fait usuelle, encore que la constitution en soit un peu embarrassée. Il faut regarder le premier *qui* comme un pronom interrogatif, régime de *voulez-vous,* et le second comme un relatif, sujet de *sollicite* ayant le premier pour antécédent.
3. Il était d'usage que les plaideurs allassent solliciter leurs juges et leur faire des présents avant le procès : cet abus scandaleux a été plusieurs fois dénoncé par les écrivains du xviie et du xviiie siècle. — Ici encore par conséquent Philinte est fidèle à son principe, qui est de suivre, sans se mêler de les corriger, les mœurs de son temps. Mais nul doute que le bon sens et la justice ne soient du côté d'Alceste.

ALCESTE.

Je ne remuerai point.

PHILINTE.

Votre partie est forte,
Et peut, par sa cabale [1], entraîner. ..

ALCESTE.

Il n'importe.

PHILINTE.

Vous vous tromperez.

ALCESTE.

Soit. J'en veux voir le succès [2].

PHILINTE.

Mais....

ALCESTE.

J'aurai le plaisir de perdre mon procès.

PHILINTE.

Mais enfin....

ALCESTE.

Je verrai, dans cette plaiderie [3],
Si les hommes auront assez d'effronterie,
Seront assez méchants, scélérats et pervers,
Pour me faire injustice aux yeux de l'univers [4].

PHILINTE.

Quel homme!

1. Ce mot, qui fut le nom d'abord d'une certaine secte de rabbins du moyen âge, a désigné ensuite toute assemblée, toute association de gens unis pour une affaire commune et dont les manœuvres restent mystérieuses.
2. Voir la note 3 de la page 44.
3. *Plaiderie.* Ce mot n'est pas resté dans la langue. Plusieurs dictionnaires du xviie siècle le donnent comme un synonyme de *plaidoirie.*

Mais Molière lui donne évidemment ici le sens un peu méprisant de : débat dans lequel des avocats disputent d'habileté et de prétendue éloquence.
4. *Aux yeux de l'univers.* Expression un peu emphatique, qui convient bien à ce qu'il y a toujours d'excessif dans le caractère d'Alceste : l'*univers* n'a pas les yeux fixés sur son procès.

ALCESTE.

Je voudrais, m'en coûtât-il grand'chose [1],
Pour la beauté du fait, avoir perdu ma cause.

PHILINTE.

On se rirait de vous, Alceste, tout de bon,
Si l'on vous entendait parler de la façon,

(Acte 1. sc. 1.)

11

LE SONNET

La conversation des deux amis est interrompue par l'arrivée d'Oronte, qui, comme Alceste, est venu pour rendre visite à Célimène.

ORONTE, ALCESTE, PHILINTE

ORONTE.

...... J'ai su là-bas que, pour quelques emplettes,
Éliante [2] est sortie, et Célimène aussi;
Mais, comme l'on m'a dit que vous étiez ici,
J'ai monté pour vous dire, et d'un cœur véritable,
Que j'ai conçu pour vous une estime incroyable
Et que, depuis longtemps, cette estime m'a mis
Dans un ardent désir d'être de vos amis.
Oui, mon cœur au mérite aime à rendre justice,
Et je brûle qu'un nœud d'amitié nous unisse.
Je crois qu'un ami chaud, et de ma qualité [3],
N'est pas assurément pour être rejeté.

1. Voir page 152, note 1.
2. Sur *Oronte* et sur *Éliante*, voir page 120, note 2.
3. *Qualité*, noblesse, haute naissance. — Sens fréquent du mot au XVIIe siècle.

C'est à vous, s'il vous plaît, que ce discours s'adresse.
  (*En cet endroit Alceste paraît tout rêveur, et semble
  n'entendre pas qu'Oronte lui parle.*) [1]

ALCESTE.

A moi, monsieur?

ORONTE.

A vous. Trouvez-vous qu'il vous blesse?

ALCESTE.

Non pas; mais la surprise est fort grande pour moi,
Et je n'attendais pas l'honneur que je reçoi [2].

ORONTE.

L'estime où je vous tiens ne doit point vous surprendre,
Et de tout l'univers vous la pouvez prétendre.

ALCESTE.

Monsieur....

ORONTE.

  L'État n'a rien qui ne soit au-dessous
Du mérite éclatant que l'on découvre en vous.

ALCESTE.

Monsieur....

ORONTE.

  Oui, de ma part [3], je vous tiens préférable
A tout ce que j'y vois de plus considérable [4].

ALCESTE.

Monsieur....

ORONTE.

  Sois-je du ciel écrasé, si je mens;

---

1. Cette indication scénique a pour but d'expliquer le vers qui précède et qu'Oronte ne prononce que lorsqu'il s'aperçoit de l'inattention d'Alceste.

2. Voir la note 1 de la page 2.

3. *De ma part*, pour ce qui est de moi.

4. *Considérable* est pris ici avec le sens qu'on devrait toujours lui conserver: *digne d'être considéré*. C'est par un fâcheux abus qu'on tend aujourd'hui à prendre cet adjectif si plein de sens comme un simple synonyme de *grand*.

Et, pour vous confirmer ici mes sentiments,
Souffrez qu'à cœur ouvert, monsieur, je vous embrasse [1],
Et qu'en votre amitié je vous demande place.
Touchez là [2], s'il vous plaît. Vous me la promettez,
Votre amitié?

ALCESTE.

Monsieur....

ORONTE.

Quoi! vous y résistez?

ALCESTE.

Monsieur, c'est trop d'honneur que vous me voulez faire,
Mais l'amitié demande un peu plus de mystère,
Et c'est assurément en profaner le nom
Que de vouloir le mettre [3] à toute occasion.
Avec lumière et choix cette union veut naître,
Avant que nous lier, il faut nous mieux connaître;
Et nous pourrions avoir telles complexions
Que tous deux du marché nous nous repentirions.

ORONTE.

Parbleu! c'est là-dessus parler en homme sage,
Et je vous en estime encore davantage.
Souffrons donc que le temps forme des nœuds si doux;
Mais, cependant [4] je m'offre entièrement à vous [5] :
S'il faut faire à la cour pour vous quelque ouverture [6],
On sait qu'auprès du roi je fais quelque figure [7],
Il m'écoute; et, dans tout, il en use, ma foi,
Le plus honnêtement du monde avecque [8] moi,

1. Voir la note 4 de la page 41.
2. Expression usuelle pour : *donnez-moi la main.*
3. *Le mettre,* employer son nom, parler d'elle.
4. *Cependant* (pendant cela), dans l'intervalle, en attendant.
5. De protestations, d'offres et de serments Vous chargez la fureur de vos embrassements.
a dit plus haut Alceste en parlant

de Philinte et de tous les gens à la mode.
6. *Faire quelque ouverture,* parler le premier de quelque affaire.
7. *Faire figure, faire quelque figure,* être regardé comme un personnage d'une certaine importance, ne pas passer inaperçu.
8. *Avecque,* ancienne orthographe, qui a existé concurremment avec la forme *avec* et qui s'est conservée en poésie jusqu'à la fin du XVIIe siècle.

Enfin, je suis à vous de toutes les manières ;
Et, comme votre esprit a de grandes lumières,
Je viens, pour commencer entre nous ce beau nœud,
Vous montrer un sonnet [1] que j'ai fait depuis peu,
Et savoir s'il est bon qu'au public je l'expose.

ALCESTE.

Monsieur, je suis mal propre [2] à décider la chose.
Veuillez m'en dispenser.

ORONTE.

Pourquoi ?

ALCESTE.

J'ai le défaut
D'être un peu plus sincère en cela qu'il ne faut.

ORONTE.

C'est ce que je demande, et j'aurais lieu de plainte,
Si, m'exposant à vous pour me parler sans feinte [3],
Vous alliez me trahir, et me déguiser rien.

ALCESTE.

Puisqu'il vous plaît ainsi, monsieur, je le veux bien.

---

1. Rappelons que le *sonnet* est un petit poème dont les Français du début du XVIᵉ siècle ont emprunté la forme aux poètes italiens : il se compose : 1° de deux quatrains tels que les rimes du premier se retrouvent dans le second ; ces rimes sont *croisées* ou *embrassées*, c'est-à-dire que le premier vers rime avec le troisième, et le second avec le quatrième, ou que le premier rime avec le quatrième, et le second avec le troisième ; 2° de deux tercets, qui sont le plus souvent disposés de la manière suivante : les deux premiers vers de chacun d'eux riment ensemble et le dernier vers du premier rime avec le dernier du second. — Le genre du *sonnet* a été très cultivé au XVIIᵉ siècle ; et Boileau écrit, non peut-être sans sourire lui-même de son exagération :

Un sonnet sans défaut vaut seul un long poème.
(*Art poétique*, II, 94.)

2. *Mal* est fréquemment employé au XVIIᵉ siècle devant un adjectif avec le sens de *peu* ou de *pas*. Dans le *Misanthrope* même (acte II, sc. 1), Molière écrit encore :

De vos façons d'agir je suis mal satisfait.

3. *M'exposant*, me découvrant, me montrant tel que je suis. — La construction de cette phrase ne paraîtrait plus correcte suivant la syntaxe de notre temps : en effet : 1° le participe *exposant* ne se rapporte pas au sujet de la proposition ; 2° l'infinitif *parler* dépend du participe *exposant*, quoique le sujet qui fait l'action de *parler* ne soit pas le même que celui qui fait l'action d'*exposer*. Il faudrait écrire aujourd'hui : « Si, lorsque je m'expose à vous pour que vous me parliez sans feinte, vous alliez, etc. »

ORONTE.

Sonnet.... C'est un sonnet. *L'espoir...* C'est une dame
Qui de quelque espérance avait flatté ma flamme [1].
L'espoir.... Ce ne sont point de ces grands vers pompeux,
Mais de petits vers doux, tendres et langoureux.

(A toutes ces interruptions il regarde Alceste.)

ALCESTE.

Nous verrons bien.

ORONTE.

L'espoir.... Je ne sais si le style
Pourra vous en paraître assez net et facile,
Et si du choix des mots vous vous contenterez.

ALCESTE.

Nous allons voir, monsieur.

ORONTE.

Au reste, vous saurez
Que je n'ai demeuré [2] qu'un quart d'heure à le faire.

ALCESTE.

Voyons, monsieur ; le temps ne fait rien à l'affaire.

ORONTE.

L'espoir, il est vrai, nous soulage,
Et nous berce un temps notre ennui ;
Mais, Philis, le triste avantage,
Lorsque rien ne marche après lui !

PHILINTE.

Je suis déjà charmé de ce petit morceau.

---

1. *Flamme,* amour ; mot figuré qui fait partie de ce jargon galant du XVIIe siècle que Molière aime si peu, on va le voir.
2. Quand un verbe neutre peut se conjuguer avec l'auxiliaire *avoir* ou avec l'auxiliaire *être,* on emploie, dit-on, plutôt le premier pour marquer un fait, le second pour marquer un état. — En réalité les deux formes sont à peine séparées par une nuance et l'usage, pour certains verbes, a fait, suivant les époques, préférer l'une ou l'autre. C'est ainsi que nous dirions peut-être plutôt aujourd'hui : « Je ne suis demeuré qu'un quart d'heure à le faire. »

ALCESTE.

Quoi! vous avez le front de trouver cela beau [1]?

ORONTE.

Vous eûtes de la complaisance;
Mais vous en deviez moins avoir,
Et ne vous pas mettre en dépense,
Pour ne me donner que l'espoir.

PHILINTE.

Ah! qu'en termes galants ces choses-là sont mises!

ALCESTE, *bas.*

Morbleu! vil complaisant, vous louez des sottises?

ORONTE.

S'il faut qu'une attente éternelle
Pousse à bout l'ardeur de mon zèle,
Le trépas sera mon recours.

Vos soins ne m'en peuvent distraire;
Belle Philis, on désespère,
Alors qu'on espère toujours [2].

PHILINTE.

La chute en est jolie, amoureuse, admirable.

---

1. Ce vers est prononcé de manière à ne pas être entendu par Oronte — On verra d'ailleurs plus loin Alceste expliquer pourquoi il ne trouve pas « cela beau. » Disons cependant dès maintenant que ce qui le choque dans les vers qu'Oronte vient de lire, c'est précisément cet esprit cherché, affecté, qui a charmé Philinte, comme il charmait sans doute la plupart des mondains à cette époque. Il consiste essentiellement ici, on le voit, dans l'emploi d'expressions figurées, comme celle-ci, par exemple : *l'espoir berce notre ennui.* — Mais il faut avouer que, si Philinte loue des choses qui sont médiocres, Alceste, de son côté, dépasse un peu la mesure : car à prendre ce qu'il va dire à la lettre, on devrait s'interdire absolument de parler par figures, ce qui est évidemment excessif.

2. Voilà cette fois de l'esprit bien cherché. Cette opposition des mots *désespérer* et *espérer,* cette idée d'un *désespoir* qui naît précisément de l'*espoir* lui-même quand cet espoir se prolonge toujours sans aboutir jamais, ce véritable jeu de mots terminant un sonnet, c'était ce qu'on appelait une *pointe* ou une *chute.*

ALCESTE, *bas.*

La peste de ta chute, empoisonneur, au diable [1]!
En eusses-tu fait une à te casser le nez [2]!

PHILINTE.

Je n'ai jamais ouï de vers si bien tournés.

ALCESTE.

Morbleu!...

ORONTE.

Vous me flattez, et vous croyez peut-être....

PHILINTE.

Non, je ne flatte point.

ALCESTE, *bas.*

Et que fais-tu donc, traître?

ORONTE.

Mais, pour vous [3], vous savez quel est notre traité :
Parlez-moi, je vous prie, avec sincérité.

ALCESTE.

Monsieur, cette matière est toujours délicate,
Et sur le bel esprit [4], nous aimons qu'on nous flatte.
Mais un jour, à quelqu'un dont je tairai le nom,
Je disais, en voyant des vers de sa façon,
Qu'il faut qu'un galant homme ait toujours grand empire
Sur les démangeaisons qui nous prennent d'écrire;
Qu'il doit tenir la bride aux grands empressements
Qu'on a de faire éclat de tels amusements;

---

1. *Au diable*, expression qui s'explique sans doute par une ellipse : empoisonneur (que j'enverrais bien, digne d'être envoyé) au diable.
2. Alceste, qui n'aime pas les jeux de mots, en fait un lui-même ici, et des plus mauvais.
3. *Vous* : Alceste.

4. *Bel esprit.* On appelle de ce nom une certaine délicatesse de l'esprit qui peut aisément tourner à l'affectation. Aussi le mot est-il quelquefois pris en mauvaise part : ce n'est pas le cas ici. — On désigne aussi souvent par ce mot l'homme même qui fait preuve de bel esprit (voir par exemple page 368, vers 7).

Et que, par la chaleur de montrer ses ouvrages,
On s'expose à jouer de mauvais personnages.

ORONTE.

Est-ce que vous voulez me déclarer par là
Que j'ai tort de vouloir?...

ALCESTE.

Je ne dis pas cela

Mais je lui disais, moi, qu'un froid écrit assomme;
Qu'il ne faut que ce faible à décrier un homme [1],
Et qu'eût-on d'autre part cent belles qualités,
On regarde les gens par leurs méchants côtés [2].

ORONTE.

Est-ce qu'à mon sonnet vous trouvez à redire?

ALCESTE.

Je ne dis pas cela. Mais, pour ne point écrire [3],
Je lui mettais aux yeux comme, dans notre temps
Cette soif a gâté de fort honnêtes gens [4].

ORONTE.

Est-ce que j'écris mal, et leur ressemblerais-je?

ALCESTE.

Je ne dis pas cela [5]. Mais enfin, lui disais-je,
Quel besoin si pressant avez-vous de rimer?
Et qui diantre [6] vous pousse à vous faire imprimer?
Si l'on peut pardonner l'essor d'un mauvais livre,
Ce n'est qu'aux malheureux qui composent pour vivre.
Croyez-moi, résistez à vos tentations.
Dérobez au public ces occupations,
Et n'allez point quitter, de quoi que l'on vous somme,
Le nom que dans la cour vous avez d'honnête homme [7],

1. *A*, fréquent au xvii⁰ siècle dans le sens de *pour*.
2. Voir la note 4 de la page 124.
3. La grammaire de nos jours exigerait : « Pour qu'il n'écrivit point. je lui mettais aux yeux.... » ou : « Pour ne point écrire, il devait considérer... »
Voir encore la note 1 de la page 320.
4. Voir la note 2 de la page 20.
5. Si ami qu'Alceste soit de la franchise, on voit qu'il hésite lui-même à dire nettement son opinion.
6. Voir la note 1 de la page 47.
7. Voir la note 2 de la page 20.

Pour prendre de la main d'un avide [1] imprimeur
Celui de ridicule et misérable auteur.
C'est ce que je tâchai de lui faire comprendre.

ORONTE.

Voilà qui va fort bien, et je crois vous entendre.
Mais ne puis-je savoir ce que dans mon sonnet...?

ALCESTE.

Franchement, il est bon à mettre au cabinet [2].
Vous vous êtes réglé sur de méchants modèles [3],
Et vos expressions ne sont point naturelles.

> Qu'est-ce que *Nous berce un temps notre ennui ?*
> Et que *Rien ne marche après lui ?*
> Que *Ne vous pas mettre en dépense,*
> *Pour ne me donner que l'espoir ?*
> Et que *Philis, on désespère,*
> *Alors qu'on espère toujours ?*

Ce style figuré, dont on fait vanité,
Sort du bon caractère [4] et de la vérité ;
Ce n'est que jeu de mots, qu'affectation pure,
Et ce n'est point ainsi que parle la nature.
Le méchant goût du siècle en cela me fait peur ;
Nos pères, tous grossiers [5], l'avaient beaucoup meilleur ;
Et je prise [6] bien moins tout ce que l'on admire,
Qu'une vieille chanson que je m'en vais vous dire [7] :

> *Si le roi m'avait donné*
> *Paris, sa grand'ville* [8]

---

1. *Avide* [de gagner de l'argent], cupide.
2. *Cabinet*, meuble à tiroirs en usage au XVIIᵉ siècle et dans lequel on serrait livres et papiers. Un sonnet « bon à mettre au cabinet, » c'est un sonnet qu'on doit enfermer dans ses tiroirs et ne montrer à personne.
3. *Méchant*, fréquent au XVIIᵉ siècle dans le sens de *mauvais*.
4. *Caractère*, façon, type, modèle.

5. *Tout*, devant un adjectif, ne s'emploie plus avec le sens de *quoique* : on emploie seulement *tout.... que* avec le sens de *quelque.... que*. D'ailleurs le XVIIᵉ siècle n'établissait pas encore, on le voit par ce vers, la différence que nous établissons entre *tout* adverbe et *tout* adjectif.
6. *Priser*, donner du *prix* à, estimer.
7. On ne sait de qui est cette chanson.
8. Voir page 152, note 1.

Et qu'il me fallût quitter
L'amour de ma mie,
Je dirais au roi Henri :
Reprenez votre Paris ;
J'aime mieux ma mie, au gué [1] *!*
J'aime mieux ma mie [2]*.*

La rime n'est pas riche [3], et le style en est vieux ;
Mais ne voyez-vous pas que cela vaut bien mieux
Que ces colifichets [4] dont le bon sens murmure,
Et que la passion parle là toute pure ?

Si le roi m'avait donné
Paris, sa grand'ville,
Et qu'il me fallût quitter
L'amour de ma mie !
Je dirais au roi Henri :
Reprenez votre Paris ;
J'aime mieux ma mie, au gué !
J'aime mieux ma mie.

1. *Au gué.* Le même refrain se retrouve sous la forme *ô gué, au gai, ô gai.* — Suivant certains, la forme *au gué* serait la véritable et ferait allusion au Gué-du-Loir, lieu situé près de Vendôme, et où le père d'Henri IV, Antoine de Bourbon, roi de Navarre et duc de Vendôme, possédait un château appelé Bonne-Aventure. — La forme *ô gai* ! ou *oh* ! *gai* pourrait s'expliquer, d'autre part, comme une sorte d'invitation à la gaieté. — Mais le plus vraisemblable, c'est que la façon d'écrire ces deux syllabes n'importe pas, et qu'il faut voir là seulement un de ces refrains populaires comme *landerirette, landerira,* ou comme *ton la lantaire,* qui ne servent qu'à soutenir la mélodie, sans avoir de sens par eux-mêmes.

2. *Ma mie.* Forme tout à fait incorrecte, qui a fini cependant par prévaloir. La vraie orthographe devrait être *m'amie,* vieille forme française (pour *ma amie*), remplacée, à partir du xıvᵉ siècle par la forme *mon amie.* On disait de même *m'âme, m'épée.* pour *mon âme, mon épée.*

3. On appelle rime *suffisante* celle qui est constituée par la similitude du son de la dernière voyelle sonore et de tous les éléments qui la suivent, par exemple celle des vers mêmes que Molière met ici dans la bouche d'Alceste, *vieux* et *mieux, murmure* et *pure.* La rime est *riche* lorsqu'elle comporte en outre la consonne ou le groupe de consonnes qui précèdent la dernière voyelle sonore : par exemple *sonnet* et *cabinet, avantage* et *partage.* — Quelques poètes ont recherché la rime riche avec une sorte d'affectation. — En revanche, dans les vers de la chanson d'Alceste, comme il arrive dans un très grand nombre de chansons populaires, la rime est à peine suffisante (*donné* et *quitter* ; *Henri* et *Paris*), ou même est réduite à une simple assonance, c'est-à-dire à la similitude, non de la dernière syllabe sonore, mais seulement de la dernière voyelle sonore (*ville* et *mie*).

4. *Colifichet* (origine douteuse) : ornement de papier ou de carton ; de là on passe à ce sens d'ornement futile, que le mot a ici.

Voilà ce que peut dire un cœur vraiment épris.

    (*A Philinte.*)

Oui, monsieur le rieur, malgré vos beaux esprits,
J'estime plus cela que la pompe fleurie
De tous ces faux brillants où chacun se récrie.

ORONTE.

Et moi, je vous soutiens que mes vers sont fort bons.

ALCESTE.

Pour les trouver ainsi vous avez vos raisons;
Mais vous trouverez bon que j'en puisse avoir d'autres
Qui se dispenseront de se soumettre aux vôtres.

ORONTE.

Il me suffit de voir que d'autres en font cas.

ALCESTE.

C'est qu'ils ont l'art de feindre; et moi, je ne l'ai pas.

ORONTE.

Croyez-vous donc avoir tant d'esprit en partage?

ALCESTE.

Si je louais vos vers, j'en aurais davantage.

ORONTE.

Je me passerai bien que vous les approuviez.

ALCESTE.

Il faut bien, s'il vous plaît, que vous vous en passiez.

ORONTE.

Je voudrais bien, pour voir, que, de votre manière,
Vous en composassiez sur la même matière.

ALCESTE.

J'en pourrais, par malheur, faire d'aussi méchants;
Mais je me garderais de les montrer aux gens.

ORONTE.

Vous me parlez bien ferme, et cette suffisance [1]....

ALCESTE.

Autre part que chez moi cherchez qui vous encense.

ORONTE.

Mais, mon petit monsieur, prenez-le un peu moins haut [2].

ALCESTE.

Ma foi, mon grand monsieur, je le prends comme il faut.

PHILINTE, *se mettant entre deux.*

Eh! messieurs, c'en est trop : laissez cela de grâce.

ORONTE.

Ah! j'ai tort, je l'avoue, et je quitte la place.
Je suis votre valet, monsieur, de tout mon cœur.

ALCESTE.

Et moi, je suis, monsieur, votre humble serviteur.

PHILINTE, ALCESTE

PHILINTE.

Hé bien! vous le voyez. Pour être trop sincère,
Vous voilà [3] sur les bras une fâcheuse affaire;
Et j'ai bien vu qu'Oronte, afin d'être flatté....

ALCESTE.

Ne me parlez pas.

---

1. *Suffisance*, sentiment où l'on est que l'on suffit à certaines tâches; de là, le sens d'*arrogance, air hautain.*

2. La syllabe *le* s'élide sur *un* et ne compte pas. — Cette élision est très rare. On en retrouve cependant encore un exemple dans le *Misanthrope* (II, v) :
.... Allez voir ce que c'est,
Ou bien faites-*le* entrer.

Et dans Racine (*Plaideurs*, II, xiii), cet hémistiche qui compte pour six syllabes :
Condamnez-*le* à l'amende.

3. *Pour être trop sincère, vous voilà....*
— La grammaire de nos jours exigerait : « pour être trop sincère, *vous avez sur les bras.....,* » ou : « parce que vous êtes trop sincère, vous voilà..... »
Voir encore la note 1 de la page 320.

10.

PHILINTE.

Mais...

ALCESTE.

Plus de société.

PHILINTE.

C'est trop....

ALCESTE.

Laissez-moi là.

PHILINTE.

Si je....

ALCESTE.

Point de langage.

PHILINTE.

Mais quoi?...

ALCESTE.

Je n'entends rien.

PHILINTE.

Mais....

ALCESTE.

Encore?

PHILINTE.

On outrage....

ALCESTE.

Ah! parbleu! c'en est trop. Ne suivez point mes pas.

PHILINTE.

Vous vous moquez de moi, je ne vous quitte pas.

(Acte I. sc. II et III.)

III

LES PORTRAITS

La scène est dans le salon de Célimène, à qui sont venus rendre visite, outre Alceste et Philinte, deux marquis [1] fort infatués de leur mérite, Acaste et Clitandre. Eliante, cousine de Célimène (voir page 120, note 2) prend part également à la conversation, qui s'engage après que tout le monde s'est assis. Célimène, provoquée par ses admirateurs, exerce son esprit au détriment des absents, et cette malveillance porte à son comble la mauvaise humeur d'Alceste, qui finit par éclater.

ÉLIANTE, PHILINTE, ACASTE, CLITANDRE,
ALCESTE, CÉLIMÈNE

CLITANDRE.

Parbleu! je viens du Louvre, où Cléonte, au levé [2],
Madame, a bien paru ridicule achevé.
N'a-t-il point quelque ami qui pût, sur ses manières,
D'un charitable avis lui prêter les lumières?

CÉLIMÈNE.

Dans le monde, à vrai dire, il se barbouille fort [3];
Partout il porte un air qui saute aux yeux d'abord [4],
Et, lorsqu'on le revoit après un peu d'absence,
On le retrouve encor plus plein d'extravagance.

ACASTE.

Parbleu! s'il faut parler de gens extravagants,
Je viens d'en essuyer un des plus fatigants;
Damon le raisonneur, qui m'a, ne vous déplaise,
Une heure, au grand soleil, tenu hors de ma chaise.

1. Voir page 15, note 4.
2. *Parbleu*. Voir la note 4 de la page 42. — Le *levé* ou *lever* du roi (la seconde orthographe est seule usitée aujourd'hui) : quelques instants après son réveil, le roi recevait ses grands officiers et certains personnages privilégiés (*petit lever*), puis les gentilshommes en grand nombre (*grand lever*).
3. *Se barbouiller*, c'est littéralement se couvrir le visage de quelque couleur appliquée çà et là, comme font ceux qui se déguisent pendant le carnaval, ou comme faisaient certains acteurs de farces populaires (voir la note 1 de la page 446) : de là le sens figuré de cette expression qui équivaut ici à *se rendre ridicule, faire rire de soi*.
4. *D'abord*, dès l'abord.

CÉLIMÈNE.

C'est un parleur étrange, et qui trouve toujours
L'art de ne vous rien dire avec de grands discours :
Dans les propos qu'il tient on ne voit jamais goutte,
Et ce n'est que du bruit, que tout ce qu'on écoute.

ÉLIANTE, à *Philinte*.

Ce début n'est pas mal; et, contre le prochain,
La conversation prend un assez bon train.

CLITANDRE.

Timante encor, madame, est un bon caractère.

CÉLIMÈNE.

C'est, de la tête aux pieds, un homme tout mystère,
Qui vous jette en passant un coup d'œil égaré,
Et, sans aucune affaire, est toujours affairé.
Tout ce qu'il vous débite en grimaces abonde;
A force de façons, il assomme le monde;
Sans cesse il a, tout bas, pour rompre l'entretien,
Un secret à vous dire, et ce secret n'est rien;
De la moindre vétille [1] il fait une merveille,
Et, jusques au bonjour, il dit tout à l'oreille.

ACASTE.

Et Géralde, madame?

CÉLIMÈNE.

O l'ennuyeux conteur!
Jamais on ne le voit sortir du grand seigneur.
Dans le brillant commerce [2] il se mêle sans cesse,
Et ne cite jamais que duc, prince, ou princesse.
La qualité l'entête [3]; et tous ses entretiens
Ne sont que de chevaux, d'équipage et de chiens :

1. *Vétille* (origine douteuse), bagatelle, chose de peu d'importance.
2. *Dans le brillant commerce*, dans le commerce, dans la compagnie des gens qui brillent au premier rang : voir encore la note 5 de la page 286.
3. *L'entête*, occupe sa tête, est sa pensée dominante. — *La qualité*, le plus ou moins de noblesse des gens.

Il tutaye [1], en parlant, ceux du plus haut étage,
Et le nom de *monsieur* est chez lui hors d'usage.

CLITANDRE.

On dit qu'avec Bélise il est du dernier bien.

CÉLIMÈNE.

Le pauvre esprit de femme, et le sec entretien !
Lorsqu'elle vient me voir, je souffre le martyre :
Il faut suer sans cesse à chercher que lui dire,
Et la stérilité de son expression
Fait mourir à tous coups la conversation.
En vain, pour attaquer son stupide silence,
De tous les lieux communs [2] vous prenez l'assistance :
Le beau temps et la pluie, et le froid et le chaud,
Sont des fonds qu'avec elle on épuise bientôt.
Cependant sa visite, assez insupportable,
Traîne en une longueur encore épouvantable ;
Et l'on demande l'heure, et l'on bâille vingt fois,
Qu'elle grouille [3] aussi peu qu'une pièce de bois.

ACASTE.

Que vous semble d'Adraste ?

CÉLIMÈNE.

Ah ! quel orgueil extrême
C'est un homme gonflé de l'amour de soi-même [4].
Son mérite jamais n'est content de la cour :
Contre elle il fait métier [5] de pester chaque jour,

---

1. *Tutaye*, tutoie. L'orthographe et la prononciation que suivait Molière ne sont plus en usage ; mais on les rencontre encore à l'extrême fin du XVIIe siècle.

2. *Lieux communs*. Les Romains appelaient *locus* un développement littéraire. Un *locus communis* est un développement qui s'adapte à un grand nombre de sujets (développements sur le vice et la vertu, la liberté et la servitude, etc.) : c'est cette expression qui a été traduite littéralement en français pour désigner une banalité.

3. *Grouiller*, se remuer, s'émouvoir ; terme familier, dont l'étymologie est douteuse.

4. *Soi-même*, voir la note 3 de la page 265.

5. *Faire métier*, c'est avoir une telle habitude d'une chose qu'elle a l'air d'être devenue un métier, un emploi véritable.

Et l'on ne donne emploi, charge, ni bénéfice[1],
Qu'à tout ce qu'il se croit on ne fasse injustice.

CLITANDRE.

Mais le jeune Cléon, chez qui vont aujourd'hui
Nos plus honnêtes gens, que dites-vous de lui?

CÉLIMÈNE.

Que de son cuisinier il s'est fait un mérite,
Et que c'est à sa table à qui[2] l'on rend visite.

ÉLIANTE.

Il prend soin d'y servir des mets fort délicats.

CÉLIMÈNE.

Oui; mais je voudrais bien qu'il ne s'y servît pas;
C'est un fort méchant plat, que sa sotte personne,
Et qui gâte, à mon goût, tous les repas qu'il donne.

PHILINTE.

On fait assez de cas de son oncle Damis;
Qu'en dites-vous, madame?

CÉLIMÈNE.

Il est de mes amis[3].

PHILINTE.

Je le trouve honnête homme[4], et d'un air assez sage.

CÉLIMÈNE.

Oui; mais il veut avoir trop d'esprit, dont j'enrage[5].

1. *Emploi* se disait surtout des fonctions militaires; *charge*, des fonctions administratives ou honorifiques; quant au *bénéfice*, ce sont les revenus qui sont attachés à une charge ecclésiastique.
2. *A qui*, pour *que* : pléonasme fréquent au xvııᵉ siècle. Boileau écrit de même (satire IX) :
C'est à vous, mon esprit, à qui je veux parler.
3. *Il est de mes amis* : aussi Célimène ne veut-elle pas dire de mal de lui. Cependant il suffit que Philinte la pousse un peu par la louange qu'il décerne à Damis pour qu'elle ne puisse résister à son désir de prouver une fois de plus, en médisant de lui, sa finesse à peindre les gens.
4. Voir la note 2 de la page 20.
5. *Dont*, pour *ce dont* : ellipse usuelle au xvıᵉ siècle et encore assez fréquente au xvııᵉ.

Il est guindé [1] sans cesse ; et, dans tous ses propos,
On voit qu'il se travaille à dire de bons mots.
Depuis que dans la tête il s'est mis d'être habile [2],
Rien ne touche son goût, tant il est difficile.
Il veut voir des défauts à tout ce qu'on écrit,
Et pense que louer n'est pas d'un bel esprit,
Que c'est être savant que trouver à redire,
Qu'il n'appartient qu'aux sots d'admirer et de rire,
Et qu'en n'approuvant rien des ouvrages du temps,
Il se met au-dessus de tous les autres gens [3].
Aux conversations même il trouve à reprendre ;
Ce sont propos trop bas pour y daigner [4] descendre ;
Et, les deux bras croisés, du haut de son esprit,
Il regarde en pitié tout ce que chacun dit.

ACASTE.

Dieu me damne [5], voilà son portrait véritable.

CLITANDRE.

Pour bien peindre les gens vous êtes admirable.

ALCESTE.

Allons, ferme, poussez, mes bons amis de cour,
Vous n'en épargnez point, et chacun a son tour :
Cependant aucun d'eux à vos yeux ne se montre,
Qu'on ne vous voie, en hâte, aller à sa rencontre
Lui présenter la main, et, d'un baiser flatteur [6]
Appuyer les serments d'être son serviteur.

CLITANDRE.

Pourquoi s'en prendre à nous ? Si ce qu'on dit vous blesse,

---

1. *Guindé* (mot d'origine germanique), élevé à l'aide de machines, et, au figuré, déplaisant par un air de hauteur affectée.
2. *Habile*, connaisseur en matière d'ouvrages de l'esprit.
3. Ce travers qui consiste à ne jamais louer ou à ne louer qu'avec réserve, comme si un homme donnait par là la preuve de la supériorité de son esprit, a été souvent relevé et blâmé par les moralistes. Vauvenargues dit avec autant de justesse que de sévérité : « C'est une grande preuve de médiocrité, de louer toujours modérément. »
4. La grammaire de nos jours exigerait : « Ce sont propos trop bas *pour qu'il daigne*..... » Voir la note 3 de la page 139.
5. Voir la note 4 de la page 42.
6. Voir la note 4 de la page 41, et la note 6 de la page 44.

Il faut que le reproche à madame s'adresse.

ALCESTE.

Non, morbleu! c'est à vous; et vos ris complaisants [1]
Tirent de son esprit tous ces traits médisants.
Son humeur satirique est sans cesse nourrie
Par le coupable encens de votre flatterie;
Et son cœur à railler trouverait moins d'appas,
S'il avait observé qu'on ne l'applaudît pas.
C'est ainsi qu'aux flatteurs on doit partout se prendre
Des vices où [2] l'on voit les humains se répandre.

PHILINTE.

Mais pourquoi pour ces gens un intérêt si grand,
Vous qui condamneriez ce qu'en eux on reprend?

CÉLIMÈNE.

Et ne faut-il pas bien que monsieur contredise?
A la commune voix veut-on qu'il se réduise,
Et qu'il ne fasse pas éclater en tous lieux
L'esprit contrariant qu'il a reçu des cieux?
Le sentiment d'autrui n'est jamais pour lui plaire [3].
Il prend toujours en main l'opinion contraire;
Et penserait paraître un homme du commun,
Si l'on voyait qu'il fût de l'avis de quelqu'un.
L'honneur de contredire a pour lui tant de charmes,
Qu'il prend, contre lui-même, assez souvent les armes,
Et ses vrais sentiments sont combattus par lui,
Aussitôt qu'il les voit dans la bouche d'autrui.

ALCESTE.

Les rieurs sont pour vous, madame, c'est tout dire;
Et vous pouvez pousser contre moi la satire.

PHILINTE.

Mais il est véritable aussi que votre esprit

---

1. Entendez : « et ce sont vos ris
complaisants qui tirent de son esprit..... »
2. Où, fréquent au XVIIe siècle, nous

le savons (voir page 56, note 4), pour
auxquels ou dans lesquels.
3. Voir la note 7 de la page 124.

Se gendarme toujours contre tout ce qu'on dit;
Et que, par un chagrin que lui-même il avoue,
Il ne saurait souffrir qu'on blâme, ni qu'on loue.

ALCESTE.

C'est que jamais, morbleu! les hommes n'ont raison,
Que le chagrin contre eux est toujours de saison,
Et que je vois qu'ils sont, sur toutes les affaires,
Loueurs impertinents [1], ou censeurs téméraires.

(Acte II, sc. IV.)

IV

L'AFFAIRE DU SONNET

La conversation continue quelque temps encore; puis Célimène
propose d'aller « faire deux tours dans la galerie », et tout le
monde se lève, lorsqu'un laquais vient avertir Alceste que quelqu'un le demande.

BASQUE [2], ALCESTE, CÉLIMÈNE, ÉLIANTE,
ACASTE, PHILINTE, CLITANDRE

BASQUE.

Monsieur, un homme est là qui voudrait vous parler
Pour affaire, dit-il, qu'on ne peut reculer.

ALCESTE.

Dis-lui que je n'ai point d'affaires si pressées.

---

1. *Impertinent.* Voir la note 4 de la page 64.
2. *Basque.* Les laquais, dans la co- médie, portent souvent des noms qui rappellent la province dont ils sont originaires, Basque, Picard, Bourgui- gnon, Champagne.

BASQUE.

Il porte une jaquette à grand'basques [1] plissées,
Avec du dor [2] dessus.

CÉLIMÈNE.

Allez voir ce que c'est,
Ou bien faites-le entrer [3].

ALCESTE.

Qu'est-ce donc qu'il vous plaît ?
Venez, monsieur.

GARDE [4], ALCESTE, CÉLIMÈNE, ÉLIANTE,
ACASTE, PHILINTE, CLITANDRE

GARDE.

Monsieur, j'ai deux mots à vous dire.

ALCESTE.

Vous pouvez parler haut, monsieur, pour m'en instruire.

GARDE.

Messieurs les maréchaux, dont j'ai commandement [5],
Vous mandent de venir les trouver promptement,

1. *Grand'basques.* Certains adjectifs, venant d'adjectifs latins n'ayant qu'une terminaison pour le masculin et le féminin, n'avaient également, dans l'ancienne langue française, qu'une terminaison pour les deux genres. On retrouve la trace de cet ancien usage dans des expressions comme *grand'mère* et *grand'route.* Nous avons vu, dans le *Misanthrope* même, *grand'chose* (page 132, ligne 1) et *grand'ville* (page 140, ligne dernière). On voit d'ailleurs d'après cela que l'apostrophe qui figure dans ces locutions n'a pas de raison d'être : elle a été introduite par les grammairiens du XVIᵉ siècle, qui se sont trompés sur leur origine et ont cru reconnaître dans l'adjectif *grand* une forme *abrégée* du féminin *grande.*

2. *Du dor* pour *de l'or.* Cette locution vicieuse devait être assez répandue dans le peuple. Car Molière l'emploie ailleurs encore en faisant parler un paysan (voir page 88, note 3).

3. Voir page 143, note 2.

4. On s'est appuyé sur ce nom de *Monsieur* qu'Alceste a donné au personnage qui entre et sur la mention que Basque fait de l'or qui couvre son costume pour établir que ce personnage n'était pas un simple garde, mais un officier. — La question nous paraît peu intéressante à débattre. — Quant aux maréchaux de France, de la part desquels vient ce garde, ils formaient un tribunal constitué pour juger les différends entre gentilshommes, par une série d'ordonnances, qui, d'autre part, interdisaient le duel.

5. *Dont j'ai commandement,* qui m'ont commandé de faire ce que je fais.

onsieur.

ALCESTE.

Qui? moi, monsieur?

GARDE.

Vous-même.

ALCESTE.

Et pourquoi faire?

PHILINTE.

C'est d'Oronte et de vous la ridicule affaire.

CÉLIMÈNE.

Comment?

PHILINTE.

Oronte et lui se sont tantôt bravés
Sur certains petits vers, qu'il n'a pas approuvés [1];
Et l'on veut assoupir la chose en sa naissance.

ALCESTE.

Moi, je n'aurai jamais de lâche complaisance.

PHILINTE.

Mais il faut suivre l'ordre : allons, disposez-vous.

ALCESTE.

Quel accommodement [2] veut-on faire entre nous?
La voix de ces messieurs me condamnera-t-elle
A trouver bons les vers qui font notre querelle?
Je ne me dédis point de ce que j'en ai dit,
Je les trouve méchants.

PHILINTE.

Mais, d'un plus doux esprit....

ALCESTE.

Je n'en démordrai point; les vers sont exécrables.

---

1. Voir pages 142-143.   2. *Accommodement*, conciliation.

PHILINTE.

Vous devez faire voir des sentiments traitables.
Allons, venez.

ALCESTE.

J'irai; mais rien n'aura pouvoir
De me faire dédire.

PHILINTE.

Allons vous faire voir.

ALCESTE.

Hors qu'un commandement exprès du roi me vienne,
De trouver bons les vers dont on se met en peine,
Je soutiendrai toujours, morbleu! qu'ils sont mauvais,
Et qu'un homme est pendable après les avoir faits.
  (A Clitandre et Acaste, qui rient.)
Par la sambleu [1]! messieurs, je ne croyais pas être
Si plaisant que je suis!

CÉLIMÈNE.

Allez vite paraître
Où vous devez.

ALCESTE.

J'y vais, madame; et sur mes pas
Je reviens en ce lieu, pour vider nos débats [2].

(Acte II, sc. v-vi).

V

UN HOMME CONTENT DE LUI

Les deux marquis, se trouvant seuls un moment, se comparent
l'un à l'autre, et voici comment l'un d'eux se juge lui-même :

1. *Par la sambleu* n'est qu'une forme vicieuse, mais que l'usage a rendue correcte, de *palsambleu* (par le sang de Dieu; voir la note 2 de la page 87).

2. *Nos débats.* Allusion à une contestation qui s'était élevée entre Alceste et Célimène avant l'arrivée des marquis.

ACASTE.

Parbleu [1]! je ne vois pas, lorsque je m'examine,
Où prendre aucun sujet d'avoir l'âme chagrine.
J'ai du bien, je suis jeune, et sors d'une maison
Qui se peut dire noble avec quelque raison ;
Et je crois, par le rang que me donne ma race,
Qu'il est fort peu d'emplois dont je ne sois en passe [2].
Pour le cœur [3], dont surtout nous devons faire cas,
On sait, sans vanité, que je n'en manque pas ;
Et l'on m'a vu pousser dans le monde une affaire [4]
D'une assez vigoureuse et gaillarde [5] manière.
Pour de l'esprit, j'en ai sans doute [6], et du bon goût,
A juger [7] sans étude et raisonner de tout [8],
A faire aux nouveautés, dont je suis idolâtre,
Figure de savant, sur les bancs du théâtre [9],
Y décider en chef et faire du fracas
A tous les beaux endroits qui méritent des has [10].
Je suis assez adroit ; j'ai bon air, bonne mine,
Les dents belles surtout, et la taille fort fine.
Quant à se mettre [11] bien, je crois, sans me flatter,
Qu'on serait mal venu de me le disputer.

1. Voir la note 4 de la page 42.
2. *Etre en passe* : voir page 20, note 4.
3. *Cœur*, courage.
4. *Une affaire* d'honneur, une de celles qui peuvent se terminer par un duel.
5. *Gaillard*, vif. — L'origine du mot est douteuse.
6. *Sans doute* : la locution au xviie siècle est toujours prise dans toute sa force et veut dire *sans aucun doute.*
7. Remarquable emploi de la préposition *à* suivie d'un infinitif avec le sens de : pour, de nature à, allant à, capable de ; toutes acceptions qui se ramènent au sens du latin *ad* suivi d'un gérondif. Voir encore page 381, note 2.
8. Acaste, en croyant faire son éloge, prête naïvement à rire de lui :

car le bon sens consisterait, quand on est « sans étude », à se taire et à ne pas juger ; juger et raisonner de tout sans rien savoir, c'est le rôle d'un sot.
9. Voir la note 4 de la page 40.
10. L'usage, quand les interjections *oh ! ah ! ha !* sont prises substantivement est plutôt de ne pas y joindre la marque du pluriel ; mais cet *s*, ajouté ici pour la rime, n'a d'ailleurs rien d'illogique ni de choquant. — Molière est revenu plusieurs fois sur cette habitude des hommes à la mode d'applaudir bruyamment sur le théâtre aux choses qui leur plaisent ou aux pièces des auteurs qu'ils protègent (voir, page 30, les huit dernières lignes et la note 5). Au reste les quatre vers qu'on vient de lire étaient, par prudence sans doute, supprimés à la représentation.
11. *Se mettre*, s'habiller.

Je me vois dans l'estime autant qu'on y puisse être,
En crédit à la cour et bien auprès du maître [1];
Je crois qu'avec cela, mon cher marquis, je croi [2]
Qu'on peut, par tout pays, être content de soi.

(Acte III, ...

VI

COMMENT FINIT L'AFFAIRE DU SONNET

On a vu (pages 151 et suiv.) qu'Alceste avait été mandé devant les maréchaux, à la suite de sa querelle avec Oronte. — Philinte, qui l'a accompagné, raconte à Eliante [3] comment l'affaire s'est terminée.

ÉLIANTE, PHILINTE

PHILINTE.

Non, l'on n'a point vu d'âme à manier si dure,
Ni d'accommodement plus pénible à conclure :
En vain de tous côté on l'a voulu tourner,
Hors de son sentiment on n'a pu l'entraîner;
Et jamais différend si bizarre, je pense,
N'avait de ces messieurs occupé la prudence.
« Non, messieurs, disait-il, je ne me dédis point,
Et tomberai d'accord de tout, hors de ce point.
De quoi s'offense-t-il? et que veut-il me dire?
Y va-t-il de sa gloire à ne pas bien écrire?
Que lui fait mon avis, qu'il a pris de travers?
On peut être honnête homme, et faire mal des vers :
Ce n'est point à l'honneur que touchent ces matières :

---

1. *Le maître*, le roi.
2. Voir page 2 note 1.

3. Sur *Eliante*, voir page 120, note 2

Je le tiens [1] galant homme en toutes les manières,
Homme de qualité, de mérite et de cœur,
Tout ce qu'il vous plaira, mais fort méchant auteur.
Je louerai, si l'on veut, son train et sa dépense,
Son adresse à cheval, aux armes, à la danse;
Mais, pour louer ses vers, je suis son serviteur [2];
Et, lorsque d'en mieux faire on n'a pas le bonheur,
On ne doit de rimer avoir aucune envie,
Qu'on n'y soit condamné sur peine de la vie [3]. »
Enfin toute la grâce et l'accommodement
Où [4] s'est avec effort plié son sentiment,
C'est de dire, croyant adoucir bien son style :
« Monsieur, je suis fâché d'être si difficile;
Et, pour l'amour de vous, je voudrais, de bon cœur,
Avoir trouvé tantôt votre sonnet meilleur. »
Et, dans une embrassade, on leur a, pour conclure,
Fait vite envelopper toute la procédure.

ÉLIANTE.

Dans ses façons d'agir il est fort singulier;
Mais j'en fais, je l'avoue, un cas particulier,
Et la sincérité dont son âme se pique
A quelque chose en soi de noble et d'héroïque.
C'est une vertu rare au siècle d'aujourd'hui,
Et je la voudrais voir partout comme chez lui.

(Acte IV, sc. I.)

1. Voir la note 1 de la page 111.
2. *Je suis son serviteur*. Allusion à la formule de politesse par laquelle on prend congé de quelqu'un : « Je suis votre serviteur ». La formule équivaut donc ici à : « Je prends congé, je me retire, je me refuse à faire ce qu'il me demande. »

3. *Sur peine de la vie*, locution dont on trouve plus d'un exemple au XVIIᵉ siècle, mais qui ne s'emploie plus : nous disons *sous peine de la vie*.
4. Voir la note 2 de la page 150.

VII

MONSIEUR DUBOIS

On se rappelle le procès dont Philinte et Alceste se sont entretenus naguère (voir pages 134-135). — L'adversaire d'Alceste a sans doute lancé contre lui quelque calomnie. Car voici que le valet d'Alceste vient tout effaré le trouver chez Célimène pour lui faire part d'une grave nouvelle.

DUBOIS, CÉLIMÈNE, ALCESTE

CÉLIMÈNE.

Voici monsieur Dubois plaisamment figuré.

ALCESTE.

Que veut cet équipage [1] et cet air effaré [2] ?
Qu'as-tu ?

DUBOIS.

Monsieur....

ALCESTE.

Hé bien ?

DUBOIS.

Voici bien des mystères.

ALCESTE.

Qu'est-ce ?

DUBOIS.

Nous sommes mal, monsieur, dans nos affaires.

---

1. *Equipage.* Dubois doit arriver tout botté, comme un courrier ou comme un domestique au moment d'accompagner son maître partant pour un long voyage. — Rappelons que le mot *équipage* se rattache à l'ancien mot *esquipe,* autre forme d'*esquif* (bateau, embarcation). Le mot désigne donc d'abord tout ce qui garnit un *esquif.* De là on passe au sens d'attirail, d'ensemble des objets qui garnissent ou accompagnent.

2. *Effarer* n'est rien qu'une autre forme d'*effrayer* (du latin *ex* et d'un radical germanique qui exprime l'idée de paix, de tranquillité).

ALCESTE.

Quoi?

DUBOIS.

Parlerai-je haut?

ALCESTE.

Oui, parle, et promptement.

DUBOIS.

N'est-il point là quelqu'un?

ALCESTE.

Ah! que d'amusement! [1]

Veux-tu parler?

DUBOIS.

Monsieur, il faut faire retraite :

ALCESTE.

Comment?

DUBOIS.

Il faut d'ici déloger sans trompette [2].

ALCESTE.

Et pourquoi?

DUBOIS.

Je vous dis qu'il faut quitter ce lieu.

ALCESTE.

La cause?

DUBOIS.

Il faut partir, monsieur, sans dire adieu,

ALCESTE.

Mais par quelle raison me tiens-tu ce langage?

---

1. *Amusement*, retard, délai.
2. Métaphore usuelle, qui fait allusion à la situation d'un corps d'armée
qui décamperait de manière à ne pas
attirer l'attention de l'ennemi

DUBOIS.

Par la raison, monsieur, qu'il faut plier bagage.

ALCESTE.

Ah! je te casserai la tête assurément,
Si tu ne veux, maraud [1], t'expliquer autrement.

DUBOIS.

Monsieur, un homme noir et d'habit et de mine
Est venu nous laisser, jusque dans la cuisine,
Un papier griffonné d'une telle façon,
Qu'il faudrait, pour le lire, être pis que démon.
C'est de votre procès, je n'en fais aucun doute;
Mais le diable d'enfer, je crois, n'y verrait goutte.

ALCESTE.

Hé bien! quoi? ce papier, qu'a-t-il à démêler,
Traître, avec ce départ dont tu viens me parler?

DUBOIS.

C'est pour vous dire ici, monsieur, qu'une heure ensuite,
Un homme, qui souvent vous vient rendre visite,
Est venu vous chercher avec empressement,
Et, ne vous trouvant pas, m'a chargé doucement,
Sachant que je vous sers avec beaucoup de zèle,
De vous dire.... Attendez, comme est-ce qu'il s'appelle [3]?

ALCESTE.

Laisse-là son nom, traître, et dis ce qu'il t'a dit.

DUBOIS.

C'est un de vos amis enfin, cela suffit.
Il m'a dit que d'ici votre péril vous chasse,
Et que d'être arrêté le sort vous y menace.

---

1. Terme d'injure, fort usité dans la comédie, et dont l'origine est inconnue.

2. N'y verrait goutte, expression usuelle : n'y verrait pas même la valeur d'une goutte.

3. Voir page 268, note 1.

ALCESTE.

Mais quoi! n'a-t-il voulu te rien spécifier?

DUBOIS.

Non. Il m'a demandé de l'encre et du papier,
Et vous a fait un mot [1], où vous pourrez, je pense,
Du fond de ce mystère avoir la connaissance.

ALCESTE.

Donne-le donc.

CÉLIMÈNE.

Que peut envelopper ceci?

ALCESTE.

Je ne sais; mais j'aspire à m'en voir éclairci.
Auras-tu bientôt fait, impertinent au diable [2]?

DUBOIS, *après l'avoir longtemps cherché.*

Ma foi, je l'ai, monsieur, laissé sur votre table.

ALCESTE.

Je ne sais qui me tient....

CÉLIMÈNE.

Ne vous emportez pas
Et courez démêler un pareil embarras.

(Act   V, sc. IV.)

VIII

LE PROCÈS D'ALCESTE

Les efforts de l'adversaire d'Alceste pour le faire arrêter ont été
vains, comme on va le voir. Mais du moins Alceste a perdu son
procès, et il expose à Philinte le dessein que cet événement lui
inspire.

1. *Vous a fait un mot*, a écrit pour   2. Voir page 138, note 1.
vous un billet.

ALCESTE, PHILINTE

ALCESTE.

La résolution en est prise, vous dis-je.

PHILINTE.

Mais, quel que soit ce coup, faut-il qu'il vous oblige?..

ALCESTE.

Non : vous avez beau faire et beau me raisonner,
Rien, de ce que je dis, ne me peut détourner [1] :
Trop de perversité règne au siècle où nous sommes,
Et je veux me tirer [2] du commerce des hommes.
Quoi! contre ma partie on voit tout à la fois
L'honneur, la probité, la pudeur et les lois;
On publie en tous lieux l'équité de ma cause;
Sur la foi de mon droit mon âme se repose :
Cependant je me vois trompé par le succès [3];
J'ai pour moi la justice, et je perds mon procès [4]!
Un traître, dont on sait la scandaleuse histoire,
Est sorti triomphant d'une fausseté noire!
Toute la bonne foi cède à sa trahison!
Il trouve, en m'égorgeant, moyen d'avoir raison!
Le poids de sa grimace, où brille l'artifice [5],
Renverse le bon droit, et tourne la justice!
Il fait par un arrêt couronner son forfait!
Et, non content [6] encor du tort que l'on me fait,
Il court parmi le monde un livre abominable,
Et de qui la lecture est même condamnable,
Un livre à mériter la dernière rigueur,

1. Construisez : rien ne peut me détourner de ce que je dis.
2. *Tirer*, fréquent au XVII° siècle, dans le sens de retirer. On va le retrouver plus bas avec le même sens.
3. Voir la note 3 de la page 44.
4. C'est le procès dont il a été question pages 130-131.
5. On a trouvé ce vers assez mal écrit; et en effet « l'artifice qui brille dans une grimace » est vraiment d'un mauvais style. Mais il ne faut pas être si sévère pour ce *poids d'une grimace* qu'on a souvent blâmé. Le *poids*, c'est ce qui fait mouvoir, pencher la balance (*momentum*), et c'est bien en effet la grimace de l'adversaire d'Alceste qui a fait, lors du procès, pencher la balance en sa faveur.
6. *Non content.* L'adjectif ne se rapporte à aucun nom ou pronom exprimé dans la proposition (voir la note 2 de la page 122).

Dont le fourbe a le front de me faire l'auteur [1] !
Et là-dessus on voit Oronte qui murmure [2]
Et tâche méchamment d'appuyer l'imposture [3] !
Lui, qui d'un honnête homme à la cour tient le rang,
A qui je n'ai rien fait qu'être sincère et franc,
Qui me vient, malgré moi, d'une ardeur empressée.
Sur des vers qu'il a faits demander ma pensée ;
Et parce que j'en use avec honnêteté,
Et ne le veux trahir, lui, ni la vérité,
Il aide à m'accabler d'un crime imaginaire !
Le voilà devenu mon plus grand adversaire !
Et jamais de son cœur je n'aurai de pardon,
Pour n'avoir pas trouvé que son sonnet fût bon !
Et les hommes, morbleu ! sont faits de cette sorte
C'est à ces actions que la gloire les porte !
Voilà la bonne foi, le zèle vertueux,
La justice et l'honneur que l'on trouve chez eux !
Allons, c'est trop souffrir les chagrins qu'on nous forge :
Tirons-nous de ce bois et de ce coupe-gorge.
Puisque entre humains ainsi vous vivez en vrais loups,.
Traîtres, vous ne m'aurez de ma vie avec vous.

PHILINTE.

Je trouve un peu bien prompt le dessein où vous êtes ;
Et tout le mal n'est pas si grand que vous le faites.
Ce que votre partie ose vous imputer
N'a point eu le crédit de vous faire arrêter ;
On voit son faux rapport lui-même se détruire,
Et c'est une action qui pourrait bien lui nuire.

ALCESTE.

Lui ? de semblables tours il ne craint point l'éclat,

---

1. On a cherché à découvrir ici une allusion à quelque aventure dont Molière lui-même, exposé à ce moment (voir la notice pages XV-XVI) à toute sorte d'attaques, aurait été victime. Mais il est impossible de rien affirmer de précis à ce sujet.

2. *Murmure*, dit à voix basse, laisse entendre d'un air discret des choses défavorables sur mon compte.

3. *Appuyer l'imposture* : donner du crédit aux mensonges que débite l'imposteur, laisser croire qu'on y ajoute foi soi-même.

Il a permission d'être franc scélérat;
Et, loin qu'à son crédit nuise cette aventure,
On l'en verra demain en meilleure posture.

PHILINTE.

Enfin, il est constant qu'on n'a point trop donné
Au bruit [1] que contre vous sa malice a tourné;
De ce côté déjà vous n'avez rien à craindre :
Et pour votre procès, dont vous pouvez vous plaindre,
Il vous est en justice aisé d'y revenir [2],
Et contre cet arrêt....

ALCESTE.

                    Non, je veux m'y tenir.
Quelque sensible tort qu'un tel arrêt me fasse,
Je me garderai bien de vouloir qu'on le casse;
On y voit trop à plein le bon droit maltraité,
Et je veux qu'il demeure à la postérité
Comme une marque insigne, un fameux témoignage
De la méchanceté des hommes de notre âge.
Ce sont vingt mille francs qu'il m'en pourra coûter;
Mais pour vingt mille francs j'aurai droit de pester
Contre l'iniquité de la nature humaine,
Et de nourrir pour elle une immortelle haine.

PHILINTE.

Mais enfin....

ALCESTE.

                    Mais enfin, vos soins sont superflus.
Que pouvez-vous, monsieur, me dire là-dessus ?
Aurez-vous bien le front de me vouloir, en face,
Excuser les horreurs de tout ce qui se passe?

PHILINTE.

Non, je tombe d'accord de tout ce qu'il vous plaît :
Tout marche par cabale [3] et par pur intérêt;

---

1. *Donner un bruit*, donner dans le mensonge, se laisser attraper par le mensonge.

2. *D'y revenir*, en interjetant, comme on dit, appel de la décision du tribunal devant un tribunal supérieur.

3. Voir la note 1 de la page 131.

Ce n'est plus que la ruse aujourd'hui qui l'emporte,
Et les hommes devraient être faits d'autre sorte.
Mais est-ce une raison que leur peu d'équité,
Pour vouloir se tirer de leur société ?
Tous ces défauts humains nous donnent, dans la vie,
Des moyens d'exercer notre philosophie :
C'est le plus bel emploi que trouve la vertu ;
Et, si de probité tout était revêtu,
Si tous les cœurs étaient francs, justes et dociles,
La plupart des vertus nous seraient inutiles,
Puisque on en met l'usage à pouvoir, sans ennui,
Supporter dans nos droits l'injustice d'autrui ;
Et, de même qu'un cœur d'une vertu profonde....

ALCESTE.

Je sais que vous parlez, monsieur, le mieux du monde ;
En beaux raisonnements vous abondez toujours ;
Mais vous perdez le temps et tous vos beaux discours.
La raison, pour mon bien, veut que je me retire :
Je n'ai point sur ma langue un assez grand empire ;
De ce que je dirais je ne répondrais pas,
Et je me jetterais cent choses sur les bras.

(Acte V, sc. 1.)

LE MÉDECIN MALGRÉ LUI

COMÉDIE EN TROIS ACTES ET EN PROSE

(Août 1666)

Un fableau français du XIVᵉ siècle racontait qu'un paysan ayant battu sa femme, le hasard fournit à celle-ci le moyen de s'en venger de la manière suivante. La fille du roi ayant avalé une arête de poisson et s'en trouvant fort malade, le roi envoie deux messagers à la recherche d'un médecin habile. Ces deux hommes rencontrent la femme du paysan, et celle-ci leur désigne son mari comme un médecin savant à la vérité, mais qui n'avoue sa science que lorsqu'on l'y contraint à force de coups de bâton. — Molière connaissait-il ce fableau lui-même, ou avait-il entendu raconter, sous quelque forme que ce soit, l'histoire du *vilain mire*, c'est-à-dire du paysan médecin? Nous ne savons. Toujours est-il qu'il est parti de la même donnée pour écrire son *Médecin malgré lui.*

Cette comédie contraste avec la précédente : *le Misanthrope* était le modèle de la haute comédie; *le Médecin malgré lui* n'est qu'une farce : mais c'est la plus alerte, la mieux composée, la plus gaie de toutes les farces de Molière. — Précédemment d'ailleurs il avait fait représenter sur son théâtre une petite farce que nous n'avons plus, mais qu'on trouve désignée sous le nom de *le Fagotier, le Fagoteux, le Médecin par force*, et qui était assurément comme un premier crayon du *Médecin malgré lui* [1].

I

LA VENGEANCE DE MARTINE [2]

SGANARELLE, MARTINE, *paraissant sur le théâtre en se querellant.*

SGANARELLE. — Non, je te dis que je n'en veux rien faire, et que c'est à moi de parler et d'être le maître.

MARTINE. — Et je te dis, moi, que je veux que tu vives à ma fantaisie, et que je ne me suis point mariée avec toi pour souffrir tes fredaines [3].

SGANARELLE. — O la grande fatigue que d'avoir une

---

1. Les personnages de la comédie qui paraissent dans les scènes suivantes sont SGANARELLE (voir page 35, note 1), faiseur de fagots; MARTINE, sa femme; M. ROBERT, leur voisin; GÉRONTE, riche bourgeois; LUCINDE, sa fille; VALÈRE, domestique chez Géronte (voir page 172, note 1); JACQUELINE, nourrice chez Géronte; LUCAS, mari de Jacqueline.

2. La scène est dans une campagne voisine d'un bois.

3. *Fredaine* (mot d'origine inconnue): action qui marque une conduite légère et peu régulière.

femme ! et qu'Aristote a bien raison de dire qu'une femme est pire qu'un démon [1] !

MARTINE. — Voyez un peu l'habile homme, avec son benêt [2] d'Aristote.

SGANARELLE. — Oui, habile homme. Trouve-moi un faiseur de fagots qui sache, comme moi, raisonner des choses, qui ait servi six ans un fameux médecin, et qui ait su, dans son jeune âge, son rudiment [3] par cœur.

MARTINE. — Peste du fou fieffé [4] !

SGANARELLE. — Peste de la carogne [5] !

MARTINE. — Que maudits soient l'heure et le jour où je m'avisai d'aller dire oui [6] !

SGANARELLE. — Que maudit soit le bec-cornu [7] de notaire qui me fit signer ma ruine !

MARTINE. — C'est bien à toi, vraiment, à te plaindre de cette affaire !... Un homme qui me réduit à l'hôpital, un débauché, un traître, qui me mange tout ce que j'ai !

SGANARELLE. — Tu as menti : j'en bois une partie.

MARTINE. — Qui me vend, pièce à pièce, tout ce qui est dans le logis.

SGANARELLE. — C'est vivre de ménage [8].

1. Il est à peine besoin de dire que c'est une pure fantaisie que d'attribuer ce singulier aphorisme à Aristote.

2. *Benêt* : ce mot vient de *benedictum*, bénit, et n'est qu'une autre forme de *benoît* ; mais il a pris de tout temps le sens ironique de *bonasse, niais*.

3. *Rudiment*, forme francisée du latin *rudimentum* (apprentissage ; — se rattache à *rudis*, ignorant) : on appelait ainsi le petit livre qui contenait, à l'usage des écoliers, les premiers éléments de la grammaire latine.

4. Voir la note 5 de la page 67.

5. Terme des plus grossiers, fréquemment usité dans la farce : c'est une forme de dialecte du mot *charogne*, lequel vient d'un mot bas-latin qui se rattache à *caro*, chair, et désigne littéralement un corps d'animal mort commençant à se putréfier.

6. *Dire oui*, pour répondre à la question du prêtre qui lui demandait, le jour de son mariage, si elle consentait à prendre Sganarelle pour mari.

7. *Bec-cornu* ou *becque-cornu*, forme francisée de l'italien *becco cornuto* (bouc cornu), sot, imbécile. — *Me fit signer ma ruine* : me fit signer le contrat de mariage qui devait m'être si désavantageux.

8. *Ménage* vient d'un mot bas-latin qui veut dire administration de la maison (*mansionaticum*, de *mansio*, habitation) : et c'est en effet le premier sens de ce mot en français ; mais de là on est passé à celui d'ustensiles, meubles et vaisselle dont on se sert dans une maison : et c'est en profitant de ce double sens que Sganarelle fait ici un jeu de mots. « Vivre de ménage » est une locution toute faite qui veut dire ordinairement *vivre avec économie* ; mais puisque Sganarelle mange et boit avec l'argent qu'il retire de la vente de « tout ce qui est dans le logis », on peut dire aussi de lui, mais dans un sens bien différent

MARTINE. — Qui m'a ôté jusqu'au lit que j'avais!

SGANARELLE. — Tu t'en lèveras plus matin.

MARTINE. — Enfin, qui ne laisse aucun meuble dans toute la maison!

SGANARELLE. — On en déménage plus aisément.

MARTINE. — Et qui, du matin jusqu'au soir, ne fait que jouer et que boire!

SGANARELLE. — C'est pour ne me point ennuyer.

MARTINE. — Et que veux-tu, pendant ce temps, que je fasse avec ma famille?

SGANARELLE. — Tout ce qu'il te plaira.

MARTINE. — J'ai quatre pauvres petits enfants sur les bras...

SGANARELLE. — Mets-les à terre.

MARTINE. — Qui me demandent à toute heure du pain.

SGANARELLE. — Donne-leur le fouet. Quand j'ai bien bu et bien mangé, je veux que tout le monde soit soûl dans ma maison [1].

MARTINE. — Et tu prétends, ivrogne, que les choses aillent toujours de même?

SGANARELLE. — Ma femme, allons tout doucement, s'il vous plaît.

MARTINE. — Que j'endure éternellement tes insolences et tes débauches?

SGANARELLE. — Ne nous emportons point, ma femme.

MARTINE. — Et que je ne sache pas trouver le moyen de te ranger à ton devoir?

SGANARELLE. — Ma femme, vous savez que je n'ai pas l'âme endurante, et que j'ai le bras assez bon.

MARTINE. — Je me moque de tes menaces.

SGANARELLE. — Ma petite femme, ma mie [2], votre peau vous démange à votre ordinaire.

---

1. *Soûl*, rassasié à l'excès. — Le mot vient de *satullum*, diminutif de *satur* (rassasié).

qu'il « vit de ménage », ou, pour mieux parler, « de *son* ménage ».

2. Voir la note 2 de la page 141.

MARTINE. — Je te montrerai bien que je ne te crains nullement.

SGANARELLE. — Ma chère moitié, vous avez envie de me dérober quelque chose [1].

MARTINE. — Crois-tu que je m'épouvante de tes paroles?

SGANARELLE. — Doux objet de mes vœux, je vous frotterai les oreilles.

MARTINE. — Ivrogne que tu es!

SGANARELLE. — Je vous battrai.

MARTINE. — Sac à vin!

SGANARELLE. — Je vous rosserai [2].

MARTINE. — Infâme!

SGANARELLE. — Je vous étrillerai.

MARTINE. — Traître, insolent, trompeur, lâche, coquin, pendard, gueux, bélître [3], fripon, maraud, voleur....

SGANARELLE (*Il prend un bâton et lui en donne*). — Ah! vous en voulez donc!

MARTINE. — Ah! ah! ah! ah!

SGANARELLE. — Voilà le vrai moyen de vous apaiser.

M. ROBERT, SGANARELLE, MARTINE

MONSIEUR ROBERT. — Holà! holà! holà! Fi! Qu'est-ce ci? Quelle infamie! Peste soit le coquin [4] de battre ainsi sa femme!

MARTINE, *les mains sur les côtés, lui parle en le fai-*

---

1. *Me dérober quelque chose* : attraper ce que je tiens en réserve, c'est-à-dire des coups de bâton.

2. *Rosser*, battre. — Étymologiquement, il semble que le mot veuille dire : traiter quelqu'un comme on traiterait une *rosse*. On sait que ce dernier mot, qui se retrouve en allemand (*ross*) avec le sens de *cheval*, mais dont l'étymologie est d'ailleurs douteuse, veut dire un *mauvais cheval*.

3. *Bélître*, vient du mot allemand *bettler* qui veut dire *mendiant*, et c'est aussi le sens qu'il a eu dans le français du xvie siècle. De ce sens on est passé à celui d'*homme de rien, homme sans valeur*.

4. Locution usuelle dans laquelle il faut sans doute considérer *peste* comme l'attribut et l'autre substantif comme le sujet.

sant reculer, et à la fin lui donne un soufflet. — Et je·
veux qu'il me batte, moi.

MONSIEUR ROBERT. — Ah! j'y consens de tout mon
cœur.

MARTINE. — De quoi vous mêlez-vous?

MONSIEUR ROBERT. — J'ai tort.

MARTINE. — Est-ce là votre affaire?

MONSIEUR ROBERT. — Vous avez raison.

MARTINE. — Voyez un peu cet impertinent, qui
veut empêcher les maris de battre leurs femmes!

MONSIEUR ROBERT. — Je me rétracte.

MARTINE. — Qu'avez-vous à voir là-dessus?

MONSIEUR ROBERT. — Rien.

MARTINE. — Est-ce à vous d'y mettre le nez?

MONSIEUR ROBERT. — Non.

MARTINE. — Mêlez-vous de vos affaires.

MONSIEUR ROBERT. — Je ne dis plus mot.

MARTINE. — Il me plaît d'être battue.

MONSIEUR ROBERT. — D'accord.

MARTINE. — Ce n'est pas à vos dépens.

MONSIEUR ROBERT. — Il est vrai.

MARTINE. — Et vous êtes un sot de venir vous
fourrer où vous n'avez que faire.

MONSIEUR ROBERT (*Il passe ensuite vers le mari, qui
pareillement lui parle toujours en le faisant reculer, le
frappe avec le même bâton et le met en fuite.*) — Compère, je vous demande pardon de tout mon cœur. Faites,
rossez, battez comme il faut votre femme; je vous aide-
rai, si vous le voulez.

SGANARELLE. — Il ne me plaît pas, moi.

MONSIEUR ROBERT. — Ah! c'est une autre chose.

SGANARELLE. — Je la veux battre, si je le veux; et
ne la veux pas battre, si je ne le veux pas.

MONSIEUR ROBERT. — Fort bien.

SGANARELLE. — C'est ma femme, et non pas la vôtre.

MONSIEUR ROBERT. — Sans doute.

SGANARELLE. — Vous n'avez rien à me commander.

MONSIEUR ROBERT. — D'accord.

SGANARELLE. — Je n'ai que faire de votre aide.

MONSIEUR ROBERT. — Très volontiers.

SGANARELLE. — Et vous êtes un impertinent de vous ingérer des [1] affaires d'autrui. Apprenez que Cicéron dit qu'entre l'arbre et le doigt il ne faut point mettre l'écorce [2].

(*Ensuite [3] il revient vers sa femme et lui dit en lui pressant la main :*)

Oh! çà, faisons la paix nous deux. Touche-là.

MARTINE. — Oui, après m'avoir ainsi battue!

SGANARELLE. — Cela n'est rien. Touche.

MARTINE. — Je ne veux pas.

SGANARELLE. — Eh!

MARTINE. — Non.

SGANARELLE. — Ma petite femme!

MARTINE. — Point.

SGANARELLE. — Allons, te dis-je.

MARTINE. — Je n'en ferai rien.

SGANARELLE. — Viens, viens, viens.

MARTINE. — Non. Je veux être en colère.

SGANARELLE. — Fi! c'est une bagatelle. Allons, allons.

MARTINE. — Laisse-moi là.

SGANARELLE. — Touche, te dis-je.

MARTINE. — Tu m'as trop maltraitée.

SGANARELLE. — Eh bien! va, je te demande pardon, mets là ta main.

---

1. *S'ingérer de*, paraît avoir été plus fréquent au XVIIe siècle que *s'ingérer dans*, qui se dit plutôt aujourd'hui.
2. Sganarelle cite de travers un proverbe fort connu : « Entre l'arbre et l'écorce, il ne faut pas mettre le doigt »; ce qui veut dire qu'il ne faut pas se mêler des querelles qui peuvent survenir entre des personnes qui se touchent de très près : car si elles viennent ensuite à se réunir, on a souvent à souffrir de son intervention. — Inutile d'ajouter que ce dicton proverbial ne se trouve pas dans les œuvres de Cicéron. Mais nous savons déjà que Sganarelle, très fier d'avoir appris le rudiment, aime à citer, un peu à tort et à travers, les noms qu'il a pu retenir de ses anciennes leçons.
3. *Ensuite* : après que Robert s'est enfui.

MARTINE. — Je te pardonne; (*elle dit le reste bas*) mais tu le payeras.

SGANARELLE. — Tu es une folle de prendre garde à cela. Ce sont petites choses qui sont de temps en temps nécessaires dans l'amitié; et cinq ou six coups de bâton, entre gens qui s'aiment, ne font que ragaillardir l'affection. Va, je m'en vais au bois, et je te promets aujourd'hui plus d'un cent de fagots.

MARTINE, *seule.*

Va, quelque mine que je fasse, je n'oublie pas mon ressentiment; et je brûle en moi-même de trouver les moyens de te punir des coups que tu me donnes....

VALÈRE, LUCAS [1], MARTINE [2]

LUCAS. — Parguienne! j'avons pris là tous deux une guèble [3] de commission; et je ne sais pas, moi, ce que je pensons attraper.

VALÈRE. — Que veux-tu, mon pauvre nourricier? Il faut bien obéir à notre maître; et puis, nous avons intérêt l'un et l'autre à la santé de sa fille, notre maîtresse; et sans doute son mariage, différé par sa maladie, nous vaudrait quelque récompense....

MARTINE, *rêvant à part elle.* — Ne puis-je point trouver quelque invention pour me venger?

LUCAS. — Mais quelle fantaisie s'est-il boutée [4] là dans la tête, puisque les médecins y avont tous pardu leur latin?

---

1. Lucas est « nourricier, » c'est-à-dire qu'il est le mari d'une nourrice employée dans la maison de Géronte; c'est un simple valet, et un valet de la campagne : nous allons donc retrouver dans son langage ces singulières déformations que nous connaissons déjà par le Pierrot de *Don Juan* (voir page 83). — Quant à Valère il est « domestique » chez Géronte; c'est-à-dire, suivant le sens qu'on attachait à ce mot au xviie siècle, qu'il est attaché, à un titre quelconque, à la maison (*domus*)

de ce personnage : sa situation est supérieure à celle d'un valet.

2. Dans tout le début de la scène, les deux hommes parlent ensemble sans voir Martine, qui ne les voit pas non plus.

3. *Guèble*, prononciation vicieuse de *diable*. — Nous avons vu dans *Don Juan* (page 91, ligne 4) Charlotte prononcer *Guieu* pour *Dieu*, et Lucas lui-même prononce, on vient de le voir, *parguienne* au lieu de *pardienne* (pour *pardieu*).

4. Voir page 87, note 5.

VALÈRE. — On trouve quelquefois, à force de cher-cher, ce qu'on ne trouve pas d'abord ; et souvent, en de simples lieux [1]....

MARTINE. — Oui, il faut que je m'en venge, à quelque prix que ce soit. Ces coups de bâton me reviennent au cœur, je ne les saurais digérer et.... (*Elle dit tout ceci en rêvant, de sorte que, ne prenant pas garde à ces deux hommes, elle les heurte en se retournant, et leur dit :*) Ah ! messieurs, je vous demande pardon ; je ne vous voyais pas, et cherchais dans ma tête quelque chose qui m'embarrasse.

VALÈRE. — Chacun a ses soins [2] dans le monde, et nous cherchons aussi ce que nous voudrions bien trouver.

MARTINE. — Serait-ce quelque chose où je vous puisse aider ?

VALÈRE. — Cela se pourrait faire ; et nous tâchons de rencontrer quelque habile homme, quelque médecin particulier [3], qui pût donner quelque soulagement à la fille de notre maître, attaquée d'une maladie qui lui a ôté tout d'un coup l'usage de la langue. Plusieurs médecins ont déjà épuisé toute leur science après elle ; mais on trouve parfois des gens avec des secrets admirables, de certains remèdes particuliers, qui font le plus souvent ce que les autres n'ont su faire ; et c'est là ce que nous cherchons.

MARTINE (*Elle dit ces premières lignes bas.*) — Ah ! que le ciel m'inspire une admirable invention pour me venger de mon pendard ! (*Haut.*) Vous ne pouviez jamais vous mieux adresser pour rencontrer ce que vous cherchez ; et nous avons ici un homme, le plus merveilleux homme du monde, pour les maladies désespérées.

VALÈRE. — Et de grâce, où pouvons-nous le rencontrer ?

MARTINE. — Vous le trouverez maintenant vers ce petit lieu que voilà, qui s'amuse à couper du bois.

---

1. *Simples*, peu élégants, sans luxe, campagnards.
2. *Soins*, soucis.
3. *Particulier*, d'un mérite exceptionnel, unique.

LUCAS. — Un médecin qui coupe du bois!

VALÈRE. — Qui s'amuse à cueillir des simples [1], voulez-vous dire?

MARTINE — Non. C'est un homme extraordinaire, qui se plaît à cela, fantasque, bizarre, quinteux, et que vous ne prendriez jamais pour ce qu'il est. Il va vêtu d'une façon extravagante, affecte quelquefois de paraître ignorant, tient sa science renfermée, et ne fuit rien tant, tous les jours, que d'exercer [2] les merveilleux talents qu'il a eus du ciel pour la médecine.

VALÈRE. — C'est une chose admirable, que tous les grands hommes ont toujours du caprice, quelque petit grain de folie mêlé à leur science.

MARTINE. — La folie de celui-ci est plus grande qu'on ne peut croire; car elle va parfois jusqu'à vouloir être battu pour demeurer d'accord de sa capacité; et je vous donne avis que vous n'en viendrez point à bout, qu'il n'avouera jamais qu'il est médecin, s'il se le met en fantaisie, que vous ne [3] preniez chacun un bâton, et ne le réduisiez, à force de coups, à vous confesser à la fin ce qu'il vous cachera d'abord. C'est ainsi que nous en usons, quand nous avons besoin de lui.

VALÈRE. — Voilà une étrange folie!

MARTINE. — Il est vrai; mais, après cela, vous verrez qu'il fait des merveilles.

VALÈRE. — Comment s'appelle-t-il?

MARTINE.—Il s'appelle Sganarelle; mais il est aisé à connaître [4]: c'est un homme qui a une large barbe noire, et qui porte une fraise, avec un habit jaune et vert [5].

---

1. *Simples* (substantif masculin et quelquefois féminin) : toute plante médicinale.

2. *Fuir d'exercer*, éviter d'exercer : emploi vieilli du verbe *fuir*, qui n'est pas sans exemple chez les écrivains du XVIIe siècle. On le trouve dans Corneille, dans Pascal, dans Bossuet, etc.

3. *Que vous ne preniez* : si vous ne prenez pas.

4. *Connaître*, fréquent au XVIIe siècle pour *reconnaître* (voir page 4, note 1).

5. *Fraise* : collerette à deux rangs de plis empesés : elle n'était plus guère portée depuis le temps de Louis XIII. Mais le costume de Sganarelle est un costume traditionnel. Quant à la *large barbe*, il faut l'entendre d'épaisses moustaches que Molière portait dans ce rôle.

LUCAS. — Un habit jaune et vart! c'est donc le médecin des parroquets?

VALÈRE. — Mais est-il bien vrai qu'il soit si habile que vous le dites?

MARTINE. — Comment! C'est un homme qui fait des miracles. Il y a six mois qu'une femme fut abandonnée de tous les autres médecins : on la tenait morte il y avait déjà six heures et l'on se disposait à l'ensevelir, lorsqu'on y fit venir de force l'homme dont nous parlons. Il lui mit, l'ayant vue, une petite goutte de je ne sais quoi dans la bouche; et, dans le même instant, elle se leva de son lit, et se mit aussitôt à se promener dans sa chambre, comme si de rien n'eût été.

LUCAS. — Ah!

VALÈRE. — Il fallait que ce fût quelque goutte d'or potable [1].

MARTINE. — Cela pourrait bien être. Il n'y a pas trois semaines encore qu'un jeune enfant de douze ans tomba du haut du clocher en bas, et se brisa sur le pavé la tête, les bras et les jambes. On n'y eut pas plus tôt amené notre homme, qu'il le frotta par tout le corps d'un certain onguent qu'il sait faire; et l'enfant aussitôt se leva sur ses pieds, et courut jouer à la fossette [2].

LUCAS. — Ah!

VALÈRE. — Il faut que cet homme-là ait la médecine universelle.

MARTINE. — Qui en doute?

LUCAS. — Tétigué [3]! velà justement l'homme qu'il nous faut. Allons vite le charcher.

VALÈRE. — Nous vous remercions du plaisir que vous nous faites.

---

1. *Or potable*, « Liquide huileux et alcoolique qu'on obtient en versant une huile volatile dans une dissolution de chlorure d'or, et qu'on regardait autrefois comme un cordial et un élixir de santé. » (LITTRÉ.)

2. *Fossette*, jeu de billes qui consistait à jeter une poignée de billes dans une petite excavation ou *fossette*.

3. *Tétigué* : corruption de *Tête-Dieu* (voir la note 2 de la page 87).

MARTINE. — Mais souvenez-vous bien, au moins, de l'avertissement que je vous ai donné.

LUCAS. — Hé! morguenne! laissez-nous faire. S'il ne tient qu'à battre, la vache est à nous.

VALÈRE. — Nous sommes bien heureux d'avoir fait cette rencontre; et j'en conçois, pour moi, la meilleure espérance du monde.

SGANARELLE, VALÈRE, LUCAS

SGANARELLE *entre sur le théâtre en chantant et tenant une bouteille.* — La, la, la.

VALÈRE. — J'entends quelqu'un qui chante, et qui coupe du bois.

SGANARELLE. — La, la, la.... Ma foi, c'est assez travaillé pour un coup. Prenons un peu d'haleine. (*Il boit et dit après avoir bu* :) Voilà du bois qui est salé comme tous les diables [1].

> Qu'ils sont doux,
> Bouteille jolie,
> Qu'ils sont doux,
> Vos petits glougloux !
> Mais mon sort ferait bien des jaloux,
> Si vous étiez toujours remplie.
> Ah! bouteille, ma mie,
> Pourquoi vous videz-vous [2]?

Allons, morbleu! il ne faut point engendrer de mélancolie.

VALÈRE. — Le voilà lui-même.

LUCAS. — Je pense que vous dites vrai, et que j'avons bouté [3] le nez dessus.

VALÈRE. — Voyons de près.

SGANARELLE, *les apercevant, les regarde en se tournant vers l'un et puis vers l'autre, et abaissant sa voix, chante :*

---

1. *Salé* : façon plaisante de dire qu'on a soif en coupant ce bois.
2. Voir page 466, la musique que Lulli (1633-1687) composa pour cette chanson.
3. *Bouté.* Voir page 87, note 5.

.... Mon sort.... ferait.... bien des.... jaloux,
     Si....

Que diable! à qui en veulent ces gens-là?

VALÈRE. — C'est lui assurément.

LUCAS. — Le velà tout craché [1] comme on nous l'a défiguré [2].

SGANARELLE, *à part.* (*Ici il pose sa bouteille à terre; et, Valère se baissant pour le saluer, comme il croit que c'est à dessein de la prendre, il la met de l'autre côté; ensuite de quoi Lucas faisant la même chose, il la reprend, et la tient contre son estomac, avec divers gestes, qui font un grand jeu de théâtre.*) [3] — Ils consultent en me regardant. Quel dessein auraient-ils?

VALÈRE. — Monsieur, n'est-ce pas vous qui vous appelez Sganarelle?

SGANARELLLE. — Eh! quoi?

VALÈRE. — Je vous demande si ce n'est pas vous qui se nomme Sganarelle [4].

SGANARELLE, *se tournant vers Valère, puis vers Lucas.* — Oui et non, selon ce que vous lui voulez.

VALÈRE. — Nous ne voulons que lui faire toutes les civilités que nous pourrons.

SGANARELLE. — En ce cas, c'est moi qui se nomme Sganarelle.

VALÈRE. — Monsieur, nous sommes ravis de vous voir. On nous a adressés à vous pour ce que nous cherchons; et nous venons implorer votre aide, dont nous avons besoin.

SGANARELLE. — Si c'est quelque chose, messieurs, qui dépende de mon petit négoce, je suis tout prêt à vous rendre service.

1. *Tout craché,* façon de parler très populaire, pour dire : absolument exact, conforme à ce qu'on attendait.
2. Lucas veut dire *figuré,* représenté.
3. Ces jeux de scène, qui laissent une grande part à l'esprit d'invention de l'acteur, sont très fréquents dans la farce.

4. Cette façon de construire *qui* avec un verbe à la 3e personne, quel que soit l'antécédent du pronom relatif se trouve assez fréquemment au xvııᵉsiècle. — Molière lui-même écrit dans *le Dépit amoureux* (II, vıı) :

Et que me diriez-vous, Monsieur, si c'était moi
Qui vous eût procuré cette heureuse fortune?

VALÈRE. — Monsieur, c'est trop de grâce que vous nous faites. Mais, monsieur, couvrez-vous [1], s'il vous plaît; le soleil pourrait vous incommoder.

LUCAS. — Monsieur, boutez dessus [2].

SGANARELLE, *bas*. — Voici des gens bien pleins de cérémonie.

VALÈRE. — Monsieur, il ne faut pas trouver étrange que nous venions à vous; les habiles gens sont toujours recherchés, et nous sommes instruits de votre capacité.

SGANARELLE. — Il est vrai, messieurs, que je suis le premier homme du monde pour faire des fagots.

VALÈRE. — Ah! monsieur....

SGANARELLE. — Je n'y épargne aucune chose, et les fais d'une façon qu'il [3] n'y a rien à dire.

VALÈRE. — Monsieur, ce n'est pas cela dont il est question.

SGANARELLE. — Mais aussi, je les vends cent dix sols [4] le cent.

VALÈRE. — Ne parlons point de cela, s'il vous plaît.

SGANARELLE. — Je vous promets que je ne saurais les donner à moins.

VALÈRE. — Monsieur, nous savons les choses.

SGANARELLE. — Si vous savez les choses, vous savez que je les vends cela.

VALÈRE. — Monsieur, c'est se moquer que....

SGANARELLE. — Je ne me moque point, je n'en puis rien rabattre.

VALÈRE. — Parlons d'autre façon, de grâce.

SGANARELLE. — Vous en pourrez trouver autre part à moins : il y a fagots et fagots; mais pour ceux que je fais....

VALÈRE. — Eh! monsieur, laissons là ce discours.

---

1. *Couvrez-vous* : mettez votre chapeau.
2. *Boutez dessus* : mettez (votre chapeau) sur (votre tête).
3. *Que*. Voir la note 4 de la page 236.
4. *Sol* ou *sou* : vingtième partie de la *livre* ou *franc*.

SGANARELLE. — Je vous jure que vous ne les auriez pas, s'il s'en fallait un double[1].

VALÈRE. — Eh! fi!

SGANARELLE. — Non, en conscience, vous en payerez cela. Je vous parle sincèrement, et ne suis pas homme à surfaire.

VALÈRE. — Faut-il, monsieur, qu'une personne comme vous s'amuse à ces grossières feintes, s'abaisse à parler de la sorte? qu'un homme si savant, un fameux médecin comme vous êtes, veuille se déguiser aux yeux du monde, et tenir enterrés les beaux talents qu'il a?

SGANARELLE, *à part.* — Il est fou.

VALÈRE. — De grâce, monsieur, ne dissimulez point avec nous.

SGANARELLE. — Comment?

LUCAS. — Tout ce tripotage ne sart de rian; je savons cen[2] que je savons.

SGANARELLE. — Quoi donc? Que me voulez-vous dire? Pour qui me prenez-vous?

VALÈRE. — Pour ce que vous êtes, pour un grand médecin.

SGANARELLE. — Médecin vous-même; je ne le suis point et ne l'ai jamais été.

VALÈRE, *bas.* — Voilà sa folie qui le tient. (*Haut.*) Monsieur, ne veuillez point nier les choses davantage; et n'en venons point, s'il vous plaît, à de fâcheuses extrémités.

SGANARELLE. — A quoi donc?

VALÈRE. — A de certaines choses dont nous serions marris[3].

SGANARELLE. — Parbleu! venez-en à tout ce qu'il vous plaira; je ne suis point médecin, et ne sais ce que vous me voulez dire.

---

1. *Un double* (c'est-à-dire un *double denier*) : la sixième partie du sou. — *S'en fallait* : manquait.

2. *Cen*, prononciation nasalisée de *ce*.
3. *Marri*, fâché (origine germanique).

VALÈRE, *bas*. — Je vois bien qu'il faut se servir du
remède. (*Haut.*) Monsieur, encore un coup, je vous prie
d'avouer ce que vous êtes.

LUCAS. — Eh! tétigué! ne lantiponez [1] point davantage; et confessez à la franquette [2] que v' êtes médecin.

SGANARELLE. — J'enrage.

VALÈRE. — A quoi bon nier ce qu'on sait?

LUCAS. — Pourquoi toutes ces fraimes-là [3]? A quoi
est-ce que ça vous sart?

SGANARELLE. — Messieurs, en un mot autant qu'en
deux mille, je vous dis que je ne suis point médecin.

VALÈRE. — Vous n'êtes point médecin?

SGANARELLE. — Non.

LUCAS. — V' n'êtes pas médecin?

SGANARELLE. — Non, vous dis-je.

VALÈRE. — Puisque vous le voulez, il faut s'y
résoudre.   (*Ils prennent un bâton et le frappent.*)

SGANARELLE. — Ah! ah! ah! messieurs, je suis tout
ce qu'il vous plaira.

VALÈRE. — Pourquoi, monsieur, nous obligez-vous
à cette violence?

LUCAS. — A quoi bon nous bailler [4] la peine de vous
battre?

VALÈRE. — Je vous assure que j'en ai tous les regrets
du monde.

LUCAS. — Par ma figué [5], j'en sis fâché franchement.

SGANARELLE. — Que diable est-ce ci, messieurs? De
grâce, est-ce pour rire, ou si [6] tous deux vous extrava-
guez, de vouloir que je sois médecin?

1. *Lantiponer.* Littré pense que ce
mot de paysan, dont on trouve d'autres
exemples, et qui veut dire *hésiter, perdre
du temps*, pourrait venir de *lent* et de
poner, mot patois ayant le sens de
pondre. Cette étymologie paraît bien
peu probable. Peut-être y aurait-il lieu
plutôt de voir dans ce mot une forme
comiquement allongée et viciée de
lanterner, qui a aussi le sens d'*hésiter*.
2. *A la franquette*, franchement.

3. *Fraimes*, prononciation vicieuse
de *frimes*, mot d'origine inconnue, qui
veut dire *mines, façons*.
4. Voir la note 2 de la page 201.
5. *Ma figué*, allongement de *ma fi*,
prononciation vicieuse de *ma foi*.
6. *Ou si*, dans le sens de *ou bien
est-ce que* (*nu* en latin), est, au xviiᵉ siècle,
d'un emploi très fréquent.(Voir page 3,
note 6.)

VALÈRE. — Quoi! vous ne vous rendez pas encore, et vous vous défendez d'être médecin?

SGANARELLE. — Diable emporte si je le suis!

LUCAS. — Il n'est pas vrai qu'ous sayez médecin?

SGANARELLE. — Non, la peste m'étouffe. (*Là ils recommencent de le battre.*) Ah! ah! Eh bien! messieurs, oui, puisque vous le voulez, je suis médecin, je suis médecin; apothicaire encore, si vous le trouvez bon. J'aime mieux consentir à tout que de me faire assommer.

VALÈRE. — Ah! voilà qui va bien, monsieur; je suis ravi de vous voir raisonnable.

LUCAS. — Vous me boutez la joie au cœur, quand je vous vois parler comme ça.

VALÈRE. — Je vous demande pardon de toute mon âme.

LUCAS. — Je vous demandons excuse de la libarté que j'avons prise.

SGANARELLE, *à part.* — Ouais! serait-ce bien moi qui me tromperais, et serais-je devenu médecin sans m'en être aperçu?

VALÈRE. — Monsieur, vous ne vous repentirez pas de nous montrer ce que vous êtes, et vous verrez assurément que vous en serez satisfait.

SGANARELLE. — Mais, messieurs, dites-moi, ne vous trompez-vous point vous-mêmes? Est-il bien assuré que je sois médecin?

LUCAS. — Oui, par ma figué.

SGANARELLE. — Tout de bon?

VALÈRE. — Sans doute.

SGANARELLE. — Diable emporte si je le savais.

VALÈRE. — Comment! vous êtes le plus habile médecin du monde.

SGANARELLE. — Ah! ah!

LUCAS. — Un médecin qui a gari je ne sais combien de maladies.

SGANARELLE. — Tudieu!

VALÈRE. — Une femme était tenue pour morte il y

avait six heures; elle était prête à ensevelir, lorsque, avec une goutte de quelque chose, vous la fites revenir et marcher d'abord [1] par la chambre.

SGANARELLE. — Peste!

LUCAS. — Un petit enfant de douze ans se laissit choir du haut d'un clocher, de quoi il eut la tête, les jambes et les bras cassés; et vous, avec je ne sais quel onguent, vous fites qu'aussitôt il se relevit sur ses pieds et s'en fut jouer à la fossette.

SGANARELLE. — Diantre!

VALÈRE. — Enfin, monsieur, vous aurez contentement avec nous, et vous gagnerez ce que vous voudrez, en vous laissant conduire où nous prétendons vous mener.

SGANARELLE. — Je gagnerai ce que je voudrai?

VALÈRE. — Oui.

SGANARELLE. — Ah! je suis médecin, sans contredit. Je l'avais oublié, mais je m'en ressouviens. De quoi est-il question? Où faut-il se transporter?

VALÈRE. — Nous vous conduirons. Il est question d'aller voir une fille qui a perdu la parole.

SGANARELLE. — Ma foi, je ne l'ai pas trouvée [2].

VALÈRE. — Il aime à rire. Allons, monsieur.

SGANARELLE. — Sans une robe de médecin?

VALÈRE. — Nous en prendrons une.

SGANARELLE, présentant sa bouteille à Valère. — Tenez cela, vous : voilà où je mets mes juleps [3]. (Puis se tournant vers Lucas en crachant.) Vous, marchez là-dessus, par ordonnance du médecin.

LUCAS. — Palsanguenne, velà un médecin qui me plaît; je pense qu'il réussira, car il est bouffon [4].

(Acte I.)

---

1. D'abord, dès le premier moment.
2. Plaisanterie, amenée par le mot perdu, dont le contraire est trouvé.
3. Juleps, potion adoucissante.
4. Palsanguenne : voir page 87, note 2.

II

LA CONSULTATION [1]

GÉRONTE, VALÈRE, LUCAS

VALÈRE. — Oui, monsieur, je crois que vous serez satisfait; et nous vous avons amené le plus grand médecin du monde [2].

LUCAS. — Oh! morguenne! il faut tirer l'échelle après ceti-là; et tous les autres ne sont pas daignes de li déchausser ses souillés [3].

VALÈRE. — C'est un homme qui a fait des cures merveilleuses.

LUCAS. — Qui a gari des gens qui étiant morts.

VALÈRE. — Il est un peu capricieux, comme je vous ai dit; et, parfois, il a des moments où son esprit s'échappe, et ne paraît pas ce qu'il est.

LUCAS. — Oui, il aime à bouffonner; et l'an dirait parfois, ne v's en déplaise, qu'il a quelque petit coup de hache à la tête.

VALÈRE. — Mais, dans le fond, il est toute science; et, bien souvent, il dit des choses tout à fait relevées.

LUCAS. — Quand il s'y boute [4], il parle tout fin drait [5] comme s'il lisait dans un livre.

VALÈRE. — Sa réputation s'est déjà répandue ici; et tout le monde vient à lui.

GÉRONTE. — Je meurs d'envie de le voir; faites-le moi vite venir....

---

1 La scène est dans la maison de Géronte.

2. Quelques-uns veulent voir dans ces mots une sorte d'invitation à applaudir adressée par Molière au public : il est possible.

3. Souillés, prononciation vicieuse de souliers.

4. Voir page 87, note 5.

5. Tout fin drait, voir page 86, note 3.

VALÈRE, SGANARELLE, GÉRONTE, LUCAS

VALÈRE. — Monsieur, préparez-vous. Voici notre médecin qui entre.

GÉRONTE. — Monsieur, je suis ravi de vous voir chez moi, et nous avons grand besoin de vous.

SGANARELLE, *en robe de médecin, avec un chapeau des plus pointus.* — Hippocrate dit.... que nous nous couvrions tous deux.

GÉRONTE. — Hippocrate dit cela?

SGANARELLE. — Oui.

GÉRONTE. — Dans quel chapitre, s'il vous plaît?

SGANARELLE. — Dans son chapitre des chapeaux [1].

GÉRONTE. — Puisque Hippocrate le dit, il le faut faire.

SGANARELLE. — Monsieur le médecin, ayant appris les merveilleuses choses....

GÉRONTE. — A qui parlez-vous, de grâce?

SGANARELLE. — A vous.

GÉRONTE. — Je ne suis pas médecin.

SGANARELLE. — Vous n'êtes pas médecin?

GÉRONTE. — Non, vraiment.

SGANARELLE. (*Il prend ici un bâton, et le bat comme on l'a battu.*) — Tout de bon?

GÉRONTE. — Tout de bon. Ah! ah! ah!

SGANARELLE. — Vous êtes médecin maintenant; je n'ai jamais eu d'autres licences [2].

GÉRONTE. — Quel diable d'homme m'avez-vous là amené?

VALÈRE. — Je vous ai bien dit que c'était un médecin goguenard [3].

1. Il n'est pas besoin de dire que ce chapitre n'existe pas. — Sur Hippocrate, voir page 113, note 3.

2. *D'autres licences*, d'autres lettres, d'autres diplômes me donnant la *licence* (*licentia*, permission) de professer la médecine, me nommant *licencié* dans cette science.

3. *Goguenard*, qui aime à rire. — Dérivé du vieux substantif *gogue* (joie bruyante), dont l'origine est inconnue.

GÉRONTE. — Oui, mais je l'enverrais promener avec ses goguenarderies.

LUCAS. — Ne prenez pas garde à ça, monsieu[1]; ce n'est que pour rire.

GÉRONTE. — Cette raillerie ne me plaît pas.

SGANARELLE. — Monsieur, je vous demande pardon de la liberté que j'ai prise.

GÉRONTE. — Monsieur, je suis votre serviteur.

SGANARELLE. — Je suis fâché....

GÉRONTE. — Cela n'est rien.

SGANARELLE. — Des coups de bâton....

GÉRONTE. — Il n'y a pas de mal.

SGANARELLE. — Que j'ai eu l'honneur de vous donner.

GÉRONTE. — Ne parlons plus de cela. Monsieur, j'ai une fille qui est tombée dans une étrange maladie.

SGANARELLE. — Je suis ravi, monsieur, que votre fille ait besoin de moi; et je souhaiterais de tout mon cœur que vous en eussiez besoin aussi, vous et toute votre famille, pour vous témoigner l'envie que j'ai de vous servir.

GÉRONTE. — Je vous suis obligé de ces sentiments.

SGANARELLE. — Je vous assure que c'est du meilleur de mon âme que je vous parle.

GÉRONTE. — C'est trop d'honneur que vous me faites.

SGANARELLE. Comment s'appelle votre fille?

GÉRONTE. — Lucinde.

SGANARELLE. — Lucinde! Ah! beau nom à médicamenter. Lucinde!....

GÉRONTE. — Voici ma fille.

LUCINDE, VALÈRE, GÉRONTE, LUCAS,
SGANARELLE, JACQUELINE

SGANARELLE. — Est-ce là la malade?

_____

1. Voir page 62, note 3, et page 88, note 4.

GÉRONTE. — Oui, je n'ai qu'elle de fille; et j'aurais tous les regrets du monde, si elle venait à mourir.

SGANARELLE. — Qu'elle s'en garde bien. Il ne faut pas qu'elle meure sans l'ordonnance du médecin.

GÉRONTE. — Allons, un siège....

SGANARELLE. — Eh bien! de quoi est-il question? Qu'avez-vous? Quel est le mal que vous sentez?

LUCINDE *répond par signes, en portant sa main à sa bouche, à sa tête, et sous son menton.* — Han, hi, hom, han.

SGANARELLE. — Eh! que dites-vous?

LUCINDE *continue les mêmes gestes.* — Han, hi, hom, han, han, hi, hom.

SGANARELLE. — Quoi?

LUCINDE. — Han, hi, hom.

SGANARELLE, *la contrefaisant.* — Han, hi, hom, han, ha. Je ne vous entends point. Quel diable de langage est-ce là?

GÉRONTE. — Monsieur, c'est là sa maladie. Elle est devenue muette, sans que jusques ici on en ait pu savoir la cause; et c'est un accident qui a fait reculer son mariage.

SGANARELLE. — Et pourquoi?

GÉRONTE. — Celui qu'elle doit épouser veut attendre sa guérison pour conclure les choses.

SGANARELLE. — Et qui est ce sot-là, qui ne veut pas que sa femme soit muette? Plût à Dieu que la mienne eût cette maladie! Je me garderais bien de la vouloir guérir.

GÉRONTE. — Enfin, monsieur, nous vous prions d'employer tous vos soins pour la soulager de son mal.

SGANARELLE. — Ah! ne vous mettez pas en peine. Dites-moi un peu, ce mal l'oppresse-t-il beaucoup?

GÉRONTE. — Oui, monsieur.

SGANARELLE — Tant mieux. Sent-elle de grandes douleurs?

GÉRONTE. — Fort grandes.

SGANARELLE. — C'est fort bien fait[1]... (*Se tournant vers la malade.*) Donnez-moi votre bras. Voilà un pouls qui marque que votre fille est muette.

GÉRONTE. — Eh! oui, monsieur, c'est là son mal; vous l'avez trouvé tout du premier coup.

SGANARELLE. — Ah! ah!

JACQUELINE. — Voyez comme il a deviné sa maladie!

SGANARELLE. — Nous autres, grands médecins, nous connaissons d'abord[2] les choses. Un ignorant aurait été embarrassé, et vous eût été[3] dire : C'est ceci, c'est cela; mais moi, je touche au but du premier coup, et je vous apprends que votre fille est muette.

GÉRONTE. — Oui; mais je voudrais bien que vous me pussiez dire d'où cela vient.

SGANARELLE. — Il n'est rien plus aisé. Cela vient de ce qu'elle a perdu la parole.

GÉRONTE. — Fort bien; mais la cause, s'il vous plaît, qui fait qu'elle a perdu la parole?

SGANARELLE. — Tous nos meilleurs auteurs vous diront que c'est l'empêchement de l'action de sa langue.

GÉRONTE. — Mais encore, vos sentiments sur cet empêchement de l'action de sa langue?

SGANARELLE. — Aristote, là-dessus, dit.... de fort belles choses.

GÉRONTE. — Je le crois.

SGANARELLE. — Ah! c'était un grand homme.

GÉRONTE. — Sans doute.

SGANARELLE, *levant son bras depuis le coude.* — Grand homme tout à fait : un homme qui était plus grand que moi de tout cela. Pour revenir donc à notre raisonnement, je tiens que cet empêchement de l'action de sa langue est causé par de certaines humeurs, qu'entre

---

1. *C'est fort bien fait* : voilà qui va bien; c'est là un bon indice.

2. Nous reconnaissons dès le premier

abord (voir page 174, note 4, et page 145, note 4).

3. *Vous eût été dire*, serait allé vous dire. — Voir page 49, note 3.

nous autres savants, nous appelons humeurs peccantes [1] ; peccantes, c'est-à-dire.... humeurs peccantes ; d'autant que les vapeurs formées par les exhalaisons des influences qui s'élèvent dans la région des maladies, venant.... pour ainsi dire.... à.... Entendez-vous le latin ?

GÉRONTE. — En aucune façon.

SGANARELLE, *se levant avec étonnement*. — Vous n'entendez point le latin ?

GÉRONTE. — Non.

SGANARELLE, *en faisant diverses plaisantes postures.* — *Cabricias arci thuram, catalamus, singulariter, nominativo hæc Musa*, la Muse, *bonus, bona, bonum, Deus sanctus, est-ne oratio latinas? Etiam*, oui. *Quare*, pourquoi? *Quia substantivo, et adjectivum concordat in generi, numerum, et casus* [2].

GÉRONTE. — Ah! que n'ai-je étudié!

JACQUELINE. — L'habile homme que velà!

LUCAS. — Oui, ça est si biau, que je n'y entends goutte.

SGANARELLE. — Or, ces vapeurs, dont je vous parle, venant à passer du côté gauche, où est le foie, au côté droit où est le cœur, il se trouve que le poumon, que nous appelons en latin *armyan* [3], ayant communication avec le cerveau, que nous nommons en grec *nasmus*, par

---

1. Les médecins du xviiᵉ siècle croyaient que les maladies étaient causées par la présence dans le corps de certaines humeurs nuisibles ou surabondantes : ces humeurs, qui faisaient tout le mal, étaient les *humeurs peccantes* (*peccare*, pécher, faire du mal). Le mot avait passé dans la conversation vulgaire, et il n'est pas étonnant que Sganarelle le connaisse.

2. Des quatre premiers mots, le second seul est latin et ne peut avoir d'ailleurs ici aucun sens ; les trois autres ne sont d'aucune langue, et n'ont de latin que leurs terminaisons. Les suivants sont des débris informes de certaines règles de grammaire latine que Sganarelle a apprises dans son rudiment (voir page 167, note 3). — Ce rudiment,

œuvre du grammairien Despautères (1460-1520), était en effet rédigé en latin. Voici le texte exact de ce rudiment tel qu'il est transcrit dans l'édition des *Grands écrivains de la France* (Molière, tome VI, page 86, note 3) : « *Poeta*, » cujus numeri? — *Singularis*. — *Quare?* — *Quia singulariter profertur...* — « *Musa*, » cujus generis? — *Feminini*. — *Quare?* — *Quia declinatur cum* « *hæc* » : *ut nominativo* : « *hæc Musa*. » — « *Deus sanctus*, » *esتne oratio bene latina?* — *Etiam*. — *Quare?* — *Quia adjectivum et substantivum concordant in genere, numero, casu.*

3. *Armyan* n'est d'aucune langue, non plus que *nasmus*; — *cubile* est latin et veut dire *lit*.

le moyen de la veine cave, que nous appelons en hébreu *cubile*, rencontre en son chemin lesdites vapeurs qui remplissent les ventricules de l'omoplate [1]; et parce que lesdites vapeurs.... Comprenez bien ce raisonnement, je vous prie; et parce que lesdites vapeurs ont une certaine malignité [2].... Écoutez bien ceci, je vous conjure.

GÉRONTE. — Oui.

SGANARELLE. — Ont une certaine malignité, qui est causée.... Soyez attentif, s'il vous plaît.

GÉRONTE. — Je le suis.

SGANARELLE. — Qui est causée par l'âcreté des humeurs engendrées dans la concavité du diaphragme [3], il arrive que ces vapeurs.... *Ossabandus, nequeis, nequer, potarinum, quipsa milus* [4]. Voilà justement ce qui fait que votre fille est muette.

JACQUELINE. — Ah! que ça est bian dit, notte homme!

LUCAS. — Que n'ai-je la langue aussi bian pendue!

GÉRONTE. — On ne peut pas mieux raisonner, sans doute. Il n'y a qu'une seule chose qui m'a choqué; c'est l'endroit du foie et du cœur. Il me semble que vous les placez autrement qu'ils ne sont; que le cœur est du côté gauche, et le foie du côté droit.

SGANARELLE. — Oui, cela était autrefois ainsi; mais nous avons changé tout cela, et nous faisons maintenant la médecine d'une méthode toute nouvelle.

GÉRONTE. — C'est ce que je ne savais pas, et je vous demande pardon de mon ignorance.

SGANARELLE. — Il n'y a point de mal; et vous n'êtes pas obligé d'être aussi habile que nous.

---

1. Les *ventricules* sont de petites poches qui se trouvent dans certains organes, le cœur par exemple. L'omoplate est un os. L'idée même de ventricules de l'omoplate est donc grotesque.

2. *Malignité*, capacité de nuire, mauvaise influence.

3. *Diaphragme*, muscle très large et très mince qui sépare la poitrine de l'abdomen.

4. Ces mots n'appartiennent à aucune langue.

GÉRONTE. — Assurément. Mais, monsieur, que croyez-vous qu'il faille faire à cette maladie?

SGANARELLE. — Ce que je crois qu'il faille faire?

GÉRONTE. — Oui.

SGANARELLE. — Mon avis est qu'on la remette sur son lit, et qu'on lui fasse prendre, pour remède, quantité de pain trempé dans du vin.

GÉRONTE. — Pourquoi cela, monsieur?

SGANARELLE. — Parce qu'il y a dans le vin et le pain, mêlés ensemble, une vertu sympathique [1] qui fait parler. Ne voyez-vous pas bien qu'on ne donne autre chose aux perroquets, et qu'ils apprennent à parler en mangeant de cela?

GÉRONTE. — Cela est vrai. Ah! le grand homme! Vite, quantité de pain et de vin!

SGANARELLE. — Je reviendrai voir, sur le soir, en quel état elle sera....

GÉRONTE. — Attendez un peu, s'il vous plaît.

SGANARELLE. — Que voulez-vous faire?

GÉRONTE. — Vous donner de l'argent, monsieur.

SGANARELLE, *tendant sa main derrière par-dessous sa robe, tandis que Géronte ouvre sa bourse.* — Je n'en prendrai pas, monsieur.

GÉRONTE. — Monsieur...

SGANARELLE. — Point du tout.

GÉRONTE. — Un petit moment.

SGANARELLE. — En aucune façon.

GÉRONTE. — De grâce!

SGANARELLE. — Vous vous moquez.

GÉRONTE. — Voilà qui est fait.

SGANARELLE. — Je n'en ferai rien.

GÉRONTE. — Eh!

SGANARELLE. — Ce n'est pas l'argent qui me fait agir.

---

1. *Une vertu sympathique*, une propriété qui résulte de ce que les deux objets se mêlent, s'attirent.

GÉRONTE. — Je le crois.

SGANARELLE, *après avoir pris l'argent.* — Cela est-il de poids [1] ?

GÉRONTE. — Oui monsieur.

SGANARELLE. — Je ne suis pas un médecin mercenaire.

GÉRONTE. — Je le sais bien.

SGANARELLE. — L'intérêt ne me gouverne point.

GÉRONTE. — Je n'ai pas cette pensée [2].

SGANARELLE, *regardant son argent.* — Ma foi, cela ne va pas mal.

                                        (Acte II, sc. I-IV.)

III

LA GUÉRISON

En réalité Lucinde n'est pas muette le moins du monde. Mais elle contrefait la muette pour que son père ne puisse la marier, contrairement à sa volonté, à un certain Horace. Celui qu'elle veut épouser, c'est Léandre ; mais Géronte ne veut pas consentir à ce mariage parce qu'il ne trouve pas Léandre assez riche. — A un certain moment Lucinde oublie qu'elle veut se faire passer pour muette et parle devant son père : celui-ci attribue naturellement à l'habileté de Sganarelle la guérison de sa fille.

LUCINDE, GÉRONTE, SGANARELLE

GÉRONTE. — Voilà ma fille qui parle ! O grande vertu du remède ! O admirable médecin ! Que je vous suis obligé, monsieur, de cette guérison merveilleuse ! et que puis-je faire pour vous après un tel service ?

SGANARELLE, *se promenant sur le théâtre, et s'essuyant le front.* — Voilà une maladie qui m'a bien donné de la peine !

LUCINDE. — Oui, mon père, j'ai recouvré la parole ;

---

1. La monnaie est-elle bonne ? Pèse-t-elle le poids légal?   2. Géronte sort sur ces mots.

mais je l'ai recouvrée pour vous dire que je n'aurai jamais d'autre époux que Léandre, et que c'est inutilement que vous voulez me donner Horace.

GÉRONTE. — Mais....

LUCINDE. — Rien n'est capable d'ébranler la résolution que j'ai prise.

GÉRONTE. — Quoi?...

LUCINDE. — Vous m'opposerez en vain de belles raisons.

GÉRONTE. — Si....

LUCINDE. — Tous vos discours ne serviront de rien.

GÉRONTE. — Je....

LUCINDE. — C'est une chose où [1] je suis déterminée.

GÉRONTE. — Mais....

LUCINDE. — Il n'est puissance paternelle qui me puisse obliger à me marier malgré moi.

GÉRONTE. — J'ai....

LUCINDE. — Vous avez beau faire tous vos efforts.

GÉRONTE. — Il....

LUCINDE. — Mon cœur ne saurait se soumettre à cette tyrannie.

GÉRONTE. — Là....

LUCINDE. — Et je me jetterai plutôt dans un couvent, que d'épouser un homme que je n'aime point.

GÉRONTE. — Mais....

LUCINDE, *parlant d'un ton de voix à étourdir.* — Non. En aucune façon. Point d'affaires. Vous perdez le temps. Je n'en ferai rien. Cela est résolu.

GÉRONTE. — Ah! quelle impétuosité de paroles! Il n'y a pas moyen d'y résister. Monsieur, je vous prie de la faire redevenir muette.

SGANARELLE. — C'est une chose qui m'est impossible. Tout ce que je puis faire pour votre service est de vous rendre sourd, si vous voulez.

GÉRONTE. — Je vous remercie.

(Acte III, sc. VI.)

1. Voir page 56, note 4.

Peu après cette scène, Léandre vient annoncer à Géronte qu'un de ses oncles est mort en le laissant héritier de tous ses biens. « Monsieur, dit alors, de la manière la plus comique, Géronte à Léandre, votre vertu m'est tout à fait considérable et je vous donne ma fille avec la plus grande joie du monde. » Sganarelle n'a plus qu'à pardonner à sa femme les coups de bâton qu'elle lui a fait donner, et la comédie se termine à la satisfaction de tous les personnages.

AMPHITRYON

COMÉDIE EN TROIS ACTES ET EN VERS

(Janvier 1668)

La comédie d'*Amphitryon* est imitée d'une comédie latine de Plaute (mort en 184 av. J.C.), qui porte le même titre. Elle met en scène d'une façon fort plaisante les quiproquos qui naissent de la ressemblance momentanée d'Amphitryon et de son esclave Sosie avec Jupiter et Mercure, qui se sont amusés à revêtir leur forme. Toutefois il faut noter que la pièce de Plaute, quoique très comique, conserve çà et là quelque chose du ton et de la dignité héroïque; la comédie de Molière, au contraire, ne veut être que piquante et spirituelle. Avant Molière, Rotrou (1609-1650) avait déjà imité la pièce de Plaute dans une comédie intitulée *les Sosies*.

Pour traiter ce sujet, plus badin que profond, Molière a eu l'heureuse idée d'employer le vers libre, et il a fait preuve, dans cette versification, qui n'avait été employée au théâtre avant lui que par Corneille dans *Agésilas*[1], d'un rare sentiment du rythme[2].

I

SOSIE

La scène se passe aux temps héroïques de la Grèce. Amphitryon, général thébain, vient de remporter une grande victoire. Il

1. Représenté en février 1666.
2. M. Ch. Comte a étudié avec beaucoup de soin et de sagacité la versification d'*Amphitryon* dans son opuscule sur *les Stances libres dans Molière* (Versailles, 1893).

a envoyé son esclave Sosie vers sa femme Alcmène pour lui
annoncer cet événement et son prochain retour. — Sosie se trouve
dans la rue en pleine nuit et il a grand'peur, — peur plus justi-
fiée qu'il ne s'en doute lui-même; car le dieu Mercure, pour
s'amuser de sa poltronnerie, s'apprête à lui jouer un tour singulier : il prend la forme et les traits du pauvre Sosie et se présente ainsi tout d'un coup devant lui.

SOSIE

Qui va là? Heu? Ma peur, à chaque pas, s'accroît [1].
    Messieurs, amis de tout le monde [2].
    Ah! quelle audace sans seconde [3],
    De marcher à l'heure qu'il est!
    Que mon maître, couvert de gloire,
    Me joue ici d'un vilain tour [4]!
Quoi? si pour son prochain il avait quelque amour,
M'aurait-il fait partir par une nuit si noire?
Et, pour me renvoyer annoncer son retour
    Et le détail de sa victoire,
Ne pouvait-il pas bien attendre qu'il fût jour?
    Sosie, à quelle servitude
    Tes jours sont-ils assujettis!
    Notre sort est beaucoup plus rude
    Chez les grands que chez les petits :
Ils veulent que pour eux tout soit, dans la nature,
    Obligé de s'immoler.
Jour et nuit, grêle, vent, péril, chaleur, froidure,
    Dès qu'ils parlent, il faut voler.
    Vingt ans d'assidu service
    N'en obtiennent rien pour nous;
    Le moindre petit caprice
    Nous attire leur courroux.

1. *S'accroît.* On admettait la prononciation *s'accrait* : c'est pourquoi ce mot
rime avec le verbe *est*.

2. *Ami de tout le monde* : exclamation
que jette Sosie, comme pour répondre
à un *qui va là?* qui lui aurait été lancé
par les gens qu'il croit voir dans l'obscurité.

3. *Sans seconde*, c'est-à-dire : unique;
qui est telle qu'il n'en est pas une
seconde qui lui soit comparable. Locution très usitée au XVIIe siècle.

4. *Me joue d'un vilain tour*, se moque
de moi par un vilain tour.

Cependant notre âme insensée
S'acharne au vain honneur de demeurer près d'eux,
Et s'y veut contenter de la fausse pensée,
Qu'ont tous les autres gens, que nous sommes heureux.
Vers la retraite en vain la raison nous appelle ;
En vain notre dépit quelquefois y consent :
     Leur vue a sur notre zèle
     Un ascendant trop puissant,
Et la moindre faveur d'un coup d'œil caressant
     Nous rengage de plus belle [1].
    Mais enfin, dans l'obscurité,
Je vois notre maison, et ma frayeur s'évade.
    Il me faudrait, pour l'ambassade,
    Quelque discours prémédité.
Je dois aux yeux d'Alcmène un portrait militaire
Du grand combat qui met nos ennemis à bas ;
    Mais comment diantre [2] le faire,
    Si je ne m'y trouvai pas ?
N'importe, parlons-en et d'estoc et de taille [3],
    Comme oculaire témoin.
Combien de gens font-ils des récits de bataille
    Dont ils se sont tenus loin ?
    Pour jouer mon rôle sans peine
    Je le veux un peu repasser.
Voici la chambre où j'entre en courrier que l'on mène [4],
    Et cette lanterne est Alcmène,
    A qui je me dois adresser.

(Il pose sa lanterne à terre, et lui adresse son compliment.)

1. Les vingt vers qui précèdent nous frappent moins qu'ils ne devaient frapper les contemporains de Molière. Pour en goûter tout le sel, il faut songer à tous les gens de cour qui y trouvaient la peinture de leur condition et de celle de Molière lui-même, qui était au moment de sa plus grande faveur auprès du roi.

2. Nous savons que *diantre* est un euphémisme pour *diable* (voy. page 47, note 1). Ce mot n'a donc rien d'an-tique, et on peut s'étonner de le trouver dans la bouche de Sosie ; mais cet anachronisme même a quelque chose de comique qui s'accorde assez bien avec le personnage et avec la situation.

3. *Et d'estoc et de taille.* L'estoc (d'où *estocade*) est la pointe de l'épée ; la *taille* en est le tranchant. La locution équivaut à peu près à l'adverbe *hardiment.*

4. *Que l'on mène,* que l'on introduit.

13.

« Madame, Amphitryon, mon maître et votre époux.....
(Bon ! beau début !) l'esprit toujours plein de vos charmes,
    M'a voulu choisir entre tous
Pour vous donner avis du succès de ses armes
Et du désir qu'il a de se voir près de vous. »
    « Ha ! vraiment, mon pauvre Sosie,
    A te revoir j'ai de la joie au cœur. »
    « Madame, ce m'est trop d'honneur,
    Et mon destin doit faire envie. »
(Bien répondu !) « Comment se porte Amphitryon ? »
    « Madame, en homme de courage [1],
Dans les occasions où la gloire l'engage . »
    (Fort bien ! belle conception !)
    « Quand viendra-t-il, par son retour charmant,
    Rendre mon âme satisfaite ? »
« Le plus tôt qu'il pourra, madame, assurément,
    Mais bien plus tard que son cœur ne souhaite. »
(Ah [2] !) « Mais quel est l'état où la guerre l'a mis ?
Que dit-il ? que fait-il ? Contente un peu mon âme. »
    « Il dit moins qu'il ne fait, madame,
    Et fait trembler les ennemis. »
(Peste ! où prend mon esprit toutes ces gentillesses ?)
« Que font les révoltés ? dis-moi, quel est leur sort ? »
« Ils n'ont pu résister, madame, à notre effort ;
    Nous les avons taillés en pièces,
    Mis Ptérélas, leur chef, à mort,
Pris Télèbe [3] d'assaut ; et déjà dans le port
    Tout retentit de nos prouesses. »
« Ah ! quel succès ! ô dieux ! Qui l'eût pu jamais croire ?
Raconte-moi, Sosie, un tel événement. »

---

1. *En homme de courage*. La réponse
ne s'accorde pas très bien en apparence avec la question. On ne dit pas
en effet ordinairement « se porter en
homme de courage », mais « se comporter ». Cependant on trouve quelquefois *se porter* dans ce dernier sens.
  2. *Ah !* Par cette exclamation Sosie
indique qu'il est satisfait de la gracieuse antithèse qu'il vient de trouver
(*le plus tôt qu'il pourra*, mais *plus tard
que son cœur ne souhaite*).
  3. *Télèbe*, ville principale des îles
Téléboïdes ou Taphies, repaire de pirates
dans les temps primitifs de la Grèce.

« Je le veux bien, madame ; et, sans m'enfler de gloire,
  Du détail de cette victoire
  Je puis parler très savamment.
  Figurez-vous donc que Télèbe,
   Madame, est de ce côté :
  (Il marque les lieux sur sa main, ou à terre.)
   C'est une ville, en vérité,
   Aussi grande quasi [1] que Thèbe.
    La rivière est comme là,
    Ici nos gens se campèrent [2] ;
    Et l'espace que voilà,
    Nos ennemis l'occupèrent :
    Sur un haut [3], vers cet endroit,
    Était leur infanterie ;
    Et plus bas du côté droit,
    Était la cavalerie.
Après avoir aux dieux adressé les prières,
Tous les ordres donnés, on donne le signal.
Les ennemis, pensant nous tailler des croupières [4],
Firent trois pelotons de leurs gens à cheval ;
Mais leur chaleur par nous fut bientôt réprimée,
  Et vous allez voir comme quoi.
Voilà notre avant-garde à bien faire animée ;
  Là, les archers de Créon, notre roi ;
   Et voici le corps d'armée,

       (On fait un peu de bruit.)

Qui d'abord.... Attendez. » Le corps d'armée a peur.
  J'entends quelque bruit, ce me semble.

---

1. *Quasi*, presque : mot latin qui a passé sans changement en français.
2. *Se campèrent*. Nous dirions plutôt aujourd'hui campèrent. Plusieurs verbes employés comme réfléchis au xviie siècle se prennent mieux maintenant comme verbes neutres, et réciproquement.
3. *Un haut*, une hauteur. Le mot se trouve plusieurs fois comme substantif avec ce sens.
4. La *croupière* est la partie du harnais d'un cheval qui passe par-dessous la queue, pour aller se rattacher à la selle par-dessus la croupe. *Tailler des croupières* se dit proprement « des cavaliers qui en poursuivent d'autres l'épée dans les reins d'assez près pour

MERCURE, SOSIE[1]

MERCURE, *sous la forme de Sosie*[2].

Sous ce minois[3] qui lui ressemble,
Chassons de ces lieux ce causeur....

SOSIE.

Mon cœur tant soit peu se rassure,
Et je pense que ce n'est rien.
Crainte pourtant de sinistre aventure,
Allons chez nous achever l'entretien

MERCURE.

Tu seras plus fort que Mercure,
Ou je t'en empêcherai bien.

SOSIE.

Cette nuit en longueur me semble sans pareille :
Il faut, depuis le temps que je suis en chemin,
Ou que mon maître ait pris le soir pour le matin,
Ou que trop tard au lit le blond Phébus sommeille,
Pour avoir trop pris de son vin[4].

MERCURE.

Comme avec irrévérence
Parle des dieux ce maraud!
Mon bras saura bien tantôt
Châtier cette insolence ;
Et je vais m'égayer avec lui comme il faut,
En lui volant son nom avec sa ressemblance

SOSIE.

Ah! par ma foi, j'avais raison :
C'est fait de moi, chétive créature!

---

couper les croupières des chevaux »
(LITTRÉ).

1. Sosie parle à part, et de même
Mercure dans ce qui suit ; à partir seulement des mots « qui donc est ce
coquin » le dieu parle de manière à se
faire entendre ; et enfin le dialogue
proprement dit commence à « qui va là ».

2. Mercure sort de la maison d'Amphitryon.

3. *Minois*, mine, air du visage (avec
une nuance de dédain ou de plaisanterie).

4. Il est naturel que Sosie explique
l'apparente paresse des autres par la
cause qui explique si souvent la sienne.

Je vois devant notre maison
Certain homme dont l'encolure
Ne me présage rien de bon.
Pour faire semblant d'assurance
Je veux chanter un peu d'ici.
(*Il chante, et lorsque Mercure parle, sa voix s'affaiblit*
peu à peu.)

MERCURE.

Qui donc est ce coquin qui prend tant de licence
    Que de chanter et m'étourdir ainsi ?
Veut-il qu'à l'étriller ma main un peu s'applique ?

SOSIE.

Cet homme assurément n'aime pas la musique.

MERCURE.

    Depuis plus d'une semaine
Je n'ai trouvé personne à qui rompre les os ;
La vertu de mon bras se perd dans le repos,
    Et je cherche quelque dos
    Pour me remettre en haleine.

SOSIE.

    Quel diable d'homme est-ce ci ?
De mortelles frayeurs je sens mon âme atteinte
    Mais pourquoi trembler tant aussi ?
Peut-être a-t-il dans l'âme autant que moi de crainte,
    Et que le drôle parle ainsi
Pour me cacher sa peur sous une audace feinte.
Oui, oui, ne souffrons point qu'on nous croie un oison ;
Si je ne suis hardi, tâchons de le paraître.
    Faisons-nous du cœur par raison :
Il est seul, comme moi ; je suis fort, j'ai bon maître.
    Et voilà notre maison.

MERCURE.

Qui va là ?

SOSIE.

    Moi.

MERCURE.

Qui, moi?

SOSIE.

Moi. Courage, Sosie

MERCURE.

Quel est ton sort, dis-moi?

SOSIE.

D'être homme, et de parler.

MERCURE.

Es-tu maître ou valet?

SOSIE.

Comme il me prend envie.

MERCURE.

Où s'adressent [1] tes pas?

SOSIE.

Où j'ai dessein d'aller.

MERCURE.

Ah! ceci me déplaît.

SOSIE.

J'en ai l'âme ravie.

MERCURE.

Résolument, par force ou par amour,
Je veux savoir de toi, traître,
Ce que tu fais, d'où tu viens avant jour [2],
Où tu vas, à qui tu peux être.

SOSIE.

Je fais le bien et le mal tour à tour;
Je viens de là, vais là; j'appartiens à mon maître.

1. *S'adressent*, sont dirigés.   2. *Avant jour*, avant qu'il soit, qu'il fasse jour.

MERCURE.

Tu montres de l'esprit, et je te vois en train
De trancher avec moi de l'homme d'importance [1].
Il me prend un désir, pour faire connaissance,
   De te donner un soufflet de ma main.

SOSIE.

A moi-même ?

MERCURE.

   A toi-même : et t'en voilà certain.
              (*Il lui donne un soufflet.*)

SOSIE.

Ah ! ah ! c'est tout de bon !

MERCURE.

        Non : ce n'est que pour rire,
Et répondre à tes quolibets.

SOSIE.

Tudieu ! l'ami, sans vous rien dire,
Comme vous baillez [2] des soufflets !

MERCURE.

Ce sont là de mes moindres coups,
De petits soufflets ordinaires.

SOSIE.

Si j'étais aussi prompt que vous,
Nous ferions de belles affaires.

MERCURE.

   Tout cela n'est encor rien
   Pour y faire quelque pause [3] :
   Nous verrons bien autre chose ;

---

1. *Trancher de...,* prendre des airs de..., avec quelque chose de présomptueux, de *tranchant,* comme on dit.
2. *Bailler,* donner ; terme vieilli, qui, dès le temps de Molière, ne s'employait plus guère que dans le langage familier. — Ce mot vient du latin *bajulare* (porter) qui a eu dans la basse latinité le sens d'avoir la disposition de quelque chose. Ce fut aussi là le premier sens du mot français qui, par suite, a signifié : mettre à la disposition de quelqu'un ; puis tout simplement : donner.
3. *Pour y faire quelque pause,* pour qu'on s'y arrête, pour qu'on y fasse attention.

Poursuivons notre entretien.

SOSIE.

Je quitte la partie [1].

(*Il veut s'en aller.*)

MERCURE.

Où vas-tu?

SOSIE.

Que t'importe?

MERCURE.

Je veux savoir où tu vas.

SOSIE.

Me faire ouvrir cette porte.
Pourquoi retiens-tu mes pas?

MERCURE.

Si jusqu'à l'approcher tu pousses ton audace,
Je fais sur toi pleuvoir un orage de coups.

SOSIE.

Quoi? tu veux, par ta menace,
M'empêcher d'entrer chez nous?

MERCURE.

Comment chez nous?

SOSIE.

Oui, chez nous.

MERCURE.

O le traître!

Tu te dis de cette maison?

SOSIE.

Fort bien. Amphitryon n'en est-il pas le maître?

MERCURE.

Hé bien! que fait cette raison?

---

1. *Je quitte la partie,* comme un joueur qui sent que ses forces ne sont pas égales à celles de son adversaire.

SOSIE.

Je suis son valet.

MERCURE.

Toi?

SOSIE.

Moi.

MERCURE.

Son valet?

SOSIE.

Sans doute.

MERCURE.

Valet d'Amphitryon?

SOSIE

D'Amphitryon, de lui.

MERCURE.

Ton nom est?

SOSIE.

Sosie.

MERCURE.

Heu? comment?

SOSIE.

Sosie.

MERCURE.

Écoute :
Sais-tu que de ma main je t'assomme aujourd'hui?

SOSIE.

Pourquoi? De quelle rage est ton âme saisie?

MERCURE.

Qui te donne, dis-moi, cette témérité
De prendre le nom de Sosie?

SOSIE.

Moi je ne le prends point, je l'ai toujours porté.

MERCURE.

O le mensonge horrible! et l'impudence extrême!
Tu m'oses soutenir que Sosie est ton nom?

SOSIE.

Fort bien : je le soutiens, par la grande raison
Qu'ainsi l'a fait des dieux la puissance suprême,
Et qu'il n'est pas en moi de pouvoir dire non,
    Et d'être un autre que moi-même.

                    (*Mercure le bat.*)

MERCURE.

Mille coups de bâton doivent être le prix
    D'une pareille effronterie.

SOSIE.

Justice, citoyens! Au secours! je vous prie.

MERCURE.

    Comment, bourreau, tu fais des cris?

SOSIE.

    De mille coups tu me meurtris,
    Et tu ne veux pas que je crie?

MERCURE.

C'est ainsi que mon bras....

SOSIE.

                    L'action [1] ne vaut rien :
    Tu triomphes de l'avantage
Que te donne sur moi mon manque de courage;
    Et ce n'est pas en user bien.
    C'est pure fanfaronnerie [2]

---

1. *L'action,* ton action, celle que tu viens d'accomplir.

2. *Fanfaronnerie,* caractère du fanfaron; une *fanfaronnade* est un acte de

De vouloir profiter de la poltronnerie
        De ceux qu'attaque notre bras.
Battre un homme à jeu sûr n'est pas d'une belle âme ;
        Et le cœur est digne de blâme
        Contre les gens qui n'en ont pas.

MERCURE.

Hé bien ! es-tu Sosie à présent ? qu'en dis-tu ?

SOSIE.

Tes coups n'ont point en moi fait de métamorphose ;
Et tout le changement que je trouve à la chose,
        C'est d'être Sosie[1] battu.

MERCURE.

Encor ? Cent autres coups pour cette autre impudence.

SOSIE.

De grâce, fais trêve à tes coups.

MERCURE.

Fais donc trêve à ton insolence.

SOSIE.

Tout ce qu'il te plaira ; je garde le silence :
La dispute est par trop inégale entre nous.

MERCURE.

Es-tu Sosie encor ? dis, traître !

SOSIE.

Hélas ! je suis ce que tu veux ;
Dispose de mon sort tout au gré de tes vœux :
        Ton bras t'en a fait le maître.

fanfaron. Un *fanfaron* est celui qui célèbre ses propres actions par des *fanfares*, et ce dernier mot lui-même vient de l'ancien espagnol *fanfa*, vanterie.

1. *So-si-e*, trois syllabes, contrairement à la règle qui a prévalu depuis Malherbe et suivant laquelle un mot finissant par un *e* muet précédé d'une voyelle doit être suivi d'un mot commençant par une voyelle ou une *h* muette, de telle sorte que l'*e* muet s'élide et ne compte pas ; ainsi, trois lignes plus haut : *es-tu Sosie à présent ?*

MERCURE.

Ton nom était Sosie, à ce que tu disais?

SOSIE.

Il est vrai, jusqu'ici j'ai cru la chose claire;
    Mais ton bâton, sur cette affaire,
    M'a fait voir que je m'abusais.

MERCURE.

C'est moi qui suis Sosie, et tout Thèbes l'avoue :
Amphitryon jamais n'en eut d'autre que moi.

SOSIE.

Toi, Sosie?

MERCURE.

    Oui, Sosie; et si quelqu'un s'y joue,
Il peut bien prendre garde à soi[1].

SOSIE.

Ciel! me faut-il ainsi renoncer à moi-même,
Et par un imposteur me voir voler mon nom!
    Que son bonheur est extrême
    De ce que je suis poltron!
Sans cela par la mort...!

MERCURE.

    Entre tes dents, je pense.
    Tu murmures je ne sais quoi?

SOSIE.

Non. Mais, au nom des dieux, donne-moi la licence
    De parler un moment à toi.

MERCURE.

    Parle.

---

1. *A soi*, à lui. Voir la note 3 de la page 265

SOSIE.

Mais promets-moi, de grâce,
Que les coups n'en seront point.
Signons une trêve.

MERCURE.

Passe;
Va, je t'accorde ce point.

SOSIE.

Qui te jette, dis-moi, dans cette fantaisie?
Que te reviendra-t-il de m'enlever mon nom?
Et peux-tu faire enfin, quand tu serais démon,
Que je ne sois pas moi? que je ne sois Sosie?

MERCURE.

Comment! tu peux....

SOSIE.

Ah! tout doux :
Nous avons fait trêve aux coups.

MERCURE.

Quoi? pendard, imposteur, coquin....

SOSIE.

Pour des injures,
Dis-m'en tant que tu voudras :
Ce sont légères blessures,
Et je ne m'en fâche pas.

MERCURE.

Tu te dis Sosie?

SOSIE.

Oui. Quelque conte frivole [1]...

---

1. *Quelque conte frivole* [que tu me   c'est ce que Sosie ajouterait, si Mer-
fasses, je n'en suis pas moins Sosie] :   cure ne lui coupait la parole.

MERCURE.

Sus [1], je romps notre trêve, et reprends ma parole.

SOSIE.

N'importe, je ne puis m'anéantir pour toi,
Et souffrir un discours si loin de l'apparence.
Être ce que je suis est-il en ta puissance?
Et puis-je cesser d'être moi?
S'avisa-t-on jamais d'une chose pareille?
Et peut-on démentir cent indices pressants?
Rêvé-je? est-ce que je sommeille?
Ai-je l'esprit troublé par des transports puissants?
Ne sens-je pas bien que je veille?
Ne suis-je pas dans mon bon sens?
Mon maître Amphitryon ne m'a-t-il pas commis [2]
A venir en ces lieux vers Alcmène sa femme?
Ne lui [3] dois-je pas faire, en lui vantant sa flamme,
Un récit de ses faits contre nos ennemis?
Ne suis-je pas du port arrivé tout à l'heure?
Ne tiens-je pas une lanterne en main?
Ne te trouvé-je pas devant notre demeure?
Ne t'y parlé-je pas d'un esprit tout humain?
Ne te tiens-tu pas fort de ma poltronnerie
Pour m'empêcher d'entrer chez nous?
N'as-tu pas sur mon dos exercé ta furie?
Ne m'as-tu pas roué de coups?
Ah! tout cela n'est que trop véritable,
Et plût au Ciel le fût-il moins!
Cesse donc d'insulter au sort d'un misérable,
Et laisse à mon devoir s'acquitter de ses soins [4].

---

1. *Sus* est ici une interjection qui sert à exhorter, à exciter : « Allons! courage! » Le mot vient du latin *susum*, autre forme de *sursum*, en haut.

2 *Commis*. On dit également bien : commettre à quelqu'un le soin de faire quelque chose » : commettre quelqu'un à faire, au soin de faire quelque chose.

3. *Lui*, à Alcmène. — *Sa flamme*, la flamme (l'amour) d'Amphitryon.

4. *Laisse à mon devoir s'acquitter*. Tournure moins employée aujourd'hui qu'au XVII° siècle, dans laquelle *laisser* a le sens de *permettre*, et dont on citerait de nombreux exemples (voir encore page 393, note 4).

MERCURE.

Arrête, ou sur ton dos le moindre pas attire
Un assommant éclat de mon juste courroux.
      Tout ce que tu viens de dire
      Est à moi, hormis les coups.
C'est moi qu'Amphitryon députe vers Alcmène,
Et qui du port Persique [1] arrive de ce pas;
Moi qui viens annoncer la valeur de son bras
Qui nous fait remporter une victoire pleine
Et de nos ennemis a mis le chef à bas;
C'est moi qui suis Sosie enfin, de certitude [2],
      Fils de Dave, honnête berger;
Frère d'Arpage [3], mort en pays étranger;
      Mari de Cléanthis la prude [4],
      Dont l'humeur me fait enrager;
Qui dans Thèbe [5] ai reçu mille coups d'étrivière,
      Sans en avoir jamais dit rien,
Et jadis en public fus marqué par derrière [6],
      Pour être trop homme de bien.

SOSIE.

Il a raison. A moins d'être Sosie,
    On ne peut pas savoir tout ce qu'il dit;
Et dans l'étonnement dont mon âme est saisie,
Je commence, à mon tour, à le croire un petit [7].
En effet, maintenant que je le considère,

---

1. *Port Persique.* Molière a emprunté à Plaute (voir page 193) plusieurs détails de cette scène et notamment ce nom de port Persique, qui désigne probablement un lieu imaginaire.

2. *De certitude,* certainement.

3. *Dave, Arpage, Cléanthis,* noms antiques qui désignent ici des personnages imaginaires. On remarquera que Dave, le nom de l'*honnête berger,* est toujours donné, dans la comédie latine à des esclaves rusés et fripons; — quant à Arpage (ou plutôt Harpage), à en juger par l'étymologie de son nom (voir page 225, note 4), s'il est « mort en pays étranger », c'est sans doute qu'il y a été relégué à la suite de quelque condamnation pour vol.

4. *Prude* se dit d'une femme dont la vertu a quelque chose de hautain et d'affecté.

5. *Thèbe,* pour *Thèbes,* licence usuelle en vers pour tous les noms propres se terminant par *es* (*Athènes, Jules,* etc.).

6. *Marqué* au fer rouge, comme les criminels en France (voir page 195, note 2), ou par les cicatrices des coups de fouet, comme les mauvais esclaves dans l'antiquité.

7. *Un petit,* un peu.

Je vois qu'il a de moi taille, mine, action [1].
    Faisons-lui quelque question,
    Afin d'éclaircir ce mystère.
Parmi tout le butin fait sur nos ennemis,
Qu'est-ce qu'Amphitryon obtient pour son partage?

MERCURE.

Cinq fort gros diamants, en nœud proprement mis,
Dont leur chef se parait comme d'un rare ouvrage.

SOSIE.

A qui destine-t-il un si riche présent?

MERCURE.

A sa femme; et sur elle il le veut voir paraître.

SOSIE.

Mais où, pour l'apporter, est-il mis à présent?

MERCURE.

Dans un coffret, scellé des armes de mon maître.

SOSIE.

Il ne ment pas d'un mot à chaque repartie,
Et de moi je commence à douter tout de bon.
Près de moi, par la force, il est déjà Sosie;
Il pourrait bien encor l'être par la raison.
Pourtant, quand je me tâte, et que je me rappelle,
    Il me semble que je suis moi.
Où puis-je rencontrer quelque clarté fidèle,
    Pour démêler ce que je voi [2]?
Ce que j'ai fait tout seul, et que n'a vu personne,
A moins d'être moi-même, on ne le peut savoir.
Par cette question il faut que je l'étonne [3] :
C'est de quoi le confondre, et nous allons le voir.
Lorsqu'on était aux mains, que fis-tu dans nos tentes,
    Où tu courus seul te fourrer?

1. *Action*, les gestes.
2. *Voi*. Voir la note 1 de la page 2.
3. *Etonne*. Ce verbe, qui signifie proprement mettre quelqu'un hors de lui comme en le frappant d'un coup de tonnerre, a beaucoup perdu de sa force : il s'employait, au xviie siècle, dans un sens plus voisin de son étymologie.

MERCURE.

D'un jambon....

SOSIE.

L'y voilà!

MERCURE.

... que j'allai déterrer,
Je coupai bravement deux tranches succulentes,
    Dont je sus fort bien me bourrer ;
Et joignant à cela d'un vin que l'on ménage,
Et dont, avant le goût, les yeux se contentaient [1],
    Je pris un peu de courage,
    Pour nos gens qui se battaient.

SOSIE.

    Cette preuve sans pareille
    En sa faveur conclut bien ;
    Et l'on n'y peut dire rien,
    S'il n'était dans la bouteille [2].
Je ne saurais nier, aux preuves qu'on m'expose,
Que tu ne sois Sosie, et j'y donne ma voix.
Mais si tu l'es, dis-moi qui tu veux que je sois ?
Car encor faut-il bien que je sois quelque chose.

MERCURE.

    Quand je ne serai plus Sosie,
    Sois-le, j'en demeure d'accord ;
Mais tant que je le suis, je te garantis mort,
    Si tu prends cette fantaisie.

SOSIE.

Tout cet embarras met mon esprit sur les dents,
    Et la raison à ce qu'on voit s'oppose.

1. *Se contentaient*, étaient contents, se réjouissaient.
2. *Dans la bouteille* : et il n'y a plus rien à désirer pour justifier ce qu'il dit, à savoir qu'il est Sosie, à moins qu'il n'ait été caché dans la bouteille. On remarquera d'ailleurs que l'expression *être dans la bouteille* s'employait fréquemment d'une manière proverbiale avec le sens *être dans le secret* d'un complot, d'une entreprise. — L'emploi de cette locution prise ici au sens propre fait donc une espèce de jeu de mots.

Mais il faut terminer enfin par quelque chose ;
Et le plus court pour moi, c'est d'entrer là dedans.

MERCURE.

Ah ! tu prends donc, pendard, goût à la bastonnade ?

SOSIE.

Ah ! qu'est-ce ci ? grands dieux ! Il frappe un ton plus fort,
Et mon dos pour un mois en doit être malade.
Laissons ce diable d'homme, et retournons au port.
O juste ciel ! j'ai fait une belle ambassade !

(Acte I, sc. I-II.)

II

SOSIE ET SOSIE

Sosie est allé au-devant d'Amphitryon afin de lui raconter
comment il lui a été impossible de s'acquitter de sa commission.
Ils entrent tous deux en scène en discutant.

AMPHITRYON, SOSIE.

AMPHITRYON.

Viens çà, bourreau, viens çà. Sais-tu, maître fripon,
Qu'à te faire assommer ton discours peut suffire,
Et que, pour te traiter comme je le désire,
        Mon courroux n'attend qu'un bâton ?

SOSIE.

        Si vous le prenez sur ce ton,
        Monsieur, je n'ai plus rien à dire ;
        Et vous aurez toujours raison.

AMPHITRYON.

Quoi ! tu veux me donner pour des vérités, traître,

Des contes que je vois d'extravagance outrés [1] ?

SOSIE.

Non : je suis le valet, et vous êtes le maître ;
Il n'en sera, monsieur, que ce que vous voudrez.

AMPHITRYON.

Çà, je veux étouffer le courroux qui m'enflamme,
Et, tout du long, t'ouïr sur ta commission.
    Il faut, avant que voir [2] ma femme,
Que je débrouille ici cette confusion.
Rappelle tous tes sens, rentre bien dans ton âme,
Et réponds mot pour mot à chaque question.

SOSIE.

    Mais, de peur d'incongruité [3],
    Dites-moi, de grâce, à l'avance,
De quel air il vous plaît que ceci soit traité.
Parlerai-je, monsieur, selon ma conscience,
Ou comme auprès des grands on le voit usité ?
    Faut-il dire la vérité,
    Ou bien user de complaisance ?

AMPHITRYON.

    Non ; je ne te veux obliger
Qu'à me rendre de tout un compte fort sincère.

SOSIE.

    Bon. C'est assez, laissez-moi faire ;
    Vous n'avez qu'à m'interroger.

AMPHITRYON.

Sur l'ordre que tantôt je t'avais su prescrire....

---

1. *Outrés d'extravagance*, construction rare : *outré* s'emploie en général d'une manière absolue sans complément circonstanciel.

2. *Avant que voir* : cette construction n'est pas sans exemple. On dit pourtant plus souvent en prose : avant que de voir.

3. *De peur d'incongruité*. de peur que je ne dise quelque chose qui ne convienne pas (*quod non congruat*), qui ne soit pas ce qu'il faut dire.

SOSIE.

Je suis parti, les cieux d'un noir crêpe voilés,
Pestant fort contre vous dans ce fâcheux martyre,
Et maudissant vingt fois l'ordre dont vous parlez.

AMPHITRYON.

Comment, coquin !

SOSIE.

Monsieur, vous n'avez rien qu'à dire [1],
Je mentirai, si vous voulez.

AMPHITRYON.

Voilà comme un valet montre pour nous du zèle !
Passons. Sur les chemins que t'est-il arrivé ?

SOSIE.

D'avoir une frayeur mortelle
Au moindre objet que j'ai trouvé.

AMPHITRYON.

Poltron !

SOSIE.

En nous formant, Nature [2] a ses caprices ;
Divers penchants en nous elle fait observer :
Les uns à s'exposer trouvent mille délices ;
Moi, j'en trouve à me conserver.

AMPHITRYON.

Arrivant au logis... ?

SOSIE.

J'ai, devant notre porte,
En moi-même voulu répéter un petit [3],

---

1. *Ne... rien... que* on *ne... que*, dans le sens de *seulement* : locutions usuelles qui s'expliquent par l'ellipse de *autre, autrement, autre chose* : « vous n'avez rien [autre] qu'à dire. »
2. *Nature*, personnification d'inten-tion comique. La Fontaine écrit aussi (*Fables*, X, IV) :

Un vivier que Nature y creusa de ses mains.

3. Voir page 209, note 7.

Sur quel ton et de quelle sorte,
Je ferais du combat le glorieux récit[1].

AMPHITRYON.

Ensuite ?

SOSIE.

On m'est venu troubler et mettre en peine.

AMPHITRYON.

Et qui ?

SOSIE.

Sosie; un moi, de vos ordres jaloux,
Que vous avez du port envoyé vers Alcmène,
Et qui de nos secrets a connaissance pleine,
　　Comme le moi qui parle à vous.

AMPHITRYON.

Quels contes!

SOSIE.

　　Non, monsieur, c'est la vérité pure.
Ce moi plus tôt que moi s'est au logis trouvé;
　　Et j'étais venu, je vous jure,
　　Avant que je fusse arrivé.

AMPHITRYON.

D'où peut procéder, je te prie,
Ce galimatias maudit?
Est-ce songe? est-ce ivrognerie,
　　Aliénation d'esprit,
Ou méchante plaisanterie?

SOSIE.

Non, c'est la chose comme elle est,
Et point du tout conte frivole.
Je suis homme d'honneur, j'en donne ma parole,
Et vous m'en croirez, s'il vous plaît.

1. Voir page 195.

14.

Je vous dis que, croyant n'être qu'un seul Sosie,
　　　Je me suis trouvé deux chez nous;
Et que de ces deux moi, piqués de jalousie,
L'un est à la maison, et l'autre est avec vous;
Que le moi que voici, chargé de lassitude,
A trouvé l'autre moi frais, gaillard et dispos,
　　　Et n'ayant d'autre inquiétude
　　　Que de battre et casser des os.

AMPHITRYON.

Il faut être, je le confesse,
D'un esprit bien posé, bien tranquille, bien doux,
Pour souffrir qu'un valet de chansons [1] me repaisse.

SOSIE.

Si vous vous mettez en courroux,
Plus de conférence entre nous;
Vous savez que d'abord [2] tout cesse.

AMPHITRYON.

Non, sans emportement je te veux écouter;
Je l'ai promis. Mais dis, en bonne conscience,
Au mystère nouveau que tu me viens conter
　　　Est-il quelque ombre d'apparence?

SOSIE.

Non; vous avez raison, et la chose à chacun
　　　Hors de créance doit paraître.
　　　C'est un fait à n'y rien connaître,
Un conte extravagant, ridicule, importun :
　　　Cela choque le sens commun;
　　　Mais cela ne laisse pas d'être.

AMPHITRYON.

Le moyen d'en rien croire, à moins qu'être [3] insensé.

---

1. *Chansons*, paroles vaines.
2. *D'abord*, dès l'abord, dès que vous commencerez (à vous mettre en courroux).
3. *A moins qu'être. A moins d'être* est aujourd'hui plus fréquent; mais Cor neille (*le Menteur*, II, III) dit, comme Molière :

Je ne t'écoute point, à moins que m'épouser :

SOSIE.

Je ne l'ai pas cru, moi, sans une peine extrême.
Je me suis d'être deux senti l'esprit blessé,
Et longtemps d'imposteur j'ai traité ce moi-même :
Mais à me reconnaître enfin il m'a forcé;
J'ai vu que c'était moi, sans aucun stratagème;
Des pieds jusqu'à la tête il est comme moi fait,
Beau, l'air noble, bien pris, les manières charmantes;
    Enfin deux gouttes de lait
    Ne sont pas plus ressemblantes;
Et, n'était que ses mains sont un peu trop pesantes,
    J'en serais fort satisfait.

AMPHITRYON.

A quelle patience il faut que je m'exhorte!
Mais enfin, n'es-tu pas entré dans la maison?

SOSIE.

    Bon, entré! Hé! de quelle sorte?
Ai-je voulu jamais entendre de raison?
Et ne me suis-je pas interdit notre porte?

AMPHITRYON.

    Comment donc?

SOSIE.

    Avec un bâton,
Dont mon dos sent encore une douleur très forte.

AMPHITRYON.

On t'a battu?

SOSIE.

    Vraiment!

AMPHITRYON.

    Et qui?

SOSIE.

    Moi.

AMPHITRYON.

Toi, te battre?

SOSIE.

Oui, moi; non pas le moi d'ici,
Mais le moi du logis, qui frappe comme quatre.

AMPHITRYON.

Te confonde le ciel de me parler ainsi!

SOSIE.

Ce ne sont point des badinages.
Le moi que j'ai trouvé tantôt,
Sur le moi qui vous parle a de grands avantages;
Il a le bras fort, le cœur haut :
J'en ai reçu des témoignages,
Et ce diable de moi m'a rossé comme il faut;
C'est un drôle qui fait des rages [1].

AMPHITRYON.

Achevons. As-tu vu ma femme?

SOSIE.

Non.

AMPHITRYON.

Pourquoi?

SOSIE.

Par une raison assez forte.

AMPHITRYON.

Qui t'a fait y manquer, maraud? Explique-toi.

SOSIE.

Faut-il le répéter vingt fois de même sorte?
Moi, vous dis-je, ce moi plus robuste que moi;

---

1. On dit en général, *faire rage* avec le sens de *se déchaîner*. On ne cite guère d'autre exemple de « faire des rages » que le vers de Molière. — Mais l'expression devait être assez usuelle : car on cite plusieurs exemples de l'expression analogue « dire des rages », quoique la locution la plus ordinaire soit « dire rage », dans le sens de « se déchaîner en paroles ».

Ce moi qui s'est de force emparé de la porte;
       Ce moi qui m'a fait filer doux;
       Ce moi qui le seul moi veut être;
       Ce moi de moi-même jaloux;
       Ce moi vaillant, dont le courroux
       Au moi poltron s'est fait connaître;
       Enfin ce moi qui suis [1] chez nous;
       Ce moi qui s'est montré mon maître;
       Ce moi qui m'a roué de coups.

AMPHITRYON.

Il faut que ce matin, à force de trop boire,
       Il se soit troublé le cerveau.

SOSIE.

Je veux être pendu, si j'ai bu que de l'eau [2]!
       A mon serment on m'en peut croire.

AMPHITRYON.

Il faut donc qu'au sommeil tes sens se soient portés,
Et qu'un songe fâcheux, dans ses confus mystères,
       T'ait fait voir toutes les chimères
       Dont tu me fais des vérités.

SOSIE.

Tout aussi peu. Je n'ai point sommeillé,
       Et n'en ai même aucune envie.
       Je vous parle bien éveillé :
J'étais bien éveillé ce matin, sur ma vie;
Et bien éveillé même était l'autre Sosie,
       Quand il m'a si bien étrillé.

AMPHITRYON.

Suis-moi, je t'impose silence.

---

1. Ici, pour désigner son autre moi, Sosie ne se sert plus de la troisième personne, mais de la première, ce qui ajoute encore à la confusion comique de son discours et de sa pensée.

2. *Que* s'explique ici encore par l'ellipse de *autre chose* : « si j'ai bu [autre chose] que de l'eau. » — Voir page 214, note 1.

C'est trop me fatiguer l'esprit ;
Et je suis un vrai fou d'avoir la patience
D'écouter d'un valet les sottises qu'il dit.

SOSIE, *à part.*

Tous les discours sont des sottises,
Partant d'un homme sans éclat :
Ce seraient paroles exquises
Si c'était un grand qui parlât.

(Acte II, sc. 1.)

III

UN EFFRONTÉ VALET

Amphitryon n'a pas ajouté foi, on l'a vu, aux histoires invrai-semblables que Sosie lui a racontées. Peu après, au moment d'entrer chez lui, il se retrouve en présence de son valet ; ou du moins il le croit : car celui qui est devant lui et qu'il prend pour Sosie est en réalité le dieu Mercure.

MERCURE, AMPHITRYON

AMPHITRYON.

D'où vient donc qu'à cette heure on ferme cette porte ?

MERCURE.

Holà ! tout doucement. Qui frappe ?

AMPHITRYON.

Moi.

MERCURE.

Qui, moi ?

AMPHITRYON.

Ah ! ouvre.

MERCURE.

Comment, ouvre ! Et qui donc es-tu, toi,

Qui fais tant de vacarme et parles de la sorte?

AMPHITRYON.

Quoi! tu ne me connais pas [1]?

MERCURE.

Non.

Et n'en ai pas la moindre envie.

AMPHITRYON.

Tout le monde perd-il aujourd'hui la raison?
Est-ce un mal répandu? Sosie! holà, Sosie!

MERCURE.

Hé bien, Sosie! oui, c'est mon nom,
As-tu peur que je ne l'oublie?

AMPHITRYON.

Me vois-tu bien?

MERCURE.

     Fort bien. Qui peut pousser ton bras
A faire une rumeur si grande?
Et que demandes-tu là-bas?

AMPHITRYON.

Moi, pendard! ce que je demande?

MERCURE.

Que ne demandes-tu donc pas [2]?
Parle, si tu veux qu'on t'entende.

AMPHITRYON.

Attends, traître : avec un bâton
Je vais là-haut me faire entendre.
Et de bonne façon t'apprendre
A m'oser parler sur ce ton.

---

1. *Connais*, reconnais. Voir page 174,
note 4.
2. Cette plaisanterie se trouve déjà
dans Rotrou (voir page 193).

Sosie? — Eh bien? c'est moi : crains-tu que
               je l'oublie?
Ac uve, que veux-tu? — Traître, ce que je veux?
— Que ne veux-tu donc point? Réponds-moi
               si tu veux.
(Acte IV, sc. ii.)

MERCURE.

Tout beau! si pour heurter tu fais la moindre instance,
Je t'enverrai d'ici des messagers fâcheux [1].

AMPHITRYON.

O ciel! vit-on jamais une telle insolence?
La peut-on concevoir d'un serviteur, d'un gueux [2]?

MERCURE.

Hé bien! qu'est-ce? M'as-tu tout parcouru par ordre [3]?
M'as-tu de tes gros yeux assez considéré?
Comme il les écarquille [4], et paraît effaré!
  Si des regards on pouvait mordre,
  Il m'aurait déjà déchiré.

AMPHITRYON.

Moi-même je frémis de ce que tu t'apprêtes
  Avec ces impudents propos.
Que tu grossis pour toi d'effroyables tempêtes!
Quels orages de coups vont fondre sur ton dos [5]!

MERCURE.

L'ami, si de ces lieux tu ne veux disparaître,
Tu pourras y gagner quelque contusion.

AMPHITRYON.

Ah! tu sauras, maraud [6], à ta confusion,
Ce que c'est qu'un valet qui s'attaque à son maître.

MERCURE.

Toi, mon maître?

AMPHITRYON.

        Oui, coquin. [7] M'oses-tu méconnaître?

---

1. Entendez : des projectiles.
2. *Gueux* (étymologie douteuse), mendiant, homme de rien : terme de dénigrement ou d'injure.
3. M'as-tu parcouru des yeux dans toutes mes parties successivement?
4. *Écarquiller*, autre forme du verbe *écartiller* qui n'a pas prévalu ; littéralement : mettre en quatre (à force

d'ouvrir); d'où le sens d'ouvrir démesurément.
5. Rotrou (acte IV, sc. II) :
Eh bien! m'as-tu, stupide, assez considéré?
Si l'on mangeait des yeux, il m'aurait dévoré.
— Quel orage de coups va pleuvoir sur ta tête!
Moi-même j'ai pitié des maux que je t'apprête.

6. Voir page 94, note 3.

MERCURE.

Je n'en reconnais point d'autre qu'Amphitryon.

AMPHITRYON.

Et cet Amphitryon, qui, hors moi, le peut être?

MERCURE.

Amphitryon?

AMPHITRYON.

Sans doute.

MERCURE.

Ah! quelle vision!
Dis-nous un peu quel est le cabaret honnête
Où tu t'es coiffé le cerveau [1]?

AMPHITRYON.

Comment! encore?

MERCURE.

Était-ce un vin à faire fête [2]?

AMPHITRYON.

Ciel!

MERCURE.

Était-il vieux ou nouveau?

AMPHITRYON.

Que de coups!

MERCURE.

Le nouveau donne fort dans la tête,
Quand on le veut boire sans eau.

AMPHITRYON.

Ah! je t'arracherai cette langue sans doute [3].

---

1. Où tu t'es enivré. Diverses locutions ont été faites avec le mot *coiffer* pour signifier la même chose. Aucune d'elles n'est plus guère en usage.
2. Un vin digne de figurer dans une fête.

3. Molière emprunte ce vers au premier acte de la pièce de Rotrou et de celle de Plaute :
J'arracherai, pendard, cette langue effrontée.
Ego tibi istam hodie scelestam comprimam
[*linguam*

MERCURE.

Passe, mon cher ami, crois-moi ;
Que quelqu'un ici ne t'écoute.
Je respecte le vin, va-t'en, retire-toi.

(Acte III, sc. II.)

Tandis que Mercure prenait la forme de Sosie, Jupiter prenait de son côté la forme d'Amphitryon, et, sous cette apparence, s'attirait les respects du vrai Sosie.

Enfin le roi des dieux se fait reconnaître et Mercure consent à ne plus être Sosie.

L'AVARE

COMÉDIE EN CINQ ACTES ET EN PROSE

(Septembre 1668)

C'est dans Plaute [1] que Molière a pris l'idée de son *Avare* comme celle de son *Amphitryon*. Dans sa comédie de *la Marmite* (*Aulularia* [2]) l'auteur latin a mis en scène un vieillard possesseur d'un trésor qu'il a soigneusement caché et qu'on finit par lui voler. La même mésaventure arrive au héros de la comédie de Molière. Divers incidents de la pièce latine se retrouvent d'ailleurs dans la pièce française.

Mais Plaute n'est pas la seule source à laquelle notre auteur ait puisé : il est peu de ses comédies qui contiennent autant de scènes ou de jeux de scènes empruntés à ses devanciers français et italiens.

Et cependant *l'Avare* est une des créations les plus originales de Molière. Tous ces emprunts en effet viennent se fondre dans l'unité d'une conception très personnelle et très puissante : Molière, qui a fait de son avare, non pas un homme pauvre, comme l'est le héros de la pièce de Plaute (car la parcimonie même excessive d'un pauvre diable est

---

1. Voir page 193.
2. *Aulularia*. Ce mot est proprement un adjectif qui s'accorde avec le substantif *fabula* sous-entendu et se rattache étymologiquement à *aulula* (petite marmite) : *aulularia fabula* = *fabula de aulula*. La pièce de Plaute est souvent appelée en français *l'Aululaire*.

à demi excusable), mais un homme très riche, peut ainsi nous faire voir comment le vice affreux qui possède Harpagon a pour effet d'anéantir, de ruiner autour de lui ces sentiments affectueux qui sont ordinairement la joie et l'honneur des familles : dur et égoïste, mauvais maître et mauvais père, Harpagon est trahi et bafoué par ses domestiques; et ses propres enfants, auxquels il ne témoigne ni confiance ni tendresse se défient, de lui, sont sur le point de l'abandonner et s'oublient jusqu'à l'outrager.

Aussi, quelque plaisantes que soient les scènes qu'on va lire, quelque soin que Molière ait toujours pris de conserver à sa pièce l'allure et le ton d'une comédie, comprend-on le mot du grand poète allemand Gœthe : « *L'Avare*, disait-il [1], dans lequel le vice détruit tous les liens d'amour qui unissent naturellement les pères aux fils, a une grandeur extraordinaire et est à un haut degré tragique [2]. »

I

PORTRAIT D'HARPAGON

LA FLÈCHE [3]. — Tu ne connais pas encore le seigneur Harpagon [4]. Le seigneur Harpagon est de tous les humains l'humain le moins humain, le mortel de tous les mortels le plus dur et le plus serré. Il n'est point de service qui pousse [5] sa reconnaissance jusqu'à lui faire ouvrir les mains. De la louange, de l'estime, de la bienveillance en paroles, et de l'amitié tant qu'il vous plaira;

---

1. *Conversations de Gœthe et d'Eckermann.*

2. Les personnages qui paraissent dans les scènes suivantes sont HARPAGON, l'avare ; CLÉANTE, son fils ; ÉLISE, sa fille ; MAITRE JACQUES, son cocher et son cuisinier ; LA MERLUCHE et BRINDAVOINE, ses laquais ; DAME CLAUDE, sa servante ; le vieux seigneur ANSELME ; sa fille MARIANE ; son fils VALÈRE, qui s'est engagé, sans être connu, comme simple intendant chez Harpagon ; LA FLÈCHE, valet de Cléante ; UN COMMIS-

SAIRE. — L'action se passe dans la maison d'Harpagon.

3. Il s'adresse à quelqu'un qui, ayant rendu des services à Harpagon, espère tirer de lui de l'argent.

4. *Harpagon.* Ce nom se rattache étymologiquement à la racine ἁρπ..., que l'on retrouve en latin sous la forme *rap*.... et qui marque l'action ou le désir de saisir, la *rapacité*; — comparer *harpie, harpon, harponner.*

5. *Pousse,* fasse aller.

mais de l'argent, point d'affaires [1]. Il n'est rien de plus sec et de plus aride que ses bonnes grâces et ses caresses ; et *donner* est un mot pour qui [2] il a tant d'aversion qu'il ne dit jamais : *Je vous donne*, mais : *Je vous prête le bonjour*.... Je te défie d'attendrir, du côté de l'argent, l'homme dont il est question. Il est Turc [3] là-dessus, mais d'une turquerie [4] à désespérer tout le monde ; et l'on pourrait crever [5], qu'il n'en branlerait pas [6]. En un mot, il aime l'argent, plus que réputation, qu'honneur et que vertu ; et la vue d'un demandeur lui donne des convulsions. C'est le frapper par son endroit mortel [7], c'est lui percer le cœur, c'est lui arracher les entrailles.

(Acte II, sc. IV.)

II

LE VALET CONGÉDIÉ

L'avare qui vient d'être si agréablement décrit a justement chez lui en ce moment une cassette contenant dix mille écus, que, par peur des voleurs, il a enterrée dans son jardin ; depuis lors il n'est pas tranquille : il se défie de tout le monde, de ses enfants eux-mêmes, et surtout de La Flèche, le valet de son fils, qui n'a pas l'air en effet d'être un gaillard bien scrupuleux : aussi se décide-t-il à le renvoyer de chez lui.

HARPAGON, LA FLÈCHE

HARPAGON. — Hors d'ici tout à l'heure [8], et qu'on ne réplique pas. Allons, que l'on détale de chez moi, maître juré filou [9], vrai gibier de potence.

---

1. *Point d'affaires*, en aucune façon. Manière de parler usuelle au XVIIe siècle.
2. *Qui* ne s'emploie plus aujourd'hui comme régime d'une préposition, pour représenter un nom de chose.
3. *Turc*, dur, sans pitié. Le mot est assez souvent employé avec ce sens dans le style comique.
4. *Turquerie*, mot forgé par Molière.
5. *Crever*. Ce terme, appliqué aux hommes dans le sens de *mourir*, est du

langage le plus bas ; mais c'est un fripon de valet que Molière fait parler ici.
6. *Il n'en branlerait pas*. Il ne bougerait pas pour cela.
7. *Endroit mortel* : littéralement partie du corps à laquelle il faut frapper si l'on veut tuer l'homme lui-même.
8. *Tout à l'heure* : à l'heure même, sans tarder.
9. Les artisans des *différents* métiers formaient, dans l'ancienne France, on

LA FLÈCHE. — Je n'ai jamais rien vu de si méchant que ce maudit vieillard; et je pense, sauf correction, qu'il a le diable au corps.

HARPAGON. — Tu murmures entre tes dents.

LA FLÈCHE. — Pourquoi me chassez-vous?

HARPAGON. — C'est bien à toi, pendard, à me demander des raisons [1]. Sors vite que je ne t'assomme [2].

LA FLÈCHE. — Qu'est-ce que je vous ai fait?

HARPAGON. — Tu m'as fait que je veux que tu sortes.

LA FLÈCHE. — Mon maître, votre fils m'a donné ordre de l'attendre.

HARPAGON. — Va-t'en l'attendre dans la rue, et ne sois point dans ma maison, planté tout droit comme un piquet, à observer ce qui se passe et faire ton profit de tout. Je ne veux point avoir sans cesse devant moi un espion de mes affaires, un traître dont les yeux maudits assiègent toutes mes actions, dévorent ce que je possède, et furettent de tous côtés [3] pour voir s'il n'y a rien à voler.

LA FLÈCHE. — Comment diantre [4] voulez-vous qu'on fasse pour vous voler? Êtes-vous un homme volable, quand vous renfermez toutes choses, et faites sentinelle jour et nuit?

HARPAGON. — Je veux renfermer ce que bon me semble, et faire sentinelle comme il me plaît. Ne voilà

---

le sait, des corporations, dont on ne devenait membre qu'après avoir été longtemps *apprenti*. Ces membres des corporations s'appelaient *maîtres*, et comme ils prêtaient serment en entrant, on les disait *maîtres jurés* (de *juratus*, qui a prêté serment). — Harpagon appelle donc La Flèche *maître juré filou*, comme si les filous formaient aussi une corporation, dans laquelle La Flèche serait devenu maître, n'ayant plus rien à apprendre de personne en fait de filouterie.

1. Molière ici traduit Plaute, *Aululaire* (I, 1): la vieille Staphyla demande à Euclion, son maître, pourquoi il la chasse.

Nam qua me causa extrusisti ex ædibus?

Et Euclion répond :

Tibi ego rationem reddam, stimulorum [seges?]

Quelle raison as-tu donc eue pour me chasser violemment de la maison? — Ai-je des comptes à te rendre, champ planté d'aiguillons (toi qui reçois tant de coups d'aiguillon, que ton corps est comme planté de cicatrices)? »

2. *Que je ne...*, (de peur) que je ne...

3. Molière traduit ainsi une pittoresque expression de Plaute, chez qui Euclion appelle Staphyla.

Circumspectatrix cum oculis emissitiis.

4. Voir page 47, note 1.

pas de mes mouchards [1], qui prennent garde à ce qu'on fait. Je tremble qu'il n'ait soupçonné quelque chose de mon argent. Ne serais-tu point homme à aller faire courir le bruit que j'ai chez moi de l'argent caché?

LA FLÈCHE. — Vous avez de l'argent caché?

HARPAGON. — Non, coquin, je ne dis pas cela. (A part.) J'enrage. Je demande si malicieusement tu n'irais point faire courir le bruit que j'en ai.

LA FLÈCHE. — Hé! que nous importe que vous en ayez ou que vous n'en ayez pas, si c'est pour nous la même chose?

HARPAGON. — Tu fais le raisonneur! Je te baillerai [2] de ce raisonnement-ci par les oreilles. (Il lève la main pour lui donner un soufflet.) Sors d'ici, encore une fois.

LA FLÈCHE. — Hé bien! je sors.

HARPAGON. — Attends : ne m'emportes-tu rien?

LA FLÈCHE. — Que vous emporterais-je?

HARPAGON. — Viens çà que je voie. Montre-moi tes mains.

LA FLÈCHE. — Les voilà.

HARPAGON. — Les autres [3].

LA FLÈCHE. — Les autres?

HARPAGON. — Oui.

LA FLÈCHE. — Les voilà.

HARPAGON. — N'as-tu rien mis ici dedans [4]?

LA FLÈCHE. — Voyez vous-même.

HARPAGON. (Il tâte le bas de ses chausses [5].) — Ces

---

1. Mouchard : ce terme paraît se rattacher à mouche, qui, lui-même, a été pris avec le sens d'espion, et l'on trouve également, dans l'ancienne langue, le verbe moucher employé avec le sens d'espionner.

2. Voir page 201, note 2.

3. L'esprit d'Harpagon est tellement occupé d'un souci unique, qu'il ne sait plus bien lui-même ce qu'il dit. Dans l'Aululaire de Plaute, Euclion, après avoir ordonné à l'esclave Strobile de lui montrer ses mains, ajoute : « Je

vois; allons, montre encore la troisième. »

Video ; age, ostende etiam tertiam.

Il y a dans ce mot « la troisième » une précision qui rendrait la question de l'avare invraisemblable. Molière a ici heureusement corrigé son modèle.

4. En disant cela il montre le haut-de-chausses (voir page 36, note 10) de La Flèche.

5. Entendez : le bas du haut-de-chausses.

grands hauts-de-chausses sont propres à devenir les recéleurs des choses qu'on dérobe; et je voudrais qu'on en eût fait pendre quelqu'un.

LA FLÈCHE. — Ah! qu'un homme comme cela mériterait bien ce qu'il craint! et que j'aurais de joie à le voler?

HARPAGON. — Euh?

LA FLÈCHE. — Quoi?

HARPAGON. — Qu'est-ce que tu parles de voler?

LA FLÈCHE. — Je dis que vous fouillez [1] bien partout, pour voir si je vous ai volé.

HARPAGON. — C'est ce que je veux faire.

(Il fouille dans les poches de La Flèche.)

LA FLÈCHE. — La peste soit de l'avarice et des avaricieux.

HARPAGON. — Comment? Que dis-tu?

LA FLÈCHE. — Ce que je dis?

HARPAGON. — Oui. Qu'est-ce que tu dis d'avarice et d'avaricieux?

LA FLÈCHE. — Je dis que la peste soit de l'avarice et des avaricieux.

HARPAGON. — De qui veux-tu parler?

LA FLÈCHE. — Des avaricieux.

HARPAGON. — Et qui sont-ils, ces avaricieux?

LA FLÈCHE. — Des vilains et des ladres [2].

HARPAGON. — Mais qui est-ce que tu entends par là?

LA FLÈCHE. — De quoi vous mettez-vous en peine?

HARPAGON. — Je me mets en peine de ce qu'il faut.

LA FLÈCHE. — Est-ce que vous croyez que je veux parler de vous?

---

1. *Fouillez.* Tel est le texte de la première édition de *l'Avare* (1669); celle de 1670 donne *fouilliez*, ce qui change le sens de la phrase, mais d'une façon très acceptable.

2. *Ladre* (de *Lazarus*, le pauvre de l'Évangile, qui était couvert d'ulcères — Saint Luc, XVI, 20), littéralement lépreux, homme dont la peau, par l'effet de la lèpre, est insensible, puis, au figuré, celui dont le cœur est insensible. — Quant à *vilain*, on sait que le premier sens du mot est celui d'homme attaché à la ferme (*villanus*, de *villa*) et par conséquent d'homme non noble; puis le mot a désigné le manque de noblesse morale, et particulièrement l'avarice.

HARPAGON. — Je crois ce que je crois ; mais je veux que tu me dises à qui tu parles quand tu dis cela ?

LA FLÈCHE. — Je parle.... je parle à mon bonnet.

HARPAGON. — Et moi, je pourrais bien parler à ta barrette [1].

LA FLÈCHE. — M'empêcherez-vous de maudire les avaricieux ?

HARPAGON. — Non ; mais je t'empêcherai de jaser et d'être insolent. Tais-toi.

LA FLÈCHE. — Je ne nomme personne.

HARPAGON. — Je te rosserai [2] si tu parles.

LA FLÈCHE. — Qui se sent morveux, qu'il se mouche [3].

HARPAGON. — Te tairas-tu ?

LA FLÈCHE. — Oui, malgré moi.

HARPAGON. — Ha ! ha !

LA FLÈCHE, *lui montrant une des poches de son justaucorps* [4]. — Tenez, voilà encore une poche : êtes-vous satisfait ?

HARPAGON. — Allons, rends-le-moi sans te fouiller.

LA FLÈCHE. — Quoi ?

HARPAGON. — Ce que tu m'as pris.

LA FLÈCHE. — Je ne vous ai rien pris du tout.

HARPAGON. — Assurément ?

LA FLÈCHE. — Assurément.

HARPAGON. — Adieu. Va-t'en à tous les diables !

LA FLÈCHE. — Me voilà fort bien congédié.

(Acte I, sc. III.)

---

1. *Barrette* : ce mot vient de l'italien et se rattache à la même origine que *béret*, lequel dérive de *birrum* (comparer le grec πυρρός, roux), casaque à capuchon de couleur rousse. La barrette est un petit bonnet plat à plusieurs côtés : il semble bien que *parler à ta barrette* veuille dire « te donner une taloche ».

2. Voir page 169, note 2.

3. Forme de phrase propre aux proverbes ; mais la construction en est complète et fort correcte : *il*, sujet de la proposition principale, est l'antécédent de *qui*, sujet de la subordonnée. Quant à l'interversion des deux propositions, elle a lieu à l'imitation d'une construction usuelle en latin.

4. Voir page 50, note 12.

III

MAITRE JACQUES

L'avare, en dépit de son avarice, a été obligé d'inviter quelques personnes à le venir voir et à souper chez lui. Il fait alors comparaître devant lui pour leur indiquer ce qu'ils auront à faire, en présence de son intendant Valère (car Harpagon est riche et il est forcé d'avoir un assez grand train de maison), sa servante dame Claude, ses laquais Brindavoine et La Merluche, et surtout Maître Jacques, qui est à la fois son cuisinier et son cocher.

HARPAGON, VALÈRE, DAME CLAUDE, MAITRE JACQUES, BRINDAVOINE, LA MERLUCHE

HARPAGON. — Allons, venez çà tous, que je vous distribue mes ordres pour tantôt, et règle à chacun son emploi. Approchez, dame Claude. Commençons par vous. (*Elle tient un balai.*) Bon, vous voilà les armes à la main. Je vous commets au soin de nettoyer partout : et surtout prenez garde de ne point frotter les meubles trop fort de peur de les user. Outre cela, je vous constitue, pendant le souper, au gouvernement des bouteilles ; et, s'il s'en écarte quelqu'une, et qu'il se casse quelque chose, je m'en prendrai à vous et le rabattrai sur vos gages.

MAITRE JACQUES. — Châtiment politique [1].

HARPAGON. — Allez [2]. Vous, Brindavoine, et vous, la Merluche, je vous établis dans la charge de rincer les verres et de donner à boire, mais seulement lorsque l'on aura soif, et non pas selon la coutume de certains impertinents [3] de laquais qui viennent provoquer les gens et les faire aviser de boire lorsqu'on n'y songe pas. Attendez

---

1. Cela est dit à part. — *Politique*, conforme aux règles d'une bonne administration.
2. Dame Claude sort.
3. Voir la note 4 de la page 64.

qu'on vous en demande plus d'une fois, et vous ressouvenez [1] de porter toujours beaucoup d'eau.

MAITRE JACQUES. — Oui, le vin pur monte à la tête.

LA MERLUCHE. — Quitterons-nous nos siquenilles [2], monsieur?

HARPAGON. — Oui, quand vous verrez venir les personnes; et gardez bien de gâter vos habits.

BRINDAVOINE. — Vous savez bien, monsieur, qu'un des devants de mon pourpoint [3] est couvert d'une grande tache de l'huile de la lampe.

LA MERLUCHE. — Et moi, monsieur, que j'ai mon haut-de-chausses [4] tout troué par derrière, et qu'on me voit, révérence parler [5]....

HARPAGON. — Paix. Rangez cela adroitement du côté de la muraille, et présentez toujours le devant au monde. (*Harpagon met son chapeau au-devant de son pourpoint, pour montrer à Brindavoine comment il doit faire pour cacher la tache d'huile.*) Et vous, tenez toujours votre chapeau ainsi, lorsque vous servirez.... Valère, aide-moi à ceci. Ho çà, maître Jacques, approchez-vous : je vous ai gardé pour le dernier.

MAITRE JACQUES. — Est-ce à votre cocher, monsieur, ou bien à votre cuisinier que vous voulez parler? car je suis l'un et l'autre.

HARPAGON. — C'est à tous les deux.

MAITRE JACQUES. — Mais à qui des deux le premier?

HARPAGON. — Au cuisinier.

MAITRE JACQUES. — Attendez donc, s'il vous plaît. (*Il ôte sa casaque de cocher et paraît vêtu en cuisinier.*)

---

1. *Vous ressouvenez.* Le XVII⁰ siècle mettait le pronom régime du verbe actif ou réfléchi avant ce verbe, à l'impératif comme aux autres modes.

2. *Siquenilles.* La Merluche veut dire *souquenilles.* La souquenille est la veste de travail des palefreniers.

3. *Pourpoint,* vêtement de dessus, qui couvrait le corps depuis le cou jusqu'à la ceinture.

4. *Haut-de-chausses* : Voir page 36, note 10.

5. *Révérence parler :* ellipse usuelle, mais très forte, qui équivaut à : si je puis ainsi parler sans manquer à la révérence que je dois vous témoigner.

HARPAGON. — Quelle diantre [1] de cérémonie est-ce
là?

MAITRE JACQUES. — Vous n'avez qu'à parler.

HARPAGON. — Je me suis engagé, maître Jacques, à
donner ce soir à souper.

MAITRE JACQUES. — Grande merveille!

HARPAGON. — Dis-moi un peu, nous feras-tu bonne
chère [2]?

MAITRE JACQUES. — Oui, si vous me donnez bien
de l'argent.

HARPAGON. — Que diable, toujours de l'argent! Il
semble qu'ils n'aient autre chose à dire : de l'argent, de
l'argent, de l'argent. Ah! ils n'ont que ce mot à la
bouche : de l'argent. Toujours parler de l'argent. Voilà
leur épée de chevet [3], de l'argent!

VALÈRE. — Je n'ai jamais vu de réponse plus impertinente que celle-là. Voilà une belle merveille que de
faire bonne chère avec bien de l'argent. C'est une chose
la plus aisée du monde, et il n'y a si pauvre esprit qui
n'en fît bien autant; mais pour agir en habile homme, il
faut parler de faire bonne chère avec peu d'argent.

MAITRE JACQUES. — Bonne chère avec peu d'argent!

VALÈRE. — Oui.

MAITRE JACQUES. — Par ma foi, monsieur l'intendant, vous nous obligerez de nous faire voir ce secret
et de prendre mon office de cuisinier : aussi bien vous
mêlez-vous céans d'être le factoton [4].

HARPAGON. — Taisez-vous. Qu'est-ce qu'il nous
faudra?

MAITRE JACQUES. — Voilà monsieur votre intendant qui vous fera bonne chère pour peu d'argent.

1. *Diantre* : voir page 47, note 1.
2. *Bonne chère.* Voir page 43, note 10.
3. *Épée de chevet* se dit d'une arme,
d'un secours, d'un objet, qu'on a
toujours sous la main.
4. *Factoton.* On écrivait quelquefois

ainsi, au xviie siècle, suivant une prononciation dont on citerait d'autres
exemples (voir page 381, note 5),le mot
factotum, formé exactement d'un impératif et d'un adjectif latins, et qui veut
dire *fais tout* (*fac totum*).

HARPAGON. — Haye! je veux que tu me répondes.

MAITRE JACQUES. — Combien serez-vous de gens à table?

HARPAGON. — Nous serons huit ou dix; mais il ne faut prendre que huit. Quand il y a à manger pour huit, il y en a bien pour dix.

VALÈRE. — Cela s'entend.

MAITRE JACQUES. — Hé bien! il faudra quatre grands potages et cinq assiettes[1]. Potages..., entrées....

HARPAGON. — Que diable, voilà pour traiter toute une ville entière!

MAITRE JACQUES. — Rôt....

HARPAGON, *en lui mettant la main sur la bouche.* — Ah! traître, tu manges tout mon bien.

MAITRE JACQUES. — Entremets....

HARPAGON. — Encore?

VALÈRE. — Est-ce que vous avez envie de faire crever tout le monde? Et monsieur a-t-il invité des gens pour les assassiner à force de mangeaille? Allez-vous-en lire un peu les préceptes de la santé, et demander aux médecins s'il y a rien de plus préjudiciable à l'homme que de manger avec excès[2].

HARPAGON. — Il a raison.

VALÈRE. — Apprenez, maître Jacques, vous et vos pareils, que c'est un coupe-gorge qu'une table remplie de trop de viandes[3]; que, pour se bien montrer ami de ceux que l'on invite, il faut que la frugalité règne dans les repas qu'on donne, et que, suivant le dire d'un ancien[4], *il faut manger pour vivre et non pas vivre pour manger.*

1. *Cinq assiettes* d'entrées. — Suivant une tradition plus ou moins certaine, l'acteur énumérait après les mots *Potages..., entrées...,* les noms de quatre potages et de cinq entrées, que Molière n'a pas jugé à propos d'écrire.

2. Valère, qui, malgré l'humilité momentanée de son sort, est un homme de grande naissance, et qui se propose de demander, plus tard, à Harpagon sa fille en mariage, a par là même des raisons particulières de flatter ses manies.

3. *Viande* se trouve souvent au XVIIe siècle et antérieurement dans le sens de mets, nourriture en général. Voir la note 1 de la page 380.

4. *D'un ancien.* La maxime citée par

HARPAGON. — Ah! que cela est bien dit! Approche, que je t'embrasse pour ce mot. Voilà la plus belle sentence que j'aie entendue de ma vie : *Il faut vivre pour manger et non pas manger pour vi....* Non, ce n'est pas cela. Comment est-ce que tu dis?

VALÈRE. — *Qu'il faut manger pour vivre et non pas vivre pour manger.*

HARPAGON. — Oui. Entends-tu? Qui est le grand homme qui a dit cela?

VALÈRE. — Je ne me souviens pas maintenant de son nom.

HARPAGON. — Souviens-toi de m'écrire ces mots. Je les veux faire graver en lettres d'or sur la cheminée de ma salle.

VALÈRE. — Je n'y manquerai pas. Et, pour votre souper, vous n'avez qu'à me laisser faire. Je réglerai tout cela comme il faut.

HARPAGON. — Fais donc.

MAITRE JACQUES. — Tant mieux; j'en aurai moins de peine.

HARPAGON. — Il faudra de ces choses dont on ne mange guère et qui rassasient d'abord[1] : quelque bon haricot[2] bien gras, avec quelque pâté en pot[3], bien garni de marrons.

VALÈRE. — Reposez-vous sur moi.

HARPAGON. — Maintenant, maître Jacques, il faut nettoyer mon carrosse.

MAITRE JACQUES. — Attendez. Ceci s'adresse au cocher. (*Il remet sa casaque.*) Vous dites....

Valère se trouve dans un ouvrage attribué à Cicéron, la *Rhétorique à Hérennius* (IV, xxviii); d'autre part, le compilateur latin Aulu-Gelle et Plutarque, le célèbre écrivain grec, qui vivaient tous deux au second siècle de l'ère chrétienne, attribuent la même pensée à Socrate.

1. *D'abord*, dès l'abord; dès le commencement, dès qu'on en a mangé tant soit peu.

2. *Haricot* est pris ici dans le sens de ragoût; nous disons encore *haricot de mouton*. Ce mot est très vieux en français dans ce sens. C'est sans doute par dérivation qu'il a ensuite été appliqué au légume que nous connaissons sous ce nom.

3. *Pâté en pot*, fait avec du bœuf et du lard hachés.

HARPAGON. — Qu'il faut nettoyer mon carrosse et tenir mes chevaux tout prêts pour conduire à la foire....

MAITRE JACQUES. — Vos chevaux, monsieur? Ma foi, ils ne sont point du tout en état de marcher. Je ne vous dirai point qu'ils sont sur la litière [1], les pauvres bêtes n'en ont point, et ce serait fort mal parler; mais vous leur faites observer des jeûnes si austères, que ce ne sont plus rien que des idées [2] ou des fantômes, des façons de chevaux.

HARPAGON. — Les voilà bien malades! Ils ne font rien.

MAITRE JACQUES. — Et pour ne faire rien, monsieur, est-ce qu'il ne faut rien manger? Il leur vaudrait bien mieux, les pauvres animaux, de travailler beaucoup, de manger de même. Cela me fend le cœur de les voir ainsi exténués [3]; car enfin j'ai une tendresse pour mes chevaux, qu' [4] il me semble que c'est moi-même quand je les vois pâtir; je m'ôte tous les jours pour eux les choses de la bouche; et c'est être, monsieur, d'un naturel trop dur que de n'avoir nulle pitié de son prochain.

HARPAGON. — Le travail ne sera pas grand d'aller jusqu'à la foire.

MAITRE JACQUES. — Non, monsieur, je n'ai pas le courage de les mener, et je ferais conscience [5] de leur donner des coups de fouet en l'état où ils sont. Comment voudriez-vous qu'ils traînassent un carrosse, qu'ils ne peuvent pas se traîner eux-mêmes?

VALÈRE. — Monsieur, j'obligerai [6] le voisin le Picard

---

1. *Être sur la litière*, expression proverbiale pour : *être malade* (en parlant des bêtes).

2. *Des idées*, des apparences, des formes qui ne recouvrent point de corps.

3. *Exténués*, amincis, amaigris (*tenuis*, mince).

4. *Que*. Entendez : une tendresse.... (telle) que. — Ellipse fréquente dans le langage populaire. — De même plus bas : « Comment voudriez-vous qu'ils traînassent un carrosse, *qu'ils ne peuvent pas se traîner eux-mêmes* », pour *alors qu'ils ne peuvent*. — Voir encore page 67, note 4.

5. *Je ferais conscience*, je me ferais un scrupule, un remords, je ne voudrais pas.

6. *Obliger* : engager par un contrat de louage.

à se charger de les conduire; aussi bien nous fera-t-il ici besoin pour apprêter le souper.

MAÎTRE JACQUES. — Soit. J'aime mieux encore qu'ils meurent sous la main d'un autre que sous la mienne.

VALÈRE. — Maître Jacques fait bien le raisonnable!

MAÎTRE JACQUES. — Monsieur l'intendant fait bien le nécessaire[1]!

HARPAGON. — Paix.

MAÎTRE JACQUES. — Monsieur, je ne saurais souffrir les flatteurs; et je vois que ce qu'il en fait, que ses contrôles perpétuels sur le pain et le vin, le bois, le sel et la chandelle, ne sont rien que pour vous gratter[2] et vous faire sa cour. J'enrage de cela; et je suis fâché tous les jours d'entendre ce qu'on dit de vous : car enfin je me sens pour vous de la tendresse, en dépit que j'en aie[3]; et, après mes chevaux, vous êtes la personne que j'aime le plus.

HARPAGON. — Pourrais-je savoir de vous, maître Jacques, ce que l'on dit de moi?

MAÎTRE JACQUES. — Oui, monsieur, si j'étais assuré que cela ne vous fâchât point.

HARPAGON. — Non, en aucune façon.

MAÎTRE JACQUES. — Pardonnez-moi; je sais fort bien que je vous mettrais en colère.

HARPAGON. — Point du tout. Au contraire, c'est me

---

1. *Raisonnable* paraît pris ici dans le même sens que *raisonneur*. — *Faire le nécessaire*, expression usuelle pour dire : faire l'empressé, prendre l'air affairé d'un homme dont on ne peut se passer.

2. *Gratter*, au figuré et d'une manière populaire, pour dire *caresser*. Molière emploie encore ailleurs le même mot dans le même sens. « Il le gratte par où il se démange », dit Mme Jourdain (*le Bourgeois gentilhomme*, III, IV) en parlant du grand seigneur qui flatte son mari pour obtenir de lui de l'argent.

3. *En dépit que j'en aie*, locution autrefois très usitée pour signifier *malgré lui*. On disait aussi *malgré que j'en aie*. Mais cette seconde locution s'explique aisément; elle veut dire : quelque mauvais gré que j'en aie. Au contraire, la même explication ne peut valoir pour la première locution. Celle-ci vient de l'identité qu'on peut établir pour le sens entre l'expression « en dépit » et le mot « malgré ». Comme on disait *malgré que j'en aie*, on a cru tout naturellement pouvoir dire *en dépit que j'en aie*. Et cette seconde locution a subsisté comme la première, quoiqu'elle ne soit conforme ni à la grammaire ni à la logique.

faire plaisir, et je suis bien aise d'apprendre comme on parle de moi.

MAITRE JACQUES. — Monsieur, puisque vous le voulez, je vous dirai franchement qu'on se moque partout de vous, qu'on nous jette de tous côtés cent brocards [1] à votre sujet, et que l'on n'est point plus ravi que... de faire sans cesse des contes de votre lésine [2]. L'un dit que vous faites imprimer des almanachs particuliers, où vous faites doubler les quatre-temps et les vigiles [3] afin de profiter des jeûnes où [4] vous obligez votre monde; l'autre, que vous avez toujours une querelle toute prête à faire à vos valets dans le temps des étrennes ou de leur sortie d'avec vous, pour vous trouver une raison de ne leur donner rien. Celui-là conte qu'une fois vous fîtes assigner [5] le chat d'un de vos voisins, pour vous avoir mangé un reste d'un gigot de mouton; celui-ci que l'on vous surprit, une nuit, en venant dérober [6] vous-même l'avoine de vos chevaux; et que votre cocher, qui était celui d'avant moi, vous donna, dans l'obscurité, je ne sais combien de coups de bâton, dont vous ne voulûtes rien dire. Enfin, voulez-vous que je vous dise? On ne saurait aller nulle part, où l'on ne vous entende accommoder de toutes pièces [7]. Vous êtes la fable et la

1. *Brocard*, trait piquant. — L'origine du mot est douteuse.

2. *Lésine.* Le mot n'est pas antérieur au XVIe siècle, et vient du mot italien *lesina* (alène). Une satire italienne parlait de la *compagnie de l'alène*, prétendue société d'avares qui se munissaient d'une alène de cordonnier pour raccommoder eux-mêmes leurs chaussures. C'est ainsi que le mot français a pris le sens d'*avarice*.

3. *Quatre-Temps*, jeûne de trois jours prescrit à chacune des quatre saisons (ou *temps*) de l'année; il a lieu les mercredi, vendredi et samedi qui suivent: 1° la Pentecôte, 2° l'Exaltation de la Sainte-Croix (14 septembre), 3° le troisième dimanche de l'Avent, 4° le dimanche d'après les Cendres. — Les *vigiles* ou *veilles* des fêtes sont solen-

nisées par des jeûnes à la Pentecôte, à l'Assomption, à la Toussaint, à Noël.

4. *Où*, voir page 56, note 4.

5. *Assigner*, citer en justice. Dans Plaute on raconte qu'Euclion fit assigner un milan qui lui avait pris son ragoût.

6. Suivant la grammaire de nos jours, le participe *venant* devrait se rapporter au sujet de la phrase. On voit qu'ici il se rapporte au régime et que la phrase veut dire : « On vous surprit au moment où vous veniez.

7. *Accommoder de toutes pièces* : la métaphore fait sans doute allusion aux déguisements de carnaval qui font d'autant plus rire que les diverses parties ou pièces en sont prises partout çà et là. La locution équivaut donc à peu près à : vous habiller de manière à vous rendre ridicule avec des mor-

risée de tout le monde; et jamais on ne parle de vous que sous les noms d'avare, de ladre, de vilain et de fesse-mathieu [1].

HARPAGON, *en le battant.* — Vous êtes un sot, un maraud, un coquin et un impudent.

MAITRE JACQUES. — Hé bien! ne l'avais-je pas deviné? Vous ne m'avez pas voulu croire. Je vous l'avais bien dit que je vous fâcherais de vous dire la vérité.

HARPAGON. — Apprenez à parler.

MAITRE JACQUES, VALÈRE

VALÈRE. — A ce que je puis voir, maître Jacques, on paye mal votre franchise.

MAITRE JACQUES. — Morbleu! monsieur le nouveau venu, qui faites l'homme d'importance, ce n'est pas votre affaire. Riez de vos coups de bâton quand on vous en donnera, et ne venez point rire des miens.

VALÈRE. — Ah! monsieur maître Jacques [2], ne vous fâchez pas, je vous prie.

MAITRE JACQUES. — Il file doux [3]. Je veux faire le brave, et, s'il est assez sot pour me craindre, le frotter quelque peu. (*Haut.*) Savez-vous bien, monsieur le rieur, que je ne ris pas, moi, et que si vous m'échauffez la tête, je vous ferai rire d'une autre sorte?
(*Maître Jacques pousse Valère jusques au bout du théâtre, en le menaçant.*)

VALÈRE. — Eh! doucement.

ceaux d'étoffe de l'origine la plus diverse.

1 *Fesse-mathieu*, usurier. — On cite cette phrase de Noël Du Fail, conteur du xvie siècle : « A Rennes ou l'eust appelé fesse-mathieu, comme qui diroit batteur de saint Mathieu, qu'on croit avoir été changeur. » — Mais que peut vouloir dire exactement « battre saint Mathieu »? — L'origine de l'expression, en somme, doit être considérée comme douteuse.

2. L'appellation familière de *Maître*, qu'on trouve plusieurs fois donnée à de petites gens et même à des valets, semble exclure celle de *Monsieur* : cependant l'expression « Monsieur maître un tel », que Valère emploie ici avec une intention de politesse ironique, n'est pas sans exemple.

3. *Filer doux*, expression populaire qui veut dire s'esquiver doucement, sans répliquer.

MAITRE JACQUES. — Comment, doucement? Il ne me plaît pas, moi.

VALÈRE. — De grâce!

MAITRE JACQUES. — Vous êtes un impertinent.

VALÈRE. — Monsieur maître Jacques....

MAITRE JACQUES. — Il n'y a point de monsieur maître Jacques pour un double [1]. Si je prends un bâton, je vous rosserai [2] d'importance.

VALÈRE. — Comment! un bâton?

(Valère le fait reculer autant qu'il l'a fait.)

MAITRE JACQUES. — Eh! je ne parle pas de cela.

VALÈRE. — Savez-vous bien, monsieur le fat, que je suis homme à vous rosser vous-même.

MAITRE JACQUES. — Je n'en doute pas.

VALÈRE. — Que vous n'êtes, pour tout potage [3], qu'un faquin [4] de cuisinier.

MAITRE JACQUES. — Je le sais bien.

VALÈRE. — Et que vous ne me connaissez pas encore?

MAITRE JACQUES. — Pardonnez-moi.

VALÈRE. — Vous me rosserez, dites-vous?

MAITRE JACQUES. — Je le disais en raillant.

VALÈRE. — Et moi je ne prends point de goût à votre raillerie. *(Il lui donne des coups de bâton.)* Apprenez que vous êtes un mauvais railleur.

MAÎTRE JACQUES. — Peste soit la sincérité [5]! c'est un mauvais métier : désormais j'y renonce, et je ne veux plus dire vrai. Passe encore pour mon maître, il a quelque droit de me battre; mais, pour ce monsieur l'intendant, je m'en vengerai si je puis.

(Acte III, sc. I-II.)

1. *Pour un double*, il n'y en a pas même pour la somme d'un sixième de sou (voir page 96, note 3), il n'y en a pas du tout.

2. Voir page 169, note 2.

3. Expression familière, qui est d'autant plus comique ici qu'il s'agit d'un cuisinier.

4. *Faquin* : voir page 17, note 1.

5. Voir page 169, note 4.

IV

L'AVARE VOLÉ

Le vice d'Harpagon a eu pour effet d'écarter de lui ses enfants,
comme lui-même s'écartait d'eux. Son fils Cléante est aussi mauvais fils qu'il est lui-même mauvais père : comme Harpagon ne
lui donne pas d'argent, et s'oppose à un mariage, d'ailleurs raisonnable, qu'il désire contracter, le jeune homme accepte les services de son peu recommandable valet La Flèche : celui-ci a donc
« guigné », comme il dit, la cassette d'Harpagon et a fini par s'en
emparer pour la remettre à Cléante. — Harpagon, presque aussitôt après, s'aperçoit qu'il est volé.

HARPAGON (*Il crie au voleur dès le jardin,
et vient sans chapeau.*)

Au voleur! au voleur! à l'assassin! au meurtrier! Justice, juste ciel! je suis perdu, je suis assassiné; on m'a
coupé la gorge : on m'a dérobé mon argent. Qui peut-ce
être? Qu'est-il devenu? Où est-il? Où se cache-t-il? Que
ferai-je pour le trouver? Où courir? Où ne pas courir?
N'est-il point là? N'est-il point ici? Qui est-ce? Arrête.
Rends-moi mon argent, coquin.... (*Il se prend lui-
même le bras.*) Ah! c'est moi! Mon esprit est troublé,
et j'ignore où je suis, qui je suis, et ce que je fais. Hélas!
mon pauvre argent! mon pauvre argent! mon cher ami!
on m'a privé de toi; et, puisque tu m'es enlevé, j'ai
perdu mon support, ma consolation, ma joie : tout est
fini pour moi, et je n'ai plus que faire au monde. Sans
toi, il m'est impossible de vivre. C'en est fait; je n'en
puis plus; je me meurs; je suis mort; je suis enterré.
N'y a-t-il personne qui veuille me ressusciter, en me rendant mon cher argent, ou en m'apprenant qui l'a pris?
Euh? que dites-vous? Ce n'est personne. Il faut, qui que
ce soit qui ait fait le coup, qu'avec beaucoup de soin on

ait épié l'heure ; et l'on a choisi justement le temps que
je parlais à mon traître de fils. Sortons. Je veux aller
querir la justice, et faire donner la question [1] à toute la
maison : à servantes, à valets, à fils, à fille, et à moi
aussi. Que de gens assemblés [2] ! Je ne jette mes regards
sur personne qui ne me donne des soupçons, et tout
me semble mon voleur. Eh ! de quoi est-ce qu'on parle
là ? de celui qui m'a dérobé ? Quel bruit fait-on là-haut ?
Est-ce mon voleur qui y est ? De grâce, si l'on sait des
nouvelles de mon voleur, je supplie que l'on m'en dise.
N'est-il point caché là parmi vous ? Ils me regardent
tous, et se mettent à rire. Vous verrez qu'ils ont part
sans doute au vol que l'on m'a fait. Allons vite, des
commissaires, des archers, des prévôts [3], des juges, des
gênes [4], des potences et des bourreaux. Je veux faire
pendre tout le monde ; et, si je ne retrouve mon argent,
je me pendrai moi-même après [5].

(Acte IV, sc. vii.)

1. *Question* (littéralement action de
rechercher : *quæstio*, de *quærere*) : tor-
tures qu'on infligeait aux accusés pour
arriver à leur faire avouer leur crime.

2. Par une plaisanterie un peu étrange,
Harpagon désigne, en prononçant cette
phrase et les suivantes, les spectateurs
mêmes assemblés dans la salle de théâtre.
— L'avare de Plaute faisait la même
chose.

3. Le *commissaire* était un officier de
police qui était chargé d'assigner ou
d'arrêter les personnes coupables d'un
délit ou d'un crime. — *Archers*, primitivement, soldats armés de l'arc. Mais
au XVIIe siècle le mot désigne des soldats de police, qui étaient commandés
par un *prévôt* (on sait que ce dernier
mot vient de *præpositum*).

4. *Gêne*, torture destinée à faire avouer
leur crime aux accusés. — Ce mot qui
s'écrivait, dans l'ancienne langue, *gehine*,
vient d'un vieux verbe *gehir*, qui veut
dire *avouer*. Mais ce mot de *gehine* a été
de bonne heure confondu avec celui de
gehenne, qui, venu de l'hébreu, désigne
un lieu de supplice et, particulièrement,
l'enfer : cette ressemblance des deux
mots a beaucoup contribué à faire
passer le premier du sens d'*aveu* au sens
de *torture*. De ce second sens on est
passé au sens beaucoup moins fort de
malaise, de *contrainte*, d'*embarras* et
c'est en ce sens affaibli que le mot est
presque toujours employé aujourd'hui.

5. Voici la scène de Plaute que Molière a imitée :

Perii ! Interii ! Occidi ! Quo curram ? Quo non curram ? Tene, tene ! Quem ? Quis ?
Nescio : nil video : cæcus eo, atque equidem, quo eam, aut ubi sim, aut qui sim,
Nequeo cum animo certum investigare. Obsecro vos ego, mi auxilio,
Orod, obtestor, sitis et hominem demoustretis, qui eam abstulerit.
Qui est ? Quid ridetis ? Novi omnis : scio, fures esse hic compluris.

V

LA VENGEANCE DE MAITRE JACQUES

HARPAGON, LE COMMISSAIRE

LE COMMISSAIRE. — Laissez-moi faire ; je sais mon métier, Dieu merci. Ce n'est pas d'aujourd'hui que je

Qui vestitu et creta occultant sese atque sedent, quasi sint frugi.
Quid ais tu ? Tibi credere certum'st : nam esse bonum e vultu cognosco.
Em, nemo habet horum ! Occidisti ! Dic igitur, si quis habet. Nescis ?
Heu, me miserum ! misere perii ! male perditus, pessume ornatus eo,
Tantum gemiti et male mæstitiæ hic dies mihi obtulit,
Famem et pauperiem : perditissimus ego sum omnium senum
In terra. Nam quid mihi opu'st vita, qui tantum auri perdidi,
Quod custodivi sedulo ? Egomet me defraudavi
Animumque meum geniumque meum. Nunc alii lætificantur
Meo malo et damno. Pati nequo.

« Je suis perdu ; je suis mort, je suis assassiné. Où courir ? Où ne pas courir ? Attrapez-le, attrapez-le. Qui ? Qui est-ce ? Je ne sais ; je ne vois rien ; je vais en aveugle, je n'ai plus l'esprit à moi et ne puis découvrir nettement où je vais, où je suis, qui je suis. Je vous en prie, je vous en supplie, je vous en conjure, venez à mon secours et indiquez-moi le personnage qui a dérobé mon argent. Qu'y a-t-il ? Pourquoi riez-vous ? Je vous connais tous ; je sais que les voleurs ne manquent pas ici, cachés sous de blancs vêtements et assis comme d'honnêtes gens. Que dites-vous, vous ? C'est vous que je suis décidé à croire : vous êtes un brave homme, je le vois à votre air. Hein ? Mon voleur n'est point ici ? Vous m'avez tué. Dites-moi celui qui a mon argent. Vous ne savez pas ? Hélas ! que je suis malheureux ! Je suis mort ; je suis perdu. Me voilà dans un joli état ! Quel sujet de pleurs et de tristesse ce jour m'a apporté ! C'est désormais la faim et la misère : me voici ici-bas le plus malheureux des vieillards. A quoi bon vivre, après avoir perdu tout l'argent que je surveillais avec tant de soin ? Quoi ! je me suis privé moi-même : je ne me suis donné ni plaisir, ni bon temps : et ce sont d'autres que moi qui profitent aujourd'hui de mes peines et de mes privations ! Je ne puis le supporter. »

Déjà au XVIᵉ siècle, Pierre de Larivey (vers 1540-vers 1611) avait, dans sa comédie des *Esprits*, imité la scène de Plaute. — Le vieux Séverin revient chez lui et a hâte de reprendre sa bourse dans une cachette où il l'a déposée. « Mon Dieu ! qu'il me tardoit que je fusse despesché de cestuy-cy, afin de reprendre ma bourse ! J'ay faim, mais je veux encor espargner ce morceau de pain que j'avois apporté ; il me servira bien pour mon soupper, ou pour demain mon disner, avec un ou deux navets cuits entre les cendres. Mais à quoy despends-je le temps, que je ne prends ma bourse, puisque je ne voy personne qui me regarde ? O m'amour ! t'es-tu bien portée ?.... Jésus, qu'elle est légère ! Vierge Marie ! qu'est-ce cy qu'on a mis dedans ? Hélas ! je suis destruict, je suis perdu, je suis ruyné ! Au voleur ! au larron ! au larron ! prenez-le ! arrestez tous ceux qui passent ! fermez les portes, les huys, les fenestres ! Misérable que je suis ! où cours-je ? à qui le dis-je ? Je ne sçay où je suis, ny où je vais ! Hélas ! mes amys, je me recommande à vous tous ! secourez-moy, je vous prie ! je suis mort ! je suis perdu ! Enseignez-moy qui m'a desrobbé mon ame, ma vie, mon cœur

me mêle de découvrir des vols, et je voudrais avoir autant de sacs de mille francs que j'ai fait pendre de personnes.

HARPAGON. — Tous les magistrats sont intéressés à prendre cette affaire en main; et, si l'on ne me fait retrouver mon argent, je demanderai justice de la justice.

LE COMMISSAIRE. — Il faut faire toutes les poursuites requises. Vous dites qu'il y avait dans cette cassette....

HARPAGON. — Dix mille écus[1] bien comptés.

LE COMMISSAIRE. — Dix mille écus!

HARPAGON. — Dix mille écus.

LE COMMISSAIRE. — Le vol est considérable.

HARPAGON. — Il n'y a point de supplice assez grand pour l'énormité de ce crime; et, s'il demeure impuni, les choses les plus sacrées ne sont plus en sûreté.

LE COMMISSAIRE. — En quelles espèces était cette somme?

HARPAGON. — En bons louis d'or et pistoles bien trébuchantes [2].

LE COMMISSAIRE. — Qui soupçonnez-vous de ce vol?

HARPAGON. — Tout le monde; et je veux que vous arrêtiez prisonniers la ville et les faubourgs.

LE COMMISSAIRE. — Il faut, si vous m'en croyez,

et toute mon esperance! Que n'ay-je un licol pour me pendre! car j'ayme mieux mourir que vivre ainsi. Hélas! elle est toute vuyde. Vray Dieu! qui est ce cruel qui tout à coup m'a ravy mes biens, mon honneur et ma vie? Ah! chetif que je suis! que ce jour m'a esté malheureux! A quoy veux-je plus vivre, puis que j'ay perdu mes escus, que j'avois si soigneusement amassez, et que j'aymois et tenois plus chers que mes propres yeux! mes escus, que j'avois espargné retirant le pain de ma bouche, n'osant manger mon saoul, et qu'un autre joyt maintenant de mon mal et de mon dommage! »

1. *Dix mille écus* : l'écu d'or valait six livres; le grand écu d'argent avait la même valeur; le petit écu d'argent valait trois livres.

2. Le *louis d'or* valait au milieu du XVIIe siècle onze livres; — la *pistole* était une pièce ayant la même valeur, mais d'origine espagnole ou italienne. — Les monnaies d'or avaient, au moment de leur émission, un peu plus que le poids legal, afin de compenser par là la déperdition de poids qui devait se produire ensuite par le frottement. On appelait *trebuchantes* les pièces qui, en raison de ce surplus du poids, faisaient *trebucher*, c'est-à-dire pencher la petite balance, ou *trebuchet*, dans laquelle on les pesait.

n'effaroucher personne, et tâcher doucement d'attraper quelques preuves, afin de procéder après, par la rigueur, au recouvrement des deniers qui vous ont été pris.

MAITRE JACQUES, HARPAGON, LE COMMISSAIRE

MAITRE JACQUES, *au bout du théâtre, en se retournant du côté dont il sort.* — Je m'en vais revenir. Qu'on me [1] l'égorge tout à l'heure [2] ; qu'on me lui fasse griller les pieds; qu'on me le mette dans l'eau bouillante, et qu'on me le pende au plancher.

HARPAGON. — Qui? celui qui m'a dérobé?

MAITRE JACQUES. — Je parle d'un cochon de lait que votre intendant me vient d'envoyer [3], et je veux vous l'accommoder à ma fantaisie.

HARPAGON. — Il n'est pas question de cela; et voilà monsieur, à qui il faut parler d'autre chose.

LE COMMISSAIRE. — Ne vous épouvantez point. Je suis un homme à ne vous point scandaliser [4], et les choses iront dans la douceur.

MAITRE JACQUES. — Monsieur est de votre souper?

LE COMMISSAIRE. — Il faut ici, mon cher ami, ne rien cacher à votre maître.

MAITRE JACQUES. — Ma foi, monsieur, je montrerai tout ce que je sais faire [5], et je vous traiterai du mieux qu'il me sera possible.

HARPAGON. — Ce n'est pas là l'affaire.

1. *Me*, pour moi. — Le pronom personnel est d'un emploi fréquent dans ce sens qui correspond à celui du datif latin. « Prends-moi le bon parti, » dit Boileau dans sa satire VIII. — Et de même en latin, Cicéron, dans son discours pour Muréna (VI, 13) : « Tu mihi arripis hoc quod..... — Vous allez me saisir au vol une accusation qui.... »
2. *Tout à l'heure*, à l'heure même, sans tarder.
3. On sait que lorsqu'un verbe est suivi d'un infinitif, le XVIIe siècle place avant le verbe le pronom personnel régime de l'infinitif. Aujourd'hui nous disons plutôt : « que votre intendant vient de m'envoyer. »
4. *Scandaliser* est pris ici dans un sens qui est tout à fait tombé en désuétude : il veut dire : rendre quelqu'un l'objet du scandale, du déshonneur. « Vous scandaliser » signifie « faire autour de votre nom un bruit, un tapage, un scandale, qui pourrait vous déshonorer. »
5. On comprend que Maître Jacques pense qu'il a devant les yeux un convive d'Harpagon.

MAITRE JACQUES. — Si je ne vous fais pas aussi bonne chère [1] que je voudrais, c'est la faute de monsieur notre intendant, qui m'a rogné les ailes avec les ciseaux de son économie.

HARPAGON. — Traître! il s'agit d'autre chose que de souper; et je veux que tu me dises des nouvelles de l'argent qu'on m'a pris.

MAITRE JACQUES. — On vous a pris de l'argent?

HARPAGON. — Oui, coquin; et je m'en vais te faire pendre [2], si tu ne me le rends.

LE COMMISSAIRE. — Mon Dieu! ne le maltraitez point. Je vois à sa mine qu'il est honnête homme, et que, sans se faire mettre en prison, il vous découvrira ce que vous voulez savoir. Oui, mon ami, si vous nous confessez la chose, il ne vous sera fait aucun mal, et vous serez récompensé comme il faut par votre maître. On lui a pris aujourd'hui son argent; et il n'est pas que vous ne sachiez [3] quelques nouvelles de cette affaire.

MAITRE JACQUES, à part. — Voici justement ce qu'il me faut pour me venger de notre intendant. Depuis qu'il est entré céans [4], il est le favori; on n'écoute que ses conseils; et j'ai aussi sur le cœur les coups de bâton de tantôt [5].

HARPAGON. — Qu'as-tu à ruminer?

LE COMMISSAIRE. — Laissez-le faire. Il se prépare à vous contenter; et je vous ai bien dit qu'il était honnête homme.

MAITRE JACQUES. — Monsieur, si vous voulez que je vous dise les choses, je crois que c'est monsieur votre cher intendant qui a fait le coup.

HARPAGON. — Valère?

1. *Chère.* Voir page 43, note 10.
2. La première édition donne : « *te pendre*, » et non « te faire pendre. » Mais il semble bien que ce soit une erreur d'impression.
3. *Il n'est pas que vous ne sachiez :* la vérité n'est pas que vous ne savez pas; certainement vous savez.
4. *Céans.* Voir page 262, note 5.
5. Voir page 240.

MAITRE JACQUES. — Oui.

HARPAGON. — Lui qui me paraît si fidèle?

MAITRE JACQUES. — Lui-même. Je crois que c'est lui qui vous a dérobé.

HARPAGON. — Et sur quoi [1] le crois-tu?

MAITRE JACQUES. — Sur quoi?

HARPAGON. Oui.

MAITRE JACQUES. — Je le crois.... sur ce que je le crois.

LE COMMISSAIRE. — Mais il est nécessaire de dire les indices que vous avez.

HARPAGON. — L'as-tu vu rôder autour du lieu où j'avais mis mon argent?

MAITRE JACQUES. — Oui, vraiment. Où était-il votre argent?

HARPAGON. — Dans le jardin.

MAITRE JACQUES. — Justement : je l'ai vu rôder dans le jardin. Et dans quoi est-ce que cet argent était?

HARPAGON. — Dans une cassette.

MAITRE JACQUES. — Voilà l'affaire : je lui ai vu une cassette.

HARPAGON. — Et cette cassette, comment est-elle faite? Je verrai bien si c'est la mienne.

MAITRE JACQUES. — Comment elle est faite?

HARPAGON. — Oui.

MAITRE JACQUES. — Elle est faite.... elle est faite comme une cassette.

LE COMMISSAIRE. — Cela s'entend. Mais dépeignez-la un peu, pour voir.

MAITRE JACQUES. — C'est une grande cassette.

HARPAGON. — Celle qu'on m'a volée est petite.

MAITRE JACQUES. — Eh! oui, elle est petite, si on le veut prendre par là; mais je l'appelle grande pour ce qu'elle contient.

LE COMMISSAIRE. — Et de quelle couleur est-elle?

1. *Sur*, d'après.

MAITRE JACQUES. — De quelle couleur?

LE COMMISSAIRE. — Oui.

MAITRE JACQUES. — Elle est de couleur.... là, d'une certaine couleur.... Ne sauriez-vous m'aider à dire?

HARPAGON. — Euh?

MAITRE JACQUES. — N'est-elle pas rouge?

HARPAGON. — Non, grise.

MAITRE JACQUES. — Hé! oui, gris rouge : c'est ce que je voulais dire.

HARPAGON. — Il n'y a point de doute : c'est elle assurément. Ecrivez, monsieur, écrivez sa déposition. Ciel! à qui désormais se fier? Il ne faut plus jurer de rien; et je crois, après cela, que je suis homme à me voler moi-même.

MAITRE JACQUES. — Monsieur, le voici qui revient. Ne lui allez pas dire au moins que c'est moi qui vous ai découvert cela.

(Acte V, sc. I-II.)

VI

LE QUIPROQUO

Cette scène fait suite immédiatement à celle qu'on vient de lire. Pour la comprendre, il faut se rappeler que la naissance de Valère est fort au-dessus de sa situation présente. Ayant un jour sauvé d'un grand danger Elise, fille d'Harpagon, il s'est épris d'elle et il en est lui-même aimé. Quant à Harpagon, il est si mauvais père et paraît si peu se soucier de la destinée et du bonheur de ses enfants, que les deux jeunes gens se sont mutuellement promis de s'épouser avant même de lui avoir demandé son consentement et de l'avoir informé de leurs sentiments et de leurs projets.

VALÈRE, HARPAGON, LE COMMISSAIRE, MAITRE JACQUES

HARPAGON. — Approche : viens confesser l'action la plus noire, l'attentat le plus horrible qui jamais ait été commis.

VALÈRE. — Que voulez-vous, monsieur?

HARPAGON. — Comment, traître, tu ne rougis pas de ton crime?

VALÈRE. — De quel crime voulez-vous donc parler?

HARPAGON. — De quel crime je veux parler, infâme? comme si tu ne savais pas ce que je veux dire! C'est en vain que tu prétendrais de le déguiser [1]; l'affaire est découverte, et l'on vient de m'apprendre tout. Comment abuser ainsi de ma bonté, et s'introduire exprès chez moi pour me trahir, pour me jouer un tour de cette nature?

VALÈRE. — Monsieur, puisqu'on vous a découvert tout, je ne veux point chercher de détours, et vous nier la chose.

MAITRE JACQUES. — Oh! oh! aurais-je deviné sans y penser?

VALÈRE. — C'était mon dessein de vous en parler, et je voulais attendre pour cela des conjonctures favorables; mais, puisqu'il est ainsi, je vous conjure de ne vous point fâcher, et de vouloir entendre mes raisons.

HARPAGON. — Et quelles belles raisons peux-tu me donner, voleur infâme?

VALÈRE. — Ah! monsieur, je n'ai pas mérité ces noms. Il est vrai que j'ai commis une offense envers vous; mais, après tout, ma faute est pardonnable.

HARPAGON. — Comment! pardonnable? Un guet-apens [2], un assassinat de la sorte!

---

1. Quand il a le sens de *tenter*, *essayer*, le verbe *prétendre* est aujourd'hui suivi de l'infinitif immédiatement et sans préposition.

2. *Guet-apens*. *Apens* est une forme qui vient du participe passé passif du vieux verbe *apenser* (préméditer). Un *guet-apens*, c'est donc un guet prémédité, une embuscade.

VALÈRE. — De grâce, ne vous mettez point en colère. Quand vous m'aurez ouï, vous verrez que le mal n'est pas si grand que vous le faites.

HARPAGON. — Le mal n'est pas si grand que je le fais! Quoi! mon sang, mes entrailles [1], pendard!

VALÈRE. — Votre sang, monsieur, n'est pas tombé dans de mauvaises mains. Je suis d'une condition à ne lui point faire de tort; et il n'y a rien en tout ceci que je ne puisse bien réparer.

HARPAGON. — C'est bien mon intention, et que [2] tu me restitues ce que tu m'as ravi.

VALÈRE. — Votre honneur, monsieur, sera pleinement satisfait.

HARPAGON. — Il n'est pas question d'honneur là dedans. Mais, dis-moi, qui t'a porté à cette action?

VALÈRE. — Hélas! me le demandez-vous?

HARPAGON. — Oui, vraiment je te le demande.

VALÈRE. — Un dieu qui porte [3] les excuses de tout ce qu'il fait faire, l'Amour.

HARPAGON. — L'Amour?

VALÈRE. — Oui.

HARPAGON. — Bel amour, bel amour, ma foi! l'amour de mes louis d'or!

VALÈRE. — Non, monsieur, ce ne sont point vos richesses qui m'ont tenté; ce n'est pas cela qui m'a ébloui; et je proteste de ne prétendre rien [4] à tous vos biens, pourvu que vous me laissiez celui que j'ai.

---

1. On voit que ces expressions par lesquelles Harpagon désigne sa chère cassette sont tout à fait de nature à tromper Valère sur la pensée de l'*Avare* et à lui faire croire qu'il parle de sa fille.

2. Remarquable exemple d'une construction qui n'est pas très fréquente, mais qui est très vive, et qui s'explique par une sorte d'ellipse : « C'est bien mon intention; et mon intention est aussi que tu me restitues..... »

3. *Qui porte*, qui apporte avec lui.

4. *Protester de*, ne s'emploie plus guère suivi d'un infinitif : on dit plutôt maintenant *protester que*. — *Prétendre rien*. On trouve souvent au XVIIᵉ siècle *prétendre* dans le sens de *réclamer*, employé avec un régime direct : « Prétendre la possession d'un trône. » Toutefois ici il semble que *rien* ne soit pas régime direct, mais qu'il soit employé comme une sorte d'adverbe avec le sens d'*en rien*.

HARPAGON. — Non ferai[1], de par tous les diables, je
ne te le laisserai pas. Mais voyez quelle insolence, de
vouloir retenir le vol qu'il m'a fait!

VALÈRE. — Appelez-vous cela un vol?

HARPAGON. — Si je l'appelle un vol? Un trésor comme
celui-là!

VALÈRE. — C'est un trésor, il est vrai, et le plus
précieux que vous ayez, sans doute; mais ce ne sera pas
le perdre que de me le laisser. Je vous le demande à
genoux, ce trésor plein de charmes; et, pour bien faire,
il faut que vous me l'accordiez.

HARPAGON. — Je n'en ferai rien. Qu'est-ce à dire
cela?

VALÈRE. — Nous nous sommes promis une foi
mutuelle, et avons fait serment de ne nous point abandonner.

HARPAGON. — Le serment est admirable, et la promesse plaisante!

VALÈRE. — Oui, nous nous sommes engagés d'être
l'un à l'autre à jamais.

HARPAGON. — Je vous en empêcherai bien, je vous
assure.

VALÈRE. — Rien que la mort ne nous peut séparer.

HARPAGON. — C'est être bien endiablé après mon
argent.

VALÈRE. — Je vous ai déjà dit, monsieur, que ce
n'était point l'intérêt qui m'avait poussé à faire ce que
j'ai fait. Mon cœur n'a point agi par les ressorts que vous
pensez, et un motif plus noble m'a inspiré cette résolution.

HARPAGON. — Vous verrez que c'est par charité
chrétienne qu'il veut avoir mon bien! Mais j'y donnerai
bon ordre; et la justice, pendard effronté, me va faire
raison de tout.

---

1. *Non ferai, si ferai*, manières de plus simplement « oui » et « non ». Le
parler jadis usuelles pour dire : « Je langage moderne a conservé la locution
ne le ferai pas » ou « je le ferai, » ou, « si fait » avec le sens d'*oui*.

VALÈRE. — Vous en userez comme vous voudrez, et me voilà prêt à souffrir toutes les violences qu'il vous plaira; mais je vous prie de croire, au moins, que, s'il y a du mal, ce n'est que moi qu'il en faut accuser, et que votre fille, en tout ceci, n'est aucunement coupable.

HARPAGON. — Je le crois bien, vraiment; il serait fort étrange que ma fille eût trempé dans ce crime. Mais je veux ravoir mon affaire [1], et que tu me confesses en quel endroit tu me l'as enlevée.

VALÈRE. — Moi? je ne l'ai point enlevée; et elle est encore chez vous.

HARPAGON. — O ma chère cassette! Elle n'est point sortie de ma maison?

VALÈRE. — Non, monsieur;... c'est d'une ardeur toute pure et respectueuse que j'ai brûlé pour elle.

HARPAGON. — Brûlé pour ma cassette!...

VALÈRE. — Rien de criminel n'a profané la passion que ses beaux yeux m'ont inspirée.

HARPAGON. — Les beaux yeux de ma cassette!...

VALÈRE. — Dame Claude, monsieur, sait la vérité de cette aventure; et elle vous peut rendre témoignage....

HARPAGON. — Quoi! ma servante est complice de l'affaire?

VALÈRE. — Oui, monsieur : elle a été témoin de notre engagement; et elle m'a aidé à persuader votre fille de me donner sa foi, et recevoir la mienne....

HARPAGON. — Eh? Est-ce que la peur de la justice le fait extravaguer? Que nous brouilles-tu ici de ma fille?

VALÈRE. — Je dis, monsieur, que... c'est seulement

---

1. *Mon affaire*, ce qui m'appartient (*rem meam*). — Il faut avouer que le mot n'est pas très heureux : on s'étonne un peu qu'une fois ce mot prononcé, le quiproquo puisse encore durer; il faut que Valère soit bien préoccupé, bien anxieux pour ne pas s'apercevoir qu'Harpagon veut certainement parler de quelque objet matériel et non pas d'une personne. Tel qu'il est, ce mot est encore le mieux choisi possible pour que la scène puisse se continuer. Le mot *cassette* aurait éclairé tout de suite Valère sur son erreur; et si Harpagon avait dit : « mon bien, » on eût pu l'entendre, à la rigueur, de sa fille; mais il eût fallu ensuite employer le pronom *il*, ce qui eût fait aussitôt cesser la méprise.

depuis hier qu'elle a pu se résoudre à nous signer [1] mutuellement une promesse de mariage.

HARPAGON. — Ma fille t'a signé une promesse de mariage?

VALÈRE. — Oui, monsieur; comme, de ma part, je lui en ai signé une.

HARPAGON. — O ciel! autre disgrâce!

MAITRE JACQUES. — Écrivez, monsieur [2], écrivez.

HARPAGON. — Rengrègement [3] de mal! Surcroît de désespoir!

ÉLISE, HARPAGON, VALÈRE,
MAITRE JACQUES, LE COMMISSAIRE

HARPAGON. — Ah! fille scélérate! fille indigne d'un père comme moi! C'est ainsi que tu pratiques les leçons que je t'ai données?... Tu engages ta foi sans mon consentement! Mais vous serez trompés l'un et l'autre. Quatre bonnes murailles me répondront de ta conduite[4]; et une bonne potence me fera raison de ton audace[5].

VALÈRE. — Ce ne sera point votre passion [6] qui jugera l'affaire, et l'on m'écoutera au moins avant que de me condamner.

HARPAGON. — Je me suis abusé de dire une potence; et tu seras roué tout vif [7].

ÉLISE, *à genoux devant son père.* — Ah! mon père, prenez des sentiments un peu plus humains, je vous prie, et n'allez point pousser les choses dans les dernières

1. Construction très libre que notre grammaire n'autoriserait plus aujourd'hui : en effet le sujet de l'action de pouvoir n'est pas le même que celui de l'action de signer. Il faudrait aujourd'hui ou modifier totalement la phrase ou employer l'horrible forme que voici : « Elle n'a pu se résoudre à ce que nous nous signassions mutuellement..... » Voir encore la note 1 de la page 320.
2. Il s'adresse au commissaire.
3. *Rengrègement,* augmentation. Mot vieilli, qui se rattache au verbe ren- grèger (augmenter) : ce verbe vient lui-

même du vieux mot *greindre* (cas ré- gime : *greigneur*), forme française du comparatif latin *grandior,* et qui avait le même sens.
4. Il s'adresse à Elise.
5. Il s'adresse à Valère.
6. *Passion* : la colère où vous êtes et qui vous rend nécessairement mauvais juge.
7. Après avoir rompu, à coups de barre de fer, les os des condamnés, on attachait les malheureux sur une *roue* : c'était ce qu'on appelait *rouer.*

violences du pouvoir paternel. Ne vous laissez point entraîner aux premiers mouvements de votre passion, et donnez-vous le temps de considérer ce que vous voulez faire. Prenez la peine de mieux voir celui dont vous vous offensez. Il est tout autre que vos yeux ne le jugent;... sans lui, vous ne m'auriez plus il y a longtemps. Oui, mon père, c'est celui qui me sauva de ce grand péril que vous savez que je courus dans l'eau, et à qui vous devez la vie de cette même fille dont....

HARPAGON. — Tout cela n'est rien; et il valait bien mieux pour moi qu'il te laissât noyer, que de faire ce qu'il a fait.

ÉLISE — Mon père, je vous conjure par l'amour paternel, de me....

HARPAGON. — Non, non; je ne veux rien entendre, et il faut que la justice fasse son devoir.

MAITRE JACQUES. — Tu me payeras mes coups de bâton.

(Acte V, sc. III-IV.)

VII

DÉNOUEMENT DE *L'AVARE*

Valère, nous l'avons dit, n'est pas ce qu'on croit : quoiqu'il se soit introduit chez Harpagon comme un simple intendant, il est de noble famille. Il est fils d'un seigneur napolitain, don Thomas d'Alburci, duquel il a été séparé dès son enfance au milieu d'aventures tragiques. Or don Thomas d'Alburci est le vrai nom d'un vieux gentilhomme qui se faisait appeler seulement Anselme et à qui Harpagon avait promis sa fille Élise. Mais ce n'est pas tout : dans ce Thomas d'Alburci, Mariane, celle qu'aime et que veut épouser Cléante, reconnaît aussi son père, dont les mêmes aventures l'ont également éloignée dans son enfance. — Cependant Harpagon ne se soucie pas de toutes ces reconnaissances; ce qu'il veut, c'est « ravoir son argent ». — C'est alors que Cléante arrive avec La Flèche.

CLÉANTE, VALÈRE, MARIANE, ÉLISE,
HARPAGON, ANSELME,
MAITRE JACQUES, LA FLÈCHE, LE COMMISSAIRE

CLÉANTE. — Ne vous tourmentez point, mon père, et n'accusez personne. J'ai découvert des nouvelles de votre affaire; et je viens ici pour vous dire que, si vous voulez vous résoudre à me laisser épouser Mariane, votre argent vous sera rendu.

HARPAGON. — Où est-il?

CLÉANTE. — Ne vous en mettez point en peine. Il est en lieu dont je réponds; et tout ne dépend que de moi. C'est à vous de me dire à quoi vous vous déterminez; et vous pouvez choisir, ou de me donner Mariane, ou de perdre votre cassette.

HARPAGON. — N'en a-t-on rien ôté ?

CLÉANTE. — Rien du tout. Voyez si votre dessein est de souscrire à ce mariage, et de joindre votre consentement à celui de sa mère....

MARIANE. — Mais vous ne savez pas que ce n'est pas assez que ce consentement, et que le ciel, avec un frère, que vous voyez, vient de me rendre un père, dont vous avez à m'obtenir.

ANSELME. — Le ciel, mes enfants, ne me redonne point à vous pour être contraire à vos vœux. Seigneur Harpagon,... consentez, ainsi que moi, à ce double hyménée[1].

HARPAGON. — Il faut, pour me donner conseil, que je voie ma cassette.

CLÉANTE. — Vous la verrez saine et entière.

HARPAGON. — Je n'ai point d'argent à donner en mariage à mes enfants[2].

---

1. Celui de Mariane et de Cléante, et celui d'Elise et de Valère.

2. C'est ce que dit aussi l'Avare de Plaute : « *Nihil est dotis quod dem.* »

ANSELME. — Hé bien! j'en ai pour eux; que cela ne vous inquiète point.

HARPAGON. — Vous obligerez-vous à faire tous les frais de ces deux mariages?

ANSELME. — Oui, je m'y oblige. Êtes-vous satisfait?

HARPAGON. — Oui, pourvu que, pour les noces, vous me fassiez faire un habit.

ANSELME. — D'accord. Allons jouir de l'allégresse que cet heureux jour nous présente.

LE COMMISSAIRE. — Holà! messieurs, holà! Tout doucement, s'il vous plaît. Qui me payera mes écritures?

HARPAGON. — Nous n'avons que faire de vos écritures[1].

LE COMMISSAIRE. — Oui! mais je ne prétends pas, moi, les avoir faites pour rien.

HARPAGON. — Pour votre payement, voilà un homme que je vous donne à pendre.

MAITRE JACQUES. — Hélas! comment faut-il donc faire? On me donne des coups de bâton pour dire vrai; et on me veut pendre pour mentir.

ANSELME. — Seigneur Harpagon, il faut lui pardonner cette imposture.

HARPAGON. — Vous payerez donc le commissaire?

ANSELME. — Soit. Allons vite faire part de notre joie à votre mère.

HARPAGON. — Et moi, voir ma chère cassette.

(Acte V, sc. VI.)

---

1. Les commissaires achetaient leurs charges, et leurs profits étaient justement les écritures qu'ils rédigeaient quand ils agissaient à la requête de quelqu'un.

LE TARTUFFE

ou

L'IMPOSTEUR

COMÉDIE EN CINQ ACTES ET EN VERS

(*1664-1667-1669*)

On se rappelle de quelles attaques Molière fut l'objet après la représentation de sa comédie de *l'École des femmes* (1662). Par ses deux comédies de *la Critique de l'École des femmes* et de *l'Impromptu de Versailles*, il répondit surtout à ceux qui cherchaient à rabaisser le mérite littéraire de la pièce et de tout son théâtre. Mais d'autres reproches, auxquels il ne fit alors qu'une rapide allusion, l'avaient ému davantage. Nous savons qu'on l'accusait dès cette époque de montrer peu de respect pour les choses de la religion. Molière sentit la gravité de cette accusation, si peu fondée qu'elle lui semblât. Le ressentiment qu'il en conçut dut certainement contribuer à faire naître dans son âme une sorte de haine contre cette sorte de gens qui, sans être eux-mêmes ni pieux ni vertueux, affectent un grand zèle pour la piété et la vertu, et se servent du nom respecté de la religion pour décrier et calomnier leurs ennemis. Et c'est probablement ainsi qu'il fut amené à peindre et à ridiculiser l'hypocrisie dans sa comédie du *Tartuffe*.

Les trois premiers actes en furent donnés devant le roi pendant ces mêmes fêtes de Versailles pour lesquelles nous avons vu que fut composée la *Princesse d'Élide* (mai 1664). Au mois de novembre suivant la comédie était achevée.

Mais dès le mois de mai, Louis XIV avait cru devoir en interdire la représentation publique. En vain Molière, attaqué à cette époque dans un pamphlet des plus violents, se plaignit-il au roi par un placet dans lequel il lui demandait l'autorisation de faire représenter sa pièce pour confondre les calomniateurs : peut-être le roi blâma-t-il l'auteur du pamphlet ; mais il n'accorda pas à Molière l'autorisation qu'il souhaitait. Quoique en effet, d'après ce que nous dit Molière lui-même, le roi ne fût personnellement pas mal disposé à l'égard du poète et de son œuvre, il jugea sans doute qu'il y avait quelque inconvénient à laisser représenter une comédie qui choquait, non pas seulement les hypocrites, comme Molière veut le faire entendre, mais encore beaucoup de très bons esprits et d'âmes sincèrement pieuses.

Ces scrupules de quelques-uns des adversaires de Molière peuvent d'ailleurs aisément se justifier. Comment en effet l'homme vraiment vertueux et religieux se distingue-t-il de l'hypocrite? Par le sentiment sans doute, et non pas par les actes extérieurs ni même par les discours, puisque un hypocrite est nécessairement obligé de contrefaire les actes extérieurs et les discours mêmes de la vraie dévotion. Or, comme la comédie ne peut pas nous mettre sous les yeux le fond des âmes et qu'elle ne nous fait connaître ses personnages que par les actions et les paroles qu'elle leur prête, il y a lieu de craindre que, sur la scène, la distinction qu'on doit établir entre la piété et l'hypocrisie ne se manifeste pas clairement, et qu'ainsi les attaques que le poète aura voulu diriger contre celle-ci n'atteignent également celle-là.

D'autres faisaient remarquer que, si coupable que soit l'hypocrisie, c'est aux ministres de la religion, c'est aux prédicateurs, et non pas à des comédiens qu'il appartient de la dénoncer et de la flétrir.

Quoi qu'il en soit, Molière put aller lire et jouer sa pièce dans plusieurs grandes maisons, et notamment devant le prince de Condé [1]; mais il dut renoncer pour quelque temps à l'espoir de la donner devant le public. C'est alors qu'il composa *Don Juan* [2] d'abord, qui contient une violente satire de l'hypocrisie, et dont la représentation fut l'occasion de nouvelles attaques contre Molière, puis *l'Amour médecin*, *le Misanthrope*, *le Médecin malgré lui* [3], et, pour les divertissements de la cour (car Molière ne cessait pas d'être en faveur, et sa troupe avait même pu prendre l'année précédente le titre de *Troupe du roi*), la pastorale de *Mélicerte*, et *le Sicilien ou l'Amour peintre* (1667).

Le 16 mai 1667 Louis XIV partit pour la campagne de Flandre. Prononça-t-il avant son départ quelque parole qui pût faire croire à Molière qu'il autorisait enfin la représentation du *Tartuffe*? Il faut le croire : car c'est cette auto-

1. Voir la *Notice sur Molière*, pages XX et XXI.
2. Voir page 81.
3. Voir page 108, 120, 165.

risation royale que le poète invoqua pour faire représenter sa pièce devant le public le 5 août. D'ailleurs il eut soin d'y apporter certaines modifications [1], ou, comme il dit lui-même, certains « adoucissements », dont nous ne pouvons guère juger, puisque Molière n'a publié ni le texte du *Tartuffe* tel qu'il était en 1664, ni le texte remanié de 1667.

En effet, dès le 6 août, le premier président Lamoignon interdisait la pièce. En vain Molière réclama-t-il auprès du roi : ce ne fut que dix-huit mois plus tard, le 5 février 1669, que *le Tartuffe* fut autorisé définitivement à paraître sur le théâtre. La comédie avait d'ailleurs été de nouveau modifiée dans quelques-unes de ses parties, et c'est sous cette dernière forme que Molière la publia. On voit par conséquent pourquoi nous insérons ici cette comédie après les œuvres que Molière composa en 1668, quoique nous ayons tenu à rappeler que, dès 1664, elle était achevée.

Quoique *le Tartuffe* soit, non seulement une des œuvres les plus fortes de Molière, mais une des plus originales, de celles où il a mis le plus de lui-même, on a pu mentionner quelques œuvres antérieures auxquelles il a peut-être songé et qui lui ont fourni certains traits du caractère de son hypocrite ou certains détails de l'intrigue de sa pièce : on a cité notamment, et tout près de lui, une nouvelle de Scarron (1610-1660), *les Hypocrites*, et un roman de Sorel (mort en 1674), *Polyandre* [2].

I

LA MAISON D'ORGON

Depuis qu'Orgon a recueilli chez lui un intrus du nom de Tartuffe, qu'il regarde comme un personnage fort vertueux et fort dévot, mais qui n'est rien qu'un hypocrite, la discorde est entrée dans sa maison : en effet, sa mère Mme Pernelle juge Tartuffe comme il le juge lui-même; mais sa femme, Elmire, ses enfants, Damis et Mariane, son beau-frère, Cléante, sa servante, Dorine,

---

1. Le titre même était changé : la pièce s'appelait, non plus *le Tartuffe*, mais *l'Imposteur*, et le nom du principal personnage était Panulphe.

2. Les vers 14 de la page 265, 8 de la page 271, 11 de la page 273, qui viennent après certaines suppressions, ont été légèrement modifiés.

sont d'un avis tout opposé. — Au moment où la pièce s'ouvre par
la scène qu'on va lire, Orgon est absent de chez lui; il est, depuis
deux jours, à la campagne.

MADAME PERNELLE *et* FLIPOTE, *sa servante*, ELMIRE,
MARIANE, DORINE, DAMIS, CLÉANTE.

MADAME PERNELLE.

Allons, Flipote, allons; que d'eux je me délivre.

ELMIRE.

Vous marchez d'un tel pas, qu'on a peine à vous suivre.

MADAME PERNELLE.

Laissez, ma bru, laissez; ne venez pas plus loin.
Ce sont toutes façons dont je n'ai pas besoin.

ELMIRE.

De ce que l'on vous doit envers vous on s'acquitte.
Mais, ma mère, d'où vient que vous sortez si vite?

MADAME PERNELLE.

C'est que je ne puis voir tout ce ménage-ci [1],
Et que de me complaire on ne prend nul souci.
Oui, je sors de chez vous fort mal édifiée [2] :
Dans toutes mes leçons j'y suis contrariée :
On n'y respecte rien, chacun y parle haut,
Et c'est tout justement la cour du roi Pétaud [3].

DORINE.

Si....

MADAME PERNELLE.

Vous êtes, mamie [4], une fille suivante

1. *Ménage*, manière d'arranger les choses, d'administrer la maison.
2. Les Pères de l'Église ont employé, par figure, le mot *ædificare*, qui, proprement, veut dire bâtir, dans le sens d'*affermir dans la piété*. C'est ainsi qu'*édifier* a passé en français avec les deux sens.
3. Expression proverbiale. Selon Littré, Pétaud était le nom du chef que se donnait autrefois la corporation des mendiants. Le roi Pétaud serait donc un roi à qui l'on n'obéirait guère et dans la cour duquel tout ne serait que confusion.
4. *Mamie*, autre orthographe, aujourd'hui inusitée, de *ma mie* (voir la note 2 de la page 141).

Un peu trop forte en gueule, et fort impertinente [1];
Vous vous mêlez sur tout de dire votre avis.

DAMIS.

Mais....

MADAME PERNELLE.

Vous êtes un sot, en trois lettres, mon fils [2];
C'est moi qui vous le dis, qui suis votre grand'mère;
Et j'ai prédit cent fois à mon fils, votre père,
Que vous preniez tout l'air d'un méchant garnement [3],
Et ne lui donneriez jamais que du tourment.

MARIANE.

Je crois....

MADAME PERNELLE [4].

Mon Dieu! sa sœur, vous faites la discrète,
Et vous n'y touchez pas, tant vous semblez doucette [5]!
Mais il n'est, comme on dit, pire eau que l'eau qui dort;
Et vous menez, sous chape [6], un train que je hais fort.

ELMIRE.

Mais, ma mère...

MADAME PERNELLE.

Ma bru [7], qu'il ne vous en déplaise,
Votre conduite, en tout, est tout à fait mauvaise;
Vous devriez leur mettre un bon exemple aux yeux;
Et leur défunte mère en usait beaucoup mieux.

---

1. *Impertinent* : voir la note 4 de la page 64.
2. Expression proverbiale, qui, en décomposant le mot *sot*, insiste sur sa signification.
3. *Garnement*. Dans l'ancien français, le mot, qui se rattache à *garnir*, veut dire *défense* ou *défenseur*. Il peut donc recevoir un qualificatif ou élogieux ou fâcheux : un bon, un mauvais garnement; — puis, comme il est arrivé pour d'autres mots, le sens s'est spécialisé, et ce mot ne s'est plus pris qu'en mauvaise part.
4. Mme Pernelle, vieille femme dont l'esprit n'est pas très cultivé, parle souvent, on le verra, par proverbes.
5. *Doucette*. Diminutif dont l'intention est ironique; on en trouve plusieurs exemples chez des écrivains antérieurs à Molière, et La Fontaine a employé substantivement le masculin du même mot (*Fables*, VI, v) :

Mon fils, dit la souris, ce doucet est un chat.

6. *Chape* ou *cape* : espèce de manteau sous lequel on peut se cacher la figure; de là l'expression *rire sous cape* et d'autres expressions analogues.
7. *Bru*, belle-fille : mot d'origine germanique. (Comparer l'allemand *braut* et l'anglais *bride*, fiancée.)

Vous êtes dépensière ; et cet état me blesse [1],
Que vous alliez vêtue ainsi qu'une princesse.
Quiconque à son mari veut plaire seulement,
Ma bru, n'a pas besoin de tant d'ajustement.

CLÉANTE.

Mais, madame, après tout....

MADAME PERNELLE.

         Pour vous, monsieur son frère,
Je vous estime fort, vous aime, et vous révère ;
Mais enfin, si j'étais de mon fils [2] son époux,
Je vous prierais bien fort de n'entrer point chez nous.
Sans cesse vous prêchez des maximes de vivre
Qui par d'honnêtes gens ne se doivent point suivre [3].
Je vous parle un peu franc ; mais c'est là mon humeur,
Et je ne mâche point ce que j'ai sur le cœur.

DAMIS.

Votre monsieur Tartuffe est bien heureux, sans doute....

MADAME PERNELLE.

C'est un homme de bien, qu'il faut que l'on écoute ;
Et je ne puis souffrir, sans me mettre en courroux,
De le voir querellé par un fou comme vous.

DAMIS.

Quoi ! je souffrirai, moi, qu'un cagot de critique [4]
Vienne usurper céans [5] un pouvoir tyrannique,
Et que nous ne puissions à rien nous divertir,
Si ce beau monsieur-là n'y daigne consentir ?

---

1. *Cet état... que* : cet état qui consiste à ce que.
2. *Si j'étais de...* fréquent dans le sens de : si j'étais à la place de...
3. Remarquer *se suivre* construit, comme le passif *être suivi*, avec un régime précédé de la préposition *par*.
4. *Cagot de critique*, Emploi remarquable et fréquent, dans le style populaire, de la préposition *de* unissant deux substantifs, dont l'un sert de qualificatif à l'autre. On le retrouve encore dans ce vers de *l'École des femmes* (IV, VII) :
Ah ! bourreau de destin, vous en aurez menti.
Quant au mot *cagot*, il désigne un homme d'une piété outrée et suspecte : mais l'origine en est incertaine.
5. *Céans* : çà dedans (*ecce hac intus*)· On disait également *léans* (là-dedans), formé du même radical précédé de l'article.

DORINE.

S'il le faut écouter et croire à ses maximes,
On ne peut faire rien qu'on ne fasse des crimes;
Car il contrôle tout, ce critique zélé.

MADAME PERNELLE.

Et tout ce qu'il contrôle est fort bien contrôlé [1].
C'est au chemin du ciel qu'il prétend vous conduire
Et mon fils à l'aimer vous devrait tous induire [2].

DAMIS.

Non, voyez-vous, ma mère, il n'est père, ni rien,
Qui me puisse obliger à lui vouloir du bien :
Je trahirais mon cœur de parler d'autre sorte.
Sur ses façons de faire à tous coups je m'emporte;
J'en prévois une suite, et qu'avec ce pied-plat [3],
Il faudra que j'en vienne à quelque grand éclat

DORINE.

Certes, c'est une chose aussi qui scandalise,
De voir qu'un inconnu céans s'impatronise;
Qu'un gueux, qui, quand il vint, n'avait pas de souliers
Et dont l'habit entier valait bien six derniers [4],
En vienne jusque-là que de se méconnaître [5],
De contrarier tout, et de faire le maître.

MADAME PERNELLE.

Hé! merci de ma vie [6]! il en irait bien mieux,
Si tout se gouvernait par ses ordres pieux.

---

1. Littéralement un contrôle (contre-rôle), c'était un rôle (rotulum), un registre, sur lequel on inscrivait la même chose que sur un autre, afin de pouvoir vérifier celui-ci. On voit comment le mot et le verbe qui en vient ont fini par désigner en général l'action de vérifier, d'examiner pour louer ou blâmer.

2. La rime est médiocre : on évite en général de faire rimer ensemble deux mots qui appartiennent à la même famille, et se terminent, comme conduire et induire, par le même élément étymologique.

3. Pied-plat : voir la note 2 de la page 127.

4. Le denier était la douzième partie du sou.

5. Jusque-là que de se méconnaître : jusqu'à un point tel qu'il se méconnaisse.

6. Merci de ma vie : (que Dieu ait) merci, pitié de ma vie.

DORINE.

Il passe pour un saint dans votre fantaisie [1].
Tout son fait, croyez-moi, n'est rien qu'hypocrisie

MADAME PERNELLE.

Voyez la langue !

DORINE.

A lui, non plus qu'à son Laurent [2],
Je ne me fierais, moi, que sur un bon garant.

MADAME PERNELLE.

J'ignore ce qu'au fond le serviteur peut être ;
Mais pour homme de bien je garantis le maître.
Vous ne lui voulez mal et ne le rebutez
Qu'à cause qu'il vous dit à tous vos vérités.
C'est contre le péché que son cœur se courrouce,
Et l'intérêt du ciel est tout ce qui le pousse.

DORINE.

Oui ; mais pourquoi, surtout depuis un certain temps,
Ne saurait-il souffrir qu'aucun hante céans [3] ?...

MADAME PERNELLE.

Taisez-vous, et songez aux choses que vous dites.
Ce n'est pas lui tout seul qui blâme ces visites :
Tout ce tracas qui suit les gens que vous hantez,
Ces carrosses sans cesse à la porte plantés,
Et de tant de laquais le bruyant assemblage
Font un éclat fâcheux dans tout le voisinage.
Je veux croire qu'au fond il ne se passe rien.
Mais enfin, on en parle ; et cela n'est pas bien.

CLÉANTE.

Hé ! voulez-vous, madame, empêcher qu'on ne cause ?

---

1. *Fantaisie*, imagination ; c'est un sens très fréquent du mot au xviiᵉ siècle et l'équivalent exact du mot grec φαντασία.
2. Le valet de Tartuffe.

3. *Hanter* s'emploie comme transitif et comme intransitif, ainsi que *fréquenter*, dont il est synonyme. L'origine du mot est incertaine.

Ce serait dans la vie une fâcheuse chose,
Si, pour les sots discours où l'on peut être mis,
Il fallait renoncer à ses meilleurs amis.
Et, quand même on pourrait se résoudre à le faire,
Croiriez-vous obliger tout le monde à se taire?
Contre la médisance il n'est point de rempart.
A tous les sots caquets n'ayons donc nul égard ;
Efforçons-nous de vivre avec toute innocence
Et laissons aux causeurs une pleine licence.

DORINE.

Daphné, notre voisine, et son petit époux,
Ne seraient-ils point ceux qui parlent mal de nous ?
Ceux de qui la conduite offre le plus à rire,
Sont toujours sur autrui les premiers à médire....

MADAME PERNELLE.

Donc madame [1], à jaser, tient le dé [2] tout le jour !
Mais enfin je prétends discourir à mon tour :
Je vous dis que mon fils n'a rien fait de plus sage
Qu'en recueillant chez soi [3] ce dévot personnage ;
Que le ciel au besoin [4] l'a céans envoyé
Pour redresser à tous votre esprit fourvoyé [5] ;
Que pour votre salut vous le devez entendre,
Et qu'il ne reprend rien qui ne soit à reprendre.
Ces visites, ces bals, ces conversations,
Sont du malin esprit toutes inventions.
Là, jamais on n'entend de pieuses paroles ;
Ce sont propos oisifs, chansons et fariboles [6];

1. *Madame* : Dorine.
2. Au jeu de dés, celui qui retient longtemps les dés en mains, au lieu de les passer aux autres joueurs, empêche par là ceux-ci de jouer. De même celui qui bavarde sans cesse empêche les autres de parler.
3. *Chez soi* : nous dirions aujourd'hui *chez lui*. Nous n'employons plus guère le pronom réfléchi qu'après un pronom indéfini ou après un verbe impersonnel ou un infinitif : on ne doit pas ne penser qu'à *soi*; il faut penser aux autres d'abord, à *soi* ensuite ; ne penser qu'à *soi*, c'est le fait d'un égoïste. — Mais l'ancienne langue l'employait dans tous les cas où la syntaxe latine l'admettait.
4. *Au besoin*, au moment où l'on avait besoin de lui.
5. *Fourvoyer*, mettre hors (*foris*) de la voie, du bon chemin (*via*).
6. *Fariboles*, paroles qui ne sont pas sérieuses. — L'origine du mot n'est pas connue.

Bien souvent le prochain en a sa bonne part,
Et l'on y sait médire et du tiers et du quart [1].
Enfin les gens sensés ont leurs têtes troublées
De la confusion de telles assemblées :
Mille caquets [2] divers s'y font en moins de rien;
Et, comme l'autre jour un docteur [3] dit fort bien,
C'est véritablement la tour de Babylone,
Car chacun y babille, et tout du long de l'aune [4];
Et pour conter l'histoire où ce point l'engagea...
Voilà-t-il pas monsieur [5] qui ricane déjà!
Allez chercher vos fous qui vous donnent à rire,
Et sans... Adieu, ma bru; je ne veux plus rien dire.
Sachez que pour céans j'en rabats de moitié,
Et qu'il fera beau temps quand j'y mettrai le pied.

(Donnant un soufflet à Flipote.)

Allons, vous, vous rêvez, et bayez aux corneilles [6],
Jour de Dieu! je saurai vous frotter les oreilles.
Marchons, gaupe [7], marchons.

CLÉANTE, DORINE

CLÉANTE.

Je n'y veux point aller [8],

---

1. Expression proverbiale qui littéralement signifie : la troisième et la quatrième personne.
2. *Caquet*, action de *caqueter* : ce verbe s'applique littéralement au cri de la poule qui vient de pondre; puis il signifie : bavarder confusément.
3. *Docteur* en théologie. Voir la note 2 de la page 446.
4. On dit généralement la *tour de Babel* et non *la tour de Babylone*; mais on voit que l'expression traditionnelle a été légèrement modifiée pour donner lieu à un jeu de mots. On a relevé, dans un livre de piété d'un certain Nicolas Caussin, publié en 1624, *la Cour sainte ou l'Institution chrétienne des grands*, une phrase qui a pu fournir à

Molière l'idée de ce calembour : « Les Géants, après le déluge des eaux, voulurent bâtir la tour de Babel, mais les femmes, dans le déluge des langues, bâtissent la tour de babil. »
5. *Monsieur*, Cléante.
6. *Bayer aux corneilles* : regarder en l'air, la bouche ouverte, la bouche bée (voir encore la note 2 de la page 275).
7. *Gaupe*, terme injurieux qui désigne une femme malproprement vêtue. L'origine du mot est inconnue.
8. C'est-à-dire, je ne veux point aller reconduire Mme Pernelle, avec laquelle sont sortis, à l'exception de Cléante et de Dorine, tous les personnages de la scène précédente.

De peur qu'elle ne vînt encor me quereller ;
Que cette bonne femme....

DORINE.

Ah ! certes, c'est dommage
Qu'elle ne vous ouît [1] tenir un tel langage :
Elle vous dirait bien qu'elle vous trouve bon,
Et qu'elle n'est point d'âge à lui donner ce nom [2].

CLÉANTE.

Comme elle s'est pour rien contre nous échauffée !
Et que de son Tartuffe elle paraît coiffée [3] !

DORINE.

Oh ! vraiment, tout cela n'est rien au prix [4] du fils,
Et, si vous l'aviez vu, vous diriez : « C'est bien pis ! »
Nos troubles [5] l'avaient mis sur le pied d'homme sage [6],
Et, pour servir son prince, il montra du courage :
Mais il est devenu comme un homme hébété,
Depuis que de Tartuffe on le voit entêté ;
Il l'appelle son frère, et l'aime dans son âme
Cent fois plus qu'il ne fait [7] mère, fils, fille, et femme...
Enfin il en est fou ; c'est son tout, son héros ;
Il l'admire à tous coups, le cite à tous propos ;

1. *Ouît.* L'imparfait du subjonctif est employé ici, quoique le verbe de la proposition principale soit au présent. On pourrait citer, au XVIIe siècle, plusieurs exemples de cette construction. C'est que, dans de telles phrases, l'imparfait du subjonctif sert, comme souvent en latin, à exprimer l'idée du conditionnel. « C'est dommage qu'elle ne vous ouît » équivaut à : elle devrait bien vous ouïr. — De même le fameux vers de l'*Andromaque* de Racine :

On craint qu'il n'*essuyât* les larmes de sa mère,

équivaut à : « On se dit avec crainte : il essuierait les larmes de sa mère. »

2. *Bonne femme* veut en effet dire ici *vieille femme.* C'est ainsi que Mme de Sévigné appelle (lettre du 29 avril 1671) le vieux et respectable Arnaud d'Andilly « notre bonhomme ».

3. *Être, coiffé de...* expression fréquente, synonyme d'*être entêté de...*, et qui signifie avoir quelqu'un ou quelque chose toujours en tête.

4. *Au prix,* en comparaison.

5. Les troubles de la Fronde, qui, de 1648 à 1653, signalèrent la minorité de Louis XIV et le gouvernement de Mazarin. — Rappelons que le *Tartuffe* est de 1664.

6. *Pied,* dans cette expression et dans d'autres semblables, a le sens de mesure, de type. *Être sur un certain pied,* c'est être établi suivant un certain modèle ; *mettre quelqu'un sur le pied d'homme sage,* c'est le faire regarder comme conforme au modèle de l'homme sage.

7. *Faire* est employé très fréquemment au XVIIe siècle pour tenir la place d'un verbe déjà exprimé.

17.

Ses moindres actions lui semblent des miracles,
Et tous les mots qu'il dit sont pour lui des oracles.

(Acte I, sc. I-II.)

———

II

LE RETOUR D'ORGON

Orgon revient de la campagne et, avant d'entrer en conversation avec Cléante, demande à Dorine des nouvelles de la maison.

ORGON, CLÉANTE, DORINE

ORGON.

Ah! mon frère, bonjour!

CLÉANTE.

Je sortais, et j'ai joie à vous voir de retour.
La campagne à présent n'est pas beaucoup fleurie.

ORGON.

Dorine.... Mon beau-frère, attendez, je vous prie.
Vous voulez bien souffrir, pour m'ôter de souci,
Que je m'informe un peu des nouvelles d'ici.
Tout s'est-il, ces deux jours, passé de bonne sorte?
Qu'est-ce qu'on fait céans? Comme[1] est-ce qu'on s'y porte?

DORINE.

Madame eut avant-hier la fièvre jusqu'au soir,
Avec un mal de tête étrange à concevoir.

---

1. *Comme*, dans le sens de *comment* interrogatif, est assez fréquent chez Molière et les écrivains antérieurs à lui. On lit dans le *Misanthrope* (I,] :

À peine pouvez-vous dire *comme* il se nomme.

ORGON.

Et Tartuffe?

DORINE.

Tartuffe? Il se porte à merveille,
Gros et gras, le teint frais, et la bouche vermeille.

ORGON.

Le pauvre homme!

DORINE.

Le soir, elle eut un grand dégoût,
Et ne put, au souper, toucher à rien du tout,
Tant sa douleur de tête était encor cruelle!

ORGON.

Et Tartuffe?

DORINE.

Il soupa, lui tout seul, devant elle;
Et fort dévotement il mangea deux perdrix,
Avec une moitié de gigot en hachis.

ORGON.

Le pauvre homme!

DORINE.

La nuit se passa tout entière
Sans qu'elle pût fermer un moment la paupière;
Des chaleurs [1] l'empêchaient de pouvoir sommeiller,
Et jusqu'au jour, près d'elle, il nous fallut veiller.

ORGON.

Et Tartuffe?

DORINE.

Pressé d'un sommeil agréable,
Il passa dans sa chambre au sortir de la table;
Et dans son lit bien chaud il se mit tout soudain,
Où, sans trouble, il dormit jusques au lendemain.

---

1. *Des chaleurs.* Sensations momentanées de chaleur qui accompagnent certains malaises.

ORGON.

Le pauvre homme!

DORINE.

A la fin, par nos raisons gagnée,
Elle se résolut à souffrir la saignée [1],
Et le soulagement suivit tout aussitôt.

ORGON.

Et Tartuffe?

DORINE.

Il reprit courage comme il faut;
Et, contre tous les maux fortifiant son âme,
Pour réparer le sang qu'avait perdu madame,
But, à son déjeuner, quatre grands coups de vin.

ORGON.

Le pauvre homme [2]!

DORINE.

Tous deux se portent bien enfin,
Et je vais à madame annoncer, par avance,
La part que vous prenez à sa convalescence.

(Acte I, sc. IV.)

III

ORGON DÉSABUSÉ

Quoi qu'on ait pu dire à Orgon de son *Monsieur Tartuffe*, de

---

1. La *saignée* était d'un emploi très fréquent dans la médecine du xvii⁰ siècle.
2. On a raconté différentes anecdotes où Molière aurait pu puiser l'idée de son « pauvre homme. » — Mais il n'y a pas lieu de s'y arrêter : ces anecdotes n'ont été racontées que postérieurement au *Tartuffe*, et il y a de grandes chances pour qu'elles aient été entièrement ou en partie fabriquées.

quelques perfidies qu'on ait justement accusé l'intrus, il n'en a jamais voulu rien croire. Bien plus il prétend le prendre pour gendre, contrairement au vœu de sa fille elle-même et de tout ce qu'il y a de raisonnable dans la maison. Il a fait davantage : au détriment de ses enfants, il a signé en sa faveur une donation de tous ses biens. — Mais enfin les manœuvres de l'hypocrite ont pu être déjouées et Orgon lui a ordonné de sortir de sa maison. A ce mot Tartuffe s'est redressé :

C'est à vous d'en sortir, vous qui parlez en maître,

dit-il : et en effet il compte bien se prévaloir de la donation qu'Orgon lui a faite. — C'est sur ces entrefaites que Mme Pernelle arrive chez son fils.

MADAME PERNELLE, MARIANE, ELMIRE, DORINE, DAMIS, ORGON, CLÉANTE

MADAME PERNELLE.

Qu'est-ce? J'apprends ici de terribles mystères!

ORGON.

Ce sont des nouveautés dont mes yeux sont témoins,
Et vous voyez le prix dont sont payés mes soins.
Je recueille avec zèle un homme en sa misère,
Je le loge, et le tiens [1] comme mon propre frère;
De bienfaits chaque jour il est par moi chargé;
Je lui donne ma fille et tout le bien que j'ai :...
Et contre nous il veut user des avantages
Dont le viennent d'armer mes bontés trop peu sages [2],
Me chasser de mes biens où [3] je l'ai transféré [4],
Et me réduire au point [5] d'où je l'ai retiré!

DORINE.

Le pauvre homme [6]!

---

1. *Tenir, tenir pour, tenir comme*, sont fréquemment employés avec le sens de *réputer, regarder comme, considérer comme*.
2. Allusion à la donation qu'Orgon avait imprudemment faite de tous ses biens à Tartuffe.
3. *Où* : Voir page 56, note 4.
4. On dit plus ordinairement *transférer ses biens, ses droits à quelqu'un, que,* comme dit ici Molière : *transférer quelqu'un dans ses biens.* Mais l'expression de Molière est tout à fait rationnelle et conforme à l'étymologie du mot : *transferre aliquem in bona aliena.*
5. *Point*, situation.
6. Allusion ironique au mot même d'Orgon (voir pages 269-270).

MADAME PERNELLE.

Mon fils, je ne puis du tout croire
Qu'il ait voulu commettre une action si noire.

ORGON.

Comment?

MADAME PERNELLE.

Les gens de bien sont enviés toujours.

ORGON.

Que voulez-vous donc dire avec votre discours,
Ma mère?

MADAME PERNELLE.

Que chez vous on vit d'étrange sorte,
Et qu'on ne sait que trop la haine qu'on lui porte [1].

ORGON.

Qu'a cette haine à faire avec ce qu'on vous dit?

MADAME PERNELLE.

Je vous l'ai dit cent fois quand vous étiez petit :
La vertu dans le monde est toujours poursuivie;
Les envieux mourront, mais non jamais l'envie.

ORGON.

Mais que fait ce discours aux choses d'aujourd'hui?

MADAME PERNELLE.

On vous aura forgé cent sots contes de lui.

ORGON.

Je vous ai dit déjà que j'ai vu tout moi-même.

MADAME PERNELLE.

Des esprits médisants la malice est extrême.

---

1. Phrase négligée dans laquelle le pronom on est employé deux fois, mais non pour désigner les mêmes personnes : ceux qui savent la haine qu'on porte à Tartuffe ne sont pas les mêmes que ceux qui lui portent cette haine : voir encore la note 4 de la page 124.

ORGON.

Vous me feriez damner, ma mère. Je vous di [1]
Que j'ai vu de mes yeux un crime si hardi.

MADAME PERNELLE.

Les langues ont toujours du venin à répandre,
Et rien n'est ici-bas qui s'en puisse défendre.

ORGON.

C'est tenir un propos de sens bien dépourvu.
Je l'ai vu, dis-je, vu, de mes propres yeux vu,
Ce qu'on appelle vu. Faut-il vous le rebattre
Aux oreilles cent fois, et crier comme quatre?

MADAME PERNELLE.

Mon Dieu! le plus souvent l'apparence déçoit :
Il ne faut pas toujours juger sur ce qu'on voit.

ORGON.

J'enrage... et ne sais pas, si vous n'étiez ma mère,
Ce que je vous dirais, tant je suis en colère.

DORINE.

Juste retour, monsieur, des choses d'ici-bas :
Vous ne vouliez point croire, et l'on ne vous croit pas.

(Acte V, sc. III.)

Cependant Tartuffe a mis ses menaces à exécution. Bientôt
Orgon va être obligé de quitter sa propre maison. Mais ce n'est
pas tout : Orgon a un jour confié à Tartuffe une cassette contenant des papiers que lui avait remis jadis un ami malheureux et
forcé de s'exiler après avoir été compromis dans les troubles de
la Fronde : or Tartuffe a fait parvenir cette cassette au roi, en
dénonçant Orgon comme un criminel d'État. Orgon va donc être
arrêté, et, justement, voici qu'arrive Tartuffe, qui, pour jouir de
son triomphe, accompagne l'officier de police chargé de cette
arrestation. Mais à peine a-t-il sommé cet officier de faire son
devoir, qu'à la surprise de tous les assistants celui-ci se retourne
vers le dénonciateur et lui déclare que c'est lui, Tartuffe, et non

1. Sur cette orthographe, voir page 2, note 1.

pas Orgon, qu'il est chargé d'arrêter : le roi en effet a été informé de l'honnêteté d'Orgon et de la déloyauté de Tartuffe, et c'est lui-même qui a ordonné que la cassette fût rendue à Orgon et que Tartuffe fût conduit en prison. C'est par cet heureux coup de théâtre que la comédie se termine.

MONSIEUR DE POURCEAUGNAC

COMÉDIE-BALLET EN TROIS ACTES ET EN PROSE

(1669)

Monsieur de Pourceaugnac est une farce accompagnée de musique [1] et de danse, qui fut représentée d'abord au château de Chambord devant le roi, au mois de septembre 1669, puis, le 15 novembre suivant, à Paris, devant le public. Molière y met en scène les mésaventures d'un hobereau de Limoges qui vient à Paris et s'y fait berner. On ne sait pas si Molière, sous le nom de Pourceaugnac, a voulu se moquer de quelque personnage réel, ou s'il avait conservé de ses voyages en province quelque raison particulière d'en vouloir aux habitants de Limoges, ou enfin s'il a pris au hasard le nom de cette ville, sans avoir aucune intention d'attaquer en particulier un homme ou un pays déterminé. — Quoi qu'il en soit, la pièce contient quelques scènes d'un excellent comique avec certaines autres qui sont d'une bouffonnerie plus grossière : mais ni le roi ni le public ne paraissent s'en être choqués lors des premières représentations, et, depuis, cette comédie n'a jamais cessé de paraître sur le théâtre.

1. La musique de *M. de Pourceaugnac*, comme celle des *Amants magnifi* ques et du *Bourgeois gentilhomme* est de Lulli.

LE PROVINCIAL A PARIS

M. de Pourceaugnac, gentilhomme limousin, vient d'arriver à Paris pour y épouser la fille de M. Oronte, bourgeois de cette ville. Mais Éraste, qui, lui aussi, recherche la main de cette jeune fille, s'entend avec un fourbe du nom de Sbrigani pour accabler Pourceaugnac, le jour même de son arrivée, de tant d'ennuis grotesques, que le pauvre homme renonce de lui-même au mariage projeté et ne demande qu'à retourner à Limoges le plus vite possible. — On va voir comment Sbrigani et Éraste cherchent à amadouer, dès ses premiers pas dans Paris, celui dont ils veulent faire leur dupe.

M. DE POURCEAUGNAC *se tourne du côté d'où il vient, comme parlant à des gens qui le suivent,* SBRIGANI.

MONSIEUR DE POURCEAUGNAC. — Hé bien! quoi? Qu'est-ce? Qu'y a-t-il? Au diantre[1] soit la sotte ville, et les sottes gens qui y sont! Ne pouvoir faire un pas sans trouver des nigauds qui vous regardent et se mettent à rire! Eh! messieurs les badauds[2], faites vos affaires, et laissez passer les personnes sans leur rire au nez. Je me donne au diable, si je ne baille[3] un coup de poing au premier que je verrai rire.

SBRIGANI. — Qu'est-ce que c'est, messieurs? Que veut dire cela? A qui en avez-vous? Faut-il se moquer ainsi des honnêtes étrangers qui arrivent ici?

MONSIEUR DE POURCEAUGNAC. — Voilà un homme raisonnable, celui-là.

SBRIGANI. — Quel procédé est le vôtre? et qu'avez-vous à rire?

MONSIEUR DE POURCEAUGNAC. — Fort bien.

---

1. *Diantre,* voir page 47, note 1.
2. Mot qui se rattache au verbe *bayer* (ne pas confondre avec *bâiller*), qui veut dire avoir la bouche grande ouverte, dans l'attitude de quelqu'un qui regarde avec curiosité. — Le *badaud* est celui qui s'arrête volontiers à regarder avec curiosité des choses de peu d'intérêt.
3. *Baille :* voir la note 2 de la page 201.

SBRIGANI. — Monsieur a-t-il quelque chose de ridicule en soi[1] ?

MONSIEUR DE POURCEAUGNAC. — Oui ?

SBRIGANI. — Est-il autrement que les autres ?

MONSIEUR DE POURCEAUGNAC. — Suis-je tortu ou bossu ?

SBRIGANI. — Apprenez à connaître les gens.

MONSIEUR DE POURCEAUGNAC. — C'est bien dit.

SBRIGANI. — Monsieur est d'une mine à respecter.

MONSIEUR DE POURCEAUGNAC. — Cela est vrai.

SBRIGANI. — Personne de condition.

MONSIEUR DE POURCEAUGNAC. — Oui ; gentilhomme limosin[2].

SBRIGANI. — Homme d'esprit.

MONSIEUR DE POURCEAUGNAC. — Qui a étudié en droit[3].

SBRIGANI. — Il vous fait trop d'honneur de venir dans votre ville.

MONSIEUR DE POURCEAUGNAC. — Sans doute.

SBRIGANI. — Monsieur n'est point une personne à faire rire.

MONSIEUR DE POURCEAUGNAC. — Assurément.

SBRIGANI. — Et quiconque rira de lui, aura affaire à moi.

MONSIEUR DE POURCEAUGNAC. — Monsieur, je vous suis infiniment obligé.

---

1. *En soi* : en lui. — Voir la note 3 de la page 265.

2. *Limosin*. On dit aujourd'hui *Limousin*.

3. Il y a ici comme une double moquerie : d'abord on peut avoir étudié le droit très longtemps et n'être pas pour cela un homme d'esprit : c'est un premier trait de sottise de Pourceaugnac de croire que l'étude, la science donne nécessairement de l'esprit. Au contraire, comme le dira Molière dans *les Femmes savantes* (II,III) : Un sot savant est sot plus qu'un sot ignorant.

L'autre moquerie passe plus inaperçue de nos jours qu'à l'époque de Molière. Un vrai gentilhomme n'a que faire d'étudier le droit : car son rôle, ce sera de suivre la carrière des armes, et non d'exercer la profession d'avocat ou de procureur : et plus tard en effet quelqu'un affirmant que Pourceaugnac a étudié le droit, celui-ci répondra qu'il n'en est rien. Molière veut donc ridiculiser son héros en faisant entendre que ses prétentions nobiliaires ne sont pas fondées, ou du moins qu'il n'est que de très petite noblesse.

SBRIGANI. — Je suis fâché, monsieur, de voir recevoir de la sorte une personne comme vous; et je vous demande pardon pour la ville.

MONSIEUR DE POURCEAUGNAC. — Je suis votre serviteur.

SBRIGANI. — Je vous ai vu ce matin, monsieur, avec le coche [1] lorsque vous avez déjeuné; et la grâce avec laquelle vous mangiez votre pain [2] m'a fait naître d'abord [3] de l'amitié pour vous; et, comme je sais que vous n'êtes jamais venu en ce pays, et que vous y êtes tout neuf, je suis bien aise de vous avoir trouvé pour vous offrir mon service à cette arrivée, et vous aider à vous conduire parmi ce peuple [4], qui n'a pas, parfois, pour les honnêtes gens [5] toute la considération qu'il faudrait.

MONSIEUR DE POURCEAUGNAC. — C'est trop de grâce que vous me faites.

SBRIGANI. — Je vous l'ai déjà dit : du moment que je vous ai vu, je me suis senti pour vous de l'inclination.

MONSIEUR DE POURCEAUGNAC. — Je vous suis obligé.

SBRIGANI. — Votre physionomie m'a plu.

MONSIEUR DE POURCEAUGNAC. — Ce m'est beaucoup d'honneur.

SBRIGANI. — J'y ai vu quelque chose d'honnête.

MONSIEUR DE POURCEAUGNAC. — Je suis votre serviteur.

SBRIGANI. — Quelque chose d'aimable.

MONSIEUR DE POURCEAUGNAC. — Ah! ah!

SBRIGANI. — De gracieux.

MONSIEUR DE POURCEAUGNAC. — Ah! ah!

---

1. *Coche*, voiture publique pour le transport des voyageurs.

2. Les Limousins passaient pour être grands mangeurs de pain; on disait communément en manière de proverbe : « manger du pain comme un Limousin ».

3. *D'abord*, dès l'abord, dès que je vous ai vu.

4. *Parmi*, très fréquemment employé, au XVIIe siècle, devant un nom singulier. Cet emploi est d'ailleurs tout à fait conforme à l'étymologie *(per medium)*.

5. *Honnêtes gens* : voir page 20, note 2.

SBRIGANI. — De doux.

MONSIEUR DE POURCEAUGNAC. — Ah! ah!

SBRIGANI. — De majestueux.

MONSIEUR DE POURCEAUGNAC. — Ah! ah!

SBRIGANI. — De franc.

MONSIEUR DE POURCEAUGNAC. — Ah! ah!

SBRIGANI. — Et de cordial.

MONSIEUR DE POURCEAUGNAC. — Ah! ah!

SBRIGANI. — Je vous assure que je suis tout à vous.

MONSIEUR DE POURCEAUGNAC. — Je vous ai beaucoup d'obligation.

SBRIGANI. — C'est du fond du cœur que je parle.

MONSIEUR DE POURCEAUGNAC. — Je le crois.

SBRIGANI. — Si j'avais l'honneur d'être connu de vous, vous sauriez que je suis un homme tout à fait sincère.

MONSIEUR DE POURCEAUGNAC. — Je n'en doute point.

SBRIGANI. — Ennemi de la fourberie.

MONSIEUR DE POURCEAUGNAC. — J'en suis persuadé.

SBRIGANI. — Et qui n'est pas capable de déguiser ses sentiments.

MONSIEUR DE POURCEAUGNAC. — C'est ma pensée.

SBRIGANI. — Vous regardez mon habit, qui n'est pas fait comme les autres; mais je suis originaire de Naples, à votre service, et j'ai voulu conserver un peu et la manière de s'habiller, et la sincérité de mon pays [1]?

MONSIEUR DE POURCEAUGNAC. — C'est fort bien fait [2]. Pour moi, j'ai voulu me mettre à la mode de la cour pour la campagne [3].

1. Le valet fripon, l'intrigant rusé étaient des personnages usuels dans la comédie populaire italienne, à la tradition de laquelle Molière emprunte ses Mascarille (page 13, note 8) et ses Scapin (page 338). *Sbrigani* est de même origine, et c'est à quoi il fait ici allusion. — Pour son nom même on propose plusieurs étymologies italiennes, celles-ci notamment : le verbe *sbrigare*, se hâter, et le substantif *sbricco*, fripon.

2. *C'est fort bien fait* : vous avez eu raison.

3. C'est-à-dire : la mode que suivent les courtisans pour leurs habits de voyage. — Il est assez difficile de

SBRIGANI. — Ma foi cela vous va mieux qu'à tous nos courtisans [1].

MONSIEUR DE POURCEAUGNAC. — C'est ce que m'a dit mon tailleur. L'habit est propre et riche, et il fera du bruit ici.

SBRIGANI. — Sans doute. N'irez-vous pas au Louvre [2]?

MONSIEUR DE POURCEAUGNAC. — Il faudra bien aller faire ma cour.

SBRIGANI. — Le roi sera ravi de vous voir.

MONSIEUR DE POURCEAUGNAC. — Je le crois.

SBRIGANI. — Avez-vous arrêté un logis?

MONSIEUR DE POURCEAUGNAC. — Non; j'allais en chercher un.

SBRIGANI. — Je serai bien aise d'être avec vous pour cela; et je connais tout ce pays-ci.

ÉRASTE, SBRIGANI, M. DE POURCEAUGNAC

ÉRASTE. — Ah! Qu'est-ce ci? Que vois-je? Quelle heureuse rencontre! Monsieur de Pourceaugnac! Que je suis ravi de vous voir! Comment! il semble que vous ayez peine à me reconnaître!

MONSIEUR DE POURCEAUGNAC. — Monsieur, je suis votre serviteur.

ÉRASTE. — Est-il possible que cinq ou six années m'aient ôté de votre mémoire, et que vous ne reconnaissiez pas le meilleur ami de toute la famille des Pourceaugnacs?

MONSIEUR DE POURCEAUGNAC. — Pardonnez-moi. (A *Sbrigani.*) Ma foi, je ne sais qui il est.

---

dire en quoi consiste ici la moquerie. Peut-être un tailleur de Limoges a-t-il fait croire à Pourceaugnac que son habit, qui doit être grotesque, était en effet celui des gens de cour en voyage; — peut-être faut-il comprendre que si un homme à la mode peut mettre un habit « de campagne » pour aller de Paris en province, il n'en va pas de même pour le provincial qui, au contraire, vient, de sa petite ville, à Paris et à la cour.

1. Voir page 48, note 3.

2. *Au Louvre*, chez le roi.

ÉRASTE. — Il n'y a pas un Pourceaugnac à Limoges que je ne connaisse, depuis le plus grand jusques au plus petit; je ne fréquentais qu'eux dans le temps que j'y étais, et j'avais l'honneur de vous voir presque tous les jours.

MONSIEUR DE POURCEAUGNAC. — C'est moi qui l'ai reçu [1], monsieur.

ÉRASTE. — Vous ne vous remettez point mon visage?

MONSIEUR DE POURCEAUGNAC. — Si fait. (A *Sbrigani*.) Je ne le connais point.

ÉRASTE. — Vous ne vous ressouvenez pas que j'ai eu le bonheur de boire avec vous, je ne sais combien de fois?

MONSIEUR DE POURCEAUGNAC. — Excusez-moi. (A *Sbrigani*.) Je ne sais ce que c'est.

ÉRASTE. — Comment appelez-vous ce traiteur de Limoges qui fait si bonne chère [2]?

MONSIEUR DE POURCEAUGNAC. — Petit-Jean?

ÉRASTE. — Le voilà [3]. Nous allions le plus souvent ensemble chez lui nous réjouir. Comment est-ce que vous nommez à Limoges ce lieu où l'on se promène?

MONSIEUR DE POURCEAUGNAC. — Le cimetière des Arènes [4]?

ÉRASTE. — Justement. C'est où je passais de si douces heures à jouir de votre agréable conversation. Vous ne vous remettez pas tout cela?

MONSIEUR DE POURCEAUGNAC. — Excusez-moi;

---

1. *C'est moi qui l'ai reçu*; entendez : qui ai reçu cet honneur. Eraste employait cette formule : « j'avais l'honneur de ...» sans y attacher d'importance. — Pourceaugnac la prend à la lettre, et croit devoir poliment répondre par une formule de modestie : aussi déclare-t-il que quand il se rencontrait avec Eraste, c'est lui, Pourceaugnac, qui devait se féliciter de la rencontre.

2. *Bonne chère*. Voir page 43, note 10.

3. *Le voilà* : oui, c'est bien là son nom.

4. Il y a eu à Limoges un amphithéâtre romain, dont la place d'Orsay occupe aujourd'hui l'emplacement. Il est probable que le *cimetière des Arènes* était, au XVIIe siècle, situé dans les environs. On a fait remarquer d'ailleurs que c'était là un nom bien bizarre et bien lugubre pour un lieu de promenade; et il se peut que Molière l'ait justement cité pour cette raison, dans une intention de raillerie.

je me le remets. (*A Sbrigani.*) Diable emporte[1] si je m'en souviens.

SBRIGANI. — Il y a cent choses comme cela qui passent de la tête[2].

ÉRASTE. — Embrassez-moi donc, je vous prie, et resserrons les nœuds de notre ancienne amitié.

SBRIGANI. — Voilà un homme qui vous aime fort.

ÉRASTE. — Dites-moi un peu des nouvelles de toute la parenté. Comment se porte monsieur votre.... là... qui est si honnête homme[3]?

MONSIEUR DE POURCEAUGNAC. — Mon frère le consul[4]?

ÉRASTE. — Oui.

MONSIEUR DE POURCEAUGNAC. — Il se porte le mieux du monde.

ÉRASTE. — Certes, j'en suis ravi. Et celui qui est de si bonne humeur? Là.... monsieur votre...?

MONSIEUR DE POURCEAUGNAC. — Mon cousin l'assesseur[5]?

ÉRASTE. — Justement.

MONSIEUR DE POURCEAUGNAC. — Toujours gai et gaillard.

ÉRASTE. — Ma foi! j'en ai beaucoup de joie. Et monsieur votre oncle? Le...?

MONSIEUR DE POURCEAUGNAC. — Je n'ai point d'oncle.

ÉRASTE. — Vous aviez pourtant en ce temps-là....

MONSIEUR DE POURCEAUGNAC. — Non : rien qu'une tante.

1. Locution elliptique pour : que le diable m'emporte. — Dans *le Médecin malgré lui* (acte III, sc. 1), Sganarelle dit aussi : « Diable emporte si je connais rien en médecine. »

2. *Passent de*, sortent de, ne restent pas dans.

3. Voir page 20, note 2.

4. *Consul*, titre que portaient, dans certaines villes de l'ancienne France, des magistrats municipaux analogues à nos maires et à nos adjoints, ou des juges commerciaux analogues à ceux de nos tribunaux de commerce.

5. *Assesseur*, sorte de vice-président, personnage qui assistait le président soit à la juridiction consulaire (tribunal de commerce), soit au tribunal civil et criminel, au *présidial*, comme on disait.

ÉRASTE. — C'est ce que je voulais dire, madame votre tante. Comment se porte-t-elle ?

MONSIEUR DE POURCEAUGNAC. — Elle est morte depuis six mois.

ÉRASTE. — Hélas! la pauvre femme! Elle était si bonne personne !

MONSIEUR DE POURCEAUGNAC. — Nous avons aussi mon neveu le chanoine qui a pensé [1] mourir de la petite vérole.

ÉRASTE. — Quel dommage ç'aurait été !

MONSIEUR DE POURCEAUGNAC. — Le connaissez-vous aussi ?

ÉRASTE. — Vraiment, si je le connais! Un grand garçon bien fait.

MONSIEUR DE POURCEAUGNAC. — Pas des plus grands.

ÉRASTE. — Non ; mais de taille bien prise.

MONSIEUR DE POURCEAUGNAC. — Eh! oui.

ÉRASTE. — Qui est votre neveu....

MONSIEUR DE POURCEAUGNAC. — Oui.

ÉRASTE. — Fils de votre frère ou de votre sœur ?

MONSIEUR DE POURCEAUGNAC. — Justement.

ÉRASTE. — Chanoine de l'église de.... Comment l'appelez-vous?

MONSIEUR DE POURCEAUGNAC. — De Saint-Étienne [2]!

ÉRASTE. — Le voilà; je ne connais autre.

MONSIEUR DE POURCEAUGNAC. — Il dit toute la parenté.

SBRIGANI. — Il vous connaît plus que vous ne croyez.

MONSIEUR DE POURCEAUGNAC. — A ce que je vois, vous avez demeuré longtemps dans notre ville?

---

1. *Penser*, fréquent dans le sens de *faillir, manquer de*.

2. Cathédrale de Limoges. — Un *chanoine* (de *canonicus*, prêtre régulier) est un prêtre qui fait partie du *chapitre*, ou assemblée chargée de veiller aux intérêts d'une église *cathédrale* (siège de l'autorité épiscopale) ou *collégiale* (ayant un chapitre de chanoines, sans être le siège de l'autorité épiscopale).

ÉRASTE. — Deux ans entiers.

MONSIEUR DE POURCEAUGNAC. — Vous étiez donc là quand mon cousin l'élu [1] fit tenir [2] son enfant à monsieur notre gouverneur [3] ?

ÉRASTE. — Vraiment oui; j'y fus convié des premiers.

MONSIEUR DE POURCEAUGNAC. — Cela fut galant [4].

ÉRASTE. — Très galant.

MONSIEUR DE POURCEAUGNAC. — C'était un repas bien troussé [5].

ÉRASTE. — Sans doute,

MONSIEUR DE POURCEAUGNAC. — Vous vîtes donc aussi la querelle que j'eus avec ce gentilhomme périgordin [6] ?

ÉRASTE. — Oui.

MONSIEUR DE POURCEAUGNAC. — Parbleu! il trouva à qui parler.

ÉRASTE. — Ah! ah!

MONSIEUR DE POURCEAUGNAC. — Il me donna un soufflet; mais je lui dis bien son fait.

ÉRASTE. — Assurément. Au reste, je ne prétends pas que [7] vous preniez d'autre logis que le mien.

MONSIEUR DE POURCEAUGNAC. — Je n'ai garde de....

ÉRASTE. — Vous moquez-vous? Je ne souffrirai point du tout que mon meilleur ami soit autre part que dans ma maison.

MONSIEUR DE POURCEAUGNAC. — Ce serait vous [8]....

1. Les *élus* étaient, dans l'ancienne France, des magistrats chargés de répartir les impôts entre les diverses paroisses d'une *élection*, ou circonscription financière, et de juger certains procès relatifs aux impôts.

2. *Fit tenir* (sur les fonts baptismaux) : c'est-à-dire prit notre gouverneur pour parrain de son enfant.

3. *Gouverneur*, administrateur militaire d'une province ou d'une partie de province.

4. *Galant*, élégant, conforme à la mode et aux bonnes manières (voir page 447, note 5).

5. *Trousser*, littéralement mettre en *trousse*, en paquet; — de là on passe au sens d'arranger avec agilité et élégance.

6. On a écrit depuis *périgourdin*.

7. *Je ne prétends pas que*, tour usuel pour : je prétends que.... ne.... pas.

8. Il va dire : « Ce serait vous qui me logeriez! Je ne puis l'accepter ».

ÉRASTE. — Non. Le diable m'emporte! vous logerez chez moi.

SBRIGANI. — Puisqu'il le veut obstinément, je vous conseille d'accepter l'offre.

ÉRASTE. — Où sont vos hardes [1]?

MONSIEUR DE POURCEAUGNAC. — Je les ai laissées, avec mon valet, où [2] je suis descendu.

ÉRASTE. — Envoyons-les querir par quelqu'un.

MONSIEUR DE POURCEAUGNAC. — Non. Je lui ai défendu de bouger, à moins que j'y fusse moi-même, de peur de quelque fourberie.

SBRIGANI. — C'est prudemment avisé.

MONSIEUR DE POURCEAUGNAC. — Ce pays-ci est un peu sujet à caution.

ÉRASTE. — On voit les gens d'esprit en tout.

SBRIGANI. — Je vais accompagner monsieur, et le ramènerai où vous voudrez.

ÉRASTE. — Oui. Je serai bien aise de donner quelques ordres, et vous n'avez qu'à revenir à cette maison-là.

SBRIGANI. — Nous sommes à vous tout à l'heure.

ÉRASTE. — Je vous attends avec impatience.

MONSIEUR DE POURCEAUGNAC. — Voilà une connaissance où [3] je ne m'attendais point.

(Acte I, sc. III-IV.)

LES AMANTS MAGNIFIQUES

COMÉDIE EN CINQ ACTES ET EN PROSE

(Février 1670)

Le sujet de cette comédie a été fourni à Molière par le

---

1. *Hardes*, vêtements. — L'origine du mot est inconnue.
2. *Où*, à l'hôtellerie où.
3. *Où* : à laquelle (voir page 56, note 4)

roi : deux jeunes princes qui briguent la main de la princesse Ériphile lui offrent tour à tour les divertissements les plus somptueux.

La pièce n'est donc imaginée, on le voit, que pour amener d'une manière vraisemblable et relier entre eux plusieurs intermèdes de danse et de musique. Aussi ne s'étonnera-t-on pas qu'elle n'ait jamais été représentée qu'à Saint-Germain, devant le roi. — Toutefois on trouve dans cette comédie quelques scènes et quelques caractères vraiment originaux et dignes de Molière ; et l'on remarquera certainement, pour la fermeté du ton, l'aisance et la beauté du style, autant que pour la sagesse de la pensée, la tirade célèbre que nous citons ci-après.

LES SCIENCES OCCULTES [1]

Tous les esprits ne sont pas nés avec les qualités qu'il faut pour la délicatesse de ces belles sciences qu'on nomme curieuses [2], et il y en a de si matériels, qu'ils ne peuvent aucunement comprendre ce que d'autres conçoivent le plus facilement du monde [3]. Il n'est rien de plus agréable que toutes les grandes promesses de ces connaissances sublimes. Transformer tout en or, faire vivre éternellement, guérir par des paroles, se faire aimer de qui l'on veut, savoir tous les secrets de l'avenir, faire descendre, comme on veut, du ciel sur des métaux des impressions de bonheur [4], commander aux démons, se faire des armées invisibles et des soldats invulnérables :

---

1. *Sciences occultes.* On nomme ainsi de prétendues sciences qui reposent, à en croire leurs adeptes, sur des principes mystérieux (*occultus*, caché) : telles sont par exemple la magie, l'alchimie, l'astrologie, etc.

2. *Curieuses.* Sens dérivé du mot, qui désigne d'abord une personne avide de connaître, puis, un objet capable d'exciter la curiosité.

3. *Le plus facilement du monde* : cela est dit ironiquement.

4. *Des impressions de bonheur.* Ces métaux, sur lesquels on gravait, après l'opération magique dont Molière vient de parler, un signe qui offrait un rapport mystérieux avec certains astres, s'appelaient des *talismans* : le mot vient d'un mot espagnol, qui vient lui-même d'un mot arabe, se rattachant au mot grec τετελεσμένα : ce dernier, qui veut dire *les choses ayant été consacrées*, a désigné, dans la basse grécité, les statues de divinités païennes, auxquelles on attribuait un pouvoir magique.

tout cela est charmant, sans doute ; et il y a des gens qui
n'ont aucune peine à en comprendre la possibilité [1] : cela
leur est le plus aisé du monde à concevoir. Mais pour
moi, je vous avoue que mon esprit grossier a quelque
peine à le comprendre et à le croire, et j'ai toujours
trouvé cela trop beau pour être véritable. Toutes ces
belles raisons de sympathie [2], de force magnétique [3] et
de vertu occulte sont si subtiles et délicates, qu'elles
échappent à mon sens matériel, et, sans parler du reste,
jamais il n'a été en ma puissance de concevoir comme [4]
on trouve écrit dans le ciel jusqu'aux plus petites particularités de la fortune du moindre homme. Quel rapport,
quel commerce [5], quelle correspondance peut-il y avoir
entre nous et des globes éloignés de notre terre d'une
distance si effroyable ? et d'où cette belle science enfin
peut-elle être venue aux hommes ? Quel dieu l'a révélée,
ou quelle expérience l'a pu former de l'observation de
ce grand nombre d'astres qu'on n'a pu voir encore deux
fois dans la même disposition [6] ?

(Acte III, sc. I.)

---

1. *Aucune peine* : cela encore est dit ironiquement.

2 *Toutes ces belles raisons de sympathie* : les explications qu'on donne de ces pré-tendus phénomènes, en faisant interve-nir certaines forces mystérieuses qu'on appelle *sympathie*, etc.

3. *Magnétique*, de la même nature que la force attirante de l'aimant (*magnes*).

4. *Comme* : voir page 268, note 1.

5. *Commerce*, relation, entente (exten-sion du sens étymologique du mot, qui vient du latin *commercium* et signifie proprement : échange de marchandises).

6. *Dans la même disposition* : pour prouver la vérité de l'astrologie, il aurait fallu qu'on pût montrer, dans plusieurs cas, qu'un état identique du ciel avait correspondu à des événements identi-ques dans le cours de certaines vies humaines. Or, en raison même du grand nombre des astres, dont beaucoup sans doute nous échappent encore, on n'a jamais observé deux moments précis où l'on pût affirmer que le ciel était exac-tement dans le même état. — Il est probable cependant qu'étant donnée la régularité de la marche des astres, cette identité périodique doit se produire. Mais cette régularité même fournit encore une objection contre les préten-tions de l'astrologie : c'est ce que La Fontaine a bien vu dans sa fable de *l'Horoscope* (VIII, xvi) et dans celle de l'*Astrologue qui se laisse tomber dans un puits* (II, xiii) : « En quoi, dit-il dans cette dernière,

En quoi répond au sort *toujours divers*
Ce train *toujours égal* dont marche l'univers ? »

LE BOURGEOIS GENTILHOMME

COMÉDIE-BALLET EN CINQ ACTES ET EN PROSE
(Octobre 1670)

Vers la fin de l'année 1669, la cour s'était égayée successivement de la réception d'un envoyé du Sultan et des récits d'un voyageur, Laurent d'Arvieux (1635-1702), qui avait passé douze années en Orient. C'est ainsi que le roi fut sans doute conduit à demander à Molière d'écrire une comédie qui pût encadrer une mascarade turque. *Le Bourgeois gentilhomme* est donc, comme *les Amants magnifiques*, comme *M. de Pourceaugnac*, une œuvre composée surtout en vue des divertissements et des intermèdes de musique et de danse que l'intrigue devait amener et relier entre eux d'une manière plus ou moins vraisemblable.

Mais, cette fois, tout en satisfaisant au désir du roi, Molière avait trouvé plus et mieux qu'un sujet de farce ou qu'un prétexte à cérémonies burlesques. Le sujet de son *Bourgeois gentilhomme* est tout à fait digne de la haute comédie : mascarade à part, les scènes à travers lesquelles se développe le caractère de ce M. Jourdain, que la vanité a rendu presque fou et qui, pour satisfaire à sa ridicule manie, oublie jusqu'à ses devoirs de père et de mari, sont, en dépit de leur apparence bouffonne, au nombre des plus fortes que Molière ait écrites : il y a peint, avec un naturel admirable, un travers que ses contemporains sans doute connaissaient bien, mais qui, dans la société moderne elle-même, n'est pas près de disparaître [1].

I

LA MATINÉE DE M. JOURDAIN

M. Jourdain est un bourgeois de Paris, qui, tenant de son père,

[1]. Les personnages qui paraissent dans les scènes suivantes sont : M. et Mme Jourdain; Nicole, leur servante; Cléonte, jeune homme qui recherche leur fille en mariage; Covielle, son valet; Do-rante, jeune seigneur; puis divers maîtres, fournisseurs, et laquais de M. Jourdain. — L'action se passe à Paris, dans la maison de M. Jourdain.

18.

simple marchand drapier, une assez grosse fortune, s'est mis
dans la tête de frayer avec le beau monde et de se faire passer,
lui aussi, pour gentilhomme. Pour être plus digne de la société
qu'il veut désormais fréquenter, il prétend non seulement s'habiller
comme les gentilshommes, mais avoir l'esprit cultivé comme
eux, et, quoiqu'il ait déjà dépassé l'âge de la maturité, il s'est
décidé à prendre des leçons comme un enfant : il a donc convoqué
chez lui, pour se faire instruire, outre un maître de danse et un
maître de musique, un maître d'armes et un maître de philosophie.

MONSIEUR JOURDAIN, MAITRE DE MUSIQUE,
MAITRE A DANSER [1], Laquais.

PREMIER LAQUAIS. — Monsieur, voilà votre maître
d'armes qui est là.

MONSIEUR JOURDAIN. — Dis-lui qu'il entre ici
pour me donner leçon. Je veux que vous me voyiez faire.

MAITRE D'ARMES, MAITRE DE MUSIQUE,
MAITRE A DANSER, MONSIEUR JOURDAIN,
Deux laquais.

MAITRE D'ARMES, *après lui avoir mis le fleuret à
la main.* — Allons, monsieur, la révérence. Votre corps
droit. Un peu penché sur la cuisse gauche. Les jambes
point tant écartées. Vos pieds sur une même ligne. Votre
poignet à l'opposite [2] de votre hanche La pointe de
votre épée vis-à-vis de votre épaule. Le bras pas tout à
fait si étendu. La main gauche à la hauteur de l'œil.
L'épaule gauche plus quartée [3]. La tête droite. Le regard
assuré. Avancez. Le corps ferme. Touchez-moi l'épée de
quarte, et achevez de même. Une, deux [4]. Remettez-vous.
Redoublez de pied ferme. Un saut en arrière. Quand

---

1. Les deux maîtres viennent de
donner leur leçon à M. Jourdain.
2. *A l'opposite,* vis-à-vis, à la hauteur
de la hanche.
3. *Quarter,* terme d'escrime qui n'est
plus en usage, et qui veut dire : faire
le mouvement de l'épaule qui correspond au coup d'épée appelé *quarte* —
La *quarte* (ou quatrième position) consiste à porter un coup d'épée en tenant
le poignet en dehors.
4. *Une* : attaquez; — *deux* : parez
(écartez l'épée de l'adversaire).

vous portez la botte, monsieur, il faut que l'épée parte
la première [1], et que le corps soit bien effacé [2]. Une,
deux. Allons, touchez-moi l'épée de tierce [3], et achevez
de même. Avancez. Le corps ferme. Avancez. Partez de
là [4]. Une, deux. Remettez-vous. Redoublez. Un saut en
arrière [5]. En garde, monsieur, en garde.

(*Le maître d'armes lui pousse deux ou trois bottes* [6],
en lui disant : « *En garde.* »)

MONSIEUR JOURDAIN. — Euh?

MAITRE DE MUSIQUE. — Vous faites des merveilles.

MAITRE D'ARMES. — Je vous l'ai déjà dit : tout le
secret des armes ne consiste qu'en deux choses, à donner
et à ne point recevoir; et, comme je vous fis voir l'autre
jour par raison démonstrative, il est impossible que vous
receviez, si vous savez détourner l'épée de votre ennemi
de la ligne de votre corps; ce qui ne dépend seulement
que d'un petit mouvement du poignet, ou en dedans, ou
en dehors [7]!

MONSIEUR JOURDAIN. — De cette façon donc, un
homme, sans avoir du cœur [8], est sûr de tuer son homme,
et de n'être point tué?

MAITRE D'ARMES. — Sans doute. N'en vîtes-vous
pas la démonstration?

MONSIEUR JOURDAIN. — Oui.

MAITRE D'ARMES. — Et c'est en quoi l'on voit de
quelle considération nous autres nous devons être dans
un État; et combien la science des armes l'emporte hau-

---

1. Entendez : il faut allonger le bras
avant de porter la jambe droite en avant.
2. *Effacé* : en travers et non de face.
3. *Tierce* (ou troisième position) : le
poignet est tourné en dedans.
4. *De là*, du point où vous vous êtes
placé en avançant d'un pas.
5. Un pas rapide en arrière, afin de
se retrouver sans retard sur la défen-
sive.
6. *Botte*, coup d'épée détaché contre
l'adversaire. Le mot, qui ne paraît avoir
aucun rapport étymologique avec ses
deux homonymes (*botte*, chaussure;

botte, assemblage d'objets attachés par
un lien), se rattache à la même famille
que *bouter* et *bout*, *buter* et *but*.
7. Tout ce que vient de dire là le
maître d'armes est tellement évident
que le plus vulgaire bon sens suffit à
l'indiquer : point n'est besoin de « raison
démonstrative » pour le faire comprendre. La difficulté commence à l'exécution. Aussi ces beaux principes, si
généraux, sont assez inutiles : c'est ce
que Molière veut faire entendre.
8. *Cœur*, courage.

tement sur toutes les autres sciences inutiles, comme la danse, la musique, la...

MAITRE A DANSER. — Tout beau, monsieur le tireur d'armes : ne parlez de la danse qu'avec respect.

MAITRE DE MUSIQUE. — Apprenez, je vous prie, à mieux traiter l'excellence de la musique.

MAÎTRE D'ARMES. — Vous êtes de plaisantes gens, de vouloir comparer vos sciences à la mienne!

MAITRE DE MUSIQUE. — Voyez un peu l'homme d'importance!

MAITRE A DANSER — Voilà un plaisant animal, avec son plastron [1]!

MAITRE D'ARMES. — Mon petit maître à danser, je vous ferais danser comme il faut. Et vous, mon petit musicien, je vous ferais chanter de la belle manière.

MAITRE A DANSER. — Monsieur le batteur de fer, je vous apprendrai votre métier.

MONSIEUR JOURDAIN, au maître à danser. — Êtes-vous fou de l'aller quereller, lui qui entend la tierce et la quarte, et qui sait tuer un homme par raison démonstrative?

MAITRE A DANSER. — Je me moque de sa raison démonstrative, et de sa tierce et de sa quarte.

MONSIEUR JOURDAIN. — Tout doux, vous dis-je.

MAÎTRE D'ARMES. — Comment! petit impertinent!

MONSIEUR JOURDAIN. — Eh! mon maître d'armes!

MAITRE A DANSER. — Comment! grand cheval de carrosse!

MONSIEUR JOURDAIN. — Eh! mon maître à danser!

MAITRE D'ARMES. — Si je me jette sur vous...

MONSIEUR JOURDAIN. — Doucement!

MAITRE A DANSER. — Si je mets sur vous la main...

MONSIEUR JOURDAIN. — Tout beau.

---

1. Le plastron, qui protège, pendant les exercices, la poitrine du maître d'armes.

MAITRE D'ARMES. — Je vous étrillerai d'un air...

MONSIEUR JOURDAIN. — De grâce!

MAITRE A DANSER. — Je vous rosserai d'une manière...

MONSIEUR JOURDAIN. — Je vous prie.

LE MAITRE DE MUSIQUE. — Laissez-nous un peu lui apprendre à parler.

MONSIEUR JOURDAIN. — Mon Dieu! arrêtez-vous!

MAITRE DE PHILOSOPHIE, MAITRE DE MUSIQUE,
MAITRE A DANSER, MAITRE D'ARMES,
MONSIEUR JOURDAIN, LAQUAIS.

MONSIEUR JOURDAIN. — Holà! monsieur le philosophe, vous arrivez tout[1] à propos avec votre philosophie. Venez un peu mettre la paix entre ces personnes-ci.

MAITRE DE PHILOSOPHIE. — Qu'est-ce donc? qu'y a-t-il, messieurs?

MONSIEUR JOURDAIN. — Ils se sont mis en colère pour la préférence de leurs professions[2], jusqu'à se dire des injures, et vouloir en venir aux mains.

MAÎTRE DE PHILOSOPHIE. — Hé quoi? messieurs, faut-il s'emporter de la sorte? et n'avez-vous point lu le docte traité que Sénèque[3] a composé de la colère? Y a-t-il rien de plus bas et de plus honteux que cette passion, qui fait d'un homme une bête féroce? et la raison ne doit-elle pas être maîtresse de tous nos mouvements?

MAÎTRE A DANSER. — Comment, monsieur, il vient nous dire des injures à tous deux, en méprisant la danse, que j'exerce, et la musique, dont il[4] fait profession?

1. *Tout,* tout à fait.

2. *Pour la préférence de leurs professions,* à cause de la préférence que chacun prétend devoir être accordée à l'art dont il fait profession. *Faire profession* d'un art, c'est affirmer qu'on le possède, se vanter de l'exercer (c'est le sens du latin *pro-fiteri,* déclarer hautement); par dérivation, *profession* s'est pris comme synonyme de l'art lui-même qu'on exerce, comme synonyme de *métier.*

3. *Sénèque,* célèbre philosophe latin (2-65 ap. J.-C.), a en effet composé un traité *Sur la colère (De ira).*

4. *Il,* le maître de musique.

MAÎTRE DE PHILOSOPHIE. — Un homme sage est au-dessus de toutes les injures qu'on lui peut dire; et la grande réponse qu'on doit faire aux outrages, c'est la modération et la patience.

MAÎTRE D'ARMES. — Ils ont tous deux l'audace de vouloir comparer leurs professions à la mienne.

MAÎTRE DE PHILOSOPHIE. — Faut-il que cela vous émeuve? Ce n'est pas de vaine gloire et de condition [1] que les hommes doivent disputer entre eux; et ce qui nous distingue parfaitement les uns des autres, c'est la sagesse et la vertu.

MAÎTRE A DANSER. — Je lui soutiens que la danse est une science à laquelle on ne peut faire assez d'honneur.

MAÎTRE DE MUSIQUE. — Et moi, que la musique en est une que tous les siècles ont révérée.

MAÎTRE D'ARMES. — Et moi, je leur soutiens à tous deux que la science de tirer des armes [2] est la plus belle et la plus nécessaire de toutes les sciences.

MAÎTRE DE PHILOSOPHIE. — Et que sera donc la philosophie [3] ? Je vous trouve tous trois bien impertinents [4] de parler devant moi avec cette arrogance, et de donner impudemment le nom de science à des choses que l'on ne doit pas même honorer du nom d'art [5], et qui ne peuvent être comprises que sous le nom de métier misérable de gladiateur, de chanteur et de baladin [6] !

---

1. *Condition*, condition sociale, place qu'on occupe dans le monde.
2. *Tirer des armes*. C'est l'expression technique qui signifie : s'exercer à l'escrime.
3. *Que sera donc la philosophie?* Cette apostrophe inattendue est d'un effet tout à fait comique, venant ainsi de cet arbitre, de ce pacificateur, de ce philosophe qui disait que les hommes ne devaient pas disputer entre eux de vaine gloire.
4. *Impertinents*. Voir la note 4 de la page 64.
5. L'*art* s'exerce d'après des prescriptions purement pratiques ; la *science* est fondée sur des principes certains.

Le *métier* ne réclame de celui qui l'exerce qu'une certaine habileté corporelle ; les facultés de l'esprit, l'imagination, la réflexion, entrent en jeu dans la pratique des *arts*. La géométrie, la philosophie sont des sciences : la poésie, la musique, l'architecture sont des arts ; le maçon, le bûcheron, le forgeron exercent des métiers.
6. Les *gladiateurs* étaient à Rome ceux qui, dans les jeux du cirque, combattaient entre eux ou contre les bêtes fauves. Leur métier était méprisé. Un *baladin* (voir la note 3 de la page 329) est un danseur ; mais ce mot ne se prend ordinairement qu'en mauvaise part.

MAITRE D'ARMES. — Allez, philosophe de chien[1].

MAITRE DE MUSIQUE. — Allez, bélître[2] de pédant.

MAITRE A DANSER. — Allez, cuistre fieffé[3].

MAITRE DE PHILOSOPHIE. — Comment? marauds[4] que vous êtes...

(Le philosophe se jette sur eux, et tous trois le chargent de coups, et sortent en se battant.)

MONSIEUR JOURDAIN. — Monsieur le philosophe!

MAITRE DE PHILOSOPHIE. — Infâmes! coquins! insolents!

MONSIEUR JOURDAIN. — Monsieur le philosophe!

MAITRE D'ARMES. — La peste l'animal[5]!

MONSIEUR JOURDAIN. — Messieurs!

MAITRE DE PHILOSOPHIE. — Impudents!

MONSIEUR JOURDAIN. — Monsieur le philosophe!

MAITRE A DANSER. — Diantre[6] soit de l'âne bâté!

MONSIEUR JOURDAIN. — Messieurs!

MAITRE DE PHILOSOPHIE. — Scélérats!

MONSIEUR JOURDAIN. — Monsieur le philosophe!

MAITRE DE MUSIQUE. — Au diable l'impertinent!

MONSIEUR JOURDAIN. — Messieurs!

MAITRE DE PHILOSOPHIE. — Fripons, gueux! traîtres! imposteurs!   (Ils sortent.)

MONSIEUR JOURDAIN. — Monsieur le philosophe! Messieurs! Monsieur le philosophe! Messieurs! Monsieur le philosophe! Oh! battez-vous tant qu'il vous plaira : je n'y saurais que faire, et je n'irai pas gâter ma robe[7] pour vous séparer. Je serais bien fou de m'aller

---

1. *De chien.* Dans le langage très familier, on emploie également bien, pour déprécier un objet ou une personne, la locution *chien de* avant le substantif, ou *de chien* après le substantif : quel chien de temps! *ou* quel temps de chien

2. *Bélître.* Voir la note 3 de la page 169.

3. *Cuistre*, mot dont l'étymologie est incertaine, et qui désigne d'abord un valet de collège, puis un pédant étran-

ger aux bonnes manières. — Sur *fieffé*, voir la note 5 de la page 67.

4. *Maraud.* Voir page 94, note 3.

5. *La peste l'animal!* Formule elliptique d'imprécation : que l'animal soit fait, devienne la peste. « Peste soit le coquin! La peste soit fait l'homme! » dit encore Molière dans d'autres passages (voir la note 4 de la page 169).

6. *Diantre.* Voir la note 1 de la page 47.

7. *Ma robe*, ma robe de chambre.

fourrer parmi eux, pour recevoir quelque coup qui me ferait mal.

MAITRE DE PHILOSOPHIE, MONSIEUR JOURDAIN

MAÎTRE DE PHILOSOPHIE, *en raccommodant son collet.* – Venons à notre leçon.

MONSIEUR JOURDAIN. — Ah! monsieur, je suis fâché des coups qu'ils vous ont donnés !

MAÎTRE DE PHILOSOPHIE. — Cela n'est rien. Un philosophe sait recevoir comme il faut les choses; et je vais composer contre eux une satire du style de Juvénal[1], qui les déchirera de la belle façon. Laissons cela. Que voulez-vous apprendre?

MONSIEUR JOURDAIN. — Tout ce que je pourrai; car j'ai toutes les envies du monde d'être savant; et j'enrage que mon père et ma mère ne m'aient pas fait bien étudier dans toutes les sciences, quand j'étais jeune.

MAÎTRE DE PHILOSOPHIE. — Ce sentiment est raisonnable : *nam sine doctrinâ vita est quasi mortis imago*[2]. Vous entendez cela; et vous savez le latin sans doute ?

MONSIEUR JOURDAIN. — Oui; mais faites comme si je ne le savais pas. Expliquez-moi ce que cela veut dire.

MAÎTRE DE PHILOSOPHIE. — Cela veut dire que, *sans la science, la vie est presque une image de la mort.*

MONSIEUR JOURDAIN — Ce latin-là a raison.

MAÎTRE DE PHILOSOPHIE. — N'avez-vous point quelques principes, quelques commencements des sciences ?

MONSIEUR JOURDAIN. — Oh! oui. Je sais lire et écrire.

MAITRE DE PHILOSOPHIE. — Par où vous plaît-il que nous commencions? Voulez-vous que je vous apprenne la logique ?

1. *Juvénal*, célèbre satirique latin de la fin du premier siècle de l'ère chrétienne, dont la verve est particulièrement âpre et mordante.

2. Ce précepte d'école forme un hexamètre dactylique.

MONSIEUR JOURDAIN. — Qu'est-ce que c'est que cette logique?

MAÎTRE DE PHILOSOPHIE. — C'est elle qui enseigne les trois opérations de l'esprit.

MONSIEUR JOURDAIN. — Qui sont-elles, ces trois opérations de l'esprit?

MAÎTRE DE PHILOSOPHIE. — La première, la seconde et la troisième. La première est de bien concevoir par le moyen des universaux[1]; la seconde, de bien juger par le moyen des catégories; et la troisième, de bien tirer une conséquence par le moyen des figures[2] : *Barbara*, *Celarent*, *Darii*, *Ferio*, *Baralipton*, etc.

MONSIEUR JOURDAIN. — Voilà des mots qui sont trop rébarbatifs. Cette logique-là ne me revient point. Apprenons autre chose qui soit plus joli.

MAÎTRE DE PHILOSOPHIE. — Voulez-vous apprendre la morale?

MONSIEUR JOURDAIN. — La morale?

MAÎTRE DE PHILOSOPHIE. — Oui.

MONSIEUR JOURDAIN. — Qu'est-ce qu'elle dit, cette morale?

MAÎTRE DE PHILOSOPHIE. — Elle traite de la félicité, enseigne aux hommes à modérer leurs passions, et...

MONSIEUR JOURDAIN. — Non : laissons cela. Je suis bilieux comme tous les diables, et il n'y a morale qui tienne : je me veux mettre en colère tout mon soûl[3], quand il m'en prend envie.

---

1. *Universaux*, *catégories*, termes de logique qui désignent diverses espèces d'idées générales.
2. *Figures*, façons différentes dont peuvent être conçus les trois termes d'un syllogisme ou raisonnement en forme. Voici par exemple deux figures de syllogisme : 1° Pierre est homme ; or tout homme est mortel ; donc Pierre est mortel ; — 2° Nul homme n'est immortel ; or Pierre est homme ; donc Pierre n'est pas immortel. — Ces figures étaient représentées par des groupes divers de trois voyelles : *a*, *a*, *a*, par exemple, ou *e*, *a*, *e*; *a*, *i*. *i*, etc. Pour permettre de retenir ces formules plus facilement, on les avait fait entrer dans des mots sans suite et même dénués de sens, mais qui, associés, forment des vers latins, celui-ci par exemple : *Barbara*, *celarent*, *darii*, *ferio*, *baralipton*.
3. L'adjectif *soûl* (voir page **168**, note 1) se prend substantivement avec *mon*, *ton*, *son*, avec le sens de : quantité suffisante pour rassasier.

MAÎTRE DE PHILOSOPHIE. — Est-ce la physique que vous voulez apprendre ?

MONSIEUR JOURDAIN. — Qu'est-ce qu'elle chante, cette physique ?

MAÎTRE DE PHILOSOPHIE. — La physique est celle qui explique les principes des choses naturelles, et les propriétés du corps ; qui discourt de la nature des éléments, des métaux, des minéraux, des pierres, des plantes et des animaux, et nous enseigne les causes de tous les météores, l'arc-en-ciel, les feux volants [1], les comètes, les éclairs, le tonnerre, la foudre, la pluie, la neige, la grêle, les vents et les tourbillons.

MONSIEUR JOURDAIN. — Il y a trop de tintamarre là-dedans, trop de brouillamini [2].

MAÎTRE DE PHILOSOPHIE. — Que voulez-vous donc que je vous apprenne ?

MONSIEUR JOURDAIN. — Apprenez-moi l'orthographe.

MAÎTRE DE PHILOSOPHIE. — Très volontiers.

MONSIEUR JOURDAIN. — Après, vous m'apprendrez l'almanach, pour savoir quand il y a de la lune et quand il n'y en a point.

MAÎTRE DE PHILOSOPHIE. — Soit. Pour bien suivre votre pensée, et traiter cette matière en philosophe [3], il faut commencer, selon l'ordre des choses, par une exacte connaissance de la nature des lettres, et de la différente manière de les prononcer toutes. Et là-dessus j'ai à vous dire que les lettres sont divisées en voyelles, ainsi dites

1 *Feux volants*, feux follets, flammes qui se produisent çà et là, sur les marais, où en d'autres lieux, par la combustion spontanée de matières organiques.

2. *Brouillamini*, mot populaire qui a été employé, par corruption, pour désigner une sorte de médicament appelé réellement *bol d'Arménie*, et qui, se rapprochant du verbe *brouiller*, s'est conservé avec le sens de confusion.

3. Un *maître de philosophie* ne devait pas s'attendre qu'on eût recours à lui seulement dans l'intention d'apprendre l'orthographe. Mais puisque M. Jourdain demande qu'il la lui enseigne, il le fera du moins en vrai philosophe, et commencera par lui faire *connaître exactement* « la nature des lettres. » Ce qui revient à dire qu'il va exposer longuement à M. Jourdain, qui en sera émerveillé, des choses parfaitement insignifiantes.

voyelles parce qu'elles expriment les voix[1]; et en consonnes, ainsi appelées consonnes, parce qu'elles sonnent[2] avec les voyelles, et ne font que marquer les diverses articulations des voix. Il y a cinq voyelles ou voix : A, E, I, O, U.

MONSIEUR JOURDAIN. — J'entends[3] tout cela.

MAITRE DE PHILOSOPHIE. — La voix A se forme en ouvrant fort la bouche : A.

MONSIEUR JOURDAIN. — A, A. Oui.

MAITRE DE PHILOSOPHIE. — La voix E se forme en rapprochant la mâchoire d'en bas de celle d'en haut : A, E.

MONSIEUR JOURDAIN. — A, E ; A, E. Ma foi! oui. Ah! que cela est beau!

MAITRE DE PHILOSOPHIE. — Et la voix I, en rapprochant encore davantage les mâchoires l'une de l'autre, et écartant les deux coins de la bouche vers les oreilles : A, E, I.

MONSIEUR JOURDAIN. — A, E, I, I, I, I. Cela est vrai. Vive la science!

MAITRE DE PHILOSOPHIE. — La voix O se forme en rouvrant les mâchoires, et rapprochant les lèvres par les deux coins, le haut et le bas : O.

MONSIEUR JOURDAIN. — O, O. Il n'y a rien de plus juste : A, E, I, O, I, O. Cela est admirable! I, O ; I, O.

MAITRE DE PHILOSOPHIE. — L'ouverture de la bouche fait justement comme un petit rond qui représente un O.

MONSIEUR JOURDAIN. — O, O, O. Vous avez raison. O. Ah! la belle chose que de savoir quelque chose!

MAITRE DE PHILOSOPHIE. — La voix U se forme en rapprochant les dents sans les joindre entièrement, et allongeant les deux lèvres en dehors, les approchant

---

1. *Voir*, sons (traduction littérale du latin *voces*).
2. De *cum* et *sonantes*.
3. *J'entends* : je comprends.

aussi l'une de l'autre, sans les joindre tout à fait : U.

MONSIEUR JOURDAIN. — U, U. Il n'y a rien de plus véritable : U.

MAITRE DE PHILOSOPHIE. — Vos deux lèvres s'allongent comme si vous faisiez la moue : d'où vient que si vous la voulez faire à quelqu'un, et vous moquer de lui, vous ne sauriez lui dire que U.

MONSIEUR JOURDAIN. — U, U. Cela est vrai. Ah! que n'ai-je étudié plus tôt, pour savoir tout cela !

MAITRE DE PHILOSOPHIE. — Demain, nous verrons les autres lettres, qui sont les consonnes.

MONSIEUR JOURDAIN. — Est-ce qu'il y a des choses aussi curieuses qu'à celle-ci?

MAITRE DE PHILOSOPHIE. — Sans doute. La consonne D, par exemple, se prononce en donnant du bout de la langue au-dessus des dents d'en haut : DA.

MONSIEUR JOURDAIN. — DA, DA. Oui. Ah! les belles choses! les belles choses!

MAITRE DE PHILOSOPHIE. — L'F, en appuyant les dents d'en haut sur la lèvre de dessous : FA.

MONSIEUR JOURDAIN. — FA, FA. C'est la vérité. Ah! mon père et ma mère, que je vous veux de mal!

MAITRE DE PHILOSOPHIE. — Et l'R, en portant le bout de la langue jusqu'au haut du palais; de sorte qu'étant frôlée par l'air qui sort avec force, elle lui cède et revient toujours au même endroit, faisant une manière de tremblement; RRA.

MONSIEUR JOURDAIN. — R, R, RA, R, R, R, R, R, RA. Cela est vrai. Ah! l'habile homme que vous êtes, et que j'ai perdu de temps! R, R, R, RA.

MAITRE DE PHILOSOPHIE. — Je vous expliquerai à fond toutes ces curiosités.

MONSIEUR JOURDAIN. — Je vous en prie. Au reste, il faut que je vous fasse une confidence. Je suis amoureux d'une personne de grande qualité, et je souhaiterais que vous m'aidassiez à lui écrire quelque chose dans un petit billet que je veux laisser tomber à ses pieds.

MAITRE DE PHILOSOPHIE. — Fort bien !

MONSIEUR JOURDAIN. — Cela sera galant, oui.

MAITRE DE PHILOSOPHIE. — Sans doute. Sont-ce des vers que vous lui voulez écrire?

MONSIEUR JOURDAIN. — Non, non; point de vers.

MAITRE DE PHILOSOPHIE. — Vous ne voulez que de la prose?

MONSIEUR JOURDAIN. — Non, je ne veux ni prose ni vers.

MAITRE DE PHILOSOPHIE. — Il faut bien que ce soit l'un ou l'autre.

MONSIEUR JOURDAIN. — Pourquoi?

MAITRE DE PHILOSOPHIE. — Par la raison, monsieur, qu'il n'y a pour s'exprimer que la prose ou les vers.

MONSIEUR JOURDAIN. — Il n'y a que la prose ou les vers?

MAITRE DE PHILOSOPHIE. — Non [1], monsieur. Tout ce qui n'est point prose est vers; et tout ce qui n'est point vers est prose.

MONSIEUR JOURDAIN. — Et comme l'on parle, qu'est-ce que c'est donc que cela?

MAITRE DE PHILOSOPHIE. — De la prose.

MONSIEUR JOURDAIN. — Quoi! quand je dis : « Nicole, apportez-moi mes pantoufles, et me donnez mon bonnet de nuit », c'est de la prose?

MAITRE DE PHILOSOPHIE. — Oui, monsieur.

MONSIEUR JOURDAIN. — Par ma foi, il y a plus de quarante ans que je dis de la prose, sans que j'en susse rien; et je vous suis le plus obligé du monde de m'avoir appris cela. Je voudrais donc lui mettre dans un billet : *Belle marquise, vos beaux yeux me font mourir d'amour*; mais je voudrais que cela fût mis d'une manière galante; que cela fût tourné gentiment.

---

1. Ce *non* est amené par la forme négative de la question : nous avons déjà dit en effet que la locution ne..... *que* s'expliquait par une ellipse : « Il n'y a [pas autre chose] que la prose ou les vers? — Non, monsieur. »

MAITRE DE PHILOSOPHIE. — Mettre que les feux de ses yeux réduisent votre cœur en cendres; que vous souffrez nuit et jour pour elle les violences d'un....

MONSIEUR JOURDAIN. — Non, non, non; je ne veux point tout cela. Je ne veux que ce que je vous ai dit : *Belle marquise, vos beaux yeux me font mourir d'amour.*

MAITRE DE PHILOSOPHIE. — Il faut bien étendre un peu la chose.

MONSIEUR JOURDAIN. — Non, vous dis-je. Je ne veux que ces seules paroles-là dans le billet, mais tournées à la mode, bien arrangées comme il faut. Je vous prie de me dire un peu, pour voir, les diverses manières dont on les peut mettre.

MAITRE DE PHILOSOPHIE. — On les peut mettre premièrement comme vous avez dit : *Belle marquise, vos beaux yeux me font mourir d'amour.* Ou bien : *D'amour mourir me font, belle marquise, vos beaux yeux.* Ou bien : *Vos yeux beaux d'amour me font, belle marquise, mourir.* Ou bien : *Mourir vos beaux yeux, belle marquise, d'amour me font.* Ou bien : *Me font vos yeux beaux mourir, belle marquise, d'amour.*

MONSIEUR JOURDAIN. — Mais de toutes ces façons-là, laquelle est la meilleure?

MAITRE DE PHILOSOPHIE. — Celle que vous avez dite : *Belle marquise, vos beaux yeux me font mourir d'amour.*

MONSIEUR JOURDAIN. — Cependant je n'ai point étudié, et j'ai fait cela tout du premier coup. Je vous remercie de tout mon cœur, et je vous prie de venir demain de bonne heure.

MAITRE DE PHILOSOPHIE. — Je n'y manquerai pas [1].

MONSIEUR JOURDAIN. — Comment! mon habit n'est point encore arrivé?

SECOND LAQUAIS. — Non, monsieur.

---

1. Le maître de philosophie sort sur ces mots.

MONSIEUR JOURDAIN. — Ce maudit tailleur me fait
bien attendre pour un jour où j'ai tant d'affaires. J'enrage. Que la fièvre quartaine[1] puisse serrer bien fort le
bourreau de tailleur! Au diable le tailleur! La peste
étouffe le tailleur! Si je le tenais maintenant, ce tailleur
détestable, ce chien de tailleur-là, ce traître de tailleur,
je....

MAITRE TAILLEUR; GARÇON TAILLEUR
portant l'habit de M. Jourdain; MONSIEUR JOURDAIN
LAQUAIS.

MONSIEUR JOURDAIN. — Ah! vous voilà! Je m'allais
mettre en colère contre vous.

MAITRE TAILLEUR. — Je n'ai pas pu venir plus
tôt, et j'ai mis vingt garçons après votre habit.

MONSIEUR JOURDAIN. — Vous m'avez envoyé des
bas de soie si étroits que j'ai eu toutes les peines du
monde à les mettre; et il y a déjà deux mailles de rom-
pues.

MAITRE TAILLEUR. — Ils ne s'élargiront que trop.

MONSIEUR JOURDAIN. — Oui, si je romps toujours
des mailles. Vous m'avez aussi fait faire des souliers qui
me blessent furieusement.

MAITRE TAILLEUR. — Point du tout, monsieur.

MONSIEUR JOURDAIN. — Comment! point du tout?

MAITRE TAILLEUR. — Non, ils ne vous blessent
point.

MONSIEUR JOURDAIN. — Je vous dis qu'ils me
blessent, moi.

MAITRE TAILLEUR. — Vous vous imaginez cela.

MONSIEUR JOURDAIN. — Je me l'imagine parce que
je le sens. Voyez la belle raison!

MAITRE TAILLEUR. — Tenez, voilà le plus bel habit
de la cour, et le mieux assorti. C'est un chef-d'œuvre

1. *Quartaine,* dont l'accès revient tous les quatre jours.

que d'avoir inventé un habit sérieux qui ne fût pas noir; et je le donne en six coups [1] aux tailleurs les plus éclairés.

MONSIEUR JOURDAIN. — Qu'est-ce que c'est que ceci? Vous avez mis les fleurs en en-bas [2].

MAITRE TAILLEUR. — Vous ne m'avez pas dit que vous les vouliez en en-haut.

MONSIEUR JOURDAIN. — Est-ce qu'il faut dire cela?

MAITRE TAILLEUR. — Oui, vraiment. Toutes les personnes de qualité les portent de la sorte.

MONSIEUR JOURDAIN. — Les personnes de qualité portent les fleurs en en-bas?

MAITRE TAILLEUR. — Oui, monsieur.

MONSIEUR JOURDAIN. — Oh! voilà qui est donc bien.

MAITRE TAILLEUR. — Si vous voulez, je les mettrai en en-haut.

MONSIEUR JOURDAIN. — Non, non.

MAITRE TAILLEUR. Vous n'avez qu'à dire.

MONSIEUR JOURDAIN. — Non, vous dis-je; vous avez bien fait. Croyez-vous que l'habit m'aille bien?

MAITRE TAILLEUR. — Belle demande! Je défie un peintre, avec son pinceau, de vous faire rien de plus juste. J'ai chez moi un garçon qui, pour monter une rhingrave, est le plus grand génie du monde; et un autre qui, pour assembler un pourpoint [3], est le héros de notre temps.

MONSIEUR JOURDAIN. — La perruque et les plumes sont-elles comme il faut?

MAITRE TAILLEUR. — Tout est bien.

1. C'est-à-dire : je leur permets de s'y reprendre à six fois, et je suis sûr qu'ils ne réussiront pas à faire la même chose que moi.

2. *En en-bas. En-bas* (qu'on a écrit aussi *embas*) joue ici le rôle d'un substantif composé. Il faut entendre sans doute que les fleurs sont brodées sur l'habit les tiges en l'air au lieu d'avoir la corolle en haut et la tige au-dessous. Il y a là ou une bizarrerie ou une erreur du tailleur. Mais, au lieu de l'avouer, on va voir comme il s'en tire.

3. *Rhingrave, pourpoint* : voir les notes 10 et 6 de la page 36.

4. Voir page 36, note 5, et page 316, note 5.

MONSIEUR JOURDAIN, *en regardant l'habit du tailleur.* — Ah! ah! monsieur le tailleur, voilà de mon étoffe du dernier habit que vous m'avez fait. Je la reconnais bien.

MAITRE TAILLEUR. — C'est que l'étoffe me sembla si belle, que j'en ai voulu lever [1] un habit pour moi.

MONSIEUR JOURDAIN. — Oui; mais il ne fallait pas le lever [2] avec le mien.

Sur un ordre du maître tailleur les garçons tailleurs mettent à M. Jourdain son habit neuf. Quand il l'a revêtu, l'un des garçons s'approche de lui.

GARÇON TAILLEUR. — Mon gentilhomme, donnez, s'il vous plaît, aux garçons quelque chose pour boire.

MONSIEUR JOURDAIN. — Comment m'appelez-vous?

GARÇON TAILLEUR. — Mon gentilhomme.

MONSIEUR JOURDAIN. — « Mon gentilhomme! » Voilà ce que c'est que de se mettre en personne de qualité! Allez-vous-en demeurer toujours habillé en bourgeois, on ne vous dira point: « Mon gentilhomme. » Tenez, voilà pour « Mon gentilhomme ».

GARÇON TAILLEUR. — Monseigneur, nous vous sommes bien obligés.

MONSIEUR JOURDAIN. — « Monseigneur! » Oh! oh! « Monseigneur! » Attendez, mon ami : « Monseigneur » mérite quelque chose, et ce n'est pas une petite parole que « Monseigneur! » Tenez, voilà ce que Monseigneur vous donne.

---

1. *Lever*, couper, prélever une partie sur une pièce d'étoffe ou sur un animal destiné à l'alimentation.
2. Entendez : il ne fallait pas lever sur la pièce d'étoffe la quantité qui était nécessaire pour votre habit en même temps que pour le mien, en mettant le tout sur mon compte.

19.

GARÇON TAILLEUR. — Monseigneur [1], nous allons boire tous à la santé de Votre Grandeur.

MONSIEUR JOURDAIN. — « Votre Grandeur! » Oh! oh! oh! Attendez; ne vous en allez pas. A moi, « Votre Grandeur! » Ma foi, s'il va jusqu'à l'altesse [2], il aura toute la bourse. Tenez, voilà pour Ma Grandeur.

GARÇON TAILLEUR. — Monseigneur, nous la remercions très humblement de ses libéralités.

MONSIEUR JOURDAIN. — Il a bien fait. Je lui allais tout donner.

(Acte II.)

II

MADAME JOURDAIN

Madame Jourdain, femme d'un esprit un peu gros, mais très judicieux, ne saurait, on le comprend, approuver les folies de son mari. Elle souffre de voir qu'il prête si aisément à rire de lui : elle souffre surtout de l'accueil qu'il fait à un certain Dorante, gentilhomme élégant, qui profite de la manie de monsieur Jourdain pour lui emprunter un argent que sans doute il ne lui rendra jamais. — Nicole, la servante de la maison, fille pleine de bon sens, partage naturellement, quoiqu'elle aime bien son maitre, les sentiments de Mme Jourdain.

MONSIEUR JOURDAIN, LAQUAIS.

MONSIEUR JOURDAIN. — Suivez-moi, que j'aille un peu montrer mon habit par la ville; et surtout ayez

---

1. Titre qu'on donnait aux personnages les plus élevés dans la hiérarchie nobiliaire.
2. On ne disait *Votre Altesse* qu'aux princes et aux princesses du sang. *Votre Grandeur* se disait aux autres personnages auxquels on donnait le nom de Monseigneur.

soin tous deux de marcher immédiatement sur mes pas,
afin qu'on voie bien que vous êtes à moi.

LAQUAIS. — Oui, monsieur.

MONSIEUR JOURDAIN. — Appelez-moi Nicole, que
je lui donne quelques ordres. Ne bougez : la voilà.

NICOLE, MONSIEUR JOURDAIN, LAQUAIS.

MONSIEUR JOURDAIN. — Nicole!

NICOLE. — Plaît-il?

MONSIEUR JOURDAIN. — Ecoutez.

NICOLE. — Hi, hi, hi, hi, hi.

MONSIEUR JOURDAIN. — Qu'as-tu à rire?

NICOLE. — Hi, hi, hi, hi, hi, hi.

MONSIEUR JOURDAIN. — Que veut dire cette
coquine-là?

NICOLE. — Hi, hi, hi. Comme vous voilà bâti! Hi,
hi, hi.

MONSIEUR JOURDAIN. — Comment donc?

NICOLE. — Ah! ah! mon Dieu! Hi, hi, hi, hi, hi.

MONSIEUR JOURDAIN. — Quelle friponne est-ce là?
Te moques-tu de moi?

NICOLE. — Nenni, monsieur; j'en serais bien fâchée.
Hi, hi, hi, hi, hi, hi.

MONSIEUR JOURDAIN. — Je te baillerai[1] sur le nez,
si tu ris davantage.

NICOLE. — Monsieur, je ne puis pas m'en empêcher.
Hi, hi, hi, hi, hi, hi.

MONSIEUR JOURDAIN. — Tu ne t'arrêteras pas?

NICOLE. — Monsieur, je vous demande pardon; mais
vous êtes si plaisant, que je ne saurais me tenir de rire.
Hi, hi, hi.

MONSIEUR JOURDAIN. — Mais voyez quelle insolence!

___

1. *Je te baillerai* (des coups). — Voir page 201, note 2.

NICOLE. — Vous êtes tout à fait drôle comme cela. Hi, hi.

MONSIEUR JOURDAIN. — Je te....

NICOLE. — Je vous prie de m'excuser. Hi, hi, hi, hi.

MONSIEUR JOURDAIN. — Tiens, si tu ris encore le moins du monde, je te jure que je t'appliquerai sur la joue le plus grand soufflet qui se soit jamais donné.

NICOLE. — Hé bien! monsieur, voilà qui est fait : je ne rirai plus.

MONSIEUR JOURDAIN. — Prends-y bien garde. Il faut que, pour tantôt, tu nettoies....

NICOLE. — Hi, hi.

MONSIEUR JOURDAIN. — Que tu nettoies comme il faut....

NICOLE. — Hi, hi.

MONSIEUR JOURDAIN. — Il faut, dis-je que tu nettoies la salle, et....

NICOLE. — Hi, hi.

MONSIEUR JOURDAIN. — Encore?

NICOLE. — Tenez, monsieur, battez-moi plutôt, et me laissez rire tout mon soûl [1]; cela me fera plus de bien. Hi, hi, hi, hi, hi.

MONSIEUR JOURDAIN. — J'enrage !

NICOLE. — De grâce, monsieur, je vous prie de me laisser rire. Hi, hi, hi.

MONSIEUR JOURDAIN. — Si je te prends....

NICOLE. — Monsieur, eur, je crèverai, ai, si je ne ris. Hi, hi, hi.

MONSIEUR JOURDAIN. — Mais a-t-on jamais vu une pendarde comme celle-là, qui me vient rire insolemment au nez, au lieu de recevoir mes ordres ?

NICOLE. — Que voulez-vous que je fasse, monsieur ?

MONSIEUR JOURDAIN. — Que tu songes, coquine, à préparer ma maison pour la compagnie qui doit venir tantôt.

1. Voir page 295, note 3.

NICOLE. — Ah! par ma foi, je n'ai plus envie de rire; et toutes vos compagnies font tant de désordre céans [1], que ce mot est assez pour me mettre en mauvaise humeur.

MONSIEUR JOURDAIN. — Ne dois-je point pour toi fermer ma porte à tout le monde?

NICOLE. — Vous devriez au moins la fermer à certaines gens.

MADAME JOURDAIN,
MONSIEUR JOURDAIN, NICOLE, LAQUAIS

MADAME JOURDAIN. — Ah! ah! voici une nouvelle histoire! Qu'est-ce que c'est donc, mon mari, que cet équipage-là? Vous moquez-vous du monde, de vous être fait enharnacher de la sorte? et avez-vous envie qu'on se raille partout de vous?

MONSIEUR JOURDAIN. — Il n'y a que des sots et des sottes, ma femme, qui se railleront de moi.

MADAME JOURDAIN. — Vraiment, on n'a pas attendu jusqu'à cette heure; et il y a longtemps que vos façons de faire donnent à rire à tout le monde.

MONSIEUR JOURDAIN. — Qui est donc tout ce monde-là, s'il vous plaît?

MADAME JOURDAIN. — Tout ce monde-là est un monde qui a raison, et qui est plus sage que vous. Pour moi, je suis scandalisée de la vie que vous menez. Je ne sais plus ce que c'est que notre maison. On dirait qu'il est céans carême-prenant [2] tous les jours; et, dès le matin, de peur d'y manquer, on y entend des vacarmes de violons et de chanteurs, dont tout le voisinage se trouve incommodé.

NICOLE. — Madame parle bien. Je ne saurais plus voir mon ménage propre avec cet attirail de gens que

1. Voir page 262, note 5.
2. *Carême-prenant*, carême qui va prendre, c'est-à-dire commencer : nom par lequel on désigne les trois jours de fêtes joyeuses qui précèdent le carême.

vous faites venir chez vous. Ils ont des pieds qui vont
chercher de la boue dans tous les quartiers de la ville
pour l'apporter ici ; et la pauvre Françoise est presque
sur les dents [1], à frotter les planchers que vos biaux [2]
maîtres viennent crotter régulièrement tous les jours.

MONSIEUR JOURDAIN. — Ouais ! notre servante
Nicole, vous avez le caquet bien affilé, pour une
paysanne !

MADAME JOURDAIN. — Nicole a raison, et son sens
est meilleur que le vôtre. Je voudrais bien savoir ce que
vous pensez faire d'un maître à danser, à l'âge que vous
avez.

NICOLE. — Et d'un grand maître tireur d'armes, qui
vient, avec ses battements de pied, ébranler toute la
maison, et nous déraciner tous les carriaux de notre salle.

MONSIEUR JOURDAIN. — Taisez-vous, ma servante
et ma femme.

MADAME JOURDAIN. — Est-ce que vous voulez
apprendre à danser pour quand vous n'aurez plus de
jambes ?

NICOLE. — Est-ce que vous avez envie de tuer quelqu'un ?

MONSIEUR JOURDAIN. — Taisez-vous, vous dis-je :
vous êtes des ignorantes l'une et l'autre ; et vous ne
savez pas les prérogatives [3] de tout cela.

MADAME JOURDAIN. — Vous devriez bien plutôt
songer à marier votre fille, qui est en âge d'être pourvue.

MONSIEUR JOURDAIN. — Je songerai à marier ma
fille quand il se présentera un parti pour elle ; mais je
veux songer aussi à apprendre les belles choses.

1. Un cheval *est sur les dents* quand,
fatigué, il appuie ses dents sur le
mors. — De là l'expression appliquée
même aux personnes, pour indiquer
qu'elles sont fatiguées.

2. Prononciation vicieuse de *beaux*.
— De même, plus bas, *carriaux* pour
carreaux.

3. *Prérogative*. — A Rome la cen-
turie qui était appelée la première à
voter s'appelait *prærogativa*. — De là
le substantif français exprimant l'idée
générale de primauté, d'avantage particulier.

NICOLE. — J'ai encore ouï dire, madame, qu'il a pris aujourd'hui pour renfort de potage [1], un maître de philosophie.

MONSIEUR JOURDAIN. — Fort bien. Je veux avoir de l'esprit, et savoir raisonner des choses parmi les honnêtes gens.

MADAME JOURDAIN. — N'irez-vous point, l'un de ces jours, au collège vous faire donner le fouet, à votre âge?

MONSIEUR JOURDAIN. — Pourquoi non? Plût à Dieu l'avoir tout à l'heure, le fouet, devant tout le monde, et savoir ce qu'on apprend au collège!

NICOLE. — Oui, ma foi! cela vous rendrait la jambe bien mieux faite.

MONSIEUR JOURDAIN. — Sans doute.

MADAME JOURDAIN. — Tout cela est fort nécessaire pour conduire votre maison!

MONSIEUR JOURDAIN. — Assurément [2]. Vous parlez toutes deux comme des bêtes, et j'ai honte de votre ignorance. Par exemple, savez-vous, vous, ce que c'est que vous dites à cette heure?

MADAME JOURDAIN. — Oui. Je sais que ce que je dis est fort bien dit, et que vous devriez songer à vivre d'autre sorte.

MONSIEUR JOURDAIN. — Je ne parle pas de cela. Je vous demande ce que c'est que les paroles que vous dites ici.

1. *Pour renfort de potage*, pour rendre la chose plus forte. — Cette expression populaire s'oppose à la locution bien connue *pour tout potage*, qui veut dire *simplement, uniquement*.

2. Ne nous méprenons pas sur la pensée de Molière. Il ne veut pas nous donner sans doute l'esprit de Mme Jourdain et celui de Nicole comme des modèles; elles n'ont ni l'une ni l'autre l'intelligence bien fine et bien cultivée. Il ne prétend pas non plus nous dire qu'il soit ridicule de chercher à s'instruire. Ce qui est ridicule, c'est qu'un homme qui a vécu jusqu'à cinquante ans sans s'occuper d'autre chose que de ce dont s'occupent les gens de son monde (et sans doute qu'un marchand de Paris n'avait pas alors besoin d'être bien savant pour faire son métier), s'avise tout d'un coup, non par amour de la science, mais par pure vanité, de se mettre à des études qu'il faut faire tout jeune ou ne pas faire. Mme Jourdain a l'esprit grossier peut-être, mais elle a du bon sens : Jourdain, qui n'est certes pas plus fin, est, de plus, fort sot.

MADAME JOURDAIN. — Ce sont des paroles bien sensées, et votre conduite ne l'est guère.

MONSIEUR JOURDAIN. — Je ne parle pas de cela, vous dis-je. Je vous demande : ce que je parle avec vous, ce que je vous dis à cette heure, qu'est-ce que c'est?

MADAME JOURDAIN. — Des chansons [1].

MONSIEUR JOURDAIN. — Hé! non, ce n'est pas cela. Ce que nous disons tous deux, le langage que nous parlons à cette heure?

MADAME JOURDAIN. — Hé bien?

MONSIEUR JOURDAIN. — Comment est-ce que cela s'appelle?

MADAME JOURDAIN. — Cela s'appelle comme on veut l'appeler.

MONSIEUR JOURDAIN. — C'est de la prose, ignorante.

MADAME JOURDAIN. — De la prose?

MONSIEUR JOURDAIN. — Oui, de la prose. Tout ce qui est prose n'est point vers; et tout ce qui n'est point vers n'est point prose [2]. Heu! voilà ce que c'est d'étudier. Et toi, sais-tu bien comme il faut faire pour dire un U?

NICOLE. — Comment?

MONSIEUR JOURDAIN. — Oui. Qu'est-ce que tu fais quand tu dis U?

NICOLE. — Quoi?

MONSIEUR JOURDAIN. — Dis un peu U, pour voir.

NICOLE. — Hé bien! U.

MONSIEUR JOURDAIN. — Qu'est-ce que tu fais?

NICOLE. — Je dis U.

MONSIEUR JOURDAIN. — Oui : mais quand tu dis U, qu'est-ce que tu fais?

NICOLE. — Je fais ce que vous me dites.

MONSIEUR JOURDAIN. — Oh! l'étrange chose, que

---

1. Des choses vaines, sans importance.

2. On voit que M. Jourdain ne se rappelle plus très bien la leçon de son maître : il s'embrouille, et sa phrase n'a plus aucun sens.

d'avoir affaire à des bêtes! Tu allonges les lèvres en dehors, et approches la mâchoire d'en haut de celle d'en bas: U, vois-tu? U. Je fais la moue : U.

NICOLE. — Oui, cela est biau.

MADAME JOURDAIN. — Voilà qui est admirable!

MONSIEUR JOURDAIN. — C'est bien autre chose, si vous aviez vu O, et DA, DA, et FA, FA!

MADAME JOURDAIN. — Qu'est-ce que c'est donc que tout ce galimatias [1]-là?

NICOLE. — De quoi est-ce que tout cela guérit?

MONSIEUR JOURDAIN. — J'enrage, quand je vois des femmes ignorantes.

MADAME JOURDAIN. — Allez, vous devriez envoyer promener tous ces gens-là, avec leurs fariboles [2].

NICOLE. — Et surtout ce grand escogriffe [3] de maître d'armes, qui remplit de poudre [4] tout mon ménage.

MONSIEUR JOURDAIN. — Ouais! ce maître d'armes vous tient fort au cœur! Je te veux faire voir ton impertinence [5] tout à l'heure [6]. (*Il fait apporter les fleurets, et en donne un à Nicole.*) Tiens, raison démonstrative, la ligne du corps [7]! Quand on pousse en quarte, on n'a qu'à faire cela; et, quand on pousse en tierce, on n'a qu'à faire cela. Voilà le moyen de n'être jamais tué; et cela n'est-il pas beau, d'être assuré de son fait quand on se bat contre quelqu'un? Là, pousse-moi un peu, pour voir.

NICOLE. — Hé bien! quoi?

(*Nicole lui pousse plusieurs coups.*)

MONSIEUR JOURDAIN. — Tout beau! Holà! Oh! Doucement! Diantre [8] soit la coquine!

---

1. *Galimatias*, paroles confuses, dont on ne perçoit pas le sens. — L'origine du mot est inconnue.
2. *Fariboles* : voir page 265, note 6.
3. *Escogriffe*, homme de grande taille et de mauvaise mine. — Origine inconnue.
4. *Poudre*, poussière.
5. *Impertinence* : voir page 64, note 4.

6. *Tout à l'heure* : en ce moment même, immédiatement.
7. Expressions qu'il a retenues de la leçon d'escrime et qu'il répète à tort et à travers.
8. Voir page 47, note 1. La locution d'ailleurs doit se construire comme celle de la page 293, note 5.

NICOLE. — Vous me dites de pousser.

MONSIEUR JOURDAIN. — Oui; mais tu me pousses en tierce avant que de pousser en quarte, et tu n'as pas la patience que je pare.

MADAME JOURDAIN. — Vous êtes fou, mon mari, avec toutes vos fantaisies; et cela vous est venu depuis que vous vous mêlez de hanter [1] la noblesse.

MONSIEUR JOURDAIN. — Lorsque je hante la noblesse, je fais paraître mon jugement; et cela est plus beau que de hanter votre bourgeoisie.

MADAME JOURDAIN. — Çamon [2] vraiment! il y a fort à gagner à fréquenter vos nobles, et vous avez bien opéré avec ce beau monsieur le comte, dont vous vous êtes embéguiné [3]!

MONSIEUR JOURDAIN. — Paix! Songez à ce que vous dites. Savez-vous bien, ma femme, que vous ne savez pas de qui vous parlez, quand vous parlez de lui? C'est une personne d'importance plus que vous ne pensez, un seigneur que l'on considère à la cour, et qui parle au roi tout comme je vous parle. N'est-ce pas une chose qui m'est tout à fait honorable, que l'on voie venir chez moi si souvent une personne de cette qualité [4], qui m'appelle son cher ami, et me traite comme si j'étais son égal? Il a pour moi des bontés qu'on ne devinerait jamais; et, devant tout le monde, il me fait des caresses dont je suis moi-même confus.

MADAME JOURDAIN. — Oui, il a des bontés pour vous et vous fait des caresses; mais il vous emprunte votre argent.

MONSIEUR JOURDAIN. — Hé bien! ne m'est-ce pas

1. *Hanter*, fréquenter. — L'origine du mot est douteuse.
2. *Çamon*, interjection équivalant à *çà*! La particule *mon* s'est employée, sans avoir de sens déterminé, dans beaucoup d'expressions. On trouve par exemple : *à savoir mon*; *ce fais mon* (je fais cela), etc. — Elle est aujourd'hui inusitée.

3. *Embéguiné*, coiffé d'un béguin, et, au figuré, coiffé (c'est-à-dire *occupé*) d'une pensée relative à quelque personne. — Le *béguin* est littéralement la coiffure des *béguines*, religieuses dont l'ordre a été fondé au XIIe siècle par Lambert le Bègue.
4. *Qualité*, naissance noble.

de l'honneur, de prêter de l'argent à un homme de cette condition-là ? et puis-je faire moins pour un seigneur qui m'appelle son cher ami ?

MADAME JOURDAIN. — Et ce seigneur, que fait-il pour vous ?

MONSIEUR JOURDAIN. — Des choses dont on serait étonné, si on les savait.

MADAME JOURDAIN. — Et quoi ?

MONSIEUR JOURDAIN. — Baste [1] ! je ne puis pas m'expliquer. Il suffit que, si je lui ai prêté de l'argent, il me le rendra bien, et avant qu'il soit peu.

MADAME JOURDAIN. — Oui. Attendez-vous à cela !

MONSIEUR JOURDAIN. — Assurément. Ne me l'a-t-il pas dit ?

MADAME JOURDAIN. — Oui, oui, il ne manquera pas d'y faillir [2].

MONSIEUR JOURDAIN. — Il m'a juré sa foi de gentilhomme.

MADAME JOURDAIN. — Chansons !

MONSIEUR JOURDAIN. — Ouais ! Vous êtes bien obstinée, ma femme ! Je vous dis qu'il me tiendra parole ; j'en suis sûr.

MADAME JOURDAIN. — Et moi, je suis sûre que non, et que toutes les caresses qu'il vous fait ne sont que pour vous enjôler [3].

MONSIEUR JOURDAIN. — Taisez-vous. Le voici.

MADAME JOURDAIN. — Il ne nous faut plus que cela. Il vient peut-être encore vous faire quelque emprunt ; et il me semble que j'ai dîné quand je le vois.

MONSIEUR JOURDAIN. — Taisez-vous, vous dis-je.

---

1. *Baste.* Cette interjection est littéralement la troisième personne du présent de l'indicatif du vieux verbe *baster*, qui vient de l'italien, et qui veut dire *suffire*. Par conséquent *baste* = il suffit.

2. Il ne manquera pas d'y manquer, de ne pas le faire : il a dit qu'il vous rendrait votre argent, mais il ne le fera pas.

3. *Enjôler* : littéralement, mettre en geôle, en cage, et, par conséquent, prendre, séduire.

DORANTE, MONSIEUR JOURDAIN, MADAME JOURDAIN, NICOLE

DORANTE. — Mon cher ami, monsieur Jourdain [1], comment vous portez-vous ?

MONSIEUR JOURDAIN. — Fort bien, monsieur, pour vous rendre mes petits services.

DORANTE. — Et madame Jourdain, que voilà, comment se porte-t-elle ?

MADAME JOURDAIN. — Madame Jourdain se porte comme elle peut.

DORANTE. — Comment! monsieur Jourdain, vous voilà le plus propre [2] du monde !

MONSIEUR JOURDAIN. — Vous voyez.

DORANTE. — Vous avez tout à fait bon air avec cet habit; et nous n'avons point de jeunes gens à la cour qui soient mieux faits que vous.

MONSIEUR JOURDAIN. — Hai, hai.

MADAME JOURDAIN [3]. — Il le gratte par où il se démange [4].

DORANTE. — Tournez-vous. Cela est tout à fait galant.

MADAME JOURDAIN. — Oui, aussi sot par derrière que par devant.

DORANTE. — Ma foi, monsieur Jourdain, j'avais une

---

1. On a fait remarquer avec raison que l'usage, au temps de Molière, ne permettait pas qu'on appelât par son nom un égal ou un supérieur : si Dorante respectait tant soit peu M. Jourdain, il l'appellerait Monsieur tout court. Ainsi, par la manière même dont il lui adresse la parole, il fait comprendre son dédain pour lui. Molière lui-même, dans sa comédie de *George Dandin* fait ainsi parler deux de ses personnages : « Je vous dirai, Monsieur de Sotenville, que j'ai bien.... — Doucement, mon gendre. Apprenez qu'il n'est pas respectueux d'appeler les gens par leur nom, et qu'à ceux qui sont au-dessus de nous il faut dire *Monsieur* tout court. »

2. *Propre*, fréquent, au XVIIe siècle, avec le sens d'*élégant*.

3. Ici, et dans tout ce qui suit, Mme Jourdain parle sans être entendue de Dorante.

4. *Démanger*, verbe intransitif, s'est employé aussi comme verbe pronominal. — La phrase de Mme Jourdain est d'ailleurs un proverbe des plus vulgaires, qui veut dire : il flatte sa manie pour lui faire plaisir.

impatience étrange de vous voir. Vous êtes l'homme du monde que j'estime le plus ; et je parlais de vous encore ce matin dans la chambre du roi.

MONSIEUR JOURDAIN. — Vous me faites beaucoup d'honneur, monsieur. (*A madame Jourdain.*) Dans la chambre du roi !

DORANTE. — Allons, mettez [1].....

MONSIEUR JOURDAIN. — Monsieur, je sais le respect que je vous dois.

DORANTE. — Mon Dieu ! mettez. Point de cérémonie entre nous, je vous prie.

MONSIEUR JOURDAIN. — Monsieur....

DORANTE. — Mettez, vous dis-je, monsieur Jourdain : vous êtes mon ami.

MONSIEUR JOURDAIN. — Monsieur, je suis votre serviteur.

DORANTE. — Je ne me couvrirai point, si vous ne vous couvrez.

MONSIEUR JOURDAIN. — J'aime mieux être incivil qu'importun [2].

DORANTE. — Je suis votre débiteur, comme vous le savez.

MADAME JOURDAIN. — Oui : nous ne le savons que trop.

DORANTE. — Vous m'avez généreusement prêté de l'argent en plusieurs occasions, et vous m'avez obligé de la meilleure grâce du monde, assurément.

MONSIEUR JOURDAIN. — Monsieur, vous vous moquez.

DORANTE. — Mais je sais rendre ce qu'on me prête, et reconnaître les plaisirs qu'on me fait.

MONSIEUR JOURDAIN. — Je n'en doute point, monsieur.

---

1. *Mettez* (votre chapeau, votre bonnet) : couvrez-vous. dans la bonne société, pour une formule vulgaire et à éviter.

2. Phrase toute faite et qui passait,

DORANTE. — Je veux sortir d'affaire avec vous; et je viens ici pour faire nos comptes [1] ensemble.

MONSIEUR JOURDAIN. — Hé bien! vous voyez votre impertinence, ma femme [2].

DORANTE. — Je suis homme qui aime à m'acquitter le plus tôt que je puis.

MONSIEUR JOURDAIN. — Je vous le disais bien.

DORANTE. — Voyons un peu ce que je vous dois.

MONSIEUR JOURDAIN. — Vous voilà, avec vos soupçons ridicules.

DORANTE. — Vous souvenez-vous bien de tout l'argent que vous m'avez prêté?

MONSIEUR JOURDAIN. — Je crois que oui. J'en ai fait un petit mémoire. Le voici. Donné à vous une fois deux cents louis [3].

DORANTE. — Cela est vrai.

MONSIEUR JOURDAIN. — Une autre fois six-vingts [4].

DORANTE. — Oui.

MONSIEUR JOURDAIN. — Et une autre fois cent quarante.

DORANTE. — Vous avez raison.

MONSIEUR JOURDAIN. — Ces trois articles font quatre cent soixante louis, qui valent cinq mille soixante livres.

DORANTE. — Le compte est fort bon. Cinq mille soixante livres.

MONSIEUR JOURDAIN. — Mille huit cent trente-deux livres à votre plumassier [5].

DORANTE. — Justement.

MONSIEUR JOURDAIN. — Deux mille sept cent quatre-vingts livres à votre tailleur.

1. La grammaire de nos jours exigerait : « Je viens pour que nous fassions nos comptes ensemble; » ou; « Je viens pour faire mes comptes avec vous. » Voir une construction analogue page 122, note.
2. M. Jourdain, ici et dans tout ce qui suit, parle à sa femme sans être entendu de Dorante. — *Impertinence* : voir page 64, note 4.
3. Le louis valait alors onze livres.
4. *Six-vingts.* Nous disons aujourd'hui *cent-vingt.*
5. *Plumassier*, fabricant et marchand de plumes. — Les plumes ornaient les chapeaux à la mode.

DORANTE. — Il est vrai.

MONSIEUR JOURDAIN. — Quatre mille trois cent septante-neuf livres douze sols huit deniers [1] à votre marchand [2].

DORANTE. — Fort bien. Douze sols huit deniers; le compte est juste.

MONSIEUR JOURDAIN. — Et mille sept cent quarante-huit livres sept sols quatre deniers à votre sellier.

DORANTE. — Tout cela est véritable. Qu'est-ce que cela fait?

MONSIEUR JOURDAIN. — Somme totale, quinze mille huit cents livres.

DORANTE. — Somme totale est juste. Quinze mille huit cents livres. Mettez encore deux cents pistoles [3] que vous m'allez donner : cela fera justement dix-huit mille francs, que je vous payerai au premier jour.

MADAME JOURDAIN. — Hé bien! ne l'avais-je pas bien deviné?

MONSIEUR JOURDAIN. — Paix !

DORANTE. — Cela vous incommodera-t-il, de me donner ce que je vous dis?

MONSIEUR JOURDAIN. — Eh! non.

MADAME JOURDAIN. — Cet homme-là fait de vous une vache à lait.

MONSIEUR JOURDAIN. — Taisez-vous.

DORANTE. — Si cela vous incommode, j'en irai chercher ailleurs.

MONSIEUR JOURDAIN. — Non, monsieur

MADAME JOURDAIN. — Il ne sera pas content qu'il ne vous ait ruiné.

MONSIEUR JOURDAIN. — Taisez-vous, vous dis-je.

DORANTE. — Vous n'avez qu'à me dire si cela vous embarrasse.

MONSIEUR JOURDAIN. — Point, monsieur.

---

1. Le denier est la douzième partie du sou, qui lui-même est la vingtième partie de la livre.

2. Sans doute le marchand d'étoffes ou d'objets relatifs à la toilette.

3. *Pistole* : voir page 244, note 2.

MADAME JOURDAIN. — C'est un vrai enjôleux[1].

MONSIEUR JOURDAIN. — Taisez-vous donc.

MADAME JOURDAIN. — Il vous sucera jusqu'au dernier sou.

MONSIEUR JOURDAIN. — Vous tairez-vous?

DORANTE. — J'ai force gens qui m'en prêteraient avec joie; mais, comme vous êtes mon meilleur ami, j'ai cru que je vous ferais tort, si j'en demandais à quelque autre.

MONSIEUR JOURDAIN. — C'est trop d'honneur, monsieur, que vous me faites. Je vais querir votre affaire.

MADAME JOURDAIN. — Quoi! vous allez encore lui donner cela?

MONSIEUR JOURDAIN. — Que faire? Voulez-vous que je refuse un homme[2] de cette condition-là, qui a parlé de moi ce matin dans la chambre du roi?

MADAME JOURDAIN. — Allez, vous êtes une vraie dupe.

DORANTE, MADAME JOURDAIN, NICOLE

DORANTE. — Vous me semblez toute mélancolique. Qu'avez-vous, madame Jourdain?

MADAME JOURDAIN. — J'ai la tête plus grosse que le poing, et si[3] elle n'est pas enflée.

DORANTE. — Mademoiselle votre fille, où est-elle, que[4] je ne la vois point?

MADAME JOURDAIN. — Mademoiselle ma fille est bien où elle est.

---

1. *Enjôleux*, prononciation usuelle dans le peuple, au xviie siècle, du mot *enjôleur* : de même le peuple prononçait *vielleux* pour *vielleur* (voir page 90, note 5), *fagoteux* pour *fagoteur* (voir page 166, ligne 15). Voir encore page 62, note 3.
2. *Refuser*, assez fréquent avec un nom de personne comme régime direct, dans le sens de repousser quelqu'un qui demande quelque chose.

3. *Si* (adverbe) : même en cet état, pourtant. Voir la note 3 de la page 90. — Quant à la phrase de Mme Jourdain, c'est une plaisanterie très populaire par laquelle Mme Jourdain veut faire comprendre à Dorante qu'elle ne se soucie pas de l'intérêt qu'il lui témoigne. Il en est de même des réponses suivantes.
3. *Que* : vu que, puisque; ellipse fréquente dans la conversation.

DORANTE. — Comment se porte-t-elle?

MADAME JOURDAIN. — Elle se porte sur ses deux jambes.

DORANTE. — Ne voulez-vous point, un de ces jours, venir voir avec elle le ballet et la comédie que l'on fait chez le roi?

MADAME JOURDAIN. — Oui, vraiment! nous avons fort envie de rire, fort envie de rire nous avons....

MONSIEUR JOURDAIN, MADAME JOURDAIN,
DORANTE, NICOLE

MONSIEUR JOURDAIN. — Voilà deux cents louis [1] bien comptés.

DORANTE. — Je vous assure, monsieur Jourdain, que je suis tout à vous, et que je brûle de vous rendre un service à la cour.

MONSIEUR JOURDAIN. — Je vous suis trop obligé.

DORANTE. — Si madame Jourdain veut voir le divertissement royal, je lui ferai donner les meilleures places de la salle.

MADAME JOURDAIN. — Madame Jourdain vous baise les mains [2].

(Acte III, sc. I-VI.)

III

LA DEMANDE EN MARIAGE

Lucile, fille de monsieur et de madame Jourdain, est demandée en mariage par un certain Cléonte. Madame Jourdain serait très satisfaite de cette alliance. Mais il faut obtenir aussi l'aveu de

---

1. *Louis* : voir page 244, note 2.
2. *Vous baise les mains*, vous remer-

cie, c'est-à-dire : refuse. Voir une formule analogue page 157, note 2.

monsieur Jourdain, et madame Jourdain engage elle-même Cléonte à lui exposer son désir.

MONSIEUR JOURDAIN, MADAME JOURDAIN, CLÉONTE, NICOLE

CLÉONTE. — Monsieur, je n'ai voulu prendre personne pour vous faire une demande que je médite il y a longtemps. Elle me touche assez pour m'en charger [1] moi-même; et, sans autre détour, je vous dirai que l'honneur d'être votre gendre est une faveur glorieuse que je vous prie de m'accorder.

MONSIEUR JOURDAIN. — Avant que de vous rendre réponse, monsieur, je vous prie de me dire si vous êtes gentilhomme.

CLÉONTE. — Monsieur, la plupart des gens, sur cette question, n'hésitent pas beaucoup. On tranche le mot aisément. Ce nom ne fait aucun scrupule à prendre, et l'usage aujourd'hui semble en autoriser le vol. Pour moi, je vous l'avoue, j'ai les sentiments, sur cette matière, un peu plus délicats : je trouve que toute imposture est indigne d'un honnête homme, et qu'il y a de la lâcheté à déguiser ce que le ciel nous a fait naître, à se parer, aux yeux du monde, d'un titre dérobé, à se vouloir donner pour ce qu'on n'est pas. Je suis né de parents, sans doute, qui ont tenu des charges honorables. Je me suis acquis dans les armes l'honneur de six ans de services, et je me trouve assez de biens pour tenir dans le monde un rang assez passable; mais, avec tout cela, je ne veux point me donner un nom où [2] d'autres, en ma place, croiraient pouvoir prétendre; et je vous dirai franchement que je ne suis point gentilhomme.

---

1. *Pour m'en charger.* Nous exigerions aujourd'hui : « Elle me touche assez pour que je m'en charge. » Nous n'admettons plus guère en effet les infinitifs dans ces sortes de phrases que quand l'action qu'ils marquent a pour sujet le sujet même du verbe à un mode personnel.

2. *Où*, auquel (voir page 56, note 4).

MONSIEUR JOURDAIN. — Touchez là [1], monsieur;
ma fille n'est pas pour vous.

CLÉONTE. — Comment?

MONSIEUR JOURDAIN. — Vous n'êtes point gentilhomme, vous n'aurez pas ma fille.

MADAME JOURDAIN. — Que voulez-vous donc dire
avec votre gentilhomme? Est-ce que nous sommes,
nous autres, de la côte de saint Louis [2]?

MONSIEUR JOURDAIN. — Taisez-vous, ma femme, je
vous vois venir.

MADAME JOURDAIN. — Descendons-nous tous deux
que [3] de bonne bourgeoisie?

MONSIEUR JOURDAIN. — Voilà pas le coup de
langue?

MADAME JOURDAIN. — Et votre père n'était-il pas
marchand aussi bien que le mien.

MONSIEUR JOURDAIN. — Peste soit de la femme!
Elle n'y a jamais manqué. Si votre père a été marchand, tant pis pour lui; mais, pour le mien, ce sont
des malavisés qui disent cela. Tout ce que j'ai à vous
dire, moi, c'est que je veux avoir un gendre gentilhomme.

MADAME JOURDAIN. — Il faut à votre fille un mari
qui lui soit propre; et il vaut mieux, pour elle, un honnête
homme riche et bien fait, qu'un gentilhomme gueux et
mal bâti.

NICOLE. — Cela est vrai [4]. Nous avons le fils du
gentilhomme de notre village, qui est le plus grand

1. *Touchez là.* Voir page 134, note 2.
2. *De la côte de saint Louis.* Façon
de parler proverbiale, pour dire :
« Sommes-nous de race royale, de race
noble? » — Nous avons déjà remarqué
que Mme Jourdain, brave bourgeoise,
qui n'a pas la prétention de s'élever
au-dessus de son rang, parle beaucoup
par proverbes, comme tous les gens
du peuple, comme Sancho Pança,
l'écuyer de don Quichotte.
3. Ce *que*, fréquent au XVIIᵉ siècle.

s'explique par l'ellipse suivante :
Descendons-nous (d'autre chose) que
de bonne bourgeoisie? Voir encore
page 219, note 2.
4. Nicole, comme la Dorine du
Tartuffe, la Martine des *Femmes savantes*,
la Toinette du *Malade imaginaire*, est
une de ces servantes au rude bon
sens, qui tiennent à leur franc-parler,
et d'ailleurs toutes dévouées aux véritables intérêts de leurs maîtres.

SCÈNES CHOISIES DE MOLIÈRE

322 SCÈNES CHOISIES DE MOLIÈRE

malitorne [1] et le plus sot dadais [2] que j'aie jamais vu.

MONSIEUR JOURDAIN. — Taisez-vous, impertinente. Vous vous fourrez toujours dans la conversation. J'ai du bien assez pour ma fille; je n'ai besoin que d'honneurs, et je la veux faire marquise.

MADAME JOURDAIN. — Marquise?

MONSIEUR JOURDAIN. — Oui marquise.

MADAME JOURDAIN. — Hélas! Dieu m'en garde!

MONSIEUR JOURDAIN. — C'est une chose que j'ai résolue.

MADAME JOURDAIN. — C'est une chose, moi, où je ne consentirai point. Les alliances avec plus grand que soi sont sujettes toujours à de fâcheux inconvénients. Je ne veux point qu'un gendre puisse à ma fille reprocher ses parents, et qu'elle ait des enfants qui aient honte de m'appeler leur grand'maman. S'il fallait qu'elle me vînt visiter en équipage de grand'dame [3] et qu'elle manquât, par mégarde, à saluer quelqu'un du quartier, on ne manquerait pas aussitôt de dire cent sottises. « Voyez-vous, dirait-on, cette madame la marquise qui fait tant la glorieuse? C'est la fille de monsieur Jourdain, qui était trop heureuse, étant petite, de jouer à la madame avec nous. Elle n'a pas toujours été si relevée que la voilà, et ses deux grands-pères vendaient du drap auprès de la porte Saint-Innocent [4]. Ils ont amassé du bien à leurs enfants, qu'ils payent maintenant peut-être bien cher en l'autre monde, et l'on ne devient guère si riches à être honnêtes gens. » Je ne veux point tous ces caquets, et je veux un homme, en un mot, qui m'ait obligation de ma fille, et à qui je puisse dire : « Mettez-vous là, mon gendre, et dînez avec moi. »

1. *Malitorne* se dit d'une personne, homme ou femme, mal bâtie, mal tournée. Le mot féminin *maritorne* est peut-être une autre forme de ce mot.
2. *Dadais.* Ce mot a sans doute été formé à la ressemblance du mot enfantin *dada*, pour désigner un jeune homme niais et gauche, encore enfant d'esprit et de manières.
3. Nous disons aujourd'hui, en deux mots, *grande dame*. Mais voir page 152, note 1.
4. Près des Halles.

MONSIEUR JOURDAIN. — Voilà bien les sentiments d'un petit esprit, de vouloir demeurer toujours dans la bassesse [1]. Ne me répliquez pas davantage; ma fille sera marquise en dépit de tout le monde; et, si vous me mettez en colère, je la ferai duchesse.

(Acte III, sc. XII.)

IV

MAMAMOUCHI

1.

La franchise de Cléonte ayant eu auprès de monsieur Jourdain le mauvais succès qu'on vient de voir, le valet du jeune homme, Covielle [2], s'avise d'un artifice burlesque par lequel il espère amener le vaniteux bourgeois à donner sa fille à Cléonte.

COVIELLE, *déguisé*; MONSIEUR JOURDAIN

COVIELLE. — Monsieur, je ne sais pas si j'ai l'honneur d'être connu de vous.

MONSIEUR JOURDAIN. — Non, monsieur.

COVIELLE. — Je vous ai vu que vous n'étiez pas plus grand que cela [3].

MONSIEUR JOURDAIN. — Moi?

COVIELLE. — Oui. Vous étiez le plus bel enfant du monde, et toutes les dames vous prenaient dans leurs bras pour vous baiser.

MONSIEUR JOURDAIN. — Pour me baiser?

COVIELLE. — Oui. J'étais grand ami de feu monsieur votre père

MONSIEUR JOURDAIN. — De feu monsieur mon père?

1. *Bassesse* est ici synonyme de *humble condition*. Le mot ne s'emploie plus guère aujourd'hui que dans le sens de dégradation morale.
2. *Covielle*. Ce nom de valet bouffon et rusé est emprunté à la comédie italienne.
3. En parlant ainsi, Covielle étend sa main à une petite distance au-dessus du sol.

20.

COVIELLE. — Oui. C'était un fort honnête gentil-homme.

MONSIEUR JOURDAIN. — Comment dites-vous?

COVIELLE. — Je dis que c'était un fort honnête gen-tilhomme.

MONSIEUR JOURDAIN. — Mon père?

COVIELLE. — Oui.

MONSIEUR JOURDAIN. — Vous l'avez fort connu?

COVIELLE. — Assurément.

MONSIEUR JOURDAIN. — Et vous l'avez connu pour gentilhomme?

COVIELLE. — Sans doute.

MONSIEUR JOURDAIN. — Je ne sais donc pas comment le monde est fait.

COVIELLE. — Comment?

MONSIEUR JOURDAIN. — Il y a de sottes gens qui me veulent dire qu'il a été marchand.

COVIELLE. — Lui, marchand? C'est pure médisance, il ne l'a jamais été. Tout ce qu'il faisait, c'est qu'il était fort obligeant, fort officieux [1], et, comme il se connaissait fort bien en étoffes, il en allait choisir de tous les côtés, les faisait apporter chez lui, et en donnait à ses amis pour de l'argent.

MONSIEUR JOURDAIN. — Je suis ravi de vous con-naître, afin que vous rendiez ce témoignage-là, que mon père était gentilhomme.

COVIELLE. — Je le soutiendrai devant tout le monde.

MONSIEUR JOURDAIN. — Vous m'obligerez. Quel sujet vous amène?

COVIELLE. — Depuis avoir [2] connu feu monsieur votre père, honnête gentilhomme, comme je vous ai dit, j'ai voyagé par tout le monde.

MONSIEUR JOURDAIN. — Par tout le monde?

COVIELLE. — Oui.

1. *Officieux*, empressé a rendre des services (*officium*).

2. *Depuis avoir* = depuis que j'ai : tour maintenant inusité.

MONSIEUR JOURDAIN. — Je pense qu'il y a bien loin en ce pays-là [1].

COVIELLE. — Assurément. Je ne suis revenu de tous mes longs voyages que depuis quatre jours; et, par [2] l'intérêt que je prends à tout ce qui vous touche, je viens vous annoncer la meilleure nouvelle du monde.

MONSIEUR JOURDAIN. — Quelle?

COVIELLE. — Vous savez que le fils du Grand-Turc [3] est ici?

MONSIEUR JOURDAIN. — Moi? Non.

COVIELLE. — Comment! Il a un train tout à fait magnifique; tout le monde le va voir, et il a été reçu en ce pays comme un seigneur d'importance.

MONSIEUR JOURDAIN. — Par ma foi, je ne savais pas cela.

COVIELLE. — Ce qu'il y a d'avantageux pour vous, c'est qu'il est amoureux de votre fille.

MONSIEUR JOURDAIN. — Le fils du Grand-Turc?

COVIELLE. — Oui; et il veut être votre gendre.

MONSIEUR JOURDAIN. — Mon gendre, le fils du Grand-Turc?

COVIELLE. — Le fils du Grand-Turc votre gendre. Comme je le fus [4] voir, et que j'entends parfaitement sa langue, il s'entretint avec moi; et, après quelques autres discours, il me dit ; « *Acciam croc soler ouch alla moustaph gidelum amanahem varahini oussere carbulath* » [5], c'est-à-dire : « N'as-tu point vu une jeune belle personne, qui est la fille de monsieur Jourdain, gentilhomme parisien? »

MONSIEUR JOURDAIN. — Le fils du Grand-Turc dit cela de moi?

COVIELLE. — Oui. Comme je lui eus répondu que je

1. Plaisanterie dont le sens n'est pas très clair. Il faut entendre sans doute : il y a bien loin (pour aller) en ce pays-là.
2. *Par*, en raison de.
3. *Le Grand-Turc* : le Sultan.

4. Voir page 49, note 3.
5. Inutile de faire remarquer que le turc de Covielle est un turc de pure fantaisie. — Dans sa comédie de *la Sœur*, Rotrou (1609-1650) avait usé d'une plaisanterie du même genre.

vous connaissais particulièrement, et que j'avais vu votre
fille : « Ah! me dit-il, *marababa sahem*! » c'est-à-dire :
« Ah! que je suis amoureux d'elle!

MONSIEUR JOURDAIN. — *Marababa sahem* veut
dire : Ah! que je suis amoureux d'elle?

COVIELLE. — Oui.

MONSIEUR JOURDAIN. — Par ma foi, vous faites
bien de me le dire; car pour moi, je n'aurais jamais
cru que *marababa sahem* eût voulu dire : Ah! que je
suis amoureux d'elle! Voilà une langue admirable que ce
turc!

COVIELLE. — Plus admirable qu'on ne peut croire.
Savez-vous bien ce que veut dire *cacaracamouchen*?

MONSIEUR JOURDAIN. — *Cacaracamouchen*? Non.

COVIELLE. — C'est-à-dire : Ma chère âme.

MONSIEUR JOURDAIN. — *Cacaracamouchen*, veut
dire : Ma chère âme!

COVIELLE. — Oui.

MONSIEUR JOURDAIN. — Voilà qui est merveilleux!
Cacaracamouchen : ma chère âme. Dirait-on jamais cela?
Voilà qui me confond.

COVIELLE. — Enfin, pour achever mon ambassade, il
vient vous demander votre fille en mariage; et, pour
avoir un beau-père qui soit digne de lui, il veut vous
faire *mamamouchi*, qui est une certaine grande dignité
de son pays.

MONSIEUR JOURDAIN. — *Mamamouchi?*

COVIELLE. — Oui, *mamamouchi* : c'est-à-dire, en notre
langue, paladin. Paladin [1], ce sont de ces anciens...
Paladin enfin : il n'y a rien de plus noble que cela dans le
monde; et vous irez de pair avec les plus grands seigneurs de la terre.

MONSIEUR JOURDAIN. — Le fils du Grand-Turc

---

1. Paladin (de *palatinus*, homme
attaché au palais de l'empereur) :
nom par lequel on désignait souvent
les chevaliers du moyen âge, mais
qui ne représente aucun titre.

m'honore beaucoup, et je vous prie de me mener chez lui, pour lui en faire mes remercîmens.

COVIELLE. — Comment! le voilà qui va venir ici.

MONSIEUR JOURDAIN. — Il va venir ici?

COVIELLE. — Oui et il amène toutes choses pour la cérémonie de votre dignité.

MONSIEUR JOURDAIN. — Voilà qui est bien prompt.

COVIELLE. — Son amour ne peut souffrir aucun retardement.

MONSIEUR JOURDAIN. — Tout ce qui m'embarrasse ici, c'est que ma fille est une opiniâtre qui s'est allée mettre dans la tête un certain Cléonte, et elle jure de n'épouser personne que celui-là.

COVIELLE. — Elle changera de sentiment, quand elle verra le fils du Grand-Turc; et puis il se rencontre ici une aventure merveilleuse, c'est que le fils du Grand-Turc ressemble à ce Cléonte, à peu de chose près. Je viens de le voir, on me l'a montré; et l'amour qu'elle a pour l'un, pourra passer aisément à l'autre, et... Je l'entends venir; le voilà.

CLÉONTE *en Turc, avec trois pages portants* [1] *sa veste* [2], MONSIEUR JOURDAIN, COVIELLE, *déguisé.*

CLÉONTE. — *Ambousahim oqui boraf, Iordina Salamalequi* [3].

COVIELLE. — C'est-à-dire : « Monsieur Jourdain, votre cœur soit toute l'année comme un rosier fleuri. » Ce sont façons de parler obligeantes de ces pays-là.

MONSIEUR JOURDAIN. — Je suis très-humble serviteur de son Altesse Turque.

1. *Portants.* Telle est l'orthographe de l'édition originale. La grammaire du xviie siècle ne faisait pas encore la distinction que nous établissons aujourd'hui entre le participe présent et l'adjectif verbal.

2. Le dictionnaire de l'Académie donnait en 1694 cette définition de la veste : « Sorte de longue robe qui se met par-dessus les autres habits et se porte par les peuples du Levant. »

3. *Salamalequi* est le seul de tous ces mots qui rappelle vraiment une locution turque. *Salam aleik* veut dire : « Le salut sur toi! »

COVIELLE. — *Carigar camboto oustin moraf.*

CLÉONTE. — *Oustin yoc catamalcqui basum base alla moran.*

COVIELLE. — Il dit que le ciel vous donne la force des lions et la prudence des serpents!

MONSIEUR JOURDAIN. — Son Altesse Turque m'honore trop, et je lui souhaite toutes sortes de prospérités.

COVIELLE. — *Ossa binamen sadoc* [1] *babally oracaf ouram.*

CLÉONTE. — *Bel-men* [2]*!*

COVIELLE. — Il dit que vous alliez vite avec lui vous préparer pour la cérémonie, afin de voir ensuite votre fille et de conclure le mariage.

MONSIEUR JOURDAIN. — Tant de choses en deux mots?

COVIELLE. — Oui. La langue turque est comme cela, elle dit beaucoup en peu de paroles. Allez vite où il souhaite.

(Acte IV, sc. III-IV)

2.

La ruse de Covielle a eu plein succès. Monsieur Jourdain, égaré par sa vanité, a pris tout à fait au sérieux la visite du Grand-Turc et il s'est prêté de la meilleure grâce du monde à la cérémonie grotesque au cours de laquelle des Turcs de fantaisie l'ont fait *mamamouchi,* en le ceignant du sabre et en le coiffant du turban.

La cérémonie, qui avait eu lieu pendant l'absence de madame Jourdain, a pris fin : celle-ci, en rentrant chez elle, trouve son mari revêtu de son nouveau et étrange costume.

MADAME JOURDAIN, MONSIEUR JOURDAIN.

MADAME JOURDAIN. — Ah! mon Dieu, miséricorde! Qu'est-ce que c'est donc que cela? Quelle figure!

---

1. *Sadoc.* Le turc possède le nom propre *Sadeuc.*
2. Il y a réellement en turc un mot *bil-men* : mais il veut dire; « je ne sais pas. »

Est-ce un momon [1] que vous allez porter, et est-il temps d'aller en masque? Parlez donc, qu'est-ce que c'est que ceci? Qui vous a fagoté [2] comme cela?

MONSIEUR JOURDAIN. — Voyez l'impertinente, de parler de la sorte à un *mamamouchi*.

MADAME JOURDAIN. — Comment donc?

MONSIEUR JOURDAIN. — Oui, il me faut porter du respect maintenant, et l'on vient de me faire *mamamouchi*.

MADAME JOURDAIN. — Que voulez-vous dire avec votre *mamamouchi?*

MONSIEUR JOURDAIN. — *Mamamouchi*, vous dis-je. Je suis *mamamouchi*.

MADAME JOURDAIN. — Quelle bête est-ce là?

MONSIEUR JOURDAIN. — *Mamamouchi*, c'est-à-dire, en notre langue, paladin.

MADAME JOURDAIN. — Baladin [3]! Êtes-vous en âge de danser des ballets?

MONSIEUR JOURDAIN. — Quelle ignorante! Je dis paladin : c'est une dignité dont on vient de me faire la cérémonie.

MADAME JOURDAIN. — Quelle cérémonie donc?

MONSIEUR JOURDAIN. — *Mahameta per Iordina* [4].

MADAME JOURDAIN. — Qu'est-ce que cela veut dire?

MONSIEUR JOURDAIN. — *Iordina*, c'est-à-dire Jourdain.

MADAME JOURDAIN. — Hé bien! quoi, Jourdain?

MONSIEUR JOURDAIN. — *Voler far un paladina de Iordina*.

---

1. *Momon* : mascarade. Mot tombé en désuétude et qui se rattache, comme le substantif *momerie*, aux vieux mots *mome* et *momer* (divertissement, se divertir).

2. *Fagoter*, littéralement : mettre en fagots; — puis : disposer, arranger sans art.

3. *Baladin*, danseur. — Même étymologie que les mots *bal* et *ballet*, qui se rattachent au vieux verbe *baller* (danser, du verbe bas-latin *ballare*).

4. Fragment des vers que les faux Turcs ont débités à M. Jourdain et qui sont un mélange d'arabe, de turc, de malais, de français, d'italien et d'espagnol. — Les mots dont se souvient M. Jourdain veulent dire : « [Je prierai] Mahomet pour Jourdain. — Je veux faire un paladin de Jourdain. — Je donnerai turban avec galère — pour défendre la Palestine. — Donnez, donnez la bastonnade. — N'aie point de honte; voici le dernier affront ».

MADAME JOURDAIN. — Comment?

MONSIEUR JOURDAIN. — *Dar turbanta con galera.*

MADAME JOURDAIN. — Qu'est-ce à dire, cela?

MONSIEUR JOURDAIN. — *Per deffender Palestina.*

MADAME JOURDAIN. — Que voulez-vous donc dire?

MONSIEUR JOURDAIN. — *Dara, dara bastonnara.*

MADAME JOURDAIN. — Qu'est-ce donc que ce jargon-là?

MONSIEUR JOURDAIN. — *Non tener honta : questa star l'ultima affronta.*

MADAME JOURDAIN. — Qu'est-ce que c'est donc que tout cela?

MONSIEUR JOURDAIN, *danse et chante.* — *Hou la ba ba la chou ba la ba ba la da* [1].

MADAME JOURDAIN. — Hélas! mon Dieu, mon mari est devenu fou.

MONSIEUR JOURDAIN, *sortant.* — Paix! insolente, portez respect à monsieur le *mamamouchi.*

(Acte V, sc. I.)

On conçoit que madame Jourdain, lorsqu'elle apprend que son mari veut marier sa fille au Grand-Turc, refuse d'y donner son consentement. Mais quand on lui a fait reconnaître, sans que monsieur Jourdain s'en aperçoive, Cléonte lui-même dans ce prétendu Turc, elle consent au mariage. Cléonte épousera Lucile, et Covielle, Nicole, sans que monsieur Jourdain soit détrompé. « Si l'on en peut voir un plus fou, dit de lui Covielle, pour conclure, je l'irai dire à Rome. »

———

PSYCHÉ

TRAGÉDIE-BALLET EN VERS LIBRES
(Janvier 1671)

Comme les pièces qui précèdent, *Psyché* a été composée pour la cour. Mais le sujet de la pièce est, cette fois, sinon tragique, du moins héroïque, merveilleux.

---

1. Syllabes dénuées de sens que les faux Turcs ont chantées en dansant autour de M. Jourdain.

Ce sujet, emprunté à un conte de la Grèce antique que l'auteur latin Apulée (IIᵉ siècle ap. J.-C.) nous a transmis, avait, deux ans auparavant, inspiré à La Fontaine un aimable roman. Quant à Molière, cette fable de *Psyché*, si gracieuse qu'elle fût, ne le séduisit-elle pas beaucoup ou fut-il trop pressé par le temps? Ce qui est sûr, c'est qu'ayant dressé le plan de la pièce, il n'en écrivit que le premier acte et la première scène de chacun des deux suivants. Le reste du dialogue est l'œuvre du grand Corneille, qui avait alors soixante-cinq ans ; les parties lyriques, qui furent mises en musique par Lulli (1633-1687), sont de Quinault (1635-1688), qui débutait ainsi dans ce genre de l'*opéra* où il devait s'illustrer.

En dépit de certaines négligences qu'il faut attribuer sans doute à la rapidité avec laquelle il écrivit (voir par exemple le note 3 de la page 336), on s'apercevra, croyons-nous, que la scène que nous citons n'est pas sans intérêt. D'une part elle confirme ce que nous savions déjà de la morale et de la philosophie de notre poète (voir page XXVIII et page 332, note 3); d'autre part Molière y peint une âme de père avec beaucoup de force et de naturel et plus de tendresse qu'on n'est habitué à en rencontrer chez les *pères* de ses comédies.

LA DOULEUR D'UN PÈRE

Les dieux ont ordonné que Psyché, dont Vénus est jalouse, fût abandonnée sur le sommet d'un montagne déserte. Voyant son père accablé de douleur, la jeune princesse essaie elle-même de le consoler. — On sait d'ailleurs que, dans la suite, le fils même de Vénus, l'Amour, doit s'éprendre de Psyché, et que, triomphant enfin de la colère de sa mère, il obtiendra de Jupiter que la princesse monte avec lui au rang des dieux : c'est par cette apothéose que la pièce se terminera.

LE ROI, PSYCHÉ

PSYCHÉ.

De vos larmes, seigneur, la source m'est bien chère ;

Mais c'est trop aux bontés [1] que vous avez pour moi,
Que de laisser régner les tendresses de père
    Jusque dans les yeux d'un grand roi.
Ce qu'on vous voit ici donner à la nature,
Au rang que vous tenez, seigneur, fait trop d'injure [2],
Et j'en dois refuser les touchantes faveurs.
    Laissez moins sur votre sagesse
    Prendre d'empire à vos douleurs,
Et cessez d'honorer mon destin par des pleurs,
Qui, dans le cœur d'un roi, montrent de la faiblesse.

LE ROI.

Ah! ma fille! à ces pleurs laisse mes yeux ouverts.
Mon deuil est raisonnable, encor qu'il soit extrême;
Et, lorsque pour toujours on perd ce que je perds,
La sagesse, crois-moi, peut pleurer elle-même.
    En vain l'orgueil du diadème [3]
Veut qu'on soit insensible à ces cruels revers,
En vain de la raison les secours sont offerts
Pour vouloir d'un œil sec voir mourir ce qu'on aime; [4]
L'effort en est barbare aux yeux de l'univers,
Et c'est brutalité plus que vertu suprême.
    Je ne veux point, dans cette adversité,
    Parer mon cœur d'insensibilité,
    Et cacher l'ennui qui me touche.

1. *C'est trop aux bontés...* : les bontés que vous avez pour moi ont ceci d'excessif qu'elles laissent régner...

2. Un homme ordinaire peut céder au mouvement de la nature: mais un roi doit savoir se contraindre : c'est ce que veut dire ici Psyché.

3. Ces quatre vers avaient déjà figuré dans un sonnet que, sept ans auparavant (1664), Molière avait adressé à l'érudit La Mothe le Vayer (1588-1672), dont le fils venait de mourir à l'âge de trente-cinq ans. Le sentiment qu'ils expriment est d'ailleurs conforme à ce que Molière a toujours pensé de la force et des droits de la nature : il n'est pas de ceux qui croient à l'efficacité des consolations banales qu'on prodigue en général à ceux qui ont fait quelque perte irréparable. Et sans doute il a raison : toutefois, si les consolations des moralistes ou des indifférents sont impuissantes à calmer les grandes douleurs, les âmes pieuses y peuvent trouver un puissant allégement dans le sentiment religieux de la résignation. Ce sentiment vraiment chrétien, le roi, père de Psyché, ne le connaît pas; il dit ici tout ce que peut dire un homme raisonnable et sincère, qui n'est point éclairé par la religion.

4. Ce vers et les deux suivants sont encore empruntés au sonnet à La Mothe le Vayer.

Je renonce à la vanité
De cette dureté farouche
Que l'on appelle fermeté;
Et, de quelque façon qu'on nomme
Cette vive douleur dont je ressens les coups,
Je veux bien l'étaler, ma fille, aux yeux de tous,
Et, dans le cœur d'un roi, montrer le cœur d'un homme.

PSYCHÉ.

Je ne mérite pas cette grande douleur
Opposez, opposez un peu de résistance
Aux droits qu'elle prend sur un cœur
Dont mille événements ont marqué la puissance [1].
Quoi! faut-il que pour moi vous renonciez, seigneur,
A cette royale constance
Dont vous avez fait voir, dans les coups du malheur,
Une fameuse expérience?

LE ROI.

La constance est facile en mille occasions.
Toutes les révolutions
Où nous peut exposer la fortune inhumaine,
La perte des grandeurs, les persécutions,
Le poison de l'envie, et les traits de la haine,
N'ont rien que ne puissent sans peine
Braver les résolutions
D'une âme où la raison est un peu souveraine.
Mais ce qui porte [2] des rigueurs
A faire succomber les cœurs
Sous le poids des douleurs amères [3],
Ce sont, ce sont les rudes traits
De ces fatalités sévères
Qui nous enlèvent pour jamais

---

1. Entendez : un cœur qui, dans mille occasions, a fait voir combien il était fort, combien il avait de puissance, d'empire sur lui-même.

2. *Porte* : comporte, apporte avec soi.

3. *A faire succomber*, capable de faire succomber (voir la note 2 de la page 381).

Les personnes qui nous sont chères.
La raison contre de tels coups
N'offre point d'armes secourables ;
Et voilà des dieux en courroux
Les foudres les plus redoutables
Qui se puissent lancer sur nous.

PSYCHÉ.

Seigneur, une douceur ici vous est offerte ;
Votre hymen a reçu plus d'un présent des dieux [1],
      Et, par une faveur ouverte [2],
Ils ne vous ôtent rien, en m'ôtant à vos yeux,
Dont ils n'aient pris le soin de réparer la perte,
Il vous reste de quoi consoler vos douleurs ;
Et cette loi du ciel, que vous nommez cruelle ;
      Dans les deux princesses mes sœurs,
      Laisse à l'amitié paternelle
      Où placer toutes ses douceurs [3].

LE ROI.

      Ah ! de mes maux soulagement frivole !
Rien, rien ne s'offre à moi qui de toi me console.
C'est sur mes déplaisirs que j'ai les yeux ouverts ;
      Et, dans un destin si funeste,
      Je regarde ce que je perds,
      Et ne vois point ce qui me reste.

PSYCHÉ.

Vous savez mieux que moi qu'aux [4] volontés des dieux,
      Seigneur, il faut régler les nôtres ;
Et je ne puis vous dire, en ces tristes adieux,
Que ce que beaucoup mieux vous pouvez dire aux autres.
      Ces dieux sont maîtres souverains

---

1. Entendez : vous avez plusieurs enfants. — Psyché en effet a deux sœurs.

2. *Ouverte*, évidente, visible.

3. Fournit à l'amitié paternelle une occasion, lui laisse lieu de manifester ses douceurs.

4. *Aux* = suivant les (*ad*).

Des présents qu'ils daignent nous faire ;
Ils ne les laissent dans nos mains
Qu'autant de temps qu'il peut leur plaire.
Lorsqu'ils viennent les retirer,
On n'a nul droit de murmurer
Des grâces que leur main ne veut plus nous étendre [1].
Seigneur, je suis un don qu'ils ont fait à vos vœux ;
Et, quand, par cet arrêt, ils veulent me reprendre,
Ils ne vous ôtent rien que vous ne teniez d'eux,
Et c'est sans murmurer que vous devez me rendre.

LE ROI.

Ah ! cherche un meilleur fondement
Aux consolations que ton cœur me présente ;
Et de la fausseté de ce raisonnement
Ne fais point un accablement
A cette douleur si cuisante
Dont je souffre ici le tourment.
Crois-tu là me donner une raison puissante
Pour ne me plaindre [2] point de cet arrêt des cieux ?
Et, dans le procédé des dieux,
Dont tu veux que je me contente,
Une rigueur assassinante [3]
Ne paraît-elle pas aux yeux ?
Vois l'état où ces dieux me forcent à te rendre,
Et l'autre où te reçut mon cœur infortuné ;
Tu connaîtras par là qu'ils me viennent reprendre
Bien plus que ce qu'ils m'ont donné.
Je reçus d'eux en toi, ma fille,
Un présent que mon cœur ne leur demandait pas ;

---

1. *Nous étendre*, nous présenter, étendre vers nous (*nobis porrigere*)

2. La syntaxe de nos jours demanderait : « Crois-tu me donner une raison puissante pour que je ne me plaigne point ? » Voir page 320, note 1.

3. *Assassiner* se trouve fréquemment employé dans le style noble avec le sens d' « accabler », de frapper tout d'un coup d'une grande douleur. Ainsi Corneille écrit dans *le Cid* (III, IV) :

Et cet affreux devoir dont l'ordre m'assassine.

Mais on ne pourrait peut-être pas trouver un autre exemple que celui que fournit ici le texte de Molière de l'emploi de l'adjectif verbal tiré de ce verbe.

J'y trouvais alors peu d'appas,
Et leur en vis, sans joie, accroître ma famille.
          Mais mon cœur, ainsi que mes yeux,
S'est fait de ce présent une douce habitude :
J'ai mis quinze ans de soins, de veilles et d'étude
          A me le rendre précieux ;
          Je l'ai paré de l'aimable richesse
          De mille brillantes vertus ;
En lui j'ai renfermé, par des soins assidus,
Tous les plus beaux trésors que fournit la sagesse :
A lui j'ai de mon âme attaché la tendresse ;
J'en ai fait de ce cœur [1] le charme et l'allégresse,
La consolation de mes sens abattus [2],
          Le doux espoir de ma vieillesse.
          Ils m'ôtent tout cela, ces dieux [3],
Et tu veux que je n'aie aucun sujet de plainte
Sur cet affreux arrêt dont je souffre l'atteinte !
Ah ! leur pouvoir se joue avec trop de rigueur
          Des tendresses de notre cœur.
Pour m'ôter leur présent, leur fallait-il attendre
          Que j'en eusse fait tout mon bien ?
Ou plutôt, s'ils avaient dessein de le reprendre,
N'eût-il pas été mieux de ne me donner rien ?

PSYCHÉ.

Seigneur, redoutez la colère
De ces dieux contre qui vous osez éclater.

LE ROI.

Après ce coup, que peuvent-ils me faire ?
Ils m'ont mis en état de ne rien redouter.

PSYCHÉ.

Ah ! seigneur, je tremble des crimes

---

1. *Ce cœur*, mon cœur.
2. Entendez : la consolation des chagrins qui, dans certaines occasions, ont pu m'abattre, m'accabler.

3. Il faut remarquer ici une singulière négligence, puisque ce vers ne rime avec aucun autre.

Que je vous fais commettre, et je dois me haïr...

LE ROI.

Ah ! qu'ils souffrent du moins mes plaintes légitimes ;
Ce m'est assez d'effort que de leur obéir ;
Ce doit leur être assez que mon cœur t'abandonne
Au barbare respect qu'il faut qu'on ait pour eux,
Sans prétendre gêner la douleur que me donne
L'épouvantable arrêt d'un sort si rigoureux.
Mon juste désespoir ne saurait se contraindre ;
Je veux, je veux garder ma douleur à jamais ;
Je veux sentir toujours la perte que je fais ;
De la rigueur du ciel je veux toujours me plaindre ;
Je veux, jusqu'au trépas, incessamment pleurer
Ce que tout l'univers ne peut me réparer [1].

PSYCHÉ.

Ah ! de grâce, seigneur, épargnez ma faiblesse ;
J'ai besoin de constance en l'état où je suis.
Ne fortifiez point l'excès de mes ennuis
            Des larmes de votre tendresse.
Seuls [2], ils sont assez forts, et c'est trop pour mon cœur
            De mon destin et de votre douleur.

LE ROI.

Oui, je dois t'épargner mon deuil inconsolable.
Voici l'instant fatal de m'arracher de toi,
Mais comment prononcer ce mot épouvantable ?
Il le faut toutefois ; le ciel m'en fait la loi :
            Une rigueur inévitable
M'oblige à te laisser en ce funeste lieu :
            Adieu ; je vais... Adieu.

                    (Acte II, sc. 1.)

1. *Réparer* : ce dont l'univers entier ne peut, pour moi, compenser la perte. C'est ainsi que Mme de Sévigné écrit à sa fille (8 avril 1676) : « C'est une peine incroyable pour moi de ne pouvoir causer avec vous ; c'est m'ôter une satisfaction que rien ne peut *réparer* ».

2. *Seuls* : mes ennuis par eux-mêmes, sans qu'il s'y ajoute rien.

LES FOURBERIES DE SCAPIN

COMÉDIE EN TROIS ACTES ET EN PROSE
(Mai 1671)

Le dessein général des *Fourberies de Scapin* [1] est emprunté à la comédie de Térence (185-159 av. J. C.), *Phormion*, qui met en scène les ruses d'un esclave et d'un intrigant pour soutirer de l'argent à deux vieillards en faveur de deux jeunes gens. Mais il est plusieurs épisodes de cette comédie dont Molière a puisé l'idée à d'autres sources : telle par exemple la scène de la galère (page 355), qui suit de très près une scène du *Pédant joué* de Cyrano de Bergerac (1619-1655) et celle de Géronte dans le sac (page 360), qui ne doit être rien autre chose qu'une adaptation de la farce de *Gorgibus dans le sac*. Nous n'avons plus de texte de cette dernière, mais nous savons qu'elle était au nombre de celles que Molière avait jouées jadis en province. On peut d'ailleurs citer des sources plus anciennes d'où Cyrano de Bergerac lui-même et Molière (ou l'auteur, quel qu'il soit, de *Gorgibus dans le sac*) avaient tiré le dessein de ces deux épisodes.

Il importe de rappeler que Boileau, qui a si souvent exprimé son admiration pour le génie de Molière, paraît avoir considéré *les Fourberies de Scapin*, ou du moins la scène de Géronte dans le sac, comme indigne de lui :

> Dans ce sac ridicule où Scapin s'enveloppe
> Je ne reconnais plus l'auteur du *Misanthrope*.
>
> (*Art poétique*, III.)

Mais il faut noter également que cette comédie, qui eut du succès à son apparition, s'est toujours maintenue sur notre théâtre [2].

---

1. *Scapin*. Comme *Corbielle* (page 323, note 2) et *Sbrigani* (page 278, note 1), ce nom de valet fourbe et rusé est emprunté à la comédie italienne.
2. Les personnages qui paraissent dans les scènes suivantes sont les deux vieillards ARGANTE et GÉRONTE ; OCTAVE, fils d'Argante, et LÉANDRE, fils de Géronte ; SCAPIN, valet de Léandre et SILVESTRE, valet d'Octave.

I

LES AVEUX DE SCAPIN

Géronte, père de Léandre, a adressé à celui-ci des reproches sur
sa conduite, et il a prétendu que, cette mauvaise conduite, il en
avait été informé par Scapin, valet de Léandre. Celui-ci, transporté de colère, veut châtier son valet, qui, en réalité, n'a fait à
Géronte aucun méchant rapport sur son fils.

OCTAVE, SCAPIN, LÉANDRE.

LÉANDRE. — Ah! ah! vous voilà! Je suis ravi de
vous trouver, monsieur le coquin.

SCAPIN. — Monsieur, votre serviteur. C'est trop
d'honneur que vous me faites.

LÉANDRE, en mettant l'épée à la main. — Vous faites
le méchant plaisant! Ah! je vous apprendrai....

SCAPIN, se mettant à genoux. — Monsieur!

OCTAVE, se mettant entre-deux pour empêcher Léandre de le frapper. — Ah! Léandre!

LÉANDRE. — Non, Octave, ne me retenez point, je
vous prie....

SCAPIN. — Eh! monsieur!

OCTAVE, le retenant. — De grâce!

LÉANDRE, voulant frapper Scapin. — Laissez-moi
contenter mon ressentiment.

OCTAVE. — Au nom de l'amitié, Léandre, ne le maltraitez point.

SCAPIN. — Monsieur, que vous ai-je fait?

LÉANDRE, voulant le frapper. — Ce que tu m'as fait,
traître?

OCTAVE, le retenant. — Eh! doucement.

LÉANDRE. — Non, Octave, je veux qu'il me confesse

21.

lui-même, tout à l'heure [1], la perfidie qu'il m'a faite. Oui, coquin, je sais le trait que tu m'as joué; on vient de me l'apprendre, et tu ne croyais pas peut-être que l'on me dût révéler ce secret; mais je veux en avoir la confession de ta propre bouche, ou je vais te passer cette épée au travers du corps.

SCAPIN. — Ah! monsieur, auriez-vous bien ce cœur-là?

LÉANDRE. — Parle donc.

SCAPIN. — Je vous ai fait quelque chose, monsieur?

LÉANDRE. — Oui, coquin, et ta conscience ne te dit que trop ce que c'est.

SCAPIN. — Je vous assure que je l'ignore.

LÉANDRE, *s'avançant pour le frapper.* — Tu l'ignores!

OCTAVE, *le retenant.* — Léandre!

SCAPIN. — Hé bien! monsieur, puisque vous le voulez, je vous confesse que j'ai bu avec mes amis ce petit quartaut [2] de vin d'Espagne dont on vous fit présent il y a quelques jours, et que c'est moi qui fis une fente au tonneau, et répandis de l'eau autour, pour faire croire que le vin s'était échappé.

LÉANDRE. — C'est toi, pendard, qui m'as bu mon vin d'Espagne et qui as été cause que j'ai tant querellé la servante, croyant que c'était elle qui m'avait fait le tour?

SCAPIN. — Oui, monsieur, je vous en demande pardon.

LÉANDRE. — Je suis bien aise d'apprendre cela. Mais ce n'est pas l'affaire dont il est question maintenant.

SCAPIN. — Ce n'est pas cela, monsieur?

LÉANDRE. — Non : c'est une autre affaire qui me touche bien plus, et je veux que tu me la dises.

---

1. *Tout à l'heure,* à l'heure même, immédiatement.

2. *Quartaut,* littéralement le quart du *muid,* ancienne mesure de capacité équivalant à plusieurs centaines de litres, mais qui n'était pas uniforme dans toutes les provinces; — puis : tonneau de petite dimension.

SCAPIN. — Monsieur, je ne me souviens pas d'avoir fait autre chose.

LÉANDRE, *le voulant frapper.* — Tu ne veux pas parler?

SCAPIN. — Eh!

OCTAVE, *le retenant.* — Tout doux!

SCAPIN. — Oui, monsieur; il est vrai qu'il y a trois semaines que vous m'envoyâtes porter, le soir, une petite montre à un de vos amis. Je revins au logis mes habits tout couverts de boue, et le visage plein de sang, et vous dis que j'avais trouvé des voleurs qui m'avaient bien battu, et m'avaient dérobé la montre. C'était moi, monsieur, qui l'avais retenue.

LÉANDRE. — C'est toi qui as retenu ma montre?

SCAPIN. — Oui, monsieur, afin de voir quelle heure il est.

LÉANDRE. — Ah! ah! j'apprends ici de jolies choses, et j'ai un serviteur fort fidèle, vraiment! Mais ce n'est pas encore cela que je demande,

SCAPIN. — Ce n'est pas cela?

LÉANDRE. — Non, infâme; c'est autre chose encore que je veux que tu me confesses.

SCAPIN. — Peste!

LÉANDRE. — Parle vite, j'ai hâte.

SCAPIN. — Monsieur, voilà tout ce que j'ai fait.

LÉANDRE, *voulant frapper Scapin.* — Voilà tout?

OCTAVE, *se mettant au-devant.* — Eh!

SCAPIN. — Hé bien! oui, monsieur. Vous vous souvenez de ce loup-garou [1], il y a six mois, qui vous donna tant de coups de bâton la nuit, et vous pensa [2] faire rompre le cou dans une cave où vous tombâtes en fuyant.

LÉANDRE. — Hé bien?

SCAPIN. — C'était moi, monsieur, qui faisais le loup-garou.

---

1. *Loup-garou*, personnage fantastique, qui, suivant des légendes populaires, erre la nuit déguisé en loup.
2. *Penser*, faillir, manquer de...

LÉANDRE. — C'était toi, traître, qui faisais le loup-garou?

SCAPIN. — Oui, monsieur, seulement pour vous faire peur, et vous ôter l'envie de nous faire courir toutes les nuits comme vous aviez de coutume [1].

LÉANDRE. — Je saurai me souvenir, en temps et lieu, de tout ce que je viens d'apprendre. Mais je veux venir au fait, et que tu me confesses ce que tu as dit à mon père.

SCAPIN. — A votre père?

LÉANDRE. — Oui, fripon, à mon père.

SCAPIN. — Je ne l'ai pas seulement vu depuis son retour

LÉANDRE. — Tu ne l'as pas vu?

SCAPIN. — Non, monsieur.

LÉANDRE. — Assurément?

SCAPIN. — Assurément. C'est une chose que je vais vous faire dire par lui-même.

LÉANDRE. — C'est de sa bouche que je le tiens pourtant.

SCAPIN. — Avec votre permission, il n'a pas dit la vérité.

(Acte II, sc. III.)

11

ARGANTE ET GÉRONTE

(SCÈNES DU *PROCÈS* ET DE LA *GALÈRE*)

Mais voici que Léandre a tout à coup besoin de cinq cents écus. A qui avoir recours, sinon à Scapin, dont l'habileté saura

---

1. *Avoir de coutume*, locution vieillie, mais qui se trouve plus d'une fois au XVIIᵉ siècle. Molière écrit encore dans le *Sicilien* (sc. XI) : « J'ai toujours de coutume de parler quand je peins. »

bien tirer cette grosse somme de l'avare Géronte? Force est donc au jeune homme de demander pardon à son valet. Celui-ci, généreusement, se laisse fléchir, et comme il a, d'autre part, déjà promis à l'ami de Léandre, Octave, fils d'Argante, de lui rendre un service semblable à celui que Léandre lui demande maintenant, il se trouve avoir, le même jour, deux occasions de faire briller son génie.

LÉANDRE, OCTAVE, SCAPIN

LÉANDRE. — Ah! mon pauvre Scapin, j'implore ton secours.

SCAPIN, *passant devant lui avec un air fier.* — Ah! « Mon pauvre Scapin. » Je suis *mon pauvre Scapin*, à cette heure qu'on a besoin de moi.

LÉANDRE. — Va, je te pardonne tout ce que tu viens de me dire, et pis encore, si tu me l'as fait.

SCAPIN. — Non, non; ne me pardonnez rien; passez-moi votre épée au travers du corps. Je serai ravi que vous me tuiez.

LÉANDRE. — Non. Je te conjure plutôt de me donner la vie, en servant mon amour.

SCAPIN. — Point, point; vous ferez mieux de me tuer.

LÉANDRE. — Tu m'es trop précieux; et je te prie de vouloir employer pour moi ce génie admirable qui vient à bout de toute chose.

SCAPIN. — Non. Tuez-moi, vous dis-je.

LÉANDRE. — Ah! de grâce, ne songe plus à tout cela, et pense à me donner le secours que je te demande.

OCTAVE. — Scapin, il faut faire quelque chose pour lui.

SCAPIN. — Le moyen, après une avanie de la sorte?

LÉANDRE. — Je te conjure d'oublier mon emportement, et de me prêter ton adresse.

OCTAVE. — Je joins mes prières aux siennes.

SCAPIN. — J'ai cette insulte-là sur le cœur.

OCTAVE. — Il faut quitter ton ressentiment.

LÉANDRE. — Voudrais-tu m'abandonner, Scapin, dans la cruelle extrémité où tu me vois?

SCAPIN. — Me venir faire à l'improviste un affront comme celui-là!

LÉANDRE. — J'ai tort, je le confesse.

SCAPIN. — Me traiter de coquin, de fripon, de pendard, d'infâme!

LÉANDRE. — J'en ai tous les regrets du monde.

SCAPIN. — Me vouloir passer son épée au travers du corps!

LÉANDRE. — Je t'en demande pardon de tout mon cœur; et, s'il ne tient qu'à me jeter à tes genoux, tu m'y vois, Scapin, pour te conjurer encore une fois de ne me point abandonner [1].

OCTAVE. — Ah! ma foi, Scapin, il se faut rendre à cela.

SCAPIN. — Levez-vous. Une autre fois ne soyez point si prompt.

LÉANDRE. — Me promets-tu de travailler pour moi?

SCAPIN. — On y songera.

LÉANDRE. — Mais tu sais que le temps presse.

SCAPIN. — Ne vous mettez pas en peine. Combien est-ce qu'il vous faut?

LÉANDRE. — Cinq cents écus [2].

SCAPIN. — Et à vous?

OCTAVE. — Deux cents pistoles [3].

SCAPIN. — Je veux tirer cet argent de vos pères. Pour ce qui est du vôtre [4], la machine [5] est déjà toute trouvée. Et, quant au vôtre [6], bien qu'avare au dernier degré, il y faudra moins de façons encore [7]; car vous savez que pour l'esprit, il n'en a pas, grâces à Dieu,

---

1. En disant ces mots, Léandre se met aux genoux de Scapin.
2. Voir page 244, note 1.
3. Voir page 244, note 2.
4. Du vôtre : il s'adresse à Octave.
5. La machine, la machination, la ruse.

6. Au vôtre : il s'adresse à Léandre.
7. La phrase ne paraîtrait plus correcte aujourd'hui. On écrirait : quoiqu'il soit avare, il y faudra.... » ou : « quoique avare, il se laissera duper » : Voir encore page 122, note 2.

grande provision, et je le livre pour [1] une espèce
d'homme à qui l'on fera toujours croire tout ce que l'on
voudra....

LÉANDRE. — Tout beau, Scapin [2]....

SCAPIN. — Mais j'aperçois venir le père d'Octave.
Commençons par lui, puisqu'il se présente. Allez-vous-
en tous deux. Et vous [3], avertissez votre Silvestre de
venir vite jouer son rôle.

ARGANTE, SCAPIN

SCAPIN. — Le voilà qui rumine,

ARGANTE. — Avoir si peu de conduite et de considération! S'aller jeter dans un engagement comme
celui-là [4]! Ah! ah! jeunesse impertinente [5]!

SCAPIN. — Monsieur, votre serviteur.

ARGANTE. — Bonjour, Scapin.

SCAPIN. — Vous rêvez à l'affaire de votre fils?

ARGANTE. — Je t'avoue que cela me donne un
furieux chagrin.

SCAPIN. — Monsieur, la vie est mêlée de traverses :
il est bon de s'y tenir sans cesse préparé; et j'ai ouï
dire, y a longtemps, une parole d'un ancien que j'ai toujours retenue.

ARGANTE. — Quoi?

SCAPIN. — Que, pour peu qu'un père de famille ait
été absent de chez lui, il doit promener son esprit sur
tous les fâcheux accidents que son retour peut rencontrer : se figurer sa maison brûlée, son argent dérobé, sa
femme morte, son fils estropié..., et ce qu'il trouve qu'il

1. *Je le livre pour,* je crois qu'il faut
le considérer comme..

2. Léandre fait enfin comprendre à
Scapin qu'il ne peut entendre parler
aussi librement de son père. Ce scrupule du jeune homme est un peu
tardif et ne l'empêchera pas d'ailleurs
de tirer profit de la ruse de Scapin. —
Les Fourberies de Scapin sont une
comédie fort gaie, mais dont les personnages ne sont pas très propres à
nous enseigner la morale.

3. *Vous* : il s'adresse à Octave.

4. Octave, fils d'Argante, s'est
marié pendant l'absence de son père et
sans son consentement.

5. *Impertinente* : voir page 64, note 4.

ne lui est point arrivé, l'imputer à bonne fortune. Pour moi, j'ai pratiqué toujours cette leçon dans ma petite philosophie; et je ne suis jamais revenu au logis que je ne me sois tenu prêt à la colère de mes maîtres, aux réprimandes, aux injures..., aux bastonnades, aux étrivières [1]; et ce qui a manqué à m'arriver [2], j'en ai rendu grâce à mon bon destin.

ARGANTE. — Voilà qui est bien. Mais ce mariage impertinent, qui trouble celui que nous voulons faire, est une chose que je ne puis souffrir, et je viens de consulter des avocats pour le faire casser.

SCAPIN. — Ma foi, monsieur, si vous m'en croyez, vous tâcherez, par quelque autre voie, d'accommoder l'affaire. Vous savez ce que c'est que les procès en ce pays-ci, et vous allez vous enfoncer dans d'étranges épines.

ARGANTE. — Tu as raison, je le vois bien. Mais quelle autre voie?

SCAPIN. — Je pense que j'en ai trouvé une. La compassion que m'a donnée tantôt votre chagrin, m'a obligé à chercher dans ma tête quelque moyen pour vous tirer d'inquiétude : car je ne saurais voir d'honnêtes pères chagrinés par leurs enfants, que cela ne m'émeuve; et, de tout temps, je me suis senti pour votre personne une inclination particulière.

ARGANTE. — Je te suis obligé.

SCAPIN. — J'ai donc été [3] trouver le frère de cette jeune fille qui a été épousée. C'est un de ces braves de profession [4], de ces gens qui sont tous coups d'épée, qui ne parlent que d'échiner, et ne font non plus de conscience de tuer un homme que d'avaler un verre de vin. Je l'ai mis sur ce mariage, lui ai fait voir quelle

---

1. *Etrivière* : d'abord courroie qui attachait l'*étrier* (anciennement *estrieu* et *estrive*); puis : courroie pour châtier.

2. *Ce qui a manqué à m'arriver*, ce qui ne m'est pas arrivé. — *Manquer à* suivi d'un infinitif était fréquent au xviie siècle : on le retrouvera encore un peu plus loin (page 358, note 5).

3. Voir page 49, note 3.

4. *Braves de profession*, spadassins voir page 362, note 5.

facilité offrait la raison de la violence [1] pour le faire
casser, vos prérogatives [2] du nom de père, et l'appui
que vous donneraient auprès de la justice et votre droit
et votre argent [3], et vos amis. Enfin, je l'ai tant tourné
de tous les côtés, qu'il a prêté l'oreille aux propositions
que je lui ai faites d'ajuster [4] l'affaire pour quelque
somme; et il donnera son consentement à rompre le
mariage, pourvu que vous lui donniez de l'argent.

ARGANTE. — Et qu'a-t-il demandé?

SCAPIN. — Oh! d'abord des choses par-dessus les
maisons.

ARGANTE. — Et quoi?

SCAPIN. — Des choses extravagantes.

ARGANTE. — Mais encore?

SCAPIN. — Il ne parlait pas moins que de cinq ou six
cents pistoles [5].

ARGANTE. — Cinq ou six cents fièvres quartaines [6]
qui le puissent serrer! Se moque-t-il des gens?

SCAPIN. — C'est ce que je lui ai dit. J'ai rejeté bien
loin de pareilles propositions, et je lui ai bien fait
entendre que vous n'étiez point une dupe, pour vous
demander des cinq ou six cents pistoles. Enfin, après
plusieurs discours, voici où s'est réduit [7] le résultat de
notre conférence. « Nous voilà au temps, m'a-t-il dit, que
je dois partir pour l'armée [8]; je suis après à [9] m'équiper;

1. Je lui ai fait voir qu'il serait
très facile de faire casser le mariage en
justice, si l'on faisait valoir cette raison
qu'Octave en le contractant avait cédé
à la violence.
2. Voir page 308, note 3.
3. *L'appui que vous donnerait votre
droit*, soit; mais on s'étonne de celui
que lui donneraient son argent et ses
amis. — C'est que les gens de justice
passaient, au XVIIᵉ siècle, pour se laisser corrompre trop volontiers par l'argent des plaideurs ou le crédit des
gens puissants. Tous les grands écrivains sont d'accord à cette époque
pour flétrir ou pour ridiculiser leur

peu d'intégrité. C'est ce que font par
exemple, outre Molière, La Fontaine
dans *l'Huître et les Plaideurs*, Racine
dans sa comédie des *Plaideurs*, La
Bruyère dans les *Caractères*, etc.
4. *Ajuster*, arranger.
5. Voir page 244, note 2.
6. Voir page 301, note 1.
7. *Où s'est réduit*, à quoi a été
ramené (*quo reductum sit*).
8. Scapin fait parler son prétendu
interlocuteur comme un gentilhomme
qui irait prendre du service, ainsi
que cela arrivait souvent.
9. *Après à*, fréquent au XVIIᵉ siècle
avec le sens de *en train de*.

et le besoin que j'ai de quelque argent me fait consentir, malgré moi, à ce qu'on me propose. Il me faut un cheval de service, et je n'en saurais avoir un qui soit tant soit peu raisonnable, à moins de soixante pistoles. »

ARGANTE. — Hé bien! pour soixante pistoles, je les donne.

SCAPIN. — « Il faudra le harnais et les pistolets : et cela ira bien à vingt pistoles encore. »

ARGANTE. — Vingt pistoles et soixante, ce serait quatre-vingts.

SCAPIN. — Justement.

ARGANTE. — C'est beaucoup : mais, soit, je consens à cela.

SCAPIN. — « Il me faut aussi un cheval pour monter mon valet, qui coûtera bien trente pistoles. »

ARGANTE. — Comment, diantre [1]! Qu'il se promène [2], il n'aura rien du tout.

SCAPIN. — Monsieur!

ARGANTE. — Non : c'est un impertinent.

SCAPIN. — Voulez-vous que son valet aille à pied?

ARGANTE. — Qu'il aille comme il lui plaira, et le maître aussi.

SCAPIN. — Mon Dieu! monsieur, ne vous arrêtez point à peu de chose. N'allez point plaider, je vous prie; et donnez tout pour vous sauver des mains de la justice.

ARGANTE. — Hé bien! soit; je ne me résous à donner encore ces trente pistoles.

SCAPIN. — « Il me faut encore, a-t-il dit, un mulet pour porter... »

ARGANTE. — Oh! qu'il aille au diable avec son mulet! C'en est trop; et nous irons devant les juges.

SCAPIN. — De grâce! monsieur....

ARGANTE. — Non, je n'en ferai rien.

SCAPIN. — Monsieur, un petit mulet.

---

1. *Diantre.* Voir page 47, note 1.
2. *Qu'il se promène,* ou : qu'il aille se promener, formule familière pour dire qu'on refuse de faire ce que quelqu'un demande (voir encore page 7, note 3).

ARGANTE. — Je ne lui donnerais pas seulement un âne.

SCAPIN. — Considérez...

ARGANTE. — Non : j'aime mieux plaider.

SCAPIN. — Eh! monsieur, de quoi parlez-vous là, et à quoi vous résolvez-vous? Jetez lez yeux sur les détours de la justice. Voyez combien d'appels et de degrés de juridiction [1], combien de procédures embarrassantes; combien d'animaux ravissants, par les griffes desquels il vous faudra passer, sergents, procureurs, avocats, greffiers, substituts, rapporteurs, juges, et leurs clercs [2]. Il n'y a pas un de tous ces gens-là qui, pour la moindre chose, ne soit capable de donner un soufflet au meilleur droit du monde. Un sergent baillera [3] de faux exploits [4], sur quoi [5] vous serez condamné sans que vous le sachiez. Votre procureur s'entendra avec votre partie [6], et vous vendra à beaux deniers comptants. Votre avocat, gagné de même, ne se trouvera point lorsqu'on plaidera votre cause, ou dira des raisons qui ne feront que battre la campagne [7], et n'iront point au fait. Le greffier déli-vrera par contumace [8] des sentences et arrêts contre vous. Le clerc du rapporteur soustraira des pièces, ou le rapporteur même ne dira pas ce qu'il a vu; et quand, par les plus grandes précautions du monde, vous aurez paré [9] tout cela, vous serez ébahi que vos juges auront été sollicités [10] contre vous.... Eh! monsieur, si vous le

1. *Appeler* ou *faire appel* d'un juge-ment, c'est déférer une sentence rendue par un tribunal à un tribunal supérieur, afin de la faire annuler, s'il est possible. Or les différents degrés de juridiction étant très nombreux au xviie siècle, les appels, en se suc-cédant, pouvaient faire traîner le procès fort en longeur.

2. Le *sergent*, nommé aujourd'hui l'*huissier*, était chargé de faire parvenir aux plaideurs les citations à compa-raître; le *procureur* (aujourd'hui l'*avoué*) représentait le plaideur en justice. — Le *greffier* est chargé des écritures. Un *substitut* est un remplaçant (rempla-çant du juge ou du procureur). — Le

rapporteur est le juge qui est chargé de faire le rapport sur un procès ou sur une enquête.

3. Voir page 201, note 2.

4. *Exploit*, assignation à comparaître.

5. *Ce] sur quoi* = et, d'après cela, d'après ce faux exploit.

6. *Partie*, adversaire en justice.

7. *Battre la campagne*, divaguer.

8. *Par contumace*, par défaut, sans que vous soyez présent.

9. *Paré*, écarté de vous, comme on pare un coup de son adversaire, quand on se bat contre lui à l'épée.

10. Quand vous aurez échappé à tous les juges et à tous les ennuis auxquels les plaideurs sont exposés

pouvez, sauvez-vous de cet enfer-là. C'est être damné dès ce monde que d'avoir à plaider; et la seule pensée d'un procès serait capable de me faire fuir jusqu'aux Indes.

ARGANTE. — A combien est-ce qu'il fait monter le mulet ?

SCAPIN. — Monsieur, pour le mulet, pour son cheval et celui de son homme, pour le harnais et les pistolets. et pour payer quelque petite chose qu'il doit à son hôtesse, il demande en tout deux cents pistoles.

ARGANTE. — Deux cents pistoles?

SCAPIN. — Oui.

ARGANTE, *se promenant en colère le long du théâtre.* — Allons, allons; nous plaiderons.

SCAPIN. — Faites réflexion....

ARGANTE. — Je plaiderai.

SCAPIN. — Ne vous allez point jeter....

ARGANTE. — Je veux plaider.

SCAPIN. — Mais pour plaider, il vous faudra de l'argent. Il vous en faudra pour l'exploit; il vous en faudra pour le contrôle [1], il vous en faudra pour la procuration, pour la présentation [2], conseils, productions, et journées du procureur. Il vous en faudra pour les consultations et plaidoiries des avocats, pour le droit de retirer le sac [3] et pour les grosses d'écritures [4]. Il vous en faudra pour le rapport des substituts, pour les épices de conclusion [5], pour l'enregistrement du gref-

---

pendant l'instruction de l'affaire. il se trouvera que, le jour du jugement venu, vous vous heurterez au mauvais vouloir de votre juge, que vos adversaires seront allés solliciter et qui aura cédé à ces sollicitations.

1. *Le contrôle* : l'enregistrement.

2. *Présentation*. acte par lequel un procureur déclarait *se présenter* pour tel plaideur; — *droit de conseil* : somme fixe que prenait le procureur pour chacune des questions à propos desquelles il avait à fournir une défense

en faveur de son client; — *production*, acte du procureur *produisant*, montrant au tribunal telle ou telle pièce relative au procès.

3. *Le sac* qui contenait les pièces du procès ; ce *sac* équivaut à ce que nous appelons aujourd'hui le *dossier*. — *Retirer* de chez le procureur (une fois le procès fini).

4. *Grosses* : copies (en gros caractères).

5. Droits payés aux juges, une fois le jugement rendu : le nom d'*épices*

fier, façon d'appointement, sentences et arrêts [1], contrôles, signatures et expéditions de leurs clercs [2], sans parler de tous les présents qu'il vous faudra faire. Donnez cet argent-là à cet homme-ci, vous voilà hors d'affaire.

ARGANTE. — Comment! deux cents pistoles?

SCAPIN. — Oui : vous y gagnerez. J'ai fait un petit calcul, en moi-même, de tous les frais de la justice, et j'ai trouvé qu'en donnant deux cents pistoles à votre homme, vous en aurez de reste [3], pour le moins, cent cinquante, sans compter les soins, les pas et les chagrins que vous épargnerez. Quand il n'y aurait à essuyer que les sottises que disent devant tout le monde de méchants plaisants d'avocats, j'aimerais mieux donner trois cents pistoles que de plaider.

ARGANTE. — Je me moque de cela, et je défie les avocats de rien dire de moi.

SCAPIN. — Vous ferez ce qu'il vous plaira; mais, si j'étais que de vous [4], je fuirais les procès.

ARGANTE. — Je ne donnerai point deux cents pistoles.

SCAPIN. — Voici l'homme dont il s'agit.

SILVESTRE [5], ARGANTE, SCAPIN

SILVESTRE. — Scapin, fais-moi connaître un peu cet Argante qui est père d'Octave.

SCAPIN. — Pourquoi, monsieur?

SILVESTRE. — Je viens d'apprendre qu'il veut me

---

vient de ce qu'à l'origine, ces droits se payaient en nature.

1. Entendez : pour la façon de l'appointement et des sentences et arrêts ; puis pour les contrôles, etc. — La façon : la copie, la rédaction. — Appointement : jugement préparatoire, par lequel la décision définitive est remise à une date ultérieure, afin que l'instruction de l'affaire puisse être poussée plus à fond.

2. Leurs clercs : les clercs des gens dont j'ai parlé.

3. Vous en aurez de reste, il vous en restera cent cinquante ; vous y gagnerez cent cinquante pistoles.

4. Si j'étais que de vous : si j'étais à votre place (littéralement : si j'étais ce qui est à votre sujet), quod est de te.

5. Silvestre arrive en scène armé de pied en cap.

mettre en procès, et faire rompre par justice le mariage de ma sœur.

SCAPIN. — Je ne sais pas s'il a cette pensée; mais il ne veut point consentir aux deux cents pistoles que vous voulez; et il dit que c'est trop.

SILVESTRE. — Par la mort! par la tête! par le ventre! si je le trouve, je le veux échiner, dussé-je être roué tout vif.

(*Argante, pour n'être point vu, se tient, en tremblant, couvert de Scapin.*)

SCAPIN. — Monsieur, ce père d'Octave a du cœur, et peut-être ne vous craindra-t-il point.

SILVESTRE. — Lui, lui? Par le sang! par la tête! s'il était là, je lui donnerais tout à l'heure de l'épée dans le ventre. Qui est cet homme-là?

SCAPIN. — Ce n'est pas lui, monsieur; ce n'est pas lui.

SILVESTRE. — N'est-ce point quelqu'un de ses amis?

SCAPIN. — Non, monsieur, au contraire, c'est son ennemi capital.

SILVESTRE. — Son ennemi capital?

SCAPIN. — Oui.

SCAPIN. — Ah! parbleu, j'en suis ravi. Vous êtes ennemi, monsieur, de ce faquin [1] d'Argante, eh?

SCAPIN. — Oui, oui; je vous en réponds.

SILVESTRE *lui* [2] *prend rudement la main.* — Touchez là, touchez; je vous donne ma parole, et vous jure sur mon honneur, par l'épée que je porte, par tous les serments que je saurais faire, qu'avant la fin du jour je vous déferai de ce maraud fieffé [3], de ce faquin d'Argante. Reposez-vous sur moi.

SCAPIN. — Monsieur, les violences en ce pays-ci ne sont guère souffertes.

1. Voir page 17, note 1.
2. *Lui* : à Argante.

3. Voir page 94, note 3, et page 67, note 5.

SILVESTRE. — Je me moque de tout, et je n'ai rien
à perdre.

SCAPIN. — Il se tiendra sur ses gardes, assurément;
et il a des parents, des amis et des domestiques, dont il
se fera un secours contre votre ressentiment.

SILVESTRE. — C'est ce que je demande, morbleu!
c'est ce que je demande (*Il met l'épée à la main, et pousse
de tous les côtés, comme s'il y avait plusieurs personnes
devant lui.*) Ah, tête! ah, ventre! Que ne le trouvé-je à
cette heure avec tout son secours! Que ne paraît-il à mes
yeux au milieu de trente personnes! Que ne les vois-je
fondre sur moi les armes à la main! Comment! marauds,
vous avez la hardiesse de vous attaquer à moi! Allons,
morbleu, tue! Point de quartier. Donnons. Ferme.
Poussons. Bon pied, bon œil. Ah! coquins! ah! canaille!
vous en voulez par là! je vous en ferai tâter votre soûl [1].
Soutenez, marauds; soutenez. Allons. A cette botte [2].
A cette autre. A celle-ci. A celle-là. Comment, vous
reculez? Pied ferme, morbleu; pied ferme!

SCAPIN. — Eh! eh! eh! monsieur, nous n'en sommes
pas.

SILVESTRE. — Voilà qui vous apprendra à vous oser
jouer à moi [3].

SCAPIN. — Hé bien! vous voyez combien de personnes tuées pour deux cents pistoles. Oh sus! je vous
souhaite une bonne fortune.

ARGANTE, *tout tremblant.* — Scapin!

SCAPIN. — Plaît-il?

ARGANTE. — Je me résous à donner les deux cents
pistoles.

SCAPIN. — J'en suis ravi pour l'amour de vous.

ARGANTE. — Allons le trouver; je les ai sur moi.

SCAPIN. — Vous n'avez qu'à me les donner. Il ne faut
pas, pour votre honneur, que vous paraissiez là, après

1. Voir page 295, note 3.   2. Voir page 289, note 6.
3. Silvestre sort sur ces mets.

avoir passé ici pour autre que ce que vous êtes ; et, de plus, je craindrais qu'en vous faisant connaître il n'allât s'aviser de vous demander davantage.

ARGANTE. — Oui ; mais j'aurais été bien aise de voir comme je donne mon argent.

SCAPIN. — Est-ce que vous vous défiez de moi ?

ARGANTE. — Non pas ; mais...

SCAPIN. — Parbleu ! monsieur, je suis un fourbe, ou je suis honnête homme : c'est l'un des deux. Est-ce que je voudrais vous tromper, et que, dans tout ceci, j'ai d'autre intérêt que le vôtre et celui de mon maître, à qui vous voulez vous allier [1] ? Si je vous suis suspect, je ne me mêle plus de rien, et vous n'avez qu'à chercher, dès cette heure, qui accommodera vos affaires.

ARGANTE. — Tiens donc !

SCAPIN. — Non monsieur, ne me confiez point votre argent. Je serai bien aise que vous vous serviez de quelque autre.

ARGANTE. — Mon Dieu ! tiens !

SCAPIN. — Non, vous dis-je, ne vous fiez point à moi. Que sait-on [2] si je ne veux point vous attraper votre argent ?

ARGANTE. — Tiens, te dis-je ; ne me fais point contester davantage. Mais songe à bien prendre tes sûretés avec lui.

SCAPIN. — Laissez-moi faire ; il n'a pas affaire à un sot.

ARGANTE. — Je vais t'attendre chez moi.

SCAPIN. — Je ne manquerai pas d'y aller. Et un [3]. Je n'ai qu'à chercher l'autre. Ah ! ma foi, le voici. Il semble que le ciel, l'un après l'autre, les amène dans mes filets.

---

1. Argante a formé le projet de marier sa fille avec Léandre, fils de Géronte.

2. *Que* : en quoi, comment,

3. *Et un*, et en voilà un avec qui j'ai fini. Scapin prononce ces mots quand Argante est sorti.

GÉRONTE, SCAPIN

SCAPIN. — O ciel! ô disgrâce imprévue! ô misérable père! Pauvre Géronte, que feras-tu?

GÉRONTE. — Que dit-il là de moi, avec ce visage affligé?

SCAPIN. — N'y a-t-il personne qui puisse me dire où est le seigneur Géronte?

GÉRONTE. — Qu'y a-t-il, Scapin?

SCAPIN. — Où pourrai-je le rencontrer pour lui dire cette infortune?

GÉRONTE. — Qu'est-ce que c'est donc?

SCAPIN. — En vain je cours de tous côtés pour le pouvoir trouver.

GÉRONTE. — Me voici.

SCAPIN. — Il faut qu'il soit caché en quelque endroit qu'on ne puisse point deviner.

GÉRONTE. — Holà! Es-tu aveugle que tu ne me vois pas?

SCAPIN. — Ah! monsieur, il n'y a pas moyen de vous rencontrer [1].

GÉRONTE. — Il y a une heure que je suis devant toi. Qu'est-ce que c'est donc qu'il y a?

SCAPIN. — Monsieur....

GÉRONTE. — Quoi?

SCAPIN. — Monsieur, votre fils...

GÉRONTE. — Hé bien! mon fils...

SCAPIN. — Est tombé dans une disgrâce la plus étrange du monde.

GÉRONTE. — Et quelle?

SCAPIN. — Je l'ai trouvé tantôt tout triste de je ne sais quoi que vous lui avez dit, où vous m'avez mêlé

---

1. Dans la comédie latine, dans la comédie italienne et dans Molière même on trouve plus d'une fois un jeu de scène du même genre que celui qu'on vient de voir ici.

assez mal à propos; et, cherchant à divertir cette tristesse, nous nous sommes allés promener sur le port. Là
entre autres plusieurs choses, nous avons arrêté nos
yeux sur une galère turque assez bien équipée. Un jeune
Turc de bonne mine nous a invités d'y entrer, et nous
a présenté la main. Nous y avons passé; il nous a fait
mille civilités, nous a donné la collation, où nous avons
mangé des fruits les plus excellents qui se puissent voir,
et bu du vin que nous avons trouvé le meilleur du monde.

GÉRONTE. — Qu'y a-t-il de si affligeant à tout cela?

SCAPIN. — Attendez, monsieur, nous y voici. Pendant que nous mangions, il a fait mettre la galère en mer,
et, se voyant éloigné du port, il m'a fait mettre dans un
esquif, et m'envoie vous dire que si vous ne lui envoyez
par moi, tout à l'heure [1], cinq cents écus [2], il va vous
emmener votre fils en Alger [3].

GÉRONTE. — Comment, diantre [4]! cinq cents écus!

SCAPIN. — Oui, monsieur; et de plus, il ne m'a donné
pour cela que deux heures.

GÉRONTE. — Ah! le pendard de Turc! m'assassiner
de la façon!

SCAPIN. — C'est à vous, monsieur, d'aviser promptement aux moyens de sauver des fers un fils que vous
aimez avec tant de tendresse.

GÉRONTE. — Que diable allait-il faire dans cette
galère?

SCAPIN. — Il ne songeait pas à ce qui est arrivé.

GÉRONTE. — Va-t'en, Scapin, va-t'en vite dire à ce
Turc que je vais envoyer la justice après lui.

SCAPIN. — La justice en pleine mer! Vous moquez-
vous des gens?

GÉRONTE. — Que diable allait-il faire dans cette
galère?

---

1. *Tout à l'heure*, à l'heure même,
sans retard.
2. *Cinq cents écus* : voir page 244,
note 1.

3. *En Alger*, à Alger. *En* s'employait
ainsi devant les noms propres de villes
commençant par une voyelle.
4. *Diantre* : voir page 47, note 1.

SCAPIN. — Une méchante destinée conduit quelquefois les personnes.

GÉRONTE. — Il faut, Scapin, il faut que tu fasses ici l'action d'un serviteur fidèle.

SCAPIN. — Quoi, monsieur?

GÉRONTE. — Que tu ailles dire à ce Turc qu'il me renvoie mon fils, et que tu te mets à sa place jusqu'à ce que j'aie amassé la somme qu'il demande.

SCAPIN. — Eh! monsieur, songez-vous à ce que vous dites? et vous figurez-vous que ce Turc ait si peu de sens que d'aller recevoir un misérable comme moi à la place de votre fils?

GÉRONTE. — Que diable allait-il faire dans cette galère?

SCAPIN. — Il ne devinait pas ce malheur. Songez, monsieur, qu'il ne m'a donné que deux heures.

GÉRONTE. — Tu dis qu'il demande....

SCAPIN. — Cinq cents écus.

GÉRONTE. — Cinq cents écus! N'a-t-il point de conscience?

SCAPIN. — Vraiment oui, de la conscience à un Turc!

GÉRONTE. — Sait-il bien ce que c'est que cinq cents écus?

SCAPIN. — Oui, monsieur; il sait que c'est mille cinq cents livres.

GÉRONTE. — Croit-il, le traître, que mille cinq cents livres se trouvent dans le pas d'un cheval [1]?

SCAPIN. — Ce sont des gens qui n'entendent point de raison.

GÉRONTE. — Mais que diable allait-il faire à cette galère?

SCAPIN. — Il est vrai. Mais quoi! on ne prévoyait pas les choses. De grâce, monsieur, dépêchez.

GÉRONTE. — Tiens, voilà la clef de mon armoire.

SCAPIN. — Bon.

GÉRONTE. — Tu l'ouvriras.

1. C'est-à-dire : facilement, partout.

SCAPIN. — Fort bien.

GÉRONTE. — Tu trouveras une grosse clef du côté gauche, qui[1] est celle de mon grenier.

SCAPIN. — Oui.

GÉRONTE. — Tu iras prendre toutes les hardes qui sont dans cette grande manne[2], et tu les vendras aux fripiers[3] pour aller racheter mon fils.

SCAPIN, *en lui rendant la clef.* — Eh! monsieur, rêvez-vous? Je n'aurais pas cent francs de tout ce que vous dites; et, de plus, vous savez le peu de temps qu'on m'a donné.

GÉRONTE. — Mais que diable allait-il faire à cette galère?

SCAPIN. — Oh! que de paroles perdues! Laissez là cette galère, et songez que le temps presse, et que vous courez risque de perdre votre fils. Hélas! mon pauvre maître, peut-être que je ne te verrai de ma vie, et qu'à l'heure que[4] je parle, on t'emmène esclave en Alger. Mais le ciel me sera témoin que j'ai fait pour toi tout ce que j'ai pu; et que, si tu manques à être racheté[5], il n'en faut accuser que le peu d'amitié d'un père.

GÉRONTE. — Attends, Scapin, je m'en vais quérir cette somme.

SCAPIN. — Dépêchez donc vite, monsieur; je tremble que l'heure ne sonne.

GÉRONTE. — N'est-ce pas quatre cents écus que tu dis?

SCAPIN. — Non. Cinq cents écus.

GÉRONTE. — Cinq cents écus?

SCAPIN. — Oui.

GÉRONTE. — Que diable allait-il faire à cette galère?

SCAPIN. — Vous avez raison; mais hâtez-vous.

---

1. *Qui* se rapporte à *clé* : nous savons que ce relatif, au XVIIe siècle, est souvent séparé de son antécédent.
2. *Manne*, panier d'osier.
3. *Fripier*, marchand de vieux habits.
4. *Que*, pour *où*, après un nom de temps, est d'un emploi fréquent au XVIIe siècle : « Au moment que j'ouvre la bouche pour célébrer la gloire immortelle de Louis de Bourbon, prince de Condé... », écrit Bossuet; — et, au XIXe siècle, Alfred de Musset dira encore (*la Nuit de décembre*) :

Au temps que j'étais écolier.

5. Voir page 346, note 2.

GÉRONTE. — N'y avait-il point d'autre promenade?

SCAPIN. — Cela est vrai; mais faites promptement.

GÉRONTE. — Ah! maudite galère!

SCAPIN. — Cette galère lui tient au cœur.

GÉRONTE. — Tiens, Scapin, je ne me souvenais pas que je viens justement de recevoir cette somme en or, et je ne croyais pas qu'elle dût m'être sitôt ravie. (*Il lui présente sa bourse, qu'il ne laisse pourtant pas aller; et, dans ses transports, il fait aller son bras de côté et d'autre, et Scapin le sien pour avoir la bourse.*) Tiens, va-t'en racheter mon fils.

SCAPIN. — Oui, monsieur.

GÉRONTE. — Mais dis à ce Turc que c'est un scélérat.

SCAPIN. — Oui.

GÉRONTE. — Un infâme.

SCAPIN. — Oui.

GÉRONTE. — Un homme sans foi, un voleur.

SCAPIN. — Laissez-moi faire.

GÉRONTE. — Qu'il me tire cinq cents écus contre toute sorte de droit.

SCAPIN. — Oui.

GÉRONTE. — Que je ne les lui donne ni à la mort, ni à la vie [1].

SCAPIN. — Fort bien.

GÉRONTE. — Et que, si jamais je l'attrape, je saurai me venger de lui.

SCAPIN. — Oui.

GÉRONTE *remet la bourse dans sa poche, et s'en va.* — Va, va vite requérir mon fils.

SCAPIN, *allant après lui* — Holà! monsieur.

GÉRONTE. — Quoi?

SCAPIN. — Où est donc cet argent?

GÉRONTE. — Ne te l'ai-je pas donné?

SCAPIN. — Non, vraiment; vous l'avez remis dans votre poche.

1. Ni dans ce monde, ni dans l'autre.

22.

GÉRONTE. — Ah! c'est la douleur qui me trouble l'esprit.

SCAPIN. — Je le vois bien.

GÉRONTE. — Que diable allait-il faire dans cette galère? Ah! maudite galère! traître de Turc à tous les diables!

SCAPIN. — Il ne peut digérer les cinq cents écus que je lui arrache; mais il n'est pas quitte envers moi; et je veux qu'il me paye en une autre monnaie l'imposture qu'il m'a faite auprès de son fils [1].

(Acte II, sc. IV-VII.)

III

GÉRONTE DANS LE SAC

En soutirant de Géronte cinq cents écus, Scapin a comblé les vœux de son jeune maître Léandre. Mais il a lui-même un compte à régler avec Géronte : il n'a pas oublié en effet que c'est par la faute de Géronte qu'il s'est trouvé dans le cas de faire naguère à Léandre les aveux que l'on sait [2], et il imagine une ruse pour se venger de lui.

GÉRONTE, SCAPIN

GÉRONTE. — Hé bien! Scapin, comment va l'affaire de mon fils?

SCAPIN. — Votre fils, monsieur, est en lieu de sûreté; mais vous courez [3] maintenant, vous, le péril le plus grand

---

1. Géronte avait dit à son fils qu'il tenait de Scapin certains renseignements défavorables sur son compte (voir l'analyse de la page 339). Voir pour toute cette scène, page 467.

2. Voir page 339.

3. La première édition donne *courres*, mais sans doute par erreur.

du monde, et je voudrais, pour beaucoup, que vous fussiez dans votre logis.

GÉRONTE. — Comment donc?

SCAPIN. — A l'heure que [1] je parle, on vous cherche de toutes parts pour vous tuer.

GÉRONTE. — Moi?

SCAPIN. — Oui.

GÉRONTE. — Et qui?

SCAPIN. — Le frère de cette personne qu'Octave a épousée. Il croit que le dessein que vous avez de mettre votre fille à la place que tient sa sœur [2] est ce qui pousse le plus fort à faire rompre leur mariage; et, dans cette pensée, il a résolu hautement de décharger son désespoir sur vous, et de vous ôter la vie pour venger son honneur. Tous ses amis, gens d'épée comme lui, vous cherchent de tous les côtés, et demandent de vos nouvelles. J'ai vu même deçà et delà des soldats de sa compagnie qui interrogent ceux qu'ils trouvent, et occupent par pelotons toutes les avenues de votre maison : de sorte que vous ne sauriez aller chez vous, vous ne sauriez faire un pas, ni à droit [3], ni à gauche, que vous ne tombiez dans leurs mains.

GÉRONTE. — Que ferai-je, mon pauvre Scapin?

SCAPIN. — Je ne sais pas, monsieur, et voici une étrange affaire. Je tremble pour vous depuis les pieds jusqu'à la tête, et... Attendez (*Il se retourne, et fait semblant d'aller voir au bout du théâtre s'il n'y a personne*).

GÉRONTE, *en tremblant.* — Eh?

SCAPIN, *en revenant.* — Non, non, non, ce n'est rien.

GÉRONTE. — Ne saurais-tu trouver quelque moyen pour me tirer de peine?

SCAPIN. — J'en imagine bien un : mais je courrais risque, moi, de me faire assommer.

---

1. *Que* : voir la note 4 de la page 358.
2. Géronte, nous l'avons dit, vou- drait marier sa fille à Octave, fils d'Argante.
3. *A droit.* Voir page 85, note 2.

GÉRONTE. — Eh! Scapin, montre-toi serviteur zélé : ne m'abandonne pas, je te prie.

SCAPIN. — Je le veux bien. J'ai une tendresse pour vous qui ne saurait souffrir que je vous laisse sans secours.

GÉRONTE. — Tu en seras récompensé, je t'assure; et je te promets cet habit-ci, quand je l'aurai un peu usé.

SCAPIN. — Attendez. Voici une affaire que je me suis trouvée[1] fort à propos pour vous sauver. Il faut que vous vous mettiez dans ce sac, et que...

GÉRONTE, *croyant voir quelqu'un.* — Ah!

SCAPIN. — Non, non, non, non, ce n'est personne. Il faut, dis-je que vous vous mettiez là dedans, et que vous gardiez de[2] remuer en aucune façon[3]. Je vous chargerai sur mon dos comme un paquet de quelque chose, et je vous porterai ainsi, au travers de vos ennemis, jusque dans votre maison, où, quand nous serons une fois, nous pourrons nous barricader, et envoyer querir main-forte contre la violence.

GÉRONTE. — L'invention est bonne.

SCAPIN. — La meilleure du monde. Vous allez voir. (*A part*). Tu me payeras l'imposture.

GÉRONTE. — Eh ?

SCAPIN. — Je dis que vos ennemis seront bien attrapés. Mettez-vous bien jusqu'au fond; et surtout prenez garde de ne vous point montrer, et de ne branler[4] pas, quelque chose qui puisse arriver.

GÉRONTE. — Laisse-moi faire; je saurai me tenir..,

SCAPIN. — Cachez-vous; voici un spadassin[5] qui vous cherche. (*En contrefaisant sa voix*). « Quoi! jé[6] n'aurai pas l'abantage dé tuer cé Geronte, et quelqu'un par

---

1. *Une affaire,* un objet (son sac) — *que je me suis trouvée,* que je me suis aperçu tout d'un coup avoir en ma possession.
2. *Garder de* (ou *se garder de*) : prendre garde de ne pas.....
3. *Aucune* a ici son sens étymologique et affirmatif de *quelque..... que ce soit* (*aliquam unam*).

4. *Branler,* bouger, remuer.
5. *Spadassin,* homme qui fait métier de donner des coups d'épée, de tuer et de blesser (d'un mot italien venant lui-même du mot *spada*, épée).
6. Scapin affecte de parler avec l'accent gascon.

charité né m'enseignera pas où il est! » (*A Géronte, avec sa voix ordinaire*). Ne branlez pas. (*Reprenant son ton contrefait.*) « Cadédis [1], jé lé trouberai, sé cachât-il au centre dé la terre. » (*A Géronte, avec son ton naturel*). Ne vous montrez pas. (*Tout le langage gascon est supposé de celui qu'il contrefait, et le reste de lui*). « Oh! l'homme au sac ». Monsieur. « Jé té vaille un louis [2], et m'enseigne où put [3] être Geronte ». Vous cherchez le seigneur Géronte? « Oui, mordi [4], jé lé cherche ». Et pour quelle affaire, monsieur? « Pour quelle affaire? » Oui. « Jé beux, cadédis, lé faire mourir sous les coups de vaton. » Oh! monsieur, les coups de bâton ne se donnent point à des gens comme lui, et ce n'est pas un homme à être traité de la sorte. « Qui? cé fat dé Geronte, cé maraut [5], cé velître? [6] » Le seigneur Géronte, monsieur, n'est ni fat, ni maraud, ni bélître; et vous devriez, s'il vous plaît, parler d'autre façon. « Comment, tu mé traites, à moi, [7] avec cette hautur? » Je défends, comme je dois, un homme d'honneur qu'on offense. « Est-ce que tu es des amis dé cé Geronte? » Oui, monsieur, j'en suis. « Ah! cadédis, tu es de ses amis : à la vonne hure. » (*Il donne plusieurs coups de bâton sur le sac.*) « Tiens, boilà cé que jé té vaille pour lui ». Ah, ah, ah! Ah, monsieur! Ah, ah, monsieur! tout beau. Ah, doucement. Ah, ah, ah! « Va, porte-lui cela de ma part. Adiusias [8]. » Ah! diable soit le Gascon! Ah! (*En se plaignant et remuant le dos comme s'il avait reçu les coups de bâton.*)

GÉRONTE, *mettant la tête hors du sac.* — Ah! Scapin, je n'en puis plus.

---

1. *Cadédis*, juron gascon (par la tête — *caput* — de Dieu).
2. *Vaille*, gascon pour *baille* (voir page 201, note 2).
3. Et enseigne-moi où peut.
4. *Mordi* : par la mort de Dieu.
5. *Maraut* : forme fautive pour *maraud* (voir page 94, note 3), par laquelle Molière veut indiquer sans doute qu'il faut faire sonner la consonne finale, pour contrefaire la prononciation gasconne.
6. *Velitre*, pour *bélitre* (voir page 169, note 3)
7. *A moi*, ellipse pour : en t'adressant à moi-même.
8. *Adiusias*, patois gascon, pour *adieu*.

SCAPIN. — Ah! monsieur, je suis tout moulu, et les épaules me font un mal épouvantable.

GÉRONTE. — Comment! c'est sur les miennes qu'il a frappé.

SCAPIN. — Nenni [1], monsieur, c'était sur mon dos qu'il frappait.

GÉRONTE. — Que veux-tu dire? J'ai bien senti les coups, et les sens bien encore.

SCAPIN. — Non, vous dis-je; ce n'est que le bout du bâton qui a été jusque sur vos épaules.

GÉRONTE. — Tu devais donc te retirer [2] un peu plus loin pour m'épargner....

SCAPIN *lui remet la tête dans le sac.* — Prenez garde; en voici un autre qui a la mine d'un étranger. (*Cet endroit est de même celui* [3] *du Gascon, pour le changement de langage et le jeu de théâtre*). « Parti [4]! moi courir comme une Basque, et moi ne pouvre point troufair de tout le jour sti tiable de Gironte. » Cachez-vous bien. « Dites-moi un peu, fous, monsir l'homme, s'il ve plaît, fous savoir point où l'est sti Gironte que moi cherchair? » Non, monsieur, je ne sais point où est Géronte. « Dites-moi-le fous frenchemente : moi li fouloir pas grande chose à lui. L'est seulemente pour li donnair un petite régale sur le dos d'un douzaine de coups de bâtonne, et de trois ou quatre petites coups d'épée au trafers de son poitrine. » Je vous assure, monsieur, que je ne sais pas où il est. « Il me semble que j'y foi remuair quelque chose dans sti sac. » Pardonnez-moi, monsieur. « Li est assurémente quelque histoire là tetans. » Point du tout, monsieur. « Moi l'avoir enfie de tonner ain coup d'épée dans ste sac. » Ah! monsieur, gardez-vous en bien. « Montre-le-moi un peu fous ce que c'être là. »

---

1. *Nenni*, non (*non illud*. C'est le contraire de *hoc illud*. oui).

2. *Te retirer*, te reculer.

3. *De même celui* : comme celui : construction dont on cite plusieurs exemples dans la langue du xvi⁰ siècle.

4. *Parti*, pour *pardi*, forme abrégée de *pardieu*! — Tout ce qui suit est un baragouin que Molière emploie quand il représente quelque personnage contrefaisant un Suisse.

Tout beau, monsieur. « Quement, tout beau? » Vous
n'avez que faire de vouloir voir ce que je porte. « Et
moi, je le fouloir foir, moi. » Vous ne le verrez point.
« Ahi! que de badinemente! [1]. » Ce sont hardes qui
m'appartiennent. « Montre-moi fous, te dis-je. » Je n'en
ferai rien. « Toi ne faire rien? » Non. « Moi pailler [2] de
ste bâtonne dessus les épaules de toi. » Je me moque de
cela. « Ah! toi faire le trole? » Ahi, ahi, ahi! Ah, monsieur, ah, ah, ah, ah! « Jusqu'au refoir : l'être là un petit
leçon pour li apprendre à toi à parlair insolentemente. »
Ah! peste soit du baragouineux [3]! Ah!

GÉRONTE, *sortant sa tête du sac.* — Ah! je suis roué.

SCAPIN. — Ah! je suis mort.

GÉRONTE. — Pourquoi diantre faut-il qu'ils frappent
sur mon dos?

SCAPIN, *lui remettant la tête dans le sac.* — Prenez
garde; voici une demi-douzaine de soldats tout ensemble.
(*Il contrefait plusieurs personnes ensemble*). « Allons,
tâchons à trouver ce Géronte, cherchons partout. N'épar-
gnons point nos pas. Courons toute la ville. N'oublions aucun lieu. Visitons tout. Furetons de tous les
côtés. Par où irons-nous? Tournons par là. Non, par ici.
A gauche. A droit [4]. Nenni. Si fait. » Cachez-vous bien.
« Ah! camarades, voici son valet. Allons, coquin, il faut
que tu nous enseignes où est ton maître. » Eh! messieurs, ne me maltraitez point. « Allons, dis-nous où il
est. Parle. Hâte-toi. Expédions. Dépêche vite. Tôt. »
Eh! messieurs, doucement. (*Géronte met doucement la
tête hors du sac, et aperçoit la fourberie de Scapin.*)
« Si tu ne nous fais trouver ton maître tout à l'heure [5],
nous allons faire pleuvoir sur toi une ondée de coups
de bâton. » J'aime mieux souffrir toute chose que de

---

1. *Badinemente,* pour *badinage.*
2. *Pailler* pour *bailler* (voir page 201,
note 2).
3. *Baragouineux,* pour *baragouineur :*
voir la note 1 de la page 318.

4. *A droit.* Voir page 85, note 2.
5. *Tout à l'heure,* à l'heure même,
sans tarder.

vous découvrir mon maître. « Nous allons t'assommer. » Faites tout ce qu'il vous plaira. « Tu as envie d'être battu. » Je ne trahirai point mon maître. « Ah! tu en veux tâter? Voilà.... » Oh! (*Comme il est prêt à frapper, Géronte sort du sac, et Scapin s'enfuit.*)

GÉRONTE. — Ah! infâme! ah! traître! ah! scélérat! C'est ainsi que tu m'assassines!

(Acte III, sc. II.)

<hr />

LES FEMMES SAVANTES

COMÉDIE EN CINQ ACTES ET EN VERS

(1672)

Avec *les Femmes savantes* Molière revient à la grande comédie en vers qu'il a dû, faute de temps ou pour satisfaire aux commandements du roi, abandonner depuis six ans [1]. Il y reprend la lutte par laquelle il avait débuté lors de son arrivée à Paris; il combat en effet dans sa nouvelle comédie à peu près le même travers que dans les *Précieuses ridicules*.

Toutefois, outre que les héroïnes de la comédie nouvelle ne sont pas amoureuses seulement de beau langage et de grands sentiments, mais de science et de philosophie, l'action est ici beaucoup plus ample, les caractères plus nombreux et plus profondément étudiés. Cathos et Madelon, dans les *Précieuses*, sont de jeunes sottes, qui, par leur ridicule affectation, ne compromettent qu'elles-mêmes. Philaminte, dans *les Femmes savantes*, est une mère de famille : en cédant à sa manie, elle compromet les intérêts de son mari et de ses enfants et introduit dans sa maison le trouble et la discorde. A Cathos et à

---

1. *Le Misanthrope* est en effet de 1666. Nous rappelons que le *Tartuffe*, représenté en 1669, était achevé dès 1664. — Entre les *Fourberies de Scapin* et les *Femmes savantes*, Molière avait composé, pour prendre place dans un divertis-sement donné à la cour (décembre 1671) la petite comédie de *la Comtesse d'Escarbagnas*, en un acte et en prose. La première représentation des *Femmes savantes* est du 11 mars 1672.

Madelon, Molière n'avait opposé que le bonhomme Gorgibus ; ici il ne se contente pas d'opposer aux femmes savantes Chrysale, ce « bon bourgeois » à l'esprit un peu grossier : Clitandre et la charmante Henriette représentent, entre les deux excès, les droits du bon sens et, tout ensemble, de la justesse et de la distinction de l'esprit. Enfin Molière a complété cette nouvelle galerie de portraits par ceux de Trissotin et de Vadius, l'un, type du bel esprit de profession, sot, vaniteux et hypocrite, l'autre, du pédant de collège, gauche et vindicatif.

Les contemporains reconnaissaient généralement dans Trissotin l'abbé Cotin (1604-1682), et l'érudit Ménage (1613-1692) dans Vadius. Nous ignorons les motifs qui purent pousser Molière à ridiculiser Ménage. Quant à Cotin, mécontent contre Boileau, qui l'avait, dans sa satire du *Festin ridicule* (1665), représenté comme un prédicateur médiocre, il avait publié à son tour, en 1666, contre ce poète une satire dans laquelle, par surcroît, il attaquait aussi Molière. En le faisant paraître dans sa comédie, celui-ci se vengeait donc d'une offense antérieure. Mais Trissotin n'est pas représenté seulement comme un méchant auteur ; Molière en fait encore un intrigant lâche et cupide. Or l'abbé Cotin paraît avoir été un fort honnête homme et l'on s'accorde généralement à blâmer Molière d'avoir outrepassé jusqu'à ce point les limites de la satire permise [1].

I

TRISSOTIN

Philaminte, femme de Chrysale, bourgeois de Paris, se pique d'être une savante. De ses deux filles, l'aînée, Armande, nature

1. A l'exception d'un valet dont le rôle est très peu important, tous les personnages de la pièce paraissent dans les scènes suivantes : ce sont CHRYSALE, riche bourgeois ; PHILAMINTE, sa femme ; ARMANDE et HENRIETTE, ses filles ; ARISTE, son frère ; BÉLISE, sa sœur ; CLITANDRE, jeune gentilhomme qui recherche la main d'Henriette ; TRISSOTIN, bel esprit ; VADIUS, savant ; MARTINE, servante de cuisine chez Chrysale ; L'ÉPINE, laquais ; enfin UN NOTAIRE. La scène est à Paris dans la maison de Chrysale.

impérieuse et jalouse, s'est laissé gagner à l'exemple de sa mère; l'autre, Henriette, jeune fille aussi fine que judicieuse et modeste, ne prétend nullement à passer pour une femme bel esprit. Elle aime un jeune gentilhomme du nom de Clitandre et elle en est aimée; son père, Chrysale, son oncle, Ariste, verraient eux-mêmes avec plaisir ce mariage s'accomplir. Mais Chrysale est fort timide devant sa femme, et Philaminte a formé de tout autres projets au sujet d'Henriette : elle prétend lui faire épouser un bel esprit de profession, un certain Trissotin, dont elle s'est entêtée. C'est de ce personnage que Clitandre dessine le portrait dans la scène qu'on va lire.

CLITANDRE, HENRIETTE

CLITANDRE.

Je respecte beaucoup madame votre mère;
Mais je ne puis du tout approuver sa chimère,
Et me rendre l'écho des choses qu'elle dit,
Aux encens qu'elle donne [1] à son héros d'esprit.
Son monsieur Trissotin me chagrine, m'assomme,
Et j'enrage de voir qu'elle estime un tel homme,
Qu'elle nous mette au rang des grands et beaux esprits
Un benêt dont partout on siffle les écrits,
Un pédant dont on voit la plume libérale [2]
D'officieux [3] papiers fournir toute la halle.

HENRIETTE.

Ses écrits, ses discours, tout m'en semble ennuyeux,
Et je me trouve assez votre goût et vos yeux;
Mais, comme sur ma mère il a grande puissance,
Vous devez vous forcer à quelque complaisance [4]....

1. *Aux encens qu'elle donne.* Assez mal dit. Entendez : dans les louanges dont elle encense son héros d'esprit.
2. *Libérale*, généreuse, abondante : ce mot donne plus de force à la plaisanterie contenue dans le vers suivant.
3. *Officieux*, empressés à rendre des services (*officium*) : en effet, les feuillets des ouvrages de Trissotin, qui ne trouvent pas de lecteurs et que le libraire a dû vendre au poids du papier, rendent des services aux marchands de la Halle, qui en enveloppent leurs denrées.
4. *A quelque complaisance.* Clitandre, recherchant la main d'Henriette, devrait tâcher de se rendre favorable ce Trissotin, qui a de l'influence sur l'esprit de sa mère : c'est ce que veut dire Henriette.

CLITANDRE.

Oui, vous avez raison ; mais monsieur Trissotin
M'inspire au fond de l'âme un dominant chagrin.
Je ne puis consentir, pour gagner ses suffrages,
A me déshonorer en prisant [1] ses ouvrages ;
C'est par eux qu'à mes yeux il a d'abord paru,
Et je le connaissais avant que l'avoir vu [2].
Je vis, dans le fatras des écrits qu'il nous donne,
Ce qu'étale en tous lieux sa pédante personne :
La constante hauteur de sa présomption,
Cette intrépidité de bonne opinion,
Cet indolent état de confiance extrême
Qui le rend en tout temps si content de soi-même [3],
Qui fait qu'à son mérite incessamment il rit,
Qu'il se sait si bon gré de tout ce qu'il écrit,
Et qu'il ne voudrait pas changer sa renommée
Contre tous les honneurs d'un général d'armée.

HENRIETTE.

C'est avoir de bons yeux que de voir tout cela.

CLITANDRE.

Jusques à sa figure encor la chose alla [4],
Et je vis, par les vers qu'à la tête il nous jette,
De quel air il fallait que fût fait le poète ;
Et j'en avais si bien deviné tous les traits,
Que, rencontrant un homme un jour dans le Palais [5],
Je gageai que c'était Trissotin en personne,
Et je vis qu'en effet la gageure était bonne.

(Acte I, sc. III.)

1. *Priser*, donner du prix. *Mépriser*, ne pas donner de prix.
2. *Avant que l'avoir vu*. On écrirait aujourd'hui *avant que de l'avoir vu* ou *avant de l'avoir vu*.
3. *De soi-même*. Nous emploierions aujourd'hui le pronom personnel de *lui-même*, au lieu du réfléchi. Voir la note 3 de la page 265.
4. *La chose alla*. Entendez : j'allai jusqu'à me représenter exactement sa figure, avant que de l'avoir jamais vu.
5. *Le Palais* de Justice, à Paris : voir la note 4 de la page 386.

II

LE RENVOI DE MARTINE

Chrysale et Philaminte ont, entre autres domestiques, une « servante de cuisine » qui a du bon sens, à défaut de science et d'esprit, et qui, en tout cas, est fidèle et habile à son métier. Elle n'en a pas moins encouru les colères de Philaminte et aussi de sa belle-sœur Bélise, vieille fille dont la lecture des romans et l'amour de la science et du bel esprit ont véritablement dérangé la cervelle.

MARTINE, CHRYSALE

MARTINE.

Me voilà bien chanceuse! Hélas! l'an [1] dit bien vrai,
Qui veut noyer son chien l'accuse de la rage [2];
Et service d'autrui n'est pas un héritage [3].

CHRYSALE.

Qu'est-ce donc? Qu'avez-vous, Martine?

MARTINE.

                                        Ce que j'ai?

CHRYSALE.

Oui?

MARTINE.

    J'ai que l'an me donne aujourd'hui mon congé,
Monsieur.

CHRYSALE.

    Votre congé!

MARTINE.

        Oui, Madame me chasse.

---

1. *L'an*, prononciation populaire de *l'on*.
2. Martine, comme beaucoup de gens du peuple, aime à parler par proverbes.

3. *N'est pas un héritage*, forme proverbiale pour dire : n'est pas un bien assuré.

CHRYSALE.

Je n'entends pas cela. Comment?

MARTINE.

On me menace,
Si je ne sors d'ici, de me bailler [1] cent coups.

CHRYSALE.

Non, vous demeurerez; je suis content de vous.
Ma femme bien souvent a la tête un peu chaude;
Et je ne veux pas, moi....

PHILAMINTE, BÉLISE, CHRYSALE, MARTINE

PHILAMINTE.

Quoi! je vous vois, maraude?
Vite, sortez, friponne; allons, quittez ces lieux,
Et ne vous présentez jamais devant mes yeux.

CHRYSALE.

Tout doux.

PHILAMINTE.

Non, c'en est fait.

CHRYSALE.

Eh!

PHILAMINTE.

Je veux qu'elle sorte.

CHRYSALE.

Mais qu'a-t-elle commis, pour vouloir de la sorte....

PHILAMINTE.

Quoi! vous la soutenez?

1. *Bailler* : voir page 201, note 2.

CHRYSALE.

En aucune façon.

PHILAMINTE.

Prenez-vous son parti contre moi?

CHRYSALE.

Mon Dieu! non;
Je ne fais seulement que demander son crime.

PHILAMINTE.

Suis-je pour la chasser sans cause légitime?

CHRYSALE.

Je ne dis pas cela; mais il faut de nos gens....

PHILAMINTE.

Non; elle sortira, vous dis-je, de céans [1].

CHRYSALE.

Hé bien! oui. Vous dit-on quelque chose là-contre [2]?

PHILAMINTE.

Je ne veux point d'obstacle aux désirs que je montre.

CHRYSALE.

D'accord.

PHILAMINTE.

Et vous devez, en raisonnable époux,
Être pour moi contre elle et prendre mon courroux.

CHRYSALE.

Aussi fais-je [3]. Oui, ma femme avec raison vous chasse,
Coquine, et votre crime est indigne de grâce.

1. Voir page 262, note 5.
2. *Là-contre*, formule très usitée au xviie siècle dans le sens de : en opposition avec cela.
3. *Aussi fais-je* : c'est précisément ce que je fais.

MARTINE.

Qu'est-ce donc que j'ai fait?

CHRYSALE.

Ma foi, je ne sais pas.

PHILAMINTE.

Elle est d'humeur encore à n'en faire aucun cas!

CHRYSALE.

A-t-elle, pour donner matière à votre haine,
Cassé quelque miroir ou quelque porcelaine[1]?

PHILAMINTE.

Voudrais-je la chasser, et vous figurez-vous
Que, pour si peu de chose, on se mette en courroux?

CHRYSALE.

Qu'est-ce à dire? L'affaire est donc considérable?

PHILAMINTE.

Sans doute. Me voit-on femme déraisonnable?

CHRYSALE.

Est-ce qu'elle a laissé, d'un esprit négligent,
Dérober quelque aiguière[2] ou quelque plat d'argent?

PHILAMINTE.

Cela ne serait rien.

CHRYSALE.

Oh! oh! peste, la belle
Quoi! l'avez-vous surprise à n'être pas fidèle

PHILAMINTE.

C'est pis que tout cela.

---

1. La porcelaine, dont l'importation en Europe était encore assez récente, coûtait alors fort cher.

2. *Aiguière*, vase à eau (*aqua*). — Entendez : dérober quelque aiguière d'argent ou quelque plat d'argent.

CHRYSALE.

Pis que tout cela?

PHILAMINTE.

Pis.

CHRYSALE.

Comment! diantre[1], friponne! Euh? a-t-elle commis....

PHILAMINTE.

Elle a, d'une insolence à nulle autre pareille,
Après trente leçons, insulté mon oreille
Par l'impropriété d'un mot sauvage et bas,
Qu'en termes décisifs condamne Vaugelas[2].

CHRYSALE.

Est-ce là....

PHILAMINTE.

Quoi! toujours, malgré nos remontrances,
Heurter le fondement de toutes les sciences,
La grammaire, qui sait régenter jusqu'aux rois,
Et les fait, la main haute, obéir à ses lois!

CHRYSALE.

Du plus grand des forfaits je la croyais coupable.

PHILAMINTE.

Quoi! vous ne trouvez pas ce crime impardonnable?

CHRYSALE.

Si fait.

PHILAMINTE.

Je voudrais bien que vous l'excusassiez.

CHRYSALE.

Je n'ai garde.

---

1. *Diantre.* Voir page 47, note 1.
2. Vaugelas (1585-1650), auteur d'un livre célèbre intitulé *Remarques sur la langue française* (1647), dans lequel il avait noté les locutions qui étaient et celles qui n'étaient pas du bon usage.

BÉLISE.

Il est vrai que ce sont des pitiés[1] :
Toute construction est par elle détruite,
Et des lois du langage on l'a cent fois instruite.

MARTINE.

Tout ce que vous prêchez est, je crois, bel et bon;
Mais je ne saurais, moi, parler votre jargon.

PHILAMINTE.

L'impudente! appeler un jargon le langage
Fondé sur la raison et sur le bel usage!

MARTINE.

Quand on se fait entendre, on parle toujours bien,
Et tous vos biaux[2] dictons ne servent pas de rien.

PHILAMINTE.

Hé bien! ne voilà pas encore de son style?
Ne servent pas de rien!

BÉLISE.

O cervelle indocile!
Faut-il qu'avec les soins qu'on prend incessamment,
On ne te puisse apprendre à parler congrûment[3]?
De *pas* mis avec *rien* tu fais la récidive[4],
Et c'est, comme on t'a dit, trop d'une négative[5].

MARTINE.

Mon Dieu! je n'avons pas étugué[6] comme vous,
Et je parlons tout droit comme on parle cheux nous.

---

1. On dit fréquemment : « c'est une
pitié, » pour : « c'est une chose pitoyable,
digne, tant elle est méprisable,
d'être prise en pitié. » — Mais nous
ne savons si l'on pourrait citer un
autre exemple du pluriel pris dans ce
sens.
2. *Biaux*, prononciation paysanne de
beaux.
3. *Congrûment*, convenablement, conformément aux règles.

4. Tu fais la récidive (c'est-à-dire tu
commets pour la seconde fois la faute)
d'unir dans la même phrase *pas* et *rien*.
5. Entendez : tu dépasses d'une négative (ou *négation*) le nombre de néga-
tives nécessaire ; il y a, dans ta phrase,
une négative de trop.
6. *Étugué* : prononciation vicieuse,
pour *étudié*. Voir encore la note 3 de la
page 172.

PHILAMINTE.

Ah! peut-on y tenir?

BÉLISE.

Quel solécisme horrible!

PHILAMINTE.

En voilà pour tuer une oreille sensible.

BÉLISE.

Ton esprit, je l'avoue, est bien matériel.
Je n'est qu'un singulier, *avons* est pluriel.
Veux-tu toute ta vie offenser la grammaire [1]?

MARTINE.

Qui parle d'offenser grand'mère, ni grand-père?

PHILAMINTE.

O ciel!

BÉLISE.

       Grammaire est prise [2] à contre-sens par toi,
Et je t'ai dit déjà d'où vient ce mot.

MARTINE.

                          Ma foi!
Qu'il vienne de Chaillot, d'Auteuil ou de Pontoise,
Cela ne me fait rien.

BÉLISE.

            Quelle âme villageoise!
La grammaire, du verbe et du nominatif [3],
Comme de l'adjectif avec le substantif,
Nous enseigne les lois.

---

1. On prononçait alors *gran-maire*. De là le quiproquo de Martine.
2. *Grammaire* ne désignant pas ici l'objet appelé de ce nom, mais voulant dire « le mot *grammaire* », nous écririons aujourd'hui, et avec raison : « *grammaire* est *pris* à contre-sens.
3. *Nominatif* = sujet.

MARTINE.

J'ai, madame, à vous dire
Que je ne connais point ces gens-là.

PHILAMINTE.

Quel martyre!

BÉLISE.

Ce sont les noms des mots; et l'on doit regarder
En quoi c'est qu'il les faut faire ensemble accorder.

MARTINE.

Qu'ils s'accordent entre eux ou se gourment [1], qu'importe?

PHILAMINTE, *à sa sœur* [2].

Eh! mon Dieu! finissez un discours de la sorte.
A son mari.
Vous ne voulez pas, vous, me la faire sortir?

CHRYSALE.

Si fait. A son caprice il me faut consentir.
Va, ne l'irrite point : retire-toi, Martine.

PHILAMINTE.

Comment! vous avez peur d'offenser la coquine?
Vous lui parlez d'un ton tout à fait obligeant!

CHRYSALE.

Moi? point. Allons, sortez. (*Bas.*) Va-t'en, ma pauvre
[enfant.

PHILAMINTE, CHRYSALE, BÉLISE

CHRYSALE.

Vous êtes satisfaite, et la voilà partie;
Mais je n'approuve point une telle sortie :
C'est une fille propre aux choses qu'elle fait,
Et vous me la chassez pour un maigre sujet.

---

1. *Gourmer*, frapper à coups de poing.   2. *A sa sœur* : c'est-à-dire à sa belle-
— L'origine du mot est inconnue.   sœur (Bélise).

PHILAMINTE.

Vous voulez que toujours je l'aie à mon service,
Pour mettre incessamment mon oreille au supplice,
Pour rompre toute loi d'usage et de raison [1]
Par un barbare amas de vices d'oraison [2],
De mots estropiés, cousus, par intervalles,
De proverbes traînés dans les ruisseaux des Halles ?

BÉLISE.

Il est vrai que l'on sue à souffrir ses discours :
Elle y met Vaugelas en pièces tous les jours
Et les moindres défauts de ce grossier génie [3],
Sont ou le pléonasme, ou la cacophonie.

CHRYSALE.

Qu'importe qu'elle manque aux lois de Vaugelas,
Pourvu qu'à la cuisine elle ne manque pas ?
J'aime bien mieux, pour moi, qu'en épluchant ses herbes,
Elle accommode mal les noms avec les verbes
Et redise cent fois un bas ou méchant mot,
Que de brûler [4] ma viande ou saler trop mon pot.
Je vis de bonne soupe, et non de beau langage.
Vaugelas n'apprend point à bien faire un potage ;
Et Malherbe et Balzac [5], si savants en beaux mots,
En cuisine peut-être auraient été des sots.

PHILAMINTE.

Que ce discours grossier terriblement assomme !
Et quelle indignité, pour ce qui s'appelle homme,

---

1. *Usage et raison*, tels sont en effet les deux principes sur lesquels, selon les grammairiens anciens, dont on suivait encore le système au XVIIe siècle, repose toute grammaire : parmi les diverses façons de parler, les unes en effet ne peuvent s'expliquer que par l'usage ; les autres peuvent se justifier logiquement.

2. *Oraison*, langage (*oratio*).

3. *Génie*, esprit, intelligence (*ingenium*).

4. La construction ne passerait plus aujourd'hui pour très correcte, le sujet de l'action de *brûler* n'étant pas le même que celui de la proposition principale : voir encore page 320, note 1.

5. Malherbe (1555-1628) et Balzac (1594-1654) ont passé pour les réformateurs, l'un de la poésie, l'autre de la prose, au début du XVIIe siècle.

D'être baissé sans cesse aux soins matériels,
Au lieu de se hausser vers les spirituels !
Le corps, cette guenille, est-il d'une importance,
D'un prix à mériter seulement qu'on y pense,
Et ne devons-nous pas laisser cela bien loin [1] ?

CHRYSALE.

Oui, mon corps est moi-même, et j'en veux prendre soin :
Guenille, si l'on veut ; ma guenille m'est chère.

BÉLISE.

Le corps avec l'esprit fait figure [2], mon frère ;
Mais, si vous en croyez tout le monde savant.
L'esprit doit sur le corps prendre le pas devant [3] ;
Et notre plus grand soin, notre première instance [4],
Doit être à le nourrir du suc de la science.

---

1. Non sans doute nous ne devons pas « laisser cela bien loin, » et, puisque nous avons un corps, et que nous ne pouvons vivre sans lui, que c'est par lui, par ses organes que s'exerce notre activité d'êtres raisonnables, ce n'est pas seulement une nécessité, c'est un devoir pour nous que de prendre soin de notre corps. Philaminte, par son dédain excessif pour le corps, pèche donc autant contre la vraie morale que contre le bon sens. Mais il n'en est pas moins vrai que Chrysale, de son côté, pèche par trop de grossièreté. Opposons-lui ces paroles de Pascal (1622-1661), qui d'ailleurs suit ici le sentiment du plus grand des philosophes français, Descartes (1596-1650) : « Je puis bien concevoir un homme sans mains, pieds, tête (car ce n'est que l'expérience qui nous apprend que la tête est plus nécessaire que les pieds) : mais je ne puis concevoir l'homme sans pensée ; ce serait une pierre ou une brute. »

2. Fait figure, a quelque importance (voir encore page 134, note 7). Le corps n'est quelque chose d'important que parce qu'il est uni à l'esprit, au principe spirituel, à l'âme. — En soi-même ce que dit Bélise est fort juste ; mais elle ne le dit pas parce qu'elle le croit, parce qu'elle y a réfléchi ; elle le répète seulement, et sans comprendre peut-être ce qu'elle dit, parce que « le monde savant », les disciples de Descartes l'affirment. Elle récite une leçon, jugeant qu'il est de bon ton de parler comme les savants.

3. Doit passer avant le corps (dans notre estime). Le pas devant est ici une sorte de locution toute faite, de substantif composé équivalant à la priorité. De même dans Amphitryon (III, iv) :

Du pas devant sur moi tu prendras l'avantage.

Mais cette locution est d'un emploi rare. On trouve plus ordinairement dans le même sens le pas tout court ; et l'on dit « prendre, avoir le pas sur quelqu'un ».

4. Instance, soin pressant. — Ce sens est tout à fait conforme à l'étymologie du mot (quod instat, ce qui est pressant, ce qui importe avant tout) ; cependant on ne pourrait donner beaucoup d'exemples du mot employé avec cette acception. On cite une phrase dans laquelle Montaigne parle de défauts dont « on devrait, à toute instance (c'est-à-dire : avec les soins les plus pressants), combattre la naissance et le progrès. » (Essais, 1, ix.)

CHRYSALE.

Ma foi ! si vous songez à nourrir votre esprit,
C'est de viande[1] bien creuse, à ce que chacun dit ;
Et vous n'avez nul soin, nulle sollicitude,
Pour....

PHILAMINTE,

Ah ! *sollicitude* à mon oreille est rude.
Il put[2] étrangement son ancienneté[3].

BÉLISE.

Il est vrai que le mot est bien collet monté[4].

CHRYSALE.

Voulez-vous que je dise ? il faut qu'enfin j'éclate,
Que je lève le masque, et décharge ma rate[5].

---

1. Viande (de *vivenda*, pluriel neutre dérivé de *vivere* et qui, dans le bas-latin, a signifié vivres, aliments) : nourriture en général. — Cet emploi du mot est très fréquent au xviiᵉ siècle ; mais le sens a tendu à se restreindre et *viande* ne s'emploie plus guère aujourd'hui que pour désigner la chair des animaux destinée à l'alimentation. Toutefois on continue à se servir de l'expression proverbiale que nous voyons ici employée par Molière : se repaître de viande creuse (remplir son esprit de chimères, de pensées ou d'espérances vaines).

2. *Put*, troisième personne du présent de l'indicatif du verbe *puir*, qui se rattache au latin barbare *putire* (pour *putere*), et dont plusieurs formes ont été employées concurremment, et jusque dans le xviiiᵉ siècle, avec celles de *puer*. Malherbe, dans sa célèbre ode à *Louis XIII*, dit, en parlant des géants abattus par Jupiter dans les plaines de Phlégra en Macédoine :

Phlègre, qui les reçut, *put* encore la foudre
Dont ils furent touchés.

3. Aucun autre texte du xviiᵉ siècle ne vient confirmer le renseignement qu'on pourrait tirer ici de celui de Molière. Les puristes repoussaient-ils en effet le mot *sollicitude* ou faut-il ne voir ici qu'une exagération déraisonnable qui est propre à Philaminte, et dont elle serait peut-être elle-même fort embarrassée de donner le motif ? Toujours est-il que le mot se trouve employé chez les divers écrivains du xviiᵉ siècle, non moins que chez ceux des siècles précédents ou suivants.

4. On portait au xviiᵉ siècle des collets qu'on garnissait de carton et de fils de fer pour les maintenir raides : c'étaient des *collets montés*. Dire adjectivement, au xviiᵉ siècle, d'une chose, ou d'une personne qu'elle était *collet monté*, c'était donc faire entendre qu'elle avait quelque chose, de suranné, de vieilli. — Cette expression est restée dans la langue, mais avec un sens assez différent : comme le *collet monté* obligeait à tenir la tête très droite, dans une attitude gênée et peu naturelle, on dit d'une personne qu'elle est *collet monté*, quand on veut faire entendre qu'elle affecte certains airs de hauteur ou d'austérité dédaigneuse.

5. On regardait autrefois la rate comme le siège de la *bile noire* ou *atra-bile*, espèce d'humeur à l'accumulation de laquelle on attribuait certains effets sur le caractère : mélancolie, irascibilité, etc.

De folles on vous traite, et j'ai fort sur le cœur...

PHILAMINTE.

Comment donc ? [1]

CHRYSALE.

C'est à vous que je parle, ma sœur.
Le moindre solécisme en parlant vous irrite ;
Mais vous en faites, vous, d'étranges en conduite.
Vos livres éternels ne me contentent pas,
Et, hors un gros Plutarque à mettre mes rabats [2],
Vous devriez brûler tout ce meuble [3] inutile,
Et laisser la science aux docteurs de la ville ;
M'ôter, pour faire bien, du grenier de céans [4],
Cette longue lunette à faire peur aux gens,
Et cent brimborions [5] dont l'aspect importune :
Ne point aller chercher ce qu'on fait dans la lune,
Et vous mêler un peu de ce qu'on fait chez vous,
Où nous voyons aller tout sens dessus dessous [6].

---

1. Ces mots doivent être prononcés avec un certain air de hauteur et d'étonnement. Chrysale est tellement habitué à plier devant sa femme que celle-ci ne peut concevoir qu'il songe à la quereller. Et en effet, sur l'interrogation menaçante de Philaminte, le pauvre Chrysale se rend compte de son audace et feint de se retourner vers sa sœur : de celle-là au moins il ne redoute rien. Mais l'on entend bien que tout ce qu'il a l'air de dire à Bélise s'adresse en réalité à Philaminte, qui, étant maîtresse de maison, mère de famille, pèche, par son ridicule travers, bien plus gravement que Bélise.

2. Pour avoir ses rabats (voir page 49, note 1) toujours bien propres et sans plis, Chrysale les mettait dans un des gros livres de sa femme. — *A* dans le sens de *propre à*, *bien fait pour*, est d'un emploi fréquent. L'expression connue de *contes à dormir debout* (contes faits de manière que l'on dort debout) reproduit exactement la construction de la phrase de Molière (un gros Plutarque fait de manière que j'y peux mettre mes rabats). — Voir encore quatre vers plus bas.

3. *Meuble* (de *mobile*), est ici un mot collectif, à peu près synonyme de *mobilier*, et désignant tout un ensemble d'objets.

4. *Céans* : voir page 262, note 5.

5. *Brimborion*, chose de peu d'importance. L'étymologie est douteuse : toutefois on trouve le mot employé, au XVIᵉ siècle, avec le sens de prières marmottées très vite ; il se pourrait donc que *brimborion* fût le résultat d'une prononciation vicieuse de *breviarion* (prononciation usuelle de *breviarium*, bréviaire ; — voir page 233 note 4).

6. *Sens dessus dessous*. Locution aussi bizarre qu'usuelle. Nous ne pouvons mieux faire que de transcrire ici la petite dissertation de Littré dans son *Dictionnaire*. « Vaugelas, dit-il, écrivait *sens dessus dessous*, comme qui dirait *sens dessus ni dessous* ; Mᵐᵉ de Sévigné suivait cette orthographe, qui avait des précédents dans le XVIᵉ siècle. Chapelain (1595-1674) et Ménage (1613-1692) écrivaient *sens dessus dessous*, conformément à l'avis d'Etienne Pasquier (1529-1615), et cette orthographe a prévalu : *sens* est supposé avoir ici la

Il n'est pas bien honnête, et pour beaucoup de causes,
Qu'une femme étudie et sache tant de choses.
Former aux bonnes mœurs l'esprit de ses enfants,
Faire aller son ménage, avoir l'œil sur ses gens,
Et régler la dépense avec économie [1]
Doit être son étude et sa philosophie.
Nos pères, sur ce point, étaient gens bien sensés,
Qui disaient qu'une femme en sait toujours assez
Quand la capacité de son esprit se hausse
A connaître [2] un pourpoint d'avec un haut-de-chausse.
Les leurs ne lisaient point, mais elles vivaient bien ;
Leurs ménages étaient tout leur docte entretien ;
Et leurs livres, un dé, du fil et des aiguilles,
Dont elles travaillaient au trousseau de leurs filles.
Les femmes d'à présent sont bien loin de ces mœurs :
Elles veulent écrire et devenir auteurs.
Nulle science n'est pour elles trop profonde,
Et céans, beaucoup plus qu'en aucun lieu du monde [3] :
Les secrets les plus hauts s'y laissent [4] concevoir,
Et l'on sait tout chez moi, hors ce qu'il faut savoir :
On y sait comme [5] vont lune, étoile polaire.
Vénus, Saturne et Mars, dont je n'ai point affaire ;

---

signification de direction, de côté, comme qui dirait : le sens qui devrait être dessus est dessous. Mais on comprend tout d'abord combien une pareille locution serait forcée ; au reste toutes ces hypothèses tombent devant l'historique. La locution est simple et correcte : c'est ce *dessus dessous*, c'est-à-dire ce [qui est] dessus [mis] dessous (on trouve par exemple dans un livre de cuisine du XIVe siècle : *retournez la lamproie ce dessus dessous*). Au XVe siècle, on a dit *c'en dessus dessous*, ce [qui est] en dessous [mis] dessous. Enfin au XVIe siècle, l'intelligence de la locution se perdant, on ne sait plus l'écrire : la prononciation se conserve par la tradition et reste la même ; mais l'orthographe se corrompt. La vraie locution est donc *c'en dessus dessous*, ce qui a exactement le même sens que *sens dessus dessous*. » — Ce qui vient d'être dit de la locution *sens dessus dessous* est également vrai de *sens devant derrière*.

1. *Économie* (οἰκονομία : οἶκος, maison et νόμος, loi), science de l'administration de la maison.

2. *Connaître*, reconnaître, distinguer. — Assez fréquent dans ce sens au XVIIe siècle (voir encore page 4, note 1, et page 174, note 4). — Sur le *pourpoint* et le *haut-de-chausse*, voir page 36, notes 5 et 10. — Quant au mot *que* rapporte ici Molière, on le trouve en effet sous plusieurs formes dans divers textes du XVIe siècle.

3. *Aucun* : voir page 362, note 3.

4. C'est-à-dire : paraissent assez simples pour que les femmes de ma maison croient qu'il leur est permis de les concevoir.

5. *Comme*. Voir page 268, note 1.

Et, dans ce vain savoir, qu'on va chercher si loin,
On ne sait comme va mon pot, dont j'ai besoin.
Mes gens [1] à la science aspirent pour vous plaire,
Et tous ne font rien moins que ce qu'ils ont à faire.
Raisonner est l'emploi de toute ma maison,
Et le raisonnement en bannit la raison.
L'un me brûle mon rôt en lisant quelque histoire ;
L'autre rêve à des vers, quand je demande à boire ;
Enfin, je vois par eux votre exemple suivi,
Et j'ai des serviteurs, et ne suis point servi.
Une pauvre servante au moins m'était restée,
Qui de ce mauvais air n'était point infectée,
Et voilà qu'on la chasse avec un grand fracas,
A cause qu'elle manque à parler Vaugelas [2].
Je vous le dis, ma sœur [3] tout ce train-là me blesse
(Car c'est, comme j'ai dit, à vous que je m'adresse).
Je n'aime point céans tous vos gens à latin,
Et principalement ce monsieur Trissotin :
C'est lui qui, dans des vers, vous a tympanisées [4].
Tous les propos qu'il tient sont des billevesées [5].
On cherche ce qu'il dit après qu'il a parlé ;
Et je lui crois, pour moi, le timbre un peu fêlé [6].

PHILAMINTE.

Quelle bassesse, ô ciel ! et d'âme et de langage !

---

1. *Gens*, serviteurs.
2. *Parler Vaugelas*, à peu près comme on dit parler français, le style de Vaugelas constituant comme une langue spéciale. Cette expression piquante avait été employée avant Molière. Il semble qu'on ait dit assez couramment « parler Voiture, parler Balzac, etc. » pour « parler à la manière de Voiture, de Balzac, etc. »
3. Chrysale peu à peu s'était, dans sa diatribe, tourné tout à fait vers Philaminte : un regard sévère de celle-ci vient sans doute de lui rappeler que c'est à *sa sœur* qu'il feint de parler.
4. *Tympaniser*, célébrer avec beaucoup de bruit et comme en battant le tambour (*tympanum*). Le mot ne se prend dans ce sens qu'ironiquement. — On le trouve d'ailleurs plus fréquemment avec le sens de « décrier hautement ».
5. *Billevesées*, paroles vaines. — L'étymologie est incertaine : la seconde partie du mot du moins paraît se rattacher au vieux mot *vèze* (vessie, musette, outre gonflée de vent).
6. *Timbre fêlé*. Métaphore populaire qu'on emploie pour désigner un esprit dont les pensées ne sont pas nettes, qui est un peu fou : car le son d'un timbre n'est plus net dès que ce timbre est fêlé.

BÉLISE.

Est-il de petits corps un plus lourd assemblage [1],
Un esprit composé d'atomes plus bourgeois?
Et de ce même sang se peut-il que je sois?
Je me veux mal de mort d'être de votre race [2],
Et, de confusion, j'abandonne la place.

(Acte II, sc. v-vii.)

III

LES DEUX PÉDANTS

Trissotin est venu lire deux de ses poésies aux femmes savantes.
qui se sont récriées d'admiration. Mais un de ses amis, un savant,
lui a demandé de vouloir bien le présenter à Philaminte, Armande
et Bélise, et voici qu'un laquais annonce l'arrivée de ce personnage.

L'ÉPINE, TRISSOTIN, PHILAMINTE, BÉLISE,
ARMANDE, HENRIETTE, VADIUS

L'ÉPINE.

Monsieur, un homme est là, qui veut parler à vous [3].
Il est vêtu de noir [4], et parle d'un ton doux.

---

1. Suivant certains philosophes anciens, Démocrite (v⁵ siècle av. J.-C.), Épicure (337-270), dont la doctrine avait été remise à la mode au xvii⁴ siècle par Gassendi (1592-1655). il n'existe rien, ni corps ni esprit, qui ne soit composé d'éléments invisibles et indivisibles et plus ou moins ténus et subtils. Ces éléments étaient appelés ἄτομοι (littéralement : qu'on ne peut couper, indivisibles); les écrivains latins les ont souvent désignés, de leur côté, par le mot *corpuscula* (petits corps). Sans doute que Bélise avait entendu parler des *atomes* et qu'on lui avait expliqué que c'étaient de *petits corps*. Aussi fait-elle parade de sa science dès qu'elle en trouve occasion. En somme sa question revient à celle-ci : est-il au monde un être plus lourd. plus grossier que mon frère? — *Bourgeois* : assez fréquent dans le sens de *commun, trivial*.

2. *l'ouloir mal de mort*, vouloir beaucoup de mal.

3. Formule assez usuelle au xvii⁴ siècle, et qu'on retrouve dans *le Malade imaginaire* (acte II, sc. ii) : « Je dis que voilà un homme qui veut parler à vous. »

4. Vêtu *de noir*, comme un savant de profession ; il ne porte pas d'habit brodé ou de couleur comme les gens du monde.

TRISSOTIN.

C'est cet ami savant qui m'a fait tant d'instance [1]
De lui donner l'honneur de votre connaissance.

PHILAMINTE.

Pour le faire venir vous avez tout crédit [2].
Faisons bien les honneurs au moins de notre esprit.
Holà! Je vous ai dit, en paroles bien claires,
Que j'ai besoin de vous [3].

HENRIETTE.

Mais pour quelles affaires?

PHILAMINTE.

Venez; on va dans peu vous les faire savoir [4].

TRISSOTIN.

Voici l'homme qui meurt du désir de vous voir;
En vous le produisant [5], je ne crains point le blâme
D'avoir admis chez vous un profane, madame;
Il peut tenir son coin [6] parmi de beaux esprits.

PHILAMINTE.

La main qui le présente en dit assez le prix.

TRISSOTIN.

Il a des vieux auteurs la pleine intelligence,
Et sait du grec, madame, autant qu'homme de France.

PHILAMINTE.

Du grec, ô ciel! du grec! Il sait du grec, ma sœur [7]!

1. *Fait tant d'instance,* sollicité si vivement. Molière a employé plus d'une fois ce tour.
2. A ce moment Trissotin va chercher Vadius pour l'introduire, et le vers suivant est adressé par Philaminte à Armande et à Bélise.
3. Ceci s'adresse à Henriette, qui a déjà essayé de sortir, et qui, cette fois encore, tente de s'échapper.

4. Allusion au projet que Philaminte a conçu de faire épouser Trissotin à Henriette.
5. *En vous le produisant,* en l'amenant (*pro-ducere*) devant vous.
6. *Tenir son coin,* métaphore empruntée au jeu de paume. On dit du joueur qui sait bien renvoyer la balle qui lui arrive qu'il *tient son coin.*
7. *Ma sœur :* Bélise.

BÉLISE.

Ah! ma nièce [1], du grec!

ARMANDE.

Du grec! quelle douceur!

PHILAMINTE.

Quoi! monsieur sait du grec! Ah! permettez, de grâce,
Que, pour l'amour du grec, monsieur, on vous embrasse.
(Il les baise toutes, jusques à Henriette, qui le refuse.)

HENRIETTE.

Excusez-moi, monsieur, je n'entends pas le grec.

PHILAMINTE.

J'ai pour les livres grecs un merveilleux respect [2].

VADIUS.

Je crains d'être fâcheux, par l'ardeur qui m'engage
A vous rendre aujourd'hui, madame, mon hommage;
Et j'aurai pu troubler [3] quelque docte entretien.

PHILAMINTE.

Monsieur, avec du grec on ne peut gâter rien.

TRISSOTIN.

Au reste, il fait merveille en vers ainsi qu'en prose,
Et pourrait, s'il voulait, vous montrer quelque chose.

VADIUS.

Le défaut des auteurs, dans leurs productions,
C'est d'en tyranniser les conversations,
D'être au Palais, au Cours, aux ruelles, aux tables [4],

1 Ma nièce : Armande.
2. Respect rime ici avec grec : sans doute Philaminte prononce respec.
3. J'aurai pu troubler, emploi remarquable et non sans exemple du futur antérieur, marquant une certaine nuance de doute : j'aurai pu troubler, c'est-à-dire : j'ai troublé peut-être.
4. La galerie du Palais de Justice était, sous Louis XIII et sous Louis XIV, un lieu de promenade fréquenté par la société élégante : on y trouvait, à la devanture des marchands, les livres et les objets de toilette les plus nouveaux. — Le Cours-la-Reine, à l'ouest de Paris, le long de la Seine, était également très fréquenté. — Sur les ruelles, voir page 22, note 3. — Aux

De leurs vers fatigants lecteurs infatigables.
Pour moi, je ne vois rien de plus sot, à mon sens,
Qu'un auteur qui partout va gueuser [1] des encens,
Qui, des premiers venus saisissant les oreilles,
En fait le plus souvent les martyrs de ses veilles.
On ne m'a jamais vu ce fol entêtement;
Et d'un Grec, là-dessus, je suis le sentiment,
Qui, par un dogme exprès, défend à tous ses sages
L'indigne empressement de lire leurs ouvrages [2].
Voici de petits vers pour de jeunes amants,
Sur quoi [3] je voudrais bien avoir vos sentiments [4].

TRISSOTIN.

Vos vers ont des beautés que n'ont point tous les autres.

VADIUS.

Les Grâces et Vénus règnent dans tous les vôtres.

TRISSOTIN.

Vous avez le tour libre, et le beau choix des mots.

VADIUS.

On voit partout chez vous l'*ithos* et le *pathos* [5].

TRISSOTIN.

Nous avons vu de vous des églogues d'un style
Qui passe en doux attraits Théocrite et Virgile [6].

VADIUS.

Vos odes ont un air noble, galant et doux,

---

tables : pendant les repas auxquels ils sont conviés.

1. *Gueuser*, mendier.

2. On ne voit guère à quel auteur grec Vadius peut faire allusion.

3. *Quoi*, pour *lequel, lesquels*, etc., est d'un emploi fréquent au xvııᵉ siècle. Ainsi Molière lui-même écrit dans le *Tartuffe* (III, m) :

Ce n'est pas le bonheur après quoi je soupire.

4. Inutile de faire remarquer ce qu'il y a de piquant dans cette annonce de Vadius succédant sans transition à la déclaration qu'il vient de faire contre les auteurs trop empressés à lire leurs ouvrages.

5. C'est-à-dire : vous savez manier également les sentiments doux (ἦθος) et les passions violentes (πάθος).

6. Le poète grec Théocrite (ıııᵉ siècle av. J.-C.) et le poète latin Virgile (70-19) ont écrit des poésies pastorales ou *églogues*, qui passent pour les modèles du genre. — Littéralement le mot églogue veut dire *pièce choisie* (ἐκλόγη).

Qui laisse de bien loin votre Horace [1] après vous.

TRISSOTIN.

Est-il rien d'amoureux comme vos chansonnettes ?

VADIUS.

Peut-on voir rien d'égal aux sonnets [2] que vous faites ?

TRISSOTIN.

Rien qui soit plus charmant que vos petits rondeaux [3] ?

VADIUS.

Rien de si plein d'esprit que tous vos madrigaux [4] ?

TRISSOTIN.

Aux ballades [5] surtout vous êtes admirable.

VADIUS.

Et dans les bouts-rimés [6] je vous trouve adorable.

TRISSOTIN.

Si la France pouvait connaître votre prix,

VADIUS.

Si le siècle rendait justice aux beaux esprits,

TRISSOTIN.

En carrosse doré vous iriez par les rues.

VADIUS.

On verrait le public vous dresser des statues.
Hom ! C'est une ballade, et je veux que tout net
Vous m'en....

1. *Votre* : celui que vous admirez tant, dont vous vous déclarez le disciple. Horace a composé quatre livres d'odes.

2. Voir page 135, note 1.

3. Le rondeau est une petite pièce construite sur deux rimes et composée de deux strophes de cinq vers séparées par un tercet ; à la fin du tercet et à la fin de la seconde strophe s'ajoute un refrain formé des trois ou quatre premiers mots de la pièce.

4. Voir page 22, note 4.

5. *Ballade* : littéralement pièce de poésie destinée à accompagner la danse (rapprocher *bal* et *ballet*). On appelait de ce nom une pièce composée de trois strophes de huit ou de dix vers, se terminant toutes par le même vers et suivies d'une demi-strophe appelée *envoi*. — Ce genre, très cultivé au xive et au xve siècle, le fut beaucoup moins à partir de la Renaissance.

6. *Bouts-rimés*, pièce de vers composée sur des rimes données à l'avance. — Ce ne peut guère être là qu'un jeu, un divertissement, qu'on ne saurait prendre au sérieux.

TRISSOTIN.

Avez-vous vu certain petit sonnet
Sur la fièvre qui tient la princesse Uranie[1]?

VADIUS.

Oui, hier il me fut lu dans une compagnie.

TRISSOTIN.

Vous en savez l'auteur?

VADIUS.

Non; mais je sais fort bien
Qu'à ne le point flatter son sonnet ne vaut rien.

TRISSOTIN.

Beaucoup de gens pourtant le trouvent admirable.

VADIUS.

Cela n'empêche pas qu'il ne soit misérable;
Et, si vous l'avez vu, vous serez de mon goût.

TRISSOTIN.

Je sais que là-dessus je n'en suis point du tout,
Et que d'un tel sonnet peu de gens sont capables.

VADIUS.

Me préserve le Ciel d'en faire de semblables!

TRISSOTIN.

Je soutiens qu'on ne peut en faire de meilleur;
Et ma grande raison, c'est que j'en suis l'auteur.

VADIUS.

Vous!

TRISSOTIN.

Moi.

---

1. C'est précisément le sonnet que savantes avant l'arrivée de Vadius, et Trisssotin vient de lire aux femmes qu'elles ont tant admiré.

VADIUS.

Je ne sais donc comment se fit l'affaire.

TRISSOTIN.

C'est qu'on fut malheureux de ne pouvoir vous plaire.

VADIUS.

Il faut qu'en écoutant j'aie eu l'esprit distrait,
Ou bien que le lecteur m'ait gâté le sonnet.
Mais laissons ce discours et voyons ma ballade.

TRISSOTIN.

La ballade, a mon goût, est une chose fade.
Ce n'en est plus la mode; elle sent son vieux temps.

VADIUS.

La ballade pourtant charme beaucoup de gens.

TRISSOTIN.

Cela m'empêche pas qu'elle ne me déplaise.

VADIUS.

Elle n'en reste pas pour cela plus mauvaise.

TRISSOTIN.

Elle a pour les pédants de merveilleux appas.

VADIUS.

Cependant nous voyons qu'elle ne vous plaît pas.

TRISSOTIN.

Vous donnez sottement vos qualités aux autres.

VADIUS.

Fort impertinemment [1] vous me jetez les vôtres.

TRISSOTIN.

Allez, petit grimaud [2], barbouilleur de papier.

1. Sur *impertinemment*, voir page 64, note 4.   2. *Grimaud* : mauvais écolier. L'étymologie du mot est douteuse.

VADIUS.

Allez, rimeur de balle [1], opprobre du métier.

TRISSOTIN.

Allez, fripier d'écrits [2], impudent plagiaire.

VADIUS.

Allez, cuistre [3]....

PHILAMINTE.

Eh! Messieurs, que prétendez-vous
faire?

TRISSOTIN.

Va, va restituer tous les honteux larcins
Que réclament sur toi les Grecs et les Latins.

VADIUS.

Va, va-t'en faire amende honorable au Parnasse
D'avoir fait à tes vers estropier Horace [4].

TRISSOTIN.

Souviens-toi de ton livre et de son peu de bruit.

VADIUS.

Et toi, de ton libraire à l'hôpital réduit.

TRISSOTIN.

Ma gloire est établie; en vain tu la déchires.

---

1. Une marchandise *de balle*, c'est un objet de peu de valeur, un de ceux que les colporteurs portent dans leur *balle* ou *ballot*. — Un rimeur *de balle*, c'est donc un rimeur de peu de talent.

2. *Fripier d'écrits* : c'est-à-dire écrivain dans les livres duquel on trouve des débris, des fragments d'œuvres célèbres, comme on trouve, dans la boutique des fripiers, de vieux vêtements de l'origine la plus diverse.

3. Voir page 297, note 3.

4. Les mots *à tes vers* jouent dans cette phrase, le même rôle que le pronom personnel *lui* dans les phrases suivantes : je *lui* ai fait estropier Horace (= j'ai fait en sorte qu'il estropiât); je *lui* ai fait achever sa tâche (= j'ai fait en sorte qu'il achevât). Il faut donc entendre : d'avoir fait en sorte que tes vers estropiassent Horace (en reproduisant mal, sans grâce, sans harmonie, les pensées que tu pillais chez cet auteur).

VADIUS.

Oui, oui, je te renvoie à l'auteur des *Satires* [1].

TRISSOTIN.

Je t'y renvoie aussi.

VADIUS.

J'ai le contentement
Qu'on voit qu'il m'a traité plus honorablement :
Il me donne, en passant, une atteinte légère,
Parmi plusieurs auteurs qu'au Palais on révère;
Mais jamais, dans ses vers, il ne te laisse en paix,
Et l'on t'y voit partout être en butte à ses traits.

TRISSOTIN.

C'est par là que j'y tiens un rang plus honorable.
Il te met dans la foule, ainsi qu'un misérable;
Il croit que c'est assez d'un coup pour t'accabler,
Et ne t'a jamais fait l'honneur de redoubler;
Mais il m'attaque à part, comme un noble adversaire
Sur qui tout son effort lui semble nécessaire;
Et ses coups contre moi redoublés en tous lieux
Montrent qu'il ne se croit jamais victorieux.

VADIUS.

Ma plume t'apprendra quel homme je puis être.

TRISSOTIN.

Et la mienne saura te faire voir ton maître.

VADIUS.

Je te défie en vers, prose, grec, et latin.

TRISSOTIN.

Hé bien, nous nous verrons seul à seul chez Barbin [2].

(Acte III, sc. III.)

---

1. Boileau, qui a beaucoup attaqué Cotin (voir la notice, page 367).   2. *Barbin*, le plus célèbre des libraires de la galerie du Palais.

IV

LE CONTRAT DE MARIAGE

Cependant le moment est venu où le sort d'Henriette doit être fixé. Philaminte a déjà mandé le notaire afin de faire dresser le contrat de mariage de sa fille et de Trissotin. Mais Chrysale est cette fois décidé à résister : pour être plus sûr de lui, il est allé rechercher la pauvre Martine, qui l'appuiera hardiment dans sa discussion avec sa femme.

CHRYSALE, CLITANDRE, MARTINE, HENRIETTE

CHRYSALE.

Ah ! ma fille, je suis bien aise de vous voir ;
Allons, venez-vous-en faire votre devoir,
Et soumettre vos vœux aux volontés d'un père.
Je veux, je veux apprendre à vivre à votre mère ;
Et, pour la mieux braver, voilà, malgré ses dents[1],
Martine que j'amène et rétablis céans[2].

HENRIETTE.

Vos résolutions sont dignes de louange.
Gardez que cette humeur, mon père, ne vous[3] change ;
Soyez ferme à vouloir ce que vous souhaitez ;
Et ne vous laissez point séduire à vos bontés[4].

---

1. *Malgré ses dents*, quoi qu'elle passe pour s'y opposer. « Ils m'ont fait médecin malgré mes dents, » dit encore Molière dans *le Médecin malgré lui* (III, 1). — Dans ces expressions *dents* est employé à peu près comme synonyme d'armes défensives, moyens de défense.
2. Voir page 262, note 5.
3. *Vous*, à vous (régime indirect).
4. *Ne vous laissez point séduire à vos bontés* : ne permettez pas à vos bontés de vous séduire. Cette façon de parler au XVIIe siècle est très fréquente. Nous allons la retrouver un peu plus bas. On a cherché à l'expliquer de plusieurs manières. En réalité, dans ces sortes de phrases *laisser* entraîne après lui l'infinitif comme une sorte de complément direct et le substantif précédé de *à* comme complément indirect, l'infinitif de son côté entraîne un régime direct qui est tantôt un pronom personnel, comme *vous* dans la phrase de Molière, tantôt un substantif comme

Ne vous relâchez pas, et faites bien en sorte
D'empêcher que sur vous ma mère ne l'emporte.

CHRYSALE.

Comment! Me prenez-vous ici pour un benêt [1]?

HENRIETTE.

M'en préserve le ciel!

CHRYSALE.

Suis-je un fat, s'il vous plaît?

HENRIETTE.

Je ne dis pas cela.

CHRYSALE.

Me croit-on incapable
Des fermes sentiments d'un homme raisonnable?

HENRIETTE.

Non, mon père.

CHRYSALE.

Est-ce donc qu'à l'âge où je me voi [2]
Je n'aurais pas l'esprit d'être maître chez moi?

HENRIETTE.

Si fait.

CHRYSALE.

Et que j'aurais cette faiblesse d'âme,
De me laisser mener par le nez à ma femme [3]?

---

dans ce vers de l'*Iphigénie* de Racine (I, 1) :

Je cède et laisse aux dieux opprimer l'inno-
[cence.

De même on lit dans Bossuet (*Discours sur l'histoire universelle*, II, 1) : « Une partie de ces anges *se laissa* séduire à l'amour-propre » ; et, dans Corneille (cité par Littré) :

Et laissez à l'amour conserver par pitié
De ce tout désuni la plus digne *moitié*.
                              (*OEdipe*, I, 1).

La locution très usitée *laisser faire à*

est exactement de même nature, si ce n'est que l'infinitif y est employé d'une manière absolue et n'entraîne après lui aucun régime direct, ni substantif, ni pronom. Ainsi, dans *Horace* (II, VIII) :

Faites votre devoir et laissez faire aux dieux.

1. Voir page 167, note 2.
2. Voir page 2, note 1.
3. Même construction que celle que nous venons de signaler à la page précédente (note 4).

HENRIETTE.

Eh! non, mon père.

CHRYSALE.

Ouais[1]! Qu'est-ce donc que ceci?
Je vous trouve plaisante à me parler ainsi[2]!

HENRIETTE.

Si je vous ai choqué, ce n'est pas mon envie.

CHRYSALE.

Ma volonté céans doit être en tout suivie.

HENRIETTE.

Fort bien, mon père.

CHRYSALE.

Aucun, hors moi, dans la maison
N'a droit de commander.

HENRIETTE.

Oui; vous avez raison.

CHRYSALE.

C'est moi qui tiens le rang de chef de la famille.

1. *Ouais*, interjection fréquente chez les comiques et chez Molière en particulier et qui ne compte partout que pour une syllabe. — Il faut donc admettre que, dans le vers qui nous occupe, l'*e* muet de *père* ne s'élide pas. En effet le son représenté par *ou* dans *ouais* comme dans *oui* est une sorte de consonne, analogue à celle qui est représentée en anglais par le *w*, dans le mot *tramway* par exemple. De là sans doute la tendance de la prononciation française à ne pas faire l'élision devant ces mots, surtout lorsque, dans le dialogue, le mot terminé par l'*e* muet appartient à un personnage tandis que *oui* ou *ouais* commencent la phrase de l'interlocuteur. Ainsi dans les *Femmes savantes* elles-mêmes Molière a pu écrire (II, IV):

Notre sœur est fol-(le), oui : cela croît tous les [jours.

Mais il avait scandé plus haut (II, III):

Quoi, de ma fil-*le*? — Oui : Clitandre en est [charmé.

Notez que le substantif *ouate* peut être aussi très correctement précédé d'un *e* muet qui ne s'élide pas (robe doublée *d'ouate* ou *de ouate*), et même de l'article *la* aussi bien que de la forme élidée *l'* (de *l'ouate* ou *de la ouate*).

2. *A me parler* : en me parlant, quand vous parlez. Comparez cette phrase de *Tartuffe* (II, II) :

La curiosité qui vous presse est bien forte, Mamie, à nous venir écouter de la sorte:

et le vers célèbre du *Cid* de Corneille (II, I) :

A vaincre sans péril, on triomphe sans gloire.

24.

HENRIETTE.

D'accord.

CHRYSALE.

C'est moi qui dois disposer de ma fille.

HENRIETTE.

Eh! oui!

CHRYSALE.

Le ciel me donne un plein pouvoir sur vous.

HENRIETTE.

Qui vous dit le contraire?

CHRYSALE.

Et, pour prendre un époux,
Je vous ferai bien voir que c'est à votre père
Qu'il vous faut obéir, non pas à votre mère.

HENRIETTE.

Hélas! vous flattez là les plus doux de mes vœux;
Veuillez[1] être obéi : c'est tout ce que je veux.

CHRYSALE.

Nous verrons si ma femme à mes désirs rebelle....

CLITANDRE.

La voici qui conduit le notaire avec elle.

CHRYSALE.

Secondez-moi bien tous.

MARTINE.

Laissez-moi. J'aurai soin
De vous encourager, s'il en est de besoin[2].

---

1. *Veuillez* est pris ici dans toute sa force : ayez la ferme volonté.
2. *Il est de besoin*, tour vieilli, qui a le même sens que *il est besoin*, et qu'on ne trouve, en dehors de cet exemple, que chez les écrivains de la première moitié du XVIIe siècle : peut-être, au temps de Molière, s'était-il conservé dans la langue du peuple.

PHILAMINTE, BÉLISE, ARMANDE, TRISSOTIN,
LE NOTAIRE, CHRYSALE, CLITANDRE,
HENRIETTE, MARTINE

PHILAMINTE.

Vous [1] ne sauriez changer votre style sauvage,
Et nous faire un contrat qui soit en beau langage ?

LE NOTAIRE.

Notre style est très bon, et je serais un sot,
Madame, de vouloir y changer un seul mot [2].

BÉLISE.

Ah ! quelle barbarie au milieu de la France !
Mais au moins, en faveur, monsieur, de la science,
Veuillez, au lieu d'écus, de livres et de francs [3],
Nous exprimer la dot en mines et talents [4] ;
Et dater par les mots d'ides et de calendes [5].

LE NOTAIRE.

Moi ? Si j'allais, madame, accorder vos demandes,
Je me ferais siffler de tous mes compagnons.

PHILAMINTE.

De cette barbarie en vain nous nous plaignons.

1. *Vous* : elle s'adresse au notaire.
2. Les actes judiciaires et notariés comportent un certain nombre de formules et d'expressions anciennes et qui ne se sont plus conservées que là : telles les locutions encore en usage de *je, soussigné*, de *parlant à sa personne*, de *le sieur, le dit sieur, audit lieu*, etc. Ces locutions sont traditionnelles ; leur emploi obligatoire garantit l'uniforme régularité des actes, et il serait ridicule de vouloir les remplacer par des formes moins vieillies, plus élégantes, et qui, empruntées au langage courant, seraient abandonnées au choix arbitraire des rédacteurs ; car, en de tels actes, ce n'est pas d'élégance et d'originalité, mais de légalité et de stricte précision qu'il est besoin.
3. *Écu* : voir page 244, note 1. — *Livres, francs*, termes synonymes : toutefois le second ne s'employait que dans les comptes ronds.
4. *Talents, mines*, noms de poids grecs, qu'on employait quand il s'agissait d'énoncer de grosses sommes d'or ou d'argent : « le talent attique pèse à peu près 2592 grammes, la mine 432 ; un talent d'argent, évalué au poids, vaudrait aujourd'hui 5890 francs environ ; une mine, 97 fr. » (GOW ET REINACH, *Minerva*).
5. Expressions empruntées au calendrier romain : les calendes (*calends*, du vieux verbe *calare*, proclamer, annoncer, parce qu'à ce jour on annonçait le jour du premier quartier de la lune) étaient le premier jour du mois ; les *ides* (même racine que le verbe *di-v-id-ere*) marquaient le milieu du mois et tombaient le 15e jour des mois de mars, mai, juillet et octobre et le 13e des autres mois.

Allons, monsieur, prenez la table pour écrire.
Ah! ah! cette impudente [1] ose encor se produire?
Pourquoi donc, s'il vous plaît, la ramener chez moi?

CHRYSALE.

Tantôt avec loisir on vous dira pourquoi.
Nous avons maintenant autre chose à conclure.

LE NOTAIRE.

Procédons au contrat. Où donc est la future?

PHILAMINTE.

Celle que je marie est la cadette.

LE NOTAIRE.

Bon.

CHRYSALE.

Oui, la voilà, monsieur. Henriette est son nom.

LE NOTAIRE.

Fort bien. Et le futur?

PHILAMINTE.

L'époux que je lui donne,

Est monsieur [2].

CHRYSALE.

Et celui, moi, qu'en propre personne
Je prétends qu'elle épouse, est monsieur [3].

LE NOTAIRE.

Deux époux!

C'est trop pour la coutume.

PHILAMINTE.

Où [4] vous arrêtez-vous?

1. *Cette impudente* : Martine. *Se
produire*, se montrer (voir page 385,
note 5).
2. Elle montre Trissotin.

3. Il montre Clitandre.
4. Elle s'adresse au notaire. — *Où*,
à quoi; et, cinq vers plus bas *où* =
auquel. — Voir page 56, note 4.

Mettez, mettez, monsieur, Trissotin pour mon gendre.

CHRYSALE.

Pour mon gendre mettez, mettez, monsieur, Clitandre.

LE NOTAIRE.

Mettez-vous donc d'accord, et, d'un jugement mûr,
Voyez à convenir entre vous du futur.

PHILAMINTE.

Suivez, suivez, monsieur, le choix où je m'arrête.

CHRYSALE.

Faites, faites, monsieur, les choses à ma tête.

LE NOTAIRE.

Dites-moi donc à qui j'obéirai des deux.

PHILAMINTE.

Quoi donc? Vous combattez les choses que je veux?

CHRYSALE.

Je ne saurais souffrir qu'on ne cherche ma fille [1]
Que pour l'amour du bien [2] qu'on voit dans ma famille.

PHILAMINTE.

Vraiment, à votre bien on songe bien ici,
Et c'est là, pour un sage [3], un fort digne souci!

CHRYSALE.

Enfin, pour son époux, j'ai fait choix de Clitandre.

PHILAMINTE.

Et moi, pour son époux, voici qui je veux prendre [4].
Mon choix sera suivi; c'est un point résolu.

---

1. On trouve employée d'une manière indéterminée l'expression : *chercher femme* avec le sens de chercher à se marier; mais avec un nom propre ou un nom commun déterminé, on dit généralement *rechercher*.
2. *Bien*, argent.
3. *Un sage*, un philosophe, comme est Trissotin.
4. Elle montre Trissotin.

CHRYSALE.

Ouais! Vous le prenez là d'un ton bien absolu.

MARTINE.

Ce n'est point à la femme à prescrire, et je sommes
Pour céder le dessus en toute chose aux hommes.

CHRYSALE.

C'est bien dit.

MARTINE.

Mon congé cent fois me fût-il hoc [1],
La poule ne doit point chanter devant le coq [2].

CHRYSALE.

Sans doute.

MARTINE.

Et nous voyons que d'un homme on se gausse [3]
Quand sa femme, chez lui, porte le haut-de-chausse [4].

CHRYSALE.

Il est vrai.

MARTINE.

Si j'avais un mari, je le dis,
Je voudrais qu'il se fît le maître du logis :
Je ne l'aimerais point, s'il faisait le Jocrisse [5];
Et, si je contestais contre lui par caprice,
Si je parlais trop haut, je trouverais fort bon
Qu'avec quelques soufflets il rabaissât mon ton.

---

1. *Être hoc*, être assuré. — *Hoc* est ici le pronom latin qui veut dire *cela* (entendez *cela même, précisément cela*). — La locution était très usitée dans la langue familière du XVIIe siècle. On appelait même *hoc* un jeu de cartes dans lequel le joueur prononçait ce mot, comme pour dire : « Voici qui m'est assuré », en jetant une des cartes comptées comme ayant plus de valeur que les autres. Dans La Fontaine (*Fables*, V, VIII), un loup, rencontrant un cheval, qu'il a peur d'attaquer, dit :

Eh! que n'es-tu mouton! car tu me serais *hoc*.

2. Ancien proverbe français, dont le sens est clair.

3. *Se gausser*, mot populaire dont l'origine est inconnue : se moquer.

4. Façon de parler proverbiale pour dire qu'elle fait l'homme.

5. *Jocrisse*, nom propre de dérision, dont l'étymologie n'est pas connue, et qui a été pris souvent comme nom commun avec le sens de nigaud, d'homme qui se laisse gouverner par les autres.

CHRYSALE.

C'est parler comme il faut.

MARTINE.

                    Monsieur est raisonnable,
De vouloir pour sa fille un mari convenable.

CHRYSALE.

Oui.

MARTINE.

    Par quelle raison, jeune et bien fait qu'il est [1],
Lui refuser Clitandre? et pourquoi, s'il vous plaît,
Lui bailler un savant, qui sans cesse épilogue [2]?
Il lui faut un mari, non pas un pédagogue;
Et, ne voulant savoir le grais [3] ni le latin,
Elle n'a pas besoin de monsieur Trissotin.

CHRYSALE.

Fort bien.

PHILAMINTE.

    Il faut souffrir qu'elle jase à son aise.

MARTINE.

Les savants ne sont bons que pour prêcher en chaise [4];
Et, pour mon mari, moi, mille fois je l'ai dit,
Je ne voudrais jamais prendre un homme d'esprit.
L'esprit n'est point du tout ce qu'il faut en ménage.

---

1. Construction assez commune dans les phrases exclamatives : « Aveugles que nous sommes! insensé que j'étais ! » mais plus rare dans les propositions affirmatives. On cite ce vers de Corneille (*Imitation de Jésus-Christ*, II, 1):

Innocent qu'il était, il voulut endurer.

Mais le sens est : *tout innocent qu'il était*, et par conséquent assez différent de celui de la phrase de Molière. Le mot *que*, dans ces sortes de phrases, est d'ailleurs assez difficile à analyser : Littré y voit un adjectif conjonctif, attribut du sujet du verbe : le *qualis* latin, dès lors, y correspondrait bien,

2. *Épiloguer*, trouver à parler sur toute chose.

3. *Grais*, grec. C'était l'ancienne prononciation du mot, qui s'était conservée parmi le peuple.

4. *Chaire* (de *cathedram*), et *chaise*, prononciation vicieuse de la même forme, se sont dits indistinctement, puis ont fini par prendre deux sens différents : mais on voit que les gens du peuple, au xviiᵉ siècle, continuaient à dire *chaise* pour *chaire*.

Les livres cadrent[1] mal avec le mariage ;
Et je veux, si jamais on engage ma foi,
Un mari qui n'ait point d'autre livre que moi,
Qui ne sache A ne[2] B, n'en déplaise à madame,
Et ne soit, en un mot, docteur que pour sa femme.

PHILAMINTE.

Est-ce fait[3] ? et, sans trouble[4], ai-je assez écouté
Votre digne interprète ?

CHRYSALE.

Elle a dit vérité.

PHILAMINTE.

Et moi, pour trancher court toute cette dispute,
Il faut qu'absolument mon désir s'exécute.
Henriette et monsieur[5] seront joints de ce pas.
Je l'ai dit, je le veux : ne me répliquez pas.

(Acte V, sc. II-III.)

V

LE DÉNOUEMENT

Philaminte a parlé si haut que le pauvre Chrysale est tout près de lui céder une fois de plus, quand son frère, Ariste, se présente sans être attendu.

ARISTE, CHRYSALE, PHILAMINTE, BÉLISE,
HENRIETTE, ARMANDE, TRISSOTIN, LE NOTAIRE,
CLITANDRE, MARTINE

ARISTE.

J'ai regret de troubler un mystère[6] joyeux

---

1. *Cadrer*, s'adapter, s'ajuster comme dans un *cadre* (étymologie *quadrum*, d'où vient le verbe *quadrare* et le participe *quadratum*, qui donnent en français le verbe *carrer* et l'adjectif *carré*).
2. *Ne* = ni ; archaïsme. — Dans le *Malade imaginaire*, Molière emploie encore la forme *ne plus ne moins*.
3. Elle s'adresse à Chrysale.
4. *Sans trouble*, sans me troubler, sans m'émouvoir.
5. Trissotin.
6. *Mystère* est dit ici pour scène intime, cérémonie de famille à laquelle

Par le chagrin qu'il faut que j'apporte en ces lieux.
Ces deux lettres me font porteur de deux nouvelles
Dont j'ai senti pour vous les atteintes cruelles;
L'une, pour vous[1], me vient de votre procureur[2];
L'autre, pour vous[3], me vient de Lyon.

PHILAMINTE.

Quel malheur,
Digne de nous troubler, pourrait-on nous écrire?

ARISTE.

Cette lettre en contient un que vous pouvez lire.

PHILAMINTE.

Madame, j'ai prié monsieur votre frère de vous rendre[4] cette lettre, qui vous dira ce que je n'ai osé vous aller dire. La grande négligence que vous avez pour vos affaires a été cause que le clerc de votre rapporteur[5] ne m'a point averti, et vous avez perdu absolument votre procès que vous deviez gagner.

CHRYSALE.

Votre procès perdu!

PHILAMINTE.

Vous vous troublez beaucoup!
Mon cœur n'est point du tout ébranlé de ce coup.
Faites, faites paraître une âme moins commune
A braver,[6] comme moi, les traits de la fortune.

« Le peu de soin que vous avez vous coûte quarante mille écus[7]; et c'est à payer cette somme, avec les dépens[9], que vous êtes condamnée par arrêt de la cour. »

Condamnée! Ah! ce mot est choquant, et n'est fait

ne sont admis strictement que les intéressés.
1. *Vous* : Philaminte.
2. Voir page 349, note 2.
3. *Vous* : Chrysale.
4. *Rendre*, transmettre, porter : fréquent dans ce sens.
5. Voir page 349, note 2.
6. *A braver* = en bravant. Tour usuel au xviiᵉ siècle. Molière lui-même écrit encore (*Ecole de femmes*, IV, vi) : L'allégresse du cœur s'augmente à la répandre.
7. Voir page 244, note 1.
8. *Dépens*, frais d'un procès.

Que pour les criminels.

ARISTE.

Il a tort, en effet ;
Et vous vous êtes là justement récriée [1].
Il devait avoir mis que vous êtes priée,
Par arrêt de la cour, de payer au plus tôt
Quarante mille écus, et les dépens qu'il faut.

PHILAMINTE.

Voyons l'autre.

CHRYSALE lit :

Monsieur, l'amitié qui me lie à monsieur votre frère me fait prendre intérêt à tout ce qui vous touche. Je sais que vous avez mis votre bien entre les mains d'Argante et de Damon, et je vous donne avis qu'en même jour ils ont fait tous deux banqueroute [2].

O ciel ! tout à la fois perdre ainsi tout mon bien !

PHILAMINTE.

Ah ! quel honteux transport ! Fi ! tout cela n'est rien :
Il n'est pour le vrai sage aucun revers funeste ;
Et, perdant toute chose, à soi-même il se reste.

---

1. Ariste parle ici ironiquement : mais s'il se moque de Philaminte, ce n'est pas seulement parce qu'il trouve ridicule cette espèce de délicatesse à propos de l'emploi de mots qui sont consacrés (voir page 397, note 2) ; c'est surtout parce qu'il est stupéfait que, dans cette grave affaire, qui va lui coûter plus de quarante mille écus, Philaminte ne pense à rien d'autre qu'au plus ou moins de propriété ou d'élégance du langage de son procureur. — Et à ce propos, quelques-uns ont cru devoir hautement vanter le caractère de Philaminte : elle parle peut-être trop, dit-on, de philosophie ; du moins elle a ce mérite de mettre ses actions d'accord avec ses principes, et elle fait preuve ici, en attachant si peu d'importance au malheur qui la frappe, d'une âme vraiment grande et désintéressée. — Nous ne croyons pas que Philaminte mérite de tels éloges. Si elle vivait seule, si elle n'était ni épouse, ni mère, elle aurait le droit de se soucier fort peu des biens matériels. Mais ce que Philaminte ici sacrifie avec tant de désinvolture, ce n'est pas seulement sa fortune, c'est celle de son mari et de ses enfants ; son devoir strict, c'était, si dédaigneuse qu'elle fût de son propre bien-être, de ne pas compromettre celui de Chrysale, d'Henriette et d'Armande. Ainsi elle n'est pas seulement ridicule en acceptant si allégrement la misère, dont elle n'a pu se faire assurément encore aucune idée exacte, mais elle est encore coupable de ne pas regretter un instant une incurie qui va faire autour d'elle tant de victimes.

2. *Faire banqueroute*, se trouver réduit par sa faute à l'impossibilité de payer ce qu'on doit (le mot vient de l'italien).

Achevons notre affaire, et quittez votre ennui :
Son bien [1] nous peut suffire et pour nous et pour lui.

TRISSOTIN.

Non, madame : cessez de presser cette affaire.
Je vois qu'à cet hymen tout le monde est contraire ;
Et mon dessein n'est point de contraindre les gens.

PHILAMINTE.

Cette réflexion vous vient en peu de temps !
Elle suit de bien près, monsieur, notre disgrâce.

TRISSOTIN.

De tant de résistance à la fin je me lasse.
J'aime mieux renoncer à tout cet embarras,
Et ne veux point d'un cœur qui ne se donne pas.

PHILAMINTE.

Je vois, je vois de vous, non pas pour votre gloire,
Ce que jusques ici j'ai refusé de croire.

TRISSOTIN.

Vous pouvez voir de moi tout ce que vous voudrez,
Et je regarde peu comment vous le prendrez :
Mais je ne suis point homme à souffrir l'infamie
Des refus offensants qu'il faut qu'ici j'essuie.
Je vaux bien que de moi l'on fasse plus de cas,
Et je baise les mains [2] à qui ne me veut pas [3].

PHILAMINTE.

Qu'il a bien découvert son âme mercenaire !
Et que peu philosophe [4] est ce qu'il vient de faire !

CLITANDRE.

Je ne me vante point de l'être ; mais enfin
Je m'attache, madame, à tout votre destin ;

---

1. *Son bien* : elle dit cela en montrant Trissotin.
2. Voir page 319, note 2.
3. Trissotin sort.
4. Voir page 126, note 2.

Et j'ose vous offrir, avecque [1] ma personne,
Ce qu'on sait que de bien la fortune me donne.

PHILAMINTE.

Vous me charmez, monsieur, par ce trait généreux,
Et je veux couronner vos désirs amoureux.
Oui, j'accorde Henriette à l'ardeur empressée....

HENRIETTE.

Non, ma mère : je change à présent de pensée.
Souffrez que je résiste à votre volonté.

CLITANDRE.

Quoi! vous vous opposez à ma félicité?
Et, lorsqu'à mon amour je vois chacun se rendre....

HENRIETTE.

Je sais le peu de bien que vous avez, Clitandre;
Et je vous ai toujours souhaité pour époux,
Lorsqu'en satisfaisant à mes vœux les plus doux,
J'ai vu que mon hymen ajustait vos affaires;
Mais, lorsque nous avons les destins si contraires,
Je vous chéris assez, dans cette extrémité,
Pour ne vous charger point de notre adversité....

ARISTE, à Henriette.

N'est-ce que le motif que nous venons d'entendre
Qui vous fait résister à l'hymen de Clitandre?

HENRIETTE.

Sans cela, vous verriez tout mon cœur y courir;
Et je ne fuis sa main que pour le trop chérir [2].

ARISTE.

Laissez-vous donc lier par des chaînes si belles.

---

1. Voir la note 8 de la page 134.
2. *Pour le trop chérir* : parce que je le chéris trop. — Tour très fréquemment employé au xviie siècle. Molière lui-même, par exemple écrit encore dans le Misanthrope (IV, iii) :
Le désavouerez-vous *pour n'avoir point de [seing?*
C'est-à-dire : désavouerez-vous ce billet, *parce qu'il* n'a pas de signature?

Je ne vous ai porté que de fausses nouvelles;
Et c'est un stratagème, un surprenant secours
Que j'ai voulu tenter pour servir vos amours,
Pour détromper ma sœur, et lui faire connaître
Ce que son philosophe à l'essai pouvait être.

CHRYSALE.

Le ciel en soit loué!

PHILAMINTE.

J'en ai la joie au cœur,
Par le chagrin qu'aura ce lâche déserteur.
Voilà le châtiment de sa basse avarice,
De voir qu'avec éclat cet hymen s'accomplisse....

CHRYSALE.

Allons, monsieur [1], suivez l'ordre que j'ai prescrit,
Et faites le contrat ainsi que je l'ai dit.

(Acte V, sc. dernière.)

LE MALADE IMAGINAIRE

COMÉDIE EN TROIS ACTES ET EN PROSE

(1673)

Comme *Monsieur de Pourceaugnac* et le *Bourgeois gentil-homme, le Malade imaginaire* est une « comédie mêlée de musique et de danse ». Molière sans doute, en la composant, avait encore en vue les divertissements de la cour. Mais à ce moment la faveur croissante du musicien qui avait été jusque-là son collaborateur commençait à porter ombrage à la sienne. Lulli venait d'obtenir pour son Académie de musique (1672) une série de privilèges qui devaient avoir

---

1. Il s'adresse au notaire.

pour effet de réduire bientôt presque à rien le droit que Molière avait eu jusque-là de représenter sur son théâtre des pièces mêlées de musique. Faut-il dire davantage? Lulli travailla-t-il et réussit-il à faire écarter du théâtre de la cour la nouvelle œuvre de notre poète? Toujours est-il que *le Malade imaginaire* ne fut représenté que devant le public, et non devant le roi, et avec une musique qui était, non de Lulli, mais du compositeur Charpentier (1634-1702).

Cette comédie est d'ailleurs fort supérieure à *M. de Pourceaugnac*, sinon au *Bourgeois gentilhomme*. Comme dans cette dernière pièce, Molière met en scène un père égoïste, qui, pour satisfaire à ses manies, n'hésiterait pas au besoin à sacrifier le bonheur de ses enfants. Mais la manie du héros de la nouvelle comédie consiste dans une espèce de risible hypocondrie qui lui fait croire qu'il est malade et qui le livre en proie aux médecins et aux apothicaires. C'est l'occasion pour Molière d'un redoublement d'attaques contre la médecine; et ces attaques, comme plusieurs des plaisanteries qui parsèment la pièce, paraissent ici d'une âpreté particulière. Peut-être faut-il attribuer ce caractère de la dernière comédie de Molière aux ennuis que lui faisaient éprouver le déclin de sa faveur et les progrès de celle de Lulli; peut-être aussi faut-il y reconnaître l'influence de la grave maladie de poitrine dont il souffrait à ce moment et à laquelle il fait allusion dans le texte même de sa comédie [1].

Quoi qu'il en soit, ce fut au sortir de la quatrième représentation de la pièce [2] qu'il mourut, dans sa maison de la rue Richelieu, de la violence d'un accès de toux (17 février 1673 [3].)

---

1. A la scène III de l'acte III, le frère du malade imaginaire lui dit qu'il devrait aller voir quelqu'une des comédies où Molière se moque de la médecine et des médecins. A ces mots, le malade imaginaire s'emporte contre Molière et souhaite que les médecins se vengent de lui, en lui refusant tout secours le jour où il sera malade. — Mais, répond son frère, il ne les fera point appeler : user des remèdes des médecins n'est permis qu'aux gens vigoureux et robustes et qui ont des forces de reste pour porter les remèdes avec la maladie; mais Molière a tout juste assez de force « pour porter son mal ».

2. La première avait eu lieu le 10 février. Voir d'ailleurs, sur ces événements, la *Notice* en tête du volume.

3. Les personnages qui paraissent dans les scènes suivantes sont : ARGAN, le malade imaginaire; ANGÉLIQUE, sa fille; BÉLINE, sa seconde femme; BÉRALDE, son frère; TOINETTE, sa servante; CLÉANTE, jeune homme qui recherche la main d'Angélique; les médecins PURGON, DIAFOIRUS le père, DIAFOIRUS le fils; et un notaire, M. DE BONNEFOI. L'action se passe à Paris, dans la maison d'Argan.

I

ARGAN, LE MALADE IMAGINAIRE

ARGAN, *seul dans sa chambre assis, une table devant lui, compte des parties* [1] *d'apothicaire avec des jetons* [2] *; il fait, parlant à lui-même, les dialogues* [3] *suivants :*

Trois et deux font cinq, et cinq font dix, et dix font vingt [4]. Trois et deux font cinq [5]. « Plus, du vingt-quatrième [6], un petit clystère insinuatif [7], préparatif, et rémollient [8], pour amollir, humecter et rafraîchir les

1. *Parties.* Les différents articles d'un mémoire, d'une facture, d'un relevé de compte.

2. Cette façon de compter était très employée par les gens qui n'étaient pas habiles à faire des opérations d'arithmétique la plume à la main. Voici comment ils s'y prenaient : sur une petite table ils constituaient différentes rangées superposées de jetons; les jetons de chaque rangée représentaient une unité de l'ordre immédiatement inférieur à celle qui était représentée par les jetons de la rangée supérieure. Par exemple si les jetons d'une rangée représentaient des sous, ceux de la rangée supérieure représentaient des livres ou francs. De plus, chaque rangée était partagée en casiers, le premier représentant les unités simples, le second les quintuples, etc. Soit par exemple la rangée des sous : les jetons placés au début de la rangée représentent chacun un sou simple; mais ceux qui sont placés, sur la même rangée, dans le casier voisin, représentent chacun une pièce de cinq sous, puis, dans le casier ultérieur, une pièce de dix sous.

3. Ce mot de *dialogues* se justifie sans doute par le fait que successivement Argan lit le mémoire de son apothicaire et y répond.

4. Par ce que nous avons dit dans la note 2 on peut juger de ce que fait ici Argan. Il trouve au premier casier d'une rangée (celle des sous ou celle des livres) 3 + 2 jetons : cela représente donc une pièce de cinq sous (ou de cinq livres): dans le casier suivant (celui des quintuples), il y a un jeton, qui à lui seul, représente une autre pièce de cinq sous (ou de cinq livres) ; dans le casier suivant (celui du décuple), il y a encore un jeton qui à lui seul représente dix sous (ou dix livres): cela fait donc en tout vingt sous (ou vingt livres).

5. Nouveau compte : Argan trouve dans un casier 3 + 2 livres ou sous, et il remplace ces cinq jetons par 1 jeton qu'il met dans le casier voisin, celui des quintuples.

6. Ce *vingt-quatrième* (jour du mois). Nous avons aujourd'hui, pour indiquer le quantième, sauf pour le premier jour du mois, remplacé l'adjectif ordinal par le cardinal : nous disons *le vingt-quatre* mai, juin, etc., et non le *vingt-quatrième*. — Argan est en train de lire le mémoire de son apothicaire pour un mois tout entier : au moment où commence la scène, on suppose qu'il a déjà vérifié le compte des vingt-trois premiers jours.

7. *Insinuatif,* fait pour ouvrir les voies et permettre aux médicaments qui viendront ensuite de s'insinuer. Ce terme technique ne figure pas dans le dictionnaire de l'Académie. — Quant à *clystère,* c'est l'adaptation du mot latin *clyster,* transcription du grec χλυστήρ de χλύζειν, laver : c'est donc littéralement un *lavement.*

8. *Rémollient,* mot employé deux fois par Molière, et dont le sens n'est pas douteux (qui sert à amollir); mais le seul mot qui, avec ce sens, ait passé dans la langue est *émollient.*

entrailles de monsieur. » Ce qui me plaît de monsieur Fleurant [1], mon apothicaire, c'est que ses parties sont toujours fort civiles. « Les entrailles de monsieur, trente sols. » Oui; mais, monsieur Fleurant, ce n'est pas tout que d'être civil; il faut être aussi raisonnable, et ne pas écorcher les malades. Trente sols un lavement! Je suis votre serviteur [2], je vous l'ai déjà dit; vous ne me les avez mis dans les autres parties qu'à vingt sols, et vingt sols en langage d'apothicaire, c'est-à-dire dix sols; les voilà, dix sols. « Plus, dudit jour, un bon clystère détersif [3], composé avec catholicon [4] double, rhubarbe, miel rosat [5], et autres, suivant l'ordonnance, pour balayer, laver et nettoyer le bas-ventre de monsieur, trente sols. » Avec votre permission, dix sols. « Plus, dudit jour, le soir, un julep hépatique, soporatif et somnifère [6], composé pour faire dormir monsieur, trente-cinq sols. » Je ne me plains pas de celui-là; car il me fit bien dormir. Dix, quinze, seize et dix-sept sols six derniers [7]. « Plus, du vingt-cinquième, une bonne médecine purgative et corroborative [8], composée de casse récente avec séné levantin [9], et autres, suivant l'ordonnance de monsieur Purgon [10], pour expulser et évacuer la bile de monsieur, quatre livres. » Ah! monsieur

---

1. Pour comprendre ce nom propre, qui n'est rien autre chose que le participe présent du verbe *fleurer* (répandre une odeur), il faut se rappeler que l'apothicaire jadis ne préparait pas seulement les lavements, mais encore qu'il les donnait aux malades.

2. *Je suis votre serviteur.* Entendez : je m'y refuse. Voir page 157, note 2.

3. *Détersif*, propre à *déterger*, c'est-à-dire à nettoyer (*detergere*) en amenant l'évacuation des humeurs.

4. *Catholicon*, mot passé du grec dans le bas-latin, puis dans le français, et qui signifie proprement [remède] *universel* : drogue que l'on croyait propre à guérir toutes les maladies.

5. *Miel rosat*, infusion de pétales secs de roses rouges.

6. *Julep*, potion adoucissante. — *Hépatique*, qui se rattache au grec

ἧπαρ, ἧπατος, foie, veut dire : relatif au foie; peut-être faut-il entendre ici : bon pour les maladies de foie. Mais on appelait *foie de soufre* une certaine préparation sulfurique, et il se peut qu'*hépatique* soit ici à peu près l'équivalent de *sulfuré*. — *Soporatif* : qui assoupit. — *Somnifère* : qui apporte le sommeil, qui fait dormir.

7. *Dix-sept sols six deniers* : autrement dit *dix-sept sols et demi* : c'est juste la moitié des trente-cinq sols marqués par M. Fleurant, puisque « vingt sols en langage d'apothicaire, c'est-à-dire dix sols ».

8. *Corroboratif* : fortifiant.

9. Casse fraîche et séné d'Orient. — La *casse* et le *séné* sont des produits végétaux employés en médecine comme laxatifs.

10. Le médecin d'Argan.

Fleurant, c'est se moquer : il faut vivre avec les malades. Monsieur Purgon ne vous a pas ordonné de mettre quatre francs. Mettez, mettez trois livres, s'il vous plaît.. Vingt et trente sols [1]. « Plus dudit jour, une potion anodine et astringente [2], pour faire reposer monsieur, trente sols. » Bon, dix et quinze sols. « Plus, du vingt-sixième, un clystère carminatif [3] pour chasser les vents de monsieur, trente sols. » Dix sols, monsieur Fleurant.. « Plus, le clystère de monsieur, réitéré le soir, comme dessus, trente sols. » Monsieur Fleurant, dix sols. « Plus, du vingt-septième, une bonne médecine, composée pour hâter d'aller [4], et chasser dehors les mauvaises humeurs de monsieur, trois livres. » Bon, vingt et trente sols; je suis bien aise que vous soyez raisonnable. « Plus, du vingt-huitième, une prise de petit-lait clarifié et dulcoré [5], pour adoucir, lénifier [6], tempérer, et rafraîchir le sang de monsieur, vingt sols. » Bon, dix sols. « Plus, une potion cordiale et préservative, composée avec douze grains [7] de bézoard [8], sirop de limon [9] et grenade, et autres suivant l'ordonnance, cinq livres. »

1. C'est-à-dire : voici un jeton valant vingt sous, et en voici un autre valant dix sous, et qui complète par conséquent la somme de trente sous; cette somme est juste la moitié de celle à laquelle Argan avait réduit le mémoire de M. Fleurant. Quatre francs, c'est trop cher, dit Argan : mettons trois francs ; or trois francs, c'est-à-dire, « en langage d'apothicaire, » trente sous.

2. *Anodin*, qui supprime les douleurs (grec ἀνώδυνον, de ἀ privatif et ὀδύνη, douleur); *astringent*, qui resserre.

3. *Carminatif* (de *carminare*, carder la laine, nettoyer) : se dit des remèdes qui chassent les vents des conduits intestinaux.

4. *Aller* (à la selle).

5. Le petit-lait est la partie liquide qui se détache du lait lorsqu'il se caille. — *Dulcoré* ne se trouve pas ailleurs que dans ce passage. Le mot admis dans la langue est *édulcoré* (adouci avec du sucre, du miel, etc).

6. *Adoucir* et *lénifier* sont des synonymes employés par M. Fleurant pour donner quelque chose de plus élégant à son mémoire et entre lesquels à peine peut-on voir une différence du même genre que, plus haut, entre *soporatif* et *somnifère*, *adoucir* marquant l'effort qui est fait pour rendre plus doux, et *lénifier* indiquant le résultat de cet effort.

7. Le *grain* était la seizième partie du *gros*, qui était lui-même la huitième partie de l'*once*, l'once était, à Paris, la seizième partie de la *livre*, laquelle équivalait à un peu moins d'un demi-kilogramme. — Douze grains ne font pas tout à fait trois grammes.

8. *Bézoard*, pierre, calcul qui se forme dans les intestins et les voies urinaires des quadrupèdes. On regardait, dans l'ancienne médecine, comme un préservatif le bézoard extrait de certains animaux.

9. *Limon*, espèce de citron, avec lequel on fait la *limonade*.

Ah! monsieur Fleurant, tout doux, s'il vous plaît; si vous en usez comme cela, on ne voudra plus être malade : contentez-vous de quatre francs. Vingt et quarante sols [1]. Trois et deux font cinq, et cinq font dix, et dix font vingt [2]. Soixante et trois livres quatre sols six deniers. Si bien donc que, de ce mois, j'ai pris une, deux, trois, quatre, cinq, six, sept et huit médecines; et un, deux, trois, quatre, cinq, six, sept, huit, neuf, dix, onze et douze lavements; et l'autre mois, il y avait douze médecines, et vingt lavements. Je ne m'étonne pas si je ne me porte pas si bien ce mois-ci que l'autre. Je le dirai à monsieur Purgon, afin qu'il mette ordre à cela. Allons, qu'on m'ôte tout ceci [3]. Il n'y a personne. J'ai beau dire : on me laisse toujours seul; il n'y a pas moyen de les arrêter ici [4]. (*Il sonne une sonnette pour faire venir ses gens.*) Ils n'entendent point, et ma sonnette ne fait pas assez de bruit. Drelin, drelin, drelin : point d'affaire [5]. Drelin, drelin, drelin : ils sont sourds. Toinette! Drelin, drelin, drelin : tout comme si je ne sonnais point. Chienne! coquine! Drelin, drelin, drelin : j'enrage! (*Il ne sonne plus, mais il crie.*) Drelin, drelin, drelin : carogne [6], à tous les diables! Est-il possible qu'on laisse comme cela un pauvre malade tout seul? Drelin, drelin, drelin : voilà qui est pitoyable! Drelin, drelin, drelin : ah! mon Dieu! ils me laisseront ici mourir. Drelin, drelin, drelin.

1. Nous rappelons que le *franc* est la même chose que la *livre*, et qu'il vaut vingt *sous*. Or quatre francs « en langage d'apothicaire » c'est-à-dire d'après Argan, on le sait, deux francs, ou quarante sous.

2. Voir, plus haut, la note 4 de la page 409.

3. Après avoir dit ces mots, il attend un instant, puis s'aperçoit qu'il est tout seul.

4. *De les arrêter ici* : de les faire rester dans cette chambre.

5. *Point d'affaire*, expression usuelle dans le dialogue comique du XVIIᵉ siècle et qui signifie tantôt *nullement*, tantôt, comme ici, *c'est en vain*. Dans l'*Étourdi* (III, IV), Molière emploie encore cette locution dans ce dernier sens :

J'ai beau lui faire signe et montrer que c'est
          ruse:

Point d'affaire : il poursuit sa pointe jusqu'au
          [bout.

6. Voir page 167, note 5.

TOINETTE, ARGAN

TOINETTE, *en entrant dans la chambre.* — On y va.

ARGAN. — Ah! chienne! ah! carogne!

TOINETTE, *faisant semblant de s'être cogné la tête.* — Diantre soit fait de votre impatience [1]! Vous pressez si fort les personnes, que je me suis donné un grand coup de la tête contre la carne [2] d'un volet,

ARGAN, *en colère.* — Ah! traîtresse!...

TOINETTE, *pour l'interrompre et l'empêcher de crier, se plaint toujours en disant :* Ha!

ARGAN. — Il y a...

TOINETTE. — Ha!

ARGAN. — Il y a une heure....

TOINETTE. — Ha!

ARGAN. — Tu m'as laissé...

TOINETTE. — Ha!

ARGAN. — Tais-toi donc, coquine, que [3] je te querelle.

TOINETTE. — Çamon [4], ma foi, j'en suis d'avis, après ce que je me suis fait.

ARGAN. — Tu m'as fait égosiller, carogne.

TOINETTE. — Et vous m'avez fait, vous, casser la tête : l'un vaut bien l'autre; quitte à quitte, si vous voulez.

ARGAN. — Quoi! coquine....

TOINETTE. — Si vous querellez, je pleurerai.

ARGAN. — Me laisser, traîtresse....

TOINETTE, *toujours pour l'interrompre.* — Ha!

ARGAN. — Chienne, tu veux...

TOINETTE. — Ha!

ARGAN. — Quoi! il faudra encore que je n'aie pas le plaisir de la quereller?

---

1. *Diantre* (sur ce mot, voir page 47, note 1) *soit fait de votre impatience.* Formule usuelle dans le dialogue comique ; littéralement : que, de votre impatience, à propos de votre impatience, le diable se fasse.

2. *Carne* (même famille que *char-* nière : *carne* est une forme dialectale, qui a prévalu sur *charne*), angle saillant, coin d'un objet (du latin *cardinem*, gond).

3. *Que* : afin que ; ellipse usuelle dans la conversation.

4. Voir page 312, note 2.

TOINETTE. — Querellez tout votre soûl [1], je le veux bien.

ARGAN. — Tu m'en empêches, chienne, en m'interrompant à tous coups.

TOINETTE. — Si vous avez le plaisir de quereller, il faut bien que, de mon côté, j'aie le plaisir de pleurer : chacun le sien, ce n'est pas trop. Ha!

ARGAN. — Allons, il faut en passer par là. Ote-moi ceci, coquine, ôte-moi ceci. (*Argan se lève de sa chaise.*) Mon lavement d'aujourd'hui a-t-il bien opéré?

TOINETTE. — Votre lavement?

ARGAN. — Oui. Ai-je bien fait de la bile?

TOINETTE. — Ma foi! je ne me mêle point de ces affaires-là; c'est à monsieur Fleurant à y mettre le nez, puisqu'il en a le profit.

ARGAN. — Qu'on ait soin de me tenir un bouillon prêt, pour l'autre que je dois tantôt prendre.

TOINETTE. — Ce monsieur Fleurant-là et ce monsieur Purgon s'égayent [2] bien sur votre corps; ils ont en vous une bonne vache à lait, et je voudrais bien leur demander quel mal vous avez, pour vous faire [3] tant de remèdes.

ARGAN. — Taisez-vous, ignorante : ce n'est pas à vous à controler les ordonnances de la médecine.

(Acte I, sc. I-II.)

II

LE MARIAGE D'ANGÉLIQUE

Argan a une fille, Angélique, dont un jeune homme du nom de Cléante recherche la main. Cette union semblerait fort souhaitable

---

1. Voir page 295, note 3.
2. *S'égayent*, se jouent, s'ébattent, se donnent carrière.
3. La phrase ne serait plus très correcte aujourd'hui (voir page 320 note 1); il faudrait : «... quel mal vous avez, pour qu'ils vous fassent tant de remèdes »; ou : «quel mal ils vous trouvent, pour vous faire tant de remèdes ».

à l'oncle de la jeune fille, Béralde, frère d'Argan, homme d'un esprit très judicieux; mais Argan en a décidé autrement : il veut marier Angélique à un certain Thomas Diafoirus, jeune médecin, fils et neveu de médecins. — Toinette, qui a son franc parler dans la maison, ne peut cacher la surprise que lui cause cette nouvelle.

ARGAN, ANGÉLIQUE, TOINETTE

TOINETTE. — Quoi! monsieur, vous auriez fait ce dessein burlesque[1]? Et, avec tout le bien que vous avez, vous voudriez marier votre fille avec un médecin?

ARGAN. — Oui. De quoi te mêles-tu, coquine, impudente que tu es?

TOINETTE. — Mon Dieu! tout doux.[2] Vous allez d'abord aux invectives. Est-ce que nous ne pouvons pas raisonner ensemble, sans nous emporter? Là, parlons de sang-froid. Quelle est votre raison, s'il vous plaît, pour un tel mariage?

ARGAN. — Ma raison est que, me voyant infirme et malade comme je suis, je veux me faire un gendre et des alliés médecins, afin de m'appuyer de bons secours contre ma maladie, d'avoir dans ma famille les sources des remèdes qui me sont nécessaires, et d'être à même[3] des consultations et des ordonnances.

TOINETTE. — Hé bien! voilà dire[4] une raison, et il y a plaisir à se répondre doucement les uns aux autres. Mais, monsieur, mettez la main à la conscience; est-ce que vous êtes malade?

1. *Burlesque* (mot venu de l'italien), plaisant jusqu'au ridicule.
2. *Doux* est adverbe dans cette locution et équivaut à *doucement*.
3. *A même*, locution adverbiale qui veut dire littéralement *à la chose même*, comme quand on dit : prendre un flacon et boire *à même*. — De là vient la locution prépositive *à même de*, qui veut dire à portée de, en position de se procurer facilement quelque chose. — Argan dans ce passage fait tout naïvement l'aveu de son monstrueux égoïsme : il ne lui suffit pas que tout le monde, dans la maison, ne soit occupé que de sa prétendue maladie; il veut que toute la vie, tout le bonheur de sa fille restent subordonnés aux intérêts de cette maladie.
4. *Voilà* avec un infinitif, tournure dont on peut citer plusieurs exemples. Molière lui-même écrit dans le *Tartuffe* (V, VII) :

Et voilà couronner toutes tes perfidies.

ARGAN. — Comment, coquine, si je suis malade? Si je suis malade, impudente?

TOINETTE. — Hé bien! oui, monsieur, vous êtes malade; n'ayons point de querelle là-dessus. Oui, vous êtes fort malade; j'en demeure d'accord, et plus malade que vous ne pensez[1] : voilà qui est fait. Mais votre fille doit épouser un mari pour elle; et, n'étant point malade, il n'est pas nécessaire de lui donner un médecin.

ARGAN. — C'est pour moi que je lui donne ce médecin; et une fille de bon naturel doit être ravie d'épouser ce qui est utile à la santé de son père.

TOINETTE. — Ma foi, monsieur, voulez-vous qu'en amie je vous donne un conseil?

ARGAN. — Quel est-il, ce conseil?

TOINETTE. — De ne point songer à ce mariage-là.

ARGAN. — Hé! la raison?

TOINETTE. — La raison? c'est que votre fille n'y consentira point.

ARGAN. — Elle n'y consentira point?

TOINETTE. — Non.

ARGAN. — Ma fille?

TOINETTE. — Votre fille. Elle vous dira qu'elle n'a que faire de monsieur Diafoirus, ni de son fils Thomas Diafoirus[2], ni de tous les Diafoirus du monde.

ARGAN. — J'en ai affaire, moi, outre que le parti est plus avantageux qu'on ne pense. Monsieur Diafoirus n'a que ce fils-là pour tout héritier; et, de plus, monsieur Purgon, qui n'a ni femme, ni enfants, lui donne tout son

---

1. Mots à double sens : car d'une part Toinette feint de parler ainsi seulement pour abonder dans le sens d'Argan et lui donner satisfaction; mais d'autre part elle entend qu'il est vraiment plus malade qu'il ne pense : car il ne pense pas être fou, et Toinette croit qu'il faut l'être pour se laisser, comme fait Argan, duper par les médecins et les apothicaires.

2. Thomas Diafoirus est celui qu'Argan veut faire épouser à sa fille. — Ce nom bouffon est formé du pré-fixe *dia* (du grec διά, à travers), qui entre en composition dans un grand nombre de mots, et particulièrement de mots de la langue médicale, *diagnostic*, *diaphorétique*, *diathèse*, etc., du suffixe latin *us* (beaucoup d'hommes de science étaient, dans l'école, désignés par leur nom latinisé), et du mot très trivial *foire* (diarrhée), qui n'a aucun rapport avec le mot *foire* dans le sens de marché : celui-ci vient du latin *feria*; l'autre du latin *foria* (diarrhée).

bien en faveur de ce mariage; et monsieur Purgon est un homme qui a huit mille bonnes livres de rente.

TOINETTE. — Il faut qu'il ait tué bien des gens, pour s'être fait si riche.

ARGAN. — Huit mille livres de rente sont quelque chose, sans compter le bien du père.

TOINETTE. — Monsieur, tout cela est bel et bon; mais j'en reviens toujours là : je vous conseille, entre nous, de lui choisir un autre mari; et elle n'est point faite pour être madame Diafoirus.

ARGAN. — Et je veux, moi, que cela soit.

TOINETTE. — Eh, fi! ne dites pas cela.

ARGAN. — Comment! que je ne dise pas cela?

TOINETTE. — Hé, non!

ARGAN. — Et pourquoi ne le dirais-je pas?

TOINETTE. — On dira que vous ne songez pas à ce que vous dites.

ARGAN. — On dira ce qu'on voudra; mais je vous dis que je veux qu'elle exécute la parole que j'ai donnée.

TOINETTE. — Non; je suis sûre qu'elle ne le fera pas.

ARGAN. — Je l'y forcerai bien.

TOINETTE. — Elle ne le fera pas, vous dis-je.

ARGAN. — Elle le fera, ou je la mettrai dans un couvent.

TOINETTE. — Vous?

ARGAN. — Moi.

TOINETTE. — Bon!

ARGAN. — Comment, « bon »?

TOINETTE. — Vous ne la mettrez point dans un couvent.

ARGAN. — Je ne la mettrai point dans un couvent?

TOINETTE. — Non.

ARGAN. — Non?

TOINETTE. — Non.

ARGAN. — Ouais! Voici qui est plaisant : je ne mettrai pas ma fille dans un couvent, si je veux?

TOINETTE. — Non, vous dis-je.

ARGAN. — Qui m'en empêchera?

TOINETTE. — Vous-même.

ARGAN. — Moi?

TOINETTE. — Oui. Vous n'aurez pas ce cœur-là.

ARGAN. — Je l'aurai.

TOINETTE. — Vous vous moquez.

ARGAN. — Je ne me moque point.

TOINETTE. — La tendresse paternelle vous prendra.

ARGAN. — Elle ne me prendra point.

TOINETTE. — Une petite larme ou deux, des bras jetés au cou, un « mon petit papa mignon », prononcé tendrement, sera assez pour vous toucher.

ARGAN. — Tout cela ne fera rien.

TOINETTE. — Oui, oui.

ARGAN. — Je vous dis que je n'en démordrai point.

TOINETTE. — Bagatelles.

ARGAN. — Il ne faut point dire « bagatelles ».

TOINETTE. — Mon Dieu! je vous connais, vous êtes bon naturellement.

ARGAN, avec emportement. — Je ne suis point bon, et je suis méchant quand je veux.

TOINETTE. — Doucement, monsieur. Vous ne songez pas que vous êtes malade [1].

ARGAN. — Je lui commande absolument de se préparer à prendre le mari que je dis.

TOINETTE. — Et moi, je lui défends absolument d'en faire rien.

ARGAN. — Où est-ce donc que nous sommes? Et quelle audace est-ce là à une coquine de servante de parler de la sorte devant son maître?

TOINETTE. — Quand un maître ne songe pas à ce

1. Très plaisante réplique, et qui rappelle celle de Dorine dans le Tartuffe. Dans une discussion du même genre, Orgon s'échauffe, comme ici Argan, et s'attire cette observation de sa servante, qui le met par là très habilement en contradiction avec lui-même :

Ah! vous êtes dévot, et vous vous emportez!
(Acte II, scène II.)

Au reste cette scène ne rappelle pas seulement celle du Tartuffe; elle se retrouve en grande partie, et presque mot pour mot, dans les Fourberies de Scapin (I, IV).

qu'il fait, une servante bien sensée est en droit de le redresser.

ARGAN *court après Toinette.* — Ah! insolente, il faut que je t'assomme.

TOINETTE *se sauve de lui.* — Il est de mon devoir de m'opposer aux choses qui vous peuvent déshonorer.

ARGAN *en colère, courant après elle autour de sa chaise, son bâton à la main.* — Viens, viens, que je t'apprenne à parler.

TOINETTE *courant et se sauvant du côté de la chaise où n'est pas Argan.* — Je m'intéresse, comme je dois, à ne vous point laisser faire de folie.

ARGAN. — Chienne!

TOINETTE. — Non, je ne consentirai jamais à ce mariage.

ARGAN. — Pendarde!

TOINETTE. — Je ne veux point qu'elle épouse votre Thomas Diafoirus.

ARGAN. — Carogne!

TOINETTE. — Et elle m'obéira plutôt qu'à vous.

ARGAN. — Angélique, tu ne veux pas m'arrêter cette coquine-là?

ANGÉLIQUE. — Eh! mon père, ne vous faites point malade.

ARGAN. — Si tu ne me l'arrêtes, je te donnerai ma malédiction.

TOINETTE. — Et moi je la déshériterai, si elle vous obéit.

ARGAN *se jette dans sa chaise, étant las de courir après elle.* — Ah! ah! je n'en puis plus. Voilà pour me faire mourir.

(Acte I, sc. v.)

III

BÉLINE

Béline est la seconde femme d'Argan; elle le flatte, le sert, le choie, dans l'espérance qu'il lui laissera sa fortune. Elle déteste d'ailleurs Angélique et voudrait pousser son père à l'enfermer dans un couvent. — La scène qu'on va lire fait suite sans interruption à la précédente.

BÉLINE [1], ANGÉLIQUE, TOINETTE [2], ARGAN

ARGAN. — Ah! ma femme, approchez.

BÉLINE. — Qu'avez-vous, mon pauvre mari?

ARGAN. — Venez-vous-en ici à mon secours.

BÉLINE. — Qu'est-ce que c'est donc qu'il y a, mon petit fils?

ARGAN. — Mamie! [3].

BÉLINE. — Mon ami!

ARGAN. — On vient de me mettre en colère.

BÉLINE. — Hélas! pauvre petit mari! Comment donc, mon ami?

ARGAN. — Votre coquine de Toinette est devenue plus insolente que jamais.

BÉLINE. — Ne vous passionnez donc point.

ARGAN. — Elle m'a fait enrager, mamie,

BÉLINE. — Doucement, mon fils.

ARGAN. — Elle a contrecarré [4], une heure durant, les choses que je veux faire.

BÉLINE. — Là, là, tout doux.

---

1. *Bélin* est un mot de l'ancien français qui veut dire *mouton. Béline* est donc un féminin qui éveille l'idée de la douceur du mouton et qui n'est pas non plus sans analogie avec l'adjectif féminin *féline* (masc. *félin* : qui ressemble au chat, qui a les manières souples, caressantes, hypocrites du chat).

2. Angélique et Toinette restent dans le fond du théâtre, et seulement au début de la scène.

3. Voir page 260, note 4.

4. *Contrecarrer*, combattre en opposant un obstacle qui se présente de face, en largeur.

ARGAN. — Et a eu l'effronterie de me dire que je ne suis point malade.

BÉLINE. — C'est une impertinente.

ARGAN. — Vous savez, mon cœur, ce qui en est.

BÉLINE. — Oui, mon cœur, elle a tort.

ARGAN. —Mamour[1], cette coquine-là me fera mourir.

BÉLINE. — Eh la, eh la!

ARGAN. — Elle est cause de toute la bile que je fais[2].

BÉLINE. — Ne vous fâchez point tant.

ARGAN. — Et il y a je ne sais combien[3] que je vous dis de me la chasser.

BÉLINE. — Mon Dieu! mon fils, il n'y a point de serviteurs et de servantes qui n'aient leurs défauts. On est contraint parfois de souffrir leurs mauvaises qualités, à cause des bonnes. Celle-ci est adroite, soigneuse, diligente, et surtout fidèle; et vous savez qu'il faut maintenant de grandes précautions pour les gens que l'on prend. Holà! Toinette!

TOINETTE. — Madame.

BÉLINE. — Pourquoi donc est-ce que vous mettez mon mari en colère?

TOINETTE, *d'un ton doucereux*. — Moi, madame? Hélas! je ne sais pas ce que vous me voulez dire, et je ne songe qu'à complaire à monsieur en toutes choses.

ARGAN. — Ah! la traîtresse!

TOINETTE. — Il nous a dit qu'il voulait donner sa fille en mariage au fils de monsieur Diafoirus : je lui ai répondu que je trouvais le parti avantageux pour elle; mais que je croyais qu'il ferait mieux de la mettre dans un couvent[4].

---

1. *Amour* était féminin, et l'on a dit *mamour* pour *m'amour*, comme *mamie* pour *m'amie* (voir page 260, note 4, et page 141, note 2).

2. *Je fais*, je rends (par les vomissements ou les selles).

3. *Combien* (de temps).

4. Toinette sait bien qu'elle flatte, en parlant ainsi, les désirs de Béline : en effet si Angélique était au couvent, Béline aurait bien plus de facilité pour s'approprier la fortune d'Argan. — Mais si Toinette feint d'être toute dévouée à Béline, c'est une ruse par laquelle elle espère pouvoir mieux servir les vrais intérêts d'Argan et ceux d'Angélique.

BÉLINE. — Il n'y a pas grand mal à cela, et je trouve qu'elle a raison.

ARGAN. — Ah! mamour, vous la croyez? C'est une scélérate : elle m'a dit cent insolences.

BÉLINE. — Hé bien! je vous crois, mon ami. Là, remettez-vous. Écoutez, Toinette : si vous fâchez jamais mon mari, je vous mettrai dehors. Çà, donnez-moi son manteau fourré et des oreillers, que je l'accommode dans sa chaise. Vous voilà je ne sais comment. Enfoncez bien votre bonnet jusque sur vos oreilles : il n'y a rien qui enrhume tant que de prendre l'air par les oreilles.

ARGAN. — Ah! mamie, que je vous suis obligé de tous les soins que vous prenez de moi!

BÉLINE, *accommodant les oreillers qu'elle met autour d'Argan.* — Levez-vous, que je mette ceci sous vous. Mettons celui-ci pour vous appuyer, et celui-là de l'autre côté. Mettons celui-ci derrière votre dos, et cet autre-là pour soutenir votre tête.

TOINETTE, *lui mettant rudement un oreiller sur la tête et puis fuyant.* — Et celui-ci pour vous garder du serein [1].

ARGAN *se lève en colère et jette tous les oreillers à Toinette.* — Ah! coquine, tu veux m'étouffer.

BÉLINE. — Eh là, eh là! Qu'est-ce que c'est donc?

ARGAN, *tout essoufflé, se jette dans sa chaise.* — Ah, ah, ah! je n'en puis plus.

BÉLINE. — Pourquoi vous emporter ainsi? Elle a cru faire bien.

ARGAN. — Vous ne connaissez pas, mamour, la malice de la pendarde. Ah! elle m'a mis tout hors de moi; et il faudra plus de huit médecines et de douze lavements pour réparer tout ceci.

BÉLINE. — Là, là, mon petit ami, apaisez-vous un peu.

ARGAN. — Mamie, vous êtes toute ma consolation.

BÉLINE. — Pauvre petit fils!

---

1. *Serein*, humidité qui tombe après le coucher du soleil (vient probable- ment d'une forme de la basse latinité se rattachant à *serum*, le soir).

ARGAN. — Pour tâcher de reconnaître l'amour que
vous me portez, je veux, mon cœur, comme je vous ai
dit, faire mon testament.

BÉLINE. — Ah! mon ami, ne parlons point de cela, je
vous prie : je ne saurais souffrir cette pensée ; et le seul
mot de testament me fait tressaillir de douleur.

ARGAN. — Je vous avais dit de parler pour cela à
votre notaire.

BÉLINE. — Le voilà là-dedans, que j'ai amené avec
moi [1].

ARGAN. — Faites-le donc entrer, mamour.

BÉLINE. — Hélas! mon ami, quand on aime bien un
mari, on n'est guère en état de songer à tout cela.

LE NOTAIRE, BÉLINE, ARGAN

ARGAN. — Approchez, monsieur de Bonnefoi [2], approchez. Prenez un siège, s'il vous plaît. Ma femme m'a dit,
monsieur, que vous étiez fort honnête homme, et tout à
fait de ses amis ; et je l'ai chargée de vous parler pour
un testament que je veux faire.

BÉLINE. — Hélas! je ne suis point capable de parler
de ces choses-là.

LE NOTAIRE. — Elle m'a, monsieur, expliqué vos
intentions, et le dessein où [3] vous êtes pour elle ; et j'ai
à vous dire là-dessus que vous ne sauriez rien donner
à votre femme par votre testament.

ARGAN. — Mais pourquoi?

LE NOTAIRE. — La Coutume [4] y résiste. Si vous

1. On voit par conséquent qu'en
dépit de ce qu'elle vient de dire, elle
songe quelque peu, et même d'une
manière assez active et pressante, au
testament d'Argan.
2. On verra tout à l'heure pourquoi
Molière a appelé ce notaire de ce nom.
3. Où. Voir page 56, note 4.
4. La *Coutume* de Paris. — L'ancienne France était, au point de vue
de la jurisprudence, divisée en *pays de
droit coutumier* (au nord et au centre) et
pays de droit écrit (au sud), c'est-à-dire
qu'on suivait dans ceux-ci le droit
romain, tel qu'il s'était, depuis l'antiquité, conservé par l'enseignement des
juristes ; dans les autres, au contraire,
on suivait les règles de droit particulières qui, à l'époque féodale, s'étaient
établies peu à peu par l'usage, dans
chaque seigneurie. Molière, dans ce
qui suit, reproduit exactement les dispositions de la *Coutume de Paris*.

étiez en pays de droit écrit, cela se pourrait faire; mais,
à Paris, et dans les pays coutumiers, au moins dans
la plupart, c'est ce qui ne se peut, et la disposition
serait nulle. Tout l'avantage qu'homme et femme conjoints par mariage se peuvent faire l'un à l'autre, c'est
un don mutuel entre-vifs [1]; encore faut-il qu'il n'y ait
enfants, soit des deux conjoints, ou de l'un d'eux, lors
du décès du premier mourant.

ARGAN. — Voilà une Coutume bien impertinente [2],
qu'un mari ne puisse rien laisser à une femme dont il est
aimé tendrement, et qui prend de lui tant de soin [3]!
J'aurais envie de consulter mon avocat pour voir comment je pourrais faire.

LE NOTAIRE. — Ce n'est point à des avocats qu'il
faut aller; car ils sont d'ordinaire sévères là-dessus,
et s'imaginent que c'est un grand crime que de disposer [4] en fraude de la loi : ce sont gens de difficultés, et qui sont ignorants des détours de la conscience. Il y a d'autres personnes à consulter, qui sont
bien plus accommodantes, qui ont des expédients pour
passer doucement par-dessus la loi, et rendre juste ce
qui n'est pas permis; qui savent aplanir les difficultés
d'une affaire et trouver des moyens d'éluder la Coutume
par quelque avantage indirect [5]. Sans cela, où en
serions-nous tous les jours? Il faut de la facilité dans les
choses; autrement nous ne ferions rien, et je ne donnerais pas un sou de notre métier [6].

---

1. *Don* ou *donation entre-vifs* (entre personnes vivantes), par opposition à *legs*, à *don fait par testament*.

2. *Impertinente*. Voir page 64, note 4.

3. Au contraire de ce qu'en pense Argan, cette coutume est très salu-taire, puisqu'on voit qu'elle empêche un père qui se trouve dans sa situa-tion de frustrer ses enfants au profit d'une seconde femme habile et intri-gante.

4. *Disposer*. On dit en général *disposer de ses biens*, et nous ne savons

si l'on citerait un autre exemple du mot pris ainsi absolument.

5. *Avantage indirect*, terme de juris-prudence qui désigne une donation faite contrairement à la loi, au moyen d'un intermédiaire, d'une simulation quelconque, et qui a pour effet d'at-tribuer à quelqu'un une part supé-rieure à celle qui est laissée aux autres personnes ayant les mêmes droits.

6. Car les complaisances du genre de celles dont parle M. de Bonnefoi sont

ARGAN. — Ma femme m'avait bien dit, monsieur, que vous étiez fort habile et fort honnête homme. Comment puis-je faire, s'il vous plaît, pour lui donner mon bien et en frustrer mes enfants [1]?

LE NOTAIRE. — Comment vous pouvez faire? Vous pouvez choisir doucement un ami intime de votre femme, auquel vous donnerez, en bonne forme, par votre testament, tout ce que vous pouvez [2], et cet ami ensuite lui rendra tout. Vous pouvez encore contracter un grand nombre d'obligations non suspectes au profit de divers créanciers qui prêteront leur nom à votre femme, et entre les mains de laquelle [3] ils mettront leur déclaration que ce qu'ils en ont fait n'a été que pour lui faire plaisir [4]. Vous pouvez aussi, pendant que vous êtes en vie, mettre entre ses mains de l'argent comptant, ou des billets que vous pourrez avoir, payables au porteur [5].

BÉLINE. — Mon Dieu! il ne faut point vous tourmenter de tout cela. S'il vient faute de vous [6], mon fils, je ne veux plus rester au monde.

évidemment fort bien payées à ceux qui, comme lui, veulent bien s'y prêter.

1. Encore une de ces phrases où, le plus naïvement du monde, s'étale l'égoïsme d'Argan et le peu de souci qu'il a de ses devoirs de père.

2. *Tout ce que vous pouvez* : c'est-à-dire la partie de vos biens que la coutume ne vous oblige pas strictement à léguer à vos enfants. La part d'héritage dont la coutume ne permettait pas que les enfants fussent frustrés s'appelait *la légitime*. A Paris, *la légitime* était égale à la moitié de ce qui, mathématiquement, et sans disposition contraire, devait revenir à chaque enfant de la fortune de son père.

3. La phrase est incorrecte, ainsi qu'il arrive souvent dans la conversation. Correctement il faudrait écrire : ou « qui prêteront leur nom à votre femme, entre les mains de laquelle », ou « qui prêteront leur nom à votre femme et mettront entre ses mains ».

4. Voici ce que propose M. de Bonnefoi : Argan déclarera, par des pièces écrites non sujettes à contes-

tation, qu'il est débiteur de telles et telles sommes envers telles et telles personnes ; à sa mort, ces personnes feront valoir leurs droits de créanciers. Mais ces prétendus créanciers seront en réalité des amis complaisants : ils remettront à Béline tout cet argent, qui, aux termes de la loi, ne pouvait lui être ouvertement légué, ; et pour que Béline soit bien sûre de leur fidélité, ils rédigeront d'avance une déclaration par laquelle ils affirmeront n'être pas en réalité les créanciers d'Argan et n'avoir agi que dans l'intérêt de Béline.

5. Un billet de banque ou de commerce peut être rédigé de manière que le signataire l'oblige à verser une certaine somme ou bien entre les mains de telle ou telle personne expressément désignée, ou bien entre les mains du « porteur », c'est-à-dire de la personne, quelle qu'elle soit, qui lui présentera le billet. Dans ce dernier cas on dit que le billet est « payable au porteur ».

6. *Faute*, manque. — *S'il vient faute de vous* : si vous venez à mourir. —

ARGAN. — Mamie!

BÉLINE. — Oui, mon ami, si je suis assez malheureuse pour vous perdre...

ARGAN. — Ma chère femme!

BÉLINE. — La vie ne me sera plus de rien.

ARGAN. — Mamour!

BÉLINE. — Et je suivrai vos pas, pour vous faire connaître la tendresse que j'ai pour vous.

ARGAN. — Mamie, vous me fendez le cœur. Consolez-vous, je vous en prie.

LE NOTAIRE. — Ces larmes sont hors de saison, et les choses n'en sont point encore là.

BÉLINE. — Ah! monsieur, vous ne savez pas ce que c'est qu'un mari qu'on aime tendrement...

ARGAN. — Il faut faire mon testament, mamour, de la façon que monsieur dit; mais, par précaution, je veux vous mettre entre les mains vingt mille francs en or, que j'ai dans le lambris [1] de mon alcôve, et deux billets payables au porteur, qui me sont dus, l'un par monsieur Damon, et l'autre par monsieur Gérante.

BÉLINE. — Non, non, je ne veux point de tout cela. Ah! Combien dites-vous qu'il y a dans votre alcôve?

ARGAN. — Vingt mille francs, mamour.

BÉLINE. — Ne me parlez point de bien, je vous prie. Ah! De combien sont les deux billets?

ARGAN. — Ils sont, mamie, l'un de quatre mille francs et l'autre de six.

BÉLINE. — Tous les biens du monde, mon ami, ne me sont rien au prix de vous [2].

LE NOTAIRE. — Voulez-vous que nous procédions au testament?

ARGAN. — Oui monsieur; mais nous serons mieux

Cette expression, dont on cite plusieurs exemples au XVIIe siècle, n'est plus en usage.

1. *Lambris*, revêtement de bois ou de quelque autre matière couvrant la muraille d'une chambre. Sans doute qu'une partie de la menuiserie qui garnit la muraille de l'alcôve d'Argan peut s'ouvrir, comme une armoire, un placard.

2. *Au prix de*: en comparaison de. — Locution très fréquente au XVIIe siècle

dans mon petit cabinet. Mamour, conduisez-moi, je vous prie.

BÉLINE. — Allons, mon pauvre petit fils.

(Acte I, sc. VI-VII.)

IV

THOMAS DIAFOIRUS

1

M. Diafoirus le père a amené son fils Thomas pour le présenter à Argan, à Béline et à Angélique, et, afin de le faire connaître dès l'abord, il trace de lui le portrait[1] qu'on va lire.

MONSIEUR DIAFOIRUS, THOMAS DIAFOIRUS
ARGAN, ANGÉLIQUE, TOINETTE

ARGAN. — Allons, vite, ma chaise, et des sièges à tout le monde. Mettez-vous là, ma fille. Vous voyez, monsieur, que tout le monde admire monsieur votre fils; et je vous trouve bien heureux de vous voir un garçon comme cela.

MONSIEUR DIAFOIRUS. — Monsieur, ce n'est pas parce que je suis son père; mais je puis dire que j'ai sujet d'être content de lui, et que tous ceux qui le voient en parlent comme d'un garçon qui n'a point de méchanceté. Il n'a jamais eu l'imagination bien vive, ni ce feu d'esprit qu'on remarque dans quelques-uns; mais c'est par là que j'ai toujours bien auguré de sa judiciaire[2],

---

1. Nous n'avons pas besoin d'avertir que ce portrait est de telle nature qu'en croyant ne dire de son fils que des choses très favorables, Diafoirus, naïvement, va le représenter comme un pur sot.

2. *Judiciaire*, adjectif pris substantivement (pour *faculté judiciaire*) : c'est en somme un synonyme de *jugement*, de *bon sens*. — Il semble cependant que Molière attache à l'emploi de ce mot une certaine nuance de ridicule; car il l'a placé également dans la bouche de M. de Pourceaugnac. « Vous êtes-vous mis dans la tête, dit ce dernier (acte II, sc. VI) que Léonard de Pourceaugnac..... n'ait pas là-dedans quelque morceau de judiciaire ? »

CAHEN. — Sc. choisies. Mol.   26

qualité requise pour l'exercice de notre art. Lorsqu'il
était petit, il n'a jamais été ce qu'on appelle mièvre [1] et
éveillé. On le voyait toujours doux, paisible et taciturne,
ne disant jamais mot, et ne jouant jamais à tous ces
petits jeux que l'on nomme enfantins. On eut toutes les
peines du monde à lui apprendre à lire, et il avait neuf
ans qu'il ne connaissait pas encore ses lettres. « Bon,
disais-je en moi-même : les arbres tardifs sont ceux qui
portent les meilleurs fruits. On grave sur le marbre bien
plus malaisément que sur le sable; mais les choses y
sont conservées bien plus longtemps; et cette lenteur à
comprendre, cette pesanteur d'imagination est la marque
d'un bon jugement à venir. » Lorsque je l'envoyai au
collège, il trouva de la peine; mais il se raidissait
contre les difficultés, et ses régents [2] se louaient toujours
à moi de son assiduité et de son travail. Enfin, à force
de battre le fer, il en est venu glorieusement à avoir ses
licences [3]; et je puis dire, sans vanité, que, depuis deux
ans qu'il est sur les bancs [4], il n'y a point de candidat qui
ait fait plus de bruit que lui dans toutes les disputes de
notre école. Il s'y est rendu redoutable, et il ne s'y
passe point d'acte [5] où il n'aille argumenter à outrance
pour la proposition contraire [6]. Il est ferme dans la dispute, fort comme un Turc [7] sur ses principes, ne
démord jamais de son opinion et poursuit un raisonnement jusque dans les derniers recoins de la logique [8].

1. L'édition des *Grands écrivains de
la France* rapporte cette définition du
Dictionnaire de l'Académie de 1694 :
« *Mièvre* se dit proprement d'un enfant
vif, remuant et un peu malicieux. » —
L'origine du mot est inconnue.

2. *Régents* : professeurs.

3. Voir page 184, note 2.

4. Depuis deux ans qu'étant bache-
lier, il assiste, pour parvenir à obtenir
ses licences, aux exercices et aux dis-
cussions de l'école.

5. *Acte*, séance publique d'une école,
d'une faculté, dans laquelle un candidat
à un grade soutient une thèse, tandis

que les membres de la Faculté argu-
mentent contre lui.

6. *Contraire* à celle soutenue par le
candidat.

7. *Fort comme un Turc*, expression
proverbiale qui veut dire *très fort*, mais
qui ne s'emploie en général que pour
caractériser la force physique.

8. Ce qui veut dire que Thomas
Diafoirus est fort entêté dans ses raisonnements : or c'est là une disposition fort dangereuse en médecine, où
le dernier mot doit toujours rester au
fait, à l'expérience : devant la preuve
par les faits, tous les raisonnements
devraient céder.

Mais, sur toute chose, ce qui me plaît en lui, et en quoi il suit mon exemple, c'est qu'il s'attache aveuglément aux opinions de nos anciens, et que jamais il n'a voulu comprendre ni écouter les raisons et les expériences des prétendues découvertes de notre siècle, touchant la circulation du sang [1], et autres opinions de même farine.

THOMAS DIAFOIRUS. *Il tire une grande thèse roulée de sa poche, qu'il [2] présente à Angélique.* — J'ai, contre les circulateurs [3], soutenu une thèse, qu'avec la permission de monsieur [4] j'ose présenter à mademoiselle, comme un hommage que je lui dois des prémices de mon esprit.

ANGÉLIQUE. — Monsieur, c'est pour moi un meuble inutile, et je ne me connais pas à ces choses-là.

TOINETTE. — Donnez, donnez. Elle est toujours bonne à prendre pour l'image [5] : cela servira à parer notre chambre.

(Acte II, sc. IV.)

2

Après que la conversation a duré quelque temps, les Diafoirus s'apprêtent à prendre congé.

MONSIEUR DIAFOIRUS. — Nous allons, monsieur, prendre congé de vous.

ARGAN. — Je vous prie, monsieur, de me dire un peu comment je suis.

MONSIEUR DIAFOIRUS *lui tâte le pouls.* — Allons, Thomas, prenez l'autre bras de monsieur, pour voir si

1. On sait que la découverte de la circulation du sang (1619) par le médecin Harvey (1578-1658) est un des événements qui ont eu le plus d'influence sur le renouvellement et les progrès de la médecine. — Or les théories de Harvey ont été longtemps combattues par quelques médecins de l'école de Paris, et c'est leur entêtement que raille ici Molière.

2. Remarquer ici le pronom conjonctif éloigné de son antécédent, suivant une construction fréquente au XVIIe siècle.
3. *Circulateurs*, partisans de la théorie de la circulation du sang.
4. *Monsieur*, Argan.
5. Cette image était ou quelque emblème ou le portrait du personnage à qui la thèse se trouvait dédiée.

vous saurez porter un bon jugement de son pouls. *Quid dicis ?*

THOMAS DIAFOIRUS. — *Dico* que le pouls de monsieur est le pouls d'un homme qui ne se porte point bien.

MONSIEUR DIAFOIRUS. — Bon.

THOMAS DIAFOIRUS. — Qu'il est duriuscule, pour ne pas dire dur.

MONSIEUR DIAFOIRUS. — Fort bien.

THOMAS DIAFOIRUS. — Repoussant [1].

MONSIEUR DIAFOIRUS. — *Bene.*

THOMAS DIAFOIRUS. — Et même un peu caprisant [2].

MONSIEUR DIAFOIRUS. — *Optime.*

THOMAS DIAFOIRUS. — Ce qui marque une intempérie [3] dans le *parenchyme splénique* [4], c'est-à-dire la rate.

MONSIEUR DIAFOIRUS. — Fort bien.

ARGAN. — Non : monsieur Purgon dit que c'est mon foie qui est malade.

MONSIEUR DIAFOIRUS. — Eh! oui : qui dit *parenchyme* dit l'un et l'autre, à cause de l'étroite sympathie qu'ils ont ensemble par le moyen du *vas breve du pylore*, et souvent des *méats cholidoques* [5]. Il vous ordonne sans doute de manger force rôti?

ARGAN. — Non; rien que du bouilli.

MONSIEUR DIAFOIRUS. — Eh oui : rôti, bouilli,

---

1. *Repoussant*, battant avec force, de manière à repousser le doigt qui le tâte.

2. *Caprisant*, forme vieillie : on dit aujourd'hui *caprisant* : bondissant par saccades (à la manière d'une *chèvre*, *capra*). — *Capricieux* se rattache à la même étymologie par l'intermédiaire de l'italien.

3. *Intempérie*, mauvaise constitution des humeurs (voir page 188, note 1).

4. *Parenchyme* (παρέγχυμα), tissu de la rate, du foie et en général de tous les viscères; — *splénique*, relatif à la rate (σπλήν, rate).

5. *Vas breve*, petit vaisseau situé au fond de l'estomac. — *Pylore* (πύλωρος, littéralement : portier), orifice inférieur de l'estomac, par où les aliments passent dans l'intestin grêle. — Les *méats* (du latin *meatus*, conduit, passage) ou canaux *cholidoques*, ou plutôt *cholédoques* (χοληδόχος, de χολή, bile, et δέχομαι, recevoir), font passer la bile du foie dans le duodénum, première portion de l'intestin grêle. — Inutile d'avertir que l'explication fournie par Diafoirus pour empêcher qu'Argan ne s'étonne du dissentiment de Thomas et de M. Purgon est de pure fantaisie.

même chose. Ils vous ordonne fort prudemment, et vous
ne pouvez être en de meilleures mains.

ARGAN. — Monsieur, combien est-ce qu'il faut mettre
de grains de sel dans un œuf?

MONSIEUR DIAFOIRUS. — Six, huit, dix, par les
nombres pairs, comme, dans les médicaments, par les
nombres impairs.

ARGAN. — Jusqu'au revoir, monsieur.

(Acte II, sc. VI.)

V

LA COLÈRE DE M. PURGON

Béralde, frère d'Argan, est venu lui rendre visite et lui parler du
désir qu'a Cléante de demander la main d'Angélique. Pendant leur
conversation, M. Fleurant l'apothicaire arrive et veut administrer
à Argan un lavement que lui a ordonné M. Purgon. Mais Béralde se
moque de son frère : ne peut-il prendre son lavement plus tard?
Argan se laisse persuader et prie M. Fleurant de repasser le soir
ou le lendemain. Mais celui-ci se redresse fièrement : se moque-
t-on de lui et veut-on lui faire perdre son temps? Il ira avertir
M. Purgon du mépris qu'on fait de ses ordonnances. — Il ne
manque pas d'exécuter sa menace, et bientôt Purgon lui-même se
présente chez Argan.

M. PURGON, ARGAN, BÉRALDE, TOINETTE

MONSIEUR PURGON. — Je viens d'apprendre là bas,
à la porte, de jolies nouvelles; qu'on se moque ici de
mes ordonnances, et qu'on a fait refus de prendre le
remède que j'avais prescrit.

ARGAN. — Monsieur, ce n'est pas...

MONSIEUR PURGON. — Voilà une hardiesse bien
grande, une étrange rébellion d'un malade contre son
médecin !

26.

TOINETTE. — Cela est épouvantable.

MONSIEUR PURGON. — Un clystère[1] que j'avais pris plaisir à composer moi-même.

ARGAN. — Ce n'est pas moi...

MONSIEUR PURGON. — Inventé et formé dans toutes les règles de l'art.

TOINETTE. — Il a tort.

MONSIEUR PURGON. — Et qui devait faire dans les entrailles un effet merveilleux.

ARGAN. — Mon frère [2]?

MONSIEUR PURGON. — Le renvoyer avec mépris!

ARGAN. — C'est lui...

MONSIEUR PURGON. — C'est une action exorbitante.

TOINETTE. — Cela est vrai.

MONSIEUR PURGON. — Un attentat énorme contre la médecine.

ARGAN. — Il est cause...

MONSIEUR PURGON. — Un crime de lèse-faculté, qui ne se peut assez punir.

TOINETTE. — Vous avez raison.

MONSIEUR PURGON. — Je vous déclare que je romps commerce avec vous.

ARGAN. — C'est mon frère...

MONSIEUR PURGON. — Que je ne veux plus d'alliance avec vous.

TOINETTE. — Vous ferez bien.

MONSIEUR PURGON. — Et que, pour finir toute liaison avec vous, voilà la donation que je faisais à mon neveu, en faveur du mariage [3].

ARGAN. — C'est mon frère qui a fait tout le mal.

MONSIEUR PURGON. — Mépriser mon clystère!

ARGAN. — Faites-le venir; je m'en vais le prendre.

MONSIEUR PURGON. — Je vous aurais tiré d'affaire avant qu'il fût peu.

1. Voir page 409, note 7.
2. *Mon frère?* C'est-à-dire : mon frère, ne répondrez-vous pas, ne direz-vous rien pour me disculper?
3. En disant ces mots, il déchire la donation.

TOINETTE. — Il ne le mérite pas.

MONSIEUR PURGON. — J'allais nettoyer votre corps, et en évacuer entièrement les mauvaises humeurs [1].

ARGAN. — Ah! mon frère!

MONSIEUR PURGON. — Et je ne voulais plus qu'une douzaine de médecines pour vider le fond du sac.

TOINETTE. — Il est indigne de vos soins.

MONSIEUR PURGON. — Mais, puisque vous n'avez pas voulu guérir par mes mains,

ARGAN. — Ce n'est pas ma faute.

MONSIEUR PURGON. — Puisque vous vous êtes soustrait [2] de l'obéissance que l'on doit à son médecin,

TOINETTE. — Cela crie vengeance.

MONSIEUR PURGON. — Puisque vous vous êtes déclaré rebelle aux remèdes que je vous ordonnais,

ARGAN. — Hé! point du tout.

MONSIEUR PURGON. — J'ai à vous dire que je vous abandonne à votre mauvaise constitution, à l'intempérie de vos entrailles, à la corruption de votre sang, à l'âcreté de votre bile, et à la féculence [3] de vos humeurs.

TOINETTE. — C'est fort bien fait.

ARGAN. — Mon Dieu!

MONSIEUR PURGON. — Et je veux qu'avant qu'il soit quatre jours, vous deveniez [4] dans un état incurable,

ARGAN. — Ah! miséricorde!

MONSIEUR PURGON. — Que vous tombiez dans la bradypepsie [5],

ARGAN. — Monsieur Purgon!

---

1. Voir page 188, note 1.

2. *Soustraire* est ici construit avec la préposition *de*, comme *délivrer, affranchir*. Cette construction est aujourd'hui peu usitée; mais on en trouve au xviie siècle plusieurs exemples.

3. *Féculence*, épaississement d'un liquide qui devient trouble.

4. *Devenir* est pris ici dans son sens tout à fait étymologique d'*arriver* (*devenire*). *Devenir dans* : *devenire in*, arriver à. — Nous ne connaissons pas, au xviie siècle ou postérieurement, d'autre exemple du mot pris avec ce sens, si ce n'est dans la locution usuelle *devenir à rien* (*devenire ad nihil*), c'est-à-dire dépérir, maigrir.

5. *Bradypepsie*, digestion lente ($\beta\rho\alpha\delta\acute{u}\varsigma$, lent, et $\pi\acute{\epsilon}\psi\iota\varsigma$, cuisson, maturation, digestion).

MONSIEUR PURGON. — De la bradypepsie dans la dyspepsie [1],

ARGAN. — Monsieur Purgon!

MONSIEUR PURGON. — De la dyspepsie dans l'apepsie [2],

ARGAN. — Monsieur Purgon!

MONSIEUR PURGON. — De l'apepsie dans la lienterie [3],

ARGAN. — Monsieur Purgon!

MONSIEUR PURGON. — De la lienterie dans la dyssenterie,

ARGAN. — Monsieur Purgon!

MONSIEUR PURGON. — De la dyssenterie dans l'hydropisie [4],

ARGAN. — Monsieur Purgon!

MONSIEUR PURGON. — Et de l'hydropisie dans la privation de la vie, où vous aura conduit votre folie.

(Acte III, sc. v.)

VI

UN SINGULIER MÉDECIN

Argan resterait fort effrayé des menaces de M. Purgon, si, pour ruiner la confiance que son maître a dans la science de ce médecin, Toinette ne s'avisait d'un plaisant stratagème. Elle vient avertir Argan qu'un nouveau médecin le demande, un médecin, dit-elle, qui lui ressemble à elle-même « comme deux gouttes d'eau ». — Là-dessus elle disparaît pour rentrer aussitôt en costume de médecin. Puis, feignant d'avoir oublié de donner un ordre

---

1. *Dyspepsie*, digestion difficile.
2. *Apepsie*, incapacité de digérer.
3. Lienterie (λεῖος, lisse; ἔντερον, intestin), diarrhée dans laquelle on rend les aliments à demi digérés. — *Dyssenterie*, autre forme très grave de la diarrhée.

4. *Hydropisie*, accumulation maladive de liquide dans une cavité du corps ou dans les tissus. — Il n'y a pas, quoi qu'en dise M. Purgon, de rapport de filiation entre les maladies d'estomac ou d'intestin dont il vient de parler et l'hydropisie.

à un domestique, elle sort de nouveau pour reparaître avec ses habits de servante. — Jugeant alors qu'Argan est suffisamment convaincu que Toinette et le médecin ne sont pas la même personne, elle ressort de la chambre, pour y rentrer aussitôt en médecin.

TOINETTE en médecin, ARGAN, BÉRALDE

TOINETTE. — Monsieur,... vous ne trouverez pas mauvais [1], s'il vous plaît, la curiosité que j'ai eue de voir un illustre malade comme vous êtes; et votre réputation, qui s'étend partout, peut excuser la liberté que j'ai prise.

ARGAN. — Monsieur, je suis votre serviteur.

TOINETTE. — Je vois, monsieur, que vous me regardez fixement. Quel âge croyez-vous bien que j'aie?

ARGAN. — Je crois que tout au plus vous pouvez avoir vingt-six ou vingt-sept ans.

TOINETTE. — Ah, ah, ah, ah, ah! J'en ai quatre-vingt-dix.

ARGAN. — Quatre-vingt-dix?

TOINETTE. — Oui. Vous voyez un effet des secrets de mon art, de me conserver ainsi frais et vigoureux.

ARGAN. — Par ma foi, voilà un beau jeune vieillard pour quatre-vingt-dix ans.

TOINETTE. — Je suis médecin passager, qui vais de ville en ville, de province en province, de royaume en royaume, pour chercher d'illustres matières à ma capacité, pour trouver des malades dignes de m'occuper, capables d'exercer les grands et beaux secrets que j'ai trouvés dans la médecine. Je dédaigne de m'amuser à ce menu fatras de maladies ordinaires, à ces bagatelles de rhu-

---

1. Curieux exemple de construction rompue : la phrase commence comme si la proposition « vous ne trouverez pas mauvais » devait entraîner après elle une subordonnée : « Vous ne trouverez pas mauvais que j'aie eu la curiosité.... » Puis, comme il arrive dans la conversation, Toinette semble oublier, après la parenthèse s'il vous plaît, comment elle a commencé sa phrase, et elle la continue comme si, au lieu de « vous ne trouverez pas mauvais », elle avait dit : « vous excuserez » ou « vous ne blâmerez pas. » En effet si, dès le début de la phrase, elle avait prévu comment elle la continuerait, elle aurait dû dire : « Vous ne trouverez pas mauvaise la curiosité que j'ai eue. »

matismes et défluxions [1], à ces fiévrottes, à ces vapeurs [2] et à ces migraines. Je veux des maladies d'importance : de bonnes fièvres continues avec des transports au cerveau, de bonnes fièvres pourprées [3], de bonnes pestes, de bonnes hydropisies formées [4], de bonnes pleurésies avec des inflammations de poitrine : c'est là que je me plais, c'est là que je triomphe ; et je voudrais, monsieur, que vous eussiez toutes les maladies que je viens de dire, que vous fussiez abandonné de tous les médecins, désespéré, à l'agonie, pour vous montrer l'excellence de mes remèdes, et l'envie que j'aurais de vous rendre service.

ARGAN. — Je vous suis obligé, monsieur, des bontés que vous avez pour moi.

TOINETTE. — Donnez-moi votre pouls. Allons donc, que l'on batte comme il faut. Ahi ! je vous ferai bien aller comme vous devez. Hoi [5]! ce pouls-là fait l'impertinent ; je vois bien que vous ne me connaissez pas encore. Qui est votre médecin ?

ARGAN. — Monsieur Purgon.

TOINETTE. — Cet homme-là n'est point écrit sur mes tablettes entre les grands médecins. De quoi dit-il que vous êtes malade ?

ARGAN. — Il dit que c'est du foie, et d'autres [6] disent que c'est de la rate.

TOINETTE. — Ce sont tous des ignorants : c'est du poumon que vous êtes malade.

ARGAN. — Du poumon ?

TOINETTE. — Oui. Que sentez-vous ?

1. *Défluxion*, mot vieilli, qui paraît avoir désigné à peu près la même chose que le mot *fluxion*, lequel s'emploie pour désigner des maladies d'espèces différentes.

2. *Vapeurs*, nom qu'on donnait jadis aux malaises dont la cause n'était pas bien déterminée. — *Fiévrottes*, petites fièvres.

3. *Fièvre pourprée*, maladie qui consiste en une très forte éruption de rougeurs accompagnée de fièvre : nous disons aujourd'hui *fièvre scarlatine*.

4. *Formées*, déclarées, déjà suffisamment développées.

5. *Hoi*, autre forme, maintenant inusitée, de l'interjection *ouais*.

6. *D'autres* : allusion à Thomas Diafoirus et à son père : voir page 430.

ARGAN. — Je sens de temps en temps des douleurs de tête.

TOINETTE. — Justement, le poumon.

ARGAN. — Il me semble parfois que j'ai un voile devant les yeux.

TOINETTE. — Le poumon.

ARGAN. — J'ai quelquefois des maux de cœur.

TOINETTE. — Le poumon.

ARGAN. — Je sens parfois des lassitudes par tous les membres.

TOINETTE. — Le poumon.

ARGAN. — Et quelquefois il me prend des douleurs dans le ventre, comme si c'était [1] des coliques.

TOINETTE. — Le poumon. Vous avez appétit à ce que vous mangez?

ARGAN. Oui, monsieur.

TOINETTE. — Le poumon. Vous aimez à boire un peu de vin?

ARGAN. — Oui, monsieur.

TOINETTE. Le poumon. Il vous prend un petit sommeil après le repas, et vous êtes bien aise de dormir [2]?

ARGAN. — Oui, monsieur.

TOINETTE. — Le poumon, le poumon, vous dis-je. Que vous ordonne votre médecin pour votre nourriture?

ARGAN. — Il m'ordonne du potage.

TOINETTE. — Ignorant!

ARGAN. — De la volaille.

TOINETTE. — Ignorant!

ARGAN. — Du veau.

TOINETTE. — Ignorant!

ARGAN. — Des bouillons.

TOINETTE. — Ignorant!

ARGAN. — Des œufs frais.

---

1. Nous écririons plutôt aujourd'hui c'étaient des coliques, quoiqu'il n'y ait pas encore d'incorrection à écrire c'était.
2. On voit que Toinette, dans ces trois questions, dit des choses qui sont des signes de bonne santé plutôt que de maladie.

TOINETTE. — Ignorant !

ARGAN. — Et le soir de petits pruneaux pour lâcher le ventre.

TOINETTE. — Ignorant !

ARGAN. — Et surtout de boire mon vin fort trempé. [1]

TOINETTE. — *Ignorantus, ignoranta, ignorantum* [2]. Il faut boire votre vin pur ; et, pour épaissir votre sang, qui est trop subtil, il faut manger de bon gros bœuf, de bon gros porc, de bon fromage de Hollande, du gruau et du riz, et des marrons et des oublies [3], pour coller et conglutiner [4]. Votre médecin est une bête. Je veux vous en envoyer un de ma main ; et je viendrai vous voir de temps en temps, tandis que je serai en cette ville.

ARGAN. — Vous m'obligez beaucoup.

TOINETTE. — Que diantre [5] faites-vous de ce bras-là ?

ARGAN. — Comment ?

TOINETTE. — Voilà un bras que je me ferais couper tout à l'heure [6], si j'étais que de vous [7].

ARGAN. — Et pourquoi ?

TOINETTE. — Ne voyez-vous pas qu'il tire à soi toute la nourriture, et qu'il empêche ce côté-là de profiter ?

ARGAN. — Oui ; mais j'ai besoin de mon bras.

TOINETTE. — Vous avez là aussi un œil droit que je me ferais crever, si j'étais en votre place.

ARGAN. — Crever un œil ?

TOINETTE. — Ne voyez-vous pas qu'il incommode l'autre, et lui dérobe sa nourriture ? Croyez-moi, faites-vous-le crever au plus tôt, vous en verrez plus clair de l'œil gauche.

---

1. *Trempé*, mélangé (*temperatum*).

2. Inutile de dire que ce prétendu adjectif latin est un barbarisme.

3. *Oublie*, sorte de pâtisserie légère, roulée en cylindre creux : roulée en forme de cornet, elle est généralement appelée aujourd'hui *plaisir*. — Ce mot vient du participe passé passif féminin de *offerre* (*oblata*), qui a été employé, dans la basse latinité, comme substantif, avec le sens d'*offrande*, *cadeau*.

4. *Conglutiner*, former une pâte, donner la consistance de la colle (*glutinum*).

5. Voir page 47, note 1.

6. *Tout à l'heure*, à l'heure même, instantanément.

7. Voir page 351, note 4.

ARGAN. — Cela n'est pas pressé.

TOINETTE. — Adieu. Je suis fâché de vous quitter sitôt; mais il faut que je me trouve à une grande consultation qui se doit faire pour un homme qui mourut hier.

ARGAN. — Pour un homme qui mourut hier?

TOINETTE. — Oui : pour aviser et voir ce qu'il aurait fallu lui faire pour le guérir. Jusqu'au revoir.

ARGAN. — Vous savez que les malades ne reconduisent point.

(Acte III, sc. x.)

VII

LA DOUBLE ÉPREUVE

Le prétendu médecin une fois sorti, Béralde reprend la conversation sur le mariage d'Angélique. Mais Argan ne veut rien entendre : puisqu'il est brouillé avec M. Purgon et qu'Angélique ne peut plus épouser Thomas Diafoirus, il suivra le conseil de Béline, et la fera entrer dans un couvent. Béralde se récrie et assure que Béline n'agit que par intérêt, et que l'amour qu'elle témoigne pour Argan n'est rien qu'hypocrisie. Toinette, qui est rentrée dans la chambre avec ses habits ordinaires, propose alors à Argan de tenter une épreuve : qu'il contrefasse le mort et qu'il juge de la douleur que Béline montrera quand elle apprendra qu'il vient de mourir subitement. — Argan se prête à cette comédie et Toinette commence à pousser des cris.

BÉLINE, TOINETTE, ARGAN, BÉRALDE [1]

TOINETTE *s'écrie* : — Ah! mon Dieu! Ah! malheur! Quel étrange accident!

BÉLINE. — Qu'est-ce, Toinette?

TOINETTE. — Ah! madame!

BÉLINE. — Qu'y a-t-il?

TOINETTE. — Votre mari est mort.

---

1. Argan est étendu dans sa chaise, se met à crier : ses cris attirent Béline; Béralde caché dans un coin, et Toinette

BÉLINE. — Mon mari est mort?

TOINETTE. — Hélas! oui! Le pauvre défunt est trépassé.

BÉLINE. — Assurément?

TOINETTE. — Assurément. Personne ne sait encore cet accident-là, et je me suis trouvée ici toute seule. Il vient de passer entre mes bras. Tenez, le voilà tout de son long dans cette chaise.

BÉLINE. — Le ciel en soit loué! Me voilà délivrée d'un grand fardeau. Que tu es sotte, Toinette, de t'affliger de cette mort!

TOINETTE. — Je pensais, madame, qu'il fallût [1] pleurer.

BÉLINE. — Va, va, cela n'en vaut pas la peine. Quelle perte est-ce que la sienne? et de quoi servait-il sur la terre? Un homme incommode à tout le monde, malpropre, dégoûtant, sans cesse un lavement ou une médecine dans le ventre [2], mouchant, toussant, crachant toujours; sans esprit, ennuyeux, de mauvaise humeur, fatiguant sans cesse les gens, et grondant jour et nuit servantes et valets.

TOINETTE. — Voilà une belle oraison funèbre.

BÉLINE. — Il faut, Toinette, que tu m'aides à exécuter mon dessein, et tu peux croire qu'en me servant ta récompense est sûre [3]. Puisque, par un bonheur [4], per-

---

1. Cet emploi du subjonctif après *croire*, *penser* et d'autres verbes du même genre, qui, employés d'une manière positive, entraînent plutôt aujourd'hui l'indicatif, est fréquent au XVIIᵉ siècle. Ainsi dans *le Menteur* (acte I, sc. IV) de Corneille :
La plus belle des deux, je crois que ce soit
           [l'autre.

2. *Sans cesse un lavement.* Cet emploi d'un substantif qui intervient sans se rattacher par un lien bien net à la construction de la phrase, mais qui marque un trait, une particularité naturelle ou occasionnelle de la personne ou de l'objet qui est en question, est assez fréquent dans les portraits. On en peut citer deux exemples dans La Fontaine :

De petits monstres fort hideux.
Rechignés, un air triste, une voix de mégère,
          (*Fables*, V, XVIII.)
Il est velouté comme nous.
Marqueté, longue *queue*, une humble contenance,
                  [nance,
Un modeste *regard* et pourtant l'œil luisant.
          (*Ibid.*, VI, V.)

3. La grammaire de nos jours, plus stricte que celle du XVIIᵉ siècle, ne permet guère d'employer le participe dans ces sortes de phrase que s'il se rapporte au sujet de la proposition dans laquelle il est contenu. Il faudrait donc écrire aujourd'hui : « Si tu me sers, ta récompense est sûre; » ou : « en me servant, tu t'assures une récompense. » Voir encore page 465, note 2.

4. *Par un bonheur* : on dit ordinai-

sonne n'est encore averti de la chose, portons-le dans son lit, et tenons cette mort cachée, jusqu'à ce que j'aie fait mon affaire [1]. Il y a des papiers, il y a de l'argent, dont je me veux saisir; et il n'est pas juste que j'aie passé sans fruit auprès de lui mes plus belles années. Viens Toinette; prenons auparavant toutes ses clefs.

ARGAN, *se levant brusquement.* — Doucement!

BÉLINE, *surprise et épouvantée.* — Ahi!

ARGAN. — Oui, madame ma femme, c'est ainsi que vous m'aimez?

TOINETTE. — Ah! ah! le défunt n'est pas mort!

ARGAN, *à Béline, qui sort.* — Je suis bien aise de voir votre amitié, et d'avoir entendu le beau panégyrique [2] que vous avez fait de moi. Voilà un avis au lecteur [3] qui me rendra sage à l'avenir, et qui m'empêchera de faire bien des choses.

BÉRALDE, *sortant de l'endroit où il était caché.* — Hé bien! mon frère vous le voyez.

TOINETTE. — Par ma foi, je n'aurais jamais cru cela [4]. Mais j'entends votre fille : remettez-vous comme vous étiez, et voyons de quelle manière elle recevra votre mort. C'est une chose qu'il n'est pas mauvais d'éprouver; et, puisque vous êtes en train, vous connaîtrez par là les sentiments que votre famille a pour vous.

ANGÉLIQUE, ARGAN, TOINETTE, BÉRALDE [5]

TOINETTE *s'écrie :* — O ciel! ah! fâcheuse aventure! malheureuse journée!

---

rement *par bonheur.* Mais Molière écrit encore ailleurs :

Et si, *par un malheur,* j'en avais fait autant....
    Misanthrope, I, 1).
Pour moi, *par un malheur,* je m'aperçois,
    [madame....
    (*Femmes savantes,* IV, 11).

1. *Mon affaire,* ce que j'ai à faire dans mon intérêt.

2. Un *panégyrique* était, dans l'antiquité, un discours destiné à être prononcé dans une fête solennelle. Comme

ce discours était généralement consacré à la louange d'un homme, d'un groupe d'hommes, d'un Etat, le mot a fini par emporter surtout l'idée de louange, et, en français, c'est un synonyme un peu emphatique d'*éloge.*

3. Locution proverbiale qui veut dire simplement : avis, avertissement, leçon.

4. Au contraire, Toinette savait très bien de quoi Béline était capable; elle feint seulement d'en être étonnée.

5. Béralde va de nouveau se cacher

ANGÉLIQUE. — Qu'as-tu, Toinette? et de quoi pleures-tu?

TOINETTE. — Hélas! j'ai de tristes nouvelles à vous donner.

ANGÉLIQUE. — Hé quoi?

TOINETTE. — Votre père est mort.

ANGÉLIQUE. — Mon père est mort, Toinette?

TOINETTE. — Oui; vous le voyez là. Il vient de mourir tout à l'heure d'une faiblesse qui lui a pris.

ANGÉLIQUE. — O ciel! quelle infortune! quelle atteinte cruelle! Hélas! faut-il que je perde mon père, la seule chose qui me restait au monde, et qu'encore, pour un surcroît de désespoir, je le perde dans un moment où il était irrité contre moi[1]? Que deviendrai-je, malheureuse, et quelle consolation trouver après une si grande perte?

CLÉANTE, ANGÉLIQUE, ARGAN, TOINETTE, BÉRALDE [2]

CLÉANTE. — Qu'avez-vous donc... et quel malheur pleurez-vous?

ANGÉLIQUE. — Hélas! je pleure tout ce que dans la vie je pouvais perdre de plus cher et de plus précieux. je pleure la mort de mon père.

CLÉANTE. — O ciel! quel accident! quel coup ino-piné! Hélas! après la demande que j'avais conjuré votre oncle de lui faire pour moi, je venais me présenter à lui et tâcher, par mes respects et par mes prières, de disposer son cœur à vous accorder à mes vœux.

ANGÉLIQUE. — Ah! Cléante, ne parlons plus de rien. Laissons là toutes les pensées du mariage. Après la perte de mon père, je ne veux plus être du monde, et j'y

et Toinette feint de ne pas voir Angé-lique qui entre.

1.Parce qu'elle avait refusé d'épouser Thomas Diafoirus.

2. Cléante entre, et Béralde est tou-jours caché. Cléante est le jeune homme qu'Angélique souhaite épouser, et que Béralde conseille en effet à son frère de prendre pour gendre.

renonce pour jamais. Oui, mon père, si j'ai résisté tantôt à vos volontés, je veux suivre du moins une de vos intentions [1], et réparer par là le chagrin que je m'accuse de vous avoir donné. Souffrez, mon père, que je vous en donne ici ma parole, et que je vous embrasse pour vous témoigner mon ressentiment [2]

A R G A N *se lève*. — Ah! ma fille!

A N G É L I Q U E, *épouvantée*. — Ahi!

A R G A N. — Viens. N'aie point de peur; je ne suis pas mort. Va, tu es mon vrai sang, ma véritable fille, et je suis ravi d'avoir vu ton bon naturel.

(Acte III, sc. XII-XIV.)

On devine qu'après cette scène, Argan ne peut plus s'opposer au mariage de sa fille et de Cléante. Il souhaiterait toutefois que Cléante se fît médecin. — Mais non : car il y a, pense Béralde, un moyen plus aisé d'arranger les choses : qu'Argan se fasse médecin lui-même; Béralde connaît « une faculté de ses amies » qui consentira à se déranger et à venir chez Argan pour lui décerner le titre de docteur.

C'est ainsi que se trouve amené le divertissement qui met fin au *Malade imaginaire*, la fameuse *Cérémonie* en latin *macaronique* [3]. Nous n'en citerons que trois courts fragments.

1° EXORDE DU DISCOURS DU PRÉSIDENT

P R Æ S E S.

Savantissimi doctores,
Medicinæ professores,
Qui hic assemblati estis,
Et vos, altri messiores,
Sententiarum Facultatis
Fideles executores,

1. Allusion au désir qu'avait manifesté Argan de la voir entrer dans un couvent si elle n'épousait pas Thomas Diafoirus (voir page 417).

2. *Ressentiment*. Ce mot implique à la fois, dans la langue du XVIIᵉ siècle, l'idée d'émotion très vive et celle de souvenir : aussi signifie-t-il souvent *reconnaissance*; ici il semble avoir plutôt le sens de *regret*. — Depuis, le sens du mot s'est rétréci, particularisé : il ne signifie plus aujourd'hui que sentiment persistant d'une injure reçue.

3. Ce mot vient de *macaroni*, qui est le nom, on le sait, d'un mets favori de l'Italie, où ce genre burlesque a pris naissance au XVᵉ siècle, à ce qu'il semble.

Chirurgiani et apothicari,
Atque tota compania aussi.
Salus, honor et argentum,
Atque bonum appetitum.

2° LE SERMENT

PRÆSES.

Juras gardare statuta
Per Facultatem præscripta
Cum sensu et jugeamento?

BACHELIERUS.
Juro.

PRÆSES.

Essere in omnibus
Consultationibus
Ancieni aviso
Aut bono,
Aut Mauvaiso?

BACHELIERUS.
Juro.

PRÆSES.

De non jamais te servire
De remediis aucunis
Quam de ceux seulement doctæ Facultatis,
Maladus dût-il crevare
Et mori de suo malo?

BACHELIERUS.
Juro.

PRÆSES.

Ego, cum isto boneto
Venerabili et docto,
Dono tibi et concedo
Virtutem et puissanciam
Medicandi,
Purgandi,
Seignandi,
Perçandi,
Taïllandi,
Coupandi,
Et occidendi
Impune per totam terram.

3° CHŒUR FINAL

CHORUS.

Vivat, vivat, vivat, vivat, cent fois vivat,
Novus doctor, qui tam bene parlat!
Mille, mille annis et manget et bibat,
Et seignet et tuat!

APPENDICE

I

(Voir page XI, note 3.)

(Voir page XI, note 3.)

SCÈNE EXTRAITE DE

LA JALOUSIE DU BARBOUILLÉ

FARCE ATTRIBUÉE A MOLIÈRE

LE DOCTEUR, LE BARBOUILLÉ [1]

LE BARBOUILLÉ. — Je m'en allais vous chercher pour vous faire une prière sur une chose qui m'est d'importance.

LE DOCTEUR [2]. — Il faut que tu sois bien mal appris, bien lourdaud, et bien mal morigéné [3], mon ami, puisque tu m'abordes sans ôter ton chapeau, sans observer *rationem loci, temporis et personæ* [4]. Quoi! débuter d'abord

---

1. Le nom de ce personnage vient sans doute de ce qu'il avait le visage barbouillé de blanc.

2. *Docteur.* Ce titre est le plus haut qui soit accordé à ceux qui ont étudié les lettres, ou les sciences, ou le droit, ou la médecine, ou la théologie. Quand on emploie le mot de *docteur* tout seul, on veut désigner, de nos jours, un docteur en médecine; — au XVIIᵉ siècle on entendait le plus souvent un docteur en théologie, la théologie, qui s'occupe de Dieu, de son existence, de ses attributs, de ses rapports avec le monde et avec l'âme humaine, étant regardée alors comme la première de toutes les sciences.

3. *Mal morigéné*, mal élevé.

4. Les convenances du lieu, du moment et de la personne.

par un discours mal digéré [1], au lieu de dire : *Salve vel salvus sis, doctor doctorum eruditissime* [2]! Hé! pour qui me prends-tu, mon ami?

LE BARBOUILLÉ. — Ma foi, excusez-moi, c'est que j'avais l'esprit en écharpe [3], et je ne songeais pas à ce que je faisais; mais je sais bien que vous êtes galant homme.

LE DOCTEUR. — Sais-tu bien d'où vient le mot de galant homme?

LE BARBOUILLÉ. — Qu'il vienne de Villejuif ou d'Aubervilliers, je ne m'en soucie guère [4].

LE DOCTEUR. — Sache que le mot de galant homme vient d'élégant; prenant le *g* et l'*a* de la dernière syllabe, cela fait *ga*, et puis prenant *l*, ajoutant un *a* et les deux dernières lettres, cela fait *galant*, et puis ajoutant *homme*, cela fait *galant homme* [5]. Mais, encore, pour qui me prends-tu?

LE BARBOUILLÉ. — Je vous prends pour un docteur. Or çà, parlons un peu de l'affaire que je vous veux proposer [6]. Il faut que vous sachiez...

LE DOCTEUR. — Sache auparavant que je ne suis pas seulement un docteur, mais que je suis une, deux, trois, quatre, cinq, six, sept, huit, neuf et dix fois docteur. 1° Parce que, comme l'unité est la base, le fondement et le premier de tous les nombres; aussi, moi, je suis le premier de tous les docteurs, le docte des doctes. 2° Parce qu'il y a deux facultés nécessaires pour la parfaite connaissance de toutes choses, le sens [7] et l'entende-

---

1. *Digéré*, bien mis en ordre, bien composé. — C'est le sens du verbe latin *di-gerere*.

2. Salut (ce qui peut se traduire en latin soit par l'impératif *salve*, soit par la proposition *salvus sis*), docteur, le plus érudit de tous les docteurs.

3. *L'esprit en écharpe*, l'esprit malade, comme est malade le bras qu'on met en écharpe, pour le soutenir.

4. Molière reprendra plus tard la même plaisanterie. Voir page 380.

5. Inutile de dire que cette étymo-

logie est tout à fait fantaisiste. En réalité l'adjectif *galant* se rattache au vieux verbe *galer*, qui voulait dire *se réjouir*. Du sens d'*homme gai*, on est passé à celui d'*homme brillant, homme d'honneur*. — Quant à *élégant*, il vient du latin *elegans*, qui lui-même se rattache à la même racine que le verbe *eligere* et marque par conséquent une idée de choix, de distinction.

6. *Proposer* (*pro-ponere*): mettre devant les yeux.

7. *Le sens*, l'ensemble des cinq sens,

ment, et, comme je suis tout sens et tout entendement, je suis deux fois docteur.

LE BARBOUILLÉ. — D'accord. C'est que...

LE DOCTEUR. — 3° Parce que le nombre de trois est celui de la perfection, selon Aristote[1]; et, comme je suis parfait, et que toutes mes productions le sont aussi, je suis trois fois docteur.

LE BARBOUILLÉ. — Eh bien! monsieur le docteur...

LE DOCTEUR. — 4° Parce que la philosophie a quatre parties, la logique[2], morale, physique et métaphysique; et comme je les possède toutes quatre, et que je suis parfaitement versé en icelles[3], je suis quatre fois docteur. .

LE BARBOUILLÉ. — Que diable! je n'en doute pas. Écoutez-moi donc.

LE DOCTEUR. — 5° Parce qu'il y a cinq universelles[4],

---

vue, ouïe, toucher, goût, odorat, par les organes desquels nous percevons les différents objets. — L'entendement : l'intelligence, par laquelle nous raisonnons sur les notions qui nous sont fournies par les différents sens.

1. Aristote (384-322) est, de tous les philosophes de l'antiquité, celui qui a été le plus étudié dans les écoles pendant tout le moyen âge et encore pendant le XVIe et le XVIIe siècle. Mais la singulière opinion que lui prête ici le docteur n'est pas de lui.

2. La logique donne les règles du raisonnement, et la morale celles de la conduite ; le nom de physique désignait jadis l'ensemble des sciences naturelles (physique, chimie, histoire naturelle); la métaphysique (ce qui vient après la physique, μετὰ τὰ φυσικά) traite de la cause première de toute chose, c'est-à-dire de Dieu, et de la nature de l'âme. — Aujourd'hui la physique n'est plus comprise dans l'ensemble de sciences auquel on donne le nom de philosophie; — en revanche la philosophie comprend maintenant une autre science, dont le docteur ne fait pas mention, la psychologie, qui traite des opérations de l'âme.

3. Voir page 58, note 3.

4. Universelles, ou natures universelles, ou plus ordinairement universaux, termes de l'ancienne philosophie, qui désignent à peu près ce que nous appelons aujourd'hui les idées générales. Une idée générale est celle qui représente tout un groupe d'idées particulières : l'idée d'animal par exemple est plus générale que chacune des idées de chien, de chat, de cheval. Quand on veut définir un objet, on le définit à l'aide d'une idée générale. Ainsi vous définirez le chien en disant : « C'est un animal qui...... »; vous définirez le chêne en disant : « C'est un arbre, qui..... » — L'ancienne philosophie avait cru pouvoir grouper toutes les idées particulières sous les cinq idées générales qui sont nommées ici et définir tous les objets en indiquant de quel genre ils sont, puis, dans chaque genre, de quelle espèce, puis, dans l'espèce, de quel groupe particulier (c'est ce qu'on appelait différence), puis quel est leur propre, ou caractère propre, et quelles sont leurs qualités fortuites qui viennent modifier le caractère propre, mais qui pourraient être autres : c'est ainsi, par exemple, qu'on dira d'un certain animal (genre) que c'est un chien (espèce), un épagneul (différence), à long poil (propre), de couleur fauve (accident).

27.

le genre, l'espèce, la différence, le propre et l'accident, sans la connaissance desquelles il est impossible de faire aucun bon raisonnement; et, comme je m'en sers avec avantage, et que j'en connais l'utilité, je suis cinq fois docteur.

LE BARBOUILLÉ. — Il faut que j'aie bonne patience.

LE DOCTEUR. — 6° Parce que le nombre de six est le nombre du travail, et, comme je travaille incessamment pour ma gloire, je suis six fois docteur.

LE BARBOUILLÉ. — Ho! parle tant que tu voudras.

LE DOCTEUR. — 7° Parce que le nombre de sept est le nombre de la félicité [1], et, comme je possède une parfaite connaissance de tout ce qui peut rendre heureux, et que je le suis en effet par mes talents, je me sens obligé de dire de moi-même : *O ter quaterque beatum* [2]! 8° Parce que le nombre de huit est le nombre de la justice à cause de l'égalité qui se rencontre en lui [3] et que la justice et la prudence avec laquelle je mesure et pèse toutes mes actions me rendent huit [4] fois docteur. 9° Parce qu'il y a neuf Muses [4] et que je suis également chéri d'elles. 10° Parce que, comme on ne peut passer le nombre de dix sans faire une répétition des autres nombres, et qu'il est le nombre universel; aussi, quand on m'a trouvé, on a trouvé le docteur universel; je contiens en moi tous les autres docteurs. Ainsi, tu vois par des raisons plausibles, vraies, démonstratives et convaincantes, que je suis une, deux, trois, quatre, cinq, six, sept, huit, neuf et dix fois docteur.

LE BARBOUILLÉ. — Que diable est-ce ci? Je croyais trouver un homme bien savant, qui me donnerait un bon conseil, et je trouve un ramoneur de cheminées, qui

1. Quelques rêveurs ont attribué aux différents nombres certains caractères moraux et mystérieux : on en a ici un exemple.

2. O trois et quatre fois heureux.

3. Le chiffre *huit* est formé, on le sait, de deux boucles de même dessin : 8.

4. Les *Muses,* déesses inspiratrices des œuvres de l'esprit, étaient en effet au nombre de neuf dans la mythologie grecque : Clio (histoire), Euterpe (musique), Thalie (comédie), Melpomène (tragédie), Terpsichore (danse), Érato (poésie légère), Polymnie (poésie lyrique), Uranie (astronomie), Calliope (poésie épique).

au lieu de me parler, s'amuse à jouer à la mourre [1]. Un, deux, trois, quatre, ha, ha, ha! Oh bien! ce n'est pas cela; c'est que je vous prie de m'écouter, et croyez que je ne suis pas un homme à vous faire perdre vos peines, et que, si vous me satisfaisiez sur ce que je veux de vous, je vous donnerais ce que vous voudrez; de l'argent, si vous en voulez.

LE DOCTEUR. — Hé! de l'argent?

LE BARBOUILLÉ. — Oui, de l'argent, et toute autre chose que vous pourriez demander.

LE DOCTEUR, *troussant sa robe par derrière.* — Tu me prends donc pour un homme à qui l'argent fait tout faire, pour un homme attaché à l'intérêt, pour une âme mercenaire? Sache, mon ami, que, quand tu me donnerais une bourse pleine de pistoles [2], et que cette bourse serait dans une riche boîte, cette boîte dans un étui précieux, cet étui dans un coffret admirable, ce coffret dans un cabinet curieux, ce cabinet dans une chambre magnifique, cette chambre dans un appartement agréable, cet appartement dans un château pompeux, ce château dans une citadelle incomparable, cette citadelle dans une ville célèbre, cette ville dans une île fertile, cette île dans une province opulente, cette province dans une monarchie florissante, cette monarchie dans tout le monde; et que tu me donnerais le monde, où serait cette monarchie florissante, où serait cette province opulente, où serait cette île fertile, où serait cette ville célèbre, où serait cette citadelle incomparable, où serait ce château pompeux, où serait cet appartement agréable, où serait cette chambre magnifique, où serait ce cabinet curieux, où serait ce coffret admirable, où serait cet étui précieux, où serait cette riche boîte dans laquelle serait enfermée

---

1. La *mourre* est un jeu qui consiste à lever, puis à baisser rapidement un certain nombre de doigts pour donner à deviner combien on en a levé. Or, à chacun de ses développements, le docteur a levé un doigt, puis deux, puis trois, jusqu'à dix.

2. *Pistoles* : voir page 244, note 2.

la bourse pleine de pistoles, que je me soucierais aussi peu de ton argent et de toi que de cela [1].

LE BARBOUILLÉ. — Ma foi, je m'y suis mépris : à cause qu'il est vêtu comme un médecin, j'ai cru qu'il lui fallait parler d'argent [2]; mais puisqu'il n'en veut point, il n'y a rien de plus aisé que de le contenter : je m'en vais courir après lui.

(Scène II.)

II

(Voir page XVII, note 1.)

REMERCIEMENT AU ROI [3]

(1663)

Votre paresse enfin me scandalise,
  Ma Muse; obéissez-moi
  Il faut ce matin, sans remise,
  Aller au lever [4] du roi.
    Vous savez bien pourquoi;
  Et ce vous est une honte
De n'avoir pas été plus prompte
A le remercier de ses fameux bienfaits;
  Mais il vaut mieux tard que jamais.

---

1. En disant ces derniers mots, il fait un de ces gestes qui veulent dire qu'on ne se soucie pas de quelque chose.
2. Petit trait de satire contre les médecins. — Tous les gens d'étude, médecins, théologiens, hommes de loi portaient la robe. — Toute la réplique du Barbouillé se dit quand le docteur est sorti.
3. Cette jolie pièce, dans laquelle

Molière raille si agréablement la fatuité de ces petits marquis, qui vont dès lors trouver place dans la galerie de ses personnages (la Critique de l'École des femmes, l'Impromptu de Versailles, le Misanthrope), fut fort admirée des contemporains : ils y trouvaient, comme dit l'un d'eux, « un portrait de la cour trait pour trait ».

4. Lever. Voir page 145, note 2.

Faites donc votre compte [1]
D'aller au Louvre accomplir mes souhaits.

Gardez-vous bien d'être en Muse bâtie ;
Un air de Muse est choquant dans ces lieux
On y veut des objets à réjouir les yeux ;
Vous en devez être avertie :
Et vous ferez votre cour beaucoup mieux,
Lorsqu'en marquis vous serez travestie.
Vous savez ce qu'il faut pour paraître marquis ;
N'oubliez rien de l'air ni des habits :
Arborez un chapeau chargé de trente plumes
Sur une perruque de prix ;
Que le rabat [2] soit des plus grands volumes,
Et le pourpoint [3] des plus petits ;
Mais surtout je vous recommande
Le manteau, d'un ruban sur le dos retroussé :
La galanterie en est grande ;
Et parmi les marquis de la plus haute bande [4]
C'est pour être placé.
Avec vos brillantes hardes,
Et votre ajustement,
Faites tout le trajet de la salle des gardes [5] ;
Et vous peignant galamment,
Portez de tous côtés vos regards brusquement ;
Et, ceux que vous pourrez connaître,
Ne manquez pas, d'un haut ton,
De les saluer par leur nom,
De quelque rang qu'ils puissent être.
Cette familiarité
Donne à quiconque en use un air de qualité.

Grattez du peigne à la porte [6]

1. *Faites votre compte d'aller*, comptez que vous irez.
2. *Rabat.* Voir page 45, note 1.
3. *Pourpoint.* Voir page 36, note 6.
4. *De la plus haute bande*, de la meilleure, de la plus brillante compagnie.
5. *La salle des gardes*, qui précédait les appartements du roi, au Louvre, est maintenant la salle des Cariatides.
6. *Grattez du peigne à la porte.* La poli-

De la chambre du roi ;
Ou si, comme je prévoi [1],
La presse s'y trouve forte,
Montrez de loin votre chapeau,
Ou montez sur quelque chose
Pour faire voir votre museau ;
Et criez, sans aucune pause,
D'un ton rien moins que naturel :
« Monsieur l'huissier, pour le marquis un tel [2]. »
Jetez-vous dans la foule, et tranchez du notable ;
Coudoyez un chacun, point du tout de quartier ;
Pressez, poussez, faites le diable
Pour vous mettre le premier ;
Et quand même l'huissier,
A vos désirs inexorable,
Vous trouverait en face un marquis repoussable [3],
Ne démordez point pour cela ;
Tenez toujours ferme là :
A déboucher la porte, il irait trop du vôtre [4] ;
Faites qu'aucun n'y puisse pénétrer,
Et qu'on soit obligé de vous laisser entrer,
Pour faire entrer quelque autre.

Quand vous serez entré [5], ne vous relâchez pas :
Pour assiéger la chaise [6], il faut d'autres combats.
Tâchez d'en être des plus proches
En y gagnant le terrain pas à pas ;
Et si des assiégeants le prévenant amas
En bouche toutes les approches,

tesse exigeait, en effet, qu'on ne frappât pas, mais qu'on grattât à la porte des chambres. A la porte de la chambre du roi, les courtisans grattaient avec le peigne qu'ils avaient dans leur poche.

1. *Je prévoi*. Voir page 2, note 1.

2. *Pour le marquis un tel*, et non : pour monsieur le marquis. Le bon usage voulait qu'en donnant son nom à l'huissier de la chambre du roi, on ne se qualifiât pas de *monsieur*.

3. *Repoussable*. Ce mot n'est pas admis par l'Académie, et Littré n'en cite pas d'autre exemple.

4. *Du vôtre*. Vous compromettriez trop gravement votre intérêt si vous consentiez à ne plus boucher la porte.

5. *Entré*, au masculin, quoique le poëte parle à sa Muse ; mais il n'a plus dans l'esprit que l'idée de marquis.

6. *La chaise* où le roi est assis.

Prenez le parti doucement
D'attendre le prince au passage :
Il connaîtra votre visage
Malgré votre déguisement;
Et lors, sans tarder davantage,
Faites-lui votre compliment.

Vous pourriez aisément l'étendre,
Et parler des transports qu'en vous font éclater
Les surprenants bienfaits que, sans les mériter [1],
Sa libérale main sur vous daigne répandre,
Et des nouveaux efforts où s'en va vous porter
L'excès de cet honneur où vous n'osiez prétendre [2],
    Lui dire comme vos désirs
Sont, après ses bontés [3] qui n'ont point de pareilles,
D'employer à sa gloire, ainsi qu'à ses plaisirs,
    Tout votre art et toutes vos veilles,
    Et là-dessus lui promettre merveilles :
    Sur ce chapitre [4] on n'est jamais à sec;
    Les Muses sont de grandes prometteuses !
    Et, comme vos sœurs les causeuses,
Vous ne manquerez pas, sans doute, par le bec [5].
    Mais les grands princes n'aiment guères
    Que les compliments qui sont courts;
Et le nôtre [6] surtout a bien d'autres affaires
    Que d'écouter tous vos discours.
La louange et l'encens n'est [7] pas ce qui le touche;

---

1. *Sans les mériter.* Voir la note 1 de la page 320. Il faudrait écrire aujourd'hui : « Les surprenants bienfaits que, sans que vous les méritiez, sa libérale main sur vous daigne répandre »; ou : « Les surprenants bienfaits que, sans les mériter, vous recevez de sa libérale main. »

2. Sur *où* dans le sens de *auquel*, voir page 56, note 4. — Les deux *où* rendent d'ailleurs ici la phrase assez embarrassée. Entendez : vous pourriez parler des nouveaux efforts que vous allez tenter, c'est-à-dire des nouvelles œuvres que vous allez composer, poussée à cela par l'honneur qu'il vient de vous faire, honneur excessif et auquel vous n'osiez prétendre.

3. *Après ses bontés,* depuis que vous avez éprouvé ses bontés.

4. *Sur ce chapitre :* quand il s'agit de promettre.

5. *Bec* se prend, dans le langage très familier, avec le sens d'organe du babil, du bavardage. *Manquer par le bec,* c'est donc ne rien trouver à dire.

6. *Le nôtre,* notre grand prince.

7. Les exemples sont nombreux au

Dès que vous ouvrirez la bouche
Pour lui parler de grâce et de bienfait,
Il comprendra d'abord [1] ce que vous voudrez dire,
Et se mettant doucement à sourire
D'un air qui sur les cœurs fait un charmant [2] effet,
Il passera comme un trait [3]
Et cela vous doit suffire :
Voilà votre compliment fait.

XVIIᵉ siècle d'un verbe précédé de deux sujets reliés par la conjonction *et*, et qui ne s'accorde qu'avec le dernier. La Rochefoucauld par exemple écrit (*Maximes*, LXI) : « Le bonheur et le malheur des hommes ne *dépend* pas moins de leur humeur que de la fortune. » Et de même La Bruyère *(De l'homme)* : « Notre vanité et la trop grande estime que nous avons de nous-mêmes nous *fait* soupçonner dans les autres une fierté à notre égard qui y est quelquefois, et qui souvent n'y est pas ».

1. *D'abord*, dès l'abord.
2. *Charmant* est pris ici dans toute la force de son sens : qui opère un charme *(carmen)*, un sortilège, qui enchante.
3. On remarquera avec quelle délicatesse Molière loue ici non seulement l'activité du roi qui n'a pas de temps à perdre, mais encore sa modestie qui ne lui permet pas de prêter longtemps l'oreille aux louanges et aux remerciments même les mieux justifiés.

III

(Voir page XIX, note 1.)

FRAGMENTS

DE

LA CRITIQUE DE L'ÉCOLE DES FEMMES

COMÉDIE EN UN ACTE ET EN PROSE

(Juin 1663)

ET DE

L'IMPROMPTU DE VERSAILLES

COMÉDIE EN UN ACTE ET EN PROSE

(Octobre 1663)

1.

SUR LA COMÉDIE ET LA TRAGÉDIE

Lysidas, poète jaloux, attaque la comédie de *l'École des femmes* : Uranie et le chevalier Dorante, qui ne se piquent pas de connaître, comme le poète, les règles de l'art, mais qui sont des gens de bon goût et d'esprit droit, la défendent.

LYSIDAS. — Ce n'est pas ma coutume de rien blâmer, et je suis assez indulgent pour les ouvrages des autres. Mais, enfin, sans choquer l'amitié que monsieur le chevalier témoigne pour l'auteur, on m'avouera que ces sortes de comédies ne sont pas proprement des comé-

dies [1], et qu'il y a une grande différence de toutes ces
bagatelles à la beauté des pièces sérieuses [2]. Cependant
tout le monde donne là-dedans aujourd'hui; on ne court
plus qu'à cela, et l'on voit une solitude effroyable aux
grands ouvrages, lorsque des sottises ont tout Paris [3].
Je vous avoue que le cœur m'en saigne quelquefois, et
cela est honteux pour la France...

DORANTE. — Vous croyez donc, monsieur Lysidas,
que tout l'esprit et toute la beauté sont dans les poèmes
sérieux, et que les pièces comiques sont des niaiseries
qui ne méritent aucune louange?

URANIE. — Ce n'est pas mon sentiment, pour moi.
La tragédie, sans doute, est quelque chose de beau
quand elle est bien touchée [4]; mais la comédie a ses
charmes, et je tiens que l'une n'est pas moins difficile à
faire que l'autre.

DORANTE. — Assurément, madame; et quand, pour
la difficulté, vous mettriez un *plus* du côté de la comédie,
peut-être que vous ne vous abuseriez pas. Car enfin,
je trouve qu'il est bien plus aisé de se guinder [5] sur
de grands sentiments, de braver en vers la fortune,
accuser les destins, et dire des injures aux dieux, que
d'entrer comme il faut dans le ridicule des hommes, et
de rendre agréablement sur le théâtre les défauts de tout
le monde. Lorsque vous peignez des héros, vous faites
ce que vous voulez. Ce sont des portraits à plaisir, où
l'on ne cherche point de ressemblance [6]; et vous n'avez

---

1. Lysidas trouve sans doute que
les vraies comédies sont celles qui ne
font pas rire.
2. *Les pièces sérieuses*, les tragédies.
3. *Ont tout Paris*, ont tous les Pari-
siens pour spectateurs.
4. *Toucher*, mot emprunté au vocabulaire de la peinture, qui, au propre,
signifie « poser et étendre les cou-
leurs », et, dans un sens dérivé,
« traiter un sujet ».
5. Littéralement *guinder* c'est élever
un fardeau à l'aide d'une machine. *Se*

guinder, c'est se hausser artificielle-
ment.
6. Ce que Molière veut faire entendre,
c'est que la tragédie est souvent
déclamatoire et que les caractères
qu'elle met en scène manquent de
vérité, et il n'est pas douteux qu'en parlant ainsi, il ne songeât au grand
Corneille lui-même, qui était alors
âgé de cinquante-sept ans, et dont les
pièces, à ce moment, méritaient assez
souvent de tels reproches. Corneille
était d'ailleurs l'ami des comédiens de

qu'à suivre les traits d'une imagination qui se donne l'essor, et qui souvent laisse le vrai pour attraper le merveilleux [1]. Mais lorsque vous peignez les hommes, il faut peindre d'après nature. On veut que ces portraits ressemblent; et vous n'avez rien fait, si vous n'y faites reconnaître les gens de votre siècle. En un mot, dans les pièces sérieuses, il suffit, pour n'être point blâmé, de dire des choses qui soient de bon sens et bien écrites; mais ce n'est pas assez dans les autres, il y faut plaisanter; et c'est une étrange entreprise que celle de faire rire les honnêtes gens [2].

(*La Critique de l'École des femmes*, sc. IV.)

2.

SUR LE RESPECT DES RÈGLES [3]

LYSIDAS. — Ceux qui possèdent Aristote et Horace, voient d'abord [4], madame, que cette comédie pèche contre toutes les règles de l'art [5].

URANIE. — Je vous avoue que je n'ai aucune habi-

l'Hôtel de Bourgogne, ennemis de Molière. — Mais ce que Molière dit ici de la tragédie ne sera plus vrai des tragédies de Racine : ce grand homme, dont le premier chef-d'œuvre, *Andromaque*, est de 1667, s'efforça au contraire de renouveler le genre tragique, comme Molière avait renouvelé le genre comique, en substituant l'observation profonde et scrupuleuse de la nature aux inventions extraordinaires où Corneille s'était parfois complu.

1. *Le merveilleux*, l'extraordinaire.

2. *Les honnêtes gens* (voir la note 2 de la page 20). — Pour faire rire la foule, des plaisanteries grossières suffisent peut-être. Mais les *honnêtes gens*

veulent être amusés, et ne peuvent souffrir la grossièreté, la pure bouffonnerie : voilà pourquoi l'entreprise dont parle Molière est en effet malaisée.

3. Les personnages sont les mêmes que dans l'extrait précédent.

4. *D'abord*, dès l'abord, tout de suite.

5. On avait beaucoup discuté dans le cours du XVIIe siècle sur les règles de la poésie et particulièrement de la poésie dramatique, telles qu'elles sont exposées dans la *Poétique* d'Aristote et dans l'*Art poétique* d'Horace. Molière va exprimer ici son sentiment sur cette question par la bouche de Dorante.

tude ¹ avec ces messieurs-là, et que je ne sais point les règles de l'art.

DORANTE. — Vous êtes de plaisantes gens avec vos règles dont vous embarrassez les ignorants, et nous étourdissez tous les jours. Il semble, à vous ouïr parler, que ces règles de l'art soient les plus grands mystères du monde; et cependant ce ne sont que quelques observations aisées, que le bon sens a faites sur ce qui peut ôter le plaisir que l'on prend à ces sortes de poèmes ²; et le même bon sens qui a fait autrefois ces observations, les fait aisément tous les jours, sans le secours d'Horace et d'Aristote. Je voudrais bien savoir si la grande règle de toutes les règles n'est pas de plaire, et si une pièce de théâtre qui a attrapé son but, n'a pas suivi un bon chemin. Veut-on que tout un public s'abuse ³ sur ces sortes de choses, et que chacun n'y soit pas juge du plaisir qu'il y prend?

URANIE. — J'ai remarqué une chose de ces messieurs-là ⁴; c'est que ceux qui parlent le plus des règles, et qui les savent mieux que les autres, font des comédies que personne ne trouve belles.

DORANTE. — Et c'est ce qui marque, madame, comme on doit s'arrêter peu à leurs disputes embarrassées. Car enfin, si les pièces qui sont selon les règles ne plaisent pas, et que celles qui plaisent ne soient pas selon les règles, il faudrait, de nécessité, que les règles eussent été mal faites. Moquons-nous donc de cette chicane, où ⁵ ils veulent assujettir le goût du public, et ne consultons dans une comédie que l'effet qu'elle fait sur

---

1. *Habitude*, relation. — C'est le sens du latin *consuetudo*.

2. *Sur ce qui peut ôter...*, sur les défauts qui peuvent rendre les poèmes moins agréables. — Molière veut dire qu'Aristote et Horace se sont bornés à exprimer d'une manière plus saisissante, plus nette, ce que tout le monde sentait comme eux, et que, par conséquent, sans les avoir étudiés, les hommes de bon sens doivent penser à peu près sur l'art la même chose que ce qu'ont pensé ces grands hommes eux-mêmes.

3. Croit-on que le public tout entier se trompe?

4. *Ces messieurs-là* : les savants, ceux qui prétendent connaître les règles et ne juger que d'après elles.

5. *Où*, à laquelle : voir page 56, note 4.

nous. Laissons-nous aller de bonne foi aux choses qui nous prennent par les entrailles, et ne cherchons point de raisonnements pour nous empêcher d'avoir du plaisir.

URANIE. — Pour moi, quand je vois une comédie, je regarde seulement si les choses me touchent ; et, lorsque je m'y suis bien divertie, je ne vais point demander si j'ai eu tort, et si les règles d'Aristote me défendaient de rire.

DORANTE. — C'est justement comme un homme qui aurait trouvé une sauce excellente, et qui voudrait examiner si elle est bonne sur [1] les préceptes du *Cuisinier français* [2].

(Id., ibid.)

3.

SUR LES CARACTÈRES QUE MOLIÈRE TRACE DANS SES COMÉDIES

Dans *l'Impromptu de Versailles*, Molière se met lui-même en scène avec les acteurs de sa troupe : ils sont en train de répéter une pièce qu'ils doivent représenter devant le roi et qui a pour sujet les critiques dont *l'Ecole des femmes* et *la Critique de l'Ecole des femmes* ont été l'objet. Molière est censé jouer le rôle d'un marquis ridicule, ainsi que son camarade La Grange : le comédien Brécourt, de son côté, représente un personnage désigné par le nom de *le chevalier*.

MOLIÈRE. — Nous disputons qui est le marquis de *la Critique* de Molière [3] ; il gage que c'est moi, et moi je gage que c'est lui.

BRÉCOURT. — Et moi, je juge que ce n'est ni l'un ni l'autre. Vous êtes fous tous deux, de vouloir vous

---

1. *Sur*, d'après.
2. Manuel de cuisine alors célèbre.
3. Le marquis est le plus sot des personnages représentés dans *la Critique de l'Ecole des femmes*.

appliquer ces sortes de choses; et voilà de quoi j'ouïs l'autre jour se plaindre Molière, parlant à des personnes qui le chargeaient [1] de même chose que vous. Il disait que rien ne lui donnait du déplaisir, comme d'être accusé de regarder quelqu'un [2] dans les portraits qu'il fait; que son dessein est de peindre les mœurs sans vouloir toucher aux personnes, et que tous les personnages qu'il représente sont des personnages en l'air [3], et des fantômes proprement [4], qu'il habille à sa fantaisie, pour réjouir les spectateurs; qu'il serait bien fâché d'y avoir jamais marqué [5] qui que ce soit; et que si quelque chose était capable de le dégoûter de faire des comédies, c'était les ressemblances [6] qu'on y voulait toujours trouver, et dont ses ennemis tâchaient malicieusement d'appuyer la pensée [7], pour lui rendre de mauvais offices auprès de certaines personnes à qui il n'a jamais pensé. Et, en effet, je trouve qu'il a raison : car pourquoi vouloir, je vous prie, appliquer tous ses gestes et toutes ses paroles, et chercher à lui faire des affaires en disant hautement : « Il joue un tel, » lorsque ce sont des choses qui peuvent convenir à cent personnes? Comme l'affaire de la comédie est de représenter en général tous les défauts des hommes, et principalement des hommes de notre siècle, il est impossible à Molière de faire aucun caractère qui ne rencontre quelqu'un [8] dans le monde; et, s'il faut qu'on l'accuse d'avoir songé [9] toutes les personnes où l'on peut trouver les défauts qu'il peint, il faut, sans doute, qu'il ne fasse plus de comédies.

(*L'Impromptu de Versailles*, sc. IV.)

1. *Chargeaient*, accusaient.
2. *Regarder*, avoir en vue.
3. *En l'air*, sans réalité, imaginaires.
4. *Proprement*, au sens propre du mot : en effet un *fantôme* (φάντασμα) est une création de l'imagination (φαντασία).
5. *Marqué*, désigné distinctement.
6. Voir page 437, note 1.
7. *Appuyer la pensée* : les ennemis de Molière disaient que la pensée des gens qui l'accusaient de faire des portraits était juste.
8. *Qui ne rencontre*, qui ne convienne à quelqu'un.
9. *D'avoir songé*, de s'être occupé de, d'avoir eu dans l'esprit. On peut citer, au XVIIᵉ siècle plusieurs exemples de ce mot pris dans ce sens et comme verbe transitif.

4.

SUR LES RIDICULES
QUE MOLIÈRE SE PROPOSE ENCORE
DE REPRÉSENTER [1]

MOLIÈRE. — Plus de matière? Hé! mon pauvre marquis, nous lui [2] en fournirons toujours assez, et nous ne prenons guère le chemin de nous rendre sages pour tout ce qu'il fait [3] et tout ce qu'il dit. Crois-tu qu'il ait épuisé dans ses comédies tout le ridicule des hommes? Et, sans sortir de la cour, n'a-t-il pas encore vingt caractères de gens où il n'a point touché? N'a-t-il pas, par exemple, ceux qui se font les plus grandes amitiés du monde, et qui, le dos tourné, font galanterie [4] de se déchirer l'un l'autre? N'a-t-il pas ces adulateurs à outrance, ces flatteurs insipides, qui n'assaisonnent d'aucun sel les louanges qu'ils donnent, et dont toutes les flatteries ont une douceur fade qui fait mal au cœur à ceux qui les écoutent? N'a-t-il pas ces lâches courtisans de la faveur, ces perfides adorateurs de la fortune, qui vous encensent dans la prospérité, et vous accablent dans la disgrâce? N'a-t-il pas ceux qui sont toujours mécontents de la cour, ces suivants inutiles, ces incommodes assidus [5], ces gens, dis-je, qui pour services ne peuvent compter que des importunités, et qui veulent que l'on les récompense d'avoir obsédé le prince dix ans

---

1. Les personnages sont les mêmes que dans l'extrait précédent. — L'un des marquis ridicules demande si Molière n'est pas maintenant épuisé, et il pense qu'il n'a plus de matière pour écrire encore des pièces nouvelles. C'est à cette assertion que répond la tirade qu'on va lire.

2. *Lui* : à Molière.

3. *Pour tout ce qu'il fait*, quelque chose qu'il fasse.

4. *Font galanterie*, considèrent comme un plaisir des plus galants.

5. Il est assez difficile de dire lequel de ces deux adjectifs est pris ici substantivement, ni l'un ni l'autre n'étant resté dans la langue comme substantif.

durant? N'a-t-il pas ceux qui caressent également **tout le monde**, qui promènent leur civilité à droit et à gauche [1], et courent à tous ceux qu'ils voient, avec les mêmes embrassades, et les mêmes protestations d'amitié? « Monsieur, votre très humble serviteur. — Monsieur, je suis tout à votre service. — Tenez-moi des vôtres [2], mon cher. — Faites état de moi [3], monsieur, comme du plus chaud de vos amis. — Monsieur, je suis ravi de vous embrasser. — Ah! monsieur, je ne vous voyais pas! Faites-moi la grâce de m'employer. Soyez persuadé que je suis entièrement à vous. Vous êtes l'homme du monde que je révère le plus. Il n'y a personne que j'honore à l'égal de vous. Je vous conjure de le croire. Je vous supplie de n'en point douter. — Serviteur. — Très humble valet. » Va, va, marquis, Molière aura toujours plus de sujets qu'il n'en voudra ; et tout ce qu'il a touché jusqu'ici n'est rien que bagatelle au prix de ce qui reste [4].

(*Id.*, *Ibid.*)

5.

SUR SES ENNEMIS

A *la Critique de l'École des femmes* avait répondu, nous l'avons dit, le *Portrait du peintre ou la Contre-critique de l'École des femmes*, par Boursault, comédie en un acte, représentée à l'Hôtel de Bourgogne. Dans cette comédie, l'auteur ne se bornait pas à attaquer Molière comme poète et comme comédien ; mais il s'en prenait encore à sa vie privée, et dénonçait notamment sa pré-

1. Voir la note 2 de la page 85.
2. Considérez-moi comme un des hommes qui sont tout à vous.
3. *Faire état de*, considérer.
4. Molière n'a pas consacré de comédie entière à la peinture des travers qu'il marque d'un crayon rapide dans ce passage ; mais il a çà et là développé plus ou moins ces diverses indications. On connaît notamment

Ces affables donneurs d'embrassades frivoles,
Ces obligeants discours d'inutiles paroles,
Qui de civilités avec tous font combat,
Et traitent du même air l'honnête homme et
[le fat,

dont parle Alceste dans la première scène du *Misanthrope* (voir page 123).

tendue irréligion. — Dans l'*Impromptu de Versailles*, Molière se représente lui-même discutant avec deux des actrices de sa troupe, Mlle Béjart et Mlle de Brie; celles-ci lui reprochent de ne pas avoir encore répondu vertement à ses ennemis et particulièrement à Boursault.

MADEMOISELLE DE BRIE. — Ma foi, j'aurais joué ce petit monsieur l'auteur, qui se mêle d'écrire contre des gens qui ne songent pas à lui.

MOLIÈRE. — Vous êtes folle. Le beau sujet à divertir la cour, que monsieur Boursault [1]! Je voudrais bien savoir de quelle façon on pourrait l'ajuster pour le rendre plaisant, et si, quand on le bernerait [2] sur un théâtre, il serait assez heureux pour faire rire le monde. Ce lui serait trop d'honneur que d'être joué devant une auguste assemblée [3]; il ne demanderait pas mieux; et il m'attaque de gaieté de cœur, pour se faire connaître de quelque façon que ce soit. C'est un homme qui n'a rien à perdre, et les comédiens [4] ne me l'ont déchaîné que pour m'engager à une sotte guerre, et me détourner, par cet artifice, des autres ouvrages que j'ai à faire; et cependant, vous êtes assez simples pour donner toutes dans ce panneau [5]. Mais enfin j'en ferai ma déclaration publiquement. Je ne prétends faire aucune réponse à toutes leurs critiques et leurs contre-critiques. Qu'ils

1. Boursault (1638-1701) débutait alors et d'une manière assez fâcheuse pour sa réputation, puisqu'il se trouvait être l'adversaire des hommes que la postérité devait justement mettre au premier rang parmi les poètes du temps, Molière et Boileau. Mais cette erreur de jeunesse n'empêche pas qu'il n'ait été un fort honnête homme et qui fit plus tard preuve de talent dans trois comédies surtout : *le Mercure galant* (1683), *Ésope à la ville* et *Ésope à la cour* (1701).

2. Une *berne* (mot emprunté à l'espagnol) c'est une couverture. De ce substantif, qu'on ne trouve plus employé dans ce sens après le xvie siècle, vient le verbe *berner*, qui littéralement signifie faire sauter quelqu'un en l'air, par dérision, en le rattrapant dans une couverture; de là *berner* a pris le sens plus général de : se moquer de quelqu'un.

3. Une auguste assemblée : Louis XIV et les gens de la cour. — Molière tient à faire entendre avec insistance que sa pièce, cette pièce dans laquelle il se défend en attaquant ses ennemis, a été composée pour le roi et sur son ordre.

4. *Les comédiens* de l'Hôtel de Bourgogne.

5. Littéralement un *panneau* est un piège pour prendre le gibier. D'où l'explosion proverbiale : *donner dans le panneau*.

disent tous les maux du monde de mes pièces, j'en suis
d'accord. Qu'ils s'en saisissent après nous; qu'ils les
retournent comme un habit pour les mettre sur leur
théâtre [1], et tâchent à profiter de quelque agrément
qu'on y trouve, et d'un peu de bonheur que j'ai; j'y consens, ils en ont besoin, et je serai bien aise de contribuer à les faire subsister, pourvu qu'ils se contentent de
ce que je puis leur accorder avec bienséance. La courtoisie doit avoir des bornes; et il y a des choses qui ne
font rire ni les spectateurs, ni celui dont on parle. Je
leur abandonne de bon cœur mes ouvrages, ma figure,
mes gestes, mes paroles, mon ton de voix, et ma façon
de réciter, pour en faire et dire toute ce qu'il leur plaira,
s'ils en peuvent tirer quelque avantage. Je ne m'oppose
point à toutes ces choses, et je serai ravi que cela puisse
réjouir le monde. Mais en leur abandonnant tout cela,
ils me doivent faire la grâce [2] de me laisser le reste et
de ne point toucher à des matières de la nature de celles
sur lesquelles on m'a dit qu'ils m'attaquaient dans leurs
comédies. C'est de quoi je prierai civilement cet honnête
monsieur qui se mêle d'écrire pour eux, et voilà toute la
réponse qu'ils auront de moi.

(*Ibid.*, sc. VI.)

---

1. Molière veut dire que Boursault
dans sa *Contre-critique* n'a fait que
reprendre le dessein de la comédie
même de Molière, *la Critique de l'École
des femmes*, sans rien inventer de nouveau, en se bornant seulement à inter-
vertir les rôles.

2. Il faudrait écrire aujourd'hui :
« En leur abandonnant tout cela, *je
leur demande* ». — Voir page 440, note 3

IV

(Voir page 176)

CHANSON

DU

MÉDECIN MALGRÉ LUI

Musique de Lulli [1].

Qu'ils sont doux, bou‿teil‿le jo‿li‿e,

Qu'ils sont doux, vos pe‿tits glou‿glous! Mais mon

sort fe‿rait bien des ja‿loux, Si vous é‿tiez

toujours rem‿pli‿e. Ah! Ah! Ah! bouteil‿

‿le ma mi‿e, Pourquoi vous vi‿dez‿vous?

---

1. Citée d'après l'édition des *Grands écrivains de la France* (tome IV, page 122). Sur Lulli (1633-1687), voir pages 76, 274, 331 et 407. — Le signe + indique un *mordant*. Cet ornement consiste dans l'exécution très rapide de deux notes avant la note marquée : la première est cette note elle-même, la seconde, la note du degré immédiatement supérieur.

V

(Voir page 360, note 1)

SCÈNE EXTRAITE

DU

PÉDANT JOUÉ

COMÉDIE DE CYRANO DE BERGERAC [1]

CORBINELI, GRANGER, PAQUIER [2]

(Acte II, sc. IV.)

CORBINELI. — Hélas! tout est perdu, votre fils est mort.

GRANGER. — Mon fils est mort? es-tu hors de sens?

CORBINELI. — Non, je parle sérieusement : votre fils, à la vérité, n'est pas mort, mais il est entre les mains des Turcs.

GRANGER. — Entre les mains des Turcs? Soutiens-moi : je suis mort.

CORBINELI. — A peine étions-nous entrés en bateau pour passer de la porte de Nesle au quai de l'École [3]...

GRANGER. — Et qu'allais-tu faire à l'Ecole, baudet?

CORBINELI. — Mon maître s'étant souvenu des commandements que vous lui avez fait d'acheter quelque

---

1. Cyrano de Bergerac (1619-1655), écrivain de plus de fantaisie que de goût : il avait connu Molière avant le départ de celui-ci pour la province. Quant au *Pédant joué*, il est difficile d'en fixer la date avec exactitude.

2. Corbineli est un valet rusé qui ressemble au Scapin de Molière; aussi son nom a-t-il une forme italienne (voir page 338, note 1). — Granger a

réellement existé : il était principal du collège de Beauvais, à Paris; il est mort en 1643. — Paquier est son serviteur, son *cuistre* (voir page 293, note 3).

3. La porte de Nesle était sur la rive gauche de la Seine, en face du Louvre; — le quai de l'Ecole était sur la rive droite, un peu en amont du Louvre.

bagatelle qui fût rare à Venise et de peu de valeur à Paris, pour en régaler son oncle[1], s'était imaginé qu'une douzaine de cotrets n'étant pas chers, et ne s'en touvant point[2] par toute l'Europe de mignons comme en cette ville, il devait en porter là : c'est pourquoi nous passions vers l'Ecole pour en acheter; mais, à peine avons-nous éloigné la côte[3], que nous avons été pris par une galère turque.

GRANGER. — Hé! de par le cornet retors[4] de Triton, dieu marin, qui jamais ouït parler que la mer fût à Saint-Cloud? qu'il y eût là des galères, des pirates, ni des écueils?

CORBINELI. — C'est en cela que la chose est plus merveilleuse; et, quoique l'on ne les ait point vus en France que là, que sait-on s'ils ne sont point venus de Constantinople jusques ici entre deux eaux[5]?.... Mais ils ne se sont pas contentés de ceci, ils ont voulu poignarder votre fils...

PAQUIER. — Quoi! sans confession?

CORBINELI. — S'il ne se rachetait par de l'argent.

GRANGER. — Ah! les misérables! C'était pour incuter[6] la peur dans cette jeune poitrine.

PAQUIER. — En effet, les Turcs n'ont garde de toucher de l'argent des chrétiens, à cause qu'il a une croix[7].

CORBINELI. — Mon maître ne m'a jamais pu dire

---

1. Granger est en effet sur le point d'envoyer son fils à Venise ; le jeune homme devra apporter avec lui un petit cadeau, mais comme Granger est fort avare, il entend que ce cadeau ne coûte pas cher.

2. Le participe des expressions impersonnelles *il y a*, *il se trouve*, ainsi employé absolument, forme un tour assez usuel au xviie siècle.

3. *Eloigner*, pris comme verbe actif avec le sens de *s'éloigner de...* est d'un emploi assez fréquent au xviie siècle. Corneille écrit ainsi dans *Pompée* (acte III, sc. 1) :

Ses vaisseaux en bon ordre ont éloigné la ville

4. *Retors*, recourbé.

5. *Entre deux eaux*, expression proverbiale qui désigne la position du nageur qui a la tête sous l'eau et ne l'élève au-dessus pour respirer que de temps en temps.

6. *Incuter.* C'est le verbe latin *incutere* que le pédant francise ici. —De même *poitrine* est le *pectus* latin dans le sens du *cœur*.

7. *Une croix* gravée sur le côté de la pièce opposé à la face.

autre chose, sinon : « Va-t'en trouver mon père, et lui
dis... » Ses larmes aussitôt suffoquant sa parole m'ont
bien mieux expliqué qu'il n'eût su faire les tendresses
qu'il a pour vous.

GRANGER. — Que diable aller faire aussi dans la
galère d'un Turc? d'un Turc! *Perge* [1].

CORBINELI. — Ces écumeurs [2] impitoyables ne me
voulaient pas accorder la liberté de vous venir trouver,
si je ne me fusse jeté aux genoux du plus apparent [3]
d'entre eux : « Hé! monsieur le Turc, lui ai-je dit, per-
mettez-moi d'aller avertir son père, qui vous enverra
tout à l'heure sa rançon. »

GRANGER. — Tu ne devais pas parler de rançon; ils
se seront moqués de toi.

CORBINELI. — Au contraire; à ce mot il a un peu
rasséréné sa face. « Va, m'a-t-il dit; mais si tu n'es ici
de retour dans un moment, j'irai prendre ton maître
dans son collège, et vous étranglerai tous trois aux
antennes [4] de notre navire. » J'avais si peur d'entendre
encore quelque chose de plus fâcheux, ou que le diable
ne me vînt emporter étant en la compagnie de ces
excommuniés, que je me suis promptement jeté dans un
esquif, pour vous avertir des funestes particularités de
cette rencontre.

GRANGER. — Que diable aller faire dans la galère
d'un Turc?

PAQUIER. — Qui n'a peut-être pas été à confesse
depuis dix ans.

GRANGER. — Mais penses-tu qu'il soit bien résolu
d'aller à Venise [5]?

CORBINELI. — Il ne respire autre chose.

---

1. *Perge* (impératif de *pergere*) :
continue.
2. *Écumeurs*, pirates.
3. *Apparent*, remarquable par son
costume, ses ornements, etc.
4. *Antenne*, vergue fixée obliquement
au mât pour porter une voile trian-
gulaire.
5. Penses-tu que mon fils soit bien
décidé à obéir à mes ordres et à aller
à Venise.

GRANGER. — Le mal n'est donc pas sans remède. Paquier, donne-moi le réceptacle des instruments de l'immortalité, *scriptorium scilicet* [1].

CORBINELI. — Qu'en désirez-vous faire?

GRANGER. — Écrire une lettre à ces Turcs.

CORBINELI. — Touchant quoi?

GRANGER. — Qu'ils me renvoient mon fils, parce que j'en ai affaire [2]; qu'au reste ils doivent excuser la jeunesse, qui est sujette à beaucoup de fautes; et que, s'il lui arrive une autre fois de se laisser prendre, je leur promets, foi de docteur, de ne leur en plus obtondre la faculté auditive [3].

CORBINELI. — Ils se moqueront, par ma foi, de vous.

GRANGER. — Va-t'en donc leur dire de ma part que je suis tout prêt de leur répondre par-devant notaire que le premier des leurs qui me tombera entre les mains, je le leur renverrai pour rien (Ah! que diable aller faire en cette galère?). Ou dis-leur qu'autrement je vais m'en plaindre à la justice. Sitôt qu'ils l'auront remis en liberté, ne vous amusez [4] ni l'un ni l'autre, car j'ai affaire de vous.

CORBINELI. — Tout cela s'appelle dormir les yeux ouverts.

GRANGER. — Mon Dieu, faut-il être ruiné à l'âge où je suis! Va-t'en avec Paquier, prends le reste du teston [5] que je lui donnai pour la dépense il n'y a que huit jours (Aller sans dessein dans une galère!). Prends tout le reliquat de cette pièce (Ah! malheureuse géniture [6], tu me coûtes plus d'or que tu n'es pesant.). Paie la rançon, et, ce qui restera, emploie-le en œuvres pies (Dans la galère d'un Turc!). Bien, va-t'en (Mais, misérable, dis-moi,

---

1. C'est à savoir l'écritoire.
2. *Affaire*, besoin.
3. *Obtondre* est l'infinitif latin *obtundere* (étourdir) francisé.
4. *Ne vous amusez* : ne vous attardez, ne perdez votre temps.

5. *Teston*, pièce d'argent, sur laquelle était représentée la tête du roi, qui ne fut plus en usage après Louis XIII, et qui valait alors un peu moins de vingt sous.
6. *Géniture*, enfant.

que diable allais-tu faire dans cette galère?). Va prendre
dans mes armoires ce pourpoint découpé [1] que quitta
feu mon père l'année du grand hiver [2].

CORBINELI. — A quoi bon ces fariboles? Vous n'y
êtes pas. Il faut tout au moins cent pistoles [3] pour sa
rançon.

GRANGER. — Cent pistoles! Ah! mon fils, ne tient-il
qu'à ma vie pour conserver la tienne [4]! Mais cent pistoles! Corbineli, va-t'en lui dire qu'il se laisse pendre
sans dire mot; cependant qu'il ne s'afflige point, car je
les en ferai bien repentir.

CORBINELI. — Mademoiselle Genevote n'était pas
trop sotte, qui refusait tantôt de vous épouser, sur ce
qu'on l'assurait que vous étiez d'humeur, quand elle
serait esclave en Turquie, de l'y laisser.

GRANGER. — Je les ferai mentir [5]. S'en aller dans la
galère d'un Turc! Et quoi faire, de par tous les diables,
dans cette galère? O galère, galère, tu mets bien ma
bourse aux galères [6]!

(Le *Pédant joué*. II. IV.)

1. *Découpé*, taillade. — *Pourpoint* :
voir page 36, note 6.
2. On désignait par ces mots l'année
1608.
3. *Pistole* : voir page 244, note 2.
4. « S'il en est ainsi, je la donnerai. » C'est ce que sous-entend
Granger.

5. Granger n'a été qu'à demi sensible
à la pensée du péril que son fils pouvait courir; mais il ne veut pas passer
pour avare aux yeux de la jeune fille
qu'il recherche en mariage.
6. Granger sort sur ces mots, et
revient peu après apporter la somme
à Corbineli.

TABLE DES MATIÈRES

Scènes choisies.

APPENDICE

Coulommiers. — Imp. PAUL BRODARD. — 517-96.